LENA KLASSEN

Magyria

Das Herz des Schattens

Buch

Ein Jahr als Au-pair in Budapest – das klingt für die junge Deutsche Hanna nach einer aufregenden Zeit. Wie aufregend ihr Aufenthalt dort tatsächlich werden soll, ahnt Hanna allerdings erst, als sie den rätselhaften Mattim kennenlernt. Die Geschichte, die er Hanna erzählt, klingt unglaublich: Mattim und sein Bruder Kunun sind Vampire – und sie stammen aus der Welt Magyria, die parallel zu der unseren existiert. Aber während Kunun sich ganz der Finsternis ergeben hat, versucht Mattim mit aller Kraft, das Gute in sich zu bewahren. Um nicht von der Dunkelheit in seinem Innern überwältigt zu werden, braucht er einen starken Halt auf der lichten Seite – den nur Hanna ihm geben kann. Doch Kununs Pläne sind weitreichender und bösartiger, als Hanna und Mattim es sich jemals hätten vorstellen können. Und schon bald muss Hanna sich fragen, ob sie für ihre Liebe zu Mattim alles aufzugeben bereit ist.
Sogar ihre Menschlichkeit ...

Autorin

Lena Klassen wurde 1971 in Moskau geboren und wuchs in Deutschland auf. Sie studierte Literaturwissenschaft, Anglistik und Philosophie an der Universität Bielefeld, wo sie 1999 promovierte. Lena Klassen lebt mit ihrem Mann und ihren zwei Kindern im ländlichen Westfalen.

Außerdem lieferbar

Magyria. Die Seele des Schattens
(geb. Ausgabe bei Penhaligon, 3079)

Lena Klassen

Magyria

Das Herz des Schattens

Roman

blanvalet

Verlagsgruppe Random House FSC-DEU-0100
Das FSC®-zertifizierte Papier *Holmen Book Cream*
für dieses Buch liefert Holmen Paper, Hallstavik, Schweden

1. Auflage
Taschenbuchausgabe Mai 2011
bei Blanvalet, einem Unternehmen der Verlagsgruppe
Random House GmbH, München.

Redaktion: Angela Troni
UH · Herstellung: sam
Druck und Einband: GGP Media GmbH, Pößneck
Printed in Germany
ISBN: 978-3-442-26810-8

www.blanvalet.de

PROLOG

Das Mädchen hielt den Blick seit einer geraumen Weile nur auf eine Stelle gerichtet. Ihre mit dickem Kajalstrich umrahmten Augen nahmen jede Einzelheit wahr – die schwarze Jeans und das schwarze Hemd des Mannes an der Theke boten nicht viel Abwechslung, und doch starrte sie darauf, als wäre sie verloren, wenn sie es nicht täte.

»Das ist er«, flüsterte sie gebannt. »Siehst du ihn?« Ihre Stimme ging völlig unter im ohrenbetäubenden Krach der Musik, nur ihr Mund öffnete und schloss sich.

Ihre Begleiterin fasste sie an der Schulter und zog sie näher zu sich heran. Der Rhythmus vibrierte in ihrem ganzen Körper, sie wippte ungeduldig mit dem Fuß. »Deine Eltern werden mich umbringen«, schrie sie ihr ins Ohr. »Wir kriegen beide mächtig Ärger. Komm endlich, wir müssen zurück!«

Das Mädchen hatte diese Worte schon mindestens hundert Mal gehört und war wenig davon beeindruckt. »Siehst du ihn?«, fragte sie wieder. »Los, wir gehen hin und bestellen auch etwas.«

»Réka, nun mach schon. Wenn Attila aufwacht und merkt, dass er alleine zu Hause ist … Wenn er petzt, lassen sie mich nie wieder auf euch aufpassen.«

Réka lächelte verächtlich. Sie zog Mária zur Theke, aber als sie dort ankamen, war der junge Mann, den sie so intensiv beobachtet hatte, fort. Enttäuscht biss sie die Zähne zusammen. Sie sah sich um; im flackernden Licht, zwischen den vielen, sich bewegenden Körpern war es schwer, jemanden zu entdecken. »Wo ist er?« Sie versetzte dem älteren Mädchen einen kleinen Stoß. »Jetzt habe ich ihn verloren. Siehst du ihn noch?«

»Wir gehen jetzt. Keine Widerrede.«

»Erst bestelle ich etwas. Einen Mojito.«

»Von wegen.« Mária hielt die Bedienung zurück. »Sie nimmt einen Gyomolcs Téak.«

»Spinnst du? Früchtetee?«

»Glaubst du wirklich, ich lasse dich Alkohol trinken?«

»Möchtest du tanzen?« Wie aus dem Nichts war er vor ihr aufgetaucht.

Réka betrachtete das dunkle Hemd vor ihr, kaum wagte sie, den Kopf zu heben und ihn anzusehen. Das schwarze, glänzende Haar, auf dem das Licht in bunten Funken spielte. Und darunter das Gesicht. Kein Ungar. Kein Tourist. Auch kein Südländer. Er hatte etwas unbestreitbar Exotisches, einen Hauch von Asien, aber wie ein richtiger Chinese oder Koreaner sah er auch nicht aus, dafür war er viel zu groß.

Sie wusste nichts als seinen Namen. »Kunun.«

Er lächelte, als er beobachtete, wie ihre Lippen die Silben formten. »Komm.«

Das ältere Mädchen verfolgte kopfschüttelnd, wie der Fremde Réka zwischen die Tanzenden zog. Sie versuchte verzweifelt, die beiden im Blick zu behalten. Réka hatte immer nur von dem »süßen Jungen« gesprochen, den sie unbedingt treffen wollte. Nur deshalb hatte sie sich dazu überreden lassen, mit ihr herzukommen. Doch dieser Schwarzhaarige war ein Mann. Er war mindestens zwanzig, wenn nicht noch älter. Sie hätte sich niemals darauf einlassen dürfen, mit Réka ins Buddha Inn zu gehen. Ferenc und Mónika würden sie nie wieder zum Babysitten engagieren. Und bei keiner anderen Familie bekam sie so viel pro Abend wie bei den Szigethys. Aber es war hart verdientes Geld, das war es wirklich!

Mária drängte sich durch die Tänzer, doch sie konnte Réka nirgends entdecken. Panik stieg in ihr auf. Das Mädchen war so unglaublich verliebt, in einen Kerl, den sie ein paar Mal von weitem gesehen hatte, von dem sie rein gar nichts wusste. Wie konnte man nur so dumm sein? Hastig schob sie sich durch die Menge, sie begann zu schwitzen. Nach Réka zu rufen war zwecklos, niemand würde sie hören, und trotzdem konnte sie nicht anders: »Réka! Réka?«

Der Ausgang! Vielleicht war er schon dabei, sie nach draußen zu bringen? Sie zu verschleppen? »Réka!«

Sie winkte die junge Frau hinter der Theke heran. »Wo ist er hin?«, schrie sie. »Kunun. Wo ist dieser Kunun?«

Die Kellnerin starrte sie einen Moment an, dann zuckte sie die Achseln.

Sie kämpfte sich weiter. Dort war schon die Tür. Ein Paar kam lachend herein und brachte einen Schwall rauchiger, kalter Luft mit. Mária zögerte, dann kehrte sie noch einmal um und ließ den Blick durch den Raum schweifen. Das würde Réka denn doch nicht tun. Oder? Dieser Göre war wirklich alles zuzutrauen.

Eine Weile schwankte sie unentschlossen zwischen ihrem Wunsch, auf der Straße nachzusehen, und der Hoffnung, dass ihr Schützling doch noch irgendwo hier drinnen war. Ärger und Panik stritten in ihr, dann entschied sie, dass sie Réka, wenn sie mit diesem Fremden mitgegangen war, draußen nicht mehr einholen würde, dass aber noch eine Chance bestand, das Mädchen heil nach Hause zu bringen, wenn sie es irgendwo hier im überfüllten Club fand.

Unruhig umkreiste sie die Tanzfläche.

Wie groß ihre Angst um Réka wirklich war, merkte sie, als die Erleichterung sie wie eine warme Welle durchflutete. Die beiden waren noch da. Sie standen inmitten der Tanzenden wie ein Fels in der Brandung, ohne mitzutanzen, ohne sich zu rühren. Kunun hielt das Mädchen fest in seinem Arm, für Márias Geschmack viel zu fest, und beugte sich zu ihr hinunter. Sie küssten sich, allerdings derart lange, dass Mária stutzig wurde. Nein, jetzt sah sie es. Die beiden küssten sich nicht. Réka hing bewegungslos in Kununs Griff, das Gesicht an seine Schulter gelehnt, mit weit geöffneten, blicklosen Augen. Die Angst kehrte wieder zurück, mit einer solchen Macht, dass Mária übel wurde. Rücksichtslos schob sie die letzten Tänzer zur Seite, die ihr im Weg standen. In dem Moment, als sie nach dem Arm des Mädchens griff, merkte sie, dass Kununs Mund an Rékas Hals lag.

Sie schrie gellend auf. Als sie das junge Mädchen von ihm wegriss, erwartete sie, dass Réka zusammensacken und ihr in die Arme fallen würde, aber ihr Schützling taumelte nur ein paar Schritte rückwärts.

»Lass sie in Ruhe!«, schrie Mária. »Lass sie gefälligst in Ruhe! Oh mein Gott, sie ist erst vierzehn!«

Kunun hob abwehrend die Hände. Er lächelte unschuldig, aber seine Augen glitzerten. Mária wäre ihm am liebsten an die Kehle gegangen, doch es gab Dringenderes zu tun. Sie packte die Hand des Mädchens und zerrte es hinter sich her zum Ausgang und auf die Straße. Rékas Widerstand wurde stärker.

»Lass mich los, was soll das!«

Mária wandte sich ihr zu. »Er hat dich gebissen. Oh Gott, ich fasse es nicht. Er hat dich in den Hals gebissen, wie ein Vampir.«

»Hat er nicht. Du spinnst doch!«

Mária zog das Mädchen näher zu sich heran und betrachtete im trüben Licht der Straßenlaterne die beiden schwarzen Punkte auf Rékas blasser Haut. »Und was ist das?«

Mit einer lässigen Bewegung wischte sich Réka über die Stelle, auf die Mária wie gebannt starrte. Sie sah nicht einmal auf ihre Finger. »Wie konntest du das tun, Mária? Er wollte gerade mit mir tanzen. Mit mir! Kunun! Weißt du, wie lange ich darauf gehofft habe?«

»Was heißt hier gerade?«, fragte Mária. »Ich habe euch bestimmt zehn Minuten gesucht!«

»Wir wollten gerade tanzen«, schluchzte Réka. »Gerade wollten wir anfangen zu tanzen! Ich hasse dich! Du bist so gemein!« Sie riss sich los und rannte mit klappernden Schuhen über die nächtlichen Budapester Straßen. Erst an der nächsten Haltestelle blieb sie stehen und wartete auf Mária, aber als diese endlich kam, sprach sie kein Wort mit ihr.

ERSTER TEIL

STADT DER BRÜCKEN

EINS

AKINK, MAGYRIA

Der Nebel stieg vom Fluss auf und hüllte die Brücke in ein wolkenweiches Tuch. Von oben sah man sie nicht mehr, es war, als hätte der Fluss sie verschluckt, um sie nie wieder freizugeben.

Der Mann auf der Burgmauer starrte stirnrunzelnd auf den watteweißen Fluss hinunter. Der Wald jenseits des Wassers war unsichtbar geworden, doch Akink, die Stadt, die er so liebte, war noch da. Im fahlen Licht des Morgens, eingebettet in den Nebel, wirkten die Häuser sogar weißer als sonst. Auf der Burg hinter ihm lag ein rötlich angehauchter goldener Schimmer.

Der Mann wickelte sich enger in seinen Umhang. Ihn fröstelte. Wie mit feinen, glänzenden Schwertern schnitt das Licht, das von ihm ausging, durch den Nebel und löste ihn auf. Sein Haar, in dem glühende Fäden knisterten, warf seinen Schein tanzend auf die Mauer. Wie eine Frau, die ihren Nachtmantel ablegt, tauchte drüben langsam die Brücke aus dem Nebel auf. Die unzähligen Fratzen und Figuren an den mächtigen Pfeilern leuchteten auf, als die weiße Wolke an ihnen herunterglitt und sich wie ein flauschiger Umhang zu ihren Füßen bauschte.

»Haben die Wölfe dich heute Nacht schlafen lassen?«, fragte er, ohne sich umzudrehen.

Seine Frau Elira trat neben ihn. »Nun, sie waren nicht zu überhören. Ein Rudel hat auf der Ostseite geheult, eins im Süden. Es klang, als wollten sie uns umzingeln.«

»Sie sind schon so nah. Und es werden immer mehr. Bis

jetzt habe ich gehofft, die Hüter könnten sie vom Fluss fernhalten, aber mittlerweile bin ich mir nicht mehr sicher.« Er schüttelte bedrückt den Kopf.

»Wir werden die Brücke halten«, sagte sie leise. »Kein Wolf wird je seine Krallen auf unsere Seite des Ufers setzen. Und die Mauer am Fluss können sie nicht überwinden. Wir lassen sie nicht nach Akink. Mach dir keine Sorgen, Farank.« Sie legte ihm die Hand auf den Arm, und er wandte ihr sein sorgenvolles Antlitz zu. Sie war schön wie der Morgen, rötliches Licht spielte um ihr Haar und ihr weißes Gewand. Ihre hellen Augen strahlten wie am ersten Tag, als er in ihr seine Seelengefährtin erkannt hatte.

»Jeden Morgen wird es hell«, hörte er sich sagen. »Aber nicht hell genug. Es kommt mir immer so vor, als wäre es nicht hell genug. Tag für Tag bringen wir das Licht in die Gassen unserer Stadt, und trotzdem habe ich das Gefühl, dass es nicht reicht. Es ist nicht genug Licht. Ich komme mir vor wie ein Kaminfeuer, das langsam erlischt. Liegt es an meinem Alter? Oder sind es die Schatten, die immer näher rücken, so nah, dass ich glaube, ersticken zu müssen?«

»Akink wird nicht fallen«, versicherte Elira ihm, doch auch in ihrer Stimme schwang eine Müdigkeit mit, die nicht zu dem frischen, aufleuchtenden Morgen passte.

»Und was ist mit Magyria? Wir wissen ja nicht einmal, wie es im Osten aussieht. Wir hocken hier und klammern uns an diese Burg, während draußen das Dunkel immer näher heranschleicht. Wie können wir Akink halten, wenn das ganze Land von den Schatten verseucht ist?«

»Ich weiß es nicht.« Elira sah ernst in das Gesicht des Königs und schüttelte den Kopf. Das Licht flimmerte und zitterte in unruhigen Kreisen, als hätte jemand einen Stein in einen Teich geworfen. »Aber Mattim kämpft. Und er wird nicht aufhören zu kämpfen. Er ist stark, Farank. Da ist viel mehr in ihm, als du ihm zutraust.«

Farank lächelte schmerzlich, als sie Mattim erwähnte. Er war das letzte ihrer Kinder. Alle ihre Söhne und Töchter hatten sie an die Finsternis verloren, an die Schatten und das Nichts. Nur diesen Sohn nicht. Den jüngsten. Diesen einzigen. »Er müsste längst wieder da sein«, sagte er. »Mir ist, als käme er jedes Mal später zurück. Sie halten ihn dort im Wald fest, mit List und Tücke, und irgendwann, wenn er seine Kraft überschätzt, werden sie ihn sich holen. Ich weiß nicht, wie ich diesen Tag ertragen soll. Er ist das Kostbarste, was uns geblieben ist, was Akink und ganz Magyria geblieben ist.«

»Weißt du, wie oft ich an die Kinder denke?«

Der König schüttelte den Kopf. »Sprich nicht von ihnen. Ihre Namen sind vergessen. Sie sind in die Dunkelheit getaucht.« Er wiederholte es noch einmal, mit rauer Stimme: »Sprich nicht von ihnen.«

Die Königin lachte leise. »In jenen Tagen dachte ich nie, wir könnten je unterliegen. Wir waren so stark, so hell, unbesiegbar, und die Schatten mussten sich in die Ecken verkriechen.« Sie lehnte sich an Farank. »Mattim wird den Wölfen entkommen. Glaub daran. Hör nicht auf, daran zu glauben. Der Nebel ist gleich fort. Dann werden auch die düsteren Gedanken dich verlassen. Akink wartet auf einen neuen Tag, es ist immer noch unser, und das wird es auch bleiben. Das verspreche ich dir.«

Mattim duckte sich hinter die Steine. Sie waren nicht sehr groß, kaum höher als ein zusammengekauertes Kind, doch mehrere übereinander gaben wenigstens das Gefühl von Schutz. Er umklammerte das Schwert so fest, dass seine Hand schmerzte, und verharrte reglos.

»Sie werden heute nicht kommen«, flüsterte Mirita. »Lass uns nach Hause gehen.«

»Noch nicht«, flüsterte er zurück.

Sie hatten die ganze Nacht hier gewartet. Der Trupp der

Flusshüter aus Akink patrouillierte weiter östlich; falls es Angriffe gegeben hatte, hatten sie hier jedenfalls nichts davon mitbekommen. Sie hatten nur gewartet, den Atem bei jedem Geräusch angehalten und immer wieder vorsichtig in die Dunkelheit gespäht. Aber aus den Höhlen war nichts herausgeschlichen.

»Es ist die falsche Stelle«, vermutete Mirita.

»Kann sein«, gab Mattim zu, und sie zog überrascht die Brauen hoch, weil er seinen möglichen Irrtum so schnell und ohne Streiterei eingestand. »Trotzdem werde ich jeden Ort, der als Übergang infrage kommt, so lange beobachten, bis ich Gewissheit habe.«

»Du musst es nicht selbst tun«, erinnerte ihn Mirita. »Bei allem, was glänzt, wenn dein Vater wüsste, was du hier treibst, er würde dich auf der Stelle enterben.«

»Das kann er gar nicht.« Mattim lächelte triumphierend.

Selbst wenn er so lächelte wie jetzt, über eine Tatsache, die alles andere als erheiternd war, wenn sein Lächeln etwas Grimmiges und Trotziges hatte, ließ es ihr Herz in Flammen stehen. Mirita sah ihn etwas zu lange an, den Lichtprinzen mit dem goldenen Haar, in dem ein heller Schimmer bereits den nahenden Morgen verriet. Wenn sie ihm in die Augen blickte, musste sie immer an dunkle Wolken denken, und öfter, als gut für sie war, fragte sie sich, ob seine Haut sich wohl so glatt und samtig anfühlte, wie sie aussah. Kein einziges Barthaar verunstaltete seine Wangen und sein Kinn. Es lag in der Familie; selbst sein Vater, König Farank, wirkte durch sein bartloses Gesicht wie ein Mann von höchstens vierzig, fünfzig Jahren. Dabei war er so alt, dass niemand in Akink sich an den Beginn seiner Herrschaft erinnern konnte.

Mattim richtete sich vorsichtig auf und spähte über die Steinmauer.

»Vielleicht war es die falsche Nacht«, flüsterte er. »Vielleicht kommen sie nicht, wann sie wollen. Vielleicht muss es eine ganz bestimmte Stunde sein.«

»Lauter Vielleichts.« Mirita wollte etwas Treffendes erwidern, aber in diesem Moment ließ eine Bewegung im Gebüsch sie erstarren. Sie sog scharf die Luft ein.

»Was ...«

Die beiden verstummten. Vor ihnen, im Dämmerschatten einer gewaltigen, jahrhundertealten Eiche, stand ein Wolf.

Er war riesig. Seit sie das Ufer des Donua bewachten, hatten sie schon öfter Begegnungen mit Wölfen gehabt, aber dieser übertraf sie alle. Sein graues Fell glitzerte, als bestünde es aus unzähligen Silberfäden. Die dunklen Augen, die Mattim anstarrten, ohne das Mädchen an seiner Seite überhaupt zu beachten, boten einen Einblick in das, was diese Kreatur war: keine dumpfe, wilde Bestie, sondern ein Wesen mit messerscharfem Verstand, wach wie der Tag und gefährlich wie die Nacht.

»Du nach rechts«, flüsterte der Prinz, ohne den Blick von ihrem Gegner zu lassen, »ich nach links. Auf mein Zeichen läufst du los.«

Der Wolf rührte sich nicht von der Stelle. Ein tiefes, grollendes Knurren kam aus seiner Kehle. Er öffnete die Schnauze, zog die Lefzen hoch und entblößte seine Fänge – todbringende, elfenbeinfarbene Waffen.

»Jetzt!«

Mirita sprang auf und stürzte los. Der Köcher schlug ihr bei jedem Schritt gegen den Rücken. Um anzuhalten und den Bogen zu spannen, brauchte sie genügend Abstand zu ihrem Verfolger – wenn er sie denn verfolgte. Nachdem sie vielleicht zweihundert Meter gerannt war, blickte sie über die Schulter zurück.

Keine Spur von dem Wolf. Und auch Mattim war nirgends zu sehen. Mirita stöhnte auf. Was hatte der Lichtprinz nun schon wieder gemacht? Irgendwie war es ihm gelungen, den Wolf auf seine Spur zu locken, damit sie unbehelligt entkam. Sie blieb stehen und horchte. Hatte dieser Narr von einem Königssohn etwa nicht den Weg zum Fluss genommen, sondern tiefer in den Wald hinein? Das sah ihm ähnlich.

»Du Idiot«, flüsterte sie. Dreißig Flusshüter wachten in diesem Wald nicht nur über den Fluss, sondern mindestens ebenso angestrengt über den Prinzen, und er begab sich in Gefahr, um ein einziges Mädchen zu schützen? König Farank würde sie dafür aus der Wache werfen. Und sie würde sich den Rest ihres Lebens fragen, ob Mattims samtene Gesichtshaut nach Honig duftete … oder nach Wald und Kampf.

Der Pfeil, den sie wählte, war über und über mit den Runen des Lichts beschriftet. Stunden hatte sie damit zugebracht, ihn zu verzieren, alle ihre Wünsche und Hoffnungen hatte sie auf das glatte Holz geschrieben. Ein entschlossenes Lächeln glitt über ihr Gesicht, als sie den Pfeil an die Sehne legte und mit raschen Schritten zurückging.

»Mattim?«, rief sie halblaut. »Prinz Mattim?«

Als sie den Wolf aus dem Schatten treten sah, setzte ihr Herz für einen Schlag aus. Seine Schnauze war dunkel von Blut, es tropfte auf das weiche Moos, über das er lautlos herangeschlichen war. Ein Schluchzen stieg in ihr auf, und zum ersten Mal seit ihrer Ausbildung zitterte ihre Hand so sehr, dass der Pfeil danebenflog. Er sirrte leise, als er in der Rinde einer schlanken Esche steckenblieb.

Der Wolf machte einen Schritt nach vorne und fixierte sie mit glühenden gelben Augen. Immer noch tropfte Blut von seiner Schnauze. Er schien zu lächeln.

In den Augenwinkeln nahm sie eine Bewegung wahr, und zwei weitere Wölfe tauchten aus dem Dunkel auf. Sie waren grau wie der Schatten, grau wie die Dämmerung, grau wie all das Unglück, das Tag für Tag an die Tür der Bewohner von Akink klopfte.

Drei Wölfe. Mit einem Seufzer der Erleichterung erkannte sie, dass der blutige Wolf ein anderer war als jener, der Mattim auf den Fersen war. Dies waren andere Wölfe. Das hieß aber auch, dass hier ein ganzes Rudel war. Für sie und vielleicht auch für Mattim gab es kein Entkommen.

Mirita griff über die Schulter und zog einen zweiten Pfeil heraus. Wenn die Wölfe jetzt sprangen! Aber die Tiere beäugten sie nur mit ihren hellen, glänzenden Augen und warteten.

»Bleibt, wo ihr seid«, sagte sie leise und machte ein paar Schritte rückwärts, bis sie mit dem Rücken gegen einen Baumstamm stieß. »Bleibt bloß dort.«

Der Fluss war so nah. Das war vielleicht das Schlimmste. Dass die schützende Stadt fast zum Greifen nahe war. Und dass sie nicht wusste, ob Mattim die Flucht gelungen war. Wie konnte sie hier sterben, ohne zu wissen, ob er die Brücke erreicht hatte?

»Ihr werdet sehen, was ihr davon habt«, sagte sie, während sie nach einem Ziel für die tödlich harte Spitze ihres Pfeils suchte. »Na los, spring. Willst du nicht springen?« Sie stampfte mit dem Fuß auf und schrie das Tier an. »Spring!«

Der Wolf mit der blutigen Schnauze glitt mit einer einzigen geschmeidigen Bewegung aus dem Dickicht heraus. Mirita erwischte ihn mitten im Sprung. Singend bohrte sich der Pfeil in seinen Hals. Im selben Augenblick, während seine Gefährten aus dem Gebüsch brachen, ließ sie den Bogen fallen und zog ihren Dolch. Nahezu gleichzeitig stürmte der Junge mit dem goldenen Haar herbei, in der Hand ein langes, leuchtendes Schwert. Er traf einen der Wölfe am Rücken. Der dritte tauchte unter der Waffe hindurch und warf Mirita um, bevor sie zustechen konnte. Fauchend rasierte die Klinge ihm den wehenden, langen Pelz, dann verschwand er im Wald.

Mattim half Mirita hoch. »Komm, schnell. Der Große ist

immer noch hinter mir her.« Er ließ ihre Hand nicht los, während sie liefen. In der anderen hielt er das Schwert, mit dem er das Gestrüpp, das ihnen den Weg versperrte, gnadenlos niederhackte.

Obwohl sie um ihr Leben rannten, konnte Mirita nicht umhin, den festen Griff, mit dem er sie hinter sich herzog, zu genießen. Seine warme Hand gab ihr die Kraft, so schnell zu laufen, wie sie nur konnte, obwohl die Beine fast unter ihr nachgaben und Gewichte sich an ihre Knöchel zu hängen schienen. Aber sie wollte ihn nicht behindern. Sie wollte nicht daran schuld sein, wenn sie die Brücke zu spät erreichten. Durch die schwarzen Baumstämme schimmerte bereits das Blau des Flusses.

Ein Heulen hinter ihnen ließ Mirita so zusammenfahren, dass sie erschrocken vorwärtstaumelte. Mattim fing sie auf, als sie gegen ihn prallte; er war stehen geblieben.

Vor ihnen wartete der silbergraue Wolf auf sie. Mit lautlosen, mühelosen Sprüngen musste er sie überholt haben. In seinem fast menschlichen Blick lag ein höhnisches Lächeln, als er ihnen den Weg zum Fluss versperrte. Hinter ihnen verstärkte sich das Geheul des Rudels, das ihnen auf den Fersen war.

»Da ist schon die Brücke«, sagte Mattim. »Wir werden sie erreichen, das schwöre ich dir. Glaubst du daran?«

Sie wagte einen Blick in seine rauchdunklen Augen. Wenn sie schon zu den Schatten gehen sollte, dann wollte sie es mit dieser Erinnerung tun, dann wollte sie, dass das Licht ihr Herz füllte und ihr Kraft gab, bevor sie ins Dunkel stürzte.

»Glaubst du daran? Sie werden uns nicht kriegen. Sag Ja.«

»Ja«, stammelte Mirita.

»Dann lass uns kämpfen. Wer ist die beste Bogenschützin von Magyria?«

»Ich.«

Seine leuchtende Entschlossenheit steckte sie an. Sie griff

nach einem Pfeil und erinnerte sich dann an ihren Bogen, den sie fallen gelassen hatte.

Mattim fasste das Schwert mit beiden Händen. »Gib mir Deckung.«

Sie stellte sich mit dem Rücken zu ihm. In ihrer Hand lag, wertlos ohne den dazugehörigen Bogen, der schlanke, befiederte Pfeil. Darauf hatte sie ihr Geheimnis geschrieben. Zwei Runen, zwei Namen. »Mirita« stand da. Und »Mattim«. Aber sie konnte ihn nicht fliegen lassen. Nichts konnte sie tun, außer den Dolch ziehen und warten. Zuversicht ausstrahlen. Und nicht verraten, dass sie so gut wie unbewaffnet war.

»Da sind sie«, sagte sie leise, als die ersten Wölfe sichtbar wurden. Hinter ihnen bemerkte sie ein paar große, schlanke Gestalten und wollte schon vor Freude jubeln, denn im ersten Augenblick dachte sie, es wären die Flusshüter. Dann schnürte die Furcht ihr die Kehle zu.

Schatten.

Die Feinde waren da, beobachteten sie. Wesen, die wie Menschen wirkten und es doch nicht waren, die unbesiegbaren Bringer des Schreckens.

Immer noch sagte sie Mattim nichts. »Erleg deinen Wolf«, stieß sie hervor, »nun mach schon.«

Dann geschah alles gleichzeitig. Mirita sah die Wölfe losstürmen. Sie schrie auf, als die grauen Bestien auf sie zukamen, und Mattim fuhr herum und mähte den ersten der Wölfe nieder. Der silbergraue Verfolger sprang auf den Prinzen los, der ihm gerade den Rücken zuwandte, und warf ihn zu Boden. Mirita schrie wieder, während sie mit ihrem Dolch den nächsten Wolf abzuwehren versuchte, dessen Geifer ihr bereits ins Gesicht spritzte.

Für Mattim stand die Zeit still.

Der Wolf war über ihm, doch er biss nicht sofort zu. Der junge Prinz spürte den heißen Atem in seinem Nacken, das Gewicht des schweren Tieres auf seinem Rücken.

Er ertastete mit den Fingerspitzen den mit feinem Leder umwickelten Griff seines Schwertes, das ihm aus der Hand gefallen war, als er angesprungen wurde. Nur ein wenig weiter und seine Hand konnte sich darum schließen. Er streckte sich danach aus, während er schon die Berührung der Zähne an seiner Haut fühlte, die Hitze des geöffneten Rachens. Dann umfasste er den Griff und warf sich herum. Einen kurzen, flüchtigen Moment lang sah er in die Augen des Wolfes, begegnete einem dunklen Blick, tiefer als jedes Nachtschwarz, dann schnellte er hoch und schlug mit dem Schwert zu.

Ein Schrei gellte durch die Nacht, als er das Tier traf, er kam aus dem Wald, der hohe, verzweifelte Schrei einer Frau.

Dann der Ruf »Bewegt euch nicht!«, und im nächsten Moment ging ein Regen singender, fauchender, schwirrender Pfeile auf sie nieder.

Mattim stand immer noch da wie betäubt und starrte auf den Wolf, als ein Flusshüter ihn am Arm packte. »Prinz Mattim? Alles in Ordnung? Hat er dich gebissen?«

»Nein«, sagte Mattim langsam. »Wirklich, Morrit, das hat er nicht. Wer hat da geschrien?«

»Lass mich kurz sehen.« Morrit schob Haar und Kragen zurück und warf einen aufmerksamen Blick auf Mattims unversehrte Haut. »Alles in Ordnung!«, rief er laut. »Dann los! Zur Brücke! Alle zur Brücke!«

Mirita stöhnte auf, als ihre Retter sie hochzogen.

»Hat der Wolf …«, begann einer erschrocken, dann bemerkte er jedoch den Pfeil, der aus dem Oberschenkel des Mädchens ragte.

»Ihr habt mich getroffen!«, beschwerte sie sich wütend.

»Dafür habe ich dir deinen Bogen mitgebracht«, meinte eine junge Wächterin mit langem schwarzen Haar. »Als ich den fand, wusste ich, dass ihr hier irgendwo seid.«

»Kommt.« Morrit war nicht nach Plaudern. »Schnell!«

Sie rannten am Ufer des Donua entlang, bis sie endlich die Brücke aus dem Wasser ragen sahen. Vier mächtige Felsen waren dort versenkt worden, auf denen die Pfeiler ruhten. Dicke Ketten trugen die wuchtigen Bohlen, über die sie liefen. Der Lichtprinz betrat Akink, und es wurde Tag.

ZWEI

BUDAPEST, UNGARN

Unzählige Male hatte Hanna die Brücke schon auf Fotos gesehen. Die Kettenbrücke und dahinter die grandiose Fassade des Parlaments. Sie hatte sich alle Filmaufnahmen von Budapest angeschaut, die sie hatte bekommen können; nicht einmal vor den Urlaubsvideos von Onkel Albin war sie zurückgeschreckt. Weil sie keinen Videorekorder hatten, war es sogar nötig gewesen, Onkel Albin zu diesem Zweck zu besuchen, Tante Mildreds trockenen Hefekuchen herunterzuwürgen und an den passenden Stellen »Oh, wie schön« zu sagen.

»Und du willst wirklich da hin? Versteh mich bitte nicht falsch«, beeilte Tante Mildred sich hinzuzufügen. »Ungarn hat uns gefallen, obwohl damals vor der Wende noch alles so grau war. Ganz anders als heute. Wirklich. Aber was sagen denn deine Eltern dazu? Immerhin verlierst du ein ganzes Jahr.«

Von hier oben aus dem Flugzeug war die Donau nur ein stahlgraues Band, das sich durch ein Meer von Häusern schlängelte. Brücken gab es viele, doch in dem Moment, als sie glaubte, die Kettenbrücke erkannt zu haben, war alles schon wieder fort. Der Fluss blieb unter ihnen zurück. Bald war nicht einmal mehr die Stadt zu sehen; sie flogen über flaches ockerfarbenes Land, verstreute Siedlungen und merkwürdige quadratische Wälder, in denen die Bäume in wie mit dem Lineal gezogenen Reihen wuchsen, Wälder wie aus dem Geometrieunterricht. Ferihegy, der internationale Flughafen, lag knapp zwanzig Kilometer weit draußen, ganz so öde hatte sie es sich allerdings nicht vorgestellt.

Ihr Herz begann heftig zu schlagen, als das Flugzeug auf der Landebahn aufsetzte. Zum ersten Mal schnupperte sie ungarische Luft. Ihr Zuhause für die kommenden Monate. Und der schwarzhaarige Mann dort mit den dunklen Augen, der nun mit einem Lächeln auf sie zutrat, würde ihr Vater sein. Oder jedenfalls so etwas Ähnliches. Ihr Gastgeber, Gastvater, Arbeitgeber, alles zusammen.

Der kleine Junge neben ihm war noch süßer als auf dem Foto. Mit unverhohlener Neugier blickte er ihr entgegen. Ihn begrüßte sie zuerst. »Szervusz.« Sie wollte sich auf Ungarisch vorstellen, aber ausgerechnet in diesem Moment waren alle ungarischen Vokabeln auf Nimmerwiedersehen verschwunden. »Ich bin Hanna. Du musst Attila sein.«

»Willkommen in Budapest. Bitte nennen Sie mich Ferenc.«

»Ich freue mich, hier zu sein, Ferenc.« Sie kam sich vor, als spulte sie Sätze aus einem Lehrbuch ab, doch etwas Gescheiteres fiel ihr nicht ein.

Ferenc Szigethy gab ihr die Hand, während sein Sohn sich weiterhin damit begnügte, die Fremde anzustarren.

»Er ist eigentlich nicht schüchtern. Kommen Sie, Hanna, ich nehme die Koffer.«

Er verstaute ihr Gepäck in einem riesigen schwarzen Porsche Cayenne. Hanna hatte noch nie in einem solchen Auto gesessen und war fest entschlossen, die Fahrt durch die Stadt zu genießen, allerdings machte der dichte Verkehr sie nervös. Mit Schrecken dachte sie daran, dass man auch von ihr erwartete, hier Auto zu fahren, und obwohl sie beim letzten Telefonat versichert hatte, dass sei gar kein Problem für sie, fragte sie sich jetzt, ob sie sich da nicht überschätzt hatte.

»Ganz schön viel Verkehr«, bemerkte sie. »Ist das immer so?« Sie fuhren gerade an einem Verbotsschild vorbei, das Traktoren und Pferdefuhrwerken die Weiterfahrt untersagte.

Ferenc warf ihr einen kurzen Seitenblick zu, bevor er sich wieder auf die Straße konzentrierte. »Ich hoffe, Sie werden sich bei uns wohlfühlen. Wir sind alle sehr gespannt.«

»Sie sprechen sehr gut Deutsch«, sagte Hanna. »Das hatte ich gar nicht erwartet. Ich meine ...«

Sie hatte zwar mehrere Telefongespräche geführt, um alles abzuklären, aber immer mit seiner Frau, die ziemlich gebrochen deutsch sprach.

»Oh, meine Mutter ist Deutsche«, erklärte Ferenc. »Sie haben sicher von den Donauschwaben gehört?«

Das hatte Hanna nicht, aber sie nickte, als er erläuterte, dass es ihm aus diesem Grund so wichtig war, seine Kinder perfekt Deutsch sprechen zu hören.

»Die beiden freuen sich«, sagte er. »Sehr. Sie konnten es gar nicht erwarten. Attila hat schon jeden Tag gefragt, wann Sie endlich kommen.«

Der Junge rutschte auf der Rückbank hin und her und interessierte sich im Moment für alles außerhalb des Fahrzeugs, nur nicht für sie. Für einen Siebenjährigen war er recht klein. Und recht schweigsam; er hatte noch kein einziges Wort gesagt.

Ferenc sah wirklich so aus, wie sie sich ihn vorgestellt hatte. Auf dem Foto, das die Familie ihr gemailt hatte, war er der Mittelpunkt gewesen, um den sich Frau und Kinder gruppiert hatten. Groß und recht attraktiv, Mitte vierzig und immer noch mit vollem schwarzem Haar und einem kleinen Schnauzbart. Oft hatten die Leute wenig Ähnlichkeit mit ihrem fotografierten Abbild, Ferenc dagegen war genauso sicher, höflich und wahrscheinlich auch stur, wie er auf sie gewirkt hatte. Etwas an der Art, wie er gesagt hatte, dass alle sich freuten, machte Hanna ein wenig stutzig. Eigentlich konnte sie die Stimmungen der Menschen um sich herum recht gut erkennen. Wenn es irgendetwas gab, was sie besonders auszeichnete, dann war es wohl das. Empathie war kein Talent, mit dem man sich viele Freunde machte, auch wenn sie selbst manchmal überrascht war, wie wenig ihr diese Gabe nützte. Oft wäre es leichter gewesen, einfach geradeaus seinen eigenen Weg zu gehen, ohne so viel von den Gefühlen anderer mitzubekommen. Unter Gleichaltrigen war es jedenfalls nicht angesagt, zu viel zu fühlen. Wer sich ständig darüber Gedanken machte, wie andere empfanden, konnte weder bei Streichen mitmachen noch beim Lästern seine Fantasie ausleben. Immerzu die Außenseiter zu verteidigen und sogar mit den unbeliebtesten Lehrern mitzuleiden, machte einen auf Dauer selbst zum Außenseiter.

Hanna war froh, dass die Schulzeit vorbei war. Mehr als froh, mehr als die anderen je verstehen würden, mehr als ihre Eltern begreifen konnten. Sich nach der Qual der langen Schuljahre als zu gute, zu schüchterne und zu mitfühlende Schülerin gleich in einen Hörsaal zu setzen, war für sie nicht infrage gekommen.

»Ich bin auch sehr gespannt«, sagte sie. »Wir werden bestimmt gut miteinander auskommen, nicht wahr, Attila?«

Der Junge starrte sie zugleich abweisend und neugierig an. *Er wartet noch ab*, dachte sie. Nun, das war in Ordnung. Sie mussten sich nicht gleich am ersten Tag anfreunden. Aber dass alle sich so schrecklich freuten, war mit Sicherheit übertrieben. Ferenc war anscheinend ein Mann, der die Dinge laut verkündete, damit sie so waren, wie er sie gerne hätte.

Schon wieder, schimpfte sie mit sich selbst, während sie zur anderen Seite aus dem Autofenster blickte, *kaum bin ich hier angekommen, habe ich mir schon ein Urteil gebildet.* Dabei hatte sie sich so fest vorgenommen, ihren Gefühlen nicht voreilig zu vertrauen. *Du musst ihnen eine Chance geben, sonst wird das nichts.*

Herr Szigethy – Ferenc! – erzählte ihr etwas über die

Straßen, durch die sie fuhren, während Hanna wie gebannt auf die schönen alten Gebäude starrte. Sie wollte nichts verpassen und verrenkte sich beinahe den Hals.

»Keine Panik«, sagte Ferenc und lächelte. »Sie haben ein ganzes Jahr, um sich alles anzuschauen.«

Das stimmte, und dennoch konnte sie nicht anders, als begierig alles in sich aufzusaugen, bis sie das Gefühl hatte, unter der Flut der Eindrücke zu ertrinken.

Ihr Herz klopfte aufgeregt, als sie über die Donau fuhren. Dies war der Fluss, der sie in ihren Träumen gerufen hatte, breit und grau.

»Heute Abend können wir Ihnen die Aussicht zeigen«, kündigte Ferenc an. »Wenn Sie nicht zu müde sind.«

Endlich wurden die Straßen ruhiger, aber dafür ging es auch steil bergauf und wieder bergab, in ein undurchschaubares Geflecht schmaler Straßen, vorbei an verwitterten Wohnblocks, herrschaftlichen Villen, schnuckeligen Häuschen und wieder mehrstöckigen Blocks. Sie war gespannt, wie die Szigethys wohnten; in dieser Gegend hier war offensichtlich alles möglich. Ein schmiedeeisernes Tor öffnete sich, als sie sich einem von hohen Büschen eingefassten Grundstück näherten. Ferenc parkte den Wagen neben einem schlichten VW Golf. Vor ihnen lag das Haus, groß und hell, eher eine Villa als das Einfamilienhaus, mit dem sie gerechnet hatte. Ein riesiges, hellgelb gestrichenes Stadthaus. Erst jetzt wurde Hanna so richtig klar, dass sie dieses Jahr in einer wirklich reichen Familie verbringen würde. Dabei hatte sie erwartet, in einer »normalen« Familie zu leben, auch wenn ein paar Leute ihr versichert hatten, dass »normale« ungarische Familien eigentlich keine deutschen Au-pairs aufnahmen.

Ihr Mut sank. Aber Ferenc nickte ihr aufmunternd zu. »Wie gefällt es Ihnen? Ich bin sicher, Sie werden sich hier wohlfühlen. Kommen Sie, die Koffer hole ich gleich.«

Sie gingen ein paar Stufen hoch zum Eingang, wo ihnen die Frau entgegenkam, die Hanna von einem Foto und mehreren Telefonaten her kannte, die Frau mit dem sympathischsten Lächeln, das man sich vorstellen konnte.

Mónika.

Sie lächelte herzlich und umarmte Hanna. Dann trat sie ein paar Schritte zurück, damit sie das neue Familienmitglied von oben bis unten mustern konnte. »Wie schön, wir sind sehr froh.« Als Attila an ihr vorbei ins Innere der Wohnung huschte, wandte sie den Kopf. »Attila! Réka! Diese Kinder. Ich habe gesagt, sie sollen nicht verstecken.«

Mónika war noch hübscher als auf dem Foto, eine schmale blonde Frau mit einer pfiffigen Kurzhaarfrisur. Obwohl sie ungefähr so alt war wie ihr Mann, sah sie deutlich jünger aus – und wirkte deutlich nervöser. »Réka!« Da die Gerufene immer noch nicht erschien, zuckte sie mit den Achseln. »Hanna, kommen Sie doch. Hier, unser Wohnzimmer.«

Der Tisch war bereits gedeckt, mit schönem weißem Porzellan. Plötzlich spürte Hanna, wie hungrig und müde sie war. Auf dem kurzen Flug hatte es nichts zu essen gegeben, aber natürlich war sie weitaus länger unterwegs gewesen. Und vor lauter Aufregung hatte sie schon gestern Abend kaum etwas essen können.

»Sicher haben Sie Hunger?«

In diesem Moment kam Attila lachend hinter dem Sofa hervorgeschossen. Hier in der vertrauten Umgebung legte er seine Schüchternheit endlich ab und strahlte Hanna an. In seinem spitzbübischen Gesicht lag so viel Energie, wie man in diesem Alter nur haben konnte. Sein Grinsen reichte von einem Ohr zum anderen.

Er rannte so nah an Hanna vorbei, dass er sie unsanft in die Seite rammte, dann war er auch schon wieder verschwunden.

Seine Mutter rief ihm etwas auf Ungarisch nach. »Der kommt schon wieder«, entschuldigte sie sich.

Das Mädchen lächelte vorsichtig.

»Zeigen wir Hanna doch erst mal, wo sie schlafen wird«, ergriff Ferenc die Initiative. »Vielleicht möchten Sie sich vor dem Essen noch frisch machen? Hier ist das Bad. Und das hier ist Rékas Zimmer. Réka, hast du nicht mitbekommen, dass Hanna da ist?«

Er klopfte und öffnete die Tür, ohne eine Antwort abzuwarten.

Auf dem Bett saß ein blasses Mädchen mit kinnlangen schwarzen Haaren. Betont lässig blätterte sie in einer Zeitschrift. Hanna fiel auf, dass sie Stiefel anhatte. Wer trug schon zu Hause in seinem Zimmer Stiefel? Die ganze pubertäre Coolness wirkte reichlich aufgesetzt. Auf dem Foto hatte Réka noch braune Haare gehabt und ein freundliches Lächeln wie ein braves Schulmädchen gezeigt. Hanna hatte sich so fest vorgenommen, mit den Kindern gut klarzukommen. Deswegen war sie ja hier, für diese Kinder, auch wenn Réka kaum jünger war als sie selbst. Ganze vier Jahre. Hanna konnte sich noch gut daran erinnern, wie es gewesen war, vierzehn zu sein.

»Szia«, sagte sie zur Begrüßung.

Das Mädchen versuchte, den Ausdruck grenzenloser Überraschung mit verächtlicher Langeweile zu kombinieren. »Szia«, gab sie zurück und widmete sich trotzig wieder ihrer Lektüre.

Ferenc seufzte und öffnete die nächste Tür. Dahinter lag, wie unschwer zu erkennen war, das Zimmer des kleinen Jungen. In diesem Chaos hätte es kein halbwegs normaler Erwachsener ausgehalten, aber wie Hanna von den Nachbarskindern wusste, auf die sie regelmäßig aufgepasst hatte, gediehen Kinder wie Pflanzen am besten in einer Mischung aus Erde, Schmutz und Steinen. Ob es am Ende ihres Aufenthalts hier immer noch so aussehen würde, das würde sich ja zeigen.

Das nächste Zimmer schien eine Kombination aus Arbeitszimmer und Rumpelkammer zu sein. Auf dem Schreibtisch stapelten sich Berge von Papieren und Ordnern, die dem Himalaya Konkurrenz zu machen versuchten. Eine Couch, die jemand mit einem völlig anderen Geschmack gekauft haben musste – die edle Garnitur im Wohnzimmer hätte nie vermuten lassen, dass es in dieser Wohnung auch solche Fundstücke gab –, behauptete ihren Platz unter einem unsäglichen Ölgemälde.

»Wir sind mit dem Aufräumen nicht ganz fertig geworden«, gab Ferenc zu, nicht im Mindesten zerknirscht. »Wenn ich die Sachen in den Keller gebracht habe, müsste es hier eigentlich ganz wohnlich sein.«

»Es ist – nett«, sagte Hanna, nur um irgendetwas zu sagen.

Das war also ihr Zimmer. Das war der Raum, in dem sie ein Jahr lang wohnen sollte. Elf Monate, um genau zu sein.

Sie stellte ihre Tasche auf dem Schreibtischstuhl ab. Das Bügelbrett und der Staubsauger in der Ecke würden hoffentlich noch einen anderen Platz finden. Der Schrank war, wenn man von der antiken Aura absah, wenigstens recht praktisch. Dass er allenfalls Jugendherbergsqualität hatte, sollte sie jetzt nicht stören. Was hatte sie sich denn vorgestellt?

»Unsere Putzfrau hat gekündigt«, erklärte Ferenc, der ihr Schweigen richtig deutete. »Aber das kriegen wir schon hin. Und keine Sorge, ihren Job müssen Sie nicht übernehmen. Wir haben bald jemand Neues, versprochen. Ich hole schon mal die Koffer. Dann essen wir zusammen, ja?«

An ihrem ersten Abend konnte Hanna trotz Müdigkeit lange nicht einschlafen. Sie hatte noch eine Zeit lang mit Mónika und Ferenc im Wintergarten gesessen. Ungemütliche Stille gab es in diesem Haushalt offenbar nicht. Ferenc ergriff immer das Wort, bevor allzu große Verlegenheit aufkommen konnte. Seine Stimme gab Sicherheit und flößte Vertrauen ein. Wenn er mit ihr sprach, wandte er sich ihr mit dem ganzen Körper zu und widmete ihr seine volle Aufmerksamkeit. Von ihrer Familie wollte er alles wissen. Von ihren bisherigen Erfahrungen mit Kindern. Er fragte sie nicht direkt aus, sondern kleidete seine Fragen in eine charmante, lässige Plauderei. Hanna war sich zwischendurch nicht ganz sicher, ob Mónika immer mitkam. Die Ungarin hielt ihr Glas minutenlang in der Hand, ohne zu trinken – bester Tokaier, zur Feier des Tages –, und lächelte in einem fort zustimmend. Hanna hätte sich gerne noch mehr mit ihr unterhalten, doch Ferenc übernahm das Reden auch für sie.

»Jetzt kannst du endlich auch nachmittags und abends Musikstunden geben«, sagte er. »Wenn Hanna sich um Attila kümmert. Er ist ja gerade erst eingeschult worden. Man muss immer darauf achten, dass er auch seine Hausaufgaben macht«, fuhr er an Hanna gewandt fort, »und dass er sich auch Mühe gibt und nicht einfach irgendwas hinschreibt, nur damit er schneller fertig ist.«

»Ja«, erwiderte sie, »natürlich. Ich hab schon öfter Nachhilfe gegeben, das dürfte kein Problem sein.« Ihre Nachhilfeschüler waren zwar nicht in der ersten Klasse gewesen, aber so viel anders konnte es nicht sein. »Attila scheint recht aufgeweckt zu sein«, sagte sie.

»Das ist er.« Ferenc nickte stolz.

»Der Junge ist nicht immer ganz einfach.« Irgendetwas an Mónikas Lächeln stimmte nicht. Wahrscheinlich hängt ihr das Thema Kinder zum Hals raus, dachte Hanna. Deswegen will sie wieder arbeiten.

»Bestimmt wird es ihm guttun, auch mal eine andere Bezugsperson zu haben«, sagte sie. »Wenn er sich erst an mich gewöhnt hat, klappt es sicher prima. Ich kann ganz gut mit Kindern.«

»Sie wollen Kinderärztin werden?«, fragte Ferenc. »Das gefällt mir. Unsere Réka kann sich leider für gar nichts entscheiden.«

»Sie ist erst vierzehn«, wandte Mónika besänftigend ein.

»Auch mit vierzehn kann man ruhig schon ein paar Interessen haben, die einen in die richtige Richtung führen. Réka interessiert sich für überhaupt nichts.«

»Als ich in dem Alter war, da wollte ich Arktisforscherin werden.«

Hanna hätte nie von sich gedacht, dass sie das jemals preisgeben würde. Aber Ferenc hatte etwas an sich, das es leichtmachte, alles zu erzählen. Vielleicht war er deswegen so erfolgreich. Er leitete eine Firma, die Elektronikteile herstellte, viel mehr hatte er nicht erzählt, doch irgendwoher mussten dieses schöne Haus in dieser Wohngegend und die beiden Autos ja kommen.

»Arktisforscherin?«

»Nun ja.« Sie lachte verlegen. »Ich wollte Eisbären und Wölfe erforschen. Irgendetwas in der Richtung. Vollkommen unrealistisch.«

»Immerhin haben Sie sich für etwas interessiert. Genau das meine ich. Ein paar Träume. Es macht nichts, wenn sie sich verändern. Das müssen sie sogar. Ein paar Träume, verschiedene Interessen, das sollte schon sein. Egal, wie alt man ist.«

»Welche Interessen hat denn Attila?«, fragte Hanna, um das Gespräch von Réka wegzulenken, und bereitwillig begann Mónika von ihrem Sohn zu erzählen.

Auf Attila hatte sie sich besonders gefreut. Seit sie den Jungen auf dem Foto gesehen hatte, mit seinen großen, dunklen Augen und dem Grinsen, war sie nahezu in ihn verliebt. Ein Jahr. Oh ja, sie würde ihm schon beibringen, sein Zimmer aufzuräumen.

Irgendwann konnte sie ein Gähnen nicht mehr unterdrücken und verabschiedete sich. Das Bett war noch nicht gemacht, Mónika hatte nur die Bettwäsche bereitgelegt. Die Decke war viel zu dick, ein Federbett, und das im Spätsommer.

Hanna dachte an das, was Ferenc alles aufgelistet hatte. *Ihre Aufgaben. Morgens machen Sie den Kindern Frühstück. Réka fährt mit ihren Freundinnen; wenn sie allzu spät dran ist, setzt Mónika sie auf dem Weg zur Arbeit an der Schule ab. Attila fahren Sie zur Schule. Und holen ihn später ab. In der Zwischenzeit können Sie einen Sprachkurs besuchen und ein paar Kleinigkeiten erledigen. Es wäre schön, wenn es für ihn dann etwas zu essen gäbe und wenn Sie die Hausaufgaben beaufsichtigen. Wenn Mónika am Nachmittag kommt, haben Sie frei. Sollten wir abends ausgehen, wünschen wir uns natürlich, dass Sie dableiben. Aber jetzt ist erst einmal Wochenende. Zeit, einander kennenzulernen, sich mit den Kindern anzufreunden …*

Von ihrem Zimmer aus hatte sie einen atemberaubenden Blick auf den gegenüberliegenden Hang, von dem unzählige Lichter durch die Nacht funkelten. Sie öffnete das Fenster und horchte auf das ewige Rauschen der Großstadt. Doch der Garten wirkte unglaublich still. Unter sich sah sie das Glasdach des Wintergartens. Die hohen, dunklen Tannen jenseits des gepflegten Rasens wirkten wie eine Mauer gegen die Welt da draußen. Düfte stiegen zu ihr nach oben, warm und fremd, nach Blumen und Staub.

Ein solches Glücksgefühl erfasste sie, dass sie alle ihre Befürchtungen und Sorgen vergaß. Hanna atmete tief ein. Budapest.

DREI

AKINK, MAGYRIA

Wie zwei ungezogene Schulkinder standen sie vor dem König. Farank musterte sie ernst, und Mirita duckte sich unwillkürlich. Ihr Bein war bereits verbunden, und man hatte ihr einen Gehstock mit einem schönen silbernen Knauf gegeben. Sie stützte sich schwer darauf.

»Es tut mir leid, Majestät.«

»Das ist alles? Es tut dir leid?«

»Vater, sie kann nun wirklich nichts dafür.« Auch Mattim fühlte sich unbehaglich unter dem strengen Blick.

»Niemand darf sich von der Truppe entfernen. Ihr beide wisst das. Zu zweit seid ihr ein gefundenes Fressen für die Wölfe!« Der Ärger trieb ihn vom Thron; er stand auf und begann umherzuwandern. »Fast«, sagte er. »Ich kann es einfach nicht glauben. Fast hätten sie dich erwischt! Die Hüter sagten, sie hätten schon die Zähne an deinem Hals gesehen. Bei allem, was leuchtet! Wie kannst du alles riskieren, wofür wir hier kämpfen? Wie kannst du mit deinem bodenlosen Leichtsinn unseren Feinden in die Hände spielen?«

»Es ist ja nichts passiert«, verteidigte Mattim sich trotzig.

»Bist du so dumm, oder tust du nur so? Was bist du, ein kleiner Junge, der jedem noch so idiotischen Einfall sofort folgt? In deinem Alter war ich schon Anführer der Stadtwache. Was rede ich, damals hatte ich schon zwei Jahre Erfahrung als jemand, der Verantwortung trägt. Wann bist du endlich so weit? Ich frage mich fast, auf welcher Seite du eigentlich stehst. Gehörst du schon zu ihnen? Spielst du nur noch mit uns? Zeig her.«

Mit raschen Schritten war Farank bei seinem Sohn und zog den Kragen des dunkelgrünen Umhangs zur Seite. Die helle Haut des Prinzen wies keine Verletzung auf.

»Wenn ich ein Schatten wäre, könnte ich wohl kaum hier bei Tageslicht vor dir stehen, oder? Und deine Nähe aushalten könnte ich erst recht nicht.«

»Es heißt, es dauert eine Zeit lang, bis der Biss wirkt.«

»Du glaubst doch wohl nicht im Ernst, dass ich ein Schatten bin?«

Der König seufzte, zauste seinem Sohn das goldene Haar und kehrte zum Thron zurück.

Fassungslos starrte Mattim ihn an. »Ich stehe nicht auf der dunklen Seite«, sagte er. »Ich kämpfe für dich. Für Akink. Ich bin auch nicht leichtsinnig. Es kann diesen Krieg entscheiden, wenn ich endlich herausbekomme, woher die Schatten ihre Kraft nehmen.«

»Woher wohl?«, gab Farank zurück. »Sie haben bereits hunderte kleiner Dörfer überrannt. Eingenommen. Ausgeplündert.« Er zögerte, bevor er es aussprach. »Ausgesaugt und in Wölfe verwandelt.«

»Trotzdem«, beharrte Mattim. »Da muss noch mehr sein. Manchmal tauchen sie auf, obwohl wir das Gelände bereits abgesichert haben. Wir schlagen sie in die Flucht – und sie sind wie vom Erdboden verschluckt. Immer in der Nähe der Höhlen. Sie haben ein Geheimnis, von dem wir nichts wissen. Vater, ich muss herausfinden, weshalb sie zu all dem fähig sind.«

Der König verlor für einen Moment sein gestrenges Herrschergesicht und betrachtete seinen Sohn liebevoll. »Mattim, sie können all das, weil sie Schatten sind. Weil sie auf der dunklen Seite leben. Und um ein Haar würdest du nun zu ihnen gehören.«

Unwillig schüttelte der junge Prinz den Kopf. »Warum

sollte ich zu einem Feind werden, nur weil ein Wolf mich gebissen hat?«

»Jeder, den ein Wolf beißt, wird zum Schatten. Das weißt du.« Auf einmal lächelte der König. »Du hast deinen ersten Wolf getötet. Ich bin stolz auf dich.«

»Dieser Wolf wusste, wer ich bin.« Mattim suchte im Gesicht seines Vaters nach einer Erklärung. »Er hat mich angesehen und es gewusst. An Mirita hatte er kein Interesse, er wollte nur mich. Wie kann das sein?«

»Instinkt?«

»Das war mehr.« Mattim schüttelte den Kopf. »Das war nicht einfach nur ein Tier. Wie konnte der Wolf wissen, dass ich es bin?«

»Das Licht. Sie reagieren extrem aggressiv auf Licht.«

»Es war noch dunkel. Hell genug, um sich in die Augen zu blicken, aber mein Tag hatte noch nicht begonnen. Ich weiß, dass die Schatten unsere Gegenwart nicht aushalten, doch die Wölfe haben noch nie einen Unterschied gemacht. Hast du das nicht immer gesagt?«

»Tiere können erstaunliche Dinge«, sagte Farank leise. »Genau deswegen sind sie so gefährlich. – Und jetzt geh.« Der König hatte offensichtlich keine Kraft mehr, sich mit seinem ungehorsamen Sohn auseinanderzusetzen.

Mattim runzelte unzufrieden die Stirn, während er und Mirita aus der Halle gingen.

»Er will nicht darüber reden. Er versteht es einfach nicht. Für ihn ist alles so einfach. Er sieht nur den Kampf, den er seit wer weiß wie langer Zeit kämpft. Aber es ist nun mal nicht alles so geblieben wie noch vor ein paar Jahrzehnten! Der Gegner hat sich verändert, und wir müssen wissen, warum.«

»Was erwartest du denn?«, fragte Mirita, die an seiner Seite humpelte. »Dass er über Dinge im Bilde ist, die er gar nicht wissen kann? Ich habe die Schatten gesehen.«

»Was?« Mattim blieb stehen. »Wann?«

»Heute. Als die Wölfe angriffen.«

»Aber es war schon Morgen!« Er stöhnte. »Warum hast du es ihm nicht gesagt?«

Mirita stützte sich schwer auf ihren Stock, um das Bein zu entlasten. »Ich habe es den anderen Hütern gesagt, als sie uns gerettet haben. Sie meinen allerdings, ich hätte mich geirrt. Es hat bereits gedämmert, also kann es nicht sein.«

»Das hättest du dem König sagen müssen!«

»Wenn schon Morrit es mir nicht geglaubt hat?«

»Die Schatten haben noch viel mehr Geheimnisse, von denen wir nichts ahnen«, meinte Mattim nachdenklich. »Wir müssen viel mehr über sie erfahren. Das ist doch wohl wichtiger als alles andere!«

»Vielleicht stellt König Farank einige Wachen dafür ab, nach den Höhlen zu sehen. Für dich ist es jedoch einfach zu gefährlich.«

»Nicht du auch noch.« In Mattims flussfarbenen Augen blitzte es wütend auf. »Glaubst du ebenfalls, ich gehöre zum Feind, nur weil ich versuche, diesen Krieg zu gewinnen? Vielen Dank!«

Selbst wenn Mirita nicht verletzt gewesen wäre, hätte sie zulassen müssen, dass er davonstürmte. Verloren stand sie in der großen Halle und humpelte mühsam zum Fenster, um sich dort auszuruhen, bevor sie ihre ganze Kraft zusammennahm, um das Schloss zu verlassen.

»Du bist Mirita?« Die Königin persönlich setzte sich neben sie auf die breite Fensterbank. Die junge Bogenschützin wurde glühend rot, als sie erkannte, welchen Pfeil die Lichtkönigin mitgebracht hatte. »Gehört er dir?«

Leugnen war zwecklos. Sie nahm den Pfeil entgegen und legte ihn neben sich, als wäre er nicht besonders wichtig. Natürlich war sie froh, ihn wiederzuhaben, aber es hätte nicht unbedingt auf diese Weise geschehen müssen.

Die Königin blieb neben ihr sitzen. »Mirita und Mattim«, sagte sie leise. »Er hat uns nie etwas erzählt.«

»Es gibt nichts, was er Euch hätte erzählen können«, versicherte Mirita schnell. Sie hielt den Kopf gesenkt und bemerkte daher Eliras Lächeln nicht.

»Immerhin hast du ihm heute das Leben gerettet.«

»Es war eher anders herum. Er hat mir das Leben gerettet. Zweimal sogar.«

»Das war er dir schuldig, nachdem er dich in Gefahr gebracht hatte.«

Mirita hob den Blick. »So war es ganz und gar nicht«, beteuerte sie. »Ich bin wie Prinz Mattim der Meinung, dass es ein paar Dinge gibt, die wir unbedingt herausfinden müssen, wenn wir verhindern wollen, dass die Schatten eines Tages hier in Akink einfallen.«

Die Königin seufzte. »Mein liebes Kind – du gestattest, dass ich dich so nenne? –, über solche Entscheidungen hat nicht Mattim zu befinden. Auch wenn er der Prinz ist. Du bist Flusshüterin und weißt, dass du Morrit zu gehorchen hast. Er ist euer Anführer. König Farank hat ihn dazu bestimmt, und das mit gutem Grund. Mattim ist viel zu jung. Wenn er uns durch sein unreifes Verhalten nicht ständig zeigen würde, dass er diesen Posten nicht verdient, hätte er ihn längst inne.«

»Vielleicht muss man manchmal Dinge tun, die man nicht darf, aus dem einfachen Grund, weil sie kein anderer tun will oder kann«, gab Mirita zurück.

Elira bedachte sie mit einem aufmerksamen Blick. »Du hältst zu ihm, was ich auch vorbringe, wie? Ganz wie es eine richtige Seelengefährtin tun würde.«

Wieder wurde die Bogenschützin rot. »Das bin ich nicht«, wisperte sie.

»Mag sein, noch nicht.« Die Königin blickte aus dem Fenster auf den breiten, blauen Fluss.

»Ein Strom aus Licht«, sagte sie leise. »Den die Schatten nie überschreiten werden. Mirita!«

»Ja, Majestät?«

»Du musst Mattim dazu bringen, damit aufzuhören. Versuch es, bitte! Auf uns hört er nicht, auf mich am wenigsten. Er darf sich nicht in Gefahr bringen. Natürlich, er ist jung und tatendurstig, und er glaubt, er könnte ganz Magyria retten, weil ihm nichts misslingen kann. Aber dem ist nicht so. Glaub mir, Kind, es kann misslingen.«

Mirita dachte an die früheren Lichtprinzen, die zu den Schatten gegangen waren, und erkannte die Angst in den Augen der Königin. »Er ist der Letzte. Verstehst du, was das heißt? Wenn wir ihn verlieren, wird es dunkel über Akink.«

»Aber wenn das, was wir herausfinden, den Krieg endgültig entscheiden würde?«

»Und wenn nicht?«, fragte Elira zurück. »Habt ihr euch auch darüber Gedanken gemacht? Was, wenn nicht? Was, wenn dieser Wolf Mattim gebissen hätte? Es fehlte so wenig, und er wäre ein blutsaugender Schatten geworden – oder gar ein Wolf.« Sie legte eine Hand auf Miritas Arm. »Wenn dir Mattim etwas bedeutet … wenn dir mein Sohn wirklich etwas bedeutet …«

»Alles«, flüsterte Mirita. Sie konnte nicht anders.

»Dann rette ihm das Leben. Rette Akink. Rette das Licht. Er muss gehorchen, ganz gleich, ob er es einsieht oder nicht. Er muss. Rede mit ihm. Halte ihn fest. Bring ihn zur Vernunft. Er hat dem großen Wolf den Rücken zugedreht, um dich zu beschützen. Du bist wahrscheinlich die Einzige überhaupt, auf die er hört.«

»Dafür wird er mich hassen«, murmelte sie.

»Mein Licht verblasst allmählich«, fuhr die Königin fort. »Ich werde nie wieder einem Kind das Leben schenken. Meine Zeit ist um. Und wir brauchen dringend Lichtkinder. Vielleicht werden irgendwann deine Söhne und Töchter den hellen Tag nach Akink zurückbringen.«

»Was?«

»Ich meine es ernst.« Elira nickte dem Mädchen gütig

zu. »Wenn es dir gelingt, Mattim zur Vernunft zu bringen … Wie alt bist du?«

»Sechzehn.«

»Ein Jahr jünger als er. Das ist gar nicht mal so verkehrt. Jedenfalls alt genug.«

Mirita konnte immer noch nicht glauben, was die Königin ihr da versprochen hatte.

»Ihr meint …?«

»Rette ihn«, wiederholte Elira. »Erweise dich als seine Seelengefährtin. Werde seine Lichtprinzessin.« Sie lächelte über den staunenden, ungläubigen Ausdruck in den Augen der jungen Bogenschützin. »Ihr beide könntet diese Stadt wieder mit Licht und Leben füllen. Zuerst musst du ihn jedoch retten. Vor sich selbst.«

Mattim lag in seinem Bett und drückte das Gesicht ins seidene Kissen, bis er keine Luft mehr bekam und sich auf den Rücken warf. Das war ein Fehler; die Kratzer, die der Wolf ihm zugefügt hatte, schmerzten so stark, dass er sich lieber auf die Seite drehte.

Es hatte wehgetan, sich auszuziehen. Die Kleidung klebte an seinem Rücken fest, und als er sie ungeduldig herunterriss, schnappte er vor Schmerz nach Luft. Blutspuren an seinem Hemd verrieten ihm, dass der Wolf ihn schlimmer erwischt hatte, als er angenommen hatte. Er verrenkte den Kopf, um die Striemen zu betrachten, und stellte sich schließlich nackt vor den großen Ankleidespiegel, der an der Wand lehnte.

Die Spuren der Krallen waren deutlich zu erkennen, vier rote Streifen unter dem rechten Schulterblatt, vier auf dem linken. Er erschrak, als er die Verletzungen auf seiner hellen Haut sah. Nie war ihm so deutlich gewesen wie in diesem Augenblick, wie viel Glück er gehabt hatte. Der Wolf hatte ihn zu Boden gerissen, er hatte die Zähne schon an seinem Hals … und hatte gezögert, lange genug. Zu lange für eine wilde Bestie, die ihn zerreißen wollte. So vorsichtig wie nur möglich streifte er sich das Nachtgewand über.

»Mattim?«

Die Königin kam herein und setzte sich auf die Bettkante. Schon sehr lange hatte sie das nicht mehr getan. Er spürte ihre Hand an seiner Schulter. Sanft streichelte sie seinen Rücken über dem dünnen Stoff. Mattim biss die Zähne zusammen, um nicht aufzuschreien. Tränen traten ihm in die Augen, während er sich darum bemühte, sich den Schmerz nicht anmerken zu lassen.

»Vor langer Zeit«, sagte Elira, und es klang wie der Beginn einer der Geschichten, die er früher so geliebt hatte, »als Magyria noch voller Zauber war, das Land der Magie ... pflegten die Menschen hin und wieder die Grenzen von Traum und Wirklichkeit zu überschreiten. Sie setzten den Fuß in jenes andere Land, das nur einen Lidschlag von unserem entfernt ist, und besuchten dort die Schläfer. Sie kamen zu ihnen als Wölfe, schlichen sich in ihre Träume und sangen sie in den Schlaf ...«

»Als Wölfe?«

Wenn jemand das Wort aussprach oder wenn er selbst es sagte, wenn er es nur dachte, durchfuhr es ihn wie ein kalter Schauer. Trotzdem konnte er nicht anders, als es zu denken und zu sagen. »Wölfe?« Sein Rücken fühlte sich an, als hinge dort immer noch ein Wolf. Er musste nur die Augen öffnen und den Kopf drehen, und dort würde das Tier sein und ihn anblicken mit runden Augen.

Aber neben ihm saß nur seine Mutter und nickte ihm liebevoll zu.

»Sie kamen zu ihnen als graue Schatten und ...«

»Kein Wort mehr.«

Der König selbst stand an der Tür. Sein Gesicht war grau und müde, doch in seinen Augen lag ein unerbittlicher Glanz. »Kein Wort mehr davon.«

»Es ist nur eine Geschichte«, erwiderte Elira beschwichtigend.

Farank trat zu ihnen und sah auf Mattim herab. »Kein Wort mehr«, entschied er, »nie. Nichts über Wölfe. Verstehst du mich, Elira?«

»Ja«, sagte die Königin und senkte den Kopf.

Der König fasste sie am Arm und führte sie hinaus.

»Es ist bloß eine Geschichte«, verteidigte sie sich, als Farank sorgfältig die Tür hinter ihnen schloss. »Ich dachte nur … So wie früher. Bloß eine Geschichte zum Einschlafen.«

»Nicht diese«, sagte er. »Ich wusste gar nicht, dass du sie kennst. Nicht diese. Versprich mir das.«

Ihr ruhiger, klarer und zugleich herausfordernder Blick ließ ihn aufseufzen. »Bitte«, forderte er. »Merkst du denn nicht, dass Mattim das Unheil geradezu anzuziehen scheint? Er wird zu ihnen gehen.«

»Mattim? Nie im Leben!«, protestierte sie. »Unser Sohn ist treu. Er beklagt sich nie über den Dienst bei den Flusshütern. Mattim würde alles tun, um die Stadt zu schützen.«

»Ich will nicht, dass er uns hört. Komm.« Der König führte seine Gemahlin weiter, weg von Mattims Tür, die Treppe hinunter und in den Galeriesaal. Ein einziges Bild hing dort an der Wand, ein Porträt – Mattim, die Arme vor der Brust verschränkt, ein trotziges Lächeln auf den Lippen, mit dem er den Betrachter herauszufordern schien. Der junge Prinz hatte es gehasst, gemalt zu werden.

»Elira«, sagte der König sehr ernst, »gebe das Licht, dass niemals der Tag kommt, an dem wir dieses Bild von der Wand nehmen müssen. Aber damit es nicht passiert, müssen wir sehr vorsichtig sein. Es steht auf Messers Schneide. Eine falsche Bewegung und er ist verloren. Und mit ihm ganz Akink.«

»Du tust ihm Unrecht, wirklich.« Die Königin weigerte

sich, es zu glauben. »Unser Sohn liebt uns. Er liebt diese Stadt. Mattim ist ein guter Junge. Von allen unseren Kindern ist er vielleicht sogar derjenige, der mir am meisten Freude macht. Er gehört dem Licht. Eines Tages werden seine Kinder das Licht in dieser Stadt verstärken, und eine neue Zeit wird anbrechen. In mir ist so viel Hoffnung, Farank. Warum siehst du nur so schwarz? Weil Mattim der Letzte ist? Ich kann verstehen, dass du Angst hast …«

»Sie ziehen ihn zu sich«, unterbrach Farank. »Und wenn wir nicht gut auf ihn aufpassen, wird er zu den Schatten gehen. Ich sehe es in seinen Augen, ich sehe es, wenn wir über den Wald sprechen und über die Wölfe.«

»Das glaube ich nicht. Mattim liebt Akink genauso wie wir.«

»Deshalb wird er sich einreden, dass er es für Akink tut. Er wird sich den Schatten ergeben und dabei auch noch glauben, dass er es mit ihnen aufnehmen kann.« Der König verzog das Gesicht. »Unser Sohn muss lernen, sie zu fürchten und zu hassen, oder er ist verloren und wir mit ihm.«

»Aber … er hat heute einen Wolf getötet. Was verlangst du denn noch?«

»Dass er es tun kann, ohne es zu bedauern.« Farank strich ihr abwesend eine Haarsträhne aus dem Gesicht. »Wenn er das nicht kann, Elira …«

»Mattim hat ein mitleidiges Herz. Ist das so schlimm? Wäre es dir lieber, wenn er kalt und herzlos wäre?«

»Mit diesem Feind darf man sich kein Mitleid erlauben. Ja, es ist schlimm, wenn es einen dazu verleitet, zu zögern und alle in Gefahr zu bringen. Es ist schlimm, wenn unser Sohn es nicht fertigbringt, zu gehorchen. Beim Licht, er muss endlich lernen, zu tun, was man ihm sagt. Wenn er immer eigene Wege geht, wohin wird das führen? Es werden irgendwann nicht mehr unsere Wege sein.« Farank seufzte leise. »Elira, ich weiß, dass Mattim ein großes Herz hat. Da ist etwas in ihm, das die anderen nicht hatten. Ich bin mir nicht sicher, ob es eine Stärke oder eine Schwäche ist. Der Junge kämpft nicht gerne. Er würde nie freiwillig auf die Jagd gehen, so wie … wie der andere. Er liebt nicht nur Akink, sondern auch den Wald und sogar die Wölfe. Mattim liebt Wesen, die seine Liebe nicht verdient haben, die jeder andere fürchtet.«

»Ist das denn schlimm?«, fragte Elira zum zweiten Mal.

»Schlimm?« Farank lachte. »Meine Liebe, das ist das Licht! Es ist so stark in ihm, manchmal fürchte ich sogar, dass es ihn verbrennen wird. Du musst mir nicht sagen, dass er stark oder etwas Besonderes ist. Das weiß ich doch. Ich sehe ihn an und weiß es, und in solchen Momenten möchte ich ihn festhalten und nicht mehr loslassen, damit er die dunklen Wege nicht entdeckt, die vor ihm liegen. Wenn er die Wölfe liebt, wie soll er da ihrem Ruf widerstehen? Elira, wenn jemand wie Mattim zu den Schatten geht, wird eine Dunkelheit über uns kommen, die schlimmer ist als alles. Jemand wie er, der so hell strahlt, wird finsterer werden als jeder andere unserer Feinde. Er wird furchtbarer werden als alle vor ihm, gefährlicher als die Wölfe und gnadenloser als der Jäger.«

Die Königin wischte sich über die Augen. »Du machst mir Angst.«

Der König des Lichts schloss die Arme um seine Gemahlin. Sie legte ihre Wange an seine Brust.

»Ich kann das nicht ertragen«, flüsterte sie. »Ihn auch noch zu verlieren … Ich will nie, nie wieder ein Bild von der Wand nehmen und einen Namen vergessen müssen. Jedes Mal ist ein Teil von mir gestorben … Er wird kämpfen, Farank. Ich glaube fest daran. Mattim wird sich nicht ergeben. Er wird die Schatten bekämpfen. Unser Sohn wird stark genug sein.«

Der König hielt Elira noch immer fest, den Blick auf das Bild gerichtet, das letzte Porträt an der Wand.

»Das muss er«, sagte er nur.

Die Flusshüter marschierten in einer langen Reihe, immer zwei nebeneinander, über die Brücke und dann am Ufer entlang. Man konnte sie vom Fenster aus sehen, obwohl ihre grünen Gewänder mit der Umgebung nahezu verschmolzen. Erst als sie abdrehten und in den Wald traten, verlor man sie ganz aus dem Blick.

Mirita seufzte.

»Bitte verzeih.« Mattim wies auf ihr Bein. »Du bist jetzt wohl eine Weile außer Gefecht gesetzt, wie?«

»Es wird schnell heilen. Es tut ja nicht einmal weh«, log sie. »Und du, wie kommst du klar?«

Sie hatte nicht erwartet, dass er sie in ihrem kleinen Zimmer besuchen würde. Von ihrem Elternhaus aus hatte man einen Blick auf den Fluss, der dem von der Burg aus in wenig nachstand. Wenn das Wasser nach heftigen Regenfällen stieg, reichte es fast bis an die Hausmauer. Als ihre Mutter den Prinzen hereingeführt hatte und dabei verwundert die Brauen hochzog, fühlte sie, wie ihr Herz wild schlug. »Steht es so schlecht, dass du die einzige Flusshüterin besuchen musst, die noch in der Stadt ist?«

»Ich halte es keinen Tag ohne dich aus.« Er lachte. »Nein, Scherz beiseite. Mein Vater lässt mich nicht über die Brücke. Ich habe keine Ahnung, wie lange er das durchziehen will. Aber ich lasse mich nicht in meiner eigenen Stadt zum Gefangenen machen. Kannst du nicht …?«

»Ich?«, fragte Mirita. Es schmerzte immer noch ein bisschen, dass er über die Vorstellung gelacht hatte, sich nach ihr zu sehnen. »Was soll ich denn tun?«

»Du könntest mit meinen Eltern reden und ihnen versichern, dass du mich jetzt für vernünftig genug hältst und man mich wieder hinauslassen kann.«

»Du meinst, auf meine Meinung würde irgendjemand etwas geben? Abgesehen davon, du bist doch gar nicht vernünftig geworden. Jedenfalls nicht vernünftiger als gestern.«

»Bitte, Mirita, du bist meine einzige Hoffnung«, schmeichelte Mattim. »Ich halte es nicht aus, hier eingesperrt zu sein. Ich habe die ganze Nacht nachgedacht, über die Schatten, die du gesehen hast. Wenn sie sich so nah an Akink heranwagen können, ohne zu vergehen, steckt mit Sicherheit mehr dahinter. Es widerspricht einfach allem, was ich bisher dachte. Oder dem, was man uns immer gesagt hat.«

»Du lässt nicht locker, wie?« Mirita fand seine Überlegungen alles andere als unvernünftig. Sie waren hier etwas auf der Spur, etwas Wichtigem. Das Jagdfieber packte auch sie. »Meinst du, es hat etwas mit den Höhlen zu tun? Sie sind doch leer?«

»Das behaupten alle. Überprüft haben wir es noch nicht.«

»Oh, nein.« Das Mädchen schüttelte heftig den Kopf. »Oh, nein, nein, nein.« Schuldbewusst erinnerte sie sich an die Unterredung mit der Königin. »Du darfst die Stadt nicht verlassen. Falls doch, darfst du dich nicht von den Flusshütern entfernen. Und vor allem darfst du nie, nie allein durch den Wald.«

»Jetzt hörst du dich schon an wie meine Mutter.« Ärgerlich verzog Mattim das Gesicht.

Mirita streckte die Hand nach ihm aus und ließ sie wieder sinken.

»Könnte es nicht sein, dass sie Recht hat? Dein Leben ist zu wertvoll, um es für eine fixe Idee zu riskieren.«

»Hör auf, so zu reden!« Er wandte sich schon zur Tür, aber dann besann er sich und setzte sich ihr gegenüber aufs Bett. »Lass das. Es geht nicht um mich. Es geht um Magyria. Wenn wir eine Möglichkeit finden würden, die Schatten zu vertreiben, würden wir nicht nur Akink retten, sondern das ganze Königreich. Es wäre ein für alle Mal vorbei.«

»Und wie«, begann sie, »sollen die Höhlen …« Das Licht spielte in seinem Haar. Der Fluss warf den glitzernden Schein durchs Fenster, und über Mattims Gesicht schienen

Wellen funkelnden Lichts zu gleiten. Sie schloss kurz die Augen, um sich zu konzentrieren. »Mattim, selbst wenn die Schatten die Höhlen für was auch immer benutzen – wie könnte das kriegsentscheidend sein?«

»Die Schatten können durch diese Höhlen auftauchen und verschwinden, richtig?«

»Das ist nichts als ein Verdacht.«

»Angenommen, er bestätigt sich. Die Schatten fliehen also durch irgendeinen Geheimgang oder was es auch ist. Vielleicht«, er zögerte, »liegt dort sogar der Zugang zu ihrem Schattenreich. Ihr Eingang nach Magyria.«

»Aber die Schatten kommen nicht aus einem eigenen Schattenreich«, widersprach Mirita. »Sie stammen von hier. Sie sind Magyrianer, die von den Wölfen gebissen wurden. Sie sind Untote!«

Mattim strich sich mit den Fingern übers Kinn, eine Geste, die er unbewusst von seinem Vater übernommen hatte.

»Die Toten haben ihre eigenen Geheimnisse«, sagte er. »Vielleicht verstecken sie sich in den Höhlen vor dem Licht? Dann kriegen wir sie. Wenn sie durch diese Höhlen verschwinden, müssen wir sie nur verschließen, damit sie nicht zurückkehren können. Dann sind wir frei von ihnen.«

»Bleiben noch die Wölfe.«

»Ja, die Wölfe. Wenn keine Schatten in den Wäldern lauern, können wir ganz anders gegen die Wölfe vorgehen. Wir werden sie ein für alle Mal von hier vertreiben.«

»Ach, Mattim. Die Wölfe werden einfach neue Leute beißen und sich ihre Schatten selber machen. Wir müssen kämpfen, weil wir nicht aufgeben können, doch einen endgültigen Sieg wird es nicht geben. Nur eine endgültige Niederlage. Und da willst du herkommen und die Welt retten? Warum du? Weil du ein Lichtprinz bist? Sei mir bitte nicht böse, aber deinen Geschwistern hat das auch nicht viel genützt.«

»Sie haben genauso gekämpft wie ich«, entgegnete er.

»Wenn ich mich verkrieche, damit mir ja nichts passiert, wer wäre ich dann? Ein Feigling und Drückeberger. Könnte ich dann noch von mir behaupten, auf der Seite des Guten zu stehen?«

Er hatte Recht. Allem, was er sagte, musste sie aus ganzem Herzen zustimmen. Trotzdem zwang sie sich zu sagen: »Mattim, wenn wir dich verlieren, was würde es uns nützen, die Schatten los zu sein?«

Seine Felsaugen musterten sie verächtlich. »Ich dachte, wir wären Freunde. Haben meine Eltern dich so lange bearbeitet, bis du umgeschwenkt bist, oder bist du mir böse, wegen deines Beins?«

»Nein, Mattim, ich …«

»Dann also meine Eltern. Ich dachte es mir schon fast. Was haben sie dir versprochen?« Er ließ den Blick durch ihre kleine Kammer schweifen. »Geld? Eine Beförderung bei den Flusswächtern? Was?«

Dich. Deine Mutter hat mir dich versprochen. Wie hätte sie ihm das sagen können? So, wie er sie ansah, würde es sowieso nichts mit ihnen beiden werden. Der Schmerz schnürte ihr die Kehle zu.

Mattim stand auf. »Verräterin.« Er hatte die Hand schon am Türriegel, als sie eine Entscheidung traf.

»Warte! Mattim, bitte warte! Na gut. Ich rede mit ihnen. Ich tu, was ich kann, damit sie dich wieder rauslassen.«

Er stand im Schatten, und immer noch tanzte der Glanz der Wellen auf seinem Haar und über sein Gesicht. Doch das war nichts gegen sein Lächeln.

»Ich wusste es. Auf dich kann man sich verlassen.« Er schenkte ihr dieses Lächeln wie ein geheimnisvolles Päckchen zum Geburtstag, die Hoffnung darauf, dass sich darin weitaus mehr befand. Sie sah noch, wie er sich an ihrer verdutzten Mutter in ihrer schmalen Stube vorbeidrängte; ein Luftzug verriet, dass er den Weg nach draußen selbst gefunden hatte.

»Mirita?« Ihre Mutter stand im Türrahmen; ihr Gesicht sprach Bände. »Das war Mattim.«

»Ich weiß.«

»Der Prinz.«

»Mutter, ich weiß!«

»Was wollte er bloß hier? Warum kommt er her?«

»Ich bin in der Flusswache.« Mirita bemühte sich, geduldig zu bleiben. Sie verstand sich eigentlich ganz gut mit ihrer Mutter, aber es wäre ihr im Traum nicht eingefallen, zu Hause davon zu erzählen, was sie für Mattim empfand. Aus diesem Grund hatte sie nicht einmal erwähnt, dass sie seit einiger Zeit in derselben Schicht Dienst hatten. Sie fürchtete, sich zu verraten, wenn sie seinen Namen auch nur aussprach.

»Ging es um dein Bein? Erhältst du eine Entschädigung?«

Mirita seufzte. »Ich weiß nicht, wie viel ich bekomme«, antwortete sie leise.

VIER

BUDAPEST, UNGARN

»Wie wäre es, wenn du Hanna die Stadt zeigst?«

Réka reagierte auf die freundliche Bitte ihres Vaters, in dem sie genervt die Augen verdrehte.

»Ja, ich denke auch, das wäre eine gute Idee.« Mónika lächelte aufmunternd.

Réka machte ein bitterböses Gesicht, während sie sich ihre Jacke anzog.

Es war ein kühler, regnerischer Tag, ein Tag, an dem man die Hände in den Jackentaschen vergraben und so tun konnte, als wäre man allein auf der Welt.

Das kann ja heiter werden, dachte Hanna, dennoch hielt sie krampfhaft an ihrer guten Laune fest. Gut, es war trübe, aber sie war hier. Atmete Budapester Luft. Die Schönheit der Häuser brauchte keinen Sonnenschein, um überwältigend zu wirken.

»Der Burgberg soll ziemlich beeindruckend sein. Gehen wir da hin?«

Erneut verdrehte Réka nur die Augen.

»Was willst du dann? Shoppen gehen?«

Das Mädchen blieb stumm und führte sie zielsicher zur Bushaltestelle. Die Fahrt über hielt sie ihre entschieden trotzige Miene aufrecht. Erst auf der Pester Seite taute sie allmählich auf, und ein klein wenig Sonnenschein entwischte ihrem finsteren Gesicht. Dafür begann der Regen, eben noch ein sanfter Schauer, plötzlich wild auf sie herabzuprasseln. Hanna duckte sich und sah sich auf dem großen Vörösmarty-Platz um. Ihre Augen leuchteten auf, als sie ein Gebäude erkannte. »Da ist das Gerbaud. Da wollte ich schon immer mal rein. Gehen wir?«

Réka zuckte mit den Achseln, machte aber keine abfällige Bemerkung, was Hanna als gutes Zeichen wertete.

Im Kaffeehaus war es voll. Alle Tische waren besetzt; anscheinend waren sie nicht die Einzigen, die vor dem Regen geflohen waren. Sie vertrieben sich die Wartezeit damit, die Torten in der Auslage zu betrachten. Beim Anblick der süßen Köstlichkeiten besserte sich Rékas Laune zusehends.

»Die Sachertorte sieht gut aus«, fand Hanna. »Oder soll ich die hier nehmen, mit dem Marzipan? Was empfiehlst du mir?«

»Alles.« Die sauertöpfische Miene kam Réka irgendwie abhanden. Sie vergaß sogar, so zu tun, als könnte sie gar kein Deutsch. »Darf ich das? Und noch ein Stück von den Gerbaudschnitten?«

»Ihr kommt wohl öfter her?«

»Früher, als ich noch klein war.«

»Verstehe.« Hanna wusste, wie es war, wenn man die Dinge, die man als Kind gern getan hatte, plötzlich nicht mehr tun durfte, weil seltsame ungeschriebene Gesetze von einem verlangten, erwachsener zu sein als die Erwachsenen selbst. »Von mir erfährt es keiner. Such dir aus, was immer du willst.«

Der Bestechungsversuch war so offensichtlich, dass es schon keiner mehr war. Ein Tisch wurde frei, sie schoben sich durch die dicht zusammengestellten Stühle und ergriffen Besitz davon. Die freundliche Kellnerin verzog keine Miene, als Hanna gleich drei Stücke Torte für Réka bestellte; sie selbst begnügte sich mit zweien. Dabei fürchtete sie sich nicht vor der Rechnung. Ihr war danach, über die Stränge zu schlagen.

»Ich bekomme fast überhaupt kein Taschengeld«, beklagte Réka sich, während sie das erste Tortenstück in sich hineinstopfte. »Meine Eltern sind so was von geizig.«

»Das muss schlimm sein.«

Hanna unterdrückte jeden Versuch, für Mónika und Ferenc Verständnis zu zeigen.

In atemberaubender Geschwindigkeit hatte Réka die Sachertorte, die Marzipantorte und die Gerbaudschnitte vertilgt und warf sehnsüchtige Blicke auf Hannas Teller. Das erste Tortenstück war so süß, dass es der Deutschen vollkommen reichte, daher fiel es ihr gar nicht so schwer zu sagen: »Magst du mein zweites Stück essen?«

Réka nickte. »Ich würde nach New York gehen. Wenn ich ein Jahr im Ausland verbringen wollte. New York. Oder Los Angeles. Oder Australien. Ja, ich glaube, Australien fänd ich gut.«

»Warum machst du es nicht einfach? Wenn du mit der Schule fertig bist, natürlich?«

Réka beherrschte die Kunst des Augenrollens perfekt. »Meine Eltern.«

»Da haben wir ja schon wieder was gemeinsam. Außer unserer Schokoladensucht. Meine Eltern waren auch nicht gerade begeistert.«

»Echt?«

»Sie halten dieses Jahr für reine Verschwendung. Ungarischen Gören Deutsch beibringen.«

Réka nickte. »Ich kann schon genug Deutsch«, sagte sie. »Besser, als sie glauben. Unsere Oma hat immer Deutsch mit uns gesprochen. Außerdem gehe ich auf die deutsche Schule. Ich brauche kein deutsches Kindermädchen.«

Hanna lächelte. Sie weigerte sich, das persönlich zu nehmen. »Dann kannst du mir ja Ungarisch beibringen. Mein Sprachkurs beginnt nächste Woche. Darf ich dich fragen, wenn ich was nicht weiß?«

Rékas Augen leuchteten auf. »Klar. Mach ruhig.«

Es hatte aufgehört zu regnen. Hanna trank den letzten Tropfen ihres kalt gewordenen Kaffees aus. »Räumen wir lieber den Tisch hier, bevor sie uns rauswerfen.«

»Wohin jetzt?«, fragte Réka draußen.

Hanna wollte sie lieber nicht an ihren Vorschlag erinnern, shoppen zu gehen. Der Kuchen hatte schon genug gekostet, jetzt musste ein günstigeres Ziel her.

»Gehen wir an den Fluss?«

Réka lächelte spöttisch. »Wie die Touristen. Na gut.«

Blau war die Donau bei diesem Wetter nicht, eher trübgrau, ein stählernes Band durch die Stadt. »Ez Duna«, sagte Réka stolz, als würde sie etwas aus ihrem persönlichen Privatbesitz vorführen.

Langsam schlenderten sie an der Uferpromenade entlang. Vor ihnen lag die Kettenbrücke, die Hanna wie eine alte Bekannte vorkam. Die steinernen Löwen auf den Pfeilern schienen gelangweilt zu gähnen.

Das Mädchen war stehen geblieben und sah hinaus auf das Wasser. Der Wind zerrte an ihrem dunklen Haar.

Ein junger Mann in einer schwarzen Lederjacke stand nur wenige Meter entfernt und blickte ebenfalls auf den Fluss. Dann sagte er etwas und ging weiter. Réka starrte ihm mit verklärtem Gesicht nach.

»Was wollte der denn?«, fragte Hanna. »Was hat er gesagt? Irgendwas mit Szigethy?«

Réka lächelte stolz. »Szigethy-Prinzessinnen wie ich gehören auf die andere Seite, hat er gesagt. Ganz schön verrückt, nicht?«

»Woher kennt er deinen Nachnamen?«

»Keine Ahnung.« Réka wirkte jedoch nicht wirklich überrascht. »Hochadel sind wir auch nicht gerade.«

»Ihr seid adelig? Echt?«

Réka lachte. »Fast jeder ist in Ungarn adelig. Es ist einfach nur peinlich.«

Hanna hatte das unbestimmte Gefühl, dass das Mädchen von dem jungen Mann mit der ungewöhnlichen Anmache ablenken wollte. »Woher kennt er dich?«, fragte sie noch einmal.

Sie blickte sich um, aber der Fremde in der Lederjacke war im Gedränge verschwunden.

»Warum sollte ich ihn kennen? He, du bist ja sauer«, stellte Réka fest und lachte auf einmal. »Weil er es zu mir gesagt hat und nicht zu dir!«

»Ach was!« Hanna schüttelte lachend den Kopf. »Was für ein Unsinn! Ich bin nicht hier, um mich von fremden Kerlen anbaggern zu lassen.«

Réka war überrascht. »Du hast einen Freund?«

»Nein! Das heißt – es ist noch nicht lange her, dass wir uns getrennt haben. Ich hab erst einmal genug. Ich will gar keinen neuen Freund.«

»Wie hieß er?«, fragte das Mädchen neugierig.

»Maik.« Hanna wollte eigentlich gar nicht über ihn reden. Erst recht nicht mit Réka, die auch nicht gerade ausgiebig über ihre Gefühle sprach. Alles hatte so gut angefangen … und dann hatte es sich einfach in Luft aufgelöst. Statt mit Maik zusammen ein Studium anzufangen, so wie sie es geplant hatten, war sie nun hier und musste sich zwangsweise mit einem Mädchen anfreunden, das ihr völlig fremd war. Und dachte an einen jungen Ungaren, dem sie nur für wenige Sekunden begegnet war. Er hatte sich nicht an sie gewendet, aber er hatte sie angesehen. Merkwürdigerweise reichte das schon, um die bitteren Erinnerungen an Maik verblassen zu lassen, als wäre er nichts als ein Schatten aus einem fremden Leben.

Réka weinte in dieser Nacht. Hanna hatte sich nur ein Glas Wasser holen wollen und war wie erstarrt im Flur stehen geblieben, als sie das merkwürdige Geräusch hörte. Da weinte jemand. Oder war es ein Lachen? Und eine Stimme, Rékas Stimme.

Auf bloßen Füßen tappte Hanna zur Zimmertür des Mädchens. Ihr Herz begann wild zu schlagen. Hatte Réka etwa Besuch? Jetzt, mitten in der Nacht?

Die Hand schon an der Klinke, zögerte sie. Es gab wohl nichts Peinlicheres, als hereinzuplatzen, falls tatsächlich jemand da war. Wenn sie zu zweit waren. Aber Himmel, das Mädchen war erst vierzehn.

»Nein, bitte nicht! Nein, nein!«

Entschlossen drückte Hanna die Klinke herunter und riss die Tür auf.

Réka lag allein in ihrem Bett. Unruhig wälzte sie sich hin und her. Sie träumte offenbar, einen wilden, schrecklichen Traum.

»Nein! Du tust mir weh! Bitte nicht! Lass mich! Nein, hör auf!«

Mit beiden Händen umfasste sie ihren Hals und trat mit den Beinen nach einem unsichtbaren Angreifer, dann wurde sie plötzlich ruhig und weinte nur noch still vor sich hin.

»Réka. Réka, wach auf!« Behutsam berührte Hanna sie am Arm, an den Schultern. Was musste das Mädchen erlebt haben, um solche Dinge zu träumen?

»Warum tust du das? Ich liebe dich doch. Warum tust du das nur?«

Hanna rüttelte sie etwas fester. »Alles ist gut. Du träumst nur.«

Réka schluchzte noch einmal auf und öffnete die Augen.

»Wer ist da? Mama?«

»Ich bin es. Hanna. Du hast schlecht geträumt.«

»Was willst du in meinem Zimmer? Du hast hier nichts verloren. Warum weckst du mich? Lass mich in Ruhe.«

»Schlaf gut.« Leise schlich Hanna in ihr Zimmer zurück, aber nun war sie es, die unruhig schlief. Die trostlose Verzweiflung in Rékas Stimme, während sie sich im Traum gegen einen Menschen wehrte, den sie liebte, ließ Hanna nicht mehr los.

Irgendetwas war mit diesem Mädchen ganz und gar nicht in Ordnung. Hatte sie nicht schon gleich am ersten Tag gewusst, dass hier etwas nicht stimmte?

Zum ersten Mal hatte Hanna das Gefühl, dass sie Rékas Geheimnis auf der Spur war. Auch wenn sie nach dem, was sie heute Nacht gehört hatte, lieber gar nicht wissen wollte, worin es bestand.

In den nächsten Tagen suchte sie ständig nach einer Gelegenheit, um allein mit Réka zu reden. Es war schier unmöglich. Beim Frühstück war das Mädchen sowieso nicht ansprechbar. Wenn sie aus der Schule nach Hause kam, schloss sie sich in ihrem Zimmer ein oder traf sich sofort mit Freundinnen. Hanna hatte den Eindruck, dass sie ihr absichtlich aus dem Weg ging. Ihre Miene war dermaßen finster und trotzig, dass sie todsicher damit rechnete, wegen ihres Albtraums verhört zu werden.

Vielleicht jedoch auch wegen der Dinge, die diese Albträume verursachten. Jeden Tag schien sie blasser und durchscheinender zu werden. Unter den Augen hatte sie dunkle Ringe, als würde sie die Nächte durchmachen. Vielleicht schlief sie tatsächlich kaum, auch wenn sie zu Hause in ihrem Zimmer war – ließen diese schrecklichen Träume sie überhaupt schlafen?

Réka würde nichts sagen. Da konnte bohren, wer wollte, sie würde nichts preisgeben, gar nichts.

Nachdem Hanna zu dieser Erkenntnis gelangt war, beschloss sie, es gar nicht erst mit Ausfragen zu versuchen. Sie lächelte aufmunternd, als Réka mit ihrer allergrimmigsten Miene ihr Brot in sich hineinstopfte, ignorierte sie aber ansonsten. *Na gut*, dachte sie, *wenn sie es so haben will, meinetwegen.*

Zugleich warf das Mitleid mit diesem Mädchen sie nahezu um. Eine Vierzehnjährige sollte keine solchen Träume haben. Womöglich war sie schon zu alt, um noch in Rosarot zu träumen, doch musste ihr Leben deswegen gleich solch ein schrecklicher Albtraum sein?

Réka schnappte sich ihre Schultasche und verschwand. Hanna musste sich Attila zuwenden, der wie immer ausgiebig trödelte, ihn ins Auto verfrachten und zur Schule bringen. Erst als sie beide Kinder erfolgreich losgeworden war, konnte sie sich der schwierigen Aufgabe widmen, die sie sich vorgenommen hatte.

Frei. Im Haus war es so still, dass sie in der Küche die Uhr ticken hörte.

Als sie die Tür zu dem Teenagerzimmer aufstieß, hatte sie sich mit einem Staubtuch bewaffnet. Ordnung. Sie hatte nicht vergessen, dass Réka ihr ausdrücklich untersagt hatte, den Raum zu betreten, aber Mónika hatte darauf bestanden, dass auch dort das Chaos wenigstens hin und wieder gebändigt werden musste. Was sie hier tat, geschah also auf ausdrücklichen Wunsch ihrer Gasteltern. Trotzdem hatte Hanna das ungute Gefühl, ein Eindringling zu sein und etwas Verbotenes zu tun. Ein Heiligtum zu entweihen. Vielleicht hätte es sich nicht so schrecklich angefühlt, wenn sie tatsächlich nur zum Putzen hereingekommen wäre. Lüften, Blumen gießen. Warum die zwei armseligen Pflanzen hier überhaupt noch herumstanden, war ihr ein Rätsel – Fensterschmuck sah anders aus. Und immer wieder Blicke auf den Schreibtisch, auf Hefte, Bücher, Zeitschriften, lose Zettel. Sie wischte dazwischen herum, in der Hoffnung, dass Réka nichts auffiel. Aber wie konnte sie behaupten, hier geputzt zu haben, wenn sie nicht mal die leeren Bonbontüten und Getränkedosen mitnahm? So oder so, Réka würde sofort merken, dass sie hier gewesen war. Da konnte sie auch gleich richtig suchen.

Hastig durchwühlte Hanna sämtliche Schubladen. Eigentlich gab es keinen Grund zur Eile; bis die Schule aus war, vergingen noch Stunden. Trotzdem wollte sie so schnell wie möglich fertig werden.

Ihr Herz klopfte wie wild. Sie war nicht hier, um jemanden zu retten. Wie konnte sie glauben, Réka helfen zu können? Gerade sie? Wenn es nicht mal die Eltern interessierte, was ihre Tochter trieb?

Himmel, wo war bloß das Tagebuch? Führten nicht alle Mädchen in diesem Alter Tagebuch? Aber vielleicht war das ja in Ungarn anders.

Nicht einmal zwischen der Unterwäsche gab es eins. Auch keine Briefe. Gut, geschenkt, wer schrieb heutzutage überhaupt noch Liebesbriefe?

Hannas Hände zitterten, als sie auf das Foto stieß. Behutsam zog sie es zwischen Baumwollschlüpfern und ein paar Seidentangas, für die das Mädchen einfach noch nicht alt genug sein konnte, hervor. Es war ein DIN-A4-Bogen, ein unscharfer Ausdruck von einem Farbdrucker, doch unzweifelhaft war das Rékas Geheimnis, sonst hätte sie es nicht hier aufbewahrt.

Ein Mann. Natürlich.

Der Fremde hatte nicht gemerkt, dass man ihn fotografiert hatte. Er schien an einer Art Theke zu stehen und mit jemandem zu reden, der nicht auf dem Bild war. Die Beleuchtung war grauenvoll und der Ausdruck grob und unscharf, und doch war dieser Kerl dermaßen attraktiv, dass nicht einmal das unvorteilhafte Foto diesen Eindruck schmälern konnte. Er war ganz in Schwarz gekleidet. Auch sein Haar war schwarz. Schräg blickte er an der Kamera vorbei, sodass sein Gesicht im Halbprofil zu sehen war. Die Augen lagen im Schatten, aber sein Lächeln war einfach umwerfend.

Hanna schob das Bild wieder zurück in die Schublade, griff sich den Papierkorb und floh. Sie war diesem Mann schon einmal begegnet. Es war der Typ von der Brücke, der Réka »Prinzessin« genannt hatte.

FÜNF

AKINK, MAGYRIA

In seinem Traum wurde Mattim wieder von Wölfen durch den Wald gejagt. Immer, wenn er sich umdrehte, blickte er in die dunklen, wissenden Augen der silbergrauen Wölfin. Er floh. Nein, er lief mit ihnen. Je länger er mit ihnen durch den Wald rannte, umso mehr verblassten die Furcht und die Panik. Sie liefen dort alle, gemeinsam, er und die Wölfe. Er fühlte die Leichtigkeit in seinen Füßen, in seinen Gelenken. Er brauchte die Hände, um besser laufen zu können. Das Schwert fiel nutzlos zu Boden, er benötigte es nicht mehr. Er gehörte zum Rudel. Im Nacken spürte er den heißen Atem der Wölfin. Sie schnappte zu, aber er empfand keine Angst. Der kurze Schmerz war nichts gegen das, was er tun würde. Knurrend und bellend warf er sich herum …

… und fand sich auf dem Fußboden wieder. Stöhnend richtete Mattim sich auf. Er fühlte sich zerschlagener als zuvor. Wieder einen ganzen Tag verschlafen. Das war keine Seltenheit, seit er zur Nachtschicht der Flusshüter gehörte. Dennoch hatte er das Gefühl, dass ihm das Licht entglitt, dass er von einer Dunkelheit zur nächsten lebte.

Der Wolf. Morrit hatte ihm später gesagt, es sei eine Wölfin gewesen, die große, silbergraue, die ihn gejagt hatte. Ihm war, als hinge ihr Gewicht immer noch an seinem Rücken, und er spürte das Erschrecken und die Wucht des Sturzes. Er konnte immer noch fühlen, wie es war, zu fallen, den Tod im Nacken. Sobald er die Augen schloss, war alles wieder da.

Vorsichtig wusch sich Mattim und wickelte sich dann einen weißen Schal doppelt um die Schultern. Falls es wieder zu bluten begann, würde niemand es bemerken. Sicherheitshalber zog er eine dunkelgrüne, brokatbestickte Weste über das helle Hemd und legte den Umhang um. Jede Bewegung tat weh. Sein ganzer Körper verlangte nach Ruhe, nach mehr Schlaf für die Heilung. Aber dafür hatte er keine Zeit. Wenn Mirita schon mit seinen Eltern gesprochen hatte, begann in Kürze sein Dienst.

Mattim biss die Zähne zusammen, als er die Treppe hinunterging. Draußen lehnte er sich über die niedrige Begrenzungsmauer und blickte auf das Blau des Donua. Gleich würde er erfahren, ob er für die nächste Schicht eingeteilt war.

Er musste nicht lange suchen, bis er seinen Vater fand. Früher hatten sie oft zusammen auf der Mauer gestanden und den Anblick auf sich wirken lassen. Vor ihnen der Fluss, der Wald, der sich endlos, bis zum Horizont, erstreckte. Hier hatten sie gestanden, und hin und wieder hatte einer von ihnen etwas gemurmelt, was keine große Bedeutung hatte. Seine Mutter erzählte ihm Geschichten, aber zwischen seinem Vater und ihm waren nie viele Worte nötig gewesen.

Nachdenklich blickte Farank über den Fluss auf das jenseitige Ufer. »Müde?«, fragte er.

»Ein wenig«, antwortete Mattim. »Ich bin bereit zum Dienst.«

Der König antwortete nicht sofort auf die unausgesprochene Frage. *Er sucht nach Worten, um mir die Absage schmackhaft zu machen*, dachte Mattim. *Ich sehe es in seinem Gesicht.* Manchmal flackerte etwas von der alten Verbundenheit wieder auf, und sie brauchten keine Worte, um sich zu verstehen. Es tat dem König leid, seinen Sohn zu enttäuschen, und dennoch würde er es tun. Also keine Rückkehr zu den Flusshütern.

Schließlich sagte sein Vater: »Ich habe dich der Brückenwache zugeteilt.«

»Der Brückenwache!« Mattim war entsetzt, obwohl er geglaubt hatte, darauf vorbereitet zu sein.

»Das ist ein sehr verantwortungsvoller Posten.«

»Vater! Die Brückenwache steht nur auf der Brücke herum!«

»Das ist extrem wichtig. Falls ein Angriff erfolgt, müssen sie ihn am Fuß der Brücke abwehren.«

»Ich weiß, warum die Wache wichtig ist.« Mattim atmete tief durch. Er musste seinen Ärger hinunterschlucken und vernünftig argumentieren, sonst würde der König so tun, als stünde die Entscheidung bereits fest. »Trotzdem möchte ich nicht dazugehören, Vater, wirklich nicht. Wenn ich stundenlang auf einem Fleck stehen müsste, würde ich verrückt.«

»Eine gute Übung in Sachen Geduld. Findest du nicht? Es ist keine Kleinigkeit, nur herumzustehen, glaub mir. Trotzdem darf die Wachsamkeit niemals nachlassen. Vor allem die Wachen am Brückenende haben eine verantwortungsvolle Aufgabe.«

Farank blickte ihn gütig an, er hoffte auf ein Einsehen. Mattim fand es einfach nur unerträglich, viel lieber hätte er sich lauthals gestritten.

»Du willst mich aber in die Mitte stellen, habe ich Recht?«

Der König lächelte. »Mattim, bei der Brückenwache kommt jeder mal ans Ende. Wenn sie ihre Runde aufnehmen …«

»Eine Runde, bei der man jede halbe Stunde ein paar Meter weitergeht. Wunderbar! Das ist genau das, was ich mir gewünscht habe!«

»Es muss getan werden«, sagte Farank kühl, und Mattim verwünschte sich, weil er sich wieder hatte hinreißen lassen, seine Gefühle zu zeigen. Uneinsichtigkeit machte seinen

Vater nur noch sturer, das wusste er eigentlich. Allenfalls besonders kluge Gründe konnten jetzt noch helfen.

»Im Wald bin ich viel nützlicher, da kann ich …«

»Schluss jetzt!«, bestimmte der König. »Du gehst heute auf die Brücke. Hast du verstanden?«

Der junge Prinz rang die Worte nieder, die in seiner Kehle darum stritten, als Erstes hinauszudürfen. Er nickte.

»Dann geh und tu deinen Dienst.«

In ihm brodelte es, als er hinunter zur Brücke eilte. Die Nachtpatrouille sammelte sich gerade im Hof. Morrit wusste es schon und nickte ihm aufmunternd zu. Vergebens suchte Mattim nach Miritas schlanker Gestalt; dann fiel ihm ein, dass sie wegen ihrer Verletzung noch freigestellt war.

Die Brückenwächter standen in einer endlosen Reihe zu beiden Seiten des Geländers, alle vier Schritte ein Mann oder eine Frau. Hundert zur Rechten und Hundert zur Linken. Die Ablösung hatte gerade stattgefunden, ihm hatten die anderen einen Platz auf der rechten Seite freigelassen. Stumm und unbeweglich standen die Soldaten da, als die Nachtpatrouille hindurchmarschierte, und Mattim bemühte sich, ebenso reglos und kühl zu verharren. Seine ehemaligen Kollegen waren weniger strenge Vorschriften gewohnt; sie taten nicht, als würden sie ihn nicht bemerken, sondern lächelten ihm im Vorbeigehen zu, mitleidig – das war am schlimmsten – oder kameradschaftlich. Goran, deren wilde Locken sich immer aus dem strengen Zopf schlichen, rief ihm ein schnelles »Viel Spaß« zu. Sie war einige Jahre älter als Mirita, eine grazile Bogenschützin mit makellosen weißen Zähnen, die sie oft zeigte, da sie gerne ununterbrochen redete. Derin, der Mattims heimliche Wache bei den Höhlen gedeckt hatte, grinste einmal kurz und verschwörerisch. Dann waren sie auch schon vorbei, und unter der fallenden Dämmerung stand die Brückenwache reglos da und wartete. Die Tagpatrouille kam herein, ohne ihn überhaupt wahrzunehmen.

Da setzten sich die Wächter auf einmal in Bewegung; jeder ging ein paar Schritte und nahm den Platz seines Vordermannes ein, sodass Mattim nun auf der anderen Seite jemand anders gegenüberstand, eine ältere Frau mit einem strengen Blick. Im Schein der Lampen begannen die Fratzen in den Brückenpfeilern ein Eigenleben zu führen, und der Prinz vertrieb sich die Zeit damit, Löwenköpfe und Drachenleiber zu zählen.

Wieder einige wenige Schritte weiter, ein anderes Gegenüber, eine leicht veränderte Perspektive. Die Stadt strahlte durch die Nacht, die Burg leuchtete durch unzählige Fenster. Jenseits des Flusses versank der Wald in der Dunkelheit. Nebel stieg vom Wasser auf. Hoch oben erschien der Mond, und bald darauf setzte das Heulen der Wölfe ein.

Es hörte sich anders an, hier auf der Brücke, als wenn man im Wald war. Dort hatte er sich nie gefürchtet, hier rann ihm ein Schauer über den Rücken. Hier konnte er nicht kämpfen und nicht fliehen, nicht helfen und nicht eingreifen, mit niemandem flüstern und die bangen Gefühle durch Scherze vertreiben, sondern nur dastehen und warten.

Die Stunden verstrichen. Hinter sich hörte Mattim das Rauschen des Flusses, ein Lied, dem er noch nie so lange gelauscht hatte.

Er wartete. Es war nicht wirklich langweilig, nicht so, wie er gedacht hatte, obwohl die Zeit so zäh dahintropfte wie Baumharz. Als die Schicht zu Ende war und die Brückenwache sich in Bewegung setzte, war er überrascht, dass es schon vorbei war. Er musste den Weg bis zum jenseitigen Ufer zurücklegen und dann auf der anderen Seite die gesamte Länge der Brücke abschreiten, während die nächsten Wächter sich in die Reihe einfügten. Da verwandelten sich die stummen Gefährten der Nacht mit einem Mal in gesprächige, aufgeweckte Kameraden, die ihm auf den Rücken klopften und scherzten.

»Nicht schlecht, junger Mann, für den Anfang!«

»Du musst aufhören, mit den Füßen zu scharren, Prinz Mattim.«

»Man kratzt sich auch nicht während des Dienstes. Aber das wirst du noch lernen.«

Nichts davon hatte er mitbekommen, weder das Füßescharren noch das Kratzen, und er betete, dass er nicht gezwungen sein würde, so zu werden wie sie.

»Kommst du noch mit? In den Keller?«

Ihm war nicht ganz klar, von welchem Keller sie sprachen, doch er war so ausgehungert nach Stimmen und Sprechen und Bewegung, dass er sich ohne viel zu fragen mitnehmen ließ.

»Ich dachte, ihr geht schlafen, wenn ihr fertig seid.«

»Beim Licht! Glaubst du, unser Leben besteht nur aus Wachen und Schlafen?«

Eine Frau lachte. »Wir sind nicht so müde wie die Flusshüter, die stundenlang durch den Wald rennen. Komm.« Sie hakte sich bei ihm unter, eine vertrauliche Geste, die nicht einmal seine Kameradinnen von der Nachtwache sich erlaubt hätten. »Hier geht es runter.«

Es war ein dunkler Keller mit einer niedrigen Decke aus rußgeschwärzten Balken. Fässer stapelten sich an den Wänden, und einige kleine Öllampen sorgten für schummrige Beleuchtung. Mattim sah sich um. Die zweihundert Brückenwächter waren auf ungefähr sechzig geschrumpft, doch selbst diese Gruppe konnte erstaunlich viel Lärm machen.

Im Hintergrund des Gewölbes standen einige wuchtige Eichentische bereit, Strohballen und kleine Fässer dienten als Sitzgelegenheit.

»Das ist das unterirdische Lager, oder?«, fragte Mattim. »Die Vorräte für den Fall einer Belagerung?«

»Ja, aber nicht nur.« Jemand lachte. »Hier unten wurde schon immer gut gelebt. Es gibt keine Wirtsstuben, die groß genug sind für unsere Truppe.«

»Gleich rennt er zu seinem Vater und petzt«, sagte einer, der aus dem Zapfhahn eines kleinen Fasses eine glänzende goldene Flüssigkeit fließen ließ und damit winzige Becher füllte.

»Nein!« Mattim protestierte. »Ich würde nie …«

Jemand drückte ihm eins der kleinen Gefäße in die Hand. »Spielst du Mack?«

Mattim hatte dieses Wort noch nie gehört. Fasziniert sah er zu, als die anderen Karten und Würfel auf dem Tisch ausbreiteten.

»Die Wilder-Variante?«

»He, zieht dem Kleinen nicht gleich das Hemd aus!«

»Was ist das, die Wilder-Variante?«

»Mack ist harmlos«, erklärte ihm eine Wächterin. »Aber hierbei … Nun, du kannst sehr viel gewinnen. Und sehr viel verlieren. Wenn du es noch nie gespielt hast, ist das Wahnsinn. Sieh lieber erst mal zu, man lernt es ziemlich schnell.«

Mattim wurde beinahe schwindlig, so schnell ging alles. Jemand mischte die Karten, teilte sie aus und legte sie nach einem undurchschaubaren System ab. Zwischendurch johlten die Zuschauer. Er begriff gar nichts.

Ein älterer Mann setzte sich neben ihn. »So läuft das bei den Brückenwächtern«, sagte er. »Wohl nicht ganz das, was du erwartet hast, Prinz Mattim?«

»Ich habe mich gefragt, wie ihr das aushaltet. Auf der Brücke, meine ich. Jeden Tag. Diese langen Stunden.«

»Für Akink.« Er hob den Becher. »Auf Akink und den König!«

Mattim probierte das Getränk, und ihm stockte der Atem.

»Bloß nicht Luft holen!«, rief jemand ihm zu, doch dafür war es bereits zu spät.

»Was ist das?«, keuchte er, als der Hustenreiz nachgelassen hatte.

»Wonach schmeckt es denn?«

»Scharf! Beim Licht, das zieht einem die Schuhe aus!« Er schloss kurz die Augen, um seine Umgebung auszublenden. »Obst. Irgendein Obst, stimmt's?«

Der Brückenwächter lachte. »Der feinste Obstbrand von Akink. Aus den süßesten Aprikosen Magyrias. Es wundert mich nur, dass du im Palast lebst und nicht weißt, was der Hofbrenner für Schätze herstellt.«

Farank ließ ihn nichts trinken, was stärker war als Milch. Wenn der König gewusst hätte, wie viele leere Fässer hier herumstanden – und dass sein Sohn hier saß, trank und beim Kartenspiel zusah – wäre er an die Decke gegangen.

Mattim beschloss, das Thema zu wechseln. »Sehnt ihr euch nicht nach einem Angriff, damit endlich mal was passiert?«

»Es hat einige Angriffe gegeben. Wenn du das einmal erlebt hättest, würdest du dich nicht danach sehnen. Wer einmal mit einem Schatten gekämpft hat, vergisst das nie wieder. Und man wacht. Glaub mir, man wacht ganz anders, wenn man weiß, wovor man die Stadt beschützt. Kein Schatten wird es jemals schaffen, über die Brücke zu kommen.«

Ein paar der Anwesenden stimmten ihm lautstark zu, dann wandte sich die Aufmerksamkeit wieder dem Spiel zu. Mattim war sich nicht sicher, ob er es überhaupt lernen wollte. Er hatte nicht vor, so lange bei der Brückenwache zu bleiben, dass es darauf ankam. Die anderen lachten laut, er dagegen fühlte sich merkwürdig benommen.

»Noch eins?«

Mattim schüttelte den Kopf. »Ich gehe lieber nach Hause. Ich bin müde.«

Einige winkten ihm zu. »Dann bis morgen.« Er hörte, wie sie lachten, und hoffte, dass es nicht über ihn war.

Draußen war es dunkel. Noch ein, zwei Stunden, bis die Sonne aufging und mit ihr das Licht des Königs, das blassere der Königin und sein eigenes. Hier auf der Straße hörte man den unglaublichen Lärm nicht mehr, den die Brückenwächter veranstalteten. Es war fast zu still. Die Menschen schliefen, die Arbeit ruhte. Nicht einmal die Wölfe jenseits des Donua waren zu hören. Die kühle Nachtluft tat ihm gut, sein Kopf fühlte sich schon wieder normal an. Schritte kamen ihm entgegen, das konnte nur der Nachtwächter sein. Schnell drückte er sich in den Schatten eines Hauses; er hatte nicht vor zu erklären, was er um diese Zeit hier zu suchen hatte. Außerdem würde sein Vater davon erfahren. König Farank hatte sehr strenge Ansichten über das Glücksspiel.

Der Nachtwächter bemerkte ihn nicht. Erleichtert huschte Mattim über das holprige Pflaster hinauf zur Burg. Die Hauptpforte zu benutzen kam ebenfalls nicht infrage, also lief er durch den Hof zum Dienstboteneingang. Natürlich hielt man ihn an, aber sobald der Wächter ihn erkannte, nickte er ihm zu. »Guten Abend, Prinz Mattim.«

So kurz vor Sonnenaufgang kam ihm dieser Gruß etwas merkwürdig vor, doch er lächelte nur freundlich und schlenderte durch die Küche, in der bereits die Arbeit für den Tag begann. Der Dienstboteneingang hatte seine eigenen Gesetze; es war unwahrscheinlich, dass ihn hier jemand anschwärzte. Er schnappte sich einen Apfel und ließ sich von einer Köchin ein Frühstück aufschwatzen, obwohl er keinen Hunger hatte. Gestärkt eilte er die Treppe hoch und lief fast den alten Mann um, der langsam vor ihm durch den Gang schlurfte.

»Verzeihung.«

Der Alte drehte sich zu ihm um. Als Mattim noch als kleiner Junge hier herumgesprungen war, war ihm dieser Diener schon wie hundert vorgekommen. Sein zerfurchtes Gesicht verzog sich zu einem Lächeln.

»Der kleine Prinz.«

»Na ja, so klein bin ich auch nicht mehr.«

»So ist er jedes Mal hier hereingeschlichen«, sagte der Alte. »Immer durch die Küche. Fast jede Nacht. Hat mich stets beschworen, der Königin nichts zu verraten. Ich sag nichts, Jungen sind so. Weiß ich doch, Jungen sind so.«

»Wer ist hier hereingeschlichen?«, fragte Mattim neugierig.

»Der Prinz macht ihnen Kummer«, erklärte der Alte. »Muss nicht noch mehr sagen. Ist schlimm genug. Aber ein guter Junge. Ich weiß das. Der König kann es gar nicht haben, dass er spielt, trotzdem ist er ein guter Junge. Hast du was getrunken? Ich rieche es. Man kann die Stadt nicht verteidigen, wenn man trinkt, das müsstest du wissen.«

»Nur ein wenig.« Mattim wollte mehr erfahren. »Von wem sprichst du? Der Prinz hat gespielt und getrunken? Du meinst einen meiner Brüder, nicht?« Es war so gut wie unmöglich, etwas über seine verlorenen Geschwister zu erfahren. Ihre Namen durften nicht erwähnt werden, es war, als hätte es sie nie gegeben. Allen neugierigen Fragen wich die Königin stets aus, und seinen Vater wagte Mattim gar nicht erst zu fragen. Doch dieser alte Mann musste sie gekannt haben. Er war lange genug hier im Schloss und vielleicht verwirrt genug, um das Gebot des Königs zu vergessen.

»Ein schöner Junge«, murmelte der Diener. »Der mit dem roten Haar. Aus dem wird mal was. Der König denkt, er taugt nichts, und die Königin weint sich die Augen aus. Aber er spricht mit mir. Gerne. Nimmt sich Zeit. Ist kein schlechter Mensch. Hat seiner Mutter die goldene Kette gestohlen und verspielt, ja, das ist schon was. Er hat's bereut, das weiß ich. Das hat er mir gesagt. Er tut's immer wieder, aber er hat es bereut. Ich glaub ihm das, seine Augen lügen nicht. Wenn man viel gewinnen will, muss man viel riskieren. Das hat er immer gesagt. Bis sie ihn geholt haben. Die Wölfe. Hier in Akink. Da war es dann zu Ende mit dem Spielen.«

»Hier in Akink?« Mattim fasste den Alten an der Schulter und führte ihn in einen anderen, stilleren Gang, wo niemand vorbeikam. »Die Wölfe waren hier in Akink?«

Der alte Mann blickte ihn verwundert an. »Aber ja. Sie kamen beim Hochwasser, als der Fluss so hoch war, dass sie über die Ufermauer konnten … Wölfe. So viele, unzählige Wölfe. Wilder ist ihnen entgegengelaufen, ich habe es mit eigenen Augen gesehen, durchs Fenster. Laut geschrien hat er, um sie zu verscheuchen. Natürlich haben sie sich auf ihn gestürzt.«

»Wilder? Wie die Wilder-Variante?« Mattim konnte es kaum glauben, dass er den Namen eines seiner Brüder herausgefunden hatte. »Das Spiel heißt immer noch nach ihm!«

Der Alte kicherte. »Ja, sein Spiel. Immer mehr Gewinn, immer mehr Risiko. Der liebte die Gefahr, der Junge … Hat einmal fast das Schloss abgebrannt bei seinen Gelagen, danach hatten sie ihr Versteck irgendwo in der Stadt.«

»Ich glaube, ich weiß wo«, murmelte Mattim.

Doch da packte der Alte Mattims Hand mit seinen knochigen Fingern. »Komm, ich zeig dir was.« Er zog ihn eine schmale Treppe hinunter, durch einen engen Gang und schließlich an eine niedrige, schmale Tür. Dahinter lag ein dunkler Raum.

Mattim zögerte. »Was ist da drin?«

»Licht«, flüsterte der alte Mann. »Hast du keine Lampe? Dummer Junge. Die Königin nimmt immer eine mit, wenn sie herkommt. Ohne Lampe kannst du sie nicht sehen.«

»Ich hole eine«, versprach Mattim. »Warte hier. Ich komme gleich wieder.« Er rannte davon, von einer Aufregung erfasst, die er kaum bändigen konnte. Im Treppenhaus riss er eine der Lampen vom Haken und kehrte so schnell zurück, wie ihn seine Beine trugen. Er befürchtete, der Alte könnte vergessen haben, was er vorhatte, aber er wartete auf ihn.

»Guter Junge. Hat viel mit mir geredet. War sich nicht zu

schade dafür. Freundliche Augen hatte er. Stets einen Witz auf den Lippen. Hier, siehst du? Freundliche Augen.«

Er hob die Lampe. Doch Mattim hatte schon bemerkt, dass an der Wand des kleinen dunklen Zimmers Bilder hingen. Die Rahmen ähnelten dem seines eigenen Porträts in der Galerie, breit und vergoldet. Ihm wurde heiß und kalt. »Die Bilder hängen hier? Ich dachte, sie wurden vernichtet. Ich dachte, keins ist davon übrig!«

»Prinz Wilder«, stellte der Alte vor. Das Porträt zeigte einen rothaarigen jungen Mann, achtzehn oder neunzehn Jahre alt. Er blickte unbehaglich in die Gegend; dem Maler war es gelungen, die Ungeduld in seinen Augen einzufangen, einen verschmitzten Zug, als würde er jeden Moment aufspringen und tun, was er sich gerade erst ausgedacht hatte.

»Und sie?«, fragte Mattim begierig und zeigte auf das nächste Bild.

»Wilia«, sagte der Alte. »Ein hübsches Mädchen. So lieb sieht sie aus, nicht? Sie war eine Braut, als sie zu den Schatten ging. Verlobt war sie. Die Königin hat den Schleier immer noch, hat ihn versteckt, damit der König ihn nicht zu Gesicht bekommt. Einen Schleier mit Blättern und Blumen. Und das hier ist Atschorek.«

Während die anderen, so wie er auch, als Jugendliche zwischen fünfzehn und zwanzig gemalt waren, war dies ein Kinderbild. Ein kleines, rundes Gesicht mit langen, dunklen Zöpfen und einem grimmigen Blick. Sie konnte höchstens acht sein.

»So jung?«, fragte Mattim erschrocken. »Ist sie als Kind geraubt worden?«

»Oh, nein.« Der Alte schüttelte den Kopf. »Da wollten der König und die Königin es besonders schlau anstellen. Sie haben das Mädchen fortgeschickt. In eine andere Stadt, damit die Schatten sie nicht zu fassen kriegen. Ganz schlau waren sie, haben Atschorek woanders aufwachsen lassen.

Keiner wusste genau, wo. Das Porträt ist entstanden, bevor deine Eltern sie weggeschickt haben, und später sollte das richtige Bild folgen. Nur gab es nie ein anderes.«

»Was ist passiert?«

»Die Prinzessin sollte zurückkommen. Da war sie zwanzig. Die ganze Stadt haben sie geschmückt, und einen Prinzen hatten sie auch für sie ausgesucht. Aber die Biester haben sie erwischt, auf dem Weg hierher.«

»Eines verstehe ich nicht«, meinte Mattim, »wenn die Wölfe auf diese Seite kommen und jemanden beißen, wird er ein Schatten. Das ist klar. Nur wie kann er mit ihnen zurück? Die Wölfe schwimmen über den Fluss, doch der Schatten kann ihnen nicht folgen. Wie ist Wilder auf die andere Seite gelangt, nachdem sie ihn gebissen hatten? Er wird wohl kaum über die Brücke gegangen sein. Oder – Atschorek.« Der Name klang noch fremd. »Was haben sie davon, wenn sie jemanden irgendwo im Hinterland beißen? Sie müssten ihre Opfer dort lassen, oder? Ich glaube nicht, dass es auf unserer Akinker Seite von Schatten wimmelt. Sie sind immer dort drüben, im Wald.«

»Eh, du bist schlau. Sehr schlau, mein Junge. Aber die Schatten sind nicht dumm. Wilder haben die Wölfe nicht hier gebissen, sie haben ihn über den Fluss gezogen. Haben ihn mit ins Wasser genommen. Vielleicht ist er auch ertrunken, weiß man's? Atschorek dagegen ist nicht im Hinterland geblieben, sondern hergekommen. Hier befindet sich die einzige Brücke. Sie musste herkommen. Sie kam nach Akink und war ein Schatten. Nur leider hat es niemand gemerkt.«

»Ein Schatten? Hier in Akink?« Es lief Mattim kalt den Rücken hinunter. »Und das wusste keiner?«

»Man hat sie nicht untersucht, verstehst du? Atschorek zog hier ein mit ihrem Gefolge, die ganze Stadt am Jubeln. Aber sie kam nachts. Das hätte uns stutzig machen müssen. Es war nachts, ja, und sie wusste natürlich, dass sie nur diese eine Nacht hatte. Sie ist in die Stadt gefahren mit ihrer schönen Kutsche und den Pferden. Der König und die Königin haben gewartet, in der Burg. Doch ein Schatten kann sich dem Licht nicht nähern. Sie hat's gewusst, es wäre ihr Ende gewesen. Ist einfach mit der Kutsche durch ganz Akink gefahren, auf die Brücke zu. Da waren natürlich alle verwirrt. Wo will sie hin? Den Fluss sehen? Ja, so hieß es. Sie will den Fluss sehen, hat lange davon geträumt oder was auch immer.«

»Sie haben sie durchgelassen? Die Brückenwächter?«

»Die Kutsche der Prinzessin. Ja, zuerst. Dann haben sie gemerkt, dass da was nicht stimmte, haben deine Schwester angehalten. Sie hat sich dann den Weg freigekämpft. Hat gekämpft wie eine Wahnsinnige, das letzte Stück bis auf die andere Seite. Hat ein paar Leute gebissen und sie in Wölfe verwandelt, und damit war es ja klar, was sie war. Da gab es natürlich keine Feier zu Atschoreks Ehren.«

Mattim empfand widerwillige Bewunderung für diese fremde Schwester, die ihr Leben – das, was davon übrig war – durch die ganze Stadt und über die Brücke hinweg gerettet hatte. Was für eine Stärke musste allein schon dazu gehören, sich nichts anmerken zu lassen, nachdem sie gebissen worden war, damit ihre Begleiter nichts davon mitbekamen!

»Das ist Bela. Der war ein ganz Ruhiger. Immer verlässlich. War Hauptmann der Nachtpatrouille, da war er erst dreizehn. Nie leichtsinnig. Erwischt haben sie ihn trotzdem.«

»Mit dreizehn war er schon Hauptmann?« Eifersüchtig betrachtete Mattim das Gesicht des unbekannten Bruders. Der Maler hatte dem schwarzhaarigen Jungen den gelangweilten Ausdruck gelassen, der vermutlich typisch für ihn war.

»Runia. Ich glaube, sie war Bogenschützin. Sie hat getanzt, das weiß ich noch, und jeder war in sie verliebt.«

Das schmale Gesicht seiner Schwester verriet nichts von ihren Vorlieben. Sie war nicht einmal richtig hübsch.

»Wie haben die Wölfe sie gekriegt?«

»Im Wald. Unterwegs zu einem Dorffest. Der König hat gesagt, sie soll nicht hingehen, und die Königin hatte Angst, sie könnte sich mit jemandem treffen, der nicht zur Familie passt. Sie ist trotzdem gegangen. Noch dazu allein. Dachte, sie wäre Wunder was für eine gute Schützin.«

Der Alte hielt die Lampe vor das vorletzte Bild.

»Das ist Leander. Den habe ich nicht mehr kennengelernt. Es hieß, wenn er an sein Fenster trat, blühten die Bäume im Palastgarten auf.«

»Das klingt etwas übertrieben.« Leander war ein blonder Junge mit einem einnehmenden Lächeln. Von allen Geschwistern entdeckte Mattim bei ihm noch am ehesten eine Ähnlichkeit mit sich selbst.

»Oh, man hat viel über sie gesagt. Auch über die anderen. Wenn Wilia sang, erwachten die Vögel aus ihrem Schlaf und kamen alle zu ihr. Wenn Kunun lächelte, hatte jeder in Akink einen glücklichen Tag. So heißt es von den ersten drei Kindern des Lichts.«

»Kunun?«

Sie traten vor das letzte Bild. Der junge Mann war so lebensecht gemalt, dass es den Anschein hatte, als würde er ihnen aus einem kleinen Fenster heraus zulächeln. Ihm schien es nichts auszumachen, gemalt zu werden. Froh und stolz blickte er ihnen entgegen, ein gut aussehender Bursche mit schwarzem Haar und mandelförmigen Augen.

»Das ist mein ältester Bruder? Er wirkt nett.«

»Kunun«, flüsterte der Alte. »Der Jäger. Er war der Erste. Mit ihm hat es angefangen. Der Krieg gegen die Schatten. Das ist der Feind. Mein Vater hat mir das Bild gezeigt. Kunun. Wenn du dem je begegnest, bist du verloren.«

Mattim hatte nie einem Schatten gegenübergestanden. Ein kalter Schauer lief ihm über den Rücken.

»Das ist ihr König«, verriet der Alte. »Er führt die Schatten an. Und die Wölfe. Er hat diesen Krieg entfesselt. Was haben wir uns früher um die Wölfe in den Wäldern geschert? Kunun war der erste Prinz des Lichts, und er ist der furchtbare König der Dunkelheit geworden.«

Das schöne Gesicht des jungen Mannes verriet nichts über das schreckliche Schicksal, das ihn ereilt hatte.

»Er war der erste Schatten?« Gebannt starrte Mattim auf das Bild. »Nur wie …«

»Es gab sie schon immer.« Die leise, rauc Stimme des alten Dieners schien von weither zu kommen. »Immer gab es Gerüchte von bösen Wesen, die über die Menschen kamen … ihr Blut saugten … und von den Wölfen, die sie um sich scharten. Außerdem, dass es Wölfe gibt, andere Wölfe, große, gefährliche, die aus einem Menschen ein Wesen ohne Herz machen können …« Er blinzelte ins Licht. »Aber es war so weit weg. Als ich jung war, wer hätte sich da gefürchtet, über die Brücke ans andere Ufer zu gehen? Gelacht hätten wir darüber. Nein, sie waren weit weg, flüchtiger als Nebel, irgendwo in den entlegensten Gegenden Magyrias. Nicht bei uns.« Er schüttelte den Kopf. »Nicht hier bei uns. – Der König der Schatten. Merk dir diesen Namen. Kunun.« Dann musterte er Mattim unvermittelt und fragte: »Wo ist eigentlich dein Bild? Du bist kein Prinz. Hier hängt kein Bild von dir. Es sind sieben. Sieben Kinder, so verschieden wie die Farben des Regenbogens. Sieben Kinder des Lichts.« Auch das schienen nicht seine eigenen Worte zu sein, sondern die eines anderen, vielleicht eines Liedes. Allerdings musste es ein altes Lied sein, das niemand mehr sang, das der König verboten hatte. Längst gab es keine sieben Kinder des Lichts mehr. Einer nach dem anderen waren sie in der Dunkelheit verschwunden, und niemand sang von ihnen.

Der nächste Satz klang wieder ganz nach dem alten, bärbeißigen Diener: »Und jetzt raus hier, du hast hier nichts verloren!«

»Mein Bild hängt oben in der Galerie.« Sie haben noch ein Kind bekommen, wollte Mattim einwenden, ein achtes, aber er brachte es nicht über die Lippen.

Der Alte schüttelte den Kopf. »Sie kommen alle zu mir nach unten. Die Königin gibt mir die Bilder. Sie sagt, ich soll sie verstecken. Mein Vater hat die ersten Bilder versteckt, jetzt mache ich es. Sie müssen vergessen sein. Die Namen müssen vergessen sein. Sind alle ins Dunkel gegangen. Alle.«

Den Tag verschlief Mattim, halb wachend, halb träumend. Sie kamen zu ihm, seine sieben Geschwister. Runia tanzte lachend vor ihm her. Wilia trug ein Brautkleid und versuchte einen Schleier zu fangen, den der Wind vor ihr hertrug. Wilder stand daneben und sagte immer wieder: *Du musst mehr riskieren. Wenn du viel gewinnen willst, musst du alles einsetzen. Nur dann kannst du alles gewinnen.*

Bela trug den Waffenrock des Hauptmanns und stampfte mit der Lanze auf den Boden. *Kommt! Kommt!* Mit undurchdringlichem Lächeln sah der schöne Leander ihnen zu. *Beginnen wir die Jagd!*, rief Kunun und blies ins Horn.

Etwas zupfte ihn am Ärmel, und Mattim blickte nach unten und sah dort das Kind stehen mit den Zöpfen und dem hellen Gesicht, Atschorek, stumm und wütend.

Was habe ich denn getan?, wollte er rufen. *Ich kann nichts dafür, dass ich der Achte bin. Ich kann doch nichts dafür!*

»Ich kann nichts dafür«, murmelte er schläfrig. »Nicht meine Schuld. Alle weg. Ich kann doch nicht …«

»Mattim, dein Dienst.«

Er brauchte eine Weile, um zu merken, dass jemand ihn wachrüttelte. Die Königin saß an seinem Bett und zwang ihn, den Traum abzustreifen.

»Mein Schatz, du bist Brückenwächter. Gleich beginnt deine Schicht.«

»Ich hasse diese Brücke«, schimpfte Mattim, als er sich

aus dem Bett quälte. Sein Rücken schmerzte immer noch. Er unterdrückte ein Stöhnen, während er sich hinter dem Paravent wusch und anzog. Seine Mutter wartete; auf keinen Fall durfte sie wissen, dass er Schmerzen hatte. Vielleicht hatte es die Brücke nicht verdient, dass er seinen Zorn darüber an ihr ausließ, aber irgendetwas musste er gerade jetzt hassen. »Warum haben wir sie nicht längst abgerissen? Dann könnte keiner der Schatten je herüberkommen.«

»Was redest du denn da!«, rief die Königin entsetzt. »Du würdest unsere Brücke abreißen? Was ist mit den Dörfern und Städten im Osten? Würdest du halb Magyria aufgeben, nur damit du nicht auf der Brücke stehen und Wache halten musst?«

»Halb Magyria gehört schon den Schatten.« Er war nicht gewillt, sich besänftigen zu lassen. Vielleicht war es ein gutes Zeichen, dass die Wunden so juckten und brannten, doch alles wäre viel einfacher gewesen, wenn er jemanden hätte bitten können, sich die Kratzer anzusehen, vielleicht eine Salbe draufzutun und ihm beim Ankleiden zu helfen. Es war ihm fast unmöglich, die Arme zu heben. »Außerdem könnte man mit Booten übersetzen, wenn man nach drüben will.«

»Mit Pferden und Wagen? Ach, Mattim, das Leben ist nicht so leicht, wie du denkst. Unser Königreich besteht nicht nur aus Akink. Wir sind für ganz Magyria verantwortlich. Diese Brücke ist mehr als ein Übergang in den Osten. Sie ist ein Symbol, die Verbindung der beiden Teile dieses Landes. Akink ist die Hauptstadt für alle Magyrianer. Du hast jene Zeit nicht miterlebt, als der Handel mit den östlichen Städten noch blühte, als die Wege durch den Wald Tag und Nacht befahren waren, als Gäste Akink von allen Seiten beehrten, als Kauf- und Spielleute, Reisende aus dem ganzen Land herkamen, um dem Licht nahe zu sein. Was für Feste haben wir in unserer Burg gefeiert! Der königliche Ball war das Ereignis des Jahres, und von allen Ecken und Enden sind sie gekommen, um daran teilzunehmen. Jedes junge Mädchen hat davon geträumt. Oder der große Markt, auf dem man kaufen konnte, was das Herz begehrte. Die große Jagd, auf der die Herzöge dem König ihre Söhne vorgestellt haben … Mein Junge, diese Brücke ist mehr als eine Brücke. Sie ist eine Zeit, die wir zurückhaben wollen und die du nie erlebt hast, die strahlende Zeit des Lichts. Nie im Leben geben wir sie auf, und selbst wenn du König bist, darfst du das nicht tun. Es wäre das Eingeständnis unserer Niederlage. Wie könnte das Licht leuchten, wenn es zugibt, dass es bereits besiegt ist?«

»Die große Jagd«, murmelte er. »Erst wurden die Tiere gejagt und dann die Menschen?«

Er kam gerade rechtzeitig hinter dem Paravent hervor, um zu sehen, wie die Königin erbleichte.

»Warum sprecht ihr nie darüber, wie es angefangen hat?«, wollte Mattim wissen. »Warum redet ihr immer nur über die Schatten und die Dunkelheit, nicht aber über meine – Geschwister?«

»Es gibt Dinge, über die kann man nicht sprechen«, flüsterte die Königin.

»Ich hätte sie gerne gekannt«, sagte er. »Wie sie waren, wie sie aussahen, wie …«

»Still!«, unterbrach ihn seine Mutter. »Sei still, Mattim. Du hast keine Geschwister. Es hat sie nie gegeben. Man muss – man muss daran glauben, dass es sie nie gegeben hat. Wie könnte man sonst ertragen, dass …«

»Wirst du über mich auch so reden?«, fragte er bitter, »wenn ich euch verlorengehe?«

Die Königin schlang die Arme um ihn und drückte ihn fest an sich. Obwohl der Schmerz in seinem Rücken ihm die Tränen in die Augen trieb, hielt er still. »Du wirst uns nicht verlorengehen! Du nicht!«

»Vielleicht würde es mir helfen, wenn ich wüsste, was die anderen falsch gemacht haben.«

Elira schwieg eine Weile. »Sie waren leichtsinnig«, sagte sie schließlich. »Das ist das ganze Geheimnis. Sie haben sich zu viel zugetraut. Alle dachten sie, ihnen könnte so etwas nicht passieren. Außerdem fühlten sie sich zu sicher. Deshalb darfst du nie glauben, du könntest es mit den Schatten aufnehmen. So gut du auch kämpfst, so schlau du dich auch fühlst, deine Gegner werden schlauer und stärker sein als du. Abgesehen davon ist es nicht gut, wenn du zu viel über die Schatten nachdenkst. Selbst das ist gefährlich. Auch Bela fing an, Fragen zu stellen, bevor er …«

Sie biss sich auf die Lippen.

»Und der Erste – war er auch leichtsinnig? Der Jäger?« Mattim wollte nicht verraten, dass er den Namen des ersten Prinzen kannte. »Er konnte doch nicht wissen, dass das Unheil so nahe war.«

»Der Jäger«, sagte die Königin leise. »Er war vollkommen. Alle liebten ihn. Die jungen Herzöge rissen sich darum, ihn auf die Jagd zu begleiten. Jeder wollte sein Freund sein. Er konnte mit allen lachen und jedem, egal, wie alt, Befehle erteilen. Farank dachte daran, abzutreten und ihm den Thron zu überlassen. Er wäre der perfekte König geworden. Du hättest ihn sehen sollen, wie er auf seinem herrlichen Apfelschimmel saß – ein Prinz, dem die Herzen zuflogen. Die Mädchen weinten sich seinetwegen in den Schlaf … Doch dann diese Jagd, von der er nicht wiederkam.«

»Was hat er gejagt?«, fragte Mattim vorsichtig, denn er hatte das Gefühl, jede Unterbrechung konnte seine Mutter zum Verstummen bringen.

»Wölfe«, flüsterte sie. »Zu viele Wölfe in den Wäldern. Gierige, fremde Tiere. Nein, er konnte es nicht wissen, was das für Bestien waren. Überall haben wir ihn gesucht, es war unerklärlich, er war wie vom Erdboden verschluckt. Bis wir begriffen, dass es gefährlich war, ihn zu suchen. Auf viele, die wir nach ihm ausgeschickt hatten, warteten wir vergeblich. Diejenigen, die zurückkamen, berichteten Schreckliches. Ich sah gestandene Krieger weinen. Sie hatten beobachtet, wie Kunun … Nein, da haben wir aufgehört zu trauern. Aufgehört, diesen Namen auszusprechen.« Sie schüttelte den Kopf. »Und immer mehr Wölfe. Die Wölfe heulten des Nachts, nah wie nie zuvor … Geh zum Dienst, Mattim. Du wirst Ärger bekommen, du bist spät dran. Dein Vater wird dich ganz aus der Wache nehmen, wenn du unzuverlässig bist. Er beobachtet dich zurzeit sehr genau.«

»Das habe ich gemerkt.«

»Er hat Angst um dich. Geh, mein Sohn, schnell. Enttäusch ihn nicht. Bitte.«

»Ich werde euch nicht enttäuschen«, versicherte der Prinz. Er sagte seiner Mutter jedoch nicht, was dieses Versprechen bedeutete, was er vorhatte, was er tun musste, bevor es zu spät war. Der erste Prinz hatte die Vernichtung gebracht. Hatte die glorreiche Zeit des Lichts beendet und halb Magyria verwüstet. Er, der letzte Prinz, hatte die Aufgabe, die Finsternis ein für alle Mal zu besiegen. Er würde Akink ins Licht zurückführen, zurück zu den Festen und Bällen und dem Gesang. Eine Zeit würde anbrechen, in der niemand sich davor fürchtete, allein in den Wald zu gehen. Wo auf der Brücke Gedränge herrschen würde von beladenen Wagen mit Waren aus den nicht länger verlorenen Städten des Ostens und Kutschen voller junger Mädchen auf dem Weg zum Tanz. Während er zum Dienst ging, während er sich Stunde um Stunde die Beine in den Bauch stand, träumte er von der Welt, wie sie sein würde, wenn er getan hatte, wozu er geboren war.

SECHS

BUDAPEST, UNGARN

Hanna hatte Attila zur Schule gebracht, nun gehörte das Haus ihr. Der Sprachkurs war am Dienstag, heute konnte sie tun, was sie wollte. Vielleicht mal wieder joggen gehen? Sie vermisste die Bewegung jetzt schon, obwohl sie erst seit einem halben Jahr regelmäßig lief.

Als sie die Treppe hochgehen wollte, um sich umzuziehen, erstarrte sie. Was waren das für Geräusche? Außer ihr war niemand da. Ferenc und Mónika waren arbeiten, die Kinder in der Schule. Ein Einbrecher? Sie wartete, bis ihr flatterndes Herz sich beruhigt hatte.

»Unsinn«, sagte sie zu sich selbst. »Du kennst dich hier noch nicht aus. Dafür gibt es eine Erklärung.«

Auf leisen Sohlen schlich sie die Stufen wieder hinunter und lugte um die Ecke ins Wohnzimmer.

Eine junge Frau in ihrem Alter wischte gerade den Couchtisch ab und legte die Zeitschriften mit etwas mehr Nachdruck als nötig wieder darauf ab. Aus jeder ihrer Bewegungen sprach ein ungeheurer Ärger.

Plötzlich hob sie den Kopf und sah Hanna an der Tür stehen. Sie zischte etwas auf Ungarisch, schüttelte dann den Kopf und putzte wütend weiter.

»Ich dachte, die Putzfrau kommt nicht mehr«, murmelte Hanna und fühlte sich reingelegt; Mónika hätte ihr ruhig sagen können, dass sie wieder jemanden eingestellt hatte.

»Ich bin nicht die Putzfrau«, erwiderte die Ungarin ärgerlich auf Deutsch.

»Wer bist du dann?«, fragte Hanna überrascht.

»Das ist meine Oma.« Sie hatte sichtlich Mühe mit der Sprache und wechselte ins Englische. »Meine Oma putzt hier. Sie will eigentlich nicht mehr, aber sie braucht das Geld.«

»Deshalb bist du gekommen?«

»Meine Mutter hat mich hergeschickt«, erklärte die Angesprochene unzufrieden.

Hanna machte ein paar Schritte auf sie zu. »Ich bin Hanna.«

»Mária.«

»Du putzt wohl nicht so gern, wie?«

Das ungarische Mädchen schnaubte durch die Nase.

»Soll ich dir helfen? Aber ich hab eigentlich keine Ahnung, was man hier alles machen muss.«

»Du brauchst nicht zu helfen. Das Geld ist für meine Oma. Sie will mit diesem Haus nichts mehr zu tun haben. Und ich auch nicht.«

Ihr abweisender Blick trieb Hanna aus dem Zimmer. Heimlich seufzend zog sie ihre Joggingschuhe an; als sie die Tür schloss, brummte drinnen der Staubsauger. Auch er hörte sich wütend an.

»Eine Mária hat heute hier geputzt.« Hanna war immer noch verwundert über die merkwürdige Begegnung vom Vormittag. Aber es erstaunte sie noch mehr, wie Réka auf diese harmlose Bemerkung reagierte.

Ihr Gesicht verfinsterte sich. »Mária. Ich hasse Mária.«

»Wieso? Kennst du sie? Ich dachte, ihre Oma putzt sonst bei euch?«

»Mária passt immer auf uns auf«, erklärte Attila fröhlich.

»Gar nicht«, widersprach Réka mit einem Blick, der ein empfindliches Gemüt zum Weinen gebracht hätte.

»Tut sie wohl!«

Mónika trat in die Küche. »Was ist denn hier los?« Sie hatte so lange im Wohnzimmer Klavier gespielt, dass Hanna sich immer noch wie berauscht fühlte und die Stille ihr fremd vorkam.

»Ich will Mária«, heulte Attila.

»Mária kommt leider nicht mehr«, sagte seine Mutter. »Sie will nicht mehr auf euch aufpassen. Nein, Attila, das ist nicht deine Schuld.«

Réka knallte ihre Tasse auf den Tisch und verschwand aus der Küche.

»Was hat sie denn?«, fragte Hanna. »Ist da etwas vorgefallen, zwischen ihr und Mária?«

Mónika seufzte. »Keine Ahnung. Sie macht aus allem so ein Geheimnis! Mária hat immer auf die beiden aufgepasst, wenn wir abends wegwollten. Sie ist nett und war sehr zuverlässig, sie kam sogar mit Réka klar. Aber dann war auf einmal Schluss. Eigentlich sind wir nur deswegen auf die Idee gekommen, jemanden dauerhaft hier zu haben. Tja, du verdankst es im Grunde Mária, dass du hier bist.«

»Sie hat nicht gesagt, warum sie nicht mehr kommen wollte?«

»Sie hat so etwas wie ein Gespenst gesehen.« Mónika lachte entschuldigend. »Sie glaubt, unter Rékas Freunden wären Geister oder so. Jedenfalls hat sie sogar die arme, alte Magdolna so verwirrt, dass sie auch nicht mehr hier arbeiten will. Aber ich habe sie hoffentlich bald so weit, dass sie wieder für uns putzt.« In ihren klaren Augen lag eine Entschlossenheit, die Hanna noch gar nicht an ihr kannte. »Dass Márias Mutter sie hergeschickt hat, ist schon mal ein gutes Zeichen. Dann ist auch Magdolna bald wieder da, und du kannst aufhören, das Staubtuch zu schwingen.«

»Réka ist mit *Geistern* befreundet?«

»Manche von den älteren Leuten hier sind ziemlich abergläubisch. Aber von Mária hätte ich wirklich mehr erwartet. Sie ist arbeitslos, obwohl sie einen ziemlich guten Schulabschluss hat, vielleicht liegt es daran.«

Hanna konnte den Zusammenhang nicht erkennen,

enthielt sich jedoch eines Kommentars. Sie verstand jetzt wenigstens, warum Réka so schlecht auf Mária zu sprechen war – wenn diese so etwas über ihre Freunde behauptete, konnte man das entweder witzig, verrückt oder gemein finden. Das Mädchen fand es offenbar gemein.

»Sie hat wohl einen Grund gebraucht, um mit dem Babysitten aufzuhören«, meinte Mónika weiter. »Obwohl ich nicht verstehe, warum sie ihre Oma da mit hineingezogen hat. Und das Geld brauchen sie beide. Wie gesagt, das bekommen wir schon hin. Ich glaube, sie hat sich mit Réka gestritten und will es uns gegenüber nicht zugeben. Vielleicht hat unsere Tochter Magdolna beleidigt oder so.«

Hanna nickte, obwohl ihr eher nach Kopfschütteln zumute war. Kein Mensch in Deutschland würde ihr das glauben.

Später klopfte sie an Rékas Tür. »Darf ich reinkommen?«

Manchmal waren sie wie Freundinnen und konnten stundenlang quatschen und lachen. Doch heute starrte sie ein finsteres Geschöpf an, so kühl und abweisend wie die Réka vom ersten Tag. »Was willst du?« Sie sah aus wie ein Geist.

Vielleicht ist Mária deshalb gegangen, dachte Hanna und versuchte es komisch zu finden, *nicht weil ihre Freunde seltsam sind, sondern weil Réka selbst etwas Gespenstisches an sich hat.*

»Nichts Besonderes. Ich dachte nur …«

»Wenn du nichts willst, dann hau ab.«

So schroff war sie bisher noch nicht gewesen. Hanna atmete tief durch und schloss die Tür wieder.

Mónika stand an der Vitrine und stellte gerade hastig eine Flasche weg, als Hanna die Tür zum Wohnzimmer öffnete.

»Entschuldigung. Ich habe nicht geklopft, weil ich dachte, Sie wären nicht zu Hause.«

»Nein, das macht doch nichts. Komm rein.« Ihr herzliches Lächeln schien wirklich echt, aber Hanna hatte das Gefühl, dass sie damit ihre Verlegenheit überspielen wollte. Sie hatte ihre Gastmutter ertappt – nur wobei?

Mónika zog die Vitrine wieder auf. »Möchtest du einen Schluck Palinka?«

Ich soll nicht denken, dass sie hier Schnaps trinkt, dachte Hanna. *Sie will nicht, dass ich sie für eine Alkoholikerin halte.* Die junge Frau zögerte. Eigentlich wollte sie nichts trinken, aber wenn sie verneinte, musste sie in ihr Zimmer gehen, und es würde immer zwischen ihnen stehen, eine Frage, ein Verdacht. Deswegen nickte sie.

»Ja, gerne. Hab ich noch nie probiert.«

Mónika hatte geweint. Hanna konnte es an ihren Augen sehen, an dem fleckigen Gesicht. Ihre Gastmutter schenkte ihr ein, in ein kleines Kristallglas, das Hanna an das Geschirr ihrer Oma erinnerte.

»Danke.« Sie nippte nur. Der süße Geschmack der Aprikosen brannte auf ihrer Zunge.

Auch Mónika trank nur einen winzigen Schluck.

»Ist alles in Ordnung?«, fragte Hanna vorsichtig.

»Ja, sicher. Was sollte nicht in Ordnung sein?«

Sie fühlte sich so hilflos. Natürlich war überhaupt nichts in Ordnung, doch was sollte sie tun? Sie war hier nur das Au-pair-Mädchen, nur die Gasttochter. Manchmal kam ihr Mónika fast wie eine Gleichaltrige vor, aber dass sie miteinander lachen konnten, was hieß das schon?

In winzigen Schlucken trank Hanna von dem Likör. Der Duft von Aprikosen war das Einzige, was sie daran mochte. Ansonsten fand sie ihn ekelhaft süß und scharf. Alkohol war noch nie ihr Ding gewesen.

»Ich trinke nachmittags sonst nie«, beteuerte Mónika. »Nur heute, ich dachte, ich feiere ein bisschen, weil …« Auf einmal fing sie wieder an zu weinen. Sie versuchte es zu unterdrücken, aber es klappte nicht. Die Tränen liefen ihr die Wangen hinunter, und ein großer Tropfen bildete sich an ihrer Nase. Hastig suchte sie nach einem Taschentuch und schnäuzte hinein. Verlegen saß Hanna dabei und tat, als bemerkte sie nichts. Noch nie war ihr so deutlich bewusst gewesen, dass dies nicht ihre Familie war. Nicht ihre Mutter, nicht ihre Freundin. Sie hätte am liebsten einen Arm um die weinende Frau gelegt, doch das signalisierte eine Nähe, die es gar nicht gab, die sie sich höchstens wünschte.

Sie wusste ja nicht einmal, warum Mónika weinte.

»Ich dachte, es würde mich glücklich machen, wieder arbeiten zu gehen«, sagte Mónika schließlich. »Aber das Glück«, sie legte die Hand über ihr Herz, »muss von hier kommen.«

Hanna wusste nicht, was sie dazu sagen sollte. Und es war mit Sicherheit nicht der richtige Augenblick, um auch noch über Réka zu reden. Nur wann hatte sie schon die Gelegenheit, mit ihrer Gastmutter unter vier Augen zu sprechen? Vielleicht war es auch der Likör, der ihr mehr Mut verlieh, als eventuell ratsam war.

»Und Réka?«, fragte sie. »Verlieren Sie Ihre Tochter nicht ein bisschen aus dem Blick?«

»Réka macht mir im Moment am wenigsten Kummer.«

»Mónika, ganz im Ernst. Sie ist erst vierzehn, aber ich glaube, sie hat einen Freund. Der noch dazu einige Jahre älter ist als sie.«

»Und?«

Hanna konnte es nicht fassen, dass Mónika so gelassen reagierte. Sie hätte empört sein müssen, alarmiert, erschrocken.

»Ich habe das Gefühl, dass Réka ernsthafte Probleme hat«, sagte sie.

»In ihrem Alter sind alle Mädchen verliebt«, behauptete Mónika.

Hanna konnte deutlich spüren, dass das Gespräch damit beendet war.

So blind Mónika für die Probleme ihrer Tochter auch war, jedem anderen, der halbwegs offen dafür war, mussten sie aufgefallen sein. Als Hanna an diesem Morgen Attila abgeliefert hatte, verrieten ihr die Geräusche aus der Küche, dass die Putzfrau zugange war. Magdolna war tatsächlich vor einigen Tagen wiedergekommen. Noch lieber hätte Hanna zwar mit Mária geredet, aber vielleicht konnte sie die alte Dame dazu bringen, eine Nachricht weiterzuleiten.

Hanna öffnete Rékas Zimmertür und war mit ein paar raschen Schritten bei dem Geheimversteck. Ihre Hände zitterten vor Aufregung, als sie das Foto suchte; ja, es war noch da. Genauso wie ihr schlechtes Gewissen. Nach wie vor fühlte es sich schrecklich an, hinter jemandem her zu schnüffeln, auch wenn man sich einredete, dass man es nur gut meinte.

Mit dem Foto in der Hand eilte Hanna die Treppe hinunter. Magdolna, eine winzige Alte in einem altmodischen, geblümten Rock, wirbelte erstaunlich behände durchs Haus.

»Magdolna?«, fragte Hanna und fand ihre Idee im selben Moment einfach nur idiotisch. Sie konnte ihr das Foto gar nicht mitgeben, denn dann würde Réka es garantiert vermissen. Noch einmal würde sie das Bild nicht entwenden, auch das wusste sie. Sie fühlte sich einfach zu schlecht dabei. »Könnten Sie Mária bitte fragen, ob sie diesen Mann kennt?«

»Du bist das Mädchen aus Deutschland«, bemerkte die alte Frau. Sie sprach langsam, damit Hanna sie einigermaßen verstehen konnte. »Wie gefällt es dir hier?« Dann fiel ihr Blick auf das Foto, sie stieß einen Schrei aus und bekreuzigte sich hastig.

»Was ist?«, fragte Hanna alarmiert. »Was ist denn los?«

»Dieser – dieser Mann«, stammelte Márias Großmutter. »Gonosz! Gonosz!«

Hanna verstand fast nichts von dem, was die Frau von

sich gab, so schnell und aufgeregt begann sie zu sprechen. Ihre Stimme wurde immer lauter, und auf einmal warf sie den Lappen hin und floh aus dem Haus. Sie schloss nicht einmal die Tür hinter sich.

»Na toll«, murmelte Hanna. »Das war ja mal ein Erfolg.« Mónika war so stolz darauf gewesen, dass es ihr gelungen war, Magdolna zur Rückkehr zu bewegen, und nun hatte sie es tatsächlich geschafft, die Frau wieder zu vertreiben.

Drei Wörter waren in ihrem Gedächtnis hängengeblieben, und Hanna murmelte sie vor sich hin, während sie in ihr Zimmer ging. »Baj. Gonosz. Vér. Baj. Gonosz. Vér.« Auf ihrem Tisch lag griffbereit das Wörterbuch, in dem sie nun mit klammen Fingern blätterte. »Baj. Gonosz. Vér.« Zwischendurch sah sie auf das Foto, auf den dunkelhaarigen Mann, der so unverschämt attraktiv war, dass er bestimmt nicht nur kleinen Mädchen den Kopf verdrehte.

Baj. Gonosz. Vér.

»Baj« bedeutete Unheil.

»Gonosz« war böse.

Und »vér« hieß Blut.

Hanna musste nicht überlegen, warum die Alte so viel von Blut gesprochen hatte. Für ein weiteres Wort, das sie immer wieder ausgerufen hatte, brauchte Hanna nämlich keine Übersetzungshilfe. Vámpír.

Sie sah aus dem Fenster, dann besann sie sich auf das Wesentliche. Sie musste sich sofort bei Magdolna entschuldigen und sie dazu überreden, die Stelle hier nicht aufzugeben, sonst würde sie selbst mächtig Ärger bekommen. Am Telefon fand sie zum Glück nach kurzem Blättern in Mónikas ordentlich geführtem Büchlein die richtige Nummer. Die Stimme, die ihr antwortete, kannte sie jedoch nicht. Sie wollte schon auflegen, als sie Mária am anderen Ende der Leitung hörte.

»Hanna? Bist du das? Ist was mit meiner Oma?«

»Ich habe sie vertrieben«, gab Hanna zerknirscht zu.

»Dabei habe ich ihr nur ein Foto gezeigt. Ich glaube, es ist Rékas Freund. So ein Dunkelhaariger, bestimmt schon Mitte zwanzig. Kennst du ihn?«

Sie hörte, wie Mária die Luft ausstieß.

»Leg nicht auf. Es tut mir leid! Wie hätte ich wissen können, dass es sie so aufregt? Kannst du ihr bitte sagen, dass es nicht wieder passiert? Dass sie trotzdem morgen kommen soll? Bitte, Mária, Mónika dreht sonst durch. Sie will nur deine Oma, sonst keine.«

Mária antwortete nicht. Doch sie war noch dran.

»Bitte«, flehte Hanna. »Können wir uns treffen? Dann erklärst du mir, was eigentlich hier los ist? Ich bezahl es dir auch, wenn du dir eine Stunde Zeit nimmst.«

Wieder brauchte Mária eine ganze Weile, um nachzudenken. Schließlich sagte sie: »Na gut. Aber Mónika wird auch mit mir böse sein, wenn ich dich aus ihrem Haus vertreibe.«

»Mich vertreibt nichts so schnell«, versicherte Hanna. Glaubte Mária allen Ernstes, dass sie etwas auf dieses Gespenstergerede gab?

»Du kannst zu uns kommen. Warte, ich nenne dir die Adresse.«

Auf dem Weg kaufte Hanna noch einen Blumenstrauß für Magdolna, wobei sie hoffte, dass sie nicht aus Versehen irgendwelche Unglücksblumen erwischt hatte. Mit Aberglauben kannte sie sich so gar nicht aus. Himmel! Niemand hatte sie davor gewarnt, dass es in Ungarn so etwas gab, noch dazu in einem solchen Ausmaß.

Márias Familie wohnte drüben in Pest, im dreizehnten Bezirk. Hanna hoffte nur, dass sie rechtzeitig zurückkam, um Attila von der Schule abzuholen. Viel Zeit konnte sie sich jedenfalls nicht lassen. Zum Glück war es von der Metróstation zu den Wohnblocks westlich der belebten Váci út nicht weit.

Mária öffnete ihr und bedeutete ihr, leise zu sein.

»Meine Mutter ist gerade weg. Ich habe Oma nicht gesagt, dass du kommst. Sie würde dich nicht hier haben wollen.«

»Ich habe ihr nicht das Geringste getan.« Das Ganze war so lächerlich. »Woher kennt sie überhaupt Rékas Freund? Bei den Szigethys zu Hause war er jedenfalls noch nie.«

»Wir haben ihn mal auf der Straße gesehen. Weißt du, was für einen Wagen er fährt? Einen Audi R8, wenn dir das was sagt. Er raubt den Leuten ihr Blut und ihr Geld, ich sage dir, das ist kein Mensch!«

»Mit Autos kenne ich mich nicht aus«, sagte Hanna bescheiden. »Das ist also die Marke, die Vampire bevorzugen?«

»Du glaubst mir nicht!«, rief Mária zornig.

»Ich soll also glauben, dass dieser Kerl Tag und Nacht mit seinem tollen Wagen durch die Stadt fährt und nach Mädchen sucht, die er aussaugen kann?«

»Oh, bestimmt nicht.« Mária lächelte verächtlich. »Typen wie er treten nur nachts in Erscheinung.«

»Das stimmt nicht. Ich hab ihn auch schon mal getroffen, und das war am helllichten Tag. Mária, du glaubst doch nicht im Ernst an Vampire!«

»Du hast ihn am Tag gesehen?« Mária blickte sehr ungläubig drein. »Setz dich und gib mir die Blumen.«

Hanna beobachtete, wie die Ungarin im Wohnzimmerschrank nach einer passenden Vase kramte.

»Du hast ja keine Ahnung«, meinte Mária. »Ich hab es gesehen, verstehst du? Wie er sie gebissen hat, dieser Kunun. In den Hals. Genau hier.«

»Im Ernst?«

»Du glaubst es ja doch nicht, also warum fragst du? Meine Oma ist die Einzige, die mir glaubt. Und sonst erzähle ich es auch keinem. Ich bin ja nicht verrückt. Aber ich weiß, was ich gesehen habe.«

»Wenn er sie gebissen hat, dann ist Réka jetzt also auch ein Vampir?«

Mária wedelte unwillig mit den Händen. »Tust du nur so, oder bist du so dumm? Réka ist kein Vampir, sie ist das Opfer. Er lebt von ihrem Blut. Deshalb ist sie ja auch so blass und traurig. Trotzdem will sie diesen Kunun ja partout nicht aufgeben!«

»Kunun heißt er? Was ist das denn für ein Name?«

Mária schüttelte den Kopf. Wütend. Egal, was sie tat, sie wirkte immer wütend. Selbst als sie Hanna etwas zu trinken anbot, bebte sie vor unterdrücktem Zorn. Zu gern hätte Hanna ihr gesagt, dass sie ihr glaubte, dass sie verstehen konnte, warum sie nicht mehr bei den Szigethys arbeiten wollte, dass niemand anders gehandelt hätte als sie – nur wie konnte man so etwas glauben?

»Würdest du deine Oma bitte trotzdem überreden, wiederzukommen?«

Um Márias Mundwinkel zuckte es.

»Mónika kann doch nichts dafür. Wenn sie eine neue Hilfe einstellen muss, dreht sie am Rad. Außerdem glaube ich, sie mag Magdolna wirklich.«

»Ich werde sie überreden«, sagte Mária zu Hannas Überraschung. Sie hatte gerade überlegt, ob sie der jungen Ungarin auch dafür Geld anbieten sollte und wie viel das kosten mochte. »Unter einer Bedingung. Du sorgst dafür, dass das aufhört.«

»Gerne. Réka liegt mir selbst sehr am Herzen. Aber wie stellst du dir das vor?«

»Sorg dafür, dass sie sich nicht mehr mit diesem Vampir trifft. Bring sie zur Vernunft. Auf mich hört sie nicht, auf dich dagegen …?«

Hanna versuchte, ruhig zu bleiben. Ihr Gefühl sagte ihr, dass Mária es völlig ernst meinte, dass sie nicht scherzte; überhaupt schien die Ungarin recht wenig Humor zu haben.

»Glaubt Réka auch daran?«, fragte sie und wählte ihre Worte sehr sorgfältig. »Ich meine daran, dass ihr Freund ein Vampir ist? Weiß sie es?«

»Sie lacht mich aus«, erklärte Mária finster. »Wenn du mich jetzt auch noch auslachst, dann …« Sie brachte ihren Satz nicht zu Ende. Es klang nicht wirklich wie eine Drohung, sondern eher verzweifelt.

Auf einmal konnte Hanna das Ganze nicht mehr lächerlich finden. Wenn Mária wirklich so etwas glaubte, war sie vielmehr zu bedauern.

»Ich lache dich nicht aus«, versicherte sie. »Ich werde mir diesen Kunun einmal näher ansehen. Das zumindest kann ich dir versprechen.«

Hanna hatte völlig vergessen, dass sie das Foto auf ihrem Schreibtisch hatte liegen lassen. Es fiel ihr erst wieder ein, als Attila damit durch die Wohnung tanzte.

»Gib das her! Wirst du das wohl hergeben!«

Lachend rannte Attila vor ihr her.

Gleich kam Réka aus der Schule. Es würde noch viel mehr Unheil geben, wenn das Mädchen das hier mitbekam.

Hanna verfolgte Attila durch die ganze Wohnung. Sie kletterte ihm übers Sofa nach, versuchte ihn unter dem Tisch zu erwischen und schließlich unter seinem Bett hervorzulocken. Der Junge lachte sich halbtot.

»Hanna ist verliebt!«, sang er. »Hanna ist verlie-hiebt!«

Sie fand es nur mäßig beeindruckend, dass er sich für den Versuch, sie zu ärgern, sogar dazu herabließ, Deutsch zu sprechen. Das hatte er bis jetzt in ihrer Gegenwart vermieden, obwohl auch er eine zweisprachige Schule besuchte.

»Was ist denn hier los?« Seufzend stellte Réka ihre Schultasche ab, als würde sie sich von einem unglaublichen Gewicht befreien. Sie war so blass, dass Hanna unwillkürlich die Arme ausstreckte, um sie aufzufangen, falls sie stürzen sollte. Réka quittierte diese Geste mit einem verständnislosen Stirnrunzeln. »Was hat er jetzt wieder angestellt?«

»Schau mal.« Attila öffnete seine Zimmertür, er wollte

es sich nicht entgehen lassen, seine Schwester an dem Spaß teilhaben zu lassen. »Hanna ist verliebt.«

»Wo hast du das her!«, kreischte Réka auf. Sie schoss auf ihren Bruder los und riss ihm das Blatt aus der Hand, bevor er reagieren konnte. Wütend schubste sie ihn von sich, sodass er hart auf den Rücken fiel. Attila war zu erschrocken, um zu weinen. Seinem Gesicht sah man an, dass er nicht begriff, warum Réka sich so für Hanna einsetzte. »Das ist meins!«, schrie sie. »Untersteh dich, in meinen Sachen zu wühlen!« Sie glättete das Bild vorsichtig, Tränen kullerten ihr aus den Augen. »Du hast es zerknickt! Und die Ecke ist abgerissen! Ich hasse dich!«

Laut aufschluchzend verzog sie sich, und ihre Tür knallte ins Schloss, dass der Boden bebte.

Attila wechselte einen verdutzten Blick mit Hanna und presste ein paar Tränen heraus. »Mein Rücken!«

Hanna half ihm auf, und einen Moment lang kuschelte er sich an sie. Sie strich ihm übers Haar. »Ach, Attila.«

Réka würdigte ihren Bruder keines Blickes. Während sie gemeinsam aßen, grummelte sie vor sich hin, doch schließlich stieß sie hervor: »Dass du an meine Sachen gehst, das verzeih ich dir nie, niemals!«

»Ich hab gar nichts gemacht. Sie war's.« Attila, nicht gewillt, die ganze Schuld auf sich zu nehmen, zeigte mit ausgestrecktem Arm auf Hanna.

»Hör auf!« Réka brüllte so unvermutet los, dass der Kleine fast vom Stuhl fiel, auf dem er sowieso immer nur halb saß. »Gib es wenigstens zu!«

Hanna empfand die moralische Verpflichtung, Attila in Schutz zu nehmen und ihr eigenes Vergehen zu gestehen. Aber sie brachte es nicht über sich. Wenn sie das tat, hatte sie endgültig bei Réka verspielt, das war klar, und das durfte nicht geschehen. Nicht, wenn sie die nächsten Monate hierbleiben und mit dieser Familie und diesen Kindern leben wollte. Deshalb sagte sie nur: »Er ist noch ein Kind, Réka. Ich hätte besser aufpassen sollen, dass er nicht in dein Zimmer geht. Tut mir leid.«

Seit wann konnte sie so gut lügen? In der Tat, sie konnte es nicht. Hanna fühlte, wie eine verräterische Röte ihr Gesicht überzog und bis unter ihre Haarwurzeln kroch. Réka merkte es nicht. Unter dem Tisch trat sie so lange nach Attila, der eifrig zurücktrat, bis Hanna einschreiten musste.

»Geh in dein Zimmer, Attila, bitte.«

»Mach ich nicht!«, schrie er.

»Dann geh ich eben. Das ist ja nicht zum Aushalten.« Réka nahm ihren Teller und das Saftglas und verzog sich.

Das triumphierende Lächeln auf Attilas Gesicht sprach Bände. Hanna seufzte, doch sie konnte ihm nicht wirklich böse sein, schließlich war sie ihm etwas schuldig.

»Gehen wir morgen in den Zoo?«

Der Versuch war so offensichtlich, dennoch nickte der Junge begeistert. »Au ja. Ohne Réka.«

Zum Glück fragte er sie nicht, warum sie ihn so schmählich verraten hatte.

Später klopfte Hanna an Rékas Zimmertür. Sie wusste noch nicht so recht, was sie sagen wollte. Die Sache war nicht so gelaufen, wie sie gehofft hatte, und ihre Schuldgefühle trieben sie dazu, doch zuzugeben, was sie getan hatte. Sie wusste nur noch nicht, ob sie es über sich bringen würde.

Réka saß auf ihrem Bett, an die Wand gelehnt. Das Foto lag neben ihr auf dem Kissen. Sie hatte geweint, ihr Gesicht wirkte rot und geschwollen.

Hanna wäre am liebsten rückwärts hinausmarschiert, aber sie nahm sich zusammen. Mónika hätte hier sein müssen, stattdessen saß sie im Wohnzimmer am Klavier. Die perlenden Klänge irgendeines klassischen Stücks drangen wie sanfter Regen durch die dünnen Zimmerwände.

Aufseufzend lehnte Réka den Kopf gegen die dezent geblümte Tapete.

»Er ist dein Freund, nicht wahr?« Hanna hatte sich auf den Schreibtischstuhl gesetzt und schaute von dort auf das Bild. Zerknickt und angerissen war es, und dennoch schien der junge Mann dadurch nur noch schöner zu werden. Sein Gesicht machte aus dem billigen Zettel fast ein Stück Kunst.

»Ja. Du hast ihn gesehen, als wir an der Donau waren.«

Hanna zögerte, bevor sie ihre Frage stellte. »Muss das ein Geheimnis bleiben? Ist es wegen deiner Eltern?«

Als sie selbst vierzehn gewesen waren, hatten einige in ihrer Klasse schon einen Freund gehabt. Sie hatten es nicht geheim gehalten, sondern im Gegenteil dafür gesorgt, dass alle und jeder davon erfuhren; es wäre ihnen unerträglich gewesen, darauf zu verzichten, mit ihren Eroberungen anzugeben. Gerade wenn es ältere Jungen gewesen waren, waren sie nicht müde geworden, von ihnen zu schwärmen. Für Hanna, die zu dem Zeitpunkt immer nur unglücklich verliebt gewesen war, war das eine Quelle fortwährender Qual gewesen. Ob dieselben Mädchen zu Hause wie ein Grab geschwiegen hatten, wusste sie natürlich nicht.

Réka schluckte. »Nein, sie … Er meint, es wäre besser so.«

»Aha.« Hannas Meinung über diesen Kerl wurde dadurch nicht besser. Was hatte ein Mann wie er mit einem kleinen Mädchen wie Réka zu tun? Sie war viel zu jung für ihn. Dass ihre Eltern nichts davon wissen sollten, machte ihn erst recht äußerst verdächtig. In Gedanken fluchte Hanna über diesen Mann, doch sie hütete sich, etwas Schlechtes über ihn zu sagen. Das kleine, zarte Pflänzchen Vertrauen, das jetzt und hier zu keimen begann, konnte allzu schnell wieder eingehen.

»Ich weiß, wie das klingt«, fügte Réka schnell hinzu. »Aber es ist wirklich besser. Ich meine, wozu sollten wir sie unnötig aufregen? Wenn wir merken, dass da mehr ist, werde ich es ihnen schon sagen. Er wird selbst herkommen und sich vorstellen.«

Die Sätze klangen wie auswendig gelernt, und Hanna fragte sich, wie oft Réka sie innerlich wiederholt hatte, bis sie selbst daran glauben konnte.

Das Klavierspiel, das ihr Gespräch die ganze Zeit untermalt hatte, brach ab.

»Ich muss deiner Mutter beim Abendbrot helfen.« Hanna wäre am liebsten sitzen geblieben. Sie war sich sicher, dass Réka noch sehr viel mehr zu erzählen hatte. Aber nachdem die Filmmusik verklungen war, schien die Stille doppelt so schwer auf ihnen zu lasten.

»Du wirst es ihr doch nicht sagen?«, flehte das Mädchen, als Hanna schon an der Tür war.

»Nein«, erwiderte sie, obwohl sie das Gefühl hatte, dass sie genau das tun musste. Darauf bereiteten sie einen nicht vor, wenn man ins Ausland gehen wollte. Auf die Frage, wie man mit solchen Problemen umzugehen hatte.

»Und wenn Attila von dem Bild erzählt? Kannst du dann vielleicht behaupten, es wäre ein Foto von deinem Freund gewesen?«

Hanna schnappte nach Luft. Jetzt sollte sie auch noch lügen? »Von dem Freund, den ich nicht habe? Ich weiß nicht, ob ich das kann.« Man merkte ihr sowieso immer an, wenn sie log. Abgesehen davon war es eine Sache, Réka und Attila gegenüber nicht ganz ehrlich zu sein, und eine andere, ihre Gasteltern zu belügen.

»Oh, bitte, bitte!«

»Mal sehen, was passiert.« Mehr konnte sie nicht versprechen.

SIEBEN

AKINK, MAGYRIA

Mattim hasste die Brücke. Seine Füße hassten sie. Ein scharfer Blick seines Gegenübers machte ihm bewusst, dass er schon wieder hin und her wippte; eine ärgerliche Angewohnheit, gegen die er nichts tun konnte, weil er es gar nicht merkte.

Der Wald drüben lockte. Wind fuhr durch die Bäume. Es war verboten, den Kopf zu wenden und den Wald zu betrachten, genauso wie es verboten war, die Figuren auf den Brückenpfeilern zu berühren oder zur Burg hochzuschauen oder sich an der Nase zu kratzen. Es war keine Übung in Geduld. Es war Folter.

Unter ihm rauschte der Fluss. Im Dunkeln ging ein kaum wahrnehmbares Leuchten davon aus, das Mattim nie zuvor bemerkt hatte. Der Donua war getränkt von Licht, als hätte er alles aufgesaugt, was aus der Stadt des Lichts auf ihn fiel. Er reichte völlig aus, um die Schatten fernzuhalten. Sie konnten auch keine Boote benutzen, damit wären sie dem Wasser zu nah gewesen, dem alles verzehrenden Licht. Letztlich war es die Brücke, die Akink gefährdete, und trotz der Argumente seiner Mutter hätte der junge Prinz sie am liebsten niedergerissen. Irgendwie. Was nützten Wachen, die beim Stehen fast einschliefen?

Ruckartig hob Mattim den Kopf, als ein einsamer Reiter aus dem Wald herauspreschte. Sein graues Pferd war schaumbedeckt. Als er näher herankam, sah man, dass der Ankömmling eine Frau war, müde und zerzaust. Sie gehörte nicht zur Flusswache. Eine Fremde.

»Halt!«, gebot der Wächter am Ende der Brücke. Mattim stand nur wenige Posten entfernt und beobachtete gespannt das Geschehen.

Die Frau parierte gehorsam ihr Pferd durch und saß ab. Sie taumelte, nur mit Mühe richtete sie sich auf.

»Wölfe«, stammelte sie, »alles voller Wölfe! Sie haben unser Dorf umzingelt. Wir brauchen Hilfe, wir …«

Der Posten rührte sich nicht von der Stelle. »Bevor wir dich anhören können, müssen wir sicher sein, dass du kein Schatten bist.«

»Ich bin kein Schatten«, beteuerte die Reiterin. »Wir brauchen Soldaten, oder wir sind verloren. Der König muss uns Soldaten schicken!«

»Erst überprüfen wir dich«, entgegnete der Posten unerbittlich. »Beweise uns, dass dein Körper keine Bissspuren aufweist.«

»Was soll ich denn tun? Mich hier vor allen ausziehen?«

Mattim konnte nicht abschätzen, wie alt sie war, aber ihre müde Stimme, aus der so viel Verzweiflung sprach, rührte ihn. Er trat vor.

»Das muss nicht sein«, sagte er. »Wir sind hier am Fluss. Tauch die Hand in den Fluss, dann sehen wir, ob du ein Mensch oder ein Schatten bist.«

»Prinz Mattim!«, zischte der andere Wächter. »Das kannst du nicht tun! Das übersteigt deine Kompetenz!«

»Es ist das beste Mittel, um die Wahrheit herauszufinden«, sagte Mattim. »Oder etwa nicht? Wenn sie ein Schatten ist, wird sie das Licht nicht ertragen können.« Er trat noch einen Schritt näher. »Sie würde nicht einmal meine Nähe ertragen können.«

»Wenn sie ein Schatten ist, stirbt sie sofort«, gab der andere zu bedenken.

»Und?«, fragte Mattim leichthin. »Dann kann sie wenigstens niemanden mehr beißen.«

»In dem Fall können wir sie aber auch nicht mehr befragen.«

»Als ob wir aus einem Schatten jemals etwas herausbekommen hätten.«

Die Fremde sah von einem zum anderen, danach nickte sie und wankte das Ufer hinunter.

»Sie wird noch hineinfallen«, sagte jemand, »sollten wir nicht …«, aber der Sprecher der Wächter gebot ihm zu schweigen und winkte ein paar Laternenträger näher heran. Sie beobachteten, wie die Frau sich durch Gras und Schilf kämpfte. Schließlich fiel sie nach vorne, und es platschte laut. Mattim achtete nicht auf das, was der Anführer sagte, sondern eilte ihr hinterher und half ihr dabei, sich aufzurichten. Ihre Schuhe steckten im schlammigen Wasser, ihr Kleid war völlig durchnässt. Tränen liefen ihr über die Wangen.

»Es tut mir leid«, begann Mattim, während er ihr wieder hoch zur Brücke half. »Aber es muss sein, verstehst du? Komm. Du wirst die Soldaten für dein Dorf erhalten, das verspreche ich dir.«

»Das war nicht korrekt«, knurrte der Brückenwächter und betrachtete die tropfende Kleidung der Fremden voller Abscheu. »Wir müssten eigentlich …«

»Sie ist kein Schatten«, sagte Mattim. »Beim Licht, was habt ihr nur mit euren dämlichen Untersuchungen! Die Patrouille wird auch nicht untersucht, wenn sie aus dem Wald zurückkehrt.«

»Wenn der ganze Trupp zurückkommt, werden wohl auch nicht alle Schatten sein«, bemerkte der Wächter würdevoll. »Aber jeder, der sich von den anderen trennt, ist verdächtig. Wir sind angehalten, alle Verdächtigen zu untersuchen.«

»Wenn ich der König der Schatten wäre, würde ich dafür sorgen, dass sie alle gebissen wurden, und zwar der ganze Trupp, ausnahmslos«, sagte Mattim wütend. »Denn dann würdet ihr sie einfach so durchlassen. Es kommt darauf an, die Schatten aus Akink herauszuhalten, kapierst du das nicht? Egal, wie. Der Fluss beschützt uns, nicht irgendwelche Untersuchungen. Und jetzt bringe ich diese Frau zu meinem Vater.«

»Du nicht«, sagte König Farank. »Das ist ein völlig unnötiges Risiko. Du kannst nicht wirklich annehmen, dass ich dich für diese Sache einteile, Mattim.«

Mattim starrte seinen Vater herausfordernd an. Er war zu allem bereit, nur um dem lästigen Brückendienst zu entgehen. Lieber kämpfte er gegen ein ganzes Rudel Wölfe.

»Der Prinz kann sich nicht in der Stadt verstecken, während die anderen kämpfen«, sagte er. »Wer würde mich dann überhaupt noch ernst nehmen?«

Farank schüttelte sorgenvoll den Kopf. Ihm war anzumerken, wie schwer es ihm fiel, seinem Sohn zuzustimmen. »Es geht um deine Sicherheit.«

»Nein«, widersprach Mattim. »Es geht um Magyria. Sie vertrauen auf uns. Diese Frau ist eine ganze Nacht lang geritten, um Hilfe zu holen. Wir haben keine Zeit für lange Reden, wir müssen sofort los. Wahrscheinlich werden wir sowieso zu spät kommen, das wissen wir alle! Das Licht ist da, um für die Unschuldigen zu kämpfen, Vater. Wenn wir das nicht tun, was sind wir dann noch?«

Farank zögerte nach wie vor.

»Ich weiß, dass sie mich dabeihaben wollen. Sie brauchen mich. Ich bedauere, dass du nicht viel Auswahl hast, wen du außer mir schicken könntest.«

Das war gemein, aber er konnte nicht anders. *Der Jäger ist unterwegs*, hatte die Frau gesagt. *Es heißt, er hat die Jagd wieder eröffnet. Seine Meute verfolgt alles, was menschlich ist. Sie haben unser Dorf von allen Seiten umkreist, und wir hörten das Wolfsgeheul die ganze Nacht, unerträglich, bis wir uns die Ohren zugehalten haben. Zu dritt sind wir losge-*

ritten, ich bin die Einzige, die durchgekommen ist. Ihr müsst uns helfen. Meine Kinder sind im Dorf, meine Familie.

Der Jäger ist unterwegs. Mattim fühlte einen Schauer seinen geschundenen Rücken hinunterlaufen. *Er ist auf der Jagd …*

»Wir werden die Schatten ausrotten«, sagte er.

»Schwerter können ihnen nichts anhaben. Willst du sie etwa fesseln, herbringen und in den Fluss werfen?« Der König verzog das Gesicht. »Gegen die Schatten kannst du nicht viel tun. Ihr müsst sie verbrennen. Oder ihr schließt sie ein, damit sie nicht in der Nacht zwischen den Bäumen verschwinden können und vom Tageslicht überrascht werden.«

Mattim unterdrückte seinen Jubel darüber, dass sein Vater mittlerweile so redete, als würde er tatsächlich dabei sein. »Angeblich gibt es jetzt auch Schatten, die am helllichten Tag in Erscheinung treten.«

»Das ist unmöglich. Die Schatten können nicht im Licht leben. Es wäre ein Widerspruch in sich.« König Farank suchte den Blick seines Sohnes und hielt ihn fest. »Mattim, versprich mir, dass du vorsichtig sein wirst. Versprich mir, dass du zurückkommst.«

Da war es wieder, das Band zwischen ihnen, wie ein Lichtstrahl zwischen zwei Spiegeln. Ich bleibe hier bei dir, wollte er sagen. Aber der Wald rief. Ihm blieb nur, zu nicken, zum Zeichen, dass er verstanden hatte, wie viel es seinen Vater kostete, ihn gehen zu lassen.

Sie hatten beide keine Wahl. Natürlich musste der Lichtprinz bei einer solchen Mission dabei sein, er war der beste Schutz für die Soldaten, die sich in den Wald wagten, vielleicht sogar der einzige.

»Wir sind dann bald zurück«, sagte Mattim, leichthin, als gäbe es keinen Grund, ein solches Versprechen zu geben, und als gäbe es nichts, was ihn daran hindern könnte, es einzulösen.

Sie hatten keine Wölfe gehört. Alles war so ruhig, dass es kalt nach ihren Herzen griff, und mit einem bangen Gefühl waren sie geritten, so schnell sie konnten. Der König hatte einen Trupp zusammengestellt, der aus Mitgliedern von Tag- und Nachtpatrouille bestand; Morrit führte sie an. Sie wollten gerade los, als Mirita zu ihnen stieß, völlig außer Atem. Sie hatte es nicht einmal geschafft, ihr Haar wie sonst in einem Zopf zu bändigen, und die goldene Pracht lag auf ihrem Kopf wie ein Schleier.

»Du bist dabei?«, fragte Mattim und konnte ein Grinsen nicht unterdrücken. »Ich dachte, du bist immer noch krank? Was macht dein Bein?«

»Ihr braucht die beste Bogenschützin von Akink bei diesem Einsatz«, gab sie zurück und nickte Morrit zu. »Die Königin teilt mich euch zu.«

Der Anführer lächelte säuerlich, aber er stellte keine Fragen. Mirita lenkte ihr Pferd neben Goran, die andere blonde Wächterin, und bemühte sich sichtlich, nicht allzu triumphierend zu lächeln.

Anfangs hatte Mattim es genossen. Den Wald um sie her, das glitzernde Licht zwischen den Zweigen, den süßen Geruch seines Pferdes, das Hufgetrappel, das Knarren und Quietschen der Ledersättel, das Klirren der Waffen.

Doch irgendwann begann die Stille zu schmerzen. Sie warteten auf das Geheul der Wölfe, denn nach dem Bericht der Frau hatten sie damit gerechnet, dass sämtliche Wölfe aus Magyria sich um das Dorf versammelt hatten und in der Gegend herumschlichen. Aber alles blieb unnatürlich ruhig. Unwillkürlich hatten sie die Pferde angetrieben, ergriffen von schlimmsten Befürchtungen, und als sie nun am frühen Abend ihr Ziel erreichten, waren sie auf das Schlimmste gefasst.

Das Dorf lag da wie ausgestorben.

Die Straßen zwischen den kleinen Häusern waren leer. Keine Hunde, keine Hühner, keine Kinder. Sie ritten hindurch und sahen sich um. Haustüren und Fenster standen weit auf, keine Menschenseele war mehr da.

»Wir sind zu spät gekommen«, murmelte Morrit gepresst.

Mattim, der neben ihm ritt, nahm aus den Augenwinkeln eine Bewegung wahr und riss sein Pferd herum.

Doch es waren nur drei, vier kleine Hunde, die auf der Schwelle eines Hauses miteinander balgten.

»Wenn die Hunde noch da sind …«, wollte er sagen, um irgendetwas Gutes zu finden, was Hoffnung in ihnen weckte. Vielleicht, hatte er hinzufügen wollen, sind in diesen vielen Häusern noch Menschen, die sich verstecken, die wir suchen müssen.

Morrit unterbrach ihn. »Das sind keine Hunde, sondern Wolfsjunge. Sie haben sogar die Kinder verwandelt. Töte sie.«

»Ich?«, fragte Mattim erschrocken.

Morrit nickte ihm zu. »Wenn du je wieder zu mir in die Nachtpatrouille willst, töte sie vor unser aller Augen. Ich brauche etwas, was ich dem König über dich berichten kann.«

Die kleinen Wölfe jagten einander über den Dorfplatz, selbstvergessen und gefangen in ihrem Spiel, ohne die Reiter überhaupt zu beachten.

Mattim stieg vom Pferd. Er näherte sich den Welpen vorsichtig. Drei sprangen davon, eins blieb liegen, auf dem Rücken, und blickte ihn erwartungsvoll an.

»Fass sie bloß nicht an!«, schrie Morrit, als Mattim die Hand ausstreckte, um das Tier zu kraulen. »Verdammt, fass sie nicht an!«

Der Königssohn fuhr zurück. Der Welpe sprang auf und tollte seinen Freunden oder Geschwistern hinterher.

»Töte sie endlich!«, rief der Anführer. »Nun mach schon!«

Es waren Kinder. Nein, es waren Kinder gewesen. Von

Schatten gebissen, zu Wölfen gemacht. Konnte wiederum ein Biss dieser so harmlos wirkenden Kreaturen ihn zum Schatten machen? Er war sich nicht sicher, ob es nicht andere Wölfe sein mussten, groß und klug wie die silbergraue Wölfin, auch wenn die anderen Wächter davon ausgingen, dass die Tiere alle gleich gefährlich waren. Aber in jenem Wolf, den er getötet hatte, hatte er etwas anderes gespürt, eine ungeahnte Stärke, etwas Schattenhaftes. Diese Welpen dagegen sprangen so lustig vor ihm her, dass er unmöglich glauben konnte, sie wären eine Bedrohung. Doch er wusste genau, was Morrit sagen würde: Der Kreislauf der Dunkelheit ... du musst ihn beenden, an dieser Stelle, mitleidslos. Kinder? Das sind keine Kinder. Das sind Geschöpfe der Nacht.

Und dennoch, Mattim konnte es einfach nicht tun. Seine Hand lag am Schwert, ohne es zu ziehen. Er ging ihnen nach, während sie zwischen den Häusern tollten, und hörte nicht mehr, was Morrit hinter ihm schrie.

Dort war schon der Wald. Die Welpen sprangen ins Gebüsch. Nein, einer kam wieder zurück, mit diesen großen, runden Augen, denen man nicht widerstehen konnte. Mattim bückte sich und berührte das weiche Fell. Eine kleine rosa Zunge leckte ihm über die Hand.

Wie schnell sich diese Kinder daran gewöhnt hatten, was sie waren! Wie konnten sie nur wissen, wie man sich als Tier benahm? Und wieso wussten sie nicht, dass sie ihn beißen mussten, dass sie nun für die Seite der Finsternis arbeiteten? Ahnten sie denn nicht, dass sie böse waren?

Mattim hob den Blick und sah zwischen den Bäumen einen Mann stehen, groß und schlank und dunkel. Sein Gesicht konnte Mattim nicht erkennen, aber er hörte die Stimme des Fremden klar und deutlich, eine leise, verlockende Stimme.

»Komm her. Komm zu mir.«

Bewegungslos verharrte Mattim und merkte nicht einmal, dass er immer noch den kleinen Wolf streichelte.

»Ich warte auf dich«, sagte der Schatten.

Der junge Prinz schrak zusammen, als er eine Hand auf seiner Schulter spürte.

»Steh auf«, befahl Morrit. »Und komm zurück.«

Mattim gehorchte. Der Welpe sprang um seine Füße, dann spitzte er auf einmal die Ohren und sauste ins Gebüsch.

»Es tut mir leid«, sagte der Königssohn. »Er hat mich nicht gebissen, er war lieb, ich habe nicht einmal ...«

»Still«, zischte Morrit. »Komm zurück, langsam. Beim Licht, du weißt nicht, wie viele Wölfe da noch im Wald lauern. Was würdest du tun, wenn sie auf einmal alle herausspringen? Jetzt komm.«

Mattim fühlte sich beschämt, weil er ohne nachzudenken den Welpen gefolgt war, ohne irgendeinen Gedanken an die Gefahr zu verschwenden. Zum Glück sagten die anderen nichts. Er bemerkte lediglich die Erleichterung in ihren Gesichtern.

»Zeig mir deinen Hals. Nur damit alles korrekt ist.«

»Das wird langsam zur Gewohnheit, wie?«, fragte Mattim, während er zuließ, dass Morrit ihm das Haar zur Seite schob. »Außerdem hätten die Kleinen mich wohl eher in die Hand gebissen, oder?« Er wedelte mit seinen unverletzten Händen vor ihren Augen herum. »Vielleicht noch ins Bein. An den Hals wären sie gar nicht gekommen. Davon abgesehen ist es noch hell. Ich hätte mich schon in Luft aufgelöst, nicht?«

Morrit verzog das Gesicht. »Darüber macht man keine Scherze.« Er wandte sich an die anderen. »Tun wir, wofür wir hergekommen sind. Vergewissert euch, dass in den Häusern niemand mehr ist. Vielleicht finden wir noch Überlebende. Ihr beide sorgt für die Pferde. Da hinten ist der Brunnen. Ihr da sichert das Dorf gegen den Wald ab. Ich will keinen einzigen Wolf hier herumschleichen sehen.«

Die Soldaten schwärmten aus. Morrit hielt Mattim an der Schulter fest. »Du bleibst bei mir, junger Mann.«

»Ich bin nicht zum Herumstehen hier«, protestierte der Prinz. Er war noch nicht dazu gekommen, von dem Schatten zu berichten, den er getroffen hatte, aber nun entschied er, dass es wohl besser war, ihn gar nicht zu erwähnen. Wenn Morrit gewusst hätte, dass die Schatten ihn riefen, den Thronfolger persönlich, würde er ihn womöglich an Händen und Füßen gefesselt wegsperren.

»Wir beide suchen uns ein Haus, in dem wir die Nacht verbringen können. Zieh nicht so ein Gesicht. Das ist eine wichtige Aufgabe. Auch wenn wir für die Leute hier nichts mehr tun können, müssen wir dafür sorgen, dass wir vollzählig zurückkehren.«

»Warum reiten wir nicht gleich zurück?«

Morrit schüttelte den Kopf. »Das willst du unseren Pferden allen Ernstes zumuten?«

Er brauchte es nur zu sagen. Da war ein Schatten, der mich rief … Mattim war sich sicher, dass Morrit in dem Fall sofort alle Rücksichtnahme aufgegeben hätte und Hals über Kopf zurück nach Hause geprescht wäre. So als könnte der Prinz, von einem bösen Zauber gelockt, auf Nimmerwiedersehen im Wald verschwinden. Dabei hatte die Stimme gar nichts Zauberhaftes an sich gehabt. Sie war ihm sehr menschlich vorgekommen, eine angenehme Männerstimme, die nicht mehr Macht über ihn hatte als jeder andere seiner Vorgesetzten. Vielleicht, dachte Mattim mit einem kleinen Lächeln, schäumte der Schatten gerade vor Wut, weil er es nicht geschafft hatte, ihn zu sich zu befehlen.

»Du lächelst so«, stellte Morrit fest. »Das ist das Richtige, wie? Sehe ich genauso.«

Sie standen vor einem Haus, etwas größer als die anderen. Vielleicht hatte es dem Dorfvorsteher gehört; ein schmuckes Gebäude aus hellen Ziegeln, die Fensterbänke mit Blumen geschmückt.

»Für uns dreißig wird es da drin zu eng«, fand Mattim, während sie die verlassene Stube inspizierten.

»Dabei ist das hier schon das größte Haus. Ich verteile uns ungern auf mehrere Häuser. Dieses hat außerdem einen großen Stall.« Morrit blickte noch einmal die Straße hinunter. »Es war ein Fehler, überhaupt herzukommen.«

Mattim war anderer Meinung. »Wir sind verpflichtet zu helfen, wenn uns jemand darum bittet«, sagte er. »Niemand konnte wissen, dass es um das Dorf so schlimm steht.« Leiser fügte er hinzu: »Das ist Magyria. Wir können es nicht aufgeben.«

Morrit schnaubte nur. Unruhig wartete er an der Tür auf die anderen Wächter und atmete erst auf, als sie vollzählig waren. »Irgendwelche Überlebenden? Nein? Nun, das wundert mich nicht.« Er warf dem Prinzen einen wütenden Blick zu, als wäre Mattim daran schuld, dass sie überhaupt hergekommen waren.

»Im Wald«, sagte Mirita leise. »Ich hatte das Gefühl, sie sind noch da.«

»Die kleinen Wölfe?«

»Keine Ahnung. Irgendetwas hat uns beobachtet.«

»Wir müssen damit rechnen, dass sie uns angreifen, sobald es dunkel wird. Bringt die Pferde nach nebenan. Wir können auf kein einziges verzichten.« Er musste es nicht aussprechen: Ohne Pferde kommen wir hier nie wieder weg.

Wieder lag Mattim der Vorschlag auf der Zunge, jetzt schon aufzubrechen, auch wenn das hieß, dass sie die Nacht im finsteren Wald verbringen mussten. Aber Morrit hatte das Kommando, und er wusste so gut wie der Prinz, dass in der Dunkelheit nicht nur die Wölfe kommen würden.

Sie aßen an einem großen, schweren Holztisch, an dem sie nicht alle sitzend Platz fanden, und doch war es ein Fest der Gemeinschaft und Zusammengehörigkeit. Einige schwiegen, ein paar versuchten die düstere Stimmung durch lockere Scherze aufzuheitern. Die meisten unterhielten sich leise über belanglose Dinge, als wäre es selbstverständlich, dass sie bald zurück in Akink sein würden, wo es wieder wichtig war, wer zu wessen Hochzeit eingeladen war und wen welcher Händler übers Ohr gehauen hatte.

»Still!«, befahl Morrit plötzlich.

Sie horchten. Nichts hatte sich verändert, trotzdem hatte die Stille draußen auf einmal einen anderen Klang, und selbst das Knarzen der geflochtenen Stühle drinnen schien anders als eben noch.

»Stellt den Tisch vor die Fenster.« Morrit gab seine Anweisungen mit ruhiger, gefasster Stimme, als wäre alles wie immer. »Und schiebt den Schrank dort vor die Tür. Wir müssen …«

Der Klang von Pferdehufen drang durch die Stille wie Donner.

»Macht die Tür wieder auf!«, rief jemand. »Das könnten Überlebende sein.«

»Niemand öffnet die Tür«, bellte Morrit, als eine der Wächterinnen bereits die Hand an den Riegel legte. »Mattim, du gehst ins Obergeschoss. Du und du, ihr begleitet ihn. Seht nach, ob ihr durch die oberen Fenster etwas erkennen könnt.«

Sie stürmten die steile Stiege nach oben. Die Fenster waren blind von Staub und Schmutz. Mattim riss so heftig am Riegel, dass er abbrach, und durch das aufschwingende Fenster starrte er hinaus auf die staubige Straße. Es war kein Pferd zu sehen. »Hier ist nichts«, rief er.

»Ich habe etwas gesehen«, flüsterte Goran hinter ihm. »Irgendetwas ist dort hinten verschwunden, zwischen den beiden Häusern dort.«

»Ein Wolf? Ein Reiter?«, fragte der andere Wächter.

»Wenn es ein Reiter ist, müssen wir ihm sagen, wer wir sind«, fand Mattim. »Er ist verloren, alleine da draußen.«

»Und wenn es ein Schatten ist?«

Die Sonne war gerade dabei unterzugehen und noch glühten ihre Strahlen auf den Dächern. Fast hätte er eingewandt, dass es aus diesem Grund kein Schatten sein konnte, aber da er sich nicht mehr sicher war, ob die Schatten es nicht doch vermochten, das Licht zu ertragen, hielt er es für besser, zu schweigen.

»Da! Ein Pferd!« Diesmal hatten sie gesehen, woher es gekommen war – aus dem Stall, aus ihrem Stall! »Es ist eins von unseren!« Sie riefen es nach unten: »Es sind unsere Pferde! Jemand lässt sie heraus!«

Wieder galoppierte ein Pferd durchs Dorf. Mattim verrenkte sich fast den Hals bei dem Versuch zu erkennen, ob ein Wolf es jagte, konnte allerdings von hier nichts erkennen, da das Dach des Stallgebäudes direkt unter ihnen die Sicht versperrte.

»Du bleibst oben, Mattim!«, befahl Morrit, während er und ein paar andere Soldaten ins Nebengebäude stürzten.

Dem Prinzen blieb nichts anderes übrig, als am Fenster zu verharren und zu beobachten, wie noch zwei weitere Pferde entkamen. Schließlich kehrte Morrit fluchend zurück. »Fünf. Fünf weg! Welcher Idiot hat die Tür aufgelassen?«

Die Wächter sahen sich an.

»Ich hatte sie verriegelt«, sagte einer schließlich.

»Sicher?«

»Ganz sicher.«

Morrit schüttelte den Kopf. »Dann müssen wir Wachen abstellen. Das darf nicht noch einmal passieren.«

»Irgendetwas hat sie vermutlich erschreckt«, meinte Mattim, während er nach unten kletterte. »Meinst du, es waren die Wölfe? Ihr Geruch?«

»Wer hat dir erlaubt, herunterzukommen?«, fragte Morrit böse. »Geh, bitte«, sagte er etwas leiser. »Wenn sie in den Stall konnten, hätten sie nur durch die Verbindungstür gehen müssen, um ins Haus zu gelangen.«

»Wölfe öffnen keine Türen«, gab Mattim zurück. »Und wenn es Schatten waren, bin ich euer bester Schutz. Schick mich nicht weg. Sie werden sich nicht in meine Nähe trauen.«

»Für Schatten ist es noch zu früh«, knurrte Morrit, aber diesmal schickte er den Prinzen nicht fort.

»Wir müssen schlafen«, verkündete er. »Wir brauchen unsere Kraft, wenn sie angreifen.« Er teilte die Wächter in zwei Schichten ein. Diejenigen, die schlafen durften, richteten sich im Obergeschoss ein Lager her, die anderen wachten an Fenstern und Türen: fünf oben, fünf im Erdgeschoss, fünf im Stall.

Mattim gehörte zu jenen, die zuerst ruhen sollten. Er rechnete nicht damit, dass er auch nur ein Auge zutun würde auf dem harten Bretterboden, nur in eine Decke gehüllt, während an jedem Fenster eine Wache stand.

»Du hast doch nichts dagegen?« Mirita schlüpfte in die Lücke zwischen ihm und dem nächsten Wächter und wickelte sich munter in ihre Decke.

»Ich dachte, du hast die erste Wache?«, flüsterte er.

»Ich konnte Morrit überreden, mich für die nächste Schicht einzuteilen. Ich bin einfach zu müde«, erklärte sie.

»Dann schlaf gut.«

»Ja. Du auch.«

Mirita schloss die Augen. Die kleine Lampe, die sie an einen Balken gehängt hatten, warf einen gelblichen Schein auf ihr Gesicht. Mattim versuchte die Augen offen zu halten, aber die Müdigkeit überwältigte ihn wie ein übermächtiger Feind. Sie zog ihn hinab in den Traum, in dem die Wölfe auf ihn warteten, in einen Traum, in dem die Kratzer auf seinem Rücken aufbrannten, so heftig, bis er sich umdrehte und lange Haare aus den Furchen wachsen sah. Seine Hände, mit denen er die kleinen Wölfe gestreichelt hatte, glühten heiß, als hätte er sie in Flammen getaucht, und elfenbeinfarbene Krallen ragten aus seinen Fingern, aus seiner

Hand, die sich zur Pfote krümmte. In seinem Traum wehrte er sich nicht gegen die Verwandlung, denn sie schien ihm richtig und angemessen, die logische Folge dessen, was er je getan, gesagt und geträumt hatte. Er warf sich nach vorne, in einen gewaltigen Sprung, über die anderen Wölfe hinweg und erblickte über sich den Mond.

Komm, Bruder.

Er schrak hoch, seine Hände strichen über den rauen Holzfußboden, Splitter bohrten sich in seine Haut. Er hatte die Stimme so deutlich gehört, als hätte jemand direkt in sein Ohr gesprochen.

»Komm, Bruder.«

Er riss sich aus dem Traum und richtete sich auf. Einen Moment brauchte er, um sich zu orientieren. Die Lampe kam kaum gegen die Nacht hier oben an. Sie flackerte im Windzug. Die Fenster waren offen, und es standen keine Wachen mehr davor. Es schien Mattim, als ob sie jetzt weniger Schläfer waren als vorher, und da, hinter dem Holzbalken, der das Dach hielt, bemerkte er eine Gestalt, die sich über jemanden am Boden beugte. Er wollte schreien, fühlte sich jedoch wie gelähmt und brachte nur ein stimmloses Ächzen heraus.

Der Eindringling hob den Kopf, und in diesem Moment sprang ein Wolf auf, just an der Stelle, an der eben noch ein bärtiger Flusswächter von der Tagpatrouille gelegen hatte. Nach wie vor konnte Mattim nicht schreien. Er wartete darauf, dass der Wolf ihn angriff, dass das Grauen nun mit seiner ganzen Macht über ihn kam, aber der neue Wolf stand nur da und wirkte ebenso verwirrt wie er selbst. Dann war er mit einem Satz am Fenster, und elegant wie die Tiere aus Mattims Traum hechtete er hindurch. Der junge Prinz hörte ihn auf dem Stalldach landen. Jetzt endlich wich die bleierne Lähmung von ihm. Er schoss hoch, um sich seinem Gegner zu stellen, doch der Schatten war verschwunden.

»Morrit!« Seine Stimme klang wie der verzweifelte Hilferuf eines Kindes, nicht wie der Weckruf eines Wächters.

Neben ihm wurde die Bogenschützin lebendig. »Was ist passiert? Was? Mattim, was ist passiert?« Miritas verzweifelter Antwortschrei weckte die anderen in wenigen Augenblicken. Wenig später waren sie alle wieder in der Wohnstube versammelt und lauschten dem Bericht des Prinzen.

»Wir haben hier unten nichts gehört«, rief Morrit. »Alles schien ruhig.« Plötzlich rannte er los und riss die Tür zum Stallgebäude auf. »Ist alles … Nein! Nein!«

Schreckensbleich wandte er sich zu ihnen um. »Sie sind weg, alle fünf Hüter. Die Pferde sind noch da … glaube ich. Bleibt hier. Alle. In einem Raum. Keiner schläft.«

Mit schweißnassen Händen umklammerte er sein Schwert. »Kämpfen will ich«, murmelte er, »kämpfen gegen diese Bestien … nicht warten, bis sie mich holen.« Er hob den Kopf und blickte Mattim an. »Du bist unversehrt? Und die anderen? Wir haben euch nicht untersucht!«

»Er ist ein Wolf geworden«, erklärte Mattim. »Kein Schatten. Sie sind alle Wölfe geworden und durchs Fenster geflohen. Lass gut sein, Morrit.«

Goran, die muntere, tapfere Wächterin aus der Nachtpatrouille, wischte sich das Haar aus der Stirn.

»Was werden wir sein?«, fragte sie leise. »Wölfe? Schatten? Weißt du es, Morrit? Als was werden wir enden?«

»Keiner hat mich gebissen«, sagte Mattim, »sie sind auf und davon. Warum?« In seinem Traum war er selbst geflohen. Er fühlte die Kraft und Leichtigkeit seiner Gelenke, seiner Muskeln, die Kraft, vom Boden hochzuschnellen und dann in einen Lauf überzugehen, hinter den anderen, schnell, schnell wie der Wind … »Er hätte mich erwischen können«, flüsterte er. »Wenn er mir die Zähne in den Hals geschlagen hätte …«

»Die Schatten trauen sich nicht heran an das Licht«, sagte Mirita, als könnte das seine Frage beantworten.

»Er war mir so nah – nur ein paar Schritte durchs Zimmer!«

»Das klingt ja fast, als würdest du es bedauern«, sagte Morrit. »Und jetzt still. Horcht. Sie sind lautlos wie die Schatten, die das Sonnenlicht wirft. Diesmal müssen wir gewappnet sein.«

»Meinst du, sie kommen von oben?«, fragte einer, fast wispernd, furchtsam. »Durch die oberen Fenster? Sollten wir besser die Dachluke schließen?«

»Wir haben nichts, um sie zu verschließen. Richtet eure Waffen auf die Stiege. Wir sind bereit, wenn sie angreifen.«

Niemand sprach aus, was alle wussten: dass weder Schwerter noch Pfeile einen Schatten aufhalten konnten.

ACHT

BUDAPEST, UNGARN

Was auch immer Attila über das Foto hatte erzählen wollen, er vergaß es, als sein Vater ankündigte, er müsse am Wochenende fort; Mónika sollte mitkommen.

»Das können wir dir doch zumuten, Hanna? Oder? Nehmt euch etwas Schönes vor. Und du streitest dich zur Abwechslung mal nicht mit deinem Bruder, Réka.«

»Wir wollten sowieso mal in den Zoo«, sagte Hanna.

»Na, seht ihr. Bestimmt habt ihr eine tolle Zeit ohne uns.«

Hanna verkniff sich die Bemerkung, dass die Kinder auch sonst nicht viel von ihren Eltern hatten und diese daher auch nicht mehr vermissen würden als sonst. Während Attila ohne Ende zu fragen begann, wo es denn hingehen sollte und warum er nicht mitdurfte, wirkte Réka geradezu erleichtert.

Das fehlte noch, dass sie dieses Wochenende nutzte, um sich mit ihrem zwielichtigen Freund zu treffen!

Vielleicht fürchteten ihre Eltern dasselbe, denn Ferenc meinte: »Und du benimmst dich, Réka, ja? Ich will keine Klagen über dich hören. Ihr verbringt diese Tage zu dritt, verstanden?«

»Ja, ja«, murmelte Réka.

Am Abend vor dem Zubettgehen stand sie plötzlich in Hannas Zimmer. Im Schlafanzug sah sie noch jünger aus, so jung und verletzlich, dass Hanna wieder Zweifel daran kamen, ob es richtig gewesen war, ihren Eltern nichts zu sagen.

»Das wird doch nicht wirklich so laufen, oder?«, fragte das Mädchen. »Dass wir die ganze Zeit zu dritt was unternehmen müssen?«

»Das erwarten deine Eltern schließlich von uns.«

»Ich will nicht in den Zoo.«

»Komm«, meinte Hanna, »es wird bestimmt gar nicht so übel.«

»Du würdest mich nicht verraten, wenn ich nicht mitgehe«, behauptete Réka. »Das machst du nicht.«

»Und Attila?«

»Der ist bestechlich. Versprich ihm was Süßes, und er ist brav wie ein Lamm.«

»Das glaube ich nicht«, sagte Hanna. Sie war froh, dass sie die Verantwortung auch dieses Mal auf den kleinen Jungen schieben konnte. »Wenn dein Vater ihn richtig ernst befragt, kann er bestimmt nicht dichthalten. Réka, wenn sie merken, dass ich dich decke und sie belüge, schicken sie mich sofort nach Hause. Ist dir das eigentlich klar?«

Dieses Argument wirkte. Rékas grimmiges Gesicht entspannte sich wieder. »Stimmt. Daran hab ich noch gar nicht gedacht.«

»Zoo?«

Ein tiefes, gequältes Seufzen konnte sich die Vierzehnjährige trotzdem nicht verkneifen. »Au ja. Zoo.«

Mit der Metró fuhren sie bis zum Stadtpark. Es war ein kühler, windiger Tag. Die unzähligen Touristen, die busseweise zum Heldenplatz gekarrt wurden und sich von dort aus in die beiden prächtigen Museumsbauten oder zur Burg Vajdahunjad verteilten, zogen ihre Kragen hoch und blickten gequält in die Kameras und Handys ihrer Mitreisenden. Vor dem Zoo lockten bunte Stände mit Naschwerk und Luftballons. Attila wurde unruhig, aber Hanna bestand darauf, dass sie erst in den Zoo gingen. Sie hatte keine Lust darauf, mehrere Stunden auf einen kitschigen Luftballon aufzupassen.

Durch das von steinernen Elefanten bewachte Portal gelangten sie in den Tiergarten. Attila hielt sich für zu alt, um brav an der Hand mitzugehen; kaum hatten sie ihre Eintrittskarten vorgezeigt, da stürzte er auch schon vorwärts und verschwand irgendwo zwischen den Gehegen.

»Na toll.« Hanna fühlte Panik in sich aufsteigen.

Réka dagegen blieb ganz gelassen. »Der wird schon wiederkommen. Spätestens, wenn er Hunger hat.«

Sie hatten einen ganzen Rucksack mit belegten Broten, Äpfeln und Keksen dabei. Die Szigethys hatten Hanna extra Taschengeld für das Wochenende dagelassen, und sie hatte nicht vor, alles an diesem ersten Tag zu verprassen.

Demonstrativ holte Réka die Packung mit Attilas Lieblingskeksen heraus und bediente sich. »Dann tut es ihm wenigstens leid.«

Gewaltsam musste Hanna ihre Unruhe bezähmen, während sie gemächlich an den Gehegen vorbeischlenderten. Attila fanden sie bei den Affen. Als wenn nichts gewesen wäre, grinste er ihnen zu.

»Natürlich, bei den Affen«, höhnte Réka. »Da gehörst du ja auch hin.«

Im Tropenhaus turnten winzige Äffchen mit gelben Pfoten. Ohne ein störendes Gitter tobten sie in den Ästen herum, balgten sich um ein Stück Apfel und nahmen von den gaffenden Besuchern keine Notiz. Attila streckte immer wieder die Hand aus und versuchte sie zu streicheln.

»Lass das. Du verjagst sie, merkst du das nicht?«, zischte Réka. So unwillig sie auch mitgekommen war, so wenig konnte sie verleugnen, dass sie die Tiere gerne beobachtete. Sie wollte sich gar nicht von der Stelle rühren, so intensiv sah sie den Äffchen zu. Das war ein Zug an ihr, den Hanna noch gar nicht kannte – die Fähigkeit, sich voll und ganz auf etwas zu konzentrieren. Erst als Hanna darauf bestand, Attila zu folgen, der das warme Glashaus schon verlassen hatte, kam Réka endlich mit.

»Hast du die Faultiere bemerkt? Da ganz oben?« Réka lachte, und auch das war so selten und unverhofft, dass Hanna am liebsten alle schwierigen Themen aus ihrer Unterhaltung ausgeklammert hätte. Doch sie hatte sich fest vorgenommen, die heikle Frage anzusprechen, etwas anderes konnte sie mit ihrem Gewissen nicht vereinbaren.

»Sag mal …« Eigentlich hätte Mónika das fragen sollen, nicht sie. Aber hier war sie nun mal. Hanna wand sich innerlich vor Verlegenheit und versuchte es möglichst beiläufig klingen zu lassen. »Ihr verhütet doch, oder? Warst du schon beim Frauenarzt?«

Sofort wurde Réka glühend rot. Sie betrachtete die Tiger in dem großen Gehege so eindringlich, als müsste sie danach eine Prüfung ablegen.

»Soll ich deine Mutter bitten, dass sie mit dir darüber spricht?«, fragte Hanna leise.

»Nein! Nein, ich meine … nein, so ist es nicht. Wir – ich glaube nicht.«

Hanna versuchte, aus der Antwort schlau zu werden.

»Ihr habt gar nicht …?« Das war schwer zu glauben. Sie hatte diesen Kunun gesehen, einen Mann, mit dem noch ganz andere Mädchen mitgehen würden. Was konnte er von Réka wollen, wenn nicht das?

»Ich weiß nicht.« In der Stimme des Mädchens lag so viel Verzweiflung, dass es Hanna schwerfiel, ruhig zu bleiben. »Ich …« Immer noch wich sie Hannas Blick aus und starrte den Tiger an, der an der großen Glasscheibe vorbeipatrouillierte. »Ich weiß es wirklich nicht. Ich habe keine Ahnung, was geschieht, wenn ich mit ihm zusammen bin.«

»Was soll das heißen?« War sie nicht aufgeklärt? Meinte sie das? Aber das wollte Hanna irgendwie nicht glauben.

»Na ja, wenn ich ihn treffe, dann … Ich weiß nicht, was dann mit mir passiert. Ich sehe ihn an und dann – dann ist irgendwie alles weg. Alles. Ich kann mich an überhaupt nichts erinnern.«

Hanna brauchte eine Weile, um das zu verdauen. »Du vergisst alles?«

Réka nickte. Endlich schaute sie Hanna an; in ihrem Blick lag eine herzzerreißende Traurigkeit. »Das dürfte es doch gar nicht geben, oder? Bin ich vielleicht verrückt? Ich dachte schon, ich bin wie diese Leute, die mehrere Ichs haben …«

»Eine multiple Persönlichkeit? Unsinn.« Ein schrecklicher Verdacht stieg in ihr auf. »Er gibt dir doch keine K.o.-Tropfen oder so was?«

Réka versuchte zu lachen. »Wenn es so wäre, wüsste ich es nicht mehr, oder? Aber nein. Dann müsste ich mich wenigstens daran erinnern, dass ich etwas getrunken habe. Doch da ist nichts. Glaub mir. Kunun hat damit nicht das Geringste zu tun.«

Sie blickte so untröstlich drein, dass Hanna sie spontan in die Arme schloss. Sie hielt Réka ganz fest. Das Mädchen war so klein und zart. Niemand durfte ihr irgendetwas antun. Hanna begann Kunun aus ganzem Herzen zu hassen. Dass dieser Kerl nichts damit zu tun hatte, würde nicht einmal sein Beichtvater glauben, wenn er denn einen hätte. Unwillkürlich musste Hanna wieder an die alte Putzfrau und ihre Schimpftirade denken. Baj. Gonosz. Vér.

Sie streichelte Rékas Haar und zuckte plötzlich zurück. Am hellen Hals des Mädchens entdeckte sie zwei kleine, runde Punkte aus getrocknetem Blut.

Nach ihrem Geständnis wurde Réka richtiggehend zutraulich. Sie hakte sich bei Hanna unter, erzählte von der Schule, während sie unentwegt Süßigkeiten futterte, und hatte sogar ein kleines Lächeln für Attila übrig, der sie zu diesen und jenen Tieren zog.

Erst am Wolfsgehege wurde sie wieder still. Nachdenklich betrachtete sie die großen weißen Tiere mit dem dichten Fell, die dösend auf den Felsen lagen. Von ferne hörte man die lauten Rufe der Aras. Ein Zug rauschte dicht hinter der

Zoomauer vorbei. Réka stand da, in den Anblick der Wölfe versunken, und rührte sich nicht.

»Polarwölfe«, sagte Hanna. »Sind sie nicht wunderschön? Sie sehen so kuschelig aus, am liebsten würde ich einem davon mal so richtig durchs Fell wuseln.«

»In meinem Traum sind die Wölfe größer«, sagte Réka leise. »Die meisten sind grau. Nachtgrau. Nebelgrau. Grau wie der Fluss und der Himmel. Sie rennen durch den Wald. Einmal habe ich geträumt, wie sie über eine Ebene liefen, unter dem Mondlicht, durch das Gras, stundenlang. Ihre Beine wurden nicht müde. Sie liefen und liefen. Und dann heulten sie. Wir haben gesungen, und unser Lied hat die Nacht geöffnet.«

Der letzte Satz war so merkwürdig, dass Hanna stutzte. »Ihr habt gesungen? Du warst ein Wolf im Traum?«

»Ich konnte den Fluss schon riechen. Er riecht anders als jedes andere Wasser. Ich weiß, ich muss über den Fluss … Aber da sind die Wächter. Mit ihren tödlichen Pfeilen. Immer sind sie da, mit ihren Waffen, ihren Bögen und Schwertern, und ich spüre den Stahl durch meine Haut dringen.«

Réka schüttelte sich.

»Du erinnerst dich sehr gut an diesen Traum«, meinte Hanna zögernd. Ein kalter Schauer war ihr über den Rücken gelaufen, während Réka erzählte.

»Das ist keine große Kunst. Ich träume ständig das Gleiche. Lass uns ins Aquarium gehen.«

Attila war schon vor ihnen da. Gebannt starrte er in eins der Fenster.

Hanna hatte noch nie solche seltsamen Fische gesehen. Es war, als hätte jemand eine Reihe von Bleistiften in den Sand gesteckt und ihnen einen winzigen Kopf verpasst. Sachte wogten sie hin und her, dann neigten sie sich alle zueinander und schienen einen Kaffeeklatsch zu halten. Hanna beobachtete die Tiere fasziniert. Sie hatte gar nicht gemerkt, dass in dem Aquarium noch andere Fische zu Hause waren. Ein großer Skalar tauchte aus dem Hintergrund auf und schwamm über die friedlich tratschende Versammlung der merkwürdigen Bleistifte. So schnell, dass man es kaum verfolgen konnte, versanken sie im Untergrund, sodass nur noch die Köpfe herausschauten. Sobald die Gefahr vorbei war, glitten sie heraus, schaukelten umher und steckten erneut die Köpfe zusammen.

»Da kommt er wieder«, verkündete Attila begeistert. »Der Große da. Er ärgert sie. Jetzt, seht ihr?«

Der Fisch schien sich einen Spaß daraus zu machen, über die anderen hinwegzuschwimmen und sie so dazu zu zwingen, in den Sand zu tauchen.

»Was um alles in der Welt sind das für Viecher? Garden eels?« Jetzt hätte sie sich über eine deutsche Beschilderung gefreut. »Aale?«

Hanna drehte sich zu Réka um – aber hinter ihr standen nur fremde Zoobesucher, die allzu gerne ihren Platz einnahmen. Hanna ließ Attila stehen und versuchte Réka unter den anderen Menschen zu entdecken. Doch vor den zahlreichen Unterwasserwelten standen nur Fremde. Wo war das Mädchen denn jetzt hin? Vielleicht war sie zu den Wölfen zurückgekehrt, von denen sie doch so fasziniert gewesen war?

Am Ausgang vom Aquarium zögerte Hanna. Das Mädchen war immerhin vierzehn. Es war wichtiger, bei Attila zu bleiben und darauf zu achten, dass er nicht noch einmal verschwand. Sie kehrte zu dem Jungen zurück, der sich mittlerweile über riesige Schaben amüsierte, und schenkte ihm so viel Aufmerksamkeit, wie sie nur konnte, während sich in ihrem Hinterkopf das Rad der Sorgen im Kreis drehte.

Attila hatte Hunger, aber sie konnte ihm weder etwas geben noch etwas kaufen. Réka hatte den Rucksack, und damit war auch das Portemonnaie wer weiß wo.

»Hilft nichts«, sagte Hanna schließlich. »Wir müssen deine Schwester suchen.« Mittlerweile fühlte ihr eigener Magen sich an wie ein Käfig, in dem eine unbekannte Spezies wütend knurrte. »Den ganzen Rundgang noch mal.«

Attila erwies sich als allzu hilfsbereit. Er wollte sich sofort auf die Suche machen, aber Hanna hielt ihn zurück, und diesmal gehorchte er zu ihrer großen Erleichterung. »Wir bleiben zusammen. Sonst muss ich dich nachher auch noch suchen.«

»Wenn die meine Kekse aufgefuttert hat, kann sie was erleben«, drohte er.

Für die Tiere hatte Hanna jetzt keinen Blick mehr. Sie eilte an den Gehegen vorbei, und mit jeder Minute wuchs ihre Unruhe. In die Tierhäuser schickte sie Attila hinein, damit sie Réka nicht verpasste, falls diese gerade dann vorbeikam, wenn sie drinnen waren.

»Ich will ein Eis. Warum kaufst du mir kein Eis?«, quengelte Attila. »Ich kann es nicht mehr aushalten!«

»Ich hab kein Geld. Wie oft soll ich es denn noch sagen?« Hanna schämte sich, dass sie ihn so anfuhr. Doch es war schwer, nicht gereizt zu sein, während man sich alles Mögliche vorstellte. Dass Réka entführt worden war. Dass sie einfach keine Lust mehr hatte und längst zu Hause war. Dass sie weggelaufen war. Dass sie ...

»Da«, sagte Attila plötzlich. »Réka!«

Seine Schwester lehnte an der bunten Fassade des Elefantenhauses. Sie schien die beiden nicht zu bemerken; auch als Attila auf sie zusprang und ihr den Rucksack vom Rücken zerrte, nahm sie kaum Notiz davon. Alle Vorwürfe erstarben Hanna auf der Zunge, als sie sah, wie blass das Mädchen war. Sie stand völlig neben sich.

»Réka?«, fragte Hanna vorsichtig und berührte sie am Arm. »Geht es dir gut?«

»Meine Kekse!«, rief Attila empört. Er wühlte im Rucksack herum und förderte zwei leere Schachteln ans Tageslicht. »Du hast mir nichts übrig gelassen!«

»Du bekommst ein Eis«, versprach Hanna, nur damit er endlich still war. Sie musste unbedingt erfahren, was passiert war. Widerstandslos ließ Réka sich zum nächsten Verkaufsstand mitziehen. Hanna drückte Attila die Geldbörse in die Hand. »Such dir was aus. Und bring deiner Schwester was mit.«

Sie selbst hatte keinen Hunger mehr. Was auch immer geschehen war, sie fühlte sich mitschuldig daran, weil sie es nicht bemerkt hatte. Himmel, wie sollte man auf ein Kind und einen Teenager aufpassen, die beide die ungute Angewohnheit hatten, ständig vom Erdboden verschluckt zu werden? Was in aller Welt hatte sie sich dabei gedacht, die Verantwortung für die beiden zu übernehmen? Es war lange her, dass sie sich selbst so jung und hilflos gefühlt hatte und sich nach der Gegenwart eines Erwachsenen sehnte. Eines richtigen Erwachsenen. Nach jemandem, der wusste, was zu tun war, und es auch tat.

»Ich war nur auf dem Klo«, sagte Réka auf einmal.

»Wirklich? So lange?«

»Ich hab euch nicht mehr gefunden.«

Etwas stimmte nicht damit, wie sie sprach. Die Worte kamen so langsam und gedehnt aus ihrem Mund, als müsste sie sich durch zähes Wasser kämpfen, das ihr Widerstand leistete.

Hatte sie getrunken? Hanna schnupperte unauffällig, doch das schien es nicht zu sein. Drogen? Das Gespräch, das sie am Tigergehege geführt hatten, war ihr immer noch präsent. Aber konnte dasselbe hier geschehen sein? Hier, mitten im Zoo, wo sich Familien mit Kindern amüsierten, noch dazu am helllichten Tag? Es war das eine, einen zwielichtigen Typen in irgendeiner Disco zu treffen. Aber hier? Direkt vor ihrer Nase?

Entweder hatte auch dieser Vorfall mit Rékas rätselhaftem Freund zu tun. Oder sie nahm tatsächlich Drogen. Oder sie war verrückt.

»Hast du etwas eingenommen?«

Réka schüttelte den Kopf. Sofort wurde ihr schwindlig, und sie stützte sich schwer gegen Hanna, die sie schnell zu einer Bank führte.

»Mir ist schlecht.« Schwer atmend lehnte Réka sich gegen die Lehne. Sie war kalkweiß im Gesicht.

Hanna fragte sich schon, wie sie das Mädchen nach Hause bekommen sollte, als Attila mit dem Eis und einer großen Tüte voller Süßigkeiten zurückkam. Er hatte fast das ganze Geld ausgegeben. Réka wurde wieder etwas munterer. Mit dem Magen hatte ihre Übelkeit anscheinend nichts zu tun, sonst hätte sie nicht solchen Appetit gehabt. Irgendwann hatte sie sich so weit erholt, dass sie den Heimweg antreten wollte. Just zu diesem Zeitpunkt wurde Attila das Opfer seines maßlosen Zuckerkonsums. Zum Glück turnte er gerade auf der Bank herum und hing halb über der Lehne, so dass sein Mageninhalt sich in die Büsche dahinter ergoss.

Als sie schließlich den Zoo verließen, waren sie alle drei leicht grün um die Nasenspitze.

NEUN

EIN DORF, MAGYRIA

Sie horchten. Warteten und horchten. Mattim merkte, wie ihn die Blicke seiner Kameraden streiften, immer wieder. Plötzlich begriff er, dass sie auf ihn hofften. Kein Schatten konnte sich dem Licht nähern, kein Schatten konnte die Gegenwart eines Lichtprinzen ertragen. War es nicht so? Aber tief in ihm dröhnte die Verzweiflung wie eine Trommel, die den Takt seines Herzens schlug. *Der Schatten war mir so nah … und auch das wissen wir jetzt. Dass ich sie nicht schützen kann, keinen von ihnen.*

Sie zuckten alle zusammen, als sie nebenan das Schlagen von Hufen gegen die Bretterwand hörten. Der Lärm ebbte nicht ab, ein Trommelwirbel der Angst, lauter als ihr Herzschlag. Die Akinker krallten ihre Hände um die Waffen und blickten flehentlich auf Morrit, doch der schüttelte den Kopf.

»Aber …«, flüsterte einer, als Morrits dunkle Augen ihn zum Schweigen brachten.

Stille kehrte ein. Sie warteten, horchten und spürten ihre schwitzenden, bebenden Körper, die sie zu dem machten, was sie waren. Menschlich.

»Ich möchte kein Wolf sein«, flüsterte Mirita neben ihm. »Alles, nur kein Wolf.« Er fühlte, wie sie an seiner Seite zitterte, und ihre blonden Locken wirkten auf einmal welk.

»Du wärst also lieber ein blutsaugender Schatten als ein Wolf?«, fragte Mattim, erstaunt, wie man so eine Wahl treffen konnte.

»Still«, befahl Morrit.

Die Stunden vergingen. Draußen begannen die ersten Fäden der Dämmerung das Muster des Tages zu weben.

»Bald«, flüsterte jemand.

Auf einmal war er da. Er trat einfach aus der Wand heraus, ein fremder Mann, der aussah wie sie, nicht sehr groß und nicht zu hager, jung, ein kleines Bärtchen unter der Nase. Bevor irgendjemand aufschreien konnte, hatte er die Schultern des nächsten Wächters ergriffen und ihn zu sich herangezogen. Sie schrien alle gleichzeitig, mit dem Opfer zusammen, sprangen auf, jemand holte mit dem Schwert aus und traf doch nur den Wächter, während der Schatten ihm schon die Zähne in den Hals schlug. Dann verschwanden sie gleichzeitig. Der Schatten trat zurück in die Wand, der Wächter, die Hand auf der Wunde, stöhnte einmal auf, fiel in seine Kleider hinein und stand als Wolf vor ihnen. Von allen Seiten stachen und hieben Waffen nach ihm, aber er tauchte erschrocken winselnd unter ihnen hindurch, rannte in Panik unter Stühlen und zwischen Beinen hinweg, während sie alle fortsprangen, fand die steile Leiter nach oben und hechtete aus dem Stand hinauf. Seine Krallen streiften die Sprossen, er zog sich hinauf, während eine Lanze sich hinter ihm ins Holz bohrte, und verschwand aus ihren Augen.

»Kommt in die Mitte«, drängte Morrit, »schnell, die Waffen nach außen. Prinz, in unsere Mitte!«

Nur Mirita gehorchte nicht, während sich die anderen angstvoll zusammendrängten, möglichst weit fort von den Wänden. Die Wächterin schritt rasch durch den Raum, nahm die Öllampe vom Haken und hielt sie wie eine Waffe in den Händen.

»Sei vorsichtig«, flüsterte Morrit.

Sie nickte. Ihre dunkelblauen Augen streiften den Prinzen. Die Andeutung eines Lächelns. *Wir kriegen ihn.*

»Hockt euch hin«, befahl Morrit, so leise, wie er noch nie einen Befehl gegeben hatte.

Nur Mirita blieb stehen; so warteten sie auf den Schatten.

Lautlos trat er durch die Wand. Auf einmal stand er vor ihnen, und fast im selben Moment warf ihm Mirita die Lampe vor die Füße. Die anderen hörten sie zerbrechen, und sofort schlugen die Flammen hoch und fraßen sich an den Beinen des Schattens hinauf.

Brennend taumelte er auf sie zu und schrie dabei so laut, dass es in ihren Ohren gellte. Mattim drehte sich um, gerade noch rechtzeitig, um aus den Wänden weitere Schatten treten zu sehen. Einer der Wächter hackte mit dem Schwert nach ihnen, als ihn von hinten ein weiterer Schatten ergriff. Mattim verfolgte nur noch, wie sich ein braunhaariger Kopf über den sehnigen Hals des Wächters hermachte, da fühlte er sich von Morrit gepackt und weggerissen.

»Flieht!«, schrie er. »Auf die Pferde! Flieht! Kämpft nicht! Flieht!«

Er zog den Prinzen durch die Tür in den Stall. Sie wussten nicht, was sie dort erwartete, aber es waren tatsächlich noch ein paar Reittiere da, unruhig von dem Geschrei und dem Brandgeruch. Sie schwangen sich auf die Pferde, ohne sich die Zeit zu nehmen, sie zu satteln. Eine Wächterin entriegelte das Tor – trotz allem, was hier geschehen war, war es zu – und wurde von den hereinströmenden Schatten umgeworfen.

»Reite!«, brüllte Morrit.

Mattim trieb sein Pferd nach vorne. Es scheute vor den Gestalten, die auf es zuliefen, doch dann bemerkte es die Wölfe und stürmte los. Unzählige Hände griffen nach dem Prinzen, als er durch die Schatten ritt, hinaus auf die Straße, in den frühen Morgen. Neben ihm und hinter ihm galoppierten andere, aber er drehte sich nicht um, sondern hielt sich an der Mähne des Schimmels fest und presste die Knie gegen den glatten Pferdeleib. Nur fort von dem Geschrei hinter ihm, das wie ein zweiter Brand hinter ihm loderte, von dem fürchterlichen Geschrei … Die Pferde preschten durchs Dorf, kopflos, wildgeworden von dem Lärm und den Wölfen. Da war schon der Weg durch den Wald, genau vor ihnen. Hier herrschte noch die Nacht, und in dem Moment, als sie ins Dunkel tauchten, erwartete Mattim, dass alle Gestalten der Finsternis sich auf sie stürzten. Er warf einen kurzen Blick zurück und sah ein paar Wölfe nicht weit von sich rennen, mit so großen, ausgreifenden Sprüngen, dass es nicht mehr lange dauern konnte, bis sie ihn erreicht hatten.

»Reite zu!«, schrie Morrit irgendwo hinter ihm. »Rette dich!«

Er hätte sein Pferd gar nicht anhalten können, selbst wenn er es gewollt hätte.

Sie hetzten über den Weg. Äste schlugen ihm ins Gesicht. Er wusste nicht, wer noch hinter ihm war, wer es geschafft hatte, wie viele Wölfe ihnen auf den Fersen waren. Nur das Hufgetrappel hinter ihm verriet ihm, dass er nicht alleine war.

Es dauerte lange, bis die Pferde langsamer wurden, so erschöpft, dass sie zitterten, bis sie schließlich stehen blieben und atmeten, die großen Augen geweitet vor Entsetzen.

Morrit, ein blutiges Schwert in der Hand, stieg vorsichtig ab. Er nickte jedem von ihnen zu und nannte ihre Namen. Die beiden Mädchen waren immer noch dabei, Mirita und Goran, blass und lebendig.

»Zehn«, zählte der Anführer der Wächter mit einer Stimme, die so grau und staubig und müde war wie sein Pferd. »Nur noch zehn. Aber du bist da, mein Prinz.«

»Ich bin da«, krächzte Mattim und versuchte, die verkrampften Finger aus der Mähne des Schimmels zu lösen. Er fiel hin, als er am Boden aufkam, richtete sich mühsam auf und torkelte zur Seite.

Morrit nickte ihm zu. »Bleib sitzen. Eine kleine Weile gönnen wir uns zum Ausruhen. Dann müssen wir weiter.«

»Die Pferde können keinen Schritt mehr tun«, sagte Goran. Alt wirkte sie auf einmal, als sie den Mund öffnete und fragte: »Was war das? Was, beim Licht und bei allem, was glänzt, war das?«

»Das war der Feind«, antwortete Morrit.

»Niemand hat uns gesagt, dass sie durch Wände gehen können! Warum haben wir uns verbarrikadiert?«

»Ich wusste es nicht«, sagte Morrit, und es klang wie ein Stöhnen.

»Wir hätten mehr Lampen gebraucht«, wandte Mirita ein. »Warum haben wir nichts mitgenommen, womit man gegen Schatten kämpfen kann?«

Morrit nickte ihr dankbar zu. »Gut gemacht. Wir dachten, wir ziehen nur gegen Wölfe ins Feld. Wir hätten damit rechnen sollen, dass die Schatten nicht weit sind, dort, wo die Wölfe heulen.«

»Der Jäger hat die Jagd eröffnet«, sagte Mattim. Er rieb sich die Arme, in denen kein Gefühl mehr war. Seine Beine zitterten so, dass er immer noch nicht aufstehen konnte. »Und wir sind die Beute.«

»Das war eine Falle«, meinte Morrit. »Das Dorf. Der ganze Einsatz.«

»Das kann nicht sein. Diese verzweifelte Frau, die Akink um Hilfe gebeten hat, war garantiert kein Schatten.«

»Eine ganz normale Frau, das glaube ich gern«, stimmte Morrit zu. »Aber wir hätten uns fragen sollen, warum sie überhaupt durchgekommen ist, wenn das ganze Dorf von Wölfen belagert war. Sie haben eine Reiterin absichtlich entkommen lassen, Prinz Mattim, damit sie Hilfe aus Akink holen kann. Ich hatte gleich so ein seltsames Gefühl, als wir hergekommen sind.«

»Warum sollten sie ein ganzes Dorf auslöschen, nur um einen Trupp Soldaten in die Finger zu bekommen? Sie können jederzeit die Flusshüter angreifen, wenn ihnen der Sinn danach steht.«

»Nur dass du zurzeit nicht in der Patrouille bist, Prinz Mattim. Sie wussten das! Auf der Brücke kommen sie nicht an dich heran. Beim Licht, warum haben wir dich nicht dort gelassen! Sie beobachten uns. Sie wissen alles über uns! Begreifst du es nicht? Dies war keine Falle für eine Handvoll Soldaten. Wir dachten, wir nehmen dich zu unserem Schutz mit, aber aus irgendeinem Grund konnte dein Licht ihnen nichts anhaben. Auch das müssen sie gewusst haben.« Morrit blickte sehr ernst drein. »Es war eine Falle für dich, Prinz Mattim. Nicht wir sind hier die Beute, sondern du.«

Mattim brauchte eine Weile, um diesen Gedanken auf sich wirken zu lassen. Er dachte an die Gestalt unter den Bäumen. *Komm her … Komm, Bruder.*

Sein Mund verzog sich zu einem grimmigen Lächeln. »Aber sie haben mich nicht erwischt«, sagte er. »Wir sind ihnen entkommen.«

»Noch lange nicht. Wir sind mitten im Wald, mit Pferden, die vor Erschöpfung bald zusammenbrechen. Und es ist noch ein langer Weg nach Hause. Trotzdem bringen wir dich wieder nach Akink.« Sehr eindringlich blickte er jeden von ihnen an. »Es geht nicht um unser Leben«, sagte er. »Irgendwie bringen wir unseren Lichtprinzen unversehrt zurück, koste es, was es wolle.«

Sie führten die Pferde hinter sich her. Mattim ging in der Mitte. Vergeblich hatte er versucht, Morrit davon zu überzeugen, wie sinnlos das war.

»Glaubst du allen Ernstes, das nützt etwas?«, hatte er gefragt. »Wenn die Wölfe kommen, gehen die Pferde sowieso durch. Wenn wir kämpfen müssen, kämpfe ich mit euch.«

Doch Morrit hatte gar nicht mit sich reden lassen. »Du bist unser Prinz«, sagte er nur. »Und wir bringen dich nach Hause.«

Auch aus den Gesichtern der anderen war auf einmal alle Freundschaft, alle Kameradschaft gewichen. Sie betrachteten ihn wie einen Schatz, den es zu bewachen galt. Er fühlte, wie Miritas blaue Augen auf ihm ruhten, mit einem Ausdruck überlebensgroßer Entschlossenheit.

Wie konnte er zulassen, dass sie sich für ihn opferten? Es war das Licht, das für das Volk strahlen sollte, nicht umgekehrt.

»Ich kämpfe mit euch. Ich bin bereit, mit euch zu sterben.«

Morrit lachte unfroh. »Zu sterben? Niemand von uns wird hier in Ehren sterben, wie es einem Soldaten zukommt. Wenn sie uns erwischen, werden wir etwas ganz anderes sein. Nicht tot und nicht lebendig.«

»Warum hat dieser Schatten so geschrien, als er gebrannt hat?«, fragte Mattim. »Sie sind doch schon tot. Wie kann ein Untoter leiden?«

»Ich wünsche ihm, dass er gelitten hat«, flüsterte Mirita, erfüllt von grimmiger Wut. »Für jeden von uns, dem er das Leben genommen hat.«

»In diesem Kampf gibt es keinen ehrenhaften Tod«, sprach Morrit weiter. »Wir würden der Albtraum sein, der Magyria heimsucht. In wessen Hals willst du die Zähne schlagen, prinzliche Hoheit? Und das ist nicht einmal das Schlimmste.«

Mattim fragte nicht, was das Schlimmste war. Er war in dem Bewusstsein aufgewachsen, das Licht von Akink zu sein, man hatte es ihm so oft gesagt … aber es war nicht zu begreifen, dass von ihm so viel abhing. Jeden Morgen ging die Sonne auf, und jeden Abend ging sie unter. Wie konnte sie seinetwegen scheinen, oder wie konnte sie sich seinetwegen verdunkeln?

»Still.« Der vorderste der Wächter hob die Hand. Sie blieben hinter ihm stehen. Die Pferde spitzten die Ohren. Lag der Geruch der Wölfe in der Luft? Sie beobachteten ihre

Tiere, doch nichts wies auf die Anwesenheit ihrer schlimmsten Feinde hin.

Da stieß Goran einen kleinen Schrei aus.

Vor ihnen auf dem Weg, mitten im Sonnenlicht, das glitzernd zwischen den Bäumen hindurchfiel, stand ein Mann. Er war groß und schwarzhaarig, sein langer schwarzer Mantel berührte fast den Boden. Mattim erkannte ihn sofort, obwohl er zu weit entfernt war, um das Gesicht deutlich sehen zu können, und er kannte die Stimme, die klar und deutlich zu ihm sprach.

»Komm zu mir, und ich lasse die anderen gehen.«

Morrit legte dem Prinzen die Hand auf den Arm, als fürchtete er, Mattim könnte diesem Befehl tatsächlich gehorchen.

»Komm und hol ihn dir!«, rief er laut, und ohne den Blick von der dunklen Gestalt zu nehmen, zischte er den anderen zu: »Schießt, beim Licht, schnell!«

Goran spannte ihren Bogen und ließ einen Pfeil fliegen, schlank und befiedert, aber ihre Hand hatte gezittert, und der Fremde musste nicht einmal zur Seite treten. Er lachte leise, und als er auf sie zuging, rückten die Wächter vor Mattim näher zusammen.

Der junge Thronfolger hatte dieses Gesicht schon einmal gesehen, auf einem Bild in einer geheimen Galerie, ein Antlitz, schön und dunkel wie der Abend.

»Nein«, wollte Mattim rufen, aber wie in der Nacht, als er den Schatten über den Schläfern gesehen hatte, brachte er keinen Ton heraus, seine Stimme war fort, nur die Lippen bewegten sich.

»Dich krieg ich«, murmelte Mirita. Sie wartete hinter den anderen, und als der Fremde nur noch zwanzig Schritte entfernt war, ließ sie ihren Pfeil los. Er sang nicht, als er flog, sondern blieb stumm wie sie alle, und als trüge er Miritas ganze Wut in sich, bohrte er sich in die Schulter des dunkelgewandeten Mannes. Dieser zuckte nicht einmal zusammen. Er wandte den Blick nicht von Mattim, der ihm entgegenstarrte und zu atmen vergaß. Der Junge wartete darauf, dass der andere den Aufruf wiederholte, aber der Jäger musterte ihn nur, ohne die anderen zu beachten.

Hinter ihnen ertönte plötzlich ein lautes Heulen. Sie fuhren herum und sahen die Wölfe auf sich zukommen, ein ganzes Rudel, eine graue Flut, die auf sie zuströmte.

»Auf die Pferde!«, schrie Morrit. Der Weg vor ihnen war frei – nichts wies darauf hin, dass hier eben noch der König der Schatten auf sie zugegangen war und den einzigen Wegzoll von ihnen verlangt hatte, den sie ihm nicht geben konnten. »Reitet!«

Wieder galoppierten sie, auf Pferden, die vor Furcht mindestens ebenso wahnsinnig waren wie sie. Mattims Schimmel streckte sich im Lauf, obwohl er kaum noch Kraft besaß. Dann schrie hinter ihnen gellend ein Mann auf, und Morrit rief wieder: »Weiter! Weiter!«

Der Schimmel bäumte sich auf. Mattim merkte, wie ihm die langen Haare durch die Finger glitten. Er erlebte den Moment so langsam, als hätte er die Macht, den Sturz jederzeit anzuhalten, fiel vom Rücken des Tieres auf die harte Erde, über ihm die Hufe von Miritas Braunem. Er rollte sich ab und wartete, bis die Luft in seine Lungen zurückkehrte. Eins der Pferde rutschte in die anderen hinein, und er sah die strampelnden Beine eines Rappen, dann packte ihn jemand am Kragen und schleifte ihn zur Seite.

»Steh auf! Mattim, kannst du aufstehen?« Morrit zog ihn hoch, und er stand da und rang nach Atem, während um ihn her die Welt ein einziges Chaos war.

Jetzt erst merkte er, was sein sonst so treues Pferd dazu gebracht hatte, ihn abzuwerfen. Vor ihnen auf dem Weg standen Wölfe – nicht so viele wie die, die sich hinter ihnen heranschlichen, dafür waren sie weitaus größer. Ein

Blick in die runden Augen, die zu ihm herüberstarrten, genügte, um zu erkennen, dass sie nur seinetwegen hier waren. Wölfe, so schön und so groß wie das silberne Tier, dem er die roten Spuren auf seinem Rücken verdankte.

»Schattenwölfe«, flüsterte Morrit neben ihm. »Die Falle ist zugeschnappt.«

»Sie wollen mich«, flüsterte Mattim zurück. »Vielleicht lassen sie euch gehen, wenn ich … Mirita!«

Ganz allein trat die junge Bogenschützin den riesigen Wölfen entgegen. Sie wedelte mit einem Schwert, das sie mit beiden Händen halten musste, einem Langschwert, das einem der Wächter gehört hatte. »Verschwindet, ihr Biester!« Mirita hinkte so stark, dass sie jeden Augenblick zu stürzen drohte. »Weg! Weg!«

Morrit drehte sich suchend um, griff nach dem letzten Pferd, das noch stand, packte Mattims Bein und hob ihn hinauf. »Reite! Wir lenken sie ab. Verdammt, reite, Mattim, reite!«

Er schlug das Pferd, das sofort losstürmte, und ging mit gezücktem Schwert auf die Wölfe los.

Das Pferd galoppierte wie der Wind. Mattim warf einen raschen Blick über die Schulter und sah, dass die großen Wölfe sich nicht lange hatten aufhalten lassen. Sie waren hinter ihm und holten rasch auf.

»Schneller!«, schrie er. »Lauf! Lauf!«

Das Pferd schoss förmlich nach vorne. Mattim spürte schon den Atem der Bestien an seinem Bein … dann waren sie nicht mehr da, fielen zurück und verschwanden im Wald. Mehrmals blickte er sich um. Die Wölfe hatten die Verfolgung aufgegeben.

Das Pferd stolperte, fing sich, stolperte wieder. Zu Tode erschöpft blieb es schließlich stehen, mit bebenden Flanken und hängendem Kopf.

Mattim lobte es, aber er hatte das Gefühl, dass es ihn nicht mehr hörte. Es stand da, ergeben, als wartete es auf das Ende.

Er starrte den Weg zurück, den er geritten war. Noch gab es von seinen Freunden keine Spur.

»Wo bist du, Kunun?«, rief er laut. »Ich weiß, du bist da! Aber ich komme nicht zu dir! Nie! Tu, was du willst, ich werde nicht kommen!«

Er wartete auf eine Antwort, doch der Wald blieb stumm. Mattim setzte sich neben das Pferd mitten auf den Weg und wartete auf diejenigen, die von Morrits Truppe übrig geblieben waren.

Morrit. Mirita. Goran. Zwei weitere Männer, Roman, der besonders stark humpelte, und Derin. Erschöpft kamen sie näher, die drei letzten Pferde führten sie. Mattim freute sich, dass sein Schimmel darunter war, grau und staubbedeckt, aber unverletzt.

Einige Meter vor ihm blieben sie stehen.

Mirita wollte auf ihn zulaufen, da packte Morrit sie am Arm. »Nicht. Du weißt nicht, ob er …«

»Mir ist nichts passiert«, sagte Mattim.

»Sie haben dich nicht erwischt?«, fragte Morrit ungläubig. »Dabei sind sie hinter dir her, und zwar alle, das ganze Rudel! Dein Pferd – siehst du nicht, dass es blutet? Und wir sollen dir glauben, dass sie dich nicht geholt haben, dass du immer noch unser Prinz bist?«

Mattim war so müde, dass er kaum die Hand heben konnte, um sich das Haar aus dem Gesicht zu streichen.

»Ich bin es«, sagte er. »Ihr könnt mich untersuchen, wenn ihr wollt, bitte.«

»Du blutest«, sagte Goran. »Da, am Arm.«

Er hatte es gar nicht gemerkt, doch da war tatsächlich eine Schramme. »Ich bin vom Pferd gestürzt, vorhin«, sagte er. »Ihr wart dabei, oder nicht?«

»Es ist kaum zu glauben«, meinte Morrit, und in seinem Gesicht stritt das Misstrauen mit der Hoffnung, »dass sie so viel unternommen haben, um dich zu fassen zu kriegen, und dich dann einfach hier zurücklassen, allein und ungeschützt, ohne sich auf dich zu stürzen.«

Kunun will, dass ich zu ihm komme, dachte Mattim. *Freiwillig. Dass ich komme, wenn er mich ruft. Nur deshalb bin ich noch am Leben.*

»Es ist Mittag«, sagte er. »Die Wolkendecke bricht gerade auf. Vielleicht sind sie deshalb geflohen.«

»Als wenn die Wölfe das stört!«

»Was wissen wir denn wirklich?«, fragte er. »Schatten trotzen dem Morgen und treten durch Mauern, Wölfe jagen uns vor sich her … Was wissen wir schon? Nichts! Gar nichts!«

Roman stöhnte plötzlich auf, und sie blickten erschrocken zu ihm hin. Er war verletzt, wie sie alle, aber sein Gesicht war grau vor Angst und Entsetzen, seine Augen geweitet. »Es tut weh«, schluchzte er auf, »das Licht – es tut so weh.«

Seine Gefährten wichen vor ihm zurück.

»Es tut schrecklich weh«, wiederholte er fassungslos. »Alles. Meine Augen brennen … Und da«, er zeigte mit ausgestrecktem Arm auf Mattim, »die Sonne brennt!«

»Er ist ein Schatten!«, rief Goran. »Ein Schatten!«

»Nein«, protestierte Roman. »Nein, ich …« Er sank auf die Knie. Ein inneres Licht schien ihn auszufüllen und durch seine Poren zu strahlen, als wäre dort, in ihm, eine brennende Lampe. Er schrie nicht einmal mehr, während sie, unfähig sich zu rühren, gebannt zusahen, wie das Gleißen immer heller wurde, bis sie für einen Moment geblendet die Augen schlossen.

Roman war fort.

Goran schluchzte auf. Mirita sagte: »Ein Schatten. Wir sind mit ihm gegangen, die ganze Strecke, und wussten es nicht.«

»Mir kam es so vor, als wusste er es selbst nicht«, erwiderte Mattim, immer noch im Bann dessen, was sie gerade erlebt hatten. Mühsam richtete er sich auf, und auf einmal flog Mirita auf ihn zu und schlang die Arme um ihn.

»Du bist nicht verbrannt«, sagte sie. »Du bist kein Schatten. Wir bringen dich jetzt nach Hause.«

Morrits Hand auf seiner Schulter. »Ja. Wir bringen dich nach Hause.«

ZEHN

BUDAPEST, UNGARN

An diesem Abend war Attila nicht so müde, wie Hanna gehofft hatte. Statt mit schweren Füßen ins Bett zu sinken, drehte er noch einmal richtig auf, und bis er endlich schlief, war es zehn.

Erschöpft ließ das Au-pair-Mädchen sich aufs Sofa fallen. »Was für ein Tag.«

Réka machte es sich in dem großen Sessel bequem, die Beine über der einen Lehne, Kopf und Arme über der anderen, und lachte leise.

»Dass wir es bisher nicht geschafft haben, dich zu vertreiben! Dabei geben wir uns doch solche Mühe.«

»Ich bin eben hartnäckig«, verkündete Hanna.

»Ich weiß.« Réka schloss die Augen. »Wie war das mit deinem Maik? Wie hast du ihn kennengelernt?«

»Oh, das ist eine lange Geschichte.«

»Macht nichts. Erzähl.«

»So lang ist sie gar nicht«, gab Hanna zu. »Ich war nur unheimlich lange in ihn verliebt. Als ich ihn das erste Mal an unserer Schule gesehen habe, war ich dreizehn. Ich bin ihm im Flur begegnet, vor den Kunsträumen. Das weiß ich noch wie heute. Es hat mich getroffen wie ein Blitz.«

»Wow«, murmelte Réka.

»Na ja, leider nur mich. Er hat mich gar nicht bemerkt. Wir waren über tausend Schüler am Gymnasium, ich bin ihm gar nicht aufgefallen.«

»Aber irgendwann schon.«

»Ja, irgendwann schon. Bis dahin hatte ich jedoch ungefähr drei Jahre lang Liebeskummer. Ich habe sogar Gedichte geschrieben. Und Tagebuch. Ich hatte ein sehr schönes Tagebuch mit einem Schloss, kaum zu glauben, was ich da alles hineingeschrieben habe. Meistens habe ich seinen Namen verschlüsselt, damit keiner wusste, von wem ich da geschwärmt habe. *Ich habe X heute in der Aula getroffen und bin so dicht neben ihm vorbeigegangen, dass ich ihn gestreift habe. Heute in der Pause habe ich Romeo gesehen, ungefähr zwei Minuten lang.* Ich hatte mindestens zwanzig verschiedene Geheimnamen für ihn. Manchmal habe ich aus Versehen Maik geschrieben und den Namen mit kleinen Aufklebern abgedeckt, damit mir ja niemand auf die Schliche kommen kann.«

»Maik«, wiederholte Réka. »Es war doch ein Tagebuch mit einem Schloss. Wozu der ganze Aufwand?«

»Falls ich sterbe. Dann hätten meine Eltern es vielleicht geöffnet und ein Buch daraus gemacht. Wir haben damals in der Schule Anne Frank gelesen, und aus ihrem Tagebuch wurde ja im Nachhinein ein Buch. So was in der Art könnte passieren. Dachte ich. Mir war damals nicht ganz klar, dass sich kein Mensch für das Tagebuch irgendeiner Dreizehnjährigen interessieren würde. In dem bloß Sätze drinstehen wie: *Heute habe ich ihn zwei Minuten lang gesehen.*«

Réka kicherte. »Warum dachtest du, du würdest sterben?«

»Ich hab damals halt viel an den Tod gedacht.«

Das Mädchen schwieg eine Weile. »Und ich«, sagte sie leise, »ich denke viel daran, wie es wohl ist, verrückt zu sein. Wie es sich anfühlt. Ob man es merkt, wenn es so weit ist. Ich schätze nicht, dass man es merkt, oder? Weil man dann ja alles für normal hält, was man sich einbildet. Aber wenn man es merkt – und weiß –, das ist schrecklich.«

»Du bist nicht verrückt«, sagte Hanna.

»Ach, nein? Und was war heute?« Sie atmete tief durch. »Deine Geschichte. Was war dann? Wie hast du Maik auf dich aufmerksam gemacht? Er hat nicht zufällig dein Tagebuch in die Hände bekommen und sich gedacht: Hey, diese ganzen Xe und Romeos, das bin ja wohl ich?«

Hanna lachte leise, obwohl ihr irgendwie gar nicht nach Lachen zumute war. »Hin und wieder hatte er eine Freundin. Zum Glück nie sehr lange. Trotzdem, was meinst du, was ich da gelitten habe. Ich dachte, die Welt geht unter. Ich hab kaum noch gegessen. Dafür waren meine Gedichte sehr schön. Ja, selbst heute noch, wenn ich sie mal lese, finde ich sie ganz gut. Tja, ich wäre gern so schön gewesen wie meine Gedichte, aber ich war's nicht. Und dann, bei irgendeiner Abschlussfeier in der Schule, hat eine Freundin mich vor ihn hingeschubst und gesagt: So, nun tanzt mal.«

»Sie wusste es? Ich dachte, du hast ein solches Geheimnis darum gemacht.«

»Dachte ich auch. Jedenfalls hat Maik dann tatsächlich mit mir getanzt. Obwohl ich mich vor Schreck kaum rühren konnte, fand er's wohl ganz gut, denn danach hat er den ganzen Abend nur noch mit mir getanzt. Auf einmal waren wir ein Paar.«

»Schön«, sagte Réka mit trauriger Stimme.

»Was ist mit dir?«, fragte Hanna vorsichtig. »Und Kunun?«

»Kunun.« Das Mädchen flüsterte den Namen vor sich hin. »Er ist überall, wo ich hingehe. Wenn du ihn nicht auch gesehen hättest, an der Brücke, würde ich fast fürchten, dass ich ihn mir bloß einbilde.«

»Er ist überall, wo du hingehst? Er verfolgt dich?«

»Nein. Er verfolgt mich nicht. Ich gehe irgendwo hin, und er ist schon da. Wir verabreden uns nie. Ich habe nicht mal seine Nummer. Seit März sind wir zusammen, und ich kann ihn nicht anrufen! Wenn ich ihn treffen möchte, muss ich nur irgendwo hingehen, worauf ich Lust habe, und meistens ist er genau dort.« Sie wandte Hanna das Gesicht zu, um den ungläubigen Ausdruck in deren Miene nicht zu verpassen. »Ich hab dir doch gesagt, es ist verrückt.«

»Und heute? War er auch da? Im Zoo? Hast du dich mit ihm getroffen, als wir dich gesucht haben?«

Réka ließ sich wieder lange Zeit mit der Antwort. Schließlich sagte sie: »Ja, ich glaube.«

»Was soll das heißen, du glaubst es? War er da oder nicht? – Ach. Du kannst dich nicht erinnern.«

»Nein.«

»Die anderen Male wusstest du doch wenigstens, ob du ihn gesehen hast. Sonst könntest du nicht behaupten, dass er überall auftaucht. Und diesmal? Nichts? Was ist denn das Letzte, woran du dich erinnerst?«

»Die Fische. Diese komischen Fische, die im Sand steckten.«

»Du machst mir Angst«, flüsterte Hanna. »Kannst du dir nicht etwas anderes einfallen lassen, um mich zu ärgern?«

»Erzähl mir von Maik«, sagte Réka. »Erzähl mir mehr. Du musst wahnsinnig glücklich gewesen sein, als dein Traum in Erfüllung gegangen ist.«

»Merkwürdig, aber daran kann ich mich kaum erinnern. Ich weiß genau, wie es war, als ich so unglücklich war. Wie ich auf meinem Bett gelegen und in mein Tagebuch gekritzelt habe. Die Zeit mit dem echten Maik dagegen – im Nachhinein kommt es mir vor, als wäre ich gar nicht richtig dabei gewesen. Es war, als wäre da ein fremdes Mädchen, das plötzlich mit diesem Jungen zusammen war. Der Junge war irgendwie auch ein Fremder. Nicht der Traum, den ich so gut kannte. Sondern ein Mensch, über den ich nichts wusste. Es war sehr seltsam. Ich bin mit zu seinen Sportveranstaltungen gefahren und hab mich eigentlich nur die ganze Zeit gewundert. Es kam mir vor, als würde ich eine Rolle spielen, auf die ich mich ganz lange vorbereitet hatte. Aber nun, da ich an der Reihe war, hatte ich den Text vergessen.«

»Vielleicht bist du ja auch ein bisschen verrückt?« Réka klang wieder etwas munterer.

»Es war, als würde ich für eine Weile in einer anderen Welt leben. In seiner Welt. Tja, und für ihn gibt es auch nur genau das. Seine Welt. Maik wollte nicht, dass ich für dieses Jahr herkomme«, sagte Hanna. »Kein Mensch geht nach Ungarn, wenn er Au-pair in den USA oder Australien machen könnte. Er wollte eigentlich überhaupt nicht, dass ich weggehe. Er wollte, dass wir zusammen mit dem Studium anfangen. Er hat zwischendurch Zivildienst gemacht, während ich das letzte Jahr an der Schule war. Er hatte alles genau geplant.«

»Warum bist du denn ausgerechnet nach Ungarn gekommen?«

»Vielleicht, weil ich nicht tun wollte, was alle tun. Ich bin halt wirklich ein bisschen verrückt.«

»Aber du bist es auf eine lustige Art«, sagte Réka. Sie musste nicht aussprechen, dass sie ihren Fall für etwas völlig anderes hielt, das ganz und gar nicht lustig war.

»Vielleicht wäre es besser, wenn du dich nicht mehr mit Kunun triffst. Nein, Réka, hör mir erst einmal zu!« Das Mädchen hatte sich aufrecht hingesetzt und schien gleich aufspringen zu wollen. Schnell redete Hanna weiter. »Ich sag ja nicht, dass er Schuld hat. Ich sage auch nicht, dass mit dir etwas nicht stimmt. Ich meine nur, es hat ja offensichtlich etwas mit ihm zu tun. Deswegen denke ich, es ist für dich die einzige Möglichkeit, herauszubekommen, was los ist. Wenn es dir dann besser geht … Wenigstens für eine Weile. Auch wenn es dir schwerfällt. Bitte!«

Réka schüttelte heftig den Kopf. »Das geht nicht.«

»Ach, komm, nur für eine Weile. Bloß damit du herausfinden kannst, ob du auch in anderen Situationen Gedächtnislücken hast. Wie willst du sonst rauskriegen, was hier vor sich geht? Höchstens – ich weiß nicht, vielleicht zwei Wochen? Er wird das verstehen. Wenn er dich wirklich liebt, muss er das verstehen. Himmel, er ist erwachsen! Wenn er dafür kein Verständnis hat, dann ist er es nicht wert, und das weißt du auch.«

»Es geht nicht«, wiederholte Réka. »Hast du mir nicht zugehört? Ich verabrede mich nicht mit ihm. Er ist einfach da.«

Hanna zögerte. »Was, wenn wir zum Arzt gehen? Ich könnte dich begleiten. Er kann dein Blut untersuchen.«

»Und mein Hirn, meinst du wohl.« Réka verzog wütend das Gesicht. »Wir machen etwas ganz anderes. Du kommst mit.«

»Ich? Wohin?«

»Wenn ich ausgehe. Du kommst mit und bleibst in der Nähe. Dann wirst du ja sehen, ob er mir irgendwas gibt. Vielmehr wirst du dann sehen, dass er mir eben nichts gibt, dass er damit überhaupt nichts zu tun hat. Und vielleicht …« Réka zögerte, verlegen, ihre Hände verirrten sich in ihr glattes, dunkles Haar. »Vielleicht kannst du ja ein Foto von uns beiden machen? Das würde mir echt viel bedeuten, nachdem Attila das alte zerrissen hat.«

»Ich soll euch beschatten? Das geht nicht. Kunun kennt mich, er hat uns doch schon zusammen gesehen.«

»Dann verkleiden wir dich halt.«

»Ich weiß nicht.« Hanna musste sich mit der Idee erst anfreunden. »Ich finde das ziemlich riskant. Was, wenn ihr irgendwo hingeht, wo ich nicht mitkommen kann? Zu ihm nach Hause oder sonst wohin?«

»Dann kannst du mir wenigstens sagen, wo er wohnt.« Die Qual in Rékas Gesicht war so groß, dass sie wesentlich älter wirkte. Eine Erwachsene, die schon viel erlebt hatte und die befürchtete, dass niemand ihr glaubte. »Ich weiß nichts«, sagte sie. »Rein gar nichts. Außer, dass ich ihn liebe. In meinem Herzen spüre ich, dass wir zusammengehören. Er ist mein Freund, er ist alles für mich. Und ich für ihn. Aber ich weiß nichts von dem, was er mir über sich erzählt hat. Ich habe keine Ahnung, was ich ihm von mir gesagt habe. Ich denke den ganzen Tag an ihn, aber ich habe nur dieses Bild. Keine einzige Erinnerung. Nur das Bild. Alles andere ist weg. Hilfst du mir, Hanna?«

Sie glaubte, dass es gute Erinnerungen waren, auf die sie verzichten musste. Hanna, die den bösen Verdacht hatte, dass genau das Gegenteil der Fall war, konnte bloß nicken.

»Na gut. Versuchen wir das. Doch wenn es nicht klappt, dann möchte ich, dass wir zum Arzt gehen.«

»Ist das deine Bedingung?«

»Ja. Denn das muss aufhören, so oder so. Irgendwie muss es aufhören.«

Einen Moment hatte sie die Befürchtung, dass sie zu weit gegangen war. Dass Réka lieber auf das Foto von sich und ihrem Liebsten verzichtete, als in Erwägung zu ziehen, sich untersuchen zu lassen. Aber sie stimmte tatsächlich zu.

»Na gut.« Wie schwer ihr diese Worte fielen, war ihr nicht anzuhören, aber sie sah auf einmal erschöpft und traurig aus.

»Du musst ins Bett«, sagte sie. »Lass uns schlafen gehen.«

ELF

AKINK, MAGYRIA

»Nicht die Brückenwache«, flüsterte Mattim vor sich hin, immer wieder, wie einen Zauberspruch, »bitte, bitte, nicht noch mal auf die Brücke.«

»Mattim.« König Farank sah seinen Sohn mit strengem Blick und undurchschaubarer Miene an. »Ich lasse dich mit den Hütern Dienst tun, aber nur so lange, wie ich mir sicher sein kann, dass du gehorsam bist. Du wirst den Anweisungen des Anführers unbedingt Folge leisten. Dort draußen im Wald bist du nicht der Prinz, sondern bloß ein Diener der Stadt. Dort draußen bist du ein Mann des Königs, wie jeder andere auch. Ist das klar?«

»Klar wie Quellwasser.«

»Mattim! Ich meine es ernst. Hast du mich verstanden? Keine Eigenmächtigkeiten. Ein falsches Wort, eine unbedachte Bewegung, und du bleibst hier.«

»Ja, Vater. Weiß Morrit es schon?«

»Ich bin noch nicht bereit, dich der Nachtschicht zuzuteilen. Du tust Tagdienst, unter Hauptmann Solta, bis ich erkennen kann, dass deine Einstellung sich geändert hat.«

»Ja, Vater.«

Mattim bemühte sich, einen Ausdruck demütigen Gehorsams auf sein Gesicht zu zaubern. Es gelang ihm nicht einmal zur Hälfte. In ihm stritt die Freude darüber, dass er zurück in den Wald durfte, mit dem Ärger, dass man ihm den Dienst in der Nachtpatrouille verweigerte. Der Eindruck untertäniger Ergebenheit kam nicht wirklich zustande.

Sorgenvoll schüttelte der König den Kopf und entließ ihn.

Solta, der Anführer der Tagwache, begrüßte den Lichtprinzen knapp, aber Mattim entging nicht, wie die anderen Hüter ihm erfreut zunickten. Niemand, der nicht im Dorf dabei gewesen war, glaubte, dass seine Anwesenheit Gefahr bedeutete. Die Flusshüter dachten tatsächlich, dass er ihnen Glück brachte.

»Die Wölfe nehmen überhand in diesem Wald. Daher habe ich mich entschieden, dass wir anders als bisher vorgehen sollten«, kündigte Solta an. »Bis jetzt haben wir nur versucht, alle Eindringlinge abzuwehren. Unser vorrangiges Ziel war es, den Feind von der Brücke fernzuhalten. Jetzt wagen wir einmal etwas Neues.« Er winkte, und die erstaunten Hüter sahen mehrere Männer die Straße zum Brückenaufgang heraufkommen. Immer vier trugen einen großen, mit Tüchern verhüllten Kasten. Es waren insgesamt zehn. Hinter ihnen marschierte eine stämmige Frau mit einem großen Sack auf dem Rücken, in dem es zappelte und rumorte.

Vor den Flusshütern gingen sie über die Brücke, die Patrouille folgte ihnen stumm. Keiner sprach die Frage aus, die ihm auf der Zunge lag. Was immer es war, was da vor ihnen hergetragen wurde, sie würden es rechtzeitig erfahren.

Am anderen Ufer erteilte Solta seine Anweisungen. »Wir bleiben zusammen und schützen die Träger. In Abständen, die wir vor Ort festlegen, werden wir die Fallen aufstellen.«

»Wir wollen die Schatten fangen?«, fragte eine dunkelhaarige Frau namens Alita.

Solta runzelte die Stirn. »Habe ich das etwa behauptet? Die Schatten fangen, ha. Willst du der Köder sein? Nein? Dann halt den Mund.« Er kämpfte seinen Ärger nieder, bevor die Anspannung sich auf die ganze Truppe übertrug. »Marsch!«

Die erste Falle fand ihren Platz nur wenige Hundert Meter von der Brücke entfernt. Die Träger stellten ihre Last ab und zogen das Tuch herunter. Zum Vorschein kam ein riesiger eiserner Käfig. Die fingerdicken Gitterstäbe umschlossen einen Raum zwischen zwei eisernen Deckeln. Vorsichtig spannte einer der Männer eine Gittertür hoch. »Alles bereit. Fehlt bloß noch der Köder.«

Die stämmige Frau griff in den Sack und holte eine wild mit den Flügeln schlagende Ente hervor. Sie hielt das Tier an den Füßen fest und wandte sich dem Käfig zu, zögerte aber dann.

»Ich brauche Hilfe«, sagte sie. »Jemand muss die Ente am Fuß anbinden, während ich sie halte. Sie soll doch leben?«

»Ja«, antwortete Solta. »Das soll sie.« Er warf einen Blick in die Runde und winkte Mattim nach vorne. »Mach dich nützlich.«

Der Prinz hob das dünne Seil vom Boden, das offenbar dafür vorgesehen war, und näherte sich vorsichtig dem immer noch heftig um seine Freiheit kämpfenden Vogel. Es war gar nicht so einfach, ein Bein zu fassen zu bekommen und einen Knoten zu machen. Sobald er fertig war, drückte die Frau ihm die Ente in den Arm. »Kriech du da rein«, befahl sie einfach.

Mattim ergab sich in sein Schicksal. Er bückte sich unter der hochgezogenen Klappe hindurch und trat auf den eisernen Boden. Im selben Moment schnappte die Falle zu, und die Tür hinter ihm rastete mit einem lauten Krachen ein. Der Junge erschrak so sehr, dass er die Ente losließ. Wild flatterte sie in dem engen Käfig umher und versuchte, durch das Gitter zu entkommen. Das Gelächter von draußen trieb Mattim das Blut in den Kopf, während er immer wieder vergeblich nach der verzweifelten Ente haschte. Besonders laut lachte Wikor, ein Bär von einem Mann. Seine Schadenfreude war mindestens so gewaltig wie seine Körpergröße. Einem wie ihm konnte man hinterher nicht einmal versehentlich auf den Fuß treten.

Es war ein merkwürdiges Gefühl, im Käfig zu sitzen, während alle um ihn herumstanden und sich amüsierten. Von außen war ihm der Käfig viel größer vorgekommen. Stehen konnte man hier drinnen nicht; gerade das machte es ja so schwierig, den Vogel zu fangen. Geduckt musste er ihm nach, und nachdem er sich mehrere Male gegen das Gitter geworfen hatte, in der Hoffnung, die Ente einzuklemmen und greifen zu können, gelang es ihm schließlich, das Seil, das immer noch von ihrem Fuß herabbaumelte, in die Hände zu bekommen. Mit hochrotem Kopf band er es im hinteren Bereich des Käfigs fest.

»Jetzt könnt ihr öffnen«, wies Solta die Träger an. Es war keine große Kraft nötig, um die Klappe hochzustemmen und den Mechanismus wieder in die Ausgangsposition zu setzen. Mattim rettete sich zwischen den Beinen der Wächter hindurch ins Freie.

Von außen sah der Käfig, in dem nun nur noch die angebundene Ente lauthals schimpfte, wieder recht harmlos aus.

»Sobald der Wolf die Bodenplatte betritt, fällt die Klappe herunter, und er sitzt in der Falle«, sagte der Anführer zufrieden.

»Jeder Marder kann sie auslösen«, knurrte Mattim.

»Aus diesem Grund müssen wir sie regelmäßig überprüfen«, sagte Solta. »Und neue Köder einlegen. Darin hast du ja jetzt Übung.« Wikor lachte wieder besonders fröhlich.

Mit Sicherheit hatte sein Vater diese Männer angewiesen, ihn so zu behandeln. Ein guter Anführer hätte es nie darauf angelegt, ihn vor der versammelten Mannschaft lächerlich zu machen. Vielleicht hielt Farank das für ein gutes Mittel, um ihm klarzumachen, dass er sich hier nicht als etwas Besonderes aufspielen durfte. Mattim hatte die Hände zu Fäusten geballt und zwang sich nun gewaltsam dazu, sie wieder zu öffnen. Er biss die Zähne zusammen. Er würde dem König keinen Grund liefern, ihn wieder auf die Brücke zu schicken.

Sie bestückten alle zehn Fallen, abwechselnd mit Enten, Hühnern und Kaninchen. Zu Mattims Erleichterung verdonnerte man ihn nur noch ein weiteres Mal dazu, den Köder festzubinden. Diesmal setzte er ein Kaninchen aus, das ihm den Arm blutig kratzte. Zornig stampfend saß es in der Ecke, nachdem Mattim seine Pflicht getan hatte, und begann sofort an dem Seil zu nagen.

»Viel Glück«, wünschte er ihm leise.

»Das ist nicht dein Ernst.« Ausgerechnet Solta hatte ihn gehört. »Du willst, dass es entkommt?«

»Den Mardern und Füchsen, ja.« Der junge Prinz scheute sich nicht, dem Anführer die Stirn zu bieten. »Den Wölfen? Falls sich je einer in diese Falle verirrt, wird es keiner der Wölfe sein, um die es geht.«

»Ach, wirklich?«

Mattim dachte an die dunklen, wissenden Augen der Wölfin. Über so eine Falle hätte sie nur gelacht, das wusste er.

»Es gibt wichtigere Dinge in diesem Wald zu tun.«

»Mag sein. Aber das entscheidest nicht du. Oder möchtest du lieber in der Burg sitzen und die Arbeit uns überlassen?« Er lächelte.

Der Prinz lächelte nicht zurück.

Der Wolf knurrte. Seine gelben Augen wirkten rund wie Monde. Er fletschte die Zähne, sein Nackenfell sträubte sich.

»Sieh an. Behauptest du immer noch, die Fallen würden nichts bringen? Das ist der fünfte Wolf in diesem Monat.«

Mattim hatte es aufgegeben, immer wieder zu betonen, dass die Wölfe, die ihnen erstaunlich zahlreich in die Falle gingen, nichts anderes als schlichte Wölfe waren. Dies waren keine Schattenwölfe, sondern gewöhnliche Tiere, gierig, auf ihre eigene Art schlau, doch mit Sicherheit nicht in der Lage, mit einem einzigen Biss einen lebendigen Menschen in ein Schattenwesen zu verwandeln. Manche Exemplare, die sie gefangen hatten, waren prächtig und so riesig, dass sie, wenn sie hin und her sprangen, den gesamten Käfig auszufüllen schienen. Besonders dieser hier war geradezu wunderschön. Sein Fell war fast schwarz, von einigen bräunlichen Flecken abgesehen. Alles an ihm verriet seine Kraft. Die schlanken Läufe, der mächtige Schädel, die Krallen, die tiefe Furchen ins Metall rissen. In seiner berechtigten Wut wirkte er wie der König der Wälder.

»Du siehst ihn an, als wärst du in ihn verliebt.« Solta wartete, bis wenigstens ein paar der anderen Hüter pflichtschuldigst lachten. »Wer will ihn erledigen? Du, Mattim?«

Es war keine Frage, sondern ein Befehl. Dennoch schrak der Königssohn davor zurück, ein so schönes Tier abzuschlachten. Er verstand es selbst nicht. Schließlich hatte er gesehen, wie die gewöhnlichen Wölfe gemeinsam mit den Schattenwölfen jagten; immer noch kamen sie in seinen Träumen zu ihm, das ganze Rudel, an der Spitze die silberne Wölfin, und ihr Geheul riss die Nacht in Fetzen.

Die anderen Hüter traten näher. Sie hielten Lanzen in den Händen, die sie durch das Gitter steckten, um den Wolf in eine Ecke zu treiben, damit sie ihn mit einem kräftigen Stoß töten konnten. Doch das Tier kämpfte weiter. Es beachtete die Spitzen nicht, die ihm Löcher ins Fell stachen, die seine Haut durchbohrten. Blut tropfte über seinen nachtschwarzen Pelz. In seinem Knurren und Fauchen lagen nur Zorn und Kampfeslust. Er wandte sich Mattim zu, in dem er seinen wahren Gegner erkannt hatte. Rasend vor Wut warf er sich immer wieder gegen das Gitter.

Der Prinz hielt sein Schwert umklammert. Er hatte keine Wahl, er musste diesen Wolf töten. Wenn er es nicht tat, gab er Solta bloß einen Grund, ihn nach Hause zu schicken. Schon zu lange wartete der Anführer der Tagwache darauf, dass er sich einen Fehler leistete. Warum hätte er dieses Tier auch nicht töten sollen? Es war ein Wolf, gefährlich und unberechenbar, und so, wie er wütete und geiferte, selbst von keinerlei Skrupeln geplagt.

»Was, wenn er …« Er brach ab. Was, wenn es doch ein Schattenwolf war, wenn Mattim sich täuschte? Dann musste er ihn erst recht töten. Dann durfte es erst recht keine Gnade geben. Zum ersten Mal, seit er ein Mitglied der Wache war, fragte er sich, ob er dafür ausgebildet worden war, um mit dem Schwert ein Tier zu erstechen, dessen Hass ihm nur allzu verständlich schien. Zum ersten Mal fragte er sich, was es hieß, ein Prinz des Lichts zu sein, wenn das Einzige, was man ihn tun ließ, Kaninchen und Enten für ihre Schlächter bereitzumachen war und am Schluss selbst ein Schlächter zu sein.

»Seit Wochen keine Angriffe mehr. Manchmal finde ich es geradezu unheimlich, wie ruhig es geworden ist.«

»Dir kann man es aber auch gar nicht recht machen, wie, Mattim?«

Palig, einer seiner neuen Kameraden, boxte ihm freundschaftlich in den Rücken. Sie waren zu dritt unterwegs, um die Fallen zu überprüfen und gegebenenfalls mit neuen Ködertieren zu bestücken. Alita trug die Hühner, die es diesmal getroffen hatte. Schon länger war Solta dazu übergegangen, die Tagespatrouille aufzuteilen. Allein durfte zwar immer noch niemand unterwegs sein, doch da der Anführer nicht nur mit den Käfigen beschäftigt sein wollte, hatte er sich schließlich dazu durchgerungen, eine kleine Abteilung für die Fallen abzustellen und mit dem Rest weiter östlich in den Wald vorzudringen, um sicherzugehen, dass die Feinde sich wirklich zurückgezogen hatten. Aus reiner Gehässigkeit – so schien es Mattim – war er dafür eingeteilt worden, sich um die Fallen zu kümmern. Die wenigen Querdenker, die es unter Soltas Kommando noch aushielten, hatte man ihm an die Seite gestellt: Palig, ein frecher Fünfzehnjähriger, der gerne widersprach, und Alita, die den Anführer allein durch ihre kritischen Blicke reizte. Mattim war froh darüber; jetzt war er wenigstens den unverschämt lustigen Wikor los.

»Da wären wir.« Die Falle war leer. Die Gans, die als Köder diente, lebte sogar noch. Nicht einmal ein Fuchs hatte versucht, sich zu bedienen. Mattim kniete sich neben ihr hin, sie zischte. »Wir müssen das arme Tier füttern«, sagte er. »Oder wir lassen ein Huhn da und nehmen die Gans mit nach Hause.«

»Ich hol sie heraus«, bot Palig an. »Ich trete nur hier auf den Seiten auf, dann wird die Falle nicht ausgelöst. Wenn man genau hierhin …«

Hinter ihm krachte die Klappe hinunter. Alita und Mattim lachten. »Das musst du noch üben. Jetzt komm schon raus, bevor du dich daran gewöhnst!«

Auf einmal hatte Mattim das Gefühl, von tausend Augen beobachtet zu werden. Durch die Wipfel rauschte Gelächter, und in den kleinen Blättern des Gestrüpps wisperte und kicherte es. Er hob den Blick und sah eine Frau im Schatten des Baumes stehen und ihn beobachten. Sie war unwirklich schön, eine sehr große, schlanke Gestalt mit kinnlangem rötlichem Haar, das glatt herabfiel und ihr blasses Gesicht betonte. Ihre Augen, deren Farbe er aus der Entfernung nicht erkennen konnte, musterten ihn, ihre roten, sanft geschwungenen Lippen verzogen sich zu einem spöttischen Lächeln.

Als er aufsprang, war sie verschwunden.

»Da!«, rief er. »Habt ihr sie bemerkt? Die Frau!«

Er sprang ihr nach. Vor sich sah er wie eine Flamme ihr

Haar aufblitzen, ihr dunkles Kleid – oder war es wieder nur der Schatten der Bäume?

Da waren schon die Höhlen. Er hatte gewusst, dass die Falle in ihrer Nähe aufgebaut war, aber ihm war nicht klar gewesen, wie nah. Mattim warf einen schnellen Blick über die Schulter. Von dort hörte er schon die beiden anderen Hüter rufend durchs Gehölz stürmen. Ohne zu überlegen wandte er sich wieder den Höhlen zu. Er duckte sich in den niedrigen Eingang und verschwand im Dunkel.

Mattim tastete sich am Fels entlang. In der Nähe des Eingangs war die Höhle noch vom matten Tageslicht erleuchtet, wenige Meter dahinter lag alles in Finsternis. Vorsichtig setzte er einen Fuß vor den anderen. Hin und wieder blieb er stehen und horchte. Ihm war, als könnte er die Schritte der Fremden vor sich hören, die kurzen, schnellen Schritte einer Frau, die es eilig hatte.

Sie war da, irgendwo vor ihm. Ein Schatten. Er wusste, dass sie ein Schatten war, hatte es in dem Moment gespürt, als er sie sah. Er zweifelte nicht daran, dass in einer anderen Umgebung allein ihre Schönheit die Blicke auf sich gezogen hätte, doch hier, mitten im Wald, würde keine Dame aus Akink spazieren gehen. Keine Kräutersammlerin aus den Dörfern würde sich so weit ins Gebiet der Schattenwölfe wagen. Sie konnte nur ein Schatten sein, auch wenn sie am helllichten Tag auftauchte und das eigentlich gar nicht möglich war. Hier ruhte das Geheimnis, hier in der Höhle.

Er bewegte sich nicht und lauschte. Ein kühler Luftzug strich an seinem Gesicht vorbei, ihn schauderte. Jeden Moment konnte sie ihn anspringen, ihn packen, ihm ihren giftigen Kuss aufdrücken …

»Mattim?« Seine Gefährten riefen von draußen. »Mattim, bist du da drin?«

»Ich bin hier«, erwiderte er laut. Er konnte das plötzliche

Zittern, das ihn ergriffen hatte, kaum unterdrücken, als er zurück ins Licht stolperte.

»Wir brauchen eine Fackel«, sagte er. »Ich will diese Höhlen untersuchen. Sie …« Er brach mitten im Satz ab, bevor er zu viel verraten konnte. Wenn er eingestand, dass er einen Schatten gesehen hatte, würden sie ihn erstens für verrückt halten, weil er diesem folgte, statt zu fliehen, und zweitens würden sie ihn auslachen, weil es tagsüber gar keine Schatten hier geben konnte.

Er machte einen Schritt auf seine Kameraden zu, und sie wichen vor ihm zurück.

»He, ihr glaubt doch wohl nicht …« Fassungslos blickte er in ihre von Zweifel und Unsicherheit geprägten Gesichter. Als er die Angst in ihren Augen aufflackern sah, lachte er laut. »Ich bin kein Schatten! Ich war nur kurz da drin, mir ist nichts passiert!« Er öffnete seinen Kragen. »Seht ihr? Keine Bissspuren, nichts.«

»Das reicht nicht. Du kennst die Vorschriften.« Palig zuckte verlegen die Achseln. »Du musst uns beweisen, dass du unverletzt bist.«

»Vor einer Dame?«

Alita verzog nicht einmal das Gesicht. »Nun mach schon.«

Wenn man sich an die Vorschriften hielt, verlor man nur kostbare Zeit. Diese Zeit hatte er nicht, denn in diesen wenigen Minuten konnte die Schattenfrau sonst wohin in ihrem steinernen Labyrinth verschwinden. Aber seine Gefährten würden ihn nicht einmal in die Nähe der Brücke lassen, wenn er ihnen nicht bewies, dass er immer noch ein Mensch war. Besser hier, als sich vor ganz Akink zu entblößen, um jeden Zweifel auszuräumen.

Zornig schälte Mattim sich aus seiner Kleidung. Die anderen hielten nach wie vor Abstand und musterten jeden Zoll seiner hellen Haut. Schließlich stand er nur in Unterhose vor ihnen. Sein Gesicht glühte.

»Dreh dich um«, wies Palig ihn an, als hätte auf einmal er das Recht, Befehle zu erteilen. »Was sind das für Streifen auf deinem Rücken?«

»Kratzer«, gab Mattim schroff zurück. »Alt und verheilt, wie du unschwer erkennen kannst.«

»Was ist mit deinem Arm?«, wollte Alita wissen und beugte sich vor, ohne auch nur einen Fußbreit näher zu kommen. »Dort, am Handgelenk.«

»Das war ein Kaninchen. Und da hat mich ein Huhn mit seinem Schnabel erwischt. Beim allerhellsten Licht, könnt ihr mir nicht einfach vertrauen?«

Sie waren nicht ganz überzeugt.

»Wenn ich ein Schatten wäre, könnte ich dann vor euch stehen, hier im Licht?«

»Man hat angeblich auch schon Schatten bei Tag gesehen«, sagte Alita langsam.

»Genau aus diesem Grund möchte ich die Höhlen doch untersuchen!«

»Zieh dich an«, sagte Palig schließlich.

Hastig verwandelte Mattim sich in einen respektablen Flusshüter zurück. Er atmete tief durch.

»Ihr wisst es also. Alle wissen es. Nur der König will davon nichts hören. Lasst uns an dieser Stelle ansetzen, hier bei den Höhlen. Seid ihr dabei?«

»Das müssen wir Solta sagen, tut mir leid.« Palig blickte ihm nicht in die Augen.

»Das ist dir doch klar«, fügte Alita hinzu. »Wir sind verpflichtet, jeden Ungehorsam zu melden.«

»Wenn der König erfährt, dass ich allein in der Höhle war, bringt er mich um«, stöhnte Mattim. »Dann komme ich nie dazu, mich darin näher umzusehen!« Mirita war eine Ausnahme, das begriff er erst jetzt so richtig. Sie war die Einzige, die ihn verstand. »Ich bin mir sicher, dass die Schatten sie benutzen, nur habe ich keine Ahnung, wofür. Es ist so verdammt wichtig …«

Palig unterbrach ihn. »Wir haben kein Licht«, sagte er zu Alita.

»Irrtum.« Alita kramte in ihrem Rucksack und holte eine Fackel und ein Päckchen Zündhölzer hervor. »Wir sind zwar die Tagwache«, sagte sie selbstzufrieden, »aber da Feuer die einzige Waffe gegen die Schatten ist, habe ich immer etwas dabei.«

»Gib her«, forderte er, doch die Hüterin hielt die Fackel unbeeindruckt fest.

»Ihr kommt mit? Ihr meldet mich nicht?«

»Immer zusammenbleiben, Prinz Mattim, schon vergessen? Bleib ja schön in unserer Mitte.«

Nach der vorangegangenen Demütigung tat es gut, wenn die beiden ihren Respekt nun etwas übertrieben.

»Dann los.«

Ihre Schuhsohlen scharrten auf dem rauen Fels. Im knisternden Licht der Flamme folgten sie dem engen Gang um mehrere Biegungen, bis sich schließlich der Stein weitete und sie in eine geräumige Grotte entließ. Die Fackel spendete zu wenig Licht, um den ganzen Umfang des Gewölbes zu erkennen, und der Großteil der Höhle blieb im Dunkeln.

»Hier ist nichts.«

Mattim wollte seine Enttäuschung nicht eingestehen. Er hätte nicht sagen können, was er eigentlich erwartet hatte. Eine Versammlung von Schatten, in die sie hineinplatzten? Oder lauter schlafende Schatten, die darauf warteten, in die Nacht hinausgehen zu können?

Das kleine Licht tanzte über die Höhlenwände, während Alita eine ganze Runde drehte. »Keine weiteren Öffnungen. Keine Gänge oder Nischen, in denen sich jemand verstecken könnte.«

»Vielleicht weiter oben?«

Die Wächterin hielt die Fackel so hoch sie konnte.

»So weit reicht das Licht nicht. Aber wie sollte da jemand

hinaufkommen? Die Wände sind recht glatt. Und sie sind rutschig. Ganz schön feucht, diese Höhle.«

»Wo ist sie bloß hin?«, überlegte Mattim verwirrt. Er hatte ihnen nicht gesagt, dass er einen Schatten hier hatte verschwinden sehen.

Auf einmal stieß Alita einen erschrockenen Schrei aus und ließ die Fackel fallen. Mit einem Zischen verlosch das Licht, und sie standen im Dunkeln.

»Musst du die Fackel ausgerechnet in eine Pfütze werfen?«, fragte Mattim mit möglichst ruhiger Stimme, während sein Herz heftig pochte.

»Mich hat etwas berührt«, rief Alita. »Da war etwas. Da, schon wieder!« Sie schrie schrill auf.

»Ganz ruhig«, bat Palig, »wir müssen hier nur raus, bleibt alle ruhig.«

Mattim griff dorthin, wo Alita eben noch gestanden hatte, bekam ihren Arm zu fassen und zog sie in die Richtung, in der er den Gang vermutete. Sie hörte einfach nicht auf zu schreien. Blind tastete er sich die Wand entlang, während das Schreien nicht abebbte. Es fuhr ihm durch Mark und Bein. Das Gewölbe vervielfachte jeden Laut und verwandelte die stille, feuchte Höhle in einen brüllenden, kreischenden Hexenkessel. Mattim verlor fast den Verstand, während er Alita hinter sich herschleifte. Mit der rechten Hand fasste er ins Leere; dort musste der Tunnel nach draußen liegen. Plötzlich begann Alita wild um sich zu schlagen und stieß ihn von sich.

Er versuchte sie einzufangen, aber sie war schon fort, und das Geschrei in der Höhle schien sich zu vertausendfachen. Blindlings lief er los, dem Tageslicht entgegen, wobei er gegen Wände und herabhängende Felskanten stolperte. Blut lief ihm übers Gesicht, als er schließlich nach draußen taumelte, ins Dämmerlicht des Waldes, das ihn jetzt mit der Kraft von zehn Sonnen zu blenden schien. Am ganzen Körper bebend stürzte er hin, rappelte sich auf und hastete unter die Bäume. An den breiten Stamm einer mächtigen Eiche gelehnt, schnappte er nach Luft. Irgendwann beruhigte sich sein Atem, und sein Herz schlug wieder gleichmäßig. Vorsichtig befühlte er die aufgeplatzte Stelle an der Stirn, die erschreckend schnell anschwoll. Er hatte nichts, um die Beule zu kühlen, nur sein Schwert. Vorsichtig drückte er die glatte Schneide gegen die schmerzende Wunde.

Dann wartete er.

Ihm fiel auf, wie still es war. Seine Freunde mussten sich endlich beruhigt haben. Bestimmt kamen sie allmählich zur Besinnung, ertasteten den Ausgang und standen gleich vor ihm, vielleicht ein wenig verlegen über ihre Panik und das grundlose Geschrei. Er hatte nicht wirklich etwas dagegen, auch die anderen einmal beschämt zu erleben.

Das kann passieren, würde er verständnisvoll sagen. Jedem, auch dem tapfersten Hüter.

Dann sah er eine Bewegung an der Höhle, und zwei Wölfe huschten heraus, ein grauer und ein schwarzer.

»Alita?«, fragte er verzweifelt. »Palig?«

Die beiden blickten ihn aus ihren hellen Tieraugen an, ohne ihm zu antworten, ohne ein Zeichen des Erkennens, dann liefen sie über die freie Fläche und verschwanden im Unterholz.

Es schnürte Mattim die Kehle zu, wenn er daran dachte, wie er vor Solta treten sollte. Vor die anderen Flusshüter. Vor die Familien seiner beiden Begleiter. Vor den König.

»Und ich?«, rief er laut. »Warum ich nicht? Warum trifft es immer die anderen und niemals mich?«

Er hatte keinen Namen für den Schmerz, der sein Herz in den Krallen hielt.

Als er ein leises Geräusch hörte, tauchte er unwillkürlich tiefer ins Waldesdunkel ein, hinter den Stamm. Vorsichtig riskierte er einen Blick.

Im Eingang der Höhle war eine Gestalt aufgetaucht. Es war die fremde Frau, die Rothaarige. Der Schatten. Prüfend sah sie sich um. Wie ein kleines Kind schloss Mattim die Augen, damit sie ihn nicht bemerkte.

Als er sie wieder öffnete, war die Frau verschwunden. Immer noch war alles still.

»Was ist wirklich passiert?«

Mirita hatte ihm diesmal selbst die Tür geöffnet. Ihr Herz schlug heftig, als sie Mattim vor ihrem Haus stehen sah, mit wirrem Haar, einen verbitterten Zug um den Mund. Die Nachricht vom Verschwinden der beiden Flusshüter hatte sich so schnell in der Stadt verbreitet, dass sogar sie, obwohl ihr vor der Nachtschicht noch zwei Stunden Schlaf blieben, schon davon erfahren hatte. Ihre Mutter hatte sie geweckt und es ihr erzählt, mit der dringenden Bitte, heute nicht zum Dienst zu gehen. Danach konnte Mirita natürlich nicht wieder einschlafen. Die junge Bogenschützin hatte sich angezogen und auf den Fluss hinausgesehen, während sie die klammen Hände mit einer großen Tasse Tee wärmte. Er war so stark und bitter, dass sich alles in ihrem Mund zusammenzog. Als es klopfte, hatte sie erwartet, dass es ihre Mutter sein würde, die vielleicht den Schlüssel vergessen hatte. Nie hätte sie gedacht, dass der Prinz sie noch einmal besuchte. Die beiden waren keine Kameraden mehr, seit er tagsüber mit Solta in die Wälder ging.

»Mattim?« Mirita öffnete die Tür weit, doch er bewegte sich nicht, und schließlich griff sie nach seinem Ärmel und zog ihn in die Stube. »Setz dich.«

Gehorsam und immer noch schweigend ließ er sich auf einem der harten Holzstühle nieder. Ihre Mutter hatte Kissen dafür genäht, aber sie lagen auf einem Stapel in der Ecke. Sie wollte ihn nicht dazu auffordern, noch einmal aufzustehen, nur damit sie ihm ein Kissen unter den Hintern schieben konnte. Stattdessen drückte sie ihm ihre Teetasse in die Hand. »Trink. Er ist noch heiß genug.«

Mattim starrte in die Tasse, und sie wagte es, einfach um

das schreckliche Schweigen zu brechen, ihre Frage zu wiederholen. »Was ist wirklich passiert?«

Endlich hob er den Blick. Ihr schien, als wären seine grauen Augen dunkler geworden. Sie sah ihn an und dachte nicht mehr an Wolken, sondern an Steine und Mauern, an Schatten unter den Bäumen.

Mirita kniete sich vor den Prinzen hin und nahm ihm die Tasse aus den reglosen Händen. Sie ergriff seine Hände, ohne darüber nachzudenken, was sie tat.

»Mattim, schau mich an. Mattim, du bist nicht schuld.«

»Bin ich das nicht?« Er schüttelte den Kopf.

Selbst jetzt noch tanzte das Licht in seinem wirren Haar, hüpfte über die goldenen Strähnen. Mirita wollte ihre Hände hineintauchen und ihn küssen, als die Sehnsucht nach ihm sie wieder mit aller Macht ergriff, aber ihre Angst, zu weit zu gehen und ihn zu vertreiben, wog mehr.

»Ich bin nicht schuld? Jeder, der alleine entkommt, ist schuldig. Ich habe mein Leben gerettet – wofür? Schon jetzt betrachten sie mich als einen Verräter. Mattim, der feige geflohen ist, der seine Gefährten im Stich gelassen hat. Das ist es doch, was alle hier glauben. Dass ich die beiden den Schatten überlassen habe. Dass sie sich für mich geopfert haben, für den Prinzen des Lichts, der zu nichts anderem taugt, als Enten die Füße zu fesseln.«

»Das ist nicht wahr! Du bist nicht feige. Ich weiß es. Glaub mir, ich weiß es. Du würdest dein Leben für Akink geben.« Sie ließ seine Hände los, um sich die Tränen aus den Augen zu wischen. Ganz bestimmt war er nicht hergekommen, um sie weinen zu sehen. »Du würdest niemals irgendjemanden im Stich lassen. Da bin ich mir sicher.«

Mattim saß immer noch auf dem harten Stuhl. Auf einmal kam Mirita die schöne Stube, auf die ihre Mutter so stolz war, unerträglich schäbig vor. Er gehörte nicht hierhin. Er hätte in seinem eigenen Zimmer oben in der Burg sein sollen, auf seinem mit Samt bezogenen Sofa mit den goldenen Troddeln. Dort hätte er sitzen müssen, die Füße hochgelegt, und Diener hin und her schicken sollen, wie es einem verwöhnten Prinzen zukam, der seine Leute im Stich ließ und sich lieber verkroch. Nie hatte Mirita sich so sehr gewünscht, dass er genau das tat: sich feige verkriechen.

»Und das Schlimmste«, flüsterte er, »weißt du, was das Schlimmste ist?«

»Nein«, erwiderte sie bang.

»Ich habe sie gesehen«, sagte er leise, »die Wölfe. Ich habe Alita an ihrem schwarzen Fell erkannt. Sie war so schön. Palig, grau wie der Nebel über dem Fluss ... So wunderschön waren sie, so wild, und mir war, als würde ich sie zum ersten Mal sehen, so, wie sie wirklich sind, schöner, als ich es mir je hätte träumen lassen. Und ich habe sie beneidet.« Auch er hatte nun Tränen in den Augen. »Ich tue nur so, als würde ich um sie weinen. Ich klage mit allen anderen ... In Wahrheit wünsche ich mir jedoch, es hätte mich getroffen, und ich wäre jetzt so wie sie und würde mit ihnen durch den Wald streifen.«

ZWÖLF

BUDAPEST, UNGARN

»Sie will nicht«, sagte Réka. »Ich hab sie angerufen, aber sobald sie gemerkt hat, dass ich es bin, hat sie aufgelegt. Du musst sie überreden.«

Hanna dachte an ihren Besuch bei Mária und hatte die Befürchtung, dass es nicht einfach werden würde. Doch Réka nickte ihr aufmunternd zu. Versuchen mussten sie es.

»Bitte. Wir brauchen jemanden, der auf Attila aufpasst.«

»Ich hab gesagt, dieses Haus betrete ich nie wieder!« Wenigstens beendete Mária das Telefonat nicht einfach und tat auch nicht so, als könnte sie Hannas Ungarisch nicht verstehen.

»Bitte. Wir brauchen jemanden, der bei ihm bleibt. Attila hat doch mit der ganzen Geschichte gar nichts zu tun. Er wird schon schlafen und gar nichts mitbekommen. Du brauchst nichts zu tun, nur bei ihm sein. Ich muss einfach sehen, ob es wirklich so ist.«

»Was?«

»Soll ich das hier am Telefon wiederholen?«

Mária schien am anderen Ende der Leitung nachzudenken.

»Sie geht nicht allein«, erklärte Hanna. »Und wir suchen einen Ort aus, wo nicht zu viele Leute sind. Alles schön übersichtlich. Es ist ein Test, verstehst du? Es ist wirklich wichtig.«

»Hm. Zwei Stunden. Und keine Minute länger.«

»Kein Problem. Zwei Stunden. Danke!«

Hanna grinste, und Réka reckte triumphierend die Faust in die Luft. »Du solltest Telefonwerbung machen.«

»Ich hab doch kaum was gesagt.«

»Sie braucht das Geld. Die Sache wird ganz schön teuer, das kann ich dir sagen.«

Hanna ließ sich von Rékas Freude anstecken und folgte ihr gehorsam ins Bad. Das Mädchen hatte vor, sie für jeden, der sie nur flüchtig kannte, unkenntlich zu machen; das war praktisch jeder außerhalb der Familie.

»Ein Glück, dass du dich sonst kaum schminkst. Dann können wir jetzt richtig dick auftragen.«

»Ich will nicht zu auffällig aussehen.«

»Ach was. Ich mach dich hübsch.«

Attila sollte eigentlich schon schlafen, aber ausgerechnet jetzt tappte er ins Badezimmer. Sein Blick sprach Bände.

»Na, wer ist das?«, fragte Réka stolz. »Kennst du die?«

»Hanna sieht total bescheuert aus«, tat der Junge seine ehrliche Meinung kund.

»Ach was. Du bist nur neidisch.« Seine Schwester beschäftigte sich weiterhin ausgiebig mit Hannas Haaren.

In den Spiegel durfte ihr Opfer noch nicht blicken. An Attilas großen Augen, der selbst auf dem Klo sitzend nicht mit dem Starren aufhören konnte, versuchte Hanna zu erkennen, ob Rékas Bemühungen erfolgreich waren.

»Was hast du mit mir veranstaltet?«, fragte sie zweifelnd.

»Ich werde Kosmetikerin«, sagte Réka. »Also mach dir keine Sorgen.«

»Wirklich?«

»Ganz bestimmt werde ich keine Ärztin. Auch keine Anwältin. Oder Architektin.« Das klang alles nach Berufen, mit denen ihre Eltern einverstanden sein könnten.

»Sie würden sich die Haare ausreißen, wenn du Kosmetikerin wirst, wie?«

»Oder Friseurin. Ja, das könnte mir auch gefallen.«

Réka holte eine Flasche aus dem Badschrank und hüllte

Hanna in eine Wolke aus Haarspray. Attila prustete und ergriff die Flucht.

»Spülen!«, rief seine Schwester ihm nach.

»Nee! Du willst uns alle vergiften!«

»Und du erst!«

Nach dem kurzen geschwisterlichen Schlagabtausch kehrte wieder Ruhe ein. Zufrieden betrachtete die Kleine ihr Werk.

»Darf ich es jetzt sehen?«

»Nein! Erst ziehst du dich um. Was hattest du bei der Begegnung am Fluss an? Jeans. Du trägst immer Jeans.«

»Ich hab gar nichts anderes mit.«

»Du brauchst einen Rock. Dazu schöne Stiefel. Und einen Mantel.«

»Deine Sachen sind mir zu klein.« Hanna war schlank, aber in die engen Sachen des ungarischen Teenagers hätte sie sich auch nach ein paar Wochen Hungern nicht zwängen können, abgesehen davon, dass das Mädchen mindestens zehn Zentimeter kleiner war.

»Dann soll Mária dir was mitbringen. Die hat ungefähr deine Größe.«

»Du willst noch mal bei ihr anrufen? Bestimmt ist sie schon unterwegs.«

»Die nicht. Sie trödelt immer so lange. Wenn Mama und Papa sie engagieren, kommt sie jedes Mal so spät, dass die beiden ihre Termine verpassen. Warte hier, ich bin gleich wieder da.«

Hanna konnte nicht widerstehen. Sobald Réka aus dem Zimmer war, stand sie von dem Stuhl auf, an den das Mädchen sie am liebsten gefesselt hätte, und huschte zum Spiegel.

Selbst Mária ließ sich von der verschwörerischen Stimmung anstecken. Sie wartete ebenso gespannt darauf, dass Hanna sich umzog, wie Réka, die nervös mit den Füßen scharrte.

»Jetzt siehst du endlich aus wie ein Mädchen«, stellte sie fest, als eine verwandelte Hanna aus dem Bad kam.

»Ach, und wie habe ich vorher ausgesehen? Etwa wie ein Junge?«

»Wie ein sehr hübscher Mann mit sehr langen Haaren. Soll ich dich so schminken, wenn du Weihnachten nach Hause fährst?«

»Untersteh dich!« Sie lachten alle drei. Ja, Heiligabend war nicht mehr weit. Draußen hatten sich die schmutzigen, nassen Straßen in ein Meer aus Lichtern verwandelt, und die Pester Innenstadt glitzerte wie ein Weihnachtsbaum. Heimweh überfiel Hanna jedes Mal, wenn sie dort war und die überwältigend geschmückten Schaufenster betrachtete.

Nein, dachte sie, *nach Hause möchte ich gerne als ich selbst.*

»Etwas weniger Kajal hätte es auch getan«, meinte Mária und unterdrückte ein Kichern. »Na, dann mal los mit euch beiden. Vergesst nicht, zwei Stunden. Danach bin ich weg, klar?«

»Klar.« Réka steckte ihr unauffällig ein Bündel Scheine zu.

Hanna fragte nicht nach, woher das Mädchen das Geld hatte, wo es doch so wenig Taschengeld bekam. Mária schien jedenfalls zufrieden zu sein.

»Komm.«

Hanna bemühte sich, in den ungewohnt hochhackigen Stiefeln hinterherzueilen. Die Schuhe saßen nicht richtig. Sie hatte das Gefühl, dass nichts richtig saß, weder der viel zu kurze Rock noch das paillettenbesetzte Top. Irgendwie passte alles nicht richtig zu ihr. Es passte ihrer Meinung nach auch nicht zur Jahreszeit. Draußen war es kalt, und höchstwahrscheinlich würde es an diesem Abend auch noch regnen. Als sie selbst wäre sie so nie auf die Straße gegangen, aber ihre Lust an der Schauspielerei war erwacht. Sie fühlte sich wie eine Detektivin mit einem wichtigen Auftrag.

»Was, wenn er uns zusammen sieht?«

»Das ist egal«, beruhigte Réka sie. »Als wir uns kennengelernt haben, war ich mit Mária unterwegs, und davon hat er sich auch nicht stören lassen. Hier, mein Handy. Du machst so viele Fotos, wie du nur kannst, ja?«

»Wohin gehen wir eigentlich?«

Réka hakte sich bei ihr unter. »In ein Bistro. Mit Klavierbegleitung. Wird dir gefallen.«

»Wenn du es sagst.«

Das Mädchen lachte. »Sei doch nicht immer so ernst.«

»Bin ich das? Ich dachte, ich bin lustig verrückt.«

»Ach ja. Das auch. Und was davon bist du heute?«

Es war nicht die ungewohnte Verkleidung und auch nicht die Tatsache, dass sie gegen den ausdrücklichen Willen von Rékas Eltern handelten, die sich darauf verließen, dass sie dieses Wochenende zu dritt zu Hause verbrachten. Es war vielmehr die Angst, dass es schiefgehen könnte. Dass es schiefgehen musste. Dass Réka verschwinden würde, ohne dass sie etwas dagegen tun konnte. Und dass die Réka, die Hanna wiederbekam, blass, verstört, schwindelig und todunglücklich sein würde.

»Im Zoo war ich auch dabei«, erinnerte sie leise.

»Da hast du weggeschaut. Heute darfst du halt nicht wegschauen.«

»Versprochen.«

Das Déryné gefiel Hanna tatsächlich. Eigentlich mochte sie alles, die vielen kleinen Tische, die rund um die den Raum beherrschende Theke angeordnet waren, das Klaviergeklimper, das die Atmosphäre bestimmte, bis hin zu den Schachbrettfliesen, die dem Ganzen einen edlen Touch verliehen. Vielleicht hätte ihr jedoch auch alles gefallen, was sie aus dem schmutzig-kalten Dezemberwetter rettete.

Réka blickte sich suchend um. »Er ist nicht da«, flüsterte sie enttäuscht.

»Lass uns erst einmal etwas trinken«, schlug Hanna vor. Im Grunde, so sagte sie sich, verzichtete sie gerne auf Kununs Anwesenheit. Dass sie ein wenig enttäuscht war, lag mit Sicherheit nicht daran, dass sie sich heute besonders hübsch fühlte. Wie sollte sie sonst jemals herausbekommen, was für ein finsteres Spiel er mit ihrem Schützling trieb?

Hanna stellte sich an die Theke. Sie wollte keinen Alkohol trinken, um ja nicht in ihrer Wachsamkeit beeinträchtigt zu werden, und bestellte daher für sie beide dasselbe: frischen Saft.

»Ich habe Hunger«, sagte Réka. »Wollen wir nicht lieber was essen?«

Hanna merkte, dass auch sie Appetit bekam, wenn sie sah, was die Leute an den Tischen Leckeres verspeisten. Direkt vor ihr löffelte ein junges Pärchen eine gelbe Suppe aus gebogenen weißen Tellern. Es schien ihnen wirklich zu schmecken, und falls der verführerische Duft von diesem Tisch ausging, sprach alles dafür, dasselbe zu bestellen.

Eine Bewegung neben ihr ließ Hanna jeglichen Hunger vergessen. Eine junge Frau hatte sich neben sie an die Theke gestellt. Ihr rotes Haar war zu einem sorgsam abgestuften Pagenkopf frisiert, der ihre Kopfform zur Geltung brachte. Sie hatte ein auffallend schönes, makelloses Gesicht, und als sie Hanna zulächelte, fühlte diese sich geradezu geehrt.

»Sziastok, ihr zwei. Gefällt es Ihnen hier?«, fragte sie mit einer solchen Herzlichkeit, als würden sie sich schon seit Jahren kennen.

»Es ist – fantastisch«, gab Hanna zurück.

»Ich meine nicht nur das hier«, sagte die Frau. »Mögen Sie Budapest?«

»Woher wissen Sie, dass ich nicht von hier bin? Sieht man das?«

Etwas in dieser Frage ließ alle ihre Alarmglocken schrillen.

»Ich muss aufs Klo«, unterbrach Réka.

»Ich auch, so ein Zufall«, sagte Hanna schnell. Sie folgte dem Mädchen, an einer gemütlichen Bibliothek vorbei bis in den Keller. »Ich lass dich heute nicht allein, glaub mir.«

»Er wird schon nicht aufs Mädchenklo kommen.« Réka lachte, als sie in der kleinen Kabine verschwand.

Hanna vertrieb sich die Zeit damit, im Spiegel ihr verändertes Gesicht zu betrachten und Grimassen zu schneiden.

»Réka?«

Die Toilettentür stand auf. Leer. Wie war Réka nur unbemerkt an ihr vorbeigekommen? Hanna hastete die Treppe wieder hoch.

»Wo ist sie?« Gerade wollte die Bedienung ihr die Saftgläser reichen, aber Hanna machte unwillkürlich ein paar Schritte rückwärts. »Wo ist sie hin?«

»Ihre Freundin?«, fragte die schöne Rothaarige. Sie lehnte immer noch an der Theke und rührte lässig mit einem langen Strohhalm in ihrem Glas herum. »Hier ist sie nicht vorbeigekommen.«

Hanna stürzte zurück in Richtung Waschräume. In der gemütlichen Sofaecke war jeder Platz belegt, nur die Gesuchte war nicht dabei. Sie eilte die Stufen hinunter zu den Toiletten.

»Réka?«

Eine Zelle war besetzt, doch es war eine Fremde, die einige Minuten später zum Vorschein kam und Hanna, der die Panik ins Gesicht geschrieben stand, einen verwunderten Blick zuwarf.

Im Nebenraum war eine Feier zugange, und auch dort war nichts von dem Mädchen zu entdecken. Hanna eilte die Stufen wieder hinauf. Warum hatte sie bloß Rékas Handy genommen? Nun hatte sie keine Möglichkeit, ihren Schützling anzurufen. Zu fragen, wo sie und Kunun hingingen. Dass sie die beiden nicht mehr sehen würde, wenn sie jetzt auf die Straße lief, war ihr klar.

Sie rechnete damit, dass sich auch die rothaarige Frau aus

dem Staub gemacht hatte, aber sie rührte immer noch in ihrem Getränk herum.

»Ich habe mir erlaubt, Ihren Saft zurückgehen zu lassen und Ihnen etwas Stärkeres zu bestellen. Hier.« Sie drückte Hanna ein Glas in die Hand.

»Ich weiß nicht, was hier vorgeht, aber ich bin sicher, Sie haben etwas damit zu tun.«

Als die junge Frau den Mund öffnete, war Hanna darauf gefasst, dass sie alles abstreiten würde: *Ich weiß nicht, wovon Sie reden.* Stattdessen sagte sie lächelnd: »Trink. Ich bin Atschorek.«

»Hanna.« Wie in Trance schüttelte sie die ausgestreckte Hand.

»Ich weiß. Wir sind fast Nachbarn. Ich wohne im zwölften Bezirk.«

»Dann sind wir keine Nachbarn.« Fast hätte sie verraten, wo die Szigethys wohnten, doch sie biss sich rechtzeitig auf die Lippen.

»Nun ja.« Atschorek lächelte betörend. »Immerhin gehen die Kinder dort zur Schule, nicht? Mein Haus liegt ziemlich genau in der Mitte zwischen dem Thomas-Mann-Gymnasium und der Europaschule.«

Hanna wurde kalt. Wie konnte die Fremde wissen, auf welche Schulen die Kinder gingen? Dass es außer Réka noch ein Kind gab? Sie spürte die Gefahr so überaus deutlich, dass sich die Härchen an ihren Armen aufrichteten. Nichts als die missglückte Imitation einer aufgeplusterten Katze.

Vorsichtig nippte sie an ihrem Glas.

»Keine Sorge, ich habe nichts hineingetan.« Die Frau lächelte wieder dieses unbeschreibliche Lächeln. Männerherzen ließ es sicher dahinschmelzen; Hanna war nicht entgangen, dass sich einige Gäste im Bistro nur noch zum Schein mit ihren Begleiterinnen unterhielten und möglichst unauffällig zur Theke hinüberstarrten.

»Nein … Ich trinke eigentlich so gut wie nie.«

Atschorek starrte versonnen in ihr Glas. »In Magyria tranken wir am Abend einen Trunk aus geschmolzenem Licht. Es war wie ein Sternenschauer, der durch unsere Glieder rann.« Sie hob den Blick wieder. »Ich bin in gewisser Weise auch nicht von hier. – Machen Sie sich keine Sorgen um Ihre kleine Freundin. Die kommt schon zurück.«

Hanna hatte kaum ein, zwei Schlucke getrunken und bekam schon Schwierigkeiten, einen ganzen Satz zu formulieren. Vielleicht hatte Atschorek ihr doch irgendein Gift hineingemischt.

»Sie darf nicht … ich erlaube nicht …«

Die Rothaarige beugte sich zu ihr vor. »Du glaubst ja nicht, wie oft wir es mit Leuten wie dir zu tun haben. Menschen, die glauben, alles besser zu wissen. Die meinen, sie wüssten, was das Richtige ist. Die denken, wenn sie das Glück eines anderen zerstören, dann ginge es allen besser.«

»Darum geht es?«, fragte Hanna mit schwerer Zunge. »Um das Glück?« Sie sprach mit dem Feind. Sie war sich dessen bewusst, auch wenn sie nicht verstand, warum. Wenn diese Atschorek Kununs Freundin war, wieso unterstützte sie dann seine Beziehung zu Réka?

Ein Mann, der die attraktive Rothaarige schon die ganze Zeit von weitem beobachtete, hatte sich wohl endlich ein Herz gefasst, denn er trat vorsichtig zu ihnen und fragte sehr höflich, ob er ihnen einen Drink spendieren dürfe.

Atschorek unterzog ihn einer kurzen Musterung. »Danke, aber ich habe heute schon getrunken«, erwiderte sie. Sie sagte es auf eine überaus freundliche, ja geradezu liebreizende Weise, und dennoch überlief es Hanna bei ihren Worten kalt. Die Angst, die sie plötzlich erfasste, war logisch nicht zu erklären. Sie stürzte den Inhalt ihres Glases hinunter, stellte es ab und ging. Für die anderen mochte es vielleicht so aussehen, als wollte sie dem Mann die Gelegenheit geben, das Gespräch fortzusetzen. Was Atschorek dachte, wollte sie gar nicht erst wissen. Wie auf Eierschalen schritt sie über die schwarzen und weißen Fliesen nach draußen und blickte nach oben in den dunklen Himmel, der hier in der Stadt nie ganz dunkel wurde. Kein Sternenschauer prasselte auf sie herab, nur Wasser, kalter, nasser Regen. Benommen stand sie da, von einem tief sitzenden Unglück erfasst, und wartete darauf, dass Réka zurückkam. Irgendwann erinnerte sie sich daran, dass Mária nur zwei Stunden auf Attila aufpassen wollte. Mit schweren Schritten und noch schwererem Herzen machte sie sich auf den Weg zur nächsten Haltestelle.

Das Haus lag in völliger Dunkelheit. Natürlich, die zwei Stunden waren schon lange um, trotzdem hatte Hanna gehofft, dass Mária entgegen ihrer Ankündigung so lange dabliebe, bis sie zurück waren. Anscheinend ging es ihr wirklich nur um das Geld.

Mit einem bitteren Gefühl in der Magengrube streifte Hanna die unbequemen Stiefel ab und entdeckte dabei Rékas Schuhe zwischen den anderen. War es nicht das Paar, das das Mädchen heute Abend getragen hatte? Hoffnung wallte in ihr auf. Sie eilte in Rékas Zimmer und knipste das Licht an, aber das Bett war leer.

Auch im Badezimmer war niemand. Hanna starrte sich selbst im Spiegel an; eine Fremde mit schwarz umrandeten Augen und roten Lippen. Als sie losgezogen waren, hatte sie sich noch hübsch gefunden – bevor sie Atschorek gesehen hatte, neben der jede andere Frau verblasste. Hanna beugte sich über das Waschbecken und wusch sich das Gesicht. Ihr war immer noch komisch zumute, doch mittlerweile glaubte sie nicht mehr, dass die Fremde ihr etwas ins Glas getan hatte. Schließlich konnte sie sich an jedes Wort erinnern, vielleicht sogar zu gut. *Danke, aber ich habe heute schon getrunken.* Wie blöd war das eigentlich? Wie konnte man so überirdisch schön sein und dann solche Sprüche von sich geben? Es sei denn, sie meinte etwas anderes …

Hanna stützte sich mit beiden Händen am Waschbecken ab. Sie vertrug einfach zu wenig. Nicht nur deswegen fühlte sie sich elend. Nicht Réka war verrückt, sondern sie. Was war das an ihrem Hals da – ein Kratzer? Oder vielleicht ein Vampirbiss? So etwas auch nur in Erwägung zu ziehen … Wie kam sie dazu? Bloß weil eine alte, offensichtlich minderbemittelte Putzfrau und ihre nicht weniger durchgedrehte Enkelin abergläubisch waren?

Ihre Gedanken drehten sich im Kreis. An Schlaf war nicht zu denken. Sie zog ihr Nachthemd an und tappte ins Wohnzimmer. Und dort, längs auf dem Sofa ausgestreckt, lag Réka und schnarchte leise.

Hanna setzte sich ihr gegenüber. Sie seufzte unentschlossen. Sollte sie das schlafende Mädchen wecken und ins Bett schicken? Ihr Vorhaltungen machen? Sie an ihr Versprechen erinnern, dass nun der Arztbesuch anstand?

»Hallo, Hanna.« Réka gähnte und setzte sich auf. »Ich wollte auf dich warten, aber ich bin eingeschlafen.«

»Warum hast du nicht angerufen, um mir Bescheid zu geben, dass du schon zu Hause bist?« Sie hätte noch einen überzeugenden Bericht anfügen können, wie es war, sich solche Sorgen zu machen, doch sie ließ es lieber dabei bewenden.

Réka starrte sie einen Moment an, dann lächelte sie. »Ich bin gesund«, sagte sie. »Ich war mit ihm aus und erinnere mich an jeden Augenblick. Wir sind bloß spazieren gegangen, draußen. Es gibt überhaupt nichts, worüber du dich aufregen müsstest. Er hat nur meine Hand gehalten. Kunun hat mich nicht einmal geküsst. Anscheinend sind wir längst nicht so weit, wie ich dachte.«

»Ihr habt nur geredet?«, fragte Hanna ungläubig.

»Wir sind an die Donau gegangen und haben uns die Lichter angesehen. Es war …« Réka verdrehte die Augen. »Ich kann nicht sagen, wie oft ich das schon gemacht habe, aber diesmal war es anders. Wie verzaubert. Als würde ich das erste Mal am Ufer stehen und die Brücke sehen und die vielen Lichter. Kunun hat mir den Arm um die Schulter gelegt. Es war … Kannst du das verstehen, Hanna? Ich wollte, dass es niemals aufhört. Dass wir immer so dort stehen bleiben, wie eine Statue aus zwei Figuren. Nur er und ich. Ich glaube, jetzt erst habe ich begriffen, wie sehr er mich liebt. Er würde mir nie wehtun. Und ich ihm auch nicht. Wir gehören zusammen. Du kannst dir gar nicht vorstellen, wie sehr.«

Hanna nickte nachdenklich. »Wenn das alles so harmlos war, warum hat diese Frau sich dann solche Mühe gegeben, damit ich euch nicht folge?«

»Welche Frau?«, fragte Réka alarmiert. »Ich dachte, du bist uns nachgelaufen? Hast du denn kein Foto gemacht? Ich habe ihn extra gebeten, den Regenschirm etwas höher zu halten. Als wir da so lange standen – ich war mir sicher, du würdest uns dabei fotografieren!«

»Es tut mir leid, dass du enttäuscht bist«, sagte Hanna steif. Sie verstand auf einmal gar nichts mehr. Morgen würde sie vielleicht begreifen, was in dieser Nacht geschehen war.

Kunun war also harmlos? Dafür hatte sie nichts als Rékas Bericht.

Einige Tage schien das Leben fast wieder normal zu sein. Die Kinder gingen zur Schule, Attila war kaum zu bändigen, Réka erholte sich etwas und wirkte nicht mehr ganz so blass und krank. Über Kunun sprachen sie nicht. Hanna fragte nicht, und Réka erzählte nichts, aber irgendwann fand Hanna gerade das merkwürdig. War das Mädchen nicht immer noch in ihn verliebt? Wenn sie seit neuestem wusste, was bei den Treffen mit Kunun geschah, warum redete sie dann nicht darüber? Immerhin waren sie fast so etwas wie Freundinnen geworden.

Von der Treppe aus hatte Hanna das Wohnzimmer im Blick. Ein Fuß in einem schwarzen Strumpf ragte ins Bild. Rékas Angewohnheit, sich immer quer über die Sessel zu legen!

»Du gehst abends gar nicht mehr weg«, sagte Hanna versuchsweise, nachdem sie es sich auf dem Sofa gemütlich gemacht hatte.

Réka, die gerade in einer Zeitschrift blätterte, tat auffällig unbeteiligt. »Ach, ich muss zurzeit halt viel lernen.« Sie hob langsam die Lider und schenkte ihrem Gegenüber einen so naiven, unschuldigen, kindlichen, mädchenhaften Schülerinnenblick, dass er unmöglich echt sein konnte.

»Und er?«

Wenigstens fragte das Mädchen nicht, wer gemeint war. »In der Woche ist nun mal nicht so viel Zeit.«

Hanna sah Réka nie mit ihm telefonieren. Sie beugte sich nicht über ihr Handy, um die neueste SMS zu lesen und dabei verliebt zu grinsen. Hatten die beiden sich getrennt? Aber ein Teenager mit Liebeskummer sah anders aus, das wusste Hanna aus eigener leidvoller Erfahrung.

Eine zweite Möglichkeit fiel ihr ein, aber sie biss sich rechtzeitig auf die Zunge, bevor sie es laut aussprechen konnte. Réka traf sich weiterhin mit Kunun, allerdings achtete sie viel mehr als vorher darauf, dass niemand es mitbekam. Denn Kunun wusste jetzt, dass das Au-pair-Mädchen ihn enttarnen wollte, und er ließ sich nicht gerne dabei stören, ihr das Blut auszusaugen.

Hanna schimpfte mit sich selbst, während sie die Treppe in ihr Zimmer hochging. Das Blut aussaugen. So etwas auch nur zu denken, sagte nichts Gutes über einen aus. Merkwürdigerweise kam es ihr vor, als hätte sie sich allein dadurch, dass sie an so etwas dachte, auf eine Seite mit Mária und ihrer durchgeknallten Oma gestellt. Kunun konnte gar kein Vampir sein, weil es keine Vampire gab. So einfach war das.

War es nicht so, als wäre die ganze Menschheit übereingekommen, dass es so war? Wer war sie, sich gegen die gesamte Weltbevölkerung zu stellen, mit Ausnahme vielleicht von Mária und ihrer Familie? Drei gegen die ganze Welt. Na wunderbar! Wenigstens war sie Kunun schon mal begegnet. Er sah zwar verboten gut aus, doch mit einem Vampir hatte er nun wirklich nicht das Geringste gemein. Kein bleiches Gesicht, keine spitzen Zähne. Gut, er trug Schwarz, aber warum auch nicht? Wenn bloß nicht diese Atschorek gewesen wäre …

Böse, flüsterte es in Hannas Kopf. *Sie war böse. Du hast es gewusst. Du hast es gefühlt. Böse …*

Baj. Gonosz. Vér. Wie sollte sie irgendjemandem erklären, dass sie neben einer ihr fremden Frau gesessen hatte, der sie mühelos zugetraut hatte, jemanden umzubringen oder zu vergiften? Sie wusste nur, dass sie nie zuvor so jemanden getroffen hatte und auf einmal bereit war, nahezu alles zu glauben.

Hanna strich sich eine Haarsträhne aus der Stirn. Vampir. Wenn sich doch auch dieses Wort wegstreichen ließe, mit einer einzigen Handbewegung. Es einfach aus ihrem Leben hinauswischen, damit endlich Normalität einkehrte!

Nachdem Hanna Attila zur Schule gebracht hatte, fuhr sie weiter zu Rékas Gymnasium. Sie war noch nie dort gewesen; eine gute Gelegenheit, um sich zu verfahren, doch schließlich hatte sie die richtige Straße gefunden. Sie parkte in einiger Entfernung und überlegte, was sie tun sollte. Réka kam nicht zu spät nach Hause, demnach traf sie Kunun nicht nach der Schule. Entweder sie ging gar nicht hin und schwänzte – aber hätte sich dann nicht jemand von der Schulleitung gemeldet? –, oder sie traf ihn in der Pause.

Hanna zog ihre Tasche vom Beifahrersitz zu sich herüber. Eine Baseballkappe. Eine schwarze Jacke, die sie sich erst vor ein paar Tagen gekauft hatte und die Réka nicht kannte; das Mädchen würde sie also daran von weitem nicht erkennen. Hoffentlich.

Sie band sich die Haare zusammen und steckte die Strähnen unter die Kappe. Der Rucksack machte sie hoffentlich zu einer ausreichend glaubwürdigen Schülerin. Erst als sie ein paar Jugendliche die Straße hinunterschlendern sah, stieg sie aus und ging ihnen langsam hinterher. Stecker in die Ohren. Wenn man Musik hörte, interessierte es keinen, wie langsam man ging oder ob man einfach nur herumstand und auf irgendetwas wartete.

Der Schulhof begann sich zu füllen. Das Gebäude, selbst wenn es wesentlich moderner aussah als Hannas alte Schule, weckte Erinnerungen. So lange war es nun auch nicht her, dass sie die Schulbank gedrückt hatte, und es fühlte sich merkwürdig an, nicht dazuzugehören. Sie war erwachsen. Vielleicht waren einige der Schüler hier nicht jünger als sie, und trotzdem befand sie sich in einem anderen Lebensabschnitt. In dem man auf kleine Attilas aufpasste und blassen, verlogenen Rékas hinterherspionierte. Das Dumme war, es fühlte sich an, als wären es ihr Bruder und ihre Schwester, für die sie verantwortlich war. Genauso fühlte es sich an.

Ihr Schützling war nicht da. Hanna wollte sich nicht allzu auffällig umblicken, obwohl sie bislang keine Aufmerksamkeit erregt hatte. Die Hände in den Jackentaschen vergraben, leicht nach vorne gebeugt, schlenderte sie über den Schulhof.

Réka war nicht doof. Sie würde sich natürlich nicht vor aller Augen mit Kunun treffen, wo ein Lehrer sie zusammen sehen konnte. Wo ein paar Hundert neugierige Blicke sie verfolgten. Sie würde eher … vielleicht da hinten, wo die Büsche standen …

Genau da war sie. Nicht mit einem Mann, sondern in einer Gruppe schwatzender Mädchen, die ihr auf eine undefinierbare Art ähnelten. Alle vierzehn, dachte Hanna düster. Alle gleich lässig und von ihrer eigenen Wichtigkeit überzeugt. Man merkte es an jeder Handbewegung, wie überaus bedeutend sie waren. Hanna traute sich nicht nahe genug heran, um mitzuhören, worüber die Schülerinnen redeten.

Réka stach aus der Gruppe nicht heraus, sie war wie ein Zwilling der anderen, ein Klon, was Kleidung und Gesten betraf. Hanna hatte das Gefühl, dass hier ein anderer Mensch stand als die Réka, die sie zu Hause erlebte.

Sie seufzte leise. Vielleicht war es bei ihr nicht anders gewesen. Auf einmal fühlte sie sich unerhört schlecht, weil sie die Tochter ihrer Gasteltern bespitzelte, nur um herauszufinden, warum das Mädchen so unverschämt zufrieden war. Hanna machte auf dem Absatz kehrt und ging zum Auto zurück.

Im Rückspiegel betrachtete sie ihr Gesicht unter der Baseballkappe. So weit war es also schon mit ihr gekommen. Eine Heldin auf Gespensterjagd!

Entschlossen legte sie den Gang ein. Schluss damit. Jetzt war endgültig Schluss. Sie würde von nun an versuchen, sich wie ein vernünftiger Mensch zu verhalten, und erst einmal eine Runde joggen gehen.

Nirgendwo ließ es sich so gut und ungestört laufen wie auf der Insel. Hanna nutzte gerne den extra für Läufer angelegten Weg mit dem weichen Boden, aber heute musste sie durch den Park. Sie wollte die Natur um sich spüren, wollte das Gefühl auskosten, wie gut es war, am Leben zu sein. Hier zu sein. Sie selbst zu sein. Am besten konnte sie das beim Laufen. Dass es kalt war und regnete, machte ihr nichts aus. Mit jedem Schritt, während sie fühlte, wie ihr warm wurde, wie ihr Herz schlug, ging es ihr besser. Alle düsteren Gedanken verflogen. Noch eine halbe Stunde und sie würde über alles herzlich lachen können. Am Tiergehege vorbei, wo die gefangenen Raubvögel ihr wissend hinterherblickten. Die riesigen alten Bäume, deren kahle Äste bizarr in den Himmel ragten – wurden ihre Sorgen dabei nicht gänzlich unbedeutend? Die Ruinen des Klosters, in dem die heilige Margarethe gelebt hatte. Und da auf der Bank ein Liebespaar. Wie verliebt musste man sein, um sich in der Adventszeit, bei dem ungemütlichen Wetter, auf einer Bank zu küssen? Die Frau, rothaarig, lehnte den Kopf gegen die Brust ihres Begleiters, weshalb Hanna ihr Gesicht nicht sehen konnte. Aber sie wusste auch so, wer es war. Die ganze Normalität, die sich langsam wieder um sie herum aufgebaut hatte, löste sich mit einem Schlag in Luft auf.

Der Mann sah sehr bleich aus, doch am meisten erschrak Hanna über seinen leeren Blick. Er starrte geradeaus, ohne irgendetwas wahrzunehmen. Hanna rannte unwillkürlich schneller; sie war sich nicht sicher, ob Atschorek sie bemerkt hatte. Himmel, was hatte die Frau diesem Mann angetan?

Er hatte ausgesehen wie Réka. Ausgezehrt. Erschöpft. Kraftlos, leblos, wie ein Fremder in dieser Welt.

Hanna lief, als ginge es um ihr Leben, dann blieb sie keuchend stehen und hielt sich die schmerzende Seite. Sie schaute über die Schulter zurück – von hier aus war die Bank nicht zu sehen. Ein Liebespaar? Von wegen! Ohne darüber nachzudenken, was sie tat, drehte sie um und lief zurück. Sie näherte sich der Bank, auf dem das ungleiche Pärchen immer noch saß, und versteckte sich hinter den Ruinen. Vorsichtig riskierte sie einen Blick über die Ziegelmauer. Atschorek setzte sich gerade aufrecht hin und streichelte die Wange des Mannes, dann lehnte sie sich zurück, einen seligen Ausdruck im Gesicht, und lächelte. Sie war so unbeschreiblich schön, dass ein älterer Spaziergänger gebannt stehen blieb und ehrfürchtig grüßte, bevor er weiterging.

Die junge Frau schien ihrem Begleiter etwas ins Ohr zu flüstern, dann stand sie auf und eilte mit raschen Schritten davon. Der Mann blieb regungslos auf der Bank sitzen.

Hanna wartete eine Weile, dann wagte sie sich aus der Deckung und trat auf ihn zu.

»Darf ich?« Sie nahm in gebührendem Abstand neben ihm Platz. Jetzt erst erkannte sie den Möchtegern-Casanova, der ihnen im Déryné etwas hatte ausgeben wollen. Von dem vielleicht etwas zu charmant auftretenden Kerl war nur eine Hülle geblieben. »Wir kennen uns«, sagte sie. »Wissen Sie noch?«

Der Mann wandte den Kopf und starrte sie an, was ihm sichtlich Mühe bereitete. »Was?«

»Darf ich mal Ihren Hals sehen?« Hanna wartete die Antwort nicht ab. Sie zog seinen Kragen einfach etwas hinunter und erschrak nicht einmal, als sie die beiden Einstiche in seiner Haut bemerkte. Die Punkte schimmerten dunkel.

»Wir kennen uns?«, fragte der Mann lahm und blickte sich mit einiger Verwunderung um. »Hast du mich hergebracht?« Dann wurden seine Augen langsam klarer, und er fragte: »He, bist du nicht die Freundin von … wie hieß sie noch mal? War sie nicht …?« Dann sah er auf einmal auf seine Armbanduhr, sprang mit einem Fluch auf und hastete den Weg hinunter.

Hanna verharrte noch einen Moment. Sie merkte nicht einmal, dass der Regen stärker wurde und die Kälte sich durch ihre Kleidung fraß. Atschorek. Wieso traf sie schon wieder auf Atschorek, schon zum zweiten Mal? Zufällige Begegnungen in einer Stadt wie dieser?

Wir brauchen uns nicht zu verabreden, hörte sie Rékas Stimme in ihrem Ohr. *Wo ich auch hingehe, ist er schon da.*

»Mit mir nicht«, flüsterte Hanna. »So leicht kriegt ihr mich nicht klein. Ihr bekommt keinen von uns.«

DREIZEHN

AKINK, MAGYRIA

Seinem Ziel, wieder in die Nachtpatrouille aufgenommen zu werden, war Mattim natürlich keinen Schritt näher gekommen. Zunächst durfte er nicht einmal mehr Tagdienst verrichten, sondern hatte die strikte Anweisung, im Schloss zu bleiben. Obwohl er wusste, dass der König es nicht gern sah, begann er tagsüber zu schlafen und die Nächte draußen auf der Wehrmauer zu verbringen, ein Nachtwächter im eigenen Dienst. Wütend marschierte Mattim auf der Wehrmauer hin und her und starrte hinaus auf den Fluss und den Wald dahinter, wie ein Schiffbrüchiger, der nach Land Ausschau hält.

»Man hat mir gesagt, dass du hier bist.« König Farank verstand es, jede Missbilligung aus seiner Stimme zu entfernen, dennoch spürte Mattim den Tadel.

»Du kannst mich jederzeit Morrits Patrouille zuteilen«, sagte er.

»Reicht es dir nicht? Was in jenem Dorf fast geschehen wäre? Was mit deinen Kameraden von der Tagwache passiert ist? Wenn nicht, sollte der Befehl deines Vorgesetzten dir reichen. Und der deines Königs.«

»Sie werden mir nichts tun.« Davon war der Prinz überzeugt. Es hätte keinen besseren Beweis geben können als die Nacht im Dorf und die Verfolgungsjagd durch den Wald. Morrit war dafür geehrt worden, dass er den Königssohn zurück nach Akink gebracht hatte, aber Mattim wusste es besser. Jetzt, da er erfahren hatte, worauf der Jäger aus war, fühlte er sich dazu fähig, alles zu tun und alles zu erreichen. Sie warteten auf ihn, doch ab sofort würden sie ihn in Ruhe lassen, und wenn er nicht zu ihnen ging, was konnten sie dann schon tun?

»Glaubst du, die Schatten fürchten dich?«, fragte Farank. »Das tun sie nämlich nicht.«

Manchmal, wenn er die Augen schloss, sah er die kleinen Wölfe vor sich, die mit seiner Hand spielten, und dahinter im Dämmerlicht des Waldes den großen, schlanken Mann mit dem schwarzen Mantel. Manchmal hörte er die Stimme des Jägers, die ihn rief, eine Stimme ohne Zaubermacht. Es bereitete ihm ein unwiderstehliches Vergnügen, sich daran zu erinnern und zu wissen, dass die Schatten keine Macht über ihn hatten, dass sie nicht dazu fähig waren, ihn zu sich zu rufen. Selbst ihr König nicht.

»Mattim, hör mir zu.« Farank kam nicht dazu, seinem Sohn weiter ins Gewissen zu reden. Der laute Ruf des Horns zerriss die Nacht, ein Ruf von jenseits des Flusses aus den Wäldern.

»Das ist die Nachtpatrouille!«, schrie der König alarmiert auf. »Sie brauchen Verstärkung!«

Der Prinz hatte ein, zwei Schritte getan, als ihn sein Vater grob zurückriss.

»Du nicht!« Farank brüllte fast, sein Gesicht verzerrt von Angst und Sorge.

»Aber sie sind in Schwierigkeiten!«

»Du nicht«, wiederholte der König, und aus seiner Stimme sprach eine Verzweiflung, von der Mattim nichts wissen wollte. »Du ganz bestimmt nicht.«

»Sie brauchen Beistand. Da draußen sind meine Freunde!«

»Denen ich Hilfe schicken werde. Allerdings ohne dich.«

Mattims Blick hätte Steine erweichen können. Schließlich seufzte Farank. Er klang müde, als er sagte: »Du darfst an der Brücke auf sie warten. Du tust jedoch keinen Schritt an das andere Ufer.«

»Ja, Vater.« Es war nicht viel, wenngleich mehr, als er zu hoffen gewagt hatte. In großen Sprüngen rannte er die vielen Treppen hinunter und bekam gerade noch den Auszug der Verstärkung mit. Die Brückenwächter ließen ihn durch ihre Reihen hindurch, als würden sie ihn nicht bemerken, aber der Mann am hinteren Ende trat ihm entgegen und nickte ihm zu.

»Du bleibst hier bei mir, Prinz Mattim?«

Es hörte sich an wie eine Frage. Der Königssohn kannte den Mann von seinem eigenen Brückendienst her; sosehr es ihn auch danach verlangte, an ihm vorbeizustürzen und hinter den anderen in den Wald einzutauchen, er wollte ihn nicht in Schwierigkeiten bringen.

Die Brückenwache tat nichts weiter als warten. Von den Bäumen her, die in der Dunkelheit zu einer einzigen schwarzen Masse verschmolzen, kam nichts. Eine Stille, die tief und dicht war, als würde niemand irgendwo dort kämpfen und leiden und vielleicht sterben … Dann, endlich, die hüpfenden Lichter der Patrouille, Gestalten, erst noch dunkel, die allmählich Gesichter bekamen, während sie sich der hell erleuchteten Brücke näherten. Sie trugen jemanden. Mattim eilte den Heimkehrenden entgegen.

»Morrit? Ist er verletzt? Was ist passiert?«

Die Männer, die Morrit trugen, schüttelten besorgt die Köpfe. »Er hat viel Blut verloren.«

»Morrit!« Mattim umfasste die Hand des Mannes, der vielmehr sein Freund war als sein Vorgesetzter. Der Verletzte schrie auf. »Morrit! – Was ist passiert? Mit wem habt ihr gekämpft? Schatten? Wölfe?«

»Eine Schwertwunde«, sagte einer der Wächter. »Irgendjemand von uns muss ihn im Gedränge erwischt haben. Sie waren überall. Beim Licht, wir haben mindestens vier, fünf Leute an sie verloren! Ein paar sind verletzt …«

Die Brückenwache stellte sich ihnen entgegen. »Ohne Prüfung können wir euch nicht durchlassen.«

»Er braucht dringend einen Arzt!«, rief Mattim. »Vergesst endlich eure verdammten Prüfungen!«

»Bedaure. Wir müssen uns sicher sein. Wir müssen sie überprüfen, jeden Einzelnen von ihnen.« Die Brückenwächter bildeten eine undurchlässige Barriere vor den Heimkehrern.

»Dazu ist keine Zeit!« Hilfesuchend blickte Mattim sich um. Vor ihnen leuchtete der Fluss, getränkt von Licht, ein schimmerndes Band in der Nacht. »Lasst Morrit durch. Die anderen schickt ins Wasser. Das haben wir doch schon einmal so getan. Bitte! Er verblutet, seht ihr das nicht!«

Morrit stöhnte; die Qual seines Freundes ging dem Prinzen durch und durch. »Vielleicht können ihn die Ärzte noch retten! Bitte! Sieht das etwa wie ein Biss aus? Ihr hirnverbrannten Idioten, lasst ihn endlich durch!«

Der Wächter inspizierte die klaffende Wunde. »Na gut«, sagte er schließlich.

Mattim stieß ihn beiseite. Die Flusshüter beeilten sich, mit ihrer kostbaren Last über die Brücke zu kommen.

»Wer ist noch verletzt?«, fragte der Königssohn. »Weitere Stichwunden? Lasst sie durch, schnell! Du da, du blutest, komm. Lasst sie durch!«

»Wir werden jeden Einzelnen untersuchen«, verkündete der Brückenwächter. Es klang nicht danach, als wäre er bereit, auch nur bei einer einzigen weiteren Person Gnade walten zu lassen. »Zeig uns deine Wunden.«

Eine Wächterin, blass vor Schmerzen, kam näher und schob ihren blutdurchtränkten Ärmel hoch.

»Es ist nicht zu erkennen«, meinte der Brückenwächter zögernd. »Seit wann verletzt ihr euch alle gegenseitig? Ist das ein Biss, oder war es ein Dolch? Wie soll ich das feststellen?«

»Die Frau braucht einen Arzt.« Mattim nickte ihr zu. Er kannte sie gut aus seiner Zeit als Nachthüter, eine mutige und unerschrockene Wächterin. Jetzt war sie kaum wiederzuerkennen. Mit dunklen Augen starrte sie ihn schmerzverzerrt an und ächzte, als er näher kam.

Plötzlich dachte er an Roman. Daran, wie Roman gestorben war. »Bin ich es?«, fragte er, obwohl er einige Schritte von ihr entfernt stand. »Tue ich dir etwa weh?«

Sie starrte ihn an und wich zurück.

»Schatten!«, brüllte der Wächter. »Vorsicht! Schatten!«

Die Frau schrie auf, als die Umstehenden ihre Schwerter zogen, so qualvoll, dass es Mattim durchfuhr. »Nein! Nein! Oh, nein!«

»Treibt sie zum Fluss!«, rief der Brückenwächter. »Bevor sie irgendjemandem zu nahe kommt!«

War es nicht so, dass Schwerter einem Schatten nichts anhaben konnten? Dennoch schrie die Frau fürchterlich, als ein Hieb sie traf, und vor ihren Waffen, vor ihren grimmigen Gesichtern wich sie aufschluchzend zurück. Hinter ihr lag das Ufer des Donua. Die vielen Lichter der Brücke spiegelten sich im Wasser. Die Frau warf einen Blick hinter sich, weinte wieder und versuchte mit einem Sprung zur Seite den Schwertern zu entkommen. Doch da stand Mattim, und wieder schreckte sie vor ihm zurück, das Gesicht verzerrt vor Qual. Entschlossen rückten die Wachen weiter vor, und da versanken ihre Füße schon im Uferschlamm. Die Frau blieb stehen, ein ungläubiger Ausdruck glitt über ihr Gesicht.

»Für Akink«, sagte sie und warf sich nach hinten, ins Wasser.

Alle hörten, wie sie fiel, dann war sie verschwunden.

»Das Wasser löst sie auf«, sagte der Brückenwächter leise hinter Mattim. »So wie das Licht. Die Schatten verbrennen daran.«

Mattim war gelähmt vor Entsetzen.

»Geh, Prinz«, bat ihn der Wächter, »wir werden herausbekommen, wie viele von ihnen es noch sind.«

Lass mich hier, und wir können sehr schnell feststellen, wer es ist, wollte er sagen. Doch er schwieg, denn er wusste nicht, ob er es ertragen konnte, noch einmal ein solches Ende mit anzusehen. Dann erinnerte er sich daran, wie Morrit gestöhnt hatte, als Mattim seine Hand ergriffen hatte, und eine solche Angst überfiel den Jungen, dass er nicht sprechen konnte. Er drehte sich um und rannte über die Brücke nach Akink, so schnell ihn seine Beine trugen.

Morrit war inzwischen aufgestanden und schien die klaffende Wunde in seiner Seite nicht zu spüren. Er stand da, während die Wachen einen großen Kreis um ihn bildeten. »Ich bin es!«, rief er immer wieder. »Ihr kennt mich doch! Ich bin es!« Dann bemerkte er Mattim und machte ein paar Schritte in die Richtung des Lichtprinzen. »Ich bin es! Ich bin immer noch ich! Lasst mich gehen, bitte, so lasst mich doch gehen!«

Einer der Wächter drehte sich mit aschfahlem Gesicht zum Prinzen um. »Nein«, sagte er leise. »Das ist nicht mehr Morrit. Das ist ein Schatten. Der Arzt hat die Bisswunde entdeckt. Warum habt ihr ihn bloß über die Brücke gelassen?«

»Mattim!«, rief Morrit. »Hilf mir! Gnade, König Farank, bitte, Gnade!«

Der König war herbeigeeilt. Erhöht stand er auf der Mauer und blickte auf den Platz hinunter. Sein Gesicht verriet keine Regung.

»Ich kann Euch dienen!«, flehte der ehemalige Anführer der Nachtpatrouille. »Ich kann zu den Schatten gehen und alles über sie in Erfahrung bringen, was wir wissen müssen, um sie zu besiegen. Ich stehe immer noch auf Akinks Seite, glaubt mir! Ich kann Euch nützlich sein! Ich werde immer noch für Euch kämpfen!«

Der König des Lichts nickte den Wachen zu. Sie traten zur Seite, um die Bogenschützen vorzulassen. Die Männer hatten ölgetränkte Lappen um die Pfeilschäfte gewickelt, die sie nun entzündeten.

»Schießt!«

»Nein!« Mattim versuchte, sich nach vorne zu drängen. »Vater, nein!«

Unter dem Hagel der brennenden Pfeile ging Morrit in die Knie.

»Verbrennt ihn!«, bestimmte der König mit rauer Stimme. »Lasst nichts von ihm übrig. Seht genau hin. Das riskieren die Hüter, wenn sie den Fluss und Akink schützen.«

Unfähig sich zu rühren, verfolgte Mattim, wie Morrit in ihrer Mitte tanzte, während die Pfeile flogen, immer mehr, einer nach dem anderen. Der Mann musste unvorstellbare Qualen erleiden, aber er schrie nicht mehr. Er wankte über den Platz, nicht tot und nicht lebendig. Auf der anderen Seite, hinter den Wächtern, erkannte Mattim Miritas schlanke Gestalt, auf ihren Gehstock gestützt. Ihr helles Haar schimmerte durch die dichter werdenden Rauchschwaden.

Gebannt starrte der Prinz in das Feuer, auf die lichterloh brennende Gestalt. Es war ein Wesen mit menschlichen Umrissen, ein Wesen aus Licht. Es erhob sich und torkelte vorwärts. Die Wächter wichen unwillkürlich zurück, als Morrit auf sie zutaumelte.

»Mattim!«, rief er. »Mattim!«

Der junge Mann blieb stehen, und seltsamerweise fürchtete er sich nicht. Es war kein Schatten, kein Toter, sondern Morrit, immer noch Morrit, der auf ihn zukroch, während die Flammen über sein Haar züngelten, der die Hände nach ihm ausstreckte. Ihre Blicke trafen sich, Morrits dunkle Augen, Mattims graue. Dann schien der ehemalige Anführer einen Herzschlag lang aus glühendem Staub zu bestehen – und war fort.

Die Wachen zogen den Prinzen zur Seite, aber er schüttelte sie ab. Er merkte nicht, wie Mirita die Hand nach ihm ausstreckte. Nur seinen Vater sah er an, stellte sich ihm in den Weg, in seiner Stimme lagen all die Tränen, die er hier, vor den vielen Zuschauern, nicht weinen konnte.

»Das war Morrit«, sagte er. »Bis zum Schluss war es Morrit. Warum hast du das bloß getan, Vater? Warum?«

»Kein Schatten kommt nach Akink«, sagte der König streng. »Kein Verdächtiger überquert diese Brücke, ohne dass die Wächter ihn prüfen.« Er hob die Hand und versetzte seinem Sohn vor aller Augen eine schallende Ohrfeige. »Man hat mir gesagt, dass du meine Männer daran gehindert hast, ihre Pflicht zu tun. Muss ich es noch einmal sagen? Kein Schatten kommt hierher nach Akink!« Der König schlug noch einmal zu. »Du bist mein einziger Sohn, aber wenn ich wüsste, dass sie dich verwandelt haben, ich würde dich verbrennen, bis du zu Asche zerfällst.«

Mattim wusste, dass er lieber schweigen sollte, konnte es jedoch nicht. Sein Gesicht brannte, doch er konnte die öffentliche Bloßstellung, die Schande nicht einmal fühlen. Er sah nur Morrit vor sich. Morrits Blick. *Prinz Mattim, für Akink.*

»Er ist zu mir gekommen, um durch mein Licht zu sterben«, sagte er. »Nicht durch das Feuer, sondern durch mich. Es war Morrit. Und er hätte so viel für uns tun können, mehr als irgendjemand sonst. Er hätte zu ihnen gehen und ihnen ihre Geheimnisse entlocken können. Warum musste er sterben?«

»Selbst in ihren letzten Augenblicken wissen die Schatten noch, wen sie vernichten wollen«, sagte König Farank, ohne sich zu seinem Sohn umzudrehen.

»Er war nicht böse.« Wieder und wieder sagte Mattim diesen Satz, während er in seinem Zimmer auf und ab wanderte. Dann blieb er endlich stehen und wartete auf Miritas Zustimmung. »Du hast ihn gesehen, auf dem Platz. Glaubst du, er war böse? Ein anderer?«

»Ich weiß es nicht.« Hilflos zuckte sie mit den Schultern. Sie wusste nicht mehr, ob es eine gute Idee gewesen war, den Prinzen im Palast zu besuchen.

»Du warst da. Also red dich nicht heraus. Was hast du gedacht, als die Pfeile flogen? Ein Glück, dass dieser Schatten endlich erledigt wird? Oder hast du an Morrit gedacht, an den Morrit, den wir kannten?«

»Ich habe geweint«, gab Mirita zu. »Das heißt allerdings gar nichts. Ich habe geweint, weil wir ihn verloren haben.«

»Er hätte uns helfen können, die Schatten zu verstehen.« Wütend stieß Mattim mit dem Fuß gegen eine Teppichkante, bis sie sich aufrollte. »Wir hätten ihn befragen können, was passiert ist. Wie es passiert ist. Was er dabei gefühlt hat.«

»Er war ein Schatten!«, protestierte Mirita ungläubig.

»Und wenn schon! Er war er selbst! Wir haben Morrits Hinrichtung mit angesehen!« Mattim kam mit schnellen Schritten auf sie zu und blickte ihr mitten ins Gesicht, als könnte er sie so dazu zwingen, ihm zuzustimmen. »Goran ist verschwunden in jener Nacht, Goran und noch ein paar andere … Glaubst du, sie wird sich auf uns stürzen, wenn sie uns im Wald trifft? Glaubst du, sie ist eine blutdürstige Bestie – unsere Goran? Wie kann ein Biss jemandes Charakter verändern? Der Biss eines Schattenwolfes kann einen Menschen halb töten, so dass er zu einem Schatten wird. Aber wie könnte er das Herz eines Menschen verändern? Morrit hätte niemals gegen uns gekämpft. Er hätte weiterhin auf unserer Seite gestanden, wenn wir ihn gelassen hätten.«

»Niemand wollte das Risiko eingehen«, wandte Mirita ein. Mattims Gesicht so nah vor sich zu haben, brachte sie zum Schwitzen. Sie konnte die Wärme spüren, die von ihm ausging und in ihr ein Feuer entfachte. Die beiden waren sich so nah, dass Mirita für einen Moment glaubte, er wollte sie küssen.

Aber er küsste sie nicht. Stattdessen richtete er sich auf und nahm seine endlose Wanderung durchs Zimmer wieder auf. Da sie das Gefühl hatte, dass er mit ihr unzufrieden war, versuchte sie, ihre Meinung zu verteidigen.

»Stell es dir doch nur mal vor. Ein Schatten in der Flusswache. Wer will vor ihm gehen? Wer würde auch nur einen Moment mit ihm allein sein wollen? Jeder hätte Angst. Man könnte den Fluss gar nicht mehr bewachen, jeder hätte nur noch Augen für den Schatten. Die Hand am Dolch, den Pfeil schussbereit auf der Bogensehne. Er bräuchte nicht einmal gegen uns zu kämpfen. Seine bloße Anwesenheit würde es uns unmöglich machen, unsere Arbeit zu tun.«

Mattim hörte natürlich nur das heraus, was ihm passte. »Du räumst also ein, dass es möglich wäre. Es könnte einen Schatten geben, der niemanden angreift. Der immer noch er selbst ist.«

»Nein, ich …«

»Beim Licht, Mirita!« Der Prinz presste beide Hände gegen die Brust. »Hier schlägt mein Herz. Genau hier. Für Akink. Für Magyria.«

Ihr eigenes Herz machte einen Sprung, so sehr hoffte sie, er möge ihren Namen hinzufügen. Aber er lächelte sie nur an, siegesgewiss und so sehr von seiner eigenen Kraft überzeugt, dass sie nahezu bereit war, klein beizugeben.

»Wie könnte eine Wunde in meiner Haut aus meinem hellen Herzen voller Licht etwas Dunkles machen? Wie, wenn ich es nicht will?«

»Und deine Geschwister?«, fragte sie. »Glaubst du, sie haben es gewollt?«

Es war immer wieder der gleiche Einwand. Die Frage, mit der man ihn stets treffen konnte. Sein Lächeln verblasste.

»Ich habe sie nie kennengelernt«, sagte er leiser. »Ich habe keine Ahnung, wie stark sie waren. Wovon sie geträumt haben. Ich weiß nicht, wer sie waren.«

Mitleid überflutete Mirita. Sie konnte ihn so gut verstehen. Morrit, eingekreist von der Wache, hatte sie nicht angeschaut. Aber wenn sie sich vorstellte, dass er es getan hätte, dass sie seinem Blick hätte standhalten müssen …

Wenn ihr Bein nicht gewesen wäre, hätte man auch sie zum Dienst gerufen. Vielleicht wäre sie bei dem Angriff im Wald dabei gewesen. Vielleicht hätte sie selbst einen ihrer Pfeile auf den Mann anlegen müssen, der ihr alles beigebracht hatte.

»Ich hätte schießen müssen«, sagte Mirita. »Aber es wäre mir schwergefallen, das kannst du mir glauben.«

Mattim kam wieder näher, in seinen Augen lag ein Glanz.

Jetzt ist er mir wieder gut, dachte sie. *Und vielleicht …*

Leider erfuhr sie nie, ob sie für ihr Geständnis einen Kuss bekommen hätte, denn just in diesem Moment klopfte es an der Tür und ein Flusshüter betrat das Zimmer des Prinzen. Zögerlich, in seinem Blick lag etwas Gehetztes.

»Ja?«, fragte Mattim. »Derin?«

»Mein Prinz, ich wollte …« Dann bemerkte der Mann Mirita. »Kann ich allein mit dir reden?«

»Sprich ruhig.« Mattim winkte Derin, sich zu setzen. Viele Nächte waren sie gemeinsam durch den Wald gestreift, und der Einsatz im Dorf hatte sie miteinander verbunden, doch hier, in der königlichen Burg, fühlte er sich sichtlich unbehaglich. Mirita kannte dieses Gefühl. Es war etwas ganz anderes, gemeinsam Dienst mit dem Prinzen zu tun oder einen Bereich zu betreten, der einem normalerweise verschlossen blieb.

Derin rang die Hände, doch dann brachte er es endlich hinter sich. »Sie waren bei den Höhlen«, begann er. »Morrit und die anderen. Er hatte uns den Befehl erteilt, das Gelände im Umkreis zu sichern, während sie dort gewartet haben. Keine Ahnung, worauf. Er sagte nur, du hättest ihn darum gebeten, Prinz Mattim.«

Mirita sog scharf die Luft ein. »Du hast was?«

Der Thronfolger winkte ungeduldig ab. »Bist du sicher, Derin?«, hakte er nach. »Sie waren bei den Höhlen? Und der Wald war frei von Schatten? Niemand hätte sich zwischen euch hindurchschleichen können?«

»Das hätte ich behauptet, als ich noch dort stand. Aber wie es aussieht, haben wir uns überschätzt.«

Hinter Mattims Stirn arbeitete es. »Sie kamen aus den Höhlen.«

»Das kannst du unmöglich wissen!«, rief Mirita.

»Ich dachte, du solltest es erfahren«, meinte Derin abschließend. »Mein Prinz.« Er wandte sich zum Gehen, zögernd.

»Wenn sie aus den Höhlen gekommen sind, konntet ihr nichts tun«, sagte Mattim. »Ihr wart nicht unaufmerksam. Ihr wart nur zu wenige, um den Schatten zu trotzen, das war Morrits Fehler.«

Derin nickte. Ein müdes Lächeln stahl sich auf seine vom Schrecken gezeichneten Züge. »Danke.«

Als er fort war, richtete Mirita sich auf. »Du hast die Hüter zu den Höhlen geschickt? Bist du noch ganz bei Trost?«

»Ich habe es weder befohlen noch Morrit darum gebeten. Ich hatte ihm nur erklärt, warum die Wölfe uns beide allein gejagt haben. Mirita! Er hat daran geglaubt. Er wollte dasselbe herausfinden wie ich!«

»Das hat er mit seinem Leben bezahlt.« *Rede es ihm aus*, dachte sie. *Rette ihm das Leben*. Aber sie konnte nichts mehr sagen. Die Tränen nahmen ihr die Sicht und verwirrten ihren Geist, denn sie ahnte, was nun kommen würde.

»Wir kämpfen gegen Schatten«, sagte er leise, »die auftauchen und verschwinden, wie es ihnen beliebt. Sie lachen uns aus. Sie stecken Wölfe in unsere Fallen, damit wir zufrieden sind und leichtsinnig werden. Man kann gegen Schatten nicht kämpfen, die aus dem Nichts auftauchen. Wir können nur versuchen, die Pforte zu schließen, durch die sie kommen.«

»Was hast du vor?«, fragte Mirita heiser.

In Mattims Augen blitzte etwas auf, ein selbstmörderischer Trotz, und auf einmal fürchtete sie sich wie nie zuvor.

»Wir waren in der Höhle«, erzählte er. »Aber wir konnten den Durchgang nicht sehen. Man muss ein Schatten sein, um dort ein und aus zu gehen.«

»Hör auf. Nein, Mattim, bitte, hör auf!«

»Man muss ein Schatten sein«, wiederholte er. »Nur so kann man hinter das Geheimnis kommen. Nur so kann man herausfinden, wohin diese Höhlen führen und warum die Schatten, wenn sie ins Licht treten, nicht vergehen. Man muss sein wie sie, um zu verstehen. Und verstehen muss man es, Mirita. Wenn man sie nicht versteht, kann man sie nicht bekämpfen und nicht besiegen. Wir müssen herausfinden, was das Geheimnis ihrer Kraft ist.«

»Man?«, wisperte sie. »Man muss ein Schatten sein? Mattim, weißt du, was du da redest?«

»Ich würde gewiss nicht böse werden«, versicherte er, und redete hastig weiter, als müsste er schnell all seine Argumente loswerden, bevor sie ihm widersprechen konnte. »Morrit war nicht böse. Er war wie immer, er war immer noch er selbst. So kann ich auch sein. Und fang jetzt nicht wieder mit meinen Geschwistern an. Vielleicht kommt es allmählich. Das Bösesein. Vielleicht«, er versuchte zu lachen, »ergreift einen irgendwann der Trieb, anderen an die Kehle zu gehen. Jedenfalls geschieht es nicht sofort. Ich habe Morrit in die Augen gesehen, er wollte nur Gnade, sonst nichts. Glaubst du, ich könnte jemals Vergnügen daran finden, Menschen zu beißen und ihnen das Blut auszusaugen? Es ist lächerlich. Wenn dagegen … ich meine, wenn es mit der Zeit kommt, wenn es womöglich irgendwann so stark ist, dass ich mich nicht mehr dagegen wehren kann, dann musst du mich töten.«

»Ich?«, japste Mirita.

»Wenn ich ein Schatten bin«, fuhr Mattim fort, »muss ich irgendjemandem mitteilen, was ich herausgefunden habe. Du bist die Einzige, die mir zuhören würde, die nicht schreiend davonlaufen würde. Ich werde zu dir kommen.

Wir müssen ein Zeichen vereinbaren, damit du weißt, dass ich in der Nähe bin, und dich eine Weile von den anderen Flusshütern entfernst. Ich könnte wie ein Wolf heulen. Ich glaube, das bekomme ich ziemlich echt hin.«

»Mattim! Im Wald wimmelt es von Wölfen. Wie sollte ich wissen, dass du es bist? Es ist Unsinn. Dein ganzer Plan ist Unsinn.«

»Wenn ich wie eine Eule schreie ...«

»Nein!«, rief Mirita. »Nein, nein und nochmals nein! Du sollst nicht so tun, als wärst du ein Tier der Nacht.«

»Dann werde ich wie ein Turul krächzen. Das kann ich auch, soll ich es dir vorführen, damit du weißt, wie es klingt?«

»Nein! Ich will nichts davon hören. Nein, Mattim, nein!«

»Wenn ich rufe, dann komm zu mir«, sagte er. »Sobald du jedoch merkst, dass ich anders geworden bin – so wie die anderen Schatten –, dann musst du mich töten. Versprich mir das. Lass mich nicht als blutrünstige Bestie durch den Wald streifen und Menschen überfallen.«

Mirita schüttelte wild den Kopf. »Hör auf. Mattim, hör endlich auf.«

»Wie sonst sollen wir das Grauen beenden?«, fragte er. »Hast du eine bessere Idee?«

»Was, wenn es nichts bringt?«, fragte sie zurück. »Wenn du dich ganz umsonst opferst? Wenn du sofort böse wirst und gar keine Gelegenheit hast, mir etwas zu übermitteln? Du bist der Prinz des Lichts. Die Stadt wird sich verdunkeln, wenn du fort bist. Und dann wird es keine Hoffnung mehr geben. Gar keine.« Ihre Stimme versagte. Sie stand auf und ging durchs Zimmer, fort von ihm, sie wollte ihn nicht ansehen und musste doch zu ihm zurückkehren.

Was konnte sie tun, um ihn vor dem schrecklichen Tod zu bewahren, den er gewählt hatte? *Tu es nicht*, wollte sie rufen. *Wir werden alles verlieren und nichts gewinnen. Sie sollen die Burg niederreißen, wenn sie unserem Prinzen ans Leben wollen. Aber wir werden ihn den Schatten nicht freiwillig überantworten. Niemals. Nicht, solange wir uns stolze Magyrianer nennen dürfen.*

»Nein«, flüsterte Mirita.

Aber sie kannte Mattim. Wenn er sich erst einmal etwas in den Kopf gesetzt hatte, gab es kein Zurück. Er war keiner Vernunft zugänglich. Wollte sie verhindern, dass er sich selbst den Wölfen zum Fraß vorwarf, dann musste sie den König informieren und dafür sorgen, dass man den Prinzen in Ketten legte.

Vielleicht hatte Elira genau das gemeint, als sie Mirita beschwor, Mattim zu retten. Dinge zu tun, die so schwer waren, dass nur jemand, der genug liebte, sie tun konnte. Dafür hatte die Königin ihr Mattims Hand versprochen. Genau dafür. Dass sie ihn jetzt verriet.

Sie hob den Kopf und nahm all ihre Kraft zusammen. »Na gut«, sagte sie. »Ich werde dir helfen. Komm morgen noch einmal her, dann kannst du mir mitteilen, welches Erkennungszeichen du dir überlegt hast. Ich muss jetzt zum Dienst.« Nach den großen Verlusten, die die Patrouille erlitten hatte, war die Schonzeit wegen ihrer Verletzung vorbei. »Du solltest wenigstens einmal darüber schlafen. In gewisser Weise hast du Recht. Und andererseits völlig Unrecht. Vielleicht wird es klarer, wenn du einmal geschlafen hast.«

»Du meinst, ich bin verwirrt. Das hätte ich mir denken können.«

Enttäuscht stand Mattim auf. Sobald inmitten all der freundlichen Worte das kleinste bisschen Kritik steckte, zog er sich sofort in sich zurück.

»Mattim, warte doch, so habe ich das nicht gemeint. Ich habe gesagt, ich bin dabei, hast du das überhört? Aber diese Nacht solltest du dich wirklich noch ausruhen. Du siehst bereits halb aus wie ein Schatten. Bitte. Ich gehe jetzt nach Hause. Und morgen …« Sie schluckte. »Dann ist morgen also der Tag, an dem du sterben wirst.«

»Versprochen?«

»Versprochen.«

VIERZEHN

AKINK, MAGYRIA

Natürlich konnte Mattim nicht schlafen. Die Ungeheuerlichkeit seiner Entscheidung verfolgte ihn, trieb ihn ins Bett und wieder hinaus. Er stand am Fenster und starrte in die Dunkelheit hinaus. Alles war wie immer, und dennoch war es ihm, als würde er alles zum ersten Mal sehen. Sein Zimmer. Das Bett mit den gedrechselten Füßen, die Samtvorhänge, das Sofa, mit dessen Troddeln Mirita die ganze Zeit während ihres Besuchs gespielt hatte. Ohne es zu merken. Er starrte auf die goldenen Fäden und ließ sie durch die Finger gleiten.

Morgen war der Tag, an dem er sterben würde. Ein Schatten zu werden hieß zu sterben. Er war siebzehn Jahre alt. Er war verrückt. Es war Wahnsinn, der pure Wahnsinn.

Dann erinnerte er sich wieder an die fürchterlichen Schreie in der Höhle. Und an Morrit. Morrit … Wie viele Freunde und Gefährten musste er noch verlieren, an einen Tod, der mit sich selbst nicht zufrieden sein konnte? Es war noch lange nicht vorbei. Bald würden sie hier vor der Brücke stehen. So nah waren sie der Stadt am Donua schon gekommen, der herrlichen Stadt des Lichtkönigs. Sie machten einen Schritt nach dem anderen, ohne Eile. Die Toten haben keine Eile. Sie würden weitermachen, bis kein Flusshüter mehr übrig war.

Er wusste das. So war es, und deshalb hatte er gar keine Wahl. Wenn es einen anderen Weg gegeben hätte, herauszufinden, wie man sie besiegen konnte, er wäre ihn gegangen. Doch es gab keinen.

Trotzdem überkam den jungen Prinzen die Angst, so stark, dass er sie kaum ertragen konnte. Ein Würgereiz packte ihn und krümmte seinen Körper. Er klammerte sich an einen Bettpfosten und keuchte. Zum Glück hatte er in den letzten Stunden nichts gegessen.

Essen. Konnte man überhaupt noch essen, wenn man ein Schatten war? Konnte man noch schmecken? Fühlen? Die Schatten kannten Schmerz, das hatte er mit eigenen Augen gesehen, aber was empfanden sie darüber hinaus? Blutdurst? Mordlust? Kannten sie überhaupt noch ganz normalen Durst und spürten, wie er gestillt wurde, durch klares Quellwasser, durch Milch, vielleicht sogar durch Miritas eklig bitteren Tee?

Was war es mit der Liebe? Konnte er ein Mädchen küssen, ohne es gleich zu beißen? Beißen. Die Vorstellung war lächerlich, wenn sie nicht zugleich so erschreckend gewesen wäre. Er dachte an Mirita. Er hätte sie küssen sollen, solange er es noch konnte. Jetzt war es zu spät. Er würde nie wissen, wie es war, jemanden als Mensch zu küssen, oder ob es für einen Schatten anders war.

Aber vielleicht … Auf seinem unruhigen Marsch durchs Zimmer hielt er inne. Vielleicht konnte er Mirita noch einmal treffen, bevor es geschah. Er konnte sie fragen, ob er sie küssen durfte. Falls sie erschrak und rot wurde, konnte er ihr erklären, warum es ihm so wichtig war. Ein einziger Kuss. Vielleicht war es leichter zu sterben, wenn man schon ein Mal geküsst worden war.

Mattim griff nach seinem Umhang und verließ das Zimmer. Auf leisen Sohlen schlich er die Treppe hinunter. Seine Eltern schliefen um diese Zeit, und er wollte den Wächtern nicht in die Hände laufen.

Als er unten ankam, vernahm er gedämpfte Stimmen aus dem Salon der Königin. War seine Mutter noch wach? Zögernd trat er an die Tür und presste das Ohr ans Holz.

Ja, es war seine Mutter. Sie schien sich gerade zu bedanken. Eine tiefe, männliche Stimme ertönte, in der er unschwer seinen Vater erkannte. Ertappt wich Mattim zurück. Er hatte nicht vor, seine Eltern bei einem privaten Gespräch zu belauschen. Doch gerade als er sich abwenden wollte, vernahm er die Stimme einer dritten Person.

Es traf ihn wie ein Schlag. Mirita? Sie war immer noch da, hier in der Burg – im Gespräch mit seinen Eltern?

Hastig wich er zurück, als könnte er sich an der goldbemalten Tür verbrennen. Was hatte sie wohl mit dem König und der Königin zu bereden?

Mattim konnte es nicht glauben. Er musste sich verhört haben, es gab gar keine andere Möglichkeit. Wenn der Gast das Zimmer verließ, würde er ihn sehen. Schon näherten sich die Stimmen der Tür. Hastig verbarg der Prinz sich hinter einer Statue und wagte nicht zu atmen.

»Wir danken dir«, sagte der König und drückte dem Mädchen, das Mattim für eine gute Freundin gehalten hatte, die Hand. Die Königin nickte ihr wohlwollend zu. Miritas Gesicht schimmerte bleich im fahlen Licht der wenigen Lampen. Sie zog sich die Kapuze über das helle Haar, verbeugte sich tief und hastete davon.

Farank und Elira standen in der Vorhalle und sahen einander an.

»Ich werde eine Wache vor seinem Zimmer postieren«, sagte der König leise. »Jetzt sofort. Er wird die Burg nicht mehr verlassen, das schwöre ich.«

Elira seufzte. »Es ist zu viel passiert in letzter Zeit. Jedes Mal dachte ich, der Junge verkraftet es, er ist stark genug. Die beiden Gefährten zu verlieren, für die er sich verantwortlich gefühlt hat, hat ihn völlig aus der Bahn geworfen, und nun auch noch Morrits Ende … Aber auch das wird er verwinden müssen. Vielleicht wird er morgen schon über seine verrückten Einfälle lachen, so wie wir.«

»Mir ist nicht nach Lachen zumute«, murmelte König Farank.

Mattim hielt den Atem an, bis sie gegangen waren. Er konnte seinen Vater in der Eingangshalle mit den Wachen reden hören, Satzfetzen von »gut achtgeben« und »auf gar keinen Fall«, drangen durch den offenen Mauerbogen.

Hastig sah er sich um. Vorne würden sie ihn nicht durchlassen. Wenn er die Burg verlassen wollte – und das musste er auf der Stelle tun –, blieb ihm nur der Dienstbotenausgang. Vorsichtig schlich er in die Eingangshalle, wo ein paar Wächter miteinander redeten, und verbarg sich mit klopfendem Herzen hinter einer Säule. Die Männer waren weitergegangen. Rasch lief der Prinz auf leisen Sohlen weiter, bog um die Ecke und eilte die Treppe zu den Wirtschaftsräumen hinunter. Fast überall war es schon dunkel, die Bediensteten waren längst schlafen gegangen. Nur in der Küche wurde die ganze Nacht hindurch gearbeitet. Hier blickten ein paar Gehilfen überrascht auf, als er zwischen den Tischen hindurchstürmte.

Der Wachposten an der Tür grüßte ihn höflich. Der Mann zog die Brauen hoch, sagte aber nichts. Vielleicht glaubte er, Mattim wäre unterwegs zu einem Mädchen, denn er grinste etwas zu breit.

Gleich, wenn er vom Befehl des Königs erfuhr, würde er nicht mehr grinsen. Doch dann war der Prinz längst in der Nacht verschwunden.

Vor sich in der Gasse hörte Mattim das Geräusch eiliger Schritte. Dort hastete Mirita nach Hause, eng in ihren Umhang gehüllt. Er erkannte sie trotzdem und duckte sich in den Schatten zwischen den Häusern. Die junge Bogenschützin hatte ihn gehört, kurz blieb sie stehen und sah sich um.

»Wer ist da?«

Aus dem Schatten heraus konnte er sie deutlich erkennen. Sie stand in der Mitte der Gasse und lauschte. Dann rannte sie plötzlich los, und er wartete, bis er ihre Schritte nicht mehr hören konnte. Sie würde schon nach Hause kommen.

Noch waren die Schatten, die es wirklich zu fürchten gab, nicht in der Stadt. Noch nicht.

Als Mattim das Flussufer erreicht hatte, blickte er sich zur Burg um. In den meisten Fenstern war Licht aufgeflammt, wahrscheinlich suchten sie ihn bereits. Er wandte sich dem dunklen, mit winzigen Lichtpünktchen gesprenkelten Wasser zu. Über die Brücke würden sie ihn nicht lassen, das brauchte er gar nicht erst zu versuchen. Es blieb ihm nichts anderes übrig, als zu schwimmen.

Der Donua war an dieser Stelle einige Hundert Meter breit. Es war zu schaffen; er musste nur weit genug von der Brücke entfernt ins Wasser gehen, damit ihn die Wachen nicht bemerkten. Eine Weile schlich Mattim an der Kaimauer entlang, bis er sich entschied, es zu wagen. Er wollte nicht zu nah an den Hafen herankommen, denn bei den Booten war immer jemand anzutreffen.

Rasch streifte der Prinz die Schuhe ab. Eine Weile überlegte er, was er mit seiner Kleidung tun sollte. Der Umhang würde ihn beim Schwimmen behindern, also legte er ihn ab. Hemd und Hose trocken auf die andere Seite zu bringen, war unmöglich, also konnte er sie genauso gut anlassen. Es würde kalt, nass und unbequem sein, aber schließlich war er nicht hier, um zu einem Picknick zu gehen. Wenn er auf die Wölfe traf, würde die nasse Kleidung ihn am allerwenigsten stören.

Die Sprossen in der Mauer waren dafür gedacht, Menschen, die versehentlich ins Wasser gefallen waren, eine Aufstiegsmöglichkeit zu bieten. Selten benutzte jemand sie dafür, um zum Wasser hinunterzuklettern. Mattim hatte nicht damit gerechnet, dass es so kalt sein würde, dass es sich anfühlte wie ein Angriff. Immerhin war das hier sein Fluss, den er behütete, mit dem ihn etwas verband, mit dem er aufgewachsen war. Natürlich war er auch schon darin geschwommen. In einer Zeit, als die Schatten sich noch in anderen Teilen des Landes austobten, war er sogar recht häufig hier gewesen. Dermaßen kalt hatte er die Fluten jedoch nicht in Erinnerung. Mit eisigem Griff packte das Wasser seine Knöchel und legte sich wie Gamaschen aus Schnee um seine Waden. Ein Zittern durchlief ihn, seine Zähne schlugen aufeinander.

Zögernd stieg Mattim weiter hinunter. Vielleicht war es doch keine so gute Idee, bei Nacht den Fluss zu durchschwimmen. Hinter ihm lockte die Stadt, er dachte an sein Zimmer, an sein warmes, gemütliches Bett. Die ganze Müdigkeit des Tages war plötzlich wieder da und versuchte, ihn von seinem Vorhaben abzuhalten.

In diesem Moment klang das Horn durch die Stille der Nacht, diesmal nicht vom Wald her, sondern aus der Burg, ein Laut, der alle Herzen schneller schlagen ließ. *Gefahr! Aufwachen, herhören, Gefahr!*

Sie hatten entdeckt, dass er die Burg verlassen hatte. Nun würden sie ganz Akink durchkämmen. Sicher dauerte es nicht lange, bis die ersten Wachen oder vielleicht auch hilfsbereite Anwohner hier am Ufer entlangkamen.

Der Prinz warf sich ins Wasser und schwamm los.

Es waren nur wenige Hundert Meter. Vielleicht drei-, vielleicht vier-. Trotzdem kam es ihm vor, als versuchte er das offene Meer zu durchqueren. Die Strömung war unerwartet stark. Seine Kleidung klebte an ihm, als hätte er sich bleischwere Gewichte in die Taschen gesteckt. Es war so finster, dass er das gegenüberliegende Ufer nicht erkennen konnte, daher schwamm er einfach ins Dunkle hinein, und der schwache Schimmer, den die Lichter aus der Stadt auf die Wellen warfen, trug eher dazu bei, ihn zu verwirren, als ihm bei der Orientierung zu helfen.

Mattim kämpfte gegen den Fluss, gegen die nachtschwere Müdigkeit, die sich in seinen Armen und Beinen breitmachte. Kleine Wellen schwappten ihm ins Gesicht und wollten mit ihm spielen, mit seinem Leben, seinem Atem, seiner Kraft. Die Strömung trug ihn weiter von der Stelle fort, an der er triumphierend aus dem Wasser hatte steigen wollen, immer weiter weg von Akink und der Brücke. Mattim kämpfte um sein Leben. Und während er kämpfte, während er mit aller Kraft, die ihm noch geblieben war, verzweifelt versuchte, durch die Dunkelheit hindurch das rettende Land zu erreichen, fühlte er das nach Atem ringende, das hoffende, verzweifelnde, wilde Leben in sich, dieses Leben, das nach festem Boden unter den Füßen schrie, nach Wärme und Ruhe und Rettung. Der Prinz kämpfte, und während er mit dem Fluss rang, war dieses Leben auf einmal das Einzige, was er besaß. Nie zuvor hatte er das so deutlich gespürt. Sein schlagendes Herz war das Wertvollste, was er hatte – und er war im Begriff, es wegzuwerfen! Wer hatte ihm bloß diese Idee eingeflüstert? *Morgen ist der Tag, an dem ich sterben werde* … Nein. Nein! Er zwang sich, den Schmerz zu ignorieren und weiterzumachen. Und dann, irgendwann, ertasteten seine Füße den schlammigen Grund, und mit ein paar letzten Schwimmstößen erreichte er das Ufer. Reglos blieb er liegen und atmete.

Er lebte. Und war doch nicht stolz darauf, dass er es geschafft hatte. Stattdessen hätte er sich dafür ohrfeigen können. Was hatte ihn bloß geritten, bei Nacht den Donua zu überqueren? Dort drüben suchten sie nach ihm. Mattim sah zu der Stadt hinüber, die beunruhigend weit entfernt lag, unter der schützenden Dunkelheit der stillen Nacht, die alle Kämpfe verbarg. Auf einmal sehnte er sich nach seinem Vater. Er würde sich einiges anhören müssen, wenn er zurückkam. Seine Mutter würde ihn ansehen, mit diesem wehleidigen Blick, der kaum auszuhalten war. Trotzdem sehnte er sich nach ihrer Umarmung. Und Hunger hatte er! Vielleicht würden sie ihn ohne Essen ins Bett schicken. Aber vielleicht wären sie auch so froh, ihn wiederzuhaben, dass sie das Beste aus der Küche heraufholen ließen.

Hatte er nicht selbst gesehen, wie die Küchengehilfen Teig kneteten?

Mattims Beine fühlten sich so schwer an, dass er kaum die Uferböschung hochkam. Erneut blieb er stehen und atmete tief ein. Zur Brücke war es noch ein gutes Stück, und ganz bestimmt würde er nicht noch einmal schwimmen. Wenn die Brückenwache ihn von dieser Seite kommen sah, würden sie wahrscheinlich darauf bestehen, ihn zu untersuchen. Na, sollten sie ruhig. Die nassen Sachen musste er sowieso loswerden. Da konnten sie ihm auch gleich eine Decke geben. Er fror nämlich erbärmlich. Eine Decke, ein heißes Bad, ein Schluck von irgendeiner scheußlichen Flüssigkeit, die ihn von innen her aufwärmen würde – er träumte, während er zurück in Richtung Brücke torkelte, auf wackligen Beinen, die ihn kaum noch tragen wollten. Nach Hause. Er wollte nur noch schlafen, und morgen … morgen würde er weitersehen.

Mattim hörte den Wolf, bevor er ihn sah. Er hörte das leise, bedrohliche Knurren, das Rascheln leichter Pfoten auf trockenen Blättern.

Sofort blieb er stehen. Er hatte kein Schwert, nicht einmal ein Messer, nichts, womit er sich verteidigen konnte.

»Oh, nein«, flüsterte der Junge. »Nicht jetzt, oh, bitte …« Er lauschte. Wieder vernahm er ein Knistern, das vorsichtige, heimliche Auftreten, zu dem kein Mensch fähig war. Und noch einmal …

Er drehte sich um und wollte losrennen, aber da tauchte vor ihm aus dem Dunkel der Nacht eine schwarze Gestalt auf. Auf der einen Seite war der Fluss, dem er gerade erst entkommen war, auf der anderen der Wald. Es gab keine Wahl, keinen Augenblick der Entscheidung. Mattim stürzte sich zwischen die Bäume, in die noch dunklere, bedrohlichere Welt des Waldes, und hinter ihm hörte er das Schnaufen und Keuchen der Tiere.

Der junge Prinz taumelte durchs Gestrüpp. Ab und zu

prallte er schmerzhaft mit der Schulter gegen dicke Stämme, immer wieder peitschten ihm Äste ins Gesicht, und dornige Ranken krallten sich um seine Füße. Von irgendwoher ertönte Geheul, vielleicht war es direkt vor ihm, in der Richtung, in die er rannte, aber die Wölfe hinter ihm waren ihm so dicht auf den Fersen, dass er nichts anderes tun konnte als weiterzulaufen. Fahl zog bereits die Dämmerung herauf, oder seine an die Finsternis gewöhnten Augen verhalfen ihm dazu, sich etwas besser zurechtzufinden. Unfähig, zu springen oder auch nur schnell zu laufen, stolperte er vorwärts, den heißen Atem der Verfolger im Nacken. Einmal wagte Mattim einen Blick über die Schulter, in der Hoffnung, dass er die Wölfe abgehängt hatte oder dass dieser Albtraum vielleicht bloß seiner überreizten Fantasie entsprang, doch da waren sie, zu zweit, graue Schatten mit gelben Augen.

Es musste ein Traum sein. Ein Albtraum, den er in seinem Zimmer in der Burg träumte. Es konnte nicht wahr sein, dass sie ihn hier durch den Wald jagten, diese Bestien, die nie näher kamen als eine Körperlänge, die ihn nicht zerrissen, sondern nur immer weiter vor sich her trieben. Mattim konnte nicht einmal mehr seinen ursprünglichen Plan verfolgen, stehen bleiben und sich beißen lassen, denn dies waren keine Schattenwölfe, obwohl sie ihm genauso unwirklich vorkamen. Ihr Biss würde ihn nicht in einen Schatten verwandeln, sondern nur in ein Festmahl – für sie. Seine einzige Hoffnung war, dass er auf die Flusshüter traf.

Er fiel. Mit dem Fuß blieb er an einer Wurzel hängen und schlug der Länge nach zu Boden. Mattim wusste sofort, dass er nicht mehr würde aufstehen können. Seine Beine, seine Lungen, sein ganzer Körper wollte ihm nicht mehr gehorchen. Hinter ihm waren die Wölfe, er sah sie näher kommen, die Zähne gefletscht, näher, mit geöffnetem Rachen … Es waren nicht nur zwei. Von allen Seiten kamen sie auf ihn zu, zehn, zwanzig, ein Meer aus grauen Leibern in den unterschiedlichsten Schattierungen. Nur vor ihm war noch ein Durchgang, dort musste er hin, dann würde er frei sein …

Alles, was in ihm leben wollte, zwang ihn nahezu ohne sein Zutun, sich aufzurappeln und weiterzulaufen. Geradezu quälend langsam schleppte er sich weiter – und stand plötzlich vor dem Käfig. Eine der Fallen, die sie für die Wölfe aufgebaut hatten. Nach wie vor kamen die Bestien von allen Seiten näher, schon spürte er spitze Zähne an seiner Hand, an seinem Bein. Mattim lachte laut auf, warf sich nach vorne, zwischen die schützenden Eisenstäbe, da krachte auch schon die Klappe ins Schloss und rastete ein. Er sah noch die unzähligen grauen Leiber, die den Käfig umkreisten und vergeblich versuchten, durch das Gitter nach ihm zu schnappen. Der harte, kalte Metallboden entwickelte eine unwiderstehliche Anziehungskraft. Der Prinz rollte sich zusammen, bettete den Kopf auf seinen Arm und schlief ein.

FÜNFZEHN

VOR AKINK, MAGYRIA

Etwas kitzelte ihn an der Nase, an den Lippen. Mattim öffnete die Augen und sah sich einem riesigen, kreisrunden schwarzen Auge gegenüber.

Mit einem Schrei setzte er sich auf.

Das Kaninchen, genauso erschrocken wie er, versuchte zu flüchten, wurde von dem dünnen Seil an seinem Hinterlauf festgehalten und keuchte vor lauter Entsetzen.

Benommen strich sich der Prinz die Haare aus dem Gesicht. Die Wölfe. Sie waren wieder in seinen Traum gekommen. Sie jagten ihn vor sich her, und er warf sich herum und stellte sich ihnen. Knurrend und winselnd rollten sie alle über den Waldboden, über Wurzeln und Blätter, und keinen Augenblick lang wunderte er sich über seine eigenen vier Pfoten oder sein Fell oder die vielen Tausend Gerüche des Waldes, die ihn umgaben wie ein Geflecht aus Glück.

Seine Finger berührten Metall. Gitterstäbe. Der Käfig! Sofort war er wieder hellwach.

Dumpf erinnerte er sich an die blinde Zuversicht, dass die Flusshüter ihn finden und befreien würden. Doch als er sich umblickte, schwand diese Hoffnung.

Er saß immer noch im Käfig – allerdings stand der nicht mehr im Wald, zwischen Bäumen und Gesträuch, sondern in der Höhle, in derselben Höhle, in der Palig und Alita von den Schatten angegriffen worden waren, im Dunkeln. Diesmal war das hohe Gewölbe durch einige kniehohe Öllaternen erleuchtet, die jemand im Halbkreis um den Käfig herum platziert hatte.

Wer hatte sich wohl die Mühe gemacht, den gesamten Käfig herzutragen, obwohl es viel einfacher gewesen wäre, ihn zu befreien, während er schlief?

Das Kaninchen beobachtete ihn furchtsam und entschied sich, einen neuen Versuch zu wagen. Wieder hoppelte es näher und schnupperte.

»Suchst du Futter?«, fragte er leise und erschrak über seine Stimme in dem leeren, stillen Gewölbe. Er wusste, in welchem Käfig er sich befand. In einem einzigen musste ein Kaninchen den Köder spielen; sie waren dazu übergegangen, nur noch Geflügel einzusetzen, weil es sich nicht so leicht befreien konnte wie ein Tier mit langen, emsigen Zähnen, das zudem durch jeden noch so engen Spalt passte.

Mattim packte das flauschige Wesen und entfernte die Schlinge mit einem gezielten Griff. Diesmal ließ er es los, bevor es ihn kratzen konnte. Das Kaninchen trommelte empört. Es hatte noch nicht begriffen, dass es jetzt durch die Stäbe verschwinden konnte. Alles hätte Mattim gegeben, um sich ebenfalls unsichtbar machen zu können. Er lehnte sich mit dem Rücken gegen das Gitter und wartete auf die Schatten.

Wirklich überrascht war er nicht, sie zu sehen. Diese Frau, schon wieder, mit den ungewöhnlich kurzen Haaren, mit dem schönen, stolzen Gesicht. Auf einmal war sie da, er hatte gerade in die falsche Richtung geblickt, und da stand sie hinter ihm. Ihre Hand lag auf dem Kopf eines großen rötlichen Wolfs mit wilden bronzefarbenen Augen. Die Schattenfrau wirkte so unfassbar lebendig, und Mattim konnte kaum glauben, dass sie kein Mensch war. Doch ihr weit ausgeschnittenes schwarzes Kleid zeigte rote Narben, die Spuren eines Bisses direkt über dem Schlüsselbein, eine groteske Verzierung ihrer weißen, ansonsten makellosen Haut.

»Endlich.« Ihre Stimme klang angenehm melodisch, auch sie hatte so gar nichts Schattenhaftes an sich.

»Du bist tot«, sagte er, und noch während er es aussprach, kam es ihm dermaßen ungeheuerlich vor, dass er fast darauf hoffte, dies möge ein Traum sein. Stattdessen hockte er hier in einem Käfig und betrachtete durch die Stäbe das schönste Wesen, dem er je begegnet war.

Sie lächelte, und etwas blitzte in ihren Augen auf. »Nicht so tot, wie du denkst. Nicht so tot wie Wilia. Du hast sie umgebracht. Du. Endgültig. Deine eigene Schwester.«

»Was? Ich? Wann hätte ich …?« Er starrte sie an, von der Wucht der Anklage zurückgeschmettert. Der große Wolf musterte ihn mit unverhohlenem Hass und knurrte.

»Die Schattenwölfin«, erklärte die rothaarige Schönheit.

»Du?«, fragte er. »Du warst dabei? Ja, natürlich – du hast im Wald geschrien. Ich habe dich gehört.«

Sie kniete sich neben den Wolf und vergrub das Gesicht in seinem dichten Fell, doch dann wandte sie dem Prinzen wieder ihre volle Aufmerksamkeit zu. »Silbernes Haar. Haben unsere Eltern dir nie erzählt, wie wir aussehen, wer wir sind, wie sehr wir zu dir gehören und du zu uns?«

»Ich habe das Bild gesehen«, protestierte er, »Wilias Porträt. Sie hatte kein silbernes Haar. Niemand von uns hat silbernes Haar!«

»Sie war eine Braut. Und als Braut lebte sie weiter … Deine Schwester, Mattim. Geliebt, bewundert, gefürchtet … Wie konntest du das nur tun? Schande über dich! Seit jener Nacht habe ich darauf gewartet, dass ich dich endlich in die Finger bekomme.«

»Wer bist du?«, fragte er, die Stimme versagte ihm.

»Atschorek. Deine Schwester Atschorek, Brüderchen.«

»Aber dann …« Erleichterung durchströmte ihn, zu schnell, um sie durch Vorsicht bremsen zu können. »Dann lass mich raus! Lass mich nach Hause! Du würdest mir doch nichts tun?«

»Wir warten schon lange auf dich«, sagte sie. »Geduldig haben wir gewartet, dass du größer wirst. Wer würde schon ewig ein Kind sein wollen? Ein paar Jahre sollten es noch sein. Doch jetzt … mit Wilias Blut an den Händen? Hast du überhaupt eine Vorstellung davon, was du zerstört hast?«

»Die Wölfin … Wilia … hat mich angegriffen!«

»Sie wollte es nicht tun.« Atschorek lächelte im Gedenken an ihre Schwester. »Ich habe sie dazu überredet, eigentlich wollte sie es nicht. Deswegen hat sie zu lange gezögert. Du warst ihr zu jung. Aber ich wusste, dass Kunun es nicht mehr erwarten konnte, dich zu uns zu holen. Unseren goldhaarigen Bruder, Mutters Prinzlein, den allersüßesten Knaben, den das Licht je gebar. Kunun hat sich gewünscht, dass du freiwillig kommst. Und du bist gekommen.«

»Nein!«, widersprach er, »nein, ich wollte nicht …«

»Jetzt, Mattim, ist die Schonfrist vorbei. Es wird Zeit, dass du weißt, wen du vor dir hast, wenn du kämpfst oder wenn du liebst. Es wird Zeit, deinen Platz einzunehmen im Kampf um Magyria, in der Schlacht um Akink.«

»Lass mich gehen. Bitte.« Das war alles, was er herausbrachte.

Atschorek tätschelte den Wolf mit dem rötlichen Fell.

»Du darfst dir aussuchen, an welcher Stelle du gebissen werden möchtest.« Sie berührte die roten Spuren an ihrem Hals. »Die Narbe bleibt dir für immer. Und das bedeutet für unsereins wirklich immer. So lange wir sind, was wir sind. Wähle, Bruderherz. Aber beeile dich, wir werden beide schnell ungeduldig.«

»Ich will nicht. Bitte. Wenn du wirklich meine Schwester bist – tu mir das nicht an.« Mattim wollte nicht flehen, betteln und weinen. Doch es war schwer, stark und stolz zu sein, wenn man in einen Käfig eingezwängt war und vor einem bereits der Wolf knurrte, der einen gleich beißen würde. Das uralte Entsetzen des Körpers vor der Bestie war stärker als alle Vernunft, stärker als der Wunsch, eine gute Figur zu machen und den Schrecken, wenn man ihn schon nicht vermeiden konnte, mit hoch erhobenem Haupt über sich ergehen zu lassen.

Atschorek beugte sich vor und zog die Klappe des Käfigs nach oben. Mattim hatte nur Augen für den Wolf, der witternd die Schnauze vorstreckte. Wider besseres Wissen versuchte er, dem Kaninchen zu folgen, das sich sofort durch die Gitterstäbe quetschte, über den Höhlenboden schlitterte und aus dem erleuchteten Bereich verschwand. Er rüttelte an den Stäben. Er schrie. Er vergaß alles um sich herum. Sein Körper versuchte zu fliehen. Sein Mund schrie. Er sagte sich: *Dies geschieht nicht. Es geschieht nicht, nicht mir …*

Der Wolf betrat den Käfig, dessen Klappe sofort wieder herunterrasselte, fixierte ihn mit dunklem, rätselhaftem Blick und zeigte ihm einmal kurz die Zähne, bevor er blitzschnell zuschnappte.

Der Schmerz explodierte in Mattim, eine Feuersbrunst, die ihn bis in die Fingerspitzen ausfüllte, die jeden Gedanken, jedes andere Gefühl verbrannte. Das Feuer, weiß glühend, loderte in ihm auf und schlug über ihm zusammen. Der junge Prinz hörte sein eigenes Geschrei wie aus weiter Ferne. Er breitete die Arme aus wie ein Ertrinkender, und da es nichts anderes gab, um sich festzuhalten, schlang er sie um den Nacken des Wolfs und klammerte sich an ihn. Das Letzte, was er sah, bevor er in eine gnädige, wolkenweiche Nacht tauchte, waren die bronzenen Augen des Wolfs, nicht mehr hasserfüllt, nur noch voller Mitleid, die Augen eines Bruders.

Als er erwachte, lag der Wolf noch immer neben ihm. Sein warmer Leib hob und senkte sich regelmäßig. Mattim beobachtete das Tier und wunderte sich ein wenig darüber, dass er absolut keine Furcht mehr verspürte. Er erinnerte sich an die Angst, aber sie war so weit weg, nicht als wäre es erst gestern gewesen, sondern vielleicht vor Jahrhunderten oder Jahrtausenden, eine Angst aus einer Zeit, in der Mensch und Wolf nichts als Jäger und Gejagte gewesen waren, mal das eine und mal das andere.

Mit der Hand fuhr er durch den dichten Pelz des Wolfs, der seelenruhig weiterschlief. Sein Körper strahlte eine solche Wärme aus, dass Mattim gar nicht anders konnte, als ihn zu umarmen. Bei der Bewegung durchfuhr ihn ein heftiger Schmerz. Er schob sein Hemd hoch und verdrehte sich, um die Stelle am unteren Rücken zu betrachten, gleich neben dem Beckenknochen. Dunkelrot zeichnete sich die Bissspur von seiner Haut ab.

Mattim seufzte. Er fühlte sich nicht anders als gestern. Er war immer noch er, wusste genau, dass er das war, derselbe wie gestern. Dennoch war da der Abdruck der Wolfszähne an seiner Hüfte.

Bei der kleinsten Berührung begann die Stelle wieder zu schmerzen und sandte Feuerpfeile in alle Richtungen. »Und jetzt tust du so zahm«, flüsterte er, tätschelte den Wolf noch einmal und stand auf.

Jegliches Zeitgefühl war ihm völlig abhanden gekommen, und er hatte keine Ahnung, wie spät es war. Die Laternen flackerten leicht, einige waren schon ausgegangen. Die Hälfte des Käfigs lag im Schatten.

Von Atschorek war nichts zu sehen. Anscheinend hielt sie es nicht für nötig, ihn zu bewachen, weil sie den Wolf bei ihm zurückgelassen hatte. Mattim drehte sich noch einmal zu dem Tier um, das zusammengerollt im Käfig lag. Gerade öffnete es ein glänzendes Auge, da stürzte Mattim auch schon hinaus in den Gang und nach draußen.

Es war tatsächlich die Höhle gewesen, die er kannte und in der er seine Gefährten verloren hatte. Hier, auf dem Platz davor, schien ihm das Ganze mehr denn je wie ein Traum.

Dass er durch den Fluss geschwommen war und von Wölfen gehetzt worden war, konnte nichts anderes sein als ein Albtraum, geboren aus Verwirrung und Panik. Aber jeder Schritt tat weh. Es war nicht zu leugnen, dass etwas geschehen war. Etwas, nur was? Er war nicht tot. Er konnte nicht tot sein – oder untot oder was auch immer. Immerhin fühlte er sich nicht anders als sonst. Er war kein Schatten, bestimmt nicht.

Mattim stolperte vorwärts. Die bleierne Müdigkeit war endlich aus seinen Beinen gewichen, das Entsetzen ließ ihn vorwärtstaumeln, der dringende Wunsch, nach Hause zu kommen und sich trösten zu lassen, sich zu vergewissern, dass alles gut war.

Es musste längst wieder Abend sein. Hatte er einen ganzen Tag geschlafen oder gar zwei? Sicher suchten sie ihn noch immer. Vielleicht riefen sie bereits nach ihm. Der Prinz horchte in den Wald hinein, aber da waren nur die üblichen Geräusche seiner Bewohner: Vögel, die in den Zweigen hüpften und einander ihre Anwesenheit kundtaten, Mäuse, die in den Blättern raschelten. Dazu leise, kaum hörbare Schritte über den weichen Waldboden.

»Mattim?«

Er drehte sich um. Zwischen den Bäumen war Mirita aufgetaucht. Die Spitze eines Pfeils zeigte genau auf ihn, aber er sah, wie ihre Hände zitterten. Nie war sie ihm schöner vorgekommen. Das ährengelbe Haar floss ihr über die Schultern, ihre blauen Augen schwammen vor Tränen.

»Warum zielst du auf mich? Hör auf!«, rügte er sie scharf. »Und überhaupt, wieso bist du allein im Wald? Bist du lebensmüde? Wo ist dein Trupp?«

Mirita wich zurück, als er einen Schritt auf sie zumachte.

»Komm bloß nicht näher! Bleib, wo du bist!«

Abwehrend hob er die Hände. »Mirita, hör auf. Ich bin kein Schatten. Ich bin ich, klar? Leg den Bogen weg, du machst mich nervös.«

»Einen Schritt näher, und ich treffe dich geradewegs ins Herz«, warnte sie, als könnte man einen Schatten damit schrecken. »Bleib stehen. Nein, geh da rüber, wo ich dich besser sehen kann.«

»Du hast noch nicht auf die Frage geantwortet, was du allein hier machst.«

»Was ich tue? Beim Licht, du fragst mich, was ich tue? Wir haben deinen Umhang am Donua-Ufer gefunden, deine Schuhe. Deine Mutter hat sich die Augen ausgeweint. Wir glaubten schon, du wärst ertrunken. Dann wurde es dunkel. Da wussten wir, was geschehen war. Du gehörst jetzt zu ihnen. Und nun …«

Ihre Stimme versagte, doch ihre Hände zitterten nicht mehr. Sie zog den Arm zurück, um den Bogen noch weiter zu spannen.

»Nein! Ich bin kein Schatten. Mirita, glaub mir doch. Schieß nicht! Was soll das heißen, es wurde dunkel?«

»Fragst du das im Ernst?«, hakte sie ungläubig nach. »Findest du es etwa hell? Findest du das normal? Es ist, als wäre ein Gewitter im Anzug, das jeden Moment losbrechen könnte.«

»Aber, jetzt am Abend …«

»Abend?«, schrie sie ihn an. »Abend? Mattim, es ist Tag! Helllichter Tag, oder zumindest das, was ein Tag sein sollte!«

Ein kalter Schauer überlief ihn. Es konnte nicht sein. Das konnte nichts mit ihm zu tun haben.

»Ich bin kein Schatten«, wiederholte er stur. »Glaub mir, Mirita. Ich bin durch den Donua geschwommen, ich hab irgendwo geschlafen, in einem Versteck, unter Baumwurzeln.« Ihm blieb nichts anderes übrig als zu lügen. Die Wahrheit würde sie nur in ihrem Glauben bestärken, dass er zum Feind übergelaufen war. »Ich will nach Hause. Hör endlich auf. Ich will einfach wieder nach Hause gehen.« Er öffnete sein Hemd. »Siehst du? Nichts.«

Mirita starrte ihn an. Dann schleuderte sie den Bogen fort und fiel ihm weinend um den Hals. »Oh, Mattim! Ich dachte schon … wir alle dachten …«

Er legte die Arme um sie und atmete den süßen Duft ihres Haares ein. Alles an ihr roch süß. So warm und lebendig drängte sie sich an ihn, so unwiderstehlich. Vorsichtig ließ er die glänzenden Strähnen durch die Finger gleiten und verbot sich, an den Käfig zu denken. Die Stäbe. Das Gitter. Den fuchsroten Wolf.

»Oh, Mattim. Ich dachte, ich hätte dich verloren. Ich dachte, du wärst tot.« Mirita schluchzte. Er hielt sie so eng an sich gepresst, wie er nur konnte, ohne ihr wehzutun. Zärtlich streichelte sie ihm über den Rücken. Er küsste ihre Wangen und schmeckte die salzigen Tränen. Seine Lippen begegneten ihren. Mit einem leisen Seufzer erwiderte sie seinen Kuss. Ein solcher Hunger erwachte in ihm, dass er gar nicht mehr aufhören konnte, sie zu küssen. Ihren Mund und ihr Gesicht und ihr Haar und ihren Hals.

Mirita lachte und versuchte ihn von sich zu schieben. »Wir müssen hier weg. Die anderen …«

»Welche anderen?«

In diesem Moment berührten ihre streichelnden Hände die Stelle, wo der Wolf ihn gebissen hatte. Mattim konnte nicht verhindern, dass er heftig zusammenzuckte. Mirita machte einen Satz rückwärts und starrte auf das Blut an ihren Fingern.

»Nein«, sagte er rasch, »es ist nicht, was du denkst. Mirita, bitte glaub mir, es ist nicht …«

»Schatten«, flüsterte sie. Sie wich weiter zurück und starrte ihn mit weit aufgerissenen Augen an.

»Mirita …«

»Du bist ein Schatten! Und ich dachte … Oh, nein, nein!« Er glaubte schon, sie würde anfangen zu kreischen, stattdessen steckte sie Daumen und Zeigefinger in den Mund und stieß einen lauten, schrillen Pfiff aus, der in den Ohren schmerzte. Von irgendwo, höchstens hundert Meter entfernt, antwortete der Ruf eines Horns.

Ohne ihn aus den Augen zu lassen, bückte sie sich nach ihrem Bogen.

»Ihr seid auf der Jagd nach mir?«, fragte er fassungslos. »Was bist du, der Köder?«

»Ich bin Flusshüterin.« Stolz reckte Mirita die Stirn hoch, aber er bemerkte die Angst in ihren Augen, und das verletzte ihn mehr als ihre Absicht, auf ihn zu schießen.

»Ich bin immer noch ich«, sagte Mattim. »Ich habe dir nichts getan. Ich habe dich nicht gebissen, obwohl ich wahrlich nah genug dran war. Mirita, bitte …«

Sie fand den Pfeil und hob ihn auf. Im selben Moment hörte er die ersten Wächter durchs Unterholz brechen.

»Hier ist er!«, schrie sie. »Kommt her, ich hab ihn! Bringt die Lampen!« Ohne einen weiteren Versuch, sie von seiner Harmlosigkeit zu überzeugen, drehte Mattim sich um und rannte.

ZWEITER TEIL

STADT DER LÖWEN

SECHZEHN

BUDAPEST, UNGARN

Zum zweiten Mal nach Ungarn zu kommen war wie eine Heimkehr. Es tat Hanna leid, Weihnachten und Silvester hier verpasst zu haben. Sie hatte geglaubt, dass sie es genießen würde, ein wenig Abstand zu gewinnen. Weit weg von Budapest, weit weg von der bohrenden Frage, wie sie Réka helfen sollte. Die ganze Vampirgeschichte würde ihr aus der Entfernung lächerlich vorkommen, und sie würde mit klarem Durchblick neu anfangen können. Doch natürlich hatte sie die ganze Zeit an nichts anderes gedacht. Ihr altes Kinderzimmer, der Tannenbaum, die Geschenke – das alles hatte ihr noch nie so wenig bedeutet. Es machte auch keinen Spaß, von Ungarn zu erzählen, von der Familie und den Kindern, denn sie konnte nie alles loswerden, was ihr auf der Zunge lag.

»Ich hatte Angst, du kommst nicht zurück.« Attila drückte sie so fest, dass sie ihn kitzeln musste, um sich zu befreien. Sie rollten lachend über den Boden.

Sogar von Réka gab es eine Umarmung, etwas verhaltener zwar, aber ihre Stimme klang aufrichtig, als sie sagte: »Gut, dass du wieder da bist. Du gehörst einfach dazu. Es war ganz komisch, Weihnachten ohne dich.«

Das Mädchen wirkte blass, fast durchscheinend, ein wandelndes Gespenst.

Mit einem einzigen Vorsatz für das neue Jahr war Hanna nach Budapest zurückgekehrt: Kunun auf frischer Tat zu ertappen.

Freitags kam Réka erst gegen vier Uhr nach Hause, weil sie noch zum Sport ging. Ob sie das tatsächlich tat? Sie sah nicht aus, als würde sie überhaupt irgendetwas für ihre Gesundheit tun.

Freitagmittag holte Hanna Attila von der Schule ab und befahl ihm, Hausaufgaben zu machen. Das war der beste Weg, um dafür zu sorgen, dass er sich wutschnaubend in sein Zimmer zurückzog und die Tür zuknallte. Dabei hätte sie die Sache längst durchschauen müssen. Wenn sie wollte, dass er brav über seinen Heften saß, musste sie ihm etwas Tolles in Aussicht stellen.

»Wollen wir heute Nachmittag losziehen und Réka abholen? Das geht allerdings nur, wenn du rechtzeitig fertig bist.«

»Fahren wir mit dem Bus?«

Attila fuhr für sein Leben gern mit öffentlichen Verkehrsmitteln. Als Hanna nickte, holte er sofort seine Schulaufgaben aus dem Ranzen und war fünf Minuten später fertig. Sonst kontrollierte sie immer, was er getan hatte, denn der Junge neigte dazu, so schnell zu schreiben, dass man weder Buchstaben noch Zahlen erkennen konnte. Heute wollte Hanna jedoch rechtzeitig beim Gymnasium sein und fand es ausnahmsweise vertretbar, nachlässig zu sein.

»Na, dann komm.«

Réka würde sich vielleicht wundern, dass sie beide vor der Schule aufkreuzten, aber wenigstens hatte es dann nicht den Anschein, als würde Hanna ihr hinterherspionieren. Wir wollten uns nur ansehen, wie du Handball spielst, würde sie sagen. Ist doch kein Problem, oder?

Aufgeregt zappelte Attila auf dem Sitz herum. Er konnte sich nicht entscheiden, ob er lieber aus dem Fenster schauen oder die anderen Fahrgäste beobachten sollte. Sonst machte es Hanna nervös, wenn er ständig hin und her rutschte, doch heute störte es sie gar nicht, so sehr war sie mit ihren eigenen bösen Vorahnungen beschäftigt. Das letzte Stück gingen sie zu Fuß, wobei Attila unermüdlich über das Pflaster hüpfte und sang.

»Das ist die Schule«, sagte er, als sie durch den Zaun auf die Lehrerparkplätze hinabspähten. »Wo ist denn die Turnhalle?«

»Ich weiß es nicht genau«, musste Hanna zugeben. »Ich hatte gehofft, du könntest mir das sagen. Vielleicht auf der Rückseite?«

Es war noch zu früh. Réka würde gerade erst mit dem Unterricht fertig sein und sich umziehen gehen – oder auch nicht. Denn am Zaun, nur wenige Meter von ihnen entfernt, stand Kunun. Er musste weiter weg geparkt haben, nicht willens, an einer der allgegenwärtigen Kameras vorbei auf den Schulhof zu fahren. Hanna freute sich tierisch über diesen Moment, als er sie bemerkte und ein erschrockener, ertappter Ausdruck über sein Gesicht huschte. Er hatte sich zwar sofort wieder in der Gewalt, aber es fühlte sich an wie ein erster Sieg. Sie schickte Attila los, um auf dem Schulhof nach seiner Schwester Ausschau zu halten, und ging auf den jungen Mann zu.

»Hanna«, sagte er nur. Es klang wie ein leiser Tadel, als hätte sie etwas ausgefressen.

Sie nahm all ihren Mut zusammen. Es fiel ihr nicht einmal so schwer, wie sie gedacht hatte, denn in ihr war ein solcher Aufruhr, ein Wirbel von Wut und Sorge, der ihr die Kraft verlieh, für ihre Schutzbefohlene zu kämpfen.

»Lass Réka in Ruhe«, sagte sie, hingerissen von ihrer eigenen Stärke. »Hast du verstanden? Lass sie in Ruhe!«

»Sonst was?«, fragte er mit einem unerträglichen Lächeln.

»Sonst gehe ich zur Polizei«, verkündete sie, doch er lachte nur leise. Hanna war so wütend, dass sie ihn mit beiden Händen vor die Brust stieß. »Mir kannst du nichts vormachen. Ich weiß, was du bist.«

»Ach ja?« Kununs Hände schnellten vor, und er umklammerte ihre Handgelenke. Sie konnte nicht anders, als ihm in die Augen zu schauen, die wie schwarze Fenster in seine dunkle Seele waren. Sein Gesicht kam ihr auf einmal gar nicht mehr schön vor. Er starrte sie an mit dem fremdartigen, unergründlichen Blick eines Raubtiers, das seine Beute fixiert.

»Lass mich los«, ächzte sie. Auf einmal hatte sie keine Stimme mehr. Zu gewaltig war die Erkenntnis, dass die Gefahr auch ihr selbst galt, dass nicht Réka gerettet werden musste, sondern sie selbst. Hier stand sie mit ihm, am helllichten Tag, in einer Wohnsiedlung, und konnte sich weder rühren noch schreien, als er sich vorbeugte. In seinen Augen blitzte ein goldener Glanz auf. Sie spürte schon seinen Atem auf ihrer Haut –

Da schrie jemand anders für sie.

»Kunun! Hanna!« Es war Réka. Sie stand da, die Schultasche glitt ihr aus den Händen, Attila verharrte triumphierend neben ihr. Ihre Augen weiteten sich, und sie war wieder so blass wie eine Erfrorene. Alles Leben war aus ihren Zügen gewichen und machte dem Entsetzen Platz.

»Oh, nein, nein!« Das Mädchen drehte sich um und rannte schluchzend davon.

Kunun fluchte, ließ Hanna stehen und eilte ihr nach. »Réka! Warte!«

Attila zog die liegengebliebene Tasche über die Steine. »Hat er dich geküsst?«, erkundigte er sich neugierig.

»Nein«, erwiderte Hanna.

»Réka ist ganz schön sauer.«

»Ich weiß.« Sie konnte es immer noch nicht fassen, was fast passiert wäre. Auf einmal war ihr speiübel, sie schaffte es gerade noch an einen Zaun und würgte dort alles heraus.

Attila beobachtete sie fasziniert und gab fachmännische Kommentare von sich. »Man konnte genau sehen, was es heute zu Mittag gab.«

Zuvorkommend reichte er ihr sogar ein Taschentuch.

Schwer atmend wischte Hanna sich über die schweißnasse Stirn.

»Geht's wieder? Können wir jetzt in die Sporthalle?«

»Réka wird nicht dort sein.«

»Ich würde trotzdem gerne zusehen.«

Es gab nichts, was sie sonst tun konnten. Réka suchen? Nach Hause fahren? Es würde unerträglich sein, jetzt zu Hause zu sitzen und auf sie zu warten.

»Na gut«, sagte Hanna mit zittriger Stimme. »Schauen wir uns ein Spiel an.«

Zu Hause erwartete sie Klaviermusik. Demnach war Mónika da. Attila wollte sofort losstürzen; Hanna konnte ihn gerade noch am Arm erwischen.

»Nicht. Du weißt, dass deine Mutter es nicht leiden kann, beim Spielen gestört zu werden. Vielleicht wäre es besser, wenn du …« Sie kam nicht dazu, ihn um den Gefallen zu bitten, nicht alles zu erzählen. Mit dem markerschütternden Ruf: »Hanna hat gekotzt!« stürmte er los.

Sie seufzte. Die Schultasche stellte sie vor Rékas Tür ab. Dann verzog sie sich leise in ihr eigenes Zimmer und setzte sich aufs Bett. Sie konnte nicht denken. Das war merkwürdig. Sie hatte keine Ahnung, was sie planen sollte oder was als Nächstes geschehen würde. Sie wusste nur, dass es fürchterlich schiefgegangen war. Réka hasste sie jetzt. Trotzdem, wenn sie nicht gekommen wäre … Hanna merkte, dass sie fror, und rieb sich die Oberarme, aber das Frösteln kam von innen. Es wurde auch nicht besser, als sie sich eine Decke um die Schultern schlang.

Ich weiß, was du bist …

»Wunderbar, Hanna«, murmelte sie bitter. »Genauso führt man Kriege. Immer nur heraus mit allem, was du weißt. Lass deinen Gegner ja nicht im Unklaren darüber.«

Der Zeiger der Uhr rückte unerbittlich voran. Demnächst musste sie sich um das Abendessen kümmern. Sie musste

Attila dazu bringen, seine Mutter in Ruhe zu lassen, damit Frau Szigethy ungestört spielen konnte. Sie musste …

Stattdessen saß sie nur da und fühlte sich wie gelähmt.

Als jemand die Tür öffnete, schrak sie zusammen, doch es war nur Mónika.

»Du bist krank, Hanna? Attila hat erzählt, es geht dir nicht gut?«

Sie musste sich nicht verstellen. »Ja, es geht mir nicht so besonders. Tut mir leid.« *Ich wäre fast von einem Vampir gebissen worden, aber sonst geht es mir gut, danke der Nachfrage.* Natürlich versuchte sie zu lächeln.

»Das braucht dir nicht leidzutun«, meinte Mónika freundlich. »Brauchst du etwas? Soll ich dich zum Arzt fahren?«

»Ist nicht nötig«, sagte Hanna schnell. »Ich hab bloß meine Tage. Da ist mir manchmal nicht gut.«

»Dann ruh dich am besten aus.« Die Gastmutter schloss die Tür wieder sacht. Wahrscheinlich hatte sie etwas vergessen, denn gleich darauf hörte Hanna erneut, wie jemand die Klinke herunterdrückte. Nur diesmal war es nicht Mónika.

Réka baute sich vor Hannas Bett auf und funkelte sie von oben herab an. »Du legst dich hin und spielst krank? Um mir nicht in die Augen schauen zu müssen? Nur zu! Sieh mich an, trau dich! Wie ist es, wenn man versucht, jemandem den Freund auszuspannen, he?«

»Ich habe nicht …«, begann Hanna, doch Réka ließ sie nicht ausreden.

»Jetzt durchschaue ich dich endlich. Du hast mir Kunun von Anfang an nicht gegönnt. Ständig hast du ihn schlechtgemacht, damit du ihn dir selbst schnappen kannst! Ich hasse dich!« Tränen stürzten ihr aus den Augen. »Ich hasse dich wirklich! Aber du wirst dir an Kunun die Zähne ausbeißen. Er liebt mich und nur mich. Ich werde dafür sorgen, dass Mama und Papa dich zurück nach Deutschland schicken. Du wirst schon sehen, das mache ich!«

»Kunun wollte mich nicht küssen«, sagte Hanna müde. »Er wollte mich beißen.«

»Du spinnst doch!« Um Rékas Augen lagen dunkle Ringe. Blass, erschöpft und leer wirkte das Mädchen.

Hanna versuchte, alle Vorwürfe an sich abprallen zu lassen. »Wie geht es deinem Hals? Alles in Ordnung? Wetten, dass du dich nicht daran erinnern kannst, was passiert ist, nachdem er dich eingeholt hat?«

»Er – er liebt mich«, wiederholte Réka stur, war allerdings noch eine Spur blasser geworden. »Und du verschwindest jetzt hier. Fang am besten gleich an zu packen.«

»Réka?« Mónika streckte ihr freundliches Gesicht durch die Tür. »Was schreist du hier so herum? Hanna braucht Ruhe. Komm an den Tisch.«

»Ich bin gleich da.« Sobald ihre Mutter gegangen war, trat sie Hanna mit voller Wucht gegen das Schienbein. »Du gehst«, zischte sie. »Wo auch immer du hergekommen bist.«

»Kannst du das auch auf Deutsch sagen? Wenn nicht, habe ich hier meine Pflicht noch nicht erfüllt.«

Außer sich vor Wut hob Réka die Hand, aber Hanna ließ sich nicht einfach so schlagen. Die beiden rollten zusammen aufs Bett. Réka bekam ihre Haare zu fassen und zog so heftig, dass Hanna vor Schmerz aufheulte. Dennoch rangen sie beide gedämpft; keine von ihnen wollte die Mutter das hier sehen lassen. Das Au-pair-Mädchen mit der Tochter am Raufen – da konnte sie gleich einpacken.

Hanna zwang Réka nach unten und zerrte an deren Halstuch. »Zeig her. Nun zeig schon.«

»Du bist ja verrückt! Du Wahnsinnige!«

»Das hier sind also Mückenstiche? Sieht das etwa aus wie Mückenstiche?«

Ein großer Blutfleck beschmutzte das bunte Tuch. »Schau dir das an. Schau endlich hin! Kunun ist ein Vampir.«

»Lass mich los! Ich hasse dich!«

»Sieh endlich hin!«

Réka riss sich los und stürmte schluchzend hinaus.

Es dauerte eine Weile, bis Hannas Herzschlag sich wieder beruhigte. Was war sie nur für eine Idiotin! Worum ging es überhaupt – darum, Réka zu retten, oder zu beweisen, wer Recht hatte? Wenn sie dem Mädchen helfen wollte, nützte es gar nichts, es so gegen sich aufzubringen.

Sie musste beweisen, dass Kunun ein Vampir war. Irgendwie musste sie es Réka beweisen. Ihr den Beweis auf den Schreibtisch legen, damit ihr Schützling sich in Ruhe damit auseinandersetzen konnte. Ein Foto. Ein Film. Irgendetwas in der Art, vielleicht gar ein aufgezeichnetes Geständnis, so wie sie es in den Filmen immer machten.

Hanna begann hastig in ihren Sachen zu kramen, bis sie ihr Handy fand. Der Akku war noch fast voll.

Tu nichts Unüberlegtes, sagte sie zu sich selbst. Ganz ruhig. Geh die Sache überlegt an, damit es nicht wieder so endet.

Tatsache war, dass sie vermutlich sehr wenig Zeit hatte. Sie hatte keine Ahnung, was Réka ihren Eltern erzählen würde, um sie loszuwerden. Dass sie ihr den Freund ausgespannt hatte? Womöglich würde sie irgendetwas erfinden. Falls es ihr gelang, Ferenc und Mónika auf ihre Seite zu ziehen, würde sie höchstwahrscheinlich schon sehr bald die Koffer packen müssen. Also musste sie jetzt sofort los. Heute Abend noch. Falls etwas schiefging, musste sie auf jeden Fall Vorsorge treffen.

Hanna führte kein Tagebuch; das einzige Heft, in das sie regelmäßig hineinblickte, war ihr Vokabelheft vom Sprachkurs. Kurz entschlossen schlug sie es auf und schrieb ein paar Sätze hinein. Dann schob sie es zurück ins Fach zu ihrem Lehrbuch. Einen Moment lang zögerte sie, dann warf sie die Schranktür entschlossen zu.

An der Tür hielt sie noch einmal inne. Sie blickte zurück

in das Zimmer, ob sie etwas vergessen hatte, und zugleich war es, als würde sie zum letzten Mal den kleinen Raum betrachten, der für kurze Zeit ihr Zuhause gewesen war. Wenn sie zurückkam, würde sie vielleicht schon nicht mehr Au-pair-Mädchen sein. Es sei denn, sie konnte Réka beweisen, wer Kunun war, und die würde ihre Anschuldigungen zurücknehmen.

Leise schlich sie die Treppe hinunter. Die Familie saß beim Abendessen, aus der Küche waren gedämpfte Stimmen zu hören. Nur Attilas Stimme war alles andere als gedämpft. Lautstark erzählte er irgendetwas aus der Schule.

Hanna zog die Haustür sacht hinter sich zu.

Draußen war es schon dunkel, ein kühler Wind fuhr durch ihren Mantel und wirbelte durch ihr Haar. Hinter ihr fiel der Lichtschein aus den Fenstern auf den stillen Garten.

Erst als sie außer Sichtweite war, einige Häuser weiter, rief sie Mária an. So abweisend die Ungarin sich auch benahm, es war wichtig, wenigstens eine Person ins Vertrauen zu ziehen. Aber Mária war nicht da, und Hanna konnte nur auf den Anrufbeantworter sprechen. Danach atmete sie tief durch. Mehr konnte sie nicht tun, um sich abzusichern. Jetzt musste sie die Sache durchziehen.

SIEBZEHN

BUDAPEST, UNGARN

Ohne Auto und ohne Attila an ihrer Seite kam Hanna sich merkwürdig einsam in dieser Stadt vor. Es war wie eine Motorradfahrt ohne Helm – völlig schutzlos, während der kalte Wind an einem riss. Zugleich frei und allen Gefahren ausgesetzt, in einem rasenden Flug. Anzuhalten war unmöglich.

Die Hände in den Taschen vergraben, stapfte sie die Straße hinunter, beflügelt von dieser erregenden Mischung aus Freiheit und Gefahr. Wahrscheinlich ihr letzter Abend in Budapest. Auf die Regeln, die mit ihren Gasteltern abgesprochen waren, brauchte sie jetzt keine Rücksicht mehr zu nehmen.

Durch die schmutzstarrenden Fenster des Busses konnte sie kaum erkennen, wo sie sich befand. Irgendwo stieg sie aus, nahm einen anderen Bus. Sie ließ sich treiben, verbannte jeden Gedanken, jeden Plan. Ohne dass sie es selbst gemerkt hatte, hatten ihre Füße sie wieder zum Déryné gelenkt. Hanna sah an dem Kellner, der ihr entgegentrat, vorbei und ließ den Blick durch den Raum schweifen. Atschorek war nicht da. Nun denn.

Sie ignorierte die enttäuschte Miene des jungen Mannes und kehrte zurück in den kalten, dunklen Januarabend.

Auf dem steilen Weg zur Burg wurde ihr wärmer. Hier waren immer Menschen unterwegs. Der eisige Wind trieb sie wie aufgewirbelte Blätter in die Restaurants und Lokale, aber es gab noch genug Leute, die der Kälte trotzten und den Ausblick auf die Pester Seite genossen. Hanna interessierte sich heute nicht für die grandiose Aussicht, sondern hielt nach Liebespärchen Ausschau, die vielleicht etwas anderes waren, als es den Anschein machte. Die Einzigen, die sich küssten, waren ein weißhaariger Mann und eine rotbackige Frau mit einer Strickmütze, offensichtlich halb erfrorene Touristen, und es erweckte nicht den Eindruck, als würde einer von ihnen gebissen werden.

In den letzten Tagen hatte Hanna das Gefühl gehabt, in der ganzen Stadt wimmele es nur so von Vampiren, doch jetzt war kein einziger zu sehen. Niemand, den sie in flagranti ertappen und fotografieren konnte. Vielleicht war es einfach zu kalt. Vielleicht saßen sie alle irgendwo drinnen. Dann würde sie Réka niemals beweisen können, dass es diese Blutsauger wirklich gab.

Auf der Kettenbrücke war der Wind noch stärker. Er blies mit aller Macht in ihren Mantel und kühlte sie völlig aus, sodass sie auf der anderen Seite beschloss, ihre Suche in den warmen Lokalen fortzusetzen.

Ein heißer Tee würde sie nicht nur aufwärmen, sondern ihr vielleicht auch wieder mehr Zuversicht schenken.

Während sie an ihrer Tasse nippte – der Tee kam ihr zu heiß vor, um ihn zu trinken, was wahrscheinlich an ihren blau gefrorenen Lippen lag –, sah sie sich um. Niemand schien an irgendjemandes Blut Interesse zu haben. Enttäuscht trank sie aus und setzte ihre Pirsch fort.

In wie vielen Lokalen und Restaurants hatte sie gesessen, wie viel Tee hatte sie getrunken? Der Abend schritt voran, euphorisch fühlte sie sich schon lange nicht mehr. Sie wollte nur noch ins Warme, und einem spontanen Entschluss folgend, ließ sie sich vom Hinweisschild zur Metró locken und fuhr die lange Rolltreppe hinunter. Die gelbe Linie hatte die nettesten Stationen, mit Holz verkleidet wie ein alter Wohnzimmerschrank aus Eiche. Hier kam es ihr immer nicht ganz so hektisch vor wie auf den anderen Linien. Unten zögerte sie jedoch, denn der Gedanke, nach Hause zurückzufahren, war auf einmal der verlockendste von allen. Vielleicht konnte sie ihre Gastfamilie dazu bewegen, sie nicht fortzuschicken. Vielleicht konnte sie sich mit Réka versöhnen. Vielleicht ...

Sie fasste den Entschluss, zum Déak tér zu fahren, wo alle Metró-Linien sich trafen; dort wollte sie sich endlich entscheiden, was sie tun sollte.

Da wurde sie aus ihren trüben Gedanken gerissen. Kunun! Kunun, der in denselben Waggon stieg wie sie. Er sah nicht zu ihr hin, sondern blieb an der Tür stehen und hielt sich an einer der Halteschlaufen fest.

Hannas Herz begann heftig zu schlagen. Wohin er wohl fuhr? Sie zog ihr Handy heraus und machte ein Foto, auf dem leider nur seine Nasenspitze zu erkennen war. Wenn sie Pech hatte, würde er jeden Moment aufblicken und sie bemerken, und dann ... Aber er wandte sich zum Glück seiner Begleiterin zu. Ihr fiel erst jetzt auf, dass die Frau neben Kunun zu ihm gehörte. Sie war recht groß und trug einen Mantel mit Kapuze, sodass weder ihre Haare noch ihr Gesicht zu sehen waren. Doch sie beugte sich zu ihm hinüber und flüsterte ihm etwas ins Ohr. Hanna konnte Kununs Profil betrachten, als er der Frau antwortete. Er lächelte. Hanna wagte nicht, noch ein Foto zu machen, weil sie befürchtete, er könnte es aus den Augenwinkeln heraus bemerken. Sie wollte alles vermeiden, was Kunun auf sie aufmerksam machen könnte.

Am Déak tér stiegen die beiden aus. Hanna folgte ihnen, was im Gedränge gar nicht so einfach war. Einen Moment lang dachte sie schon, sie hätte das Paar verloren. Aber sie wechselten nur die Linie. Nachdem sie in einen graublauen Waggon gestiegen waren, sprintete Hanna los und zwängte sich schnell in den Wagen dahinter. Jetzt musste sie wirklich aufpassen, dass er ihr nicht entwischte. Doch sie war so von ihrem Glück berauscht, Kunun in dieser großen Stadt gefunden zu haben, dass sie fest daran glauben wollte, an ihm dranbleiben zu können. Sie würde ihr Foto bekommen.

Astoria. Nein, hier stiegen Kunun und seine Begleiterin nicht aus. Hanna konnte die Leute draußen sehen, der Vampir war definitiv nicht dabei.

Blaha Lujza tér. Auch nicht. Hanna wurde immer ungeduldiger. An der nächsten Station, dem Keleti pályaudvar, stiegen viele Fahrgäste aus, aber auch hier Fehlanzeige. Hanna entspannte sich schon, als sie die beiden auf einmal draußen auf dem Bahnsteig erblickte. Sie sprang aus dem Wagen, als sich die Türen bereits zu schließen begannen, und eilte dem Pärchen nach.

Auf der Rolltreppe machte sie das nächste Foto. Die beiden, nur wenige Passanten von ihr entfernt, steckten die Köpfe zusammen. Die Frau lachte leise. Finstere Wut stieg in Hanna auf. Kunun hatte eine Freundin. Mit der kleinen Réka spielte er nur, in Wirklichkeit hatte er natürlich eine Freundin, eine schöne, erwachsene Frau.

Vielleicht war die Fremde auch nur sein nächstes Opfer, eine Zufallsbekanntschaft. Oder eine alte Schulfreundin. Oder eine Kollegin. Was wusste sie schon? Selbst ein Foto von Kunun mit einer anderen Frau bewies überhaupt nichts, und Réka würde zu Recht sauer sein.

Am Baross tér ragte die gewaltige Fassade des Ostbahnhofs in den Winterhimmel. Sie würden doch nicht etwa mit dem Zug fahren, wer weiß wohin? Hanna atmete erleichtert auf, als sie die beiden an einer Fußgängerampel sah. Sie folgte ihnen bei Grün hinüber, an einem Baustellenzaun entlang. Gegenüber einer kleinen Fast-Food-Filiale blieb Hanna stehen. Kunun hatte einen Arm um die Frau gelegt, die ihren Kopf an seine Schulter lehnte. Das Paar ging an der Häuserzeile entlang.

Hanna kramte in ihrem Mantel nach einem Taschentuch, weil ihr die Nase lief, und als sie wieder aufblickte, waren die beiden verschwunden. Die dicht an dicht stehenden Fassaden der Stadthäuser verrieten nichts. Ein Bettler schlurfte an Hanna vorbei und wühlte in einer Mülltonne.

»Haben Sie sie gesehen?«, fragte sie ihn. »Ein junges Paar? Sie müssen hier irgendwo reingegangen sein.«

Wortlos zeigte der Alte auf das Haus hinter ihm. Er lächelte zahnlos. Hastig drückte Hanna ihm einen Geldschein in die ausgestreckte Hand und trat an die Haustür. Durch die gläsernen Scheiben konnte sie einen gefliesten Eingangsflur erkennen, mit hoher, gewölbter Decke, und dahinter, im Schein trüber Lampen, einen Innenhof. Neben der Tür waren die Klingelschilder angebracht. Sie überflog eine Reihe ungarischer Namen, leider war nicht bei allen der Vorname angegeben. Ein Kunun war jedenfalls nicht dabei.

Sie drückte die Klinke herunter. Die Tür war zu ihrem großen Erstaunen offen. Hanna hätte selbst nicht sagen können, was stärker war – das Gefühl des Triumphs oder die Befangenheit, die sie auf einmal überkam. Sie ging ein paar Meter zurück und fotografierte die Tür, bevor sie es wagte, unter einem lächelnden Löwenkopf die Schwelle zu überschreiten.

Ihre Schuhe quietschten leise auf dem glatten Boden. Sie warf einen Blick in den Hof. Ungewöhnlich sauber und aufgeräumt war es hier. Ein paar steinerne Löwen fielen ihr ins Auge, ein marmornes Brunnenbecken. Vier, fünf Stockwerke hoch umzäunten dunkelblaue, filigrane Balkongitter den schachtartigen Hof. Dahinter Türen und Fenster. Alles still.

Hanna machte einen Schritt zurück. Nach rechts führte der Flur zu einem Treppenhaus, den Stufen gegenüber befand sich ein Fahrstuhl. Ihr war, als ob sie aus dem Treppenhaus leise Stimmen hörte, ein Kichern. Vorsichtig huschte sie die Stufen hoch, immer den Stimmen nach, die sich nach oben entfernten.

Die steinernen Stufen waren flach und breit. Sie hatte das Gefühl, dass ihre Schuhe bei jedem Schritt lauter und auffälliger quietschten und knarrten. Sie bemühte sich, noch leiser aufzutreten, und verlangsamte ihre Verfolgungsjagd auf Zeitlupentempo. Als sie endlich ganz oben ankam, war von Kunun keine Spur mehr zu sehen.

Na toll! Jetzt wusste sie natürlich gar nicht, wo er sein und wie sie ihn wiederfinden könnte. Eine Tür reihte sich an die nächste. Pro Stockwerk waren es bestimmt zehn Wohnungen. Sollte sie überall klingeln? Vielleicht wohnte gar nicht er hier, sondern die Frau. Dann ergab es auch keinen Sinn, nachzuschauen, ob an den Türschildern mehr Vornamen standen als unten an der Straße.

Sie trat ans Balkongeländer und blickte in den Hof hinunter, in dem die Löwen im Licht weiß schimmerten. Da – waren da nicht Stimmen? Ihr schräg gegenüber, zwei Stockwerke unter ihr, standen zwei Personen vor einer der Wohnungstüren. Die Frau lachte hell, dann erklang eine Männerstimme, die unzweifelhaft Kunun gehörte. »Bist du sicher?« Und danach: »Ich werde nachsehen, wenn du meinst.«

Die Frau schlug die Kapuze zurück. Es war Atschorek!

Hanna atmete scharf ein, doch sie hatte keine Zeit, sich zu fragen, was ihre alte Bekannte hier tat. Kunun verschwand aus ihrem Blickfeld, und gleich darauf hörte sie seine Schritte im Treppenhaus – die beiden kamen nach oben!

Erschrocken blickte Hanna sich um. Es gab keine Möglichkeit, sich hier zu verstecken. Sollte sie an einer der Türen klingeln? Hastig drückte sie auf den Fahrstuhlknopf. Wenn die Lifttüren sich schlossen, bevor Kunun oben war, würde er sie nicht sehen. Erleichtert registrierte sie, dass jemand aus einer der anderen Wohnungen trat. Ein junger Mann stellte sich neben sie, um auf den Fahrstuhl zu warten. Sie hob nicht den Blick, denn alle ihre Sinne waren nach hinten gerichtet, wo Kununs Stiefelabsätze auf den Treppenstufen klackten.

Der Aufzug öffnete sich. Der Mann ließ ihr den Vortritt und verdeckte weitestgehend die Sicht auf sie, bevor die

Tür sich wieder schloss – gerade als Kunun oben anlangte. Atemlos vor Erleichterung lehnte sie sich gegen die hintere Fahrstuhlwand. Sie war aus Glas und gab den Blick auf den Innenhof und die Balkone frei. Hanna verfolgte, wie der Fahrstuhl langsam am dritten Stockwerk vorbeiglitt. Gleich kam das zweite …

Der Aufzug ruckte leise und blieb stehen.

Sie erwartete, dass die Türen aufgehen und der junge Mann aussteigen würde, aber weder das eine noch das andere geschah. Die Lifttüren öffneten sich nicht. Jetzt fiel ihr auch auf, dass nur der Knopf für das Erdgeschoss leuchtete. Der junge Mann hatte offenbar gar nicht vor, hier auszusteigen, sicher würde jemand zusteigen. Aber auch das geschah nicht. Es passierte gar nichts. Sie hielten einfach nur.

»Hm«, machte der Fremde.

Ihre Blicke begegneten sich, soweit das bei seinem Gesicht, das sich im Schatten einer Baseballmütze verbarg, möglich war. Er lächelte unsicher und zuckte mit den Achseln. »Geht es nicht weiter?«

»Keine Ahnung.«

Er war jung, ungefähr in ihrem Alter. Ein Fremder in Jeans und einer dunklen Jacke. Ein ungutes Gefühl überkam Hanna, denn irgendetwas war komisch an seiner Art zu reden, ein ganz leichter Akzent, eine ungewohnte Art, die Dinge auszusprechen – dabei war sein Ungarisch perfekt, soweit sie das beurteilen konnte. Ein Akzent, wie ihn auch Kunun hatte. Wie ihn Atschorek gesprochen hatte.

Hanna trat einen Schritt zurück. Sie wappnete sich innerlich gegen einen Angriff. Es konnte kein Zufall sein, dass der Fahrstuhl ausgerechnet jetzt stecken geblieben war, genau in dem Moment, da sie Kunun gefolgt war. Eigentlich war es erstaunlich leicht gewesen. Verdächtig leicht, wie ihr leider erst im Nachhinein auffiel. Für so geschickt hatte sie sich gehalten! Sie verwünschte ihre Naivität.

Der Fremde machte jedoch keinerlei Anstalten, sie anzugreifen. Er begann, sämtliche Fahrstuhlknöpfe zu drücken, erst der Reihe nach, dann wild durcheinander. Es nützte natürlich nichts. Er stieß einen leisen Fluch aus, hob den Kopf und sah sie an. »Ist das normal, dass so was passiert? Fährt das Ding gleich weiter?«

»Keine Ahnung«, gab Hanna zurück. »Wohnst du nicht hier?«

»Schon«, sagte er. »Aber noch nicht lange.« Er schien nicht die Absicht zu haben, gleich über sie herzufallen. Im künstlichen Licht der Neonröhre wirkte seine Haut blass und farblos. Plötzlich ballte er die Hand zur Faust und schlug gegen die Knöpfe und Tasten.

Hanna zuckte erschrocken zusammen. »Das hilft auch nicht weiter! Der Knopf da ist für den Notfall, glaube ich. Warum funktioniert er denn nicht? Warte, ich habe ein Handy. Ich kann jemanden anrufen. Gibt es hier einen Hausmeister?«

»Nein«, sagte er leise.

»Irgendjemand, der hier wohnt, wird sich mit dem Ding doch auskennen?«

»Ich weiß nicht.«

»Dann sollten wir die Polizei anrufen. Kennst du die Nummer?«

Wieder schüttelte der junge Mann den Kopf. Hanna versuchte sich krampfhaft daran zu erinnern, aber ihr wollte partout nicht einfallen, wie der Notruf ging. Die einzige Nummer, die sie in Budapest kannte, war die ihrer Gastfamilie. Und die von Mária.

»Ich sag jemandem Bescheid, der uns Hilfe schicken kann«, sagte sie. Während sie die Tasten drückte, beobachtete sie ihr Gegenüber, für den Fall, dass er versuchen würde, sie am Anrufen zu hindern, doch er stand nur da und starrte auf seine Füße.

»Es geht nicht! Das gibt's ja nicht. Wieso ist hier kein

Empfang? Ich kann niemanden anrufen!« Ungläubig ließ sie das Handy wieder sinken. »Wie kann das sein? Es muss funktionieren! Der Akku ist voll. Es muss gehen!«

Der Fremde hob den Kopf und sah sie an. Seine Augen lagen immer noch im Schatten.

Jetzt wird er es tun, dachte Hanna. *Jetzt.*

Sie fühlte, dass ihre Beine zu zittern begannen, so stark, dass sie nichts dagegen unternehmen konnte. *Er wird – was wird er tun? Mich umbringen?*

»Hat Kunun dich geschickt?«, fragte sie. Es war merkwürdig, wie schwer ihre Zunge sich bewegen ließ. Ihr Mund war so trocken, dass sie nicht schlucken konnte.

»Du kennst Kunun?« Die Überraschung in seiner Stimme war nicht zu überhören. Er hatte eine klare, angenehme Stimme, eine Stimme, die alles andere war als das drohende Flüstern eines Mörders. Trotzdem war die Tatsache, dass auch er Kunun kannte, die letzte Bestätigung, die Hanna brauchte.

»Bitte nicht«, flüsterte sie. »Bitte. Ich hab doch nichts gegen ihn in der Hand. Ich hab zwar gesagt, ich wüsste, was er ist – aber das glaubt mir sowieso niemand. Ich bin keine Gefahr für ihn, wirklich nicht. Ich kann nicht das Geringste gegen ihn unternehmen, selbst wenn ich wollte. Bitte, lass mich gehen.«

Der Junge hörte ihr mit unbeweglichem Gesicht zu, dann stieß er einen Laut aus, der wie ein Schluchzen klang.

»Du gemeiner Schweinehund!«, schrie er plötzlich und trat mit dem Fuß gegen die Fahrstuhlwand. »Kannst du mich hören?«

Hanna wich erschrocken zurück, aber es gab keinen Ort, an den sie sich vor diesem Zornesausbruch flüchten konnte.

»Kunun!«, schrie er. »So kriegst du mich nicht! So nicht! Atschorek! War das deine Idee? So nicht! Ganz sicher nicht!« Er hämmerte mit beiden Fäusten gegen die Wände, gegen die Tür. Die Kappe flog ihm vom Kopf und gab einen goldblonden Schopf frei. »Kunun! Lass mich raus! Kunun!«

Hanna zuckte jedes Mal zusammen, wenn er seine Wut an den Wänden und der Tür ausließ; eng in eine Ecke gepresst, wartete sie ab. Merkwürdigerweise verflog ihre Angst, während der Junge seine Wut hinausbrüllte. Er verfügte über eine erstaunliche Ausdauer im Schreien und Bearbeiten der Wände, doch schließlich ließ er sich auf den Boden hinunter und betrachtete seine blutenden Fingerknöchel. Dann hob er den Kopf, und Hanna sah zum ersten Mal sein ganzes Gesicht.

Seine Augen waren grau. Obwohl in seiner Stimme ein unverhohlenes Schluchzen gelegen hatte, waren sie trocken. In seinem Blick lag etwas Hartes, Entschlossenes. Wenn dieser entschiedene Ausdruck nicht gewesen wäre, hätte er sehr jungenhaft und fast zart gewirkt. So aber kam ihr sein Blick vor wie aus Stein gemeißelt, und die Angst kehrte zurück.

»Er will, dass du mich tötest«, sagte sie aus ihrer Ecke heraus. Sie saßen einander gegenüber. Der Fahrstuhl war so klein, dass er nur die Hand hätte ausstrecken müssen, um sie zu berühren. Er tat es nicht. Stattdessen schlang er die Arme um die Knie.

»Nein«, widersprach er mit zusammengepressten Zähnen. »Nicht ganz so schlimm.«

»Dass du mich beißt?«

Auf einmal lächelte er, und er wirkte so jung und verletzlich, wie sie sich fühlte. »Du weißt Bescheid? Ich dachte, niemand wüsste das. Atschorek behauptet, sie vergessen es alle sofort.«

Hanna betrachtete das Blut an seinen Händen. Er war unzweifelhaft ein Mensch. Trotzdem fragte sie fast beiläufig: »Du bist also auch ein Vampir, wie?«

»Nein«, sagte er. »Ich bin ein Schatten.«

»Aha«, murmelte sie.

Er hielt eine Hand an den Mund und saugte an der Wunde, dann begegnete er ihrem erschrockenen Blick und ließ die Hand wieder sinken. »Hast du ein Taschentuch?«

Sie fasste in ihren Mantel, zog ein unbenutztes aus der Packung und reichte es hinüber. Als er sich vorbeugte, zuckte sie sofort zurück.

Er lachte bitter. »Du brauchst keine Angst zu haben. Ich werde dir nichts tun.«

»Da bin ich aber erleichtert.« Sie wusste selbst nicht, warum es so ärgerlich und sarkastisch klang. Es war ihre Aufgabe, ihn auf ihre Seite zu ziehen, und nicht, ihn zu reizen. Dennoch konnte sie nicht anders, als die Frage hinterherzuschieben: »Das wird dir tierisch schwerfallen, oder?«

Er blickte sie wieder an. Es war merkwürdig, wie unterschiedlich seine Augen wirken konnten. Nun erinnerte das Grau sie nicht mehr an Fels, sondern an das dunkle, trübe Wasser der Donau. Aber er antwortete nicht, und sie biss sich auf die Lippen.

Hanna schaute auf die Uhr. Es war bereits kurz nach zehn. Mittlerweile hatten die Szigethys sicher gemerkt, dass sie aus dem Haus gegangen war. Noch einmal versuchte sie es mit dem Handy, doch es brachte natürlich nichts.

»Damit kannst du mit jemandem sprechen?«, fragte er.

»Das könnte ich«, gab sie zurück. »Wenn der Empfang nicht gestört wäre.« Ihr fiel etwas anderes ein. »Wohnen in diesem Haus nicht noch mehr Leute? Sie werden merken, wenn der Fahrstuhl nicht funktioniert. So spät ist es nicht. Vielleicht, wenn wir laut rufen …?«

Er schüttelte den Kopf. »Nein, hier wohnt niemand außer uns.«

»Wer, uns? Du, Kunun und diese Atschorek?«

»Atschorek hat eine Villa in den Hügeln.«

»Ach ja, das hat sie mir erzählt.«

»Kunun wohnt hier«, sagte er. »Und ich. Die anderen Schatten benutzen das Haus ebenfalls. Von denen wird niemand uns helfen.«

»Uns?«, fragte sie zum zweiten Mal.

»Du bist nicht die Einzige, die in die Falle getappt ist«, sagte er leise. Er pustete über seine aufgeschürften Fingerknöchel.

»Eine Falle«, wiederholte sie. »Dann haben sie dich also nicht geschickt, um mit mir in den Fahrstuhl zu steigen?«

»Ich gehe immer um diese Zeit aus dem Haus. Das weiß Atschorek.«

»Du hättest die Treppe nehmen können.«

Wieder lachte er leise. »In einer der ersten Nächte bin ich pausenlos mit dem Ding hoch und runter gefahren.«

Wo kam der Typ her, wenn er fragen musste, ob man mit dem Handy Gespräche führen konnte? Wenn er eine kindliche Freude an Aufzügen hatte?

»Ich muss aufs Klo«, murmelte sie. »Mist, hätte ich nur nicht so viel Tee getrunken.« Sie funkelte ihn herausfordernd an. »Wir sollten es so schnell wie möglich hinter uns bringen.« Noch während sie den Satz aussprach, schnürte es ihr die Kehle zu.

»Ich habe gesagt, ich tu dir nichts.« Er stand auf und versuchte, die Finger in den Türspalt zu quetschen. Es nützte nichts; die Tür bewegte sich keinen Zentimeter.

»Ich hasse dich, Kunun«, flüsterte er. »Ich hasse dich! Atschorek, und dich auch! Hörst du mich? Ich hasse euch!« Er war wieder laut geworden, und Hanna befürchtete einen neuen Tobsuchtsanfall.

»Wer ist Kunun?«, fragte sie schnell, um ihn abzulenken. »Ist er so etwas wie euer Anführer? Der Meister der Vampire?«

Der Junge blieb an der Tür stehen und lehnte sich schwer atmend dagegen. »Ja«, sagte er. »Der älteste Prinz des Lichts und nun der König der Schatten. Ja, er ist ihr Anführer. Zusammen mit Atschorek. Die strahlende Prinzessin des Lichts. Sieht man es ihr nicht noch an? Dass sie in ein Schloss gehört, auf ihrem Haupt das goldene Diadem? Im Angesicht ihrer Schönheit sollte ganz Akink erstrahlen! Und was sind die beiden jetzt? Das dunkle Gespann, die Heerführer der Schatten. Das hier war Atschoreks Idee, darauf will ich wetten. Aber sie sind nicht meine Anführer. Ganz bestimmt nicht. Nicht meine. Hört ihr?«, rief er laut nach draußen, wo ihnen vielleicht jemand zuhörte und vielleicht auch nicht. »Ich werde euch nicht gehorchen! Ich lasse mich zu nichts zwingen!«

»Wenn sie die Anführer der Schatten sind«, meinte Hanna, die von seiner Rede nicht die Hälfte begriffen hatte, »dann sind sie auch deine, oder nicht? Du hast selbst gesagt, du wärst ein Schatten. Was auch immer das ist.«

»Nicht mit mir«, stieß der Junge hervor und schlug wieder gegen die Tür. »Nicht mit mir!«

»Tut es nicht langsam weh?«, fragte Hanna und wies auf seine Hand, die wieder zu bluten begonnen hatte. »Hier, du kannst meinen Schal haben.«

Er wickelte sich den Schal um die Hand, ohne sie anzusehen. »Ich gehöre nicht zu ihnen«, beharrte er. »Das werde ich nie tun. Ich werde nie sein, was sie sind.«

Hanna lehnte den Kopf gegen die harte Wand und schloss die Augen. Mittlerweile musste sie so dringend, dass alles andere an Bedeutung verlor.

»Jeden Abend gehe ich an den Fluss«, sagte er leise. Seine Stimme klang wieder näher; er musste sich auch hingesetzt haben. »Ich schreite über die Brücke, über das fließende Wasser. Ich steige zur Burg hoch und stelle mir vor, ich wäre wieder zu Hause. Es fühlt sich so vertraut an, die Steine um mich herum, der Himmel über mir. Alles ist anders, auf eine bestimmte Weise falsch, die ich nicht erklären kann … und doch ist es richtig so, und es ist kein fremder Ort für mich. Es ist fast Akink. Ich blicke über den

Fluss, auf die Lichter … Kein Wald, sondern ein Meer von Häusern. Keine Flusshüter. Keine Wölfe. Nur ich und die Stadt.«

In seiner Stimme klang eine solche Zärtlichkeit mit, dass Hanna die Augen öffnete und ihn ansah. Auch er hatte sich hingesetzt und die Augen geschlossen, auf seinem eben noch vor Wut verzerrten Gesicht lag jetzt ein Ausdruck schläfrigen Friedens. Trotz des kalten, künstlichen Lichts wirkten seine Züge auf einmal weich und sanft und geradezu überirdisch schön. Er war verrückt – wie sonst hätte er solchen Unsinn von sich geben können? Und sie ebenfalls – wie sonst war zu erklären, dass sie ihn für einen Vampir hielt, der den Auftrag hatte, sie zu vernichten? Ohne nachzudenken, griff sie nach ihrem Handy und machte ein Foto von ihm. Bei dem Geräusch öffneten sich seine Lider, seine Hand schnellte vor und umfasste ihr Handgelenk. Sie schrie auf.

Sofort ließ er sie los. »Tut mir leid. Ich dachte …«

»Was dachtest du?« Hanna wich zurück in ihre Ecke und rieb sich die Haut. Sie fühlte sich ertappt, als hätte sie etwas Schlimmes getan. »Dass ich dich mit dem Handy erschlagen wollte?«

Er schüttelte mit müdem Lächeln den Kopf. »Vergiss es. Was *hast* du getan?«

Sie antwortete mit einer Gegenfrage: »Willst du meine Fotos sehen?«

Das Bild, das sie eben von ihm gemacht hatte, klickte sie schnell weg. Stattdessen zeigte sie ihm die Aufnahmen aus dem Zoo. Die Affen. Atilla und Réka.

»Ich kann es nicht zulassen«, sagte sie. »Réka ist zwar manchmal unerträglich, aber das hat sie nicht verdient.«

»Das ist also Réka? Kunun hat von ihr gesprochen.«

»Was hat er gesagt?«, fragte Hanna schnell. »Was hat er mit ihr vor? Warum … mein Gott, sie ist erst vierzehn! Kann er sich nicht eine andere suchen?«

»Er hat kein Interesse an ihrem Körper, falls du das meinst.« Er wich ihrem Blick aus, musterte das Bild, auf dem Réka vor dem Wolfsgehege zu sehen war, so lange, dass ihr unbehaglich zumute war. »Es ist das Alter, hat Atschorek gesagt.« Er sprach, ohne Hanna anzuschauen. »Wenn sie so jung sind. Das Leben ist so stark in ihnen, dass wenige Schlucke genügen. Kinder wären noch besser, aber an Kinder kommt man nicht so leicht heran. Mit dreizehn, vierzehn dagegen kann man sie allein erwischen. Außerdem erzählen sie nicht mehr alles ihren Eltern. Und wenn es ihnen schlechtgeht, erzählen sie das auch niemandem. Das Alter ist perfekt – wenn sie so jung sind und so hungrig auf die Zukunft.«

Hanna schluckte. »Das hat Atschorek gesagt?« Die hilflose Wut auf Kunun stieg wieder in ihr hoch. »Ich glaube nicht, dass er sich mit ein paar Schlucken zufriedengegeben hat. Es geht Réka alles andere als gut.«

Endlich hob er den Blick, und sie las so viel Bedauern darin, dass es ihr lächerlich vorkam, jemals Angst vor ihm gehabt zu haben.

»Du bist Hanna«, stellte er fest. »Das Mädchen, das versucht, ihm Réka wegzunehmen.«

»Er hat über mich gesprochen? Dann sag ihm beim nächsten Mal, dass ich niemals damit aufhören werde. So lange, bis Réka in Sicherheit ist.«

»Es wird kein nächstes Mal geben«, erwiderte er leise und vertiefte sich wieder in das Bild, als hätte er noch nie so etwas Faszinierendes in der Hand gehabt.

»Wie, kein nächstes Mal? Weil ich dann tot bin? Weil ich alles vergessen habe, nachdem du mich gebissen hast?«

»Ich habe bereits gesagt, dass ich dich nicht beißen werde«, erklärte er. Dann lehnte er den Kopf wieder gegen die Wand und schloss die Augen. »Ich werde derjenige sein, der diese Nacht nicht überlebt.« Er sagte es so ruhig, als wäre es die selbstverständlichste Sache der Welt.

Sie brauchte eine Weile, um diesen letzten Satz zu verdauen. »Das heißt, wenn du mich nicht beißt, wirst du sterben?«

Der Junge antwortete nicht darauf. Aber sie sah, wie seine Hände leicht zitterten, während er sie um seine Knie krallte.

»Warum tust du es dann nicht einfach?«

Er blickte sie an, und diesmal waren seine grauen Augen wie der Nebel über einem stillen, runden Teich.

»Ich bin Mattim, der letzte Prinz des Lichts«, sagte er leise. »Sie haben mich zu einem Schatten gemacht, aber ich werde nicht auf die Seite des Bösen überwechseln. Ich kann mit dem Schwert kämpfen, und ich bin bereit, gegen meine Feinde in die Schlacht zu ziehen, doch ich werde gewiss nie jemanden verletzen, der wehrlos und unschuldig ist. Dazu werden sie mich nicht bringen. Sie haben mir mein Leben genommen, aber *das* nehmen sie mir nicht.«

»So unschuldig bin ich nun auch wieder nicht«, murmelte Hanna. Dann fügte sie hinzu: »Das verstehe ich nicht. Du bist so etwas wie ein Vampir, also hast du schon oft Leute gebissen. Und wie kannst du sterben, wenn sie dir bereits das Leben genommen haben? Stirbst du, wenn du auf Blut verzichtest?« Sie hielt sich an diesen technischen Fragen fest, um nicht darüber nachdenken zu müssen, was er sonst noch gesagt hatte. Prinz des Lichts. Wie verrückt war das erst!

»Ich bin noch nicht lange ein Schatten«, sagte er. »Das bedeutet, ich kann im Schatten existieren. In der Nacht bin ich sicher. Dieses künstliche Licht«, er wies auf die kleine Neonröhre, »macht mir nichts aus. Aber ich kann nicht hinaus an die Sonne. Ich habe mich damit abgefunden, dass ich nur im Dunkeln nach draußen gehen kann. Anfangs habe ich befürchtet, ich würde bei der Rückkehr hierher vor verschlossenen Türen stehen. Dass Kunun mich aussperrt und mich auf diese Weise zwingen will, es endlich zu tun und so zu werden wie die anderen. Deshalb bin ich immer rechtzeitig zurückgekommen. Ich dachte, wenn die Tür irgendwann zu ist, habe ich noch genug Zeit, um mir einen Unterschlupf zu suchen. Kein Opfer, nur einen Unterschlupf. Ich hätte nie mit dir in diesen verdammten Fahrstuhl steigen dürfen.«

Sie warf einen Blick durch die Glasscheibe. Unter ihnen lag der Hof, in dem die Lampen aufgehört hatten, die steinernen Löwen zu beleuchten. Das war ihr vorher gar nicht aufgefallen. Kunun hatte einfach den Strom abgestellt.

»Ein gläserner Fahrstuhl«, sagte sie.

»Ja«, erwiderte er nur.

»Und du bist wirklich ein Prinz? Wovon? Ich meine, du bist kein ungarischer Adliger oder so etwas? Du siehst überhaupt nicht aus wie ein Ungar. Wo kommst du her?«

»Du willst wissen, wo ich herkomme? Durch eine Pforte im Keller. Hilft dir das weiter? Magyria. Akink, die Stadt des Lichts.«

»Hört sich nicht an, als wäre das irgendwo in der Nähe.«

»O doch«, widersprach er. »Nur eine Handbreit von hier entfernt. Einen Atemzug. Einen Lidschlag.« Er seufzte und wischte sich die Haare aus der Stirn. Obwohl er äußerlich so ruhig war, schwitzte er. Hanna sah, wie ihm winzige Tröpfchen über die Stirn perlten. Mit einem Mal wurde ihr klar, wie sehr er sich fürchtete.

»Magyria ist ein Traum«, sagte er. »Akink ist nichts als ein Traum … Ich denke daran und weiß es. Es ist so unwirklich, eine Stadt wie aus einem Märchen. Die Flusshüter schreiten über die Brücke. Ich höre die Hörner im Nebel. Seltsam, dass ich das alles nie wieder zu Gesicht bekommen werde. Es wird sein, als hätte ich nie existiert. Ich bin nichts als ein Traum.«

»Du bist kein Traum«, widersprach sie, von einem solchen Mitleid erfüllt, dass es ihr den Atem verschlug.

»Ach nein?« Er lächelte. »Es ist seltsam, dass es mir so vorkommt, nicht? Diese Welt hier sollte mir wie ein Traum erscheinen. Ein anderes Akink, in dem nichts so ist, wie ich es kenne. Ich bin hergekommen und habe mich in einer Welt voller Wunder wiedergefunden. Aber kein einziges Mal ist mir diese Stadt, die ihr Budapest nennt, wie ein Traum vorgekommen. Sie ist so erfüllt von Leben ... Ich kann es spüren, weißt du? Ich fühle das Leben in dieser Stadt, das Leben, das durch deine Adern rinnt. So lebendig, so ungeheuer real, dass alles andere dagegen zu einem farblosen Traum verblasst. Alles, was ich je geliebt habe, wird dagegen so unwirklich, als hätte ich es lediglich auf einem Bild gesehen oder in einem Buch gelesen. Das ist der Grund, warum die Schatten immer wieder herkommen, verstehst du?«

Hanna nickte.

»Sie trinken von eurem Leben, welches das unsere bei Weitem übersteigt. Sie nehmen euer Leben mit sich hinüber nach Magyria und können damit dem Sonnenlicht trotzen. Mit eurer Kraft in den Adern werden sie Akink erobern und unterwerfen. Und ihr könnt nichts dagegen unternehmen. Gar nichts. So wenig, wie ich etwas tun kann. Mir bleibt nur, ein anderes Schicksal zu wählen. Ein Traum zu sein, der endet, anstatt zum Albtraum zu werden.«

»Du bist kein Traum«, wiederholte Hanna. Sie streckte die Hand aus und berührte ihn. Es gab keinen Zweifel daran, dass er genauso echt war wie sie, weder ein Produkt ihrer Einbildungskraft noch ein nebulöses Wesen aus einer Traumwelt. Er zuckte zusammen, als sie den Schal sacht zur Seite schob und ihm über die Knöchel strich. »Du blutest. Du empfindest Schmerz. Du bist kein Schatten, der verschwindet, wenn ihn das Sonnenlicht trifft.«

»Als der Wolf mich gebissen hat, hat mein Herz aufgehört zu schlagen«, erklärte Mattim. »Ich lebe im Schatten. Kannst du dir vorstellen, was das bedeutet? Ich war der

Prinz des Lichts … Es muss enden, bevor Kunun mich in seine tödliche Streitmacht einordnen kann, bevor mein Vater mich so sieht … Ich habe ihnen allen versprochen, dass das Böse mich nicht zu fassen kriegen wird. Dieses Versprechen werde ich halten.« Er zitterte immer noch.

Sie hielt seine beiden Hände fest. »Dein Herz schlägt nicht?«

»Du glaubst mir nicht? Bitte schön, überzeug dich selbst.«

Er öffnete den Reißverschluss seiner Lederjacke. Darunter trug er ein helles, dünnes Hemd.

»Horch selbst«, forderte er sie auf.

Es war komisch, einem Fremden so nahe zu kommen, und doch konnte sie nicht widerstehen. Sie musste es tun, allein deshalb, um Réka sagen zu können: »Bist du sicher, dass Kunun überhaupt ein Herz hat, das er dir schenken könnte?«

Hanna lehnte ihr Ohr gegen seine Brust. Sie hob und senkte sich, während er atmete. Fast war ihr, als könne sie seinen Herzschlag spüren, einen wilden, rasenden Trommelwirbel, die Musik seiner Angst. Aber es war nur ihr eigenes Herz, das in ihrem Leib pochte. Dort hinter seinem Hemd war nichts, war nur Stille. Er lebte nicht. Trotzdem war er nicht kalt. Und er atmete, genau wie sie. Er schwitzte, und er blutete, und er fürchtete sich. Nur sein Herz schlug nicht. Trotzdem blieb sie an ihn gelehnt sitzen, und als er zögernd den Arm um ihre Schulter legte, hielt sie ganz still.

»Du frierst«, sagte er leise. »Oder habe ich dich erschreckt? Ich habe dir ehrlich gesagt, wie es ist. Und dass ich dir nichts tun werde.«

Sie hatte nicht gemerkt, dass auch sie so sehr zitterte, dass ihre Zähne klapperten. »Mir ist nur kalt«, sagte sie. »Die haben vergessen, eine Heizung in den Fahrstuhl einzubauen.«

Er legte seine offene Jacke um sie.

»Ich muss immer noch.«

»Ich werde nicht hinsehen.« Sie hörte das kleine Lächeln in seiner Stimme. »Versprochen.«

»Und wohin …?«

»Nimm einfach meine Mütze.«

Sie schälte sich aus seiner Umarmung. Inzwischen musste sie so sehr, dass es nahezu gleichgültig war, ob sie sich hier in einem gläsernen Fahrstuhl befand, in dem Licht brannte, und vielleicht eine ganze Schar Vampire irgendwo da hinten im dunklen Hof versammelt war und zuschaute. Sie kramte alle ihre Taschentücher heraus und legte die Mütze dick damit aus. Mattim drehte das Gesicht weg, während sie pinkelte. So bemerkte er auch ihr rotes Gesicht nicht. Ihr war heiß, als sie die nasse Kappe in die Ecke schob.

»Oh Gott, ist mir das peinlich.«

Er sagte nichts, sondern breitete wieder seine Jacke aus, und als gäbe es keinen anderen Ort auf dieser Welt, an dem sie sicher sein konnte, kehrte sie in seine Umarmung zurück. Sie sah auf die Uhr. Es war drei.

Sie war so müde, dass sie tatsächlich einnickte. Irgendwann schrak sie hoch.

»Wie spät ist es?«, fragte er.

»Halb sechs.«

Er nickte.

Mit wackeligen Beinen stand Hanna auf, alles tat ihr weh. Sie war völlig durchgefroren. Es war so kalt, dass der Frost die Scheibe mit einer milchigen Schicht überzogen hatte. Sie streckte sich und bewegte ihre verspannten Schultern. Dann blickte sie auf Mattim herunter, auf sein zerzaustes blondes Haar, und ihr Herz zog sich zusammen.

»Wann geht die Sonne auf?«, fragte sie. »Ungefähr in einer Stunde? Es ist nicht dein Ernst, dass du in einer Stunde sterben wirst, oder?«

Er antwortete nicht.

Sie merkte, dass er sich auf seinen Atem konzentrierte,

dass er betont ruhig ein- und ausatmete, während er sie ansah. Dann wandte er sich ab und krümmte sich in der Ecke zusammen, seine Schultern zuckten. Sie kniete sich neben ihn, streckte die Hände nach ihm aus, zögerte, dann strich sie ihm über den Rücken. »Mattim … Hör endlich mit dem Unsinn auf. Du sollst nicht sterben, hörst du? Beiß mich. Ich werde es überleben. Réka hat es auch überlebt. Mach einfach. Es wird schon nicht so schlimm sein.«

Er zuckte mit den Schultern, als versuche er, ein lästiges Insekt abzuschütteln.

»Nein«, sagte sie. »Ich lass dich nicht in Ruhe. Glaubst du, ich schau mir noch eine ganze Stunde lang an, wie du hier auf den Tod wartest? Hör auf, den Märtyrer zu spielen. Beiß mich. Bringen wir es hinter uns.«

Er hob den Kopf. »Ich werde nicht zu ihnen gehören«, flüsterte er. »Lieber sterbe ich. Ich werde nicht auf die Seite des Bösen übertreten.«

»Mattim.« Immer wieder sagte sie seinen Namen, griff nach seinen Schultern und versuchte, ihn so zu sich zu drehen, dass er sie ansehen musste. »Du bist deswegen doch nicht böse. Ich gebe dir mein Blut freiwillig. Ich tue es von mir aus, also ist es nichts, was du einer hilflosen Person antust. So wehrlos bin ich auch wieder nicht. Auch wenn ich nur ein Mädchen bin.« Sie versuchte zu lachen. »Bitte. Vergiss deine Ehre und dein Akink oder was auch immer. Tu es einfach.«

Sie griff nach seinen Händen, nach seinem Gesicht; er sträubte sich, und daran merkte sie, wie stark er wirklich war und dass sie keine Chance bei einem Kampf gegen ihn gehabt hätte. Endlich gab er den Widerstand auf, und sie sah nun, was er so verzweifelt vor ihr hatte verbergen wollen. Er weinte, sein ganzes Gesicht war tränennass, und seine Augen hatten nun die Farbe von Regenwolken.

»Es ist in Ordnung«, sagte sie, »Mattim, bitte. Es ist in Ordnung.«

»Ich hätte nie gedacht, dass ich nicht stark genug sein könnte«, flüsterte er und wischte sich über die Augen. »Wie oft habe ich dem Tod ins Gesicht geblickt ... Jetzt dagegen, wenn man nur warten kann ... Warten, statt kämpfen zu können ...«

»Ich werde nicht zulassen, dass du stirbst.«

Nachdenklich sah er sie an. »Wenn ich das tue, was Kunun will, was wäre ich dann?«, meinte er. »Hast du dich das einmal gefragt? Ich wäre nicht mehr der Prinz des Lichts, der Sohn meines Vaters. Dann wäre ich wirklich ein Schatten, eine Kreatur der Finsternis. Ein böses Wesen, das sich selbst verachtet.«

»Ich werde dich niemals verachten«, versprach sie. »Mattim, hör mir doch endlich zu. Du bist nicht böse, wenn du etwas nimmst, was ich dir freiwillig gebe. Ein bisschen Blut! Die Welt geht davon nicht unter. Ich wollte immer schon mal zum Blutspenden gehen. Wenn ich irgendjemandes Leben damit retten könnte, warum nicht deins?«

»Es ist nicht bloß ein bisschen Blut«, widersprach er. »Es ist dein Leben. Es ist ein Teil deines Lebens, den du verlieren würdest.«

Sie dachte an Réka und verstand. »Ich würde diese Augenblicke verlieren, nicht wahr? Sie würden aus meinem Gedächtnis getilgt?«

Diese Leere in Rékas Gesicht. Die Leere im Gesicht des Mannes im Park. Bleiche, ausgezehrte, verständnislose Gesichter, denen etwas geraubt worden war. Auf einmal hatte Hanna Angst, und dennoch hörte sie nicht auf, ihm zuzureden.

»Das halte ich aus. Was sind ein paar Stunden gegen dein Leben?«

»Es ist nicht mal ein richtiges Leben«, erinnerte er sie.

»Ich habe noch nie jemanden getroffen, der so echt war wie du«, sagte sie. »Noch nie. Außerdem, was glaubst du, wird Kunun tun, wenn er bei Sonnenaufgang den Fahrstuhl öffnet? Wenn du zu Staub zerfallen bist, oder was immer mit dir geschieht? Glaubst du, er wünscht mir einen guten Morgen und lässt mich nach Hause gehen?

Das hier war nicht nur eine Falle für dich, vergiss das nicht. Kunun hat sie auch mir gestellt. Er wird nicht zulassen, dass ich dieses Haus verlasse, ohne vergessen zu haben, dass ich es je betreten habe. Also wird er mich beißen. Was, um Himmels willen, werde ich dadurch gewinnen, wenn er es tut und nicht du? Wenn ich mir vorstelle, dass er auf mich zukommt, könnte ich schreien. Ich werde kämpfen und versuchen, an ihm vorbeizukommen. Vielleicht schlägt er mich nieder. Und dann – Mattim, ich werde gegen ihn kämpfen, mit aller Kraft. Dir dagegen gebe ich mein Blut freiwillig.«

»Nein«, flüsterte er.

»Hör auf, so verdammt edelmütig zu sein! Ich will nicht, dass du stirbst. Und ich werde das so oder so durchmachen müssen, was du mir hier ersparen willst. Mit Kunun wird es nur viel schlimmer sein. Viel, viel schlimmer.«

Mattim hatte sich die Wangen getrocknet. Er stand auf und blickte ihr ins Gesicht. Seine Augen waren wieder grau wie Stein. Sie erinnerten an Felsen im Mittagslicht.

»Geh in die Sonne und schau dir diese Stadt an«, sagte sie leise. »Schau sie dir an, wie sie wirklich ist. Schau in die Sonne.«

»Hanna«, sagte er nur, und da wusste sie, dass sie gewonnen hatte.

»Tu es jetzt«, flüsterte sie. »Jetzt gleich. Warten ist schrecklich.«

Er lehnte seine Stirn gegen ihre. Dann spürte sie seine Lippen an ihrem Hals. Er zögerte.

Sie versuchte zu lachen. »Hast du überhaupt die richtigen Zähne für so etwas?«

»Schau mich nicht an dabei«, sagte er. »Ich bringe es nicht über mich, wenn du mich anschaust.«

Er drehte sie an der Schulter herum, sodass sie mit dem

Rücken zu ihm stand, und strich ihre Haare zur Seite. Sie merkte, wie trotz ihrer mutigen Reden ihre Knie wackelig waren und alles in ihr nach Flucht schrie, als sein Atem ihre Haut streifte. Er schlang seine kräftigen Arme um sie, ihre und seine Hände verschränkten sich. Sein Atem ging etwas schneller.

Dann spürte sie einen Schmerz, kurz und scharf, und gleich darauf schwer und dumpf. Es tat nicht so weh, wie sie befürchtet hatte. Eigentlich tat es überhaupt nicht weh. *Ich werde es vergessen,* dachte sie. *Diesen Augenblick. Dass er mich so hält. Ich werde ihn vergessen. Alles werde ich vergessen …*

Sie schob ihre Ängste beiseite.

Mattim, dachte sie. *Mattim. Mattim. Ich halte alles fest, diesen Augenblick, diesen Namen, so wie du mich festhältst. Mattim.* Die Welt begann sich um sie zu drehen, ihre Beine gaben nach, und langsam rutschten sie beide die kalte Glaswand des Fahrstuhls hinunter, bis sie gemeinsam auf dem Boden saßen, sie nach wie vor in seiner Umklammerung, und immer noch nahm er den Mund nicht von ihrem Hals.

»Mattim«, flüsterte Hanna. Sie dachte es in einem fort, sie wiederholte es wie ein Mantra, wie einen Zaubergesang. *Mattim. Mattim, Mattim, Mattim …* Sie warf seinen Namen wie einen Stein in einen dunklen Teich, und während er versank, sprang sie ihm nach in die Dunkelheit. *Mattim …*

ACHTZEHN

BUDAPEST, UNGARN

Fröstelnd zog Hanna ihren Mantelkragen höher. Eisschollen trieben von rechts nach links an ihr vorbei. Sie registrierte diese Tatsache, ebenso nahm sie wahr, dass das Wasser schnell floss, als habe es Eile. Ihr Blick wanderte etwas höher, zum jenseitigen Ufer. Mauern. Eine Burg. Irgendetwas Großes. Sie nahm den Blick von so viel majestätischer Größe zurück und richtete ihn direkt vor sich.

Schuhe. Jede Menge Schuhe. Sie standen nicht ordentlich nebeneinander, sondern so, wie ihre Besitzer sie zurückgelassen haben mussten, bevor sie ins Wasser gesprungen waren. Merkwürdig. Das Wasser war bestimmt viel zu kalt, um darin zu baden. Außerdem war niemand zu sehen, der im Fluss schwamm. Auf einer kleinen Eisscholle saß eine Möwe.

Ja, es war ein Fluss. Aus irgendeinem Winkel ihres Verstands tauchte ein Name auf. *Donau.*

Dann ein zweiter: *Budapest.*

Ungarn. Nun wusste sie es wieder. Das Au-pair-Jahr in Ungarn. Sie hatte sich lange darauf gefreut. Jetzt war sie endlich angekommen. Nur warum war es so kalt? Sollte sie nicht im September beginnen?

Hanna strich sich über die Stirn. Sie starrte auf die seltsamen Schuhe. Jetzt erst fiel ihr auf, dass sie nicht echt waren. Keine Lederschuhe, sondern hartes, kaltes Metall. Und sie hatte sie schon einmal gesehen, wenn sie sich auch nicht erinnern konnte, wo und wann. Sie war schon länger hier. Sie kannte diese Stadt. Den Anblick der Brücken.

Diese Stadt … und ihre Familie. Attila. Réka. Ferenc und Mónika. Das Haus. Ihr Zimmer. Langsam kehrte alles zurück. Hanna wusste zwar immer noch nicht, warum sie hier allein am Ufer der Donau stand, aber immerhin konnte sie allmählich einordnen, wer sie war und was sie in dieser Stadt tat.

Sie blinzelte. Ihre Augen tränten von der Kälte. Mist, keine Taschentücher, obwohl sie doch sonst immer welche dabeihatte. Ihre Nase juckte. Der Hals brannte. Sie musste sich erkältet haben. Sie war krank.

Warum war sie nicht im Bett, wenn sie krank war?

Wie eine uralte Frau tastete sie sich langsam vorwärts. Ihre Augen tränten so stark, dass sie kaum etwas sehen konnte, mit dem Ärmel wischte sie sich darüber. Es fühlte sich an, als wären ihre Mandeln geschwollen. Wann hatte sie das letzte Mal eine Mandelentzündung gehabt? Es wollte ihr partout nicht einfallen.

Mit vorsichtigen Schritten ging sie am Ufer entlang, auf die Kettenbrücke zu. Auf der linken Seite rauschten die Autos vorbei und erlaubten ihr kaum zu atmen. Dahinter die Fassaden großer Häuser, fremder Häuser, ein Dickicht, in dem sie sich verlieren konnte. Sie musste unbedingt nach Hause. Zögernd blieb sie stehen, Panik erfasste sie. Zu Hause – wo war das? Wo musste sie hin? Alles schien sich um sie zu drehen, sie schwankte, umklammerte einen Laternenmast wie eine Betrunkene. Erst als sich der Boden wieder fest anfühlte, ließ sie ihn los.

Wie dumm. Jetzt wusste sie wieder, wo sie wohnte: in den Budahills, im zweiten Bezirk. Auch wenn sie noch keine Ahnung hatte, wie sie dort hinkommen sollte. Himmel, war das weit weg!

Auf einmal fühlte sie sich von zwei starken Armen gehalten.

»Na, dann kommen Sie mal.«

Hanna merkte, dass jemand sie zu einem Auto führte,

dann lichtete sich der Schleier wieder ein wenig, und ihr wurde bewusst, dass sie ein Taxi vor sich hatte, das an einer Parkbucht wartete. Vor ihr die Brücke. Rechts der Fluss. Links die Straße und der rauschende Verkehr. Zu irgendeiner Zeit, in irgendeinem Leben, war sie schon einmal hier gewesen.

»Ich hab kein Taxi gerufen«, sagte sie, obwohl sie sich nicht sicher war.

»Ihr Freund war's«, gab der Fahrer zur Antwort. »Hat sich Sorgen gemacht, ob Sie gut zu Hause ankommen.«

»Aber …«

»Da hinten steht er. Der Blondschopf da. Das ist doch Ihr Freund?« Der Mann winkte einmal kurz und bugsierte sie auf die hintere Sitzbank. »So, da rein. Zum Rosenhügel, richtig? Dann wollen wir mal.«

Sie drehte sich um und starrte durch die Windschutzscheibe, um zu sehen, wem der Fahrer gewunken hatte, aber unter den vielen Menschen, die an der Uferpromenade unterwegs waren, fiel ihr niemand auf, den sie kannte. Es war seltsam – warum hätte Maik ihr ein Taxi rufen sollen? Maik war doch gar nicht da. Außerdem, fiel ihr ein, waren sie schon lange nicht mehr zusammen. Wieder stieg Panik in ihr auf. Das alles ergab überhaupt keinen Sinn.

»Da wären wir.« Der Fahrer pfiff anerkennend durch die Zähne. In ihrer Manteltasche fand sie ihr Portemonnaie, doch er schüttelte den Kopf. »Ihr Freund hat mich schon bezahlt. Junge, Junge, das muss eine Nacht gewesen sein.«

Der Mann stieg aus und öffnete ihr die Tür. Was auch immer ihr angeblicher Freund ihm gezahlt hatte, es war nicht zu wenig gewesen, denn er wartete sogar, bis sie mit zitternden Händen das Tor aufgeschlossen hatte.

»Alles Gute!«, rief er ihr nach.

Mónika lief dem Au-pair-Mädchen entgegen, bevor es die Haustür erreicht hatte.

»Hanna! Hanna, Gott sei Dank, dir ist nichts passiert!«

Verdutzt fand Hanna sich in einer kräftigen Umarmung wieder. »Wir haben uns solche Sorgen gemacht! Wo warst du nur? Was fällt dir ein, einfach nicht nach Hause zu kommen?«

»Was?« Benommen schüttelte sie den Kopf. Die komplette Familie saß am Frühstückstisch, obwohl die Uhr schon halb elf zeigte. Ferenc, Réka, der vollgekrümelte Teller gehörte sicher Attila, und wie es aussah, hatte Mónika nichts gegessen.

»Setz dich doch.« Ihre Gastmutter schob eilig einen Stuhl zur Seite. »Du siehst wirklich krank aus. Hast du Fieber? Darf ich?« Sie hielt eine Hand an Hannas Stirn. »Nein, anscheinend nicht.«

»Wo warst du?«, rief Attila aufgeregt. »Mama wollte schon die Polizei rufen, aber Papa hat es nicht erlaubt. Weil du schon groß bist.«

»Wir haben uns eben Sorgen gemacht«, verteidigte Mónika sich. »Es ist ja sonst nicht Hannas Art, einfach zu verschwinden. Und Mária hat jede Stunde angerufen und gefragt, ob du schon zu Hause wärst. Das hat uns natürlich erst recht nervös gemacht. Wo warst du denn?«

Auf einmal waren alle still. Vier erwartungsvolle Augenpaare richteten sich auf sie.

Hanna versuchte in ihrem Gedächtnis nach der Antwort zu graben, doch da war keine. Ihr fiel nur ein, was der Taxifahrer gesagt hatte: Muss das eine Nacht gewesen sein …

»Ich – ich weiß es nicht.«

»Du weißt nicht, wo du gewesen bist?«, fragte Mónika und runzelte die Stirn. »Na gut. Vielleicht sollten wir später über alles sprechen. Es wird sich mit Sicherheit alles aufklären. Nicht wahr?«

Hanna, die das Gefühl hatte, dass sie überhaupt nichts Sinnvolles tun und sagen konnte, und nur ein unabänderliches Schicksal vor sich sah, dem sie nichts entgegenzusetzen hatte, ging wie eine Schlafwandlerin gehorsam die Treppe hinauf.

Sie setzte sich auf ihr Bett und schlug die Hände vors Gesicht. Nichts. Da war nichts. Alles weg, wie ausgelöscht.

»Du warst bei Kunun, stimmt's?« Réka hatte sich durch die offen gelassene Tür geschoben. Aus ihren Augen sprach die pure Verzweiflung, gemischt mit einer gehörigen Prise Zorn. »Deswegen willst du nicht sagen, wo du warst!«

»Nein! Bei Kunun? Bestimmt nicht. Ich habe keine Ahnung, wo ich war.«

»Was denn nun?«, höhnte Réka. »Wie kannst du wissen, dass du nicht bei ihm warst, wenn du gar nichts weißt?«

Hanna hob die Hände und ließ sie wieder fallen. »Nur so ein Gefühl. Ich will nichts von deinem Kunun. Du kannst ihn gerne behalten.«

»Mária hat gesagt, du wolltest Fotos machen.« Réka musterte sie aus zusammengekniffenen Augen. »Zeig mir die Fotos. Dann werden wir es ja sehen.« Sie fragte nicht lange, sondern kramte Hannas Handy hervor und ließ es zum Leben erwachen. Eine Weile starrte sie darauf, dann reichte sie es Hanna.

»Wer ist das denn?«

Auf dem Foto war ein blonder Junge zu sehen, der die Augen geschlossen hielt. Er schien zu schlafen, sein schönes Gesicht wirkte erschöpft, aber um den Mund lag ein winziges Lächeln, als wüsste er genau, dass er gerade fotografiert wurde.

Wieder war da die Stimme des Taxifahrers. *Ihr Freund, der Blondschopf. Muss das eine Nacht gewesen sein, Junge, Junge.*

»Ich kenne ihn nicht«, flüsterte sie.

»Warum grinst du dann so?«

Sie hatte gar nicht gemerkt, dass sie gelächelt hatte.

Réka stand da und wirkte auf einmal sehr verlegen. »Tja, dann … tut mir leid.« Sie schlüpfte aus dem Zimmer.

Hanna merkte es gar nicht, sie starrte immer noch auf das Foto des Fremden und versuchte sich vorzustellen, dass sie die Nacht mit ihm zusammen verbracht hatte. Wie hätte es abgelaufen sein können? War sie ausgegangen und hatte ihn irgendwo kennengelernt? Sich von ihm ansprechen lassen? War sie einem Fremden in seine Wohnung gefolgt und hatte dort Drogen genommen, die einen völligen Blackout verursacht hatten?

Das alles passte nicht zu ihr. Nie im Leben wäre sie einfach so mit einem Fremden mitgegangen, auch wenn er so süß aussah wie dieser blonde Junge hier. Süß und harmlos.

Wann hatte sie das Foto aufgenommen? Vorher? Nachher?

Sie schüttelte den Kopf. Was für ein Unsinn. So war sie nicht. Vielleicht hatte sie ihn irgendwo in der Metró fotografiert. Hinter ihm schien so etwas wie eine Scheibe zu sein. Irgendein Fremder in der U-Bahn.

Ein – was war das, ein Fahrstuhl? Sie klickte sich durch die anderen Fotos. In der glänzenden Scheibe erkannte sie schemenhaft sich selbst. Knöpfe, Fahrstuhlknöpfe. Ein mehrstöckiges Gebäude also. Ein Innenhof, Balkongitter, Wohnungstüren. Eine große Eingangstür, über der ein monströser Löwenkopf prangte. Ein Straßenschild. Ein großes Gebäude – ein Museum vielleicht? Nein, ein Bahnhof. Die Metró. Auf der Rolltreppe, das war vielleicht Kunun. Sie erinnerte sich an Kunun. Rékas merkwürdiger Freund. Warum hatte sie ihn fotografiert? Er schien es nicht bemerkt zu haben. Zum Glück hatte das Mädchen dieses Foto nicht gesehen.

Es klopfte, und Mónika steckte den Kopf durch die Tür. »Darf ich reinkommen?« Sie setzte sich auf den einzigen Stuhl im Zimmer und drehte ihn zu Hanna. »Wir haben vielleicht zu wenig darauf geachtet, dass du deine freien Wochenenden bekommst. Aber deshalb brauchst du nicht gleich krank zu spielen und dann einfach zu verschwinden. So viel Vertrauen solltest du zu uns haben. Wir werden von nun an darauf achten, dass du deine Arbeitszeiten nicht überschreitest. Wäre es zu viel verlangt, wenn du uns dafür sagst, wo du hingehst und wann du ungefähr wiederkommst? Einfach, damit wir Bescheid wissen. Ich möchte nie wieder vor der Entscheidung stehen, ob ich die Polizei anrufen soll oder nicht.«

»Ja, klar.«

»Auch wegen Réka. Damit sie sich ein Beispiel an dir nehmen kann.«

»Klar. Ja, kein Problem.«

Mónika nickte zufrieden. »Hast du Hunger? Wir dachten, wir könnten nachher mal was zusammen unternehmen. Mit der ganzen Familie.«

»Gerne. Ich will mich nur noch umziehen.«

»Ja, sicher. Lass dir Zeit. Ein schönes, heißes Bad wird dir bestimmt guttun.«

Hanna versuchte, Mónikas Lächeln zu erwidern.

Wie fürsorglich sie alle waren. Sie musste bloß mitspielen. Und nicht erwähnen, dass da ein Loch war, ein riesengroßes Loch von einer ganzen Nacht und einem halben Tag.

Im Badezimmer merkte sie, wie steif sie war, alles tat ihr weh. Sie mochte kaum den Kopf neigen, um das Wasser einzulassen; sofort wurde ihr wieder schwindelig. Dann entdeckte sie im Spiegel zumindest den Grund dafür, dass ihr der Hals so schmerzte. Einen riesigen, hühnereigroßen Bluterguss. Ihre Theorie, dass sie vielleicht allein durch die Straßen gerannt war und sich verlaufen hatte, war damit wohl tatsächlich hinfällig. Sie fuhr über die Stelle und zuckte zusammen, als sie zwei kleine Wunden berührte.

»Was hast du bloß angestellt, Hanna?«, fragte sie ihr Spiegelbild.

Das ungewohnt blasse, übernächtigte Gesicht ihr gegenüber lächelte zaghaft. Wenn sie wenigstens einen Namen gehabt hätte. Eine Telefonnummer. Irgendeine Möglichkeit, diesen Fremden zu erreichen und ihn zu fragen, was passiert war. Immerhin war er so fürsorglich gewesen, ihr ein Taxi zu rufen. Ausgeraubt hatte er sie auch nicht. Besonders gefährlich konnte er nicht sein.

Ihr verspannter, durchgefrorener Körper tauchte in ein Meer aus Behaglichkeit ein, als sie in die Wanne stieg. Sie ließ noch etwas heißes Wasser nachlaufen, bis sie sich ganz warm und schon fast wieder gesund fühlte. Dicker, duftender Schaum hüllte sie ein. Hanna schloss die Augen und bemühte sich, nicht krampfhaft hinter den Schleier des Nichts blicken zu wollen. Gar nicht daran denken. Vielleicht kommt es von selbst, irgendetwas …

Auf einmal hatte sie das helle Gesicht des Jungen wieder vor sich. *Der Blondschopf. Was muss das für eine Nacht gewesen sein* … Fremd. Ein Gesicht, das ihr nicht mehr aus dem Kopf ging.

Als sie am Donauufer zu sich gekommen war, musste er in der Nähe gewesen sein. Als der Taxifahrer ihm zugewinkt hatte, war er womöglich zum Greifen nah gewesen. Er, der die Antwort hatte. Wen hatte sie alles gesehen, dort am Ufer? Leider hatte sie kein fotografisches Gedächtnis.

Hanna blieb in der Wanne, bis das Wasser lauwarm war und sämtliche Schaumbläschen zerplatzt waren, dann fiel ihr siedend heiß ein, dass Mónika etwas von Essen gesagt hatte. Eilig zog sie sich an. Ein eng anliegender Rollkragenpulli versteckte den peinlichen Fleck und zeigte dafür ein bisschen mehr Figur. Ihre von Natur aus leicht gewellten Haare fielen ihr mit sanftem Schwung auf die Schultern. In frischen Sachen, mit gewaschenen Haaren und aufgewärmt fühlte sie sich nicht mehr ganz so schrecklich. Schon fast munter hüpfte sie die Treppen hinunter und traf unten auf Réka, die sie fassungslos anstarrte.

Sie war doch nicht wirklich gehüpft, oder?

»Dir scheint es ja gutzugehen«, sagte Réka und verzog fast schmerzhaft das Gesicht. »Richtig verliebt siehst du aus.« Sie wirkte ein wenig fassungslos, als hätte sie nie für möglich gehalten, dass es in dieser Welt noch andere Männer gab, in die man sich verlieben konnte. Außer Kunun.

Am Nachmittag stand Mária unvermittelt vor der Tür. »Du bist wieder da? Du hättest mir auch Bescheid geben können, oder?«

Hanna hatte ganz vergessen, dass Mónika erzählt hatte, wie besorgt sie gewesen sei. »Tut mir leid.«

Mária starrte sie an. »Du auch, wie? Ich seh's schon. Hätte ich dir gleich sagen können, dass du verrückt bist, so etwas auch nur zu versuchen.«

Hannas verständnislose Miene entging ihr nicht. »Du verstehst mich nicht, wie? Ja, wie könntest du auch. Es ist alles weg, stimmt's?«

»Woher weißt du das?«, fragte Hanna misstrauisch. Sie hatte nicht mehr über ihren Gedächtnisverlust geredet, den ihr sowieso keiner glaubte.

»Weil du mich angerufen hast, bevor du losgezogen bist. Vampirfotos machen. Sonst geht's dir gut, was? Komm, zeig mal.« Ohne zu fragen zog sie an Hannas Kragen. »Ach, du Schreck.«

»He!«

Mária schüttelte den Kopf. »Du bist von einem Vampir gebissen worden, Hanna. Ich soll dir das sagen, falls du es vergessen hast. Denn wenn du tatsächlich gebissen wurdest, hast du es vergessen, so ist das nun mal.«

»Du sollst mir das sagen?«

»Genau. Das war dein eigener Auftrag an mich.«

»Meiner? Das glaube ich nicht.«

»Soll ich dir die Nachricht auf dem Anrufbeantworter vorspielen? Deine Stimme, oder nicht?«

Es war eindeutig ihre Stimme. Sie klang etwas komisch, wie das mit der eigenen Stimme nun mal so ist, aber es war unzweifelhaft sie selbst, die erklärte, sie habe vor, Réka zu beweisen, dass Vampire existierten und dass Kunun dazugehörte. Falls es schiefginge, solle Mária ihr später erklären, was sie wusste.

»Nein«, sagte Hanna.

»Oh, doch«, widersprach Mária. »Du hast selbst dran geglaubt. Ich hab gestern Abend sofort hier angerufen, als ich deine Nachricht abgehört habe. Meine Güte, war ich erschrocken, als die Szigethys sagten, dass du nicht da bist. Mit denen legt man sich nicht an. Was glaubst du, wer du bist? Eine Vampirjägerin? Ich habe diesen Kunun gesehen. Ich hab ihn gesehen, an ihrem Hals. Ich weiß, was ich beobachtet habe.«

Es konnte nur eine Lösung geben. »Du hast sie nicht mehr alle.«

Mária lachte. »Ich wusste, dass es so kommen würde. Ehrlich, ich wusste es. Hab echt nichts Besseres verdient. Keine Ahnung, warum ich ständig angelaufen komme, wann immer du Hilfe brauchst.« Sie war schon auf dem Weg zur Tür, als Hanna sie zurückhielt.

»Ich hab das wirklich auf dein Band gesprochen?«

»Ja, das hast du. Und es ist genauso gekommen, wie ich befürchtet habe. Du wohl auch, sonst hättest du nicht versucht, mir vorher Bescheid zu geben. Kunun hat dich erwischt und dir das Blut ausgesaugt und gleichzeitig deine Erinnerung daran.«

»Es war nicht Kunun«, sagte Hanna leise. Sie war sich absolut sicher, dass er es nicht gewesen war, wenn sie auch nicht erklären konnte, woher sie das wissen konnte.

»Na?«, fragte Mária aufmunternd. »Kommt die Erinnerung langsam zurück?«

Hanna zuckte die Achseln.

»Na schön.« Mária seufzte. »Dann denk drüber nach. Lass dir Zeit. Und versuch mal, dich wie ein Mensch zu verhalten, dem sein Leben was wert ist. Klar?«

Sie nickte. Sie lächelte. Sie konnte nicht anders, als zu

lächeln. Sie hatte Mária zugehört, doch obwohl sie jedes Wort gehört hatte, war nichts bei ihr angekommen.

Ein Gesicht. Hanna hatte es vor Augen, sie konnte ansehen, wen sie wollte, da war immer dieses Gesicht dazwischen. Sie lächelte.

»Nicht du auch noch«, murmelte Mária entnervt. »Dich hat es genauso schlimm erwischt wie Réka, oder? Dann nützt eh alles nicht. Du bist verloren.«

Die Art, wie die junge Ungarin die Tür hinter sich zuschlug, wirkte wütend, aber ihre Wut konnte Hanna nicht erreichen. Es stimmte, es hatte sie erwischt.

Irgendwie. In einer Nacht, an die sie sich nicht erinnern konnte.

Schmetterlinge tanzten in ihrem Bauch. Nein, das war schon kein Flattern mehr, das war ein Wirbelsturm.

Irgendwer.

NEUNZEHN

BUDAPEST, UNGARN

Im Tageslicht sah die Stadt weniger zauberhaft aus. Mattim hatte das Meer von Lichtern gegen eine prosaische Ansammlung grau angelaufener Gebäude getauscht. Es war müßig, sich zu fragen, ob es sich gelohnt hatte.

Über die Donau hinweg sah Mattim zur anderen Seite hinüber, wo die Burg sich an den Hügel schmiegte. Buda. Nein, Akink. Akink. Er konnte nicht anders, als an sein Zuhause zu denken, an jene andere Burg, die mit riesigen, wehrhaften Türmen über dem Fluss aufragte.

»Akink«, sagte Atschorek neben ihm. »Du siehst diese Stadt und denkst an Akink, habe ich nicht Recht? Und nun wirst du sie endlich wiedersehen. Wir gehen heute Nacht rüber; Kunun ist der Meinung, dass du mitkommen solltest.«

Der Junge musterte sie mit kühlen steingrauen Augen. »Ich werde euch nicht helfen, gegen meinen Vater zu kämpfen.«

Atschorek seufzte. »Brüderchen, er ist auch mein Vater. Nur für den Fall, dass du das vergessen haben solltest.«

»Ich bin nicht auf eurer Seite.«

»Das hast du schon tausend Mal beteuert. Im Ernst, Mattim, du langweilst mich allmählich. Wir haben es begriffen. Du bist der edle Prinz des Lichts, der mit der guten Seele.«

Sie lachte über sein zorniges Gesicht.

»Ich werde das nie wieder tun.«

»Natürlich wirst du. So wie wir alle. Wer möchte schon

zu Staub zerfallen? Du hättest die Gelegenheit zu einem Märtyrertod ergreifen sollen, als du noch die Chance dazu hattest. Jetzt wirkt das nicht mehr so recht glaubwürdig.«

Nie würde Mattim jenen Augenblick vergessen, in dem die Sonne über die Häuser kroch und ihr mildes Winterlicht in den Hof schüttete. Der Tag öffnete sich ihm wie eine weiße Seerose. Dieser Moment, in dem er das Leben in sich spürte, eine wilde, berauschende Lebendigkeit. Hanna im Arm zu halten und zu *leben* – er, der sein Leben verspielt hatte –, das war unglaublich. Es war ein Gefühl, das ihn von den Zehen bis zu den Haarspitzen erfüllt hatte, und schon jetzt sehnte er sich nach mehr. Es war ihr Leben, von dem er gekostet hatte, ein Leben, bis zum Bersten angefüllt mit Sehnsucht, die für diesen Moment auch die seine war, mit Wärme, die alle Kälte und Furcht vertrieb, einer unstillbaren Neugier, die ihn entzückte, einer gespannten Erwartung an alles Zukünftige, die seine Hoffnungen anstachelte. Er trug dieses Mädchen in sich. Hanna. Auf eine Weise, die er nicht für möglich gehalten hatte, fühlte er sich ihr verbunden, als wäre sie der vermisste Teil seiner Seele.

Nachdem er es getan hatte, war der Fahrstuhl ein paar Meter nach unten geruckt. Irgendwann ging die Tür auf, und Kunun stand vor ihm.

»Sieh an. Du lebst. Wer hätte das gedacht?« Mit einem abfälligen Lächeln betrachtete er das Mädchen, das mit leerem Blick zu ihm aufsah. »Ganze Arbeit geleistet, wie? Du wirst sicher auf den Geschmack kommen.«

Kunun bückte sich nach Hanna und zog sie hoch.

Mattim bemühte sich, seine Eifersucht nicht zu zeigen. »Ich bringe sie nach Hause«, sagte er.

»Wo man dich fragen wird, wer du bist? Du setzt sie in der Stadt aus, ganz einfach. Genieß den Sonnenschein.«

Mattim konnte sich nicht länger zurückhalten. Er holte aus und rammte Kunun seine Faust in den Magen. Der ältere der Brüder verzog nicht einmal das Gesicht. Er stieß den Angreifer zurück, gegen die Wand. Der raue Putz kratzte an Mattims Wange, als Kunun sein Gesicht dagegendrückte. Das Mädchen stand daneben und sah unbeteiligt zu, und der Schmerz über das, was er getan hatte, schüttelte ihn mehr als Kununs Hand.

»Hör auf, dich zu wehren«, befahl der Ältere. »Jeder Kratzer auf deiner Haut bleibt. Du lebst nicht mehr, deine Zellen erneuern sich nicht. Das ist wichtig, hörst du? Zeig mir deine Hand.«

Er griff nach Mattims Hand, zog den bunten Schal herunter und besah sich die ramponierten Fingerknöchel. »Es blutet immer nur kurz«, erklärte er. »Der Schmerz lässt bald nach. Aber du kannst Schmerzen empfinden wie ein Mensch. Alles, was deinem Leib geschieht, trägst du dein ganzes Schattendasein lang mit dir. Bis wir irgendwann alle wieder in Akink sind. Allein das Licht kann die Wunden heilen, die die Dunkelheit aufreißt ... Du musst vorsichtig sein. Du kannst dich nicht aufführen, als wärst du unverletzlich, denn das bist du nicht. Unsterblichkeit bedeutet nicht, dass alles heilt. Es bedeutet, dass alles so bleibt, wie es ist. Hast du das begriffen?«

»Ich hasse dich«, ächzte Mattim. Er versuchte nach Kunun zu spucken, verfehlte ihn jedoch.

»Du armer, kleiner, böser Vampir.« Er ließ Mattim los und trat einen Schritt zurück; mit einem süffisanten Lächeln schüttelte er den Kopf über seinen ungezogenen Bruder. »Gerätst ganz nach mir, wer hätte das gedacht.«

»Ich bin nicht wie du!«, protestierte Mattim verzweifelt.

»Jetzt hör mir mal gut zu«, verlangte Kunun und packte ihn hart am Kragen. »Du bist wie wir. Es hat dir keinen Spaß gemacht? Du wurdest dazu gezwungen? Das ist mir egal. Es ist auch ihr egal.« Er wies mit dem Daumen auf Hanna, die mit leerem Blick aus dem Fenster auf den Hof starrte. »Du hast ihr dasselbe angetan, was wir alle tun, um in der Sonne zu leben. Ob du es gern gemacht hast oder nicht, interessiert keinen Menschen. Deine tiefsinnigen Unterscheidungen will hier niemand hören. Du bist nicht wie wir? Ha! Genau wie wir anderen wirst du ihnen das Leben rauben. Glaubst du, derjenige, den du beraubst, hat Verständnis dafür, nur weil du darum bettelst? Niemand ist hier, um dir zu verzeihen. Ich nicht. Und sie erst recht nicht. Jetzt geh und bring sie weg.«

Es war merkwürdig. Mattim hatte Hanna weggebracht, aber sie war immer noch da. Pausenlos hatte er in den vergangenen Wochen an Akink gedacht, während er durch das nächtliche Budapest streifte, doch nun fiel es ihm schwer, die Gedanken auf irgendetwas anderes zu richten als auf Hanna. Selbst jetzt, während seine Schwester versuchte, ihm das Dasein eines Schattens in dieser und in jener Welt zu erklären, konnte er sich auf nichts anderes konzentrieren.

Atschorek schüttelte den Kopf. »Ein wenig mehr Begeisterung hätte ich schon erwartet. Akink. Hörst du? Akink! Vielleicht sehen wir sogar ein paar Flusshüter? Was meinst du, hättest du Lust, sie ein bisschen zu erschrecken? Goran wird auch dabei sein. Ich dachte, sie ist eine Freundin von dir?«

Mit einem ungläubigen Ausdruck wandte er sich ihr zu. »Für dich ist das wohl alles nur ein Spiel?«

»Nein.« Atschorek beugte sich vor, und ihre glänzenden Augen fingen seine ein. »Es ist kein Spiel, aber lass es uns zu einem machen. Das Spiel um Akink.« Dann fügte sie etwas leiser hinzu: »Es ist der einzige Weg nach Hause, Mattim. Diejenigen, die du deine Eltern nennst, werden dir das Herz aus der Brust reißen, wenn du ihnen die Gelegenheit dazu gibst, und dich bei lebendigem Leib verbrennen. Sie werden deine Asche in den Fluss streuen, auf dass du niemals wiederkommst. Wenn du mir nicht glaubst, probier es aus. Wie wir gesehen haben, ist dein Selbsterhaltungstrieb allerdings noch nicht ganz erloschen.«

Er fragte nicht, ob sie um ihn geweint hätte, wenn er den Tod gewählt hätte. Atschorek, das spürte er deutlich, würde um niemanden weinen.

Mattim lag in seinem Bett und zog sich das Kissen über den Kopf, mit beiden Händen hielt er es fest.

»Ich will einen Schlüssel.«

»Du bekommst keinen«, sagte Atschorek. »Niemand hier im Haus hat einen. Wenn Kunun mit dir reden will, dann redest du mit ihm. So einfach ist das.«

»Ich rede nie wieder mit ihm.«

Auf einmal erklang Kununs seidenweiche Stimme. Durch das Kopfkissen hindurch hörte er die Worte des Schattenprinzen. »Benimmt er sich wieder kindisch?«

»Vielleicht ist es doch noch zu früh, ihn mitzunehmen. Er könnte einen Fehler machen.«

»Es ist nicht zu früh. Wir haben lange genug auf ihn gewartet. Licht und Schatten, ich will ihn dabeihaben. Du sprichst jetzt mit mir, Mattim.«

»Nein«, rief der junge Prinz. »Geh weg!«

Mit einem Ruck riss Kunun ihm das Kissen weg, packte ihn im Nacken und presste ihm das Gesicht in die Matratze. Mattim schnappte nach Luft, einen Moment lang glaubte er, ersticken zu müssen. Er wehrte sich verzweifelt, aber Kunun hielt ihn unerbittlich fest und drückte ihn hinunter. Schließlich gab Mattim es auf. Er lag da und hörte auf zu atmen.

Kunun ließ ihn los. »Es ist nur eine Gewohnheit«, sagte er. »Das Atmen. Genau wie das Essen. Du brauchst keine Luft und auch keine Nahrung. Was du willst, das Einzige, was du willst, ist Leben. Das bekommst du weder aus dem Sauerstoff noch aus dem Zeug in deiner Küche.«

Atschorek seufzte. »Wenn du ihn zu früh mitnimmst, wird er sich am Ende noch gefangen nehmen lassen, nur um dir zu beweisen, dass er etwas Besseres ist als wir.«

»Das wird er nicht tun.« Kunun schüttelte leicht den Kopf, lächelnd. »Er hatte die Chance, edelmütig zu sterben. Nun ist er auf den Geschmack gekommen.«

»Ich werde das nie wieder tun«, stieß Mattim wieder hervor.

»Er atmet schon wieder, siehst du?«, sagte Kunun zu Atschorek. »Gegen Gewohnheiten kann man nichts ausrichten. Du wirst es lieben, Blut zu trinken.«

»Es ist keine Gewohnheit! Ich werde das nie, nie wieder tun!«

»Wir nehmen ihn mit auf die Jagd«, sagte Kunun. »Es wird Zeit, dass er lernt, unseren Kampf mitzukämpfen.«

»Vielleicht treffen wir Bela.« Atschorek zögerte. »Falls er Mattim überhaupt sehen will. Er hat Wilia so sehr geliebt.«

»Bela?« Mattim hob den Kopf.

»Dein Bruder. Ein Schattenwolf. Wilder hast du ja schon kennengelernt.«

»Bela ist hier?«

»Kein Schattenwolf kommt nach Budapest«, sagte Kunun scharf.

»Was ist mit unseren anderen Geschwistern?«, fragte Mattim. »Wo sind sie? Und was sind sie – Wölfe oder Schatten?«

»Leander ist tot«, ließ Atschorek ihn wissen, mit einer Stimme, die kein Bedauern verriet. »Unser eigener Vater hat ihm die Klinge in die Brust gejagt. Er war ein Schattenwolf, hell wie das Licht … Und Runia …«

»Es reicht«, unterbrach Kunun sie schroff. »Warum sollten wir über die Toten reden? Wir werden diesen Kampf führen, und zwar ohne zu jammern und ohne uns zu fürchten. Zwei Wölfe und drei Schatten.«

Mattim hatte sich aufgesetzt. »Wieso bin ich ein Schatten?«, flüsterte er. »Wieso kein Wolf? Ich hatte gehofft …« Er sprach nicht aus, was er sich erhofft hatte. Um Geheimnisse aufzudecken, war er durch den Fluss geschwommen, doch ihn hatte eine andere Sehnsucht gerufen, in die dunklen Tiefen der Wälder.

»Hast du es denn immer noch nicht begriffen?«, fragte Atschorek ungeduldig. »Wenn einer von uns dich gebissen hätte, wärst du nichts als ein Wolf geworden. Klein und schlau, aber zu nichts nütze. Nur ein Schattenwolf kann aus einem Menschen einen Schatten machen.«

»Das weiß ich längst. Nur woher kommen die Schattenwölfe? Ich dachte, dass aus einem Lichtprinzen kein gewöhnlicher Wolf wird, sondern einer von ihnen.«

»Aus jedem Schatten kann ein Schattenwolf werden, egal, ob Prinz oder nicht«, erklärte Atschorek.

»Aber …«

»Wir wissen nicht, wie es geschieht. Und wann. Niemand weiß das. Wilder war fünfzig Jahre lang ein Schatten, und auf einmal verwandelte er sich. Anderen widerfährt es schneller. Wenn du merkst, dass es geschieht, dann sieh zu, dass du nach Magyria kommst. Lass es nicht hier passieren.«

Mattim stellte sich vor, wie er sich mitten auf der Straße, hier in Budapest, in einen Wolf verwandelte, und lächelte. »Nein, besser nicht.« Ich werde also ein Schattenwolf, wollte er sagen, immer wieder. Ich und ihr auch, wir alle … Doch er zwang die Freude in seinem Herzen nieder. Wie konnte er sich darüber freuen, irgendwann so zu werden wie Wilder, wenn er gar nicht so lange leben würde?

»Ich werde niemanden mehr beißen«, sagte er. Dabei war es so natürlich, es zu tun. Er fühlte es mit seinem ganzen Körper, mit seinem ganzen Herzen. Wolf. Dann sah er auf seine Hände, die so vertraut und menschlich waren und gleichzeitig so erschreckend unsterblich und verletzlich. Die Schrammen an seinen Knöcheln waren nicht verheilt, auch wenn sie nicht mehr bluteten. »Ich komme nicht mit nach Magyria, um gegen die Flusshüter zu kämpfen.«

»Der König«, Kunun spie dieses Wort geradezu aus, »soll erfahren, dass der Kleine jetzt zu uns gehört.« Er sprach mit Atschorek, als wäre Mattim gar nicht anwesend. »Und er wird es erfahren, glaub mir.«

»Was, wenn er zurückläuft nach Akink? Wir brauchen ihn noch. Wir haben nicht Wilias Leben geopfert, um Mattim jetzt auch noch zu verlieren.«

»Nein«, sagte Kunun langsam. »Er wird uns nicht enttäuschen. Er wird sich nicht gefangen nehmen lassen. Er wird jagen, wie wir alle. Sagen wir: fast wie wir. Die Jungen und Unerfahrenen sind immer die Schlimmsten. Vor ihrer Gier ist niemand sicher. Sie sind der schlimmste Albtraum von ganz Magyria. Möchtest du nicht zusehen, was deine hübsche, kleine Freundin Goran mit einem Magyrianer so tun kann – oder, noch besser, mit einem Flusshüter?«

»Nein.« Mattim war blass geworden. »Ich werde nicht gegen meine Freunde kämpfen.«

»Du sollst auch nicht gegen sie kämpfen. Du wirst sie verwandeln.«

»Niemals! Ich komme nicht mit!«

Kununs Hand schnellte vor, wieder packte er Mattim am Nacken wie einen jungen Hund und zog ihn zu sich heran.

»Du weißt, dass du es tun wirst. Genau deshalb hast du Angst davor, mitzukommen. Weil dir jetzt schon klar ist, dass du nicht anders kannst. Glaubst du, ich falle auf deine kleine Theateraufführung hier herein? Glaubst du, ich nehme dir ab, dass du dich quälst wegen dieses Mädchens? Du liegst hier nicht in deinem Bett und schmollst, weil du der armen Kleinen wehgetan hast. Du liegst hier, damit du ungestört davon träumen kannst. Damit du jeden Augenblick auskosten kannst. Noch einmal. Und noch einmal. Und noch einmal. Es tut dir nicht leid. Nur aus diesem einen Grund schämst du dich: weil es dir nicht leidtut!«

Mattim keuchte, sagte jedoch nichts. Mit einem Ruck

machte er sich frei. »Ich hasse dich!«, stieß er finster hervor.

Kunun lachte leise. »Du hast einmal davon gekostet. Nun wirst du nicht wieder damit aufhören können. Glaubst du, es ist eine Sache der Willensstärke? Du überschätzt dich, Brüderchen. Meinst du, du wirst mit etwas fertig, was stärker ist als jeder von uns? Im Gegenteil. Du stehst ganz am Anfang. Du hast keine Chance, etwas zu beherrschen, was einem mit jahrzehntelanger Übung schwer genug fällt. Ich kann mir nehmen, wie viel ich will. So viel, wie ich brauche. Wann ich es will. Von wem ich es will.«

»Ich habe fast die ganze Nacht durchgehalten«, erinnerte Mattim leise.

»Doch jetzt«, sagte Kunun, »jetzt, da du wieder weißt, was Leben ist … Wenn du die Gelegenheit hast zu fühlen, wie es ist, wenn das Blut einem durch die Adern fließt, wenn das eigene Herz in der Brust schlägt, wenn du von einem Augenblick zum andern lebst, mit Hoffnung … Wie lange wirst du künftig wohl durchhalten?«

Mattim versuchte Kunun die ganze Verachtung, die er empfand, entgegenzuschleudern, mit einem Blick wie ein Pfeilhagel, aber die schwarzen Augen seines Bruders fixierten ihn unerbittlich, und schließlich senkte er den Kopf.

»Heute Nacht gehen wir rüber«, entschied der Schattenprinz. »Sag den anderen Bescheid, Atschorek. Das wird sich keiner von ihnen entgehen lassen wollen.«

»Du wirst mir keine Schande machen«, sagte Kunun zu Mattim. »Du tust genau das, was ich dir sage. Ist das klar?«

Er fixierte Mattim mit einem dunklen, beißenden Blick. Nein!, wollte der Jüngere rufen. Nein, nein und nochmals nein. Doch er konnte die Gelegenheit einfach nicht ungenützt verstreichen lassen, mit den anderen Vampiren nach

Magyria zu gehen. Nach Hause … Seit er das Schreckliche getan und einen Menschen gebissen hatte, sehnte er sich noch mehr als vorher in seine Heimat zurück. Akink. Die Burg, durchflutet vom Licht. Die Stimmen seiner Eltern im Salon. Die Hand seiner Mutter auf seinem Haar. Er würde sich die Bettdecke über den Kopf ziehen und wissen, dass alles nur ein Traum war. Kunun und Atschorek, die anderen Vampire, diese Stadt der steinernen Löwen, alles nur ein Traum … Doch dann wäre auch Hanna ein Traum gewesen. Nicht vorstellbar, dass er sich jemals jemanden wie sie ausgedacht haben könnte. Ihre warme Haut, ihr rindendunkles Haar … Manchmal fiel es ihm schwer, ihr Gesicht festzuhalten. Er dachte an sie, und sie schien ihm zu entgleiten, als wäre sie nichts als eine Wolke, die, vom Wind zerrissen, ihre Gestalt verlor. Mit ihrem Blut trug er ein Gefühl für sie in sich, ein unvergleichliches Gefühl, den Abglanz eines Lebens, das nicht das seine war, einen Vorgeschmack von etwas, was ihm nie gehören würde. Niemals. Er war nur aus einem einzigen Grund hier: um für Akink zu kämpfen. Ihr Blut verlieh ihm die Kraft dafür, von mehr durfte er nicht träumen.

»Nun, was ist?«, fragte Kunun. »Willst du lieber hierbleiben? Oder ringst du dich vielleicht doch noch zu einem Ja durch?«

Nein. Nein! Mattim unterdrückte das Beben in seinen Händen, den wahnwitzigen Wunsch, Kunun zu schlagen, und zwang seinen Kopf zu einem Nicken.

»Ja.« Er war zum Vampir geworden, um hinter Kununs Geheimnisse zu kommen, auch wenn das bedeutete, jeglichen Stolz aufzugeben und Ja zu sagen, wenn er eigentlich nur Nein rufen wollte, nein, nein und immerzu nein.

Kunun nickte zufrieden. »Dann komm.«

Er ließ Mattim den Vortritt, stieg nach ihm in den Fahrstuhl, drehte ihm den Rücken zu und ließ eine Hand über die Knöpfe tanzen. Dann drehte er sich um und lächelte über die Enttäuschung, die der Junge nicht so schnell verbergen konnte. Es war ihm nicht gelungen, einen Blick auf den Code zu erhaschen, mit dem man den Fahrstuhl dazu brachte, ins Untergeschoss zu fahren.

»Um dich allein nach Magyria zu lassen, ist es noch ein bisschen früh, findest du nicht?«

»Wenn du meinst.«

Hatte man erst einmal damit angefangen, Kunun zuzustimmen, wurde es immer leichter. Was wohl die anderen Schatten empfanden, wenn sie sich unter Kununs Herrschaft beugten – zumal sie zuvor stolze Flusshüter gewesen waren? Ihnen merkte man es nicht an, ob es ihnen schwerfiel. Eine ganze Schar wartete bereits im Keller auf sie. Nur Vorfreude auf den bestehenden Streifzug las Mattim in ihren Gesichtern.

»Auf zur Jagd!«, rief Goran fröhlich. Goran. Seine Goran! Das hübsche Mädchen mit den blonden Locken, Seite an Seite hatten sie gegen die Schatten gekämpft – wie konnte sie so schnell vergessen haben, wer sie war und wem ihre Loyalität gehören sollte? Oder spielte sie mit, weil sie es musste, und empfand dieselben Qualen wie er?

In einer Reihe schritten die Vampire durch den offenen Torbogen, der, wenn man von hier aus hindurchsah, in einen weiteren Kellerraum zu führen schien. Das war die Pforte, deren Existenz Mattim erahnt hatte, als er noch als unschuldiger Flusshüter Wölfe gejagt hatte, und niemals hätte er sie sich so schlicht vorgestellt, so ganz und gar nicht bemerkenswert. Ein Durchschlupf in einem Kellergewölbe. Kurz darauf standen sie alle in der Höhle, und er drängte sich durch die anderen, bis er Goran erreichte.

»Auf zur Jagd?«, fragte er und zog die Augenbrauen hoch.

»Wie viele Flusshüter werden wir diesmal erwischen, was meinst du?«, fragte sie munter.

»Goran, das sind unsere Freunde!«

Mattim sah ihr in die Augen, versuchte zu erkennen, wer dieses Mädchen vor ihm war. Eine Fremde, die sich in ein Ungeheuer verwandelt hatte? Hoffte sie hinter ihrem schönen Lächeln auf ein Blutbad? Dann dachte er an Morrit. Morrit, der immer noch Morrit gewesen war, sein Anführer und Freund, und er wusste nicht mehr, was er glauben sollte.

Goran seufzte leise. »Mattim, das sind sie nicht mehr. Das sind nicht unsere Freunde. Wir sind Schatten. Sie würden uns töten, wenn sie könnten, das weißt du. Es gibt nur einen einzigen Weg, um mit allen in Frieden zu leben. Wenn wir erst alle Schatten sind, dann gehören wir wieder zusammen.«

Er starrte sie an. »Hat Atschorek dir das eingeredet? Das klingt ganz nach ihr. Goran, das ist Wahnsinn, das ist …«

»Leise!«, befahl Kunun. »Lasst die Jagd beginnen!«

Sie schlichen durch das wohltuende Dämmerlicht. Die Bäume kamen ihm stiller vor als je zuvor, als schliefen sie. Es war, als hielte der ganze Wald den Atem an … Nur nicht die Patrouille. Ihr Flüstern und Tuscheln, das Rascheln der Blätter unter ihren Füßen, all das kam Mattim ungewöhnlich laut vor. So viele, unzählige Blätter, als hätten die Bäume in einer einzigen gewaltigen Kraftanstrengung alles, was ihnen überflüssig schien, von sich geschleudert.

»Ich kann so gut hören wie nie zuvor«, wisperte Goran ihm ins Ohr, und in ihrer Stimme schwang eine Freude mit, die ihn an die alte, fröhliche Gefährtin erinnerte. »Aber nicht immer. Es kommt manchmal über mich, dann ist es wieder fort. Das ist der Wolf in uns … der schlafende Wolf. Er träumt in unserem Blut, bis er irgendwann herauskommt und …«

Sie brach ab, als Kunun die Hand hob. Mattim merkte, dass sein Bruder seinen Blick suchte, dass er ihm zunickte, mit ernsten Augen und einem lächelnden Mund. *Dies ist eine Prüfung … Ich darf nicht versagen. Ich darf mir nichts anmerken lassen, oder es war alles umsonst. Ich darf sie nicht warnen, ich darf es nicht.* Der junge Prinz biss die Zähne zusammen, um nicht laut zu schreien, um die Männer und Frauen, die ganz in der Nähe durch den Wald marschierten, nicht darauf aufmerksam zu machen, dass ein ganzes Dutzend Schatten ihnen auflauerte.

»Jetzt.« Kunun flüsterte nur, doch die Vampire sprangen los, als hätte er ein Jagdhorn geblasen, als wären sie die Hunde, die er auf die Beute hetzte.

Mattim sah Gorans wippende Lockenpracht vor sich. Er selbst tat ein paar Schritte vorwärts und hielt dann inne, gelähmt von Scham und Entsetzen. Sie sollten ihn nicht sehen, in Kununs Gefolge, seine alten Kameraden. Er wollte zu Staub zerfallen vor ihren Blicken. Er wollte ihnen helfen, nur wie hätte er das tun können, er allein gegen all die anderen Vampire und ihren finsteren König?

»Ihm nach!«, schrie Kunun, als ein junger Flusshüter an ihnen vorbeistürzte. »Mattim, das übernimmst du!«

Es war Derin, sein Freund, der mit einem panischen Schrei im Unterholz verschwand.

Mattim merkte zu seinem eigenen Erstaunen, dass er die Beine bewegen konnte. Dass er, während er dem Fliehenden nachsetzte, die Schnelligkeit und Kraft des Wolfs in sich spürte, die unermüdliche Ausdauer des Tieres. »Derin!«, rief er. »Derin, warte! Ich will dir nichts tun! So warte doch!« Besser, dass er den Flusshüter verfolgte und einholte, als irgendjemand anders. Wenn er ihn nur dazu bringen konnte, mit ihm zu reden, ihm zuzuhören. »Derin, bleib stehen, hab ich gesagt!« Mattim packte seinen Freund an der Schulter und riss ihn mit sich, gemeinsam rollten sie über den Boden. »Hör auf zu schreien, hör mich doch an, ich bin nicht …« Er kam nicht gegen Derins wildes Geheul an.

Der Flusshüter schlug und trat nach ihm. »Rühr mich nicht an! Weg, weg mit dir!«

Mattim sprang zurück, er hatte Angst, dass sein Freund

ihm das Gesicht zerkratzte und ihm untilgbare Wunden zufügte. Um ihn daran zu hindern, hätte er sich einfach auf ihn stürzen und ihn beißen sollen. Dann wäre Kunun zufrieden gewesen, vielleicht sogar so zufrieden, dass Mattim darauf hoffen konnte, mehr über die Pforte zwischen beiden Welten zu erfahren. Nur ein Biss. Nur ein einziges Opfer, und es würde ihn so viel weiter bringen! Vielleicht konnte es, wenn er es endlich tat, sogar helfen, Akink zu retten!

Stattdessen hockte er da und starrte in Derins angsterfüllte Augen. Der junge Mann war rückwärts von ihm fortgerutscht, bis ein Baumstamm seine Flucht beendete. Mit bloßer, ausgestreckter Hand versuchte er, Mattim von sich fernzuhalten. »Weiche! Weiche, Schatten!«

Genauso hatte er sich gefühlt, damals im Käfig. Atschorek hatte kein Mitleid mit ihm gehabt. Aber er konnte Derin nichts tun. Nicht einmal, um Kununs Vertrauen zu erringen.

»Grüß meine Eltern«, sagte er leise. »Und Mirita. Sag ihr, sie soll nicht vergessen, was wir besprochen haben, und sobald ich mehr weiß, werde ich …«

Derin schrie, er schrie so laut wie jemand, der seinen unvermeidlichen Tod auf sich zukommen sieht. Goran war aus dem Gebüsch herausgestürzt und hatte sich über ihn geworfen. Mattim konnte nichts tun, um ihm zu helfen, es ging alles viel zu schnell; völlig überrascht musste er mit ansehen, wie Goran ihre Zähne in Derins Hals schlug.

»Nein!«, schluchzte er auf. »Goran, nein, Derin! Derin!« Er streckte die Hände nach beiden aus – um Goran wegzuziehen, um Derin aufzuhelfen –, doch es war zu spät. In Mattims Armen fand die Verwandlung statt. Es war wie eine Geburt, während sie zu dritt, in inniger, verzweifelter Umarmung und getränkt von Blut, einem Wolf auf die Welt halfen, einem schlanken Wolf mit braunschwarzem Fell, der sie ansah wie ein Neugeborenes.

»Was hast du bloß getan!«, rief Mattim, dem die Tränen über die Wangen rannen.

Goran streichelte den neuen Wolf, und sie schienen auf eine Weise zusammenzugehören, die ihn ausschloss. Sie mit dem blutigen Kinn … und das Tier, jetzt ohne Angst, ohne Verzweiflung, nur etwas verwundert.

»Sie empfinden Glück«, erklärte Goran. »Merkst du das nicht? Schau mich nicht an, als hätte ich ihn umgebracht. Wir können Glück schenken, begreife das doch endlich!«

Er schüttelte dumpf den Kopf. »Derin hätte ein anderes Schicksal gewählt.«

»Man kann nichts wählen, von dem man nicht weiß, wie es ist. Findest du, er wirkt unglücklich?« Sie tätschelte den Kopf mit der langen Schnauze, und ihre Fingerspitzen glitten über das dichte Fell. »Du hättest es tun sollen«, sagte sie leise. »Statt ihn zu beauftragen, Grüße zu überbringen. Also wirklich, Mattim!« Sie wischte sich das Blut vom Mund.

»Wirst du es Kunun sagen?« Er sah sie an und versuchte, die Goran in ihr zu finden, die zu ihm gehalten hätte – weil er der Prinz war oder aus Freundschaft, das hätte er nicht zu sagen vermocht. Wenn es sein Rang gewesen war, dann hatte er verloren.

Da hörten sie schon Kununs Stimme. Laut und froh, und das Lachen eines Mannes, dem das Jagdglück hold ist. Mit forschen Schritten – und dennoch leiser als ein wildes Tier – kam er zu ihnen und blickte auf Derin, der sich winselnd vor ihm duckte.

»Dein erster Wolf?«, fragte er, und Vergnügen erklang dabei in seiner Stimme. »Du wirst noch Geschmack daran finden, Mattim.« Er richtete seine schwarzen Augen auf den Jungen. Sein Lächeln wirkte so frei und beschwingt, als hätten sie nichts anderes getan, als aus armseligen sterblichen Kreaturen wundervolle Geschöpfe zu erschaffen, wild und voller Lebenslust und ohne Furcht. Als wären sie hier, um wie mit göttlicher Hand Leben zu schaffen, Freiheit zu schenken und an einer wunderbaren Welt mitzuwirken, in der sie alle Freunde sein würden.

Mattim zwang sich, nicht zu Goran hinüberzublicken, nicht das Flehen und die Angst nach außen zu tragen, die er empfand. Er hielt Kununs strahlenden Blick aus und spürte den Verlust des Lichts, mit dem er geboren war, wie eine qualvoll pochende Wunde, dort, wo sein Herz nicht mehr schlug. Mit diesem Licht hätte er jeden Schatten in die Knie zwingen müssen – doch er konnte nichts tun. Er konnte nur Kununs bohrendem Blick standhalten und nicken.

Goran schwieg, aber Mattim empfand nicht einmal Dankbarkeit. Nur als sein Bruder ihm auf die Schulter klopfte, war da für einen flüchtigen Moment, kürzer als ein Blitzstrahl, der flammende Wunsch, er hätte dieses Lob und die Anerkennung des dunklen Königs verdient.

ZWANZIG

BUDAPEST, UNGARN

In dieser Nacht träumte Hanna das erste Mal von den Wölfen.

Im Wald war es dunkel. Die intensiven Gerüche von Erde und Laub waren durchzogen von unzähligen fremden Geruchsfäden. Mäuse. Ein Iltis. Die Vögel atmeten leise im Gebüsch.

Wölfe trotteten durchs Gehölz. Graue Schatten, auf deren Rücken der Mond ein Muster malte. Die Lichtung war in ein silbernes Licht getaucht.

Sie warf den Kopf in den Nacken und heulte …

… und erwachte schweißgebadet. Mit klopfendem Herzen blickte sie zur Zimmerdecke hoch. Der Traum war so real gewesen, dass sie einen Moment lang nicht wusste, wer sie war und was sie in diesem Zimmer tat, statt draußen durch den Wald zu streifen. Irgendwann sank Hanna wieder zurück in den Schlaf, in andere, wirre Träume, in denen sie wieder zu Hause in Deutschland war und mit ihren Eltern darüber diskutierte, warum ihr Kinderzimmer so anders aussah. Selbst in diesen Träumen war sie auf der Hut und blickte immer wieder über ihre Schulter, aber die Wölfe kamen nicht wieder.

Am Morgen packte Hanna ihre Sachen für den Sprachkurs zusammen. Sie brachte Attila zur Schule und fuhr weiter zum Institut, mit einem unguten Gefühl. Vokabeln zu lernen fiel ihr mittlerweile leicht, nach den ersten Anfangsschwierigkeiten. Mit der Grammatik dagegen stand sie auf Kriegsfuß. Sie musste sich die Lektion am besten noch einmal ansehen. Die Lehrerin war streng. Obwohl sie alle diesen Kurs freiwillig belegt hatten, tat die Ungarin so, als müssten ihre Schüler mit ernsthaften Konsequenzen rechnen, wenn sie nicht in dem Tempo weiterkamen, das sie vorgab.

Hanna blätterte in ihrem Lehrbuch, während sich der Raum allmählich mit den ungleichen Studenten füllte; Jugendliche, junge Erwachsene, eine Frau über fünfzig. Sie setzte sich, seufzte, streckte die Beine lang aus und stöhnte: »Was hat mich bloß geritten, Ungarisch zu lernen?«

Das Mädchen schmunzelte. Mittlerweile konnte sie schon recht viel verstehen und besser sprechen, als sie erwartet hatte. Alle Kursteilnehmer machten Fortschritte.

Schnell noch einen Blick ins Vokabelheft …

Es war ihre Schrift. Kein Zweifel, sie selbst hatte sich diese Nachricht geschrieben.

Ich muss beweisen, dass Kunun ein Vampir ist. Für Réka. Sie vergisst, dass er sie gebissen hat, jedes Mal. Wenn ich wiederkomme und nichts mehr weiß, dann ist klar, was passiert ist. Versuch dich zu erinnern! Unbedingt!

Sie starrte auf die Botschaft. Es war dasselbe, was Mária gesagt hatte. Vor ein paar Tagen erst hatte sie geglaubt, was sie hier geschrieben hatte. Zweifellos.

Noch nie war es ihr so schwergefallen, sich auf den Unterricht zu konzentrieren. Sie hörte nicht zu, las hundert Mal den Text, den sie an sich selbst geschrieben hatte, und versuchte den Schleier zu durchdringen, der alles verbarg, was passiert war.

Zu ihrem eigenen Erstaunen konnte sie antworten, als sie aufgerufen wurde, und bekam ein dickes Lob für ihre gute Aussprache. Es ließ sie kalt, obwohl Frau Bertalan sich nur selten zu Nettigkeiten hinreißen ließ. Hanna konnte es kaum erwarten, bis die Stunde vorüber war. Sie sah auf die Uhr – würde das reichen, bevor sie Attila abholen musste? Wenn, dann musste sie es jetzt tun, solange er in der Schule war. Mit ihm zusammen konnte sie unmöglich an den Ort zurückkehren, an dem sie gebissen worden war.

Die Fotos waren ihr Leitsystem. Hanna ließ den Wagen stehen und fuhr mit der Metró, wie sie es offensichtlich auch an jenem Freitagabend getan hatte. Am Ostbahnhof stieg sie aus. Der Platz war groß, auch wenn die Baustelle den meisten Raum einnahm. Hier ein bestimmtes Haus zu finden war schwierig, allerdings nicht unmöglich. Dort war schon das Restaurant. Ihre Aufregung wuchs. Konnte es so einfach sein? Das war die Tür. Dieselbe Tür wie auf dem Foto. Eine hohe, verschnörkelte Tür, blassblau, durch deren Scheiben man einen Innenhof sah. Über dem Eingang hing das grimmige Antlitz eines steinernen Löwen.

Die Klingelschilder verrieten nicht, ob hier ein gewisser Kunun wohnte. Hanna drückte die Klinke. Geschlossen. Natürlich. Wie war sie auf die Idee gekommen, es könnte offen sein? Alle Türen in Budapest waren abgeschlossen, niemand würde so leichtsinnig sein, das zu vergessen und finstere Gestalten damit quasi einzuladen.

Es war ihr durchaus recht, und eigentlich wollte sie am liebsten umkehren. Auch ohne den Gedanken an Vampire – ein Gedanke, dem immer noch etwas Lächerliches anhaftete – wäre ihr nicht wohl gewesen, einfach so ein fremdes Haus zu betreten. Wenn bloß nicht dieses Gefühl gewesen wäre, dass diese Tür offen sein müsste …

Der Briefträger schob sein Wägelchen vor sich her. Nur ein paar Häuser entfernt. Der Mann hatte bestimmt einen Schlüssel … Sie drückte sich in der Nähe herum, damit es nicht allzu sehr danach aussah, als würde sie auf ihn warten. Sobald er den Schlüssel ins Schloss steckte, war sie hinter ihm und hielt ihm höflich die Tür auf. Er nickte ihr zu, und zu ihrer großen Erleichterung fragte er sie nicht, ob sie hier wohnte, sondern ging zielstrebig zu den Briefkästen an der Wand.

Es war still. Für ein Mehrfamilienhaus war es geradezu unnatürlich ruhig. Hanna wagte einen Blick in den Innenhof. Ein Brunnenbecken, von steinern grinsenden Löwen bewacht. Sonst nichts. Nicht einmal, und das fand sie dann doch etwas ungewöhnlich, das übliche Gerümpel. Keine alten Backöfen und Fahrräder, wie man es in dieser Gegend hätte erwarten können, sondern so gepflegt, als würden hier nur pingelige Deutsche wohnen. Außerdem ein gläserner Fahrstuhlschacht bis ganz nach oben.

Wieder ging sie ihre Fotos durch. Das konnte er sein, der Lift, den sie so oft fotografiert hatte. Um sicher zu sein, musste sie ihn betreten. Sie wandte sich zur Seite, wo man sich zwischen Treppenhaus und Fahrstuhl entscheiden konnte, und traf ihre Wahl. Sie drückte den Knopf. Der Fahrstuhl ließ nicht lange auf sich warten, leise rumpelnd hörte sie ihn herankommen. Die Tür faltete sich auf. Die hintere Wand war aus Glas.

Sie hob schon den Fuß zum ersten Schritt, aber sie konnte nicht. Irgendetwas lähmte sie, ein Widerstand, der sich in ihrem ganzen Körper aufbaute. Tausend Alarmglocken schienen gleichzeitig loszuschrillen. *Nein. Nein, nein, nein!*

Sie blickte in den offenen Raum. Die Knöpfe, die Schrift dort … Alles war so vertraut. Sie war in diesem Haus gewesen, zweifellos. In diesem Fahrstuhl. Hier war es geschehen. Hier hatte sie diesen blonden Jungen fotografiert.

Es war nur ein Schritt. Einen Moment lang fühlte sie sich, als würde es ihr den Boden unter den Füßen wegreißen, als wäre sie nicht in den Aufzug gestiegen, sondern auf die unterste Stufe einer Rolltreppe. Sie schwankte, das Herz schlug ihr bis zum Hals – aber nichts geschah. Bloß die Stille wurde ihr wieder bewusst.

Durch die Scheibe spähte Hanna in den Hof hinunter und auf die einheitlich gestrichenen Stockwerke. Die hellblau getünchten Wände mit den weißen Türen und Fenstern. Die filigranen schmiedeeisernen Gitter, die jede Etage einrahmten. Keine abgeblätterte Farbe, kein bröckelnder Putz, kein Schmutz. Wer hier wohl wohnte?

Die Tafel mit den Knöpfen. Sie drückte die Fünf, und mit leichtem Surren glitt der Fahrstuhl nach oben. Es fühlte sich beinahe normal an, hier drin zu sein. Fast so, als würde nicht gleich etwas Schreckliches geschehen … Was sollte schon passieren, am helllichten Tag, noch dazu in einem Haus, in dem so viele Leute wohnten? Sie sah auf die Uhr. Ein bisschen Zeit hatte sie noch. Oben stieg sie aus und blickte sich um. Eine der weißen Türen sprang ihr sofort ins Auge. Gleich würde sie sich öffnen, gleich würde jemand herauskommen und sich neben sie stellen, um mit ihr auf den Aufzug zu warten … Hanna rieb sich die Augen. Stille. Von irgendwoher ein Hämmern. Das musste die Baustelle sein. Hier im Haus war alles ruhig.

Sie trat auf die Tür zu. Kein Namensschild, keine Klingel. Sie überlegte, ob sie klopfen sollte, entschied sich jedoch dagegen, denn was hätte sie sagen sollen, wenn jemand öffnete? Andererseits – vielleicht war sie genau in dieser Wohnung gewesen. Irgendetwas zog sie zu dieser Tür. Wenn sie einen Blick hineinwarf, würde sie bestimmt wissen, ob sie hier gewesen war. Vielleicht mit ihm, dem Blondschopf.

Junge, Junge, das muss eine Nacht gewesen sein …

Sie versuchte durch die gläsernen Kassetten zu spähen. Ein Flur, eine weitere Tür? Es reichte ihr nicht. Entschlossen hob sie die Hand und berührte den Knauf.

Die weiße Tür schwang auf und gab den Blick ins Innere der Wohnung frei. Seltsam, dass hier nicht abgeschlossen war, aber sie hatte das starke Gefühl, dass es genau so sein musste.

Bis jetzt hatte sie nichts Schlimmes getan, nichts, was ungesetzlich und verboten gewesen wäre. Über die Schwelle in eine fremde Wohnung zu gehen war etwas anderes, trotzdem verspürte sie nicht das innere Widerstreben, das der Fahrstuhl in ihr ausgelöst hatte. Es kam ihr irgendwie richtig vor, hineinzugehen; womöglich ein Hinweis darauf, dass sie tatsächlich schon einmal hier gewesen war.

Ganz offensichtlich wohnte jemand hier, jemand, der nicht allzu ordentlich war, denn gleich im Flur stolperte sie fast über einen Schuh. Ein weißer Turnschuh, Größe dreiundvierzig. Der dazugehörige Schuh lag einen halben Meter entfernt.

Sie stellte das Paar zur Seite.

Jedenfalls wohnte hier ein Mann. Auf dem Foto waren die Schuhe des Jungen nicht zu sehen, aber zu seiner Kleidung hätten sie durchaus gepasst. Im Garderobenspiegel erblickte sie ihr eigenes, leicht gehetztes Gesicht. Eine Haarbürste lag auf dem Schränkchen. Erwartungsvoll untersuchte Hanna sie. Einige blonde Haare hatten sich darin verfangen. Sie lächelte, als sie ein Haar herauszog und es wie einen Schatz in der Hand hielt. Die Länge stimmte. Als hätte sie nicht bereits gewusst, wer hier wohnte.

Die Einrichtung war überraschend edel – vom matt glänzenden Parkett bis zu den cremefarbenen Wänden kam ihr alles noch eine Spur teurer vor als in der Villa der Szigethys. Die weiße Ledergarnitur im Wohnzimmer umringte einen ungewöhnlichen Holztisch, auf dem mehrere Zeitungen und Zeitschriften und ein vergilbtes Lesebuch für die erste Klasse lagen. Dazu ein aufgeschlagenes Heft mit Schreibübungen und ein Stift an einem Sofaende, als hätte dort jemand im Liegen geschrieben. Wieso musste er Buchstaben lernen? Nichts deutete darauf hin, dass außerdem ein Kind hier wohnte. Keine Spielsachen. Aber ein Pullover über der Sessellehne. Ein Flachbildschirm an der Wand. Der Kristallleuchter an der Decke wirkte dagegen etwas fehl am Platz.

Das Bett war nicht gemacht. Hanna setzte sich auf die Matratze und strich das Laken glatt. War sie mit ihm hier gewesen? Keine Bilder wollten zu ihr kommen, nicht die geringsten Bruchstücke einer Erinnerung.

Etwas Buntes. Es lugte unter dem Kopfkissen hervor, nur ein kleines Stück, doch sie erkannte es sofort. Ihr Schal. Kein Zweifel. Ihre Mutter hatte ihn gestrickt, aus flauschiger Wolle. Die Knäuel waren mehrfarbig, rot, blau und rosa meliert, sodass auch ohne Garnwechsel ein Muster entstand. Zum Nikolaustag hatte sie ihn bekommen, letztes Jahr.

Jetzt wusste Hanna, wo sie ihn verloren hatte.

Sie streckte die Hand aus und streichelte darüber, wie über ein kleines, kuscheliges Tier. Sie berührte das Kissen, auf dem sein Kopf geruht hatte. Eine Weile saß sie reglos da und wartete, dass etwas geschah. Dass die Erinnerung über sie kam mit der Gewalt einer Flutwelle.

Nichts.

Plötzlich wurde ihr bewusst, wie spät es war. Sie musste Attila von der Schule abholen und dazu durch die ganze Stadt fahren. Ganz schnell warf sie noch einen Blick ins Badezimmer. Eine Zahnbürste. Er wohnte hier tatsächlich allein. Wie kam ein so junger Mann an solch eine Wohnung? Reiche Eltern? Vielleicht war er Drogendealer oder so etwas?

An der Tür überlegte Hanna kurz, ob sie ihren Schal einfach mitnehmen sollte. Immerhin war es ein Geschenk ihrer Mutter. Außerdem hatte dieser Kerl es nicht für nötig gehalten, sie anzurufen. Immerhin war heute schon Dienstag. Er hätte sich ruhig melden können. Selbst wenn sie nur ein Abenteuer für ihn gewesen war, warum bewahrte er dann ihren Schal unter seinem Kopfkissen auf? Und woher kam dann dieses Gefühl, dass sie hier kein Eindringling war?

Am liebsten wäre sie hiergeblieben und hätte auf ihn gewartet. Sie konnte nicht verschwinden, ohne irgendetwas mitzunehmen, nur eine Kleinigkeit …

Zeit zu gehen. Sie schloss die Tür leise hinter sich. Am Treppenhaus zögerte sie, und wandte sich wieder dem Fahrstuhl zu, der immer noch hier oben auf sie wartete.

Sie überwand ihren inneren Widerwillen und stieg ein. Der Lift setzte sich in Bewegung, draußen glitten die hellblauen Wohnungen an ihr vorbei. Mit einem kleinen Ruck hielt er.

Mattim.

Der Name kam von irgendwoher, während sie auf die gegenüberliegende Ecke starrte, als würde dort jemand sitzen. Mattim.

Mattimattimattimattim.

Da drüben hatte er gesessen. Er blickte zu ihr hoch, sein Lächeln wirkte gequält. Seine Hände bluteten. Sie reichte ihm den Schal, spürte zum letzten Mal die weiche Wolle zwischen den Fingern.

Ich bin Mattim, der letzte Prinz des Lichts.

Es war nicht in der Wohnung gewesen. Sondern hier.

Mattim.

Sie schloss die Augen, während sie an der Glaswand nach unten rutschte. Die Bilder kamen, eine ganze Flut von Bildern. Kalt war es. Draußen die Winterdunkelheit, während im Hof die Löwen schimmerten. Mattim, der gegen die Fahrstuhlwände schlug und schrie. Mattim, der die Arme um sie legte, ganz fest. Mattim, der gegen Kunun kämpfte und von ihm gegen die Wand gedrängt wurde. Mattim, der sie aus dem Haus führte, den Arm um ihre Schulter gelegt.

Du darfst nicht sterben. Hatte sie das zu ihm gesagt? *Stirb nicht.*

Es hatte keine gemeinsame Nacht gegeben. Sie war nicht in der Wohnung eines Fremden gewesen. Es hatte nur diese Stunden im Fahrstuhl gegeben, bloß sie und ihn, eingeschlossen mit dem Tod. Eingeschlossen mit einem Vampir.

In diesem Haus wohnten keine normalen Menschen. Ausschließlich Schatten, hatte er gesagt.

Sie sprang auf, eilte hinaus und hastete durch das stille Gewölbe. Erst als sie in die Menge tauchte, als sie in der

Metró eingezwängt auf der Bank saß, zwischen einer kleinen, alten Frau und einem bärtigen Obdachlosen mit riesigen Plastiktüten, fühlte sie sich einigermaßen sicher.

War sie so wieder zurück an die Donau gekommen, in der Metró, mit Mattim an ihrer Seite? Merkwürdig, dass sie sich nicht daran erinnern konnte. Doch dann, als würde ein verwackeltes Foto sich langsam scharf stellen, sah sie sich und Mattim vor die Tür des Hauses treten, unter den grinsenden Löwen.

Atschorek wartete auf sie. Sie war sehr schön, in dem echten Pelzmantel und der dazu passenden Fellmütze, aber ihr Lächeln verging, als sie Hannas schwankende Gestalt und ihr blasses Gesicht bemerkte.

»Meine Güte«, sagte sie nur.

»Was willst du?«, knurrte Mattim. Er blinzelte ins Licht, in die sanfte Helligkeit des Januarmorgens.

»Ich kann euch mitnehmen. Wollte sowieso gerade zu mir nach Hause fahren.«

»Nein danke.«

»Sei nicht blöd. Willst du ihr wirklich zumuten, mit der Metró zu fahren? Sie wird dir die Rolltreppe hinunterstürzen.« Atschorek öffnete die Tür einer schwarzen Limousine. »Na los, kommt.«

Mattim half Hanna auf den Rücksitz und setzte sich daneben. Atschorek beobachtete die beiden im Rückspiegel, während sie sich in den Verkehr einfädelte.

»Das musst du aber noch üben.«

Mattim stieß ein tiefes, knurrendes Grollen aus.

»Du warst zu gierig«, stellte Atschorek fachmännisch fest. »Das kommt daher, dass du zu lange gewartet hast. Wir können es nicht ertragen, dem Leben so nahe zu sein, ohne uns unseren Anteil zu holen. Gewöhn es dir lieber an, regelmäßig für Nachschub zu sorgen.«

»Wie schön du diese Dinge umschreibst.« Mattim wandte das Gesicht ab und starrte aus dem Fenster.

»Die Kunst besteht darin, genauso viel zu nehmen, wie es deinen Zwecken dient. Ich gebe zu, es dauert eine Weile, um das zu perfektionieren. Nicht einmal ich bekomme es so gut hin wie Kunun. Er kann die Entnahme so genau dosieren, dass dem Mädchen exakt die Zeit fehlt, in der er sie gebissen hat. Wenn es mal nicht so gut läuft, kann er ihr auch die Erinnerung an die halbe Stunde davor oder danach nehmen. Damit sie zum Beispiel einen Streit vergisst. Oder damit sie das Haus nicht mehr wiederfindet. Auf diese Weise kann er fast normale Beziehungen führen oder auch ein Mädchen sehr schnell loswerden, wenn er das Interesse verloren hat.«

Mattim sagte nichts. Er starrte weiter nach draußen auf die Stadt, die er zum ersten Mal bei Tageslicht sah.

»Noch etwas musst du wissen«, sagte Atschorek. »Wundere dich nicht, wenn du die Kleine in der nächsten Zeit häufiger triffst. Auch wenn sie dich nicht erkennt, wird es sie automatisch in deine Nähe ziehen. Ein Teil ihres Lebens ist in dir; das zieht sie automatisch an. Dagegen kannst du nichts machen. Entweder verwendest du sie weiter …«

»Nein!«

»… oder du suchst dir die Nächste. Dann hört es irgendwann auf, und du triffst sie nie wieder. Dafür hast du dann eine andere am Hals. Oder sie dich. Einerseits ist es recht praktisch, weil du dir nicht ständig jemand Neues suchen musst, der dich an sich heranlässt. Es kann einem aber auch auf die Nerven gehen. Aus diesem Grund bevorzuge ich die Abwechslung.«

»Mir wird schlecht, wenn ich dich so höre.«

»Ich wollte dich bloß warnen. Kunun und ich mussten das alles erst selbst herausfinden. – So. Ich halte hier an der Parkbucht. Schubs die Kleine raus. Ich werde ihr sogar ein Taxi rufen, wenn es dich freut.«

Mattim zog Hanna aus dem Auto nach draußen. Sie sah dem Wagen nach. Die Sonne spiegelte sich auf dem glänzenden schwarzen Lack.

In jeder freien Minute, wenn niemand sie störte, legte Hanna das blonde Haar auf ihren Schreibtisch und den weißen Schnürsenkel daneben. Sie lachte leise. Mattim würde nicht wissen, wer ihm diesen Streich gespielt hatte. Ein wenig fühlte sie sich schuldig – als sie den weißen Faden herausgezogen hatte, war sie noch der Überzeugung gewesen, dass sie etwas mit diesem Unbekannten gehabt hatte. Inzwischen wusste sie, dass dem nicht so war. Nur eine Nacht im Fahrstuhl, gezwungenermaßen. Nur Zuflucht unter seiner Jacke, der Kälte wegen. Nur seine Lippen an ihrem Hals, um ihm das Leben zu retten.

Vielleicht hatte er sie schon längst vergessen. Sie dagegen wurde ihn nicht los, doch das war nach allem, was Atschorek erzählt hatte, völlig normal. Dass es sie zu ihm zog; eigentlich gar nicht zu ihm, sondern zu dem Stück Leben, das von Rechts wegen ihr gehörte. Vielleicht funktionierte es ja nicht bei ihr, ihn auf diese Weise zu finden. Jeden Abend an den vergangenen Tagen war sie zur Burg hinaufgeschlendert, seine Worte im Ohr: *Jeden Abend gehe ich an den Fluss. Ich gehe über die Brücke, über das fließende Wasser. Ich steige hoch zu den Ruinen und stelle mir vor, ich wäre wieder zu Hause.* Aber er war nicht dort gewesen. Réka fand Kunun immer so mühelos – warum klappte es bei ihr nicht ebenso leicht?

»Hanna?« Réka steckte den Kopf durch die Tür. »Ich dachte, du würdest vielleicht mitkommen wollen?«

»Wohin? Du weißt, ich muss auf Attila aufpassen, deine Mutter ist immer noch nicht da.«

»Doch, ist sie. Ausnahmsweise sitzt sie mal nicht am Klavier. Außerdem hab ich gefragt. Es ist ihr sogar lieb, wenn ich nicht allein gehe.«

»Gerne.« Fast ein bisschen zu eilig sprang Hanna auf. »Komm, ich bin zu allem bereit.«

Etwas verwundert warf Réka ihr einen Seitenblick zu, als sie nebeneinander das Haus verließen. Mónika hatte sich sehr herzlich verabschiedet. Nach dem letzten Wochenende war sie so freundlich, dass es geradezu unnatürlich war.

»Auf diese Weise muss sie sich um keinen von uns Sorgen machen«, erklärte Réka fröhlich.

»Was genau hast du vor?«, erkundigte Hanna sich.

»Keine Ahnung. Du weißt doch, wie es ist. Ich gehe irgendwohin, und er ist schon da.«

»Kunun.«

»Natürlich. Was dachtest du denn?«

Der Kunun, an den Hanna sich erinnerte, stand in der offenen Fahrstuhltür, groß und schwarz, er schien den Rahmen ganz auszufüllen, während er dort verharrte und auf sie herabblickte. *Sieh an, du lebst.* Ein Kunun mit einem Lächeln voller Hohn und Triumph. Ein Kunun, der zuschlug. Sie schämte sich dafür, dass sie nichts getan hatte, um Mattim zu helfen, als sein älterer Bruder die Hand gegen ihn erhoben hatte. Nicht einmal zusammengezuckt war sie, als ginge es sie nichts an, was mit ihm geschah.

»Wollen wir zur Burg hoch?«, schlug sie vor.

»Wir fahren nach Pest rüber«, bestimmte Réka. Allerdings klang sie nicht so zuversichtlich, wie Hanna es von ihr gewohnt war.

»Was ist?«

»Ich habe ihn schon eine ganze Woche nicht gesehen«, sagte Réka kleinlaut. »Ich glaube, er ist verreist.«

»Hat er dir nicht Bescheid gegeben?«

»Bestimmt. Ich hab's wohl vergessen. Er ist nicht so. Er würde nicht einfach wegfahren, ohne es mir zu sagen.«

Hanna öffnete schon den Mund, um dem Mädchen klarzumachen, dass es sich etwas vormachte, schloss ihn jedoch wieder. Immerhin war sie noch hier; es brachte nichts, es sich schon wieder mit Réka zu verderben. Nachdem ihre Erinnerung zurückgekehrt war, wusste sie auch wieder, dass sie schon fest damit gerechnet hatte, die Familie verlassen zu müssen. Anscheinend hatte die Sorge wegen ihres

Verschwindens alles andere überlagert, aber Réka war launisch. Allzu schnell konnte ihre Freundschaft in Feindseligkeit umschlagen.

Am Parlament stiegen sie aus. Bäckereiduft wehte ihnen entgegen, als sie die Rolltreppe hochkamen. Réka grinste entschuldigend, während sie sich einen ganzen Pappkoffer voller Leckereien einpacken ließ – kleine Schnecken und Nusshörnchen. Hanna hatte den Eindruck, dass sich das Mädchen mit irgendetwas trösten wollte.

»Du glaubst nicht, dass du ihn heute findest, stimmt's? Wolltest du deshalb, dass ich mitkomme? Damit du nicht allein hier bist, wenn es nicht klappt?«

»Nun ja ... Vielleicht könnten wir ins Kino gehen?«

»Klar. Nicht traurig sein. Wir machen uns einen schönen Abend, ja?«

Gemeinsam schlenderten sie durch die Straßen, doch Réka konnte ihre Enttäuschung kaum verbergen. Sonst war ihr Instinkt nahezu unfehlbar gewesen.

»Du musstest ihn noch nie suchen«, sagte Hanna. »Kommt dir das nicht irgendwie – unheimlich vor?«

»Das kannst du nicht verstehen. Wir sind Seelenverwandte. Es ist kein Zufall. Es ist – Schicksal. Wir können uns gar nicht verfehlen.« Stolz strahlte aus ihren Augen. »Das ist sehr selten, glaube ich. Das kann man nur erleben, wenn man wirklich zusammengehört. Dann sorgt das Leben dafür, dass man sich immer wieder trifft.«

Es berührte Hanna seltsam, dass Réka »das Leben« sagte, fast als wüsste sie, was sie immer wieder zu Kunun trieb.

»Eine Menge Menschen finden ihre große Liebe und brauchen trotzdem ein Telefon, um sich zu verabreden«, sagte sie.

»Es ist, als würden wir uns eine Seele teilen«, sagte Réka leise. Dann blickte sie etwas erschrocken hoch. »Für dich ist das Unsinn, oder? Weil du so etwas noch nie erlebt hast.« Sie stockte und hielt plötzlich Hannas Arm fest. »Da ist er.«

Tatsächlich ging Kunun gar nicht weit entfernt von ihnen über die Straße. Er hatte es offenbar eilig und blickte nicht zur Seite. Réka drückte Hanna ihre Gebäckbox in den Arm und rannte los. Hanna sah nur, wie Réka Kunun erreichte, wie er stehen blieb, wie das Mädchen die Arme um ihn schlang.

Hanna war hier jetzt offensichtlich überflüssig. Einen Moment lang überlegte sie, ob sie den beiden nachgehen sollte und versuchen sollte, das Beweisfoto zu machen, für das sie bereits so viel riskiert hatte. Aber sie konnte sich nicht dazu durchringen, ihnen zu folgen. Stattdessen kam ihr ein anderer Gedanke.

Jeden Abend sehe ich auf den Fluss hinunter …

Wenn Réka sie nicht mehr brauchte, konnte sie genauso gut wieder zur Burg zurückkehren und nachsehen, ob sie Mattim dort fand. Mattim. Mittlerweile war sie fast geneigt, ihn für einen Traum zu halten, obwohl sie nie von ihm träumte. Er begegnete ihr nie in ihren Träumen; nur die Wölfe kamen und nahmen sie mit auf ihren Wanderungen durch den Wald. Durch die Bäume schimmerte das Wasser des großen Flusses. Von Mattim hatte sie kein einziges Mal geträumt, so sehr sie es sich auch wünschte. Dass sie in seiner Wohnung gewesen war, kam ihr im Nachhinein ebenfalls unwirklich vor. Nur das Foto ließ sich nicht leugnen. Es gab diesen Jungen. Sie wusste sogar, wie er hieß. Der letzte Prinz des Lichts. Das wiederum klang extrem nach einem Traum – wie konnte sie sich also sicher sein, dass es ihn wirklich gab?

Sie dachte darüber nach, während sie, die Hände in ihren Manteltaschen, den Weg zur Kettenbrücke einschlug. Es war windig, und sie vermisste ihren Schal. Die Löwen auf ihren Podesten zu beiden Seiten der Straße rissen die Mäuler weit auf. Natürlich dachte Hanna dabei an den grinsenden Löwenkopf über der Tür und die kleineren Statuen im Hof. Sie spürte, wie das Lächeln auf sie überging, voller Erwartung und Vorfreude, dass sie es kaum aushalten konnte. Mattim. Ihn wiederzusehen. Es gab nichts, was sie mehr wollte. Sie vergaß ihre Sorge um Réka, vergaß, dass sie sich zu einem früheren Zeitpunkt niemals die Chance hätte entgehen lassen, den Vampir auf frischer Tat zu ertappen, vergaß alles, bis nur noch die Hoffnung übrig blieb. Eine Hoffnung, die sich zu einer fieberhaften Erwartung steigerte, bis sie nichts anderes mehr denken konnte. *Mattim. Mattim, Mattim, Mattim.*

Auf der anderen Seite wäre sie fast vor ein Auto gelaufen, weil sie nicht merkte, dass die Fußgängerampel Rot zeigte. Sobald das grüne Licht den Weg freigab, eilte sie über die Straße und schlug den Weg zur Burg ein. Einige Passanten waren hier noch unterwegs, und bei jeder Gestalt, die ihr entgegenkam oder die sie überholte, dachte sie im ersten Augenblick: *Mattim!*, nur um im nächsten zu erkennen, dass er es natürlich nicht war. Sie folgte dem breiten Weg zwischen den Burgmauern, hoch auf den Hügel. Hier oben, wo man den grandiosen Blick auf die erleuchtete Stadt genießen konnte, waren immer Menschen. Auch jetzt standen einige an der Mauer und ließen den Ausblick auf sich wirken. Ein Pärchen, das miteinander tuschelte, eine Gruppe junger Leute, zwei, drei einzelne Personen.

Hanna erkannte ihn sofort, sie wollte nur nicht gleich glauben, dass er es war. Zu viel, zu oft und zu intensiv hatte sie an ihn gedacht, und nun, als sie ihn tatsächlich hier oben antraf, stockte ihr der Atem. Sie war nahe daran, umzukehren. Sich einfach umzudrehen und Hals über Kopf wieder zurückzulaufen, ohne ihn anzusprechen. Eine Weile stand sie da, bewegungslos, unfähig, auch nur einen Schritt zu tun. Sein blondes Haar. Diesmal trug er keine Kappe. Die alte hatte sie verdorben – allein beim Gedanken daran wurde sie glühend rot –, aber er hätte sich ja eine neue kaufen können. War ihm denn nicht kalt? Er trug seine dunkle

Jacke und darüber etwas Helleres ... Sie ging unwillkürlich näher. Es war ihr Schal.

Das Glück wallte in ihr auf, eine Woge schier unerträglicher Freude – die gleich darauf vom Zweifel gedämpft wurde. Hanna stand jetzt vielleicht zwei Meter hinter ihm, doch er bemerkte sie nicht. Hätte er nicht spüren müssen, dass sie da war, wenn sie einander wirklich so verbunden waren, wie es ihr vorkam? Als teilten wir uns eine Seele, hatte Réka gesagt.

»Mattim?« Es war nicht einmal ein Flüstern. Sie konnte nicht sprechen, nur ihre Lippen bewegten sich. Schließlich gab sie es auf, irgendetwas sagen zu wollen. Sie trat einfach neben ihn an die Mauer und legte die Hände auf die Brüstung.

Mattim wandte den Kopf und musterte sie.

Hanna hatte ihn so schrecklich lange nicht gesehen. Es war nicht nur eine Woche, es schien ihr, als wären sie unendlich lange getrennt gewesen. Sie musste sich jedes Detail seines Gesichts einprägen. Die grauen Augen, der leichte Schwung seiner Lippen ... Die Laternen leuchteten den Platz aus, und dennoch wirkte er in ihrem Licht ferner und geheimnisvoller als unter der erbarmungslosen Neonröhre im Fahrstuhl. In diesem Moment glaubte sie ausnahmslos alles, was er zu ihr gesagt hatte, selbst dass er ein Prinz aus wer weiß wo war.

Er lächelte nicht. Sie starrten einander an, aber er sagte kein Wort. Langsam, als koste es ihn unendlich viel Kraft, wandte er sich wieder der leuchtenden Stadt zu.

»Mattim«, sagte sie kläglich.

»Du weißt, wer ich bin?« In seinen Augen flackerte etwas auf.

»Ich weiß alles. Frag mich bitte nicht, warum.« Sie fühlte sich so erbärmlich unsicher, dass ihr die Knie wackelten. Als er ihre Hand nahm, durchzuckte es sie wie ein elektrischer Schlag.

»Du kannst es nicht wissen«, beharrte er. »Dass du mich finden würdest, das haben sie mir gesagt. Es ist – es hat nichts zu bedeuten.« Er ließ ihre Hand wieder los.

»Es hat nichts zu bedeuten?« Ihre Augen füllten sich mit Tränen.

»Beim Licht«, murmelte er. »Die ganze Zeit habe ich darüber nachgedacht, was ich tun soll, wenn du vor mir stehst. Hör zu, es ist nicht leicht zu erklären. Du suchst nicht wirklich mich.«

Sie lehnte sich mit dem Rücken gegen die Mauer und schloss die Augen. Sie war nicht hergekommen, um mit ihm zu diskutieren. So sehr hatte sie sich auf diesen Moment gefreut, mehr, als sie ihm jemals würde erklären können. Und nun war er ein Fremder, der überhaupt nicht begriff, worum es ging. Der nicht dasselbe fühlte wie sie, der nie irgendetwas für sie empfunden hatte. Nur ein paar Stunden im Fahrstuhl, mehr hatten sie nicht gemeinsam.

Sie öffnete die Augen wieder und schaute ihn an. Letztendlich konnte sie nicht darauf verzichten, ihn zu sehen, seine Stimme zu hören. Sie musste sich jede Geste, jedes Wort einprägen, damit sie davon träumen konnte. Später. Denn vergessen würde sie ihn nicht, das wusste sie. Auch wenn es ein Fehler gewesen war, herzukommen.

»Mattim«, sagte sie leise. »Du bist der letzte Prinz des Lichts aus der Stadt Akink. Jeden Abend kommst du hierher und siehst auf die Donau hinab.«

»Woher weißt du das?«, flüsterte er. »Ich habe dir das alles weggenommen.«

»Ich habe es mir wiedergeholt.« Wie sollte sie ihm das erklären: dass es sein Gesicht war und sein Name und das Gefühl seiner Arme um ihre Schultern? Dass er etwas in ihr berührt hatte und dass das Gefühl dieser Berührung an ihr haften geblieben war, stärker als alles, was ihr jemals begegnet war, wie ein Feuer, das immer wieder aufflammen würde, sooft man auch versuchte, es zu löschen?

»Du weißt, was ich getan habe? Du weißt es und bist trotzdem hier?«

»Kunun hat behauptet, ich würde dir nicht verzeihen«, sagte sie. »Aber ich tue es.«

Er legte beide Arme um sie, und sie lehnte sich an ihn. An diese Brust, in der kein Herz schlug. Seine Jacke roch vertraut. Wie er sie festhielt, auch das war so vertraut, als wäre es schon immer so gewesen.

»Hanna«, wisperte er in ihr Haar.

Sie hob den Kopf, und sein Gesicht näherte sich dem ihren. Seine Lippen würden weich und warm sein, das wusste sie, doch bevor sie sich berührten, schrak er zurück.

»Komm.« Er nahm ihre Hand und zog sie mit sich. »Nicht hier.«

Die Mauern warfen Schatten. Finstere, dunkle Schatten. Er zog sie in eine Nische, in der sie fremden Blicken entzogen waren. Hanna schmiegte sich so fest an ihn, wie sie nur konnte, sie lachte und weinte zugleich. Seine Hände waren an ihrem Gesicht, in ihrem Haar. Sie verspürte einen solchen Hunger in sich, dass sie alles andere um sich herum vergaß. »Mattim.«

Seine Lippen näherten sich ihren, erwartungsvoll schloss sie die Augen. Dann ein plötzlicher Schmerz … im nächsten Augenblick ließ er sie los und sprang nach hinten.

»Es tut mir leid … ich wollte nicht …«

»Mattim!« Sie trat aus der Nische und streckte die Hand nach ihm aus, aber er wich noch weiter zurück. »Warte! Mattim!«

»Ich wollte das nicht!«, rief er aus.

Dann sah sie ihn nur noch davonrennen, und seine Schritte hallten über das Pflaster.

EINUNDZWANZIG

BUDAPEST, UNGARN

Hanna wusste, dass Mattim nicht auf der Burg sein würde. Sie kannte ihn gut, besser, als er dachte. Natürlich würde er ihr ausweichen, damit es nicht wieder passierte. Zwei Tage lang hatte sie versucht, sich auf Attila zu konzentrieren und ihr schlechtes Gewissen, weil sie den Kleinen in letzter Zeit so vernachlässigt hatte, zu beruhigen. Aber schon heute merkte sie, dass sie das nicht lange durchhalten konnte. Vielleicht war Mattims Bedürfnis, sie zu sehen, wirklich nicht so groß wie ihres, vielleicht konnte er es mit viel Willensstärke schaffen, auf eine Begegnung zu verzichten. Sie konnte es jedenfalls nicht.

»Ich kriege dich schon«, sagte sie mit einem grimmigen Lächeln. Attila und Réka waren in der Schule; ein paar Stunden hatte sie, um Mattim zu finden. Früher waren ihr die Vormittage, die sie für sich selbst hatte, manchmal zu lang vorgekommen, inzwischen reichten sie kaum aus. Zum Joggen hatte sie keine Zeit. Auf der Insel würde sie ihn sowieso nicht antreffen.

Ihr Gefühl zog sie auf die andere Donauseite, nach Pest. Die Fahrt zum Keleti pályaudvar war schon fast Routine. Natürlich, er war zu Hause. Verkroch sich feige in seiner Wohnung. Sie weigerte sich, auf ihre Angst zu hören. Die Angst, dass er sie zurückweisen könnte, die Angst, dass er wieder so tun könnte, als würde er sie nicht kennen. Die Angst, dass er nie etwas anderes von ihr wollen würde als ihr Blut. Aber er hatte sie angesehen, mit einem solchen Blick … Und ein Schauspieler war er nicht. Wenn sie an den Fahrstuhl zurückdachte … Weder seine Wut noch seine Verzweiflung hatte er verbergen können.

Der Löwenkopf grinste ihr mit scharfen Fangzähnen entgegen. Schon wieder wartete sie vor der Tür und überlegte, wie sie hineingelangen sollte. Auf einmal ging die große Eingangstür ohne ihr Zutun auf, und sie stand Kunun gegenüber. Der Vampir, groß und dunkel, mit einem Blick, der imstande zu sein schien, sie zu Asche zu verbrennen. Sofort begannen ihre Knie zu zittern, und alle Worte erstarben ihr auf der Zunge.

»Was tust du hier – Hanna?«, sagte er, mit einer Stimme, die der Schönheit seines Gesichts in nichts nachstand.

Instinktiv trat sie ein paar Schritte zurück. Das Herz schlug ihr bis zum Hals, es begann zu rasen, und in ihr schrie ein Teil ihrer selbst auf, jener Teil, der keiner Vernunft zugänglich war, dem es gleich war, dass sie sich mitten in einer Stadt befand, am helllichten Tag, dass Menschen an ihr vorübergingen und Kunun ihr gar nichts antun konnte. Dieser Teil in ihr, der so laut schrie, dass sie nichts anderes mehr wahrnehmen konnte: *Das ist der Kerl, der dich in die Falle gelockt hat! Das ist der Kerl, der dich in einen Käfig gesperrt hat, zusammen mit Mattim. Das ist der Jäger! Flieh! Das ist der Jäger, dreh dich um und renn um dein Leben!*

Hanna wich noch einen Schritt zurück, und obwohl die Vernunft ihr gebot: *Tu so, als wüsstest du nicht, wer und was er ist*, kam sie nicht an gegen den Instinkt, der sie zur Flucht trieb, der sie zu einem kleinen, winselnden Beutetier machte, das sein Leben retten wollte. Kunun nahm seinen dunklen Blick nicht von ihr. Und sie eilte fort, keuchend, so hastig, dass sie stolperte, dass sie, als sie über die Schulter blickte, um zu sehen, ob er ihr nachkam, fast mit einem Laternenpfahl zusammengestoßen wäre. Sie musste so schnell wie möglich von hier fort, aber das Band zwischen ihr und Mattim war derart stark, dass sie nicht weit kam. Als wären ihre Fußgelenke mit schweren Ketten an dieses Haus gefesselt. Als wäre sie todkrank und nur dort gab es die rettende Arznei, nur dort … Sie wartete vor einem Laden darauf, dass ihr klopfendes Herz sich beruhigte.

In der Scheibe des Schaufensters gespiegelt, schaute Mattim sie an. Ihm war, als würde sein Herz auf einmal wieder schlagen, schnell und heftig. Die Stille in seiner Brust schmerzte in ihrer Gegenwart nicht mehr ganz so sehr, und allein deshalb hätte er stundenlang dastehen und sie ansehen können.

Sie drehte sich nicht sofort um. Dort in der Scheibe begegneten sich ihre Blicke.

Hanna, wollte er sagen. Nur ihren Namen. Stattdessen sagte er etwas ganz anderes.

»Kunun fand das nicht lustig«, begann er. »Dies ist sein geheimes Hauptquartier, von dem kein Mensch weiß. Erst recht nicht seine Opfer. Du könntest ihm die Polizei auf den Hals hetzen, wegen Réka. Er ist da etwas empfindlich. Wenn ich dir die Erinnerung an dieses Haus nicht sofort wegnehme, wird er es tun. Das hat er mir zumindest gesagt.«

»Warum hat er es nicht gleich getan?« Sie sprach zu dem Gesicht in der Scheibe, als würde sie sich mit der riesigen gelben Tasche im Schaufenster unterhalten.

»Anscheinend gibt es so eine Art Ehrenkodex unter Schatten«, erwiderte Mattim und sah sein Spiegelbild gequält lächeln. »Mein Opfer, dein Opfer. Ich soll es richten, wenn ich schon so dämlich war, dir so viel Blut abzuzapfen, dass du mich immer und überall finden kannst.«

»Findet Kunun überhaupt irgendetwas lustig? Besonders viel Humor scheint er ja nicht zu haben.«

»Lass uns ein Stück gehen«, schlug er vor. »Wir sind zu nah am Haus nach meinem Geschmack.«

Die beiden gingen nebeneinander her. Mattim hätte gerne ihre Hand genommen, aber er wusste, dass er kein Recht dazu hatte. Auch nicht, sie zu küssen, obwohl er an kaum etwas anderes denken konnte. Allerdings war es ihm unmöglich, sie nicht anzusehen. Von der Seite her, damit es nicht allzu aufdringlich wirkte. Wahrscheinlich tat sie nur so, als ob sie es nicht merkte.

»Vielleicht sollte ich es wirklich machen. Du bringst dich in Gefahr, wenn du herkommst.«

»Kununs Vorschlag hat nur einen kleinen, logischen Fehler«, sagte sie. »Wenn du mich beißt, finde ich dich das nächste Mal noch besser.«

Mattim atmete tief durch und blieb stehen. »Genau darüber muss ich mit dir reden. Du bildest dir da etwas ein. Was unsere Gefühle füreinander angeht.«

Meine Seelengefährtin, sagte sein Herz. *Meine Herzgefährtin. Meine Leibesgefährtin.* Doch er hatte kein Herz mehr, dessen Gefährtin sie hätte sein können.

Es war nicht echt. Sie musste das wissen. Es war so verführerisch, zu glauben, dass es echt war, dass sie wirklich ihn meinte. Aber bis vor Kurzem kannte sie ihn noch gar nicht. Bei ihrer ersten Begegnung, dort im Fahrstuhl, hatte sie noch geglaubt, er wolle sie umbringen, und jetzt lief sie ihm hinterher.

Es konnte nicht echt sein.

»Nein«, flüsterte sie.

Es wäre so einfach gewesen, es anzunehmen. Aber er war nicht wie Kunun. Er hasste sich selbst mehr als genug, aber wenn er jemals werden sollte wie sein Bruder, dann war es dieses Leben nicht mehr wert, dafür anderen ihr Blut zu rauben. Vielleicht war er wirklich schon wie Kunun. Diese Bilder, die er in sich trug, die er niemals wieder loswerden würde … Wie sie drüben in Magyria die Flusshüter gejagt hatten. Gorans blutiger Mund … Das nächste Mal würde er vielleicht wirklich mitmachen. Was wusste er schon davon, was er tun würde? Er hatte sich damals auch geschworen, lieber zu sterben, als jemanden zu beißen. Was konnte er Hanna geben? Was, außer Schmerz und Schrecken?

»Doch, Hanna.« Er zwang sich, das Gegenteil von dem auszusprechen, was er sagen wollte. »Wenn du dich wirklich daran erinnerst, dann weißt du, was ich bin. Dann weißt du, was ich dir angetan habe. Ich habe dir ein Stück deines Lebens geraubt. Und das suchst du nun in mir. Es ist ein Teil von dir, was du in mir suchst. Ich kann dir nicht geben, was du dir wünschst. Du meinst nicht mich, verstehst du? Egal, wer es gewesen wäre, der dich«, es kostete eine unglaubliche Mühe, das Wort auszusprechen, doch er zwängte es gewaltsam über seine Lippen, »gebissen hätte, du würdest glauben, dass du etwas für ihn empfindest.«

»Das stimmt nicht«, protestierte sie. Ihre braunen Augen kamen ihm extrem dunkel vor, ein Blick, in dem man sich verlieren konnte.

Seelengefährtin, Herzgefährtin, Leibesgefährtin ... Nein.

»Doch, Hanna, es stimmt. Denk nur mal nach. Du kennst mich gar nicht. Du weißt überhaupt nichts von mir. Trotzdem kannst du durch die halbe Stadt fahren und mich unweigerlich finden. Was glaubst du, was das ist? Schicksal? Liebe?« Er kämpfte mit den Worten, mit aller Kraft. Er schleuderte sie von sich wie Pfeile. Daran, dass Hanna zusammenzuckte, erkannte er, dass er sie getroffen hatte. »Es bedeutet gar nichts«, sagte er. »Wir bedeuten einander nichts. Wenn ich die Nächste ... beiße, wird sie mich ebenfalls verfolgen. Dann wirst du dich darüber wundern, was in dich gefahren war.«

Als ob er das jemals tun würde. Eine andere in den Armen halten, während der Duft ihrer Haut und ihrer Haare ihm in die Nase stieg ... Diese weiche, glatte, helle Haut mit den Lippen berühren ...

Mattim hätte nie gedacht, dass es möglich war, sich so sehr nach etwas zu sehnen. Nach jemandem. So sehr, dass man nicht schlafen konnte, dass man nichts essen mochte. Beides brauchte er nicht mehr seit seiner Verwandlung, doch erst jetzt fehlte ihm das Verlangen danach. Er war nicht richtig lebendig, aber erst, seit er Hanna begegnet war, wusste er, was das wirklich bedeutete. Denn sie lebte. Mit einer Intensität, die ihm die Sinne verwirrte. Er wusste das. Er hatte es geschmeckt, es gefühlt, er spürte es immer noch in sich. Deshalb kannte er sie zu gut, um zu glauben, dass sie für jemanden wie ihn etwas empfinden konnte. Sie liebte das Leben, und niemals würde sie einen Schatten lieben können.

»Es stimmt nicht«, wiederholte Hanna stur.

»Du kannst das nicht erkennen, weil …«

»Nein«, unterbrach sie ihn. »Atschorek hat mich auch gebissen, und für sie empfinde ich rein gar nichts.«

»Atschorek hat dich gebissen?«, fragte er entgeistert.

»Einmal«, sagte. »Ich habe überhaupt nichts gemerkt. Mir fehlten nur ein, zwei Minuten, wenn überhaupt. Eine winzige Zeitspanne, in der Kunun mit Réka verschwinden konnte. Am nächsten Tag habe ich Atschorek wiedergetroffen. Ich gehe oft auf der Insel joggen, aber ich habe nie zuvor gerade diesen Weg genommen. Was für ein Zufall, nicht? Ich habe lange darüber nachgedacht, verstand es aber erst, als ich all das über euch erfahren habe.«

»Atschorek », zischte er wütend.

»Es ist nicht dasselbe«, sagte sie. »Jemandem ständig zu begegnen oder jemanden zu suchen, weil man es nicht aushält ohne ihn. Es ist überhaupt nicht dasselbe. Außerdem ist es nicht wahr, dass ich dich nicht kenne. Ich …« Sie brach ab. »Was ist?«

Sah man es so deutlich? Dass alles um ihn herum einstürzte, alle Gründe, die er sich wieder und wieder aufgezählt hatte, warum er sie gehen lassen musste, warum er diese schier unglaubliche Dummheit, die sie bei vollem Verstand zu ihm trieb, nicht ausnutzen durfte. »Beim Licht«, flüsterte er. »Ich möchte dich küssen.«

»Dann tu es. Nur lauf bitte nicht wieder weg.«

Es war unmöglich, vernünftig zu sein. Nein, es gab nichts anderes, was sich dermaßen richtig anfühlte. Mattim küsste Hanna innig, mit feierlichem Ernst. Der Strom der Passanten trieb an ihnen vorüber, teilte sich kurz vor ihnen und fand hinter ihnen wieder zusammen. Die beiden standen inmitten des Flusses, wie ein Stein, an dem alles abprallte.

Diesmal biss er sie nicht. Er hielt sie nur fest an sich gepresst, und ihr Herz schlug für sie beide.

»Ich weiß nicht einmal deinen Nachnamen.«

»Mein Nachname?« Einen Moment lang war er verwirrt.

»Dein Familienname. Gibt es bei euch keine Familiennamen?«

»Nur Mattim. Aus der Familie des Lichts.« Selbst jetzt konnte er nicht anders, als daran festzuhalten. Er wusste, wie Kunun darüber dachte. *Das bist du nicht mehr. Dazu gehörst du nicht mehr.* Aber wie konnte er aufhören, der Sohn seines Vaters und seiner Mutter zu sein?

»Ein Prinz braucht wohl keinen Nachnamen?«

»Anscheinend nicht. Danach hat mich noch nie jemand gefragt.«

»Wie alt bist du überhaupt?«

»Siebzehn«, sagte er.

»Und du kannst nicht lesen?« Sie musterte ihn so kritisch, dass er vor lauter Verlegenheit lachen musste.

»Unsere Runen schon. Eure nicht.«

»Buchstaben. Das sind Buchstaben.« Plötzlich schlug sie sich mit der Hand gegen die Stirn. »Mist! Attila! Ich habe ihn völlig vergessen! Ich muss sofort los.«

»Attila?«

Hanna amüsierte sich über sein Gesicht. »Bist du etwa eifersüchtig? Dazu hast du auch allen Grund. Attila ist der süßeste Budapester Junge, den es gibt. Nicht unbedingt der Netteste, dafür geht er ohne mich nirgendwohin.«

Was sollte er davon halten? War sie etwa nicht frei?

»Willst du nicht mitkommen? Ich mache euch miteinander bekannt.«

In ihren Augen blitzte es. Sie unterdrückte ein Lachen. Da war irgendetwas, was sie ihm verschwieg.

Er konnte sie unmöglich gehen lassen. Es war, als würde er seinem Herzen erlauben, ohne ihn durch die Stadt zu reisen.

»Den will ich sehen«, sagte er grimmig, nur um noch einmal dieses entzückende Grinsen auf ihr Gesicht zu zaubern, »diesen Attila.«

ZWEIUNDZWANZIG

BUDAPEST, UNGARN

»Komm, die Treppe hoch.« Sie huschten die Stufen hinauf, kichernd und auf leisen Sohlen. Mattim hatte Hanna angerufen, sobald Kunun aus dem Haus war – einer der anderen Vampire, die hier schon länger lebten, hatte ihm erklärt, wie man ein Handy benutzte –, und nun war sie hier, und ihr Herz schrie vor Glück, als er ihr die Tür unter den Löwen öffnete und sie ihm nach oben in seine Wohnung folgte.

»Werden sie dich nicht verraten?«, fragte sie, als er die Wohnungstür hinter ihnen zudrückte. Mattims Lächeln erinnerte sie unglaublich an Attila, wenn er etwas Verbotenes tat. »Die anderen, die hier wohnen?«

Hanna hatte keine Vampire gesehen, aber dieses Haus war von ihrer Gegenwart durchdrungen. Sie wusste nicht, ob sie sich das einbildete oder wirklich fühlte. Ein Kribbeln, das ihr über den Rücken lief und sie dazu brachte, sich ständig umzusehen. *Gefahr! Gefahr!*

Mattim lachte nur. »Wir sollten uns nicht hier treffen«, stimmte er ihr zu, ohne dass die Freude aus seinem Blick wich. Es war, als hätte jemand einen Dimmer betätigt und den Glanz seiner Augen verstärkt. Sobald er Hanna betrachtete, war es, als würde etwas in ihm aufleuchten, etwas, das unter einem dichten Überzug verborgen war, unter einer Schicht aus Dunkelheit und Verzweiflung, und dennoch bereit dazu, aus allen Poren zu strahlen.

Sie merkte, dass sie ihn anstarrte, und drehte sich hastig um. Als sie ihre Jacke auszog, legte er ihr etwas Weiches um die Schultern.

»Was ist das? Ein – Schal?«

»Ich habe dir einen neuen gekauft«, verkündete er. »Damit ich deinen behalten kann. Was ist, gefällt er dir?« Seine Augen leuchteten erwartungsvoll.

»Er ist wunderschön.« Sie schmiegte die Wange an den weichen Stoff. Dabei fiel ihr Blick auf seine Schulbücher. »Sind das wirklich deine? Ich habe mich schon gewundert.«

»Ich dachte, wir könnten zusammen lernen.« Dass er dieses Grinsen nicht aus dem Gesicht bekam! »Schließlich musst du noch an deiner Grammatik feilen.«

»Ach, muss ich das?«

Hannas gespielten Ärger konnte er nicht widerstehen.

Bei diesem Kuss, so sanft und süß, verspürte er nicht das geringste Verlangen, sie zu beißen. Er war so gesättigt von seinem Glück, dass es sich fast wie eigenes Leben anfühlte. Ja, es genügte, Hanna im Arm zu halten und zu hören, wie sie atmete.

»Wenn ich gewusst hätte, dass es dich gibt in dieser Welt, ich wäre schon früher gekommen«, flüsterte er in ihr Haar.

»Wie war es?«, fragte sie. »Das erste Mal herzukommen?«

»Atschorek hat mich hergebracht«, sagte er. »Sie nahm die Fackeln von den Wänden, öffnete Wilders Käfig und ließ ihn zurück in den Wald … Wilder ist unser Bruder … Sie fragte mich, ob ich gemerkt hätte, dass ich aus dem Käfig gestiegen war, ohne ihn zu öffnen, einfach durch den Schatten hindurch. Das hatte ich nicht, deshalb erschrak ich, und es fühlte sich an, als würde mein Herz stehen bleiben. Ich spürte die Leere in meiner Brust sehr deutlich. So leer und leicht war ich, dass ich mit ihr durch den Schatten gehen konnte, mitten durch den Fels … in den Keller eines Hauses in einer Stadt, die von steinernen Löwen bewacht wird. In dem einen Augenblick stand ich in einer Höhle, die nach Blut roch und nach Angst und Wolf, im nächsten war ich hier und fing an zu glauben, dass ich wirklich tot bin. Du weißt überhaupt nicht, wovon ich rede, nicht wahr?«

Hanna wollte nichts sagen, sondern nur zuhören, seiner Stimme, die klang, als würde sie ein Lied aus einer anderen Welt singen, ein uraltes Lied, das man nicht verstehen musste, um seine Schönheit zu begreifen. Er erzählte von Akink und dem Kampf gegen die Schatten, als hätte er sein ganzes Leben lang nichts anderes getan, als bei ihr zu sein und über die Dinge zu reden, die geschahen und geschehen waren und die noch geschehen würden, vielleicht oder vielleicht auch nicht. Nichts, gar nichts wollte sie erwidern, nur lauschen, wie er sprach. Wenn Kununs Stimme schön und dunkel wie die Nacht war, eine Stimme wie schwarze Seide, verführerisch und fesselnd, so war Mattims Stimme wie ein Lied im Frühling, wie ein Morgen, der anbrach und mit seiner Kraft die Dunkelheit vertrieb.

Der junge Prinz lachte. »Was ist? Wenn du mich so ansiehst, werde ich ganz verlegen.«

Hanna schirmte die Augen mit einer Hand ab und lugte durch die Finger. Und bemerkte seinen Blick, der auf ihr ruhte, als wäre auch in ihr all das, was sie in ihm sah. Ein Frühling, von dem man sich wünschte, er möge nie enden. Niemals hatte Maik sie so angeschaut, so, als würde er sterben müssen, wenn er sich von ihr abwandte.

»Du bist der Prinz des Lichts«, flüsterte sie. »Ich glaube, ich verstehe allmählich, was das heißt.«

»Ich habe es verloren«, sagte er leise, und sie schauderte, als sie den Schmerz in seiner Stimme hörte. Konnte es sein, dass er zu irgendeiner Zeit mehr geleuchtet hatte als jetzt, dass er mehr gewesen war als das, was sie vor sich hatte?

»Du hast es nicht verloren. Es ist da, in dir.«

Ihre Blicke versanken ineinander. Das Gefühl war so intensiv, dass es kaum zu ertragen war, bis Hanna schließlich leise lachte, den Kopf schüttelte und in die Wirklichkeit zurückkehrte.

»Eins verstehe ich beim besten Willen nicht«, sagte sie. »Du sagst, du bist in Kununs Keller gelandet? Dabei hat dieses Haus doch gar keinen Keller. Die Treppe endet im Erdgeschoss, darunter ist nichts. Und im Fahrstuhl gibt es auch keinen Knopf für ein Kellergeschoss.«

»Das Haus hat sehr wohl einen Keller«, entgegnete Mattim, und sofort verdüsterte sich seine Miene. Es war, als würde die Sonne untergehen. »Aber niemand gelangt ohne Kununs Erlaubnis hinunter und geht durch die Pforte nach Magyria. Man muss die Knöpfe in einer bestimmten Reihenfolge drücken, damit der Fahrstuhl ganz nach unten fährt. Ich glaube nicht, dass er mir jemals so weit vertrauen wird, dass er mich einweiht.«

Der Zauber war zerstört. Hanna erblickte in ihm nichts als einen Jungen, dessen Traurigkeit schwer auf seinen Schultern lastete. Sein blondes Haar fiel ihm über die Augen. Wieso hatte sie jemals geglaubt, er könnte es mit Kunun aufnehmen?

Hanna fuhr sich mit der Hand über die Stirn. Ihr war, als hätte Kunun dieses Haus und jeden einzelnen Raum mit seiner Gegenwart getränkt und vergiftet, mit seiner Dunkelheit, sodass man selbst dann, wenn er gar nicht da war, gegen ihn kämpfen musste.

»Wir werden diesen geheimen Keller finden«, versprach sie. Sie ergriff Mattims Hände und hielt ihn fest, es war, als müsste sie einen Ertrinkenden retten. »Wenn dir so viel daran liegt …« Mit der Hoffnung und dem Mut beschlich sie von irgendwoher eine neue Angst. *Was ist, wenn er geht? Wenn wir die Pforte finden und er verschwindet einfach, in seine eigene Welt, und dann wird es sein, als wäre er nichts als ein Traum gewesen …*

»Warum ist es so wichtig?«, fragte sie bang. »Weil du nach Hause willst?«

»Ich kann nicht mehr zurück«, sagte Mattim. Seine Augen erinnerten sie an die Löwen, die immer vor der Tür stehen mussten, still und steinern. »Ich wollte das Geheimnis der Vampire lüften, und genau das habe ich getan. Von den Menschen beziehen sie ihre widernatürliche Kraft. Doch was nützt dieses Wissen, wenn ich nicht auch herausfinde, wie man die Pforte zwischen den Welten schließen kann? Ich muss Kunun und die anderen Schatten irgendwie von der Quelle ihrer Macht abschneiden. Ich habe noch lange nicht getan, was ich tun muss, und dabei weiß ich noch nicht einmal, ob es mir überhaupt gelingen wird, alleine hindurchzugehen. Bisher war immer jemand dabei. Beim ersten Mal Atschorek, beim letzten Mal Kunun und seine Jagdgesellschaft.« Er stieß ein kleines, bitteres Lachen aus. »Irgendwie muss ich diese Pforte schließen, und wenn es das Letzte ist, was ich tue.«

»Das wirst du.« Als hätte sie es in der Hand, ausgerechnet sie! »Wir werden einen Weg in diesen Keller finden.« Ihre Zuversicht übertrug sich auf Mattim.

»Ja«, sagte er leise. »Ich schaffe es. Meine Eltern und meine Freunde in Akink sollen erfahren, dass ich kein Ungeheuer geworden bin. Dass ich immer noch für Akink kämpfe. Dass Kunun mich nicht besiegen wird, auch wenn er die anderen alle auf seine Seite zieht.«

»Du bist kein Ungeheuer!« Sie legte die Hand auf seine Schulter, tröstend, aber es war ein Fehler, ihn zu berühren, jetzt, da sie gemeinsam nach einem Weg in den Keller suchen wollten. Ihre Hand auf seiner Schulter. Ihr warmer Atem an seiner Wange. Er schnappte nach Luft, als die Sehnsucht wie eine Woge über ihm zusammenschlug. Nach einem Kuss. Nach ihr. Nach viel mehr. Nach ihrem Leben. Ihrem Blut. Nach allem, was sie war.

Aufstöhnend wandte er sich von ihr ab und schlug die Hände vors Gesicht. »Geh«, sagte er heiser. »Geh einfach.«

»Mattim …«

»Geh, Hanna, bitte.«

Sie konnte sich unmöglich einfach so fortschicken lassen. Zusehen, wie er sich quälte, wie er litt, als müsste er unerträgliche Schmerzen erdulden.

»Mattim.«

Der Prinz machte eine heftige Bewegung, als wollte er die Hand abschütteln, die sie ihm wieder auf die Schulter gelegt hatte. Dann hielt er still, als wüsste er, dass er, wenn er sich umdrehte, sich auf sie stürzen und seine Zähne in ihren Hals schlagen würde. Er hielt so still, dass sie, als sie ihn umfasste, spüren konnte, dass er tatsächlich nicht atmete. Dass seine Brust sich nicht bewegte und sein Herz nicht schlug. Aus seinem Inneren kam ein Laut, der sie bis ins Mark traf, ein Hilfeschrei, den er nicht unterdrücken konnte.

Hanna lehnte die Wange an seinen Rücken und hielt ihn fest. Und wartete. Wartete, bis er wieder atmete, so als hätte sie es tatsächlich fertiggebracht, ihn aus dem Meer von Dunkelheit wieder an die Oberfläche zu ziehen.

Dann berührte sie mit den Fingerspitzen sein Gesicht, zart wie warmer Regen. Sie zog seine Hände fort, hinter denen er sich versteckte, und berührte seinen Mund.

»Trink«, sagte sie.

»Du darfst dich nicht für mich opfern. Das kann ich nicht zulassen. Du …«

Sacht legte sie die Finger an seine Lippen, um ihn zum Schweigen zu bringen. »Es ist Vormittag«, sagte sie. »Draußen scheint die Sonne. Wenn der Schutz nachlässt, musst du ihn erneuern. Trink, Mattim. Danach suchen wir die verdammte Pforte in diesem verdammten Keller.«

Er strich ihr eine Haarsträhne aus der Stirn, so behutsam, als würde er einen Schmetterling von einer Blüte heben. »Du fluchst erbärmlich«, meinte er. »Du fluchst wie eine Ausländerin.«

Sie hielt ihm ihren Arm hin.

»Du bist verrückt«, flüsterte er. »Es gibt keinen Grund, das zu tun.«

Sie sagte nichts. Nur ihr Herz schlug, schlug heftig, als er ihr mit den Fingern über den Unterarm fuhr, über die blauen Fäden ihrer Adern. Ihr Herz schlug, schlug wie eine Welle über ihnen beiden zusammen.

»Du kannst dich nicht erinnern«, sagte Mattim.

Hanna stand vor ihm und zog ihren Arm zurück, den sie ausgestreckt hatte, als wollte sie ihn zum Tanz auffordern. Sie blinzelte, und das Blut rauschte in ihren Ohren. Es fühlte sich nicht an, als müsste sie gleich in Ohnmacht fallen, daher erwiderte sie seinen besorgten Blick mit einem aufmunternden Lächeln.

»Der Keller. Ich weiß genau, was wir vorhaben.« Sie unterdrückte den Impuls, die kleine Wunde zu untersuchen. »Komm. Ich habe nicht mehr viel Zeit, ich muss bald Attila abholen.«

Er sagte nichts. Er musterte sie nur, und sie wünschte sich mehr als alles andere, sie könnte ihm die Gewissensbisse nehmen und ihn von dem Schmerz befreien, dass er ihr wehgetan hatte.

Leise zog der Prinz die Tür auf, und Hanna spähte an ihm vorbei in den Flur. Der Innenhof lag ruhig unter ihnen, auf keinem der umliegenden Flure regte sich etwas.

»Wo sind sie eigentlich alle hin? Beute machen? Sich neue Opfer suchen?«

Mattim gab so etwas wie ein Knurren von sich, und sie verwünschte sich, ihn daran erinnert zu haben, dass seine Beute freiwillig zu ihm kam.

»Du bist keine Beute«, flüsterte er, »und kein Opfer. Du bist mein Herz.«

»Wenn man im Hof steht«, sagte sie laut, um seinen Blicken und seinen Worten zu entgehen, »und der Fahrstuhl ist oben, dann müsste man doch durch die Glasscheibe in den Keller sehen können?«

»Ja, aber die vordere Tür lässt sich nicht öffnen, wenn der Aufzug nicht im Erdgeschoss ist.«

»Kann man sie aufbrechen?« Sie musterte die Metalltür im oberen Stockwerk. »Die unterste meine ich natürlich. Und dann mit einer Leiter nach unten klettern?«

»Die Tür aufbrechen? Ich wüsste nicht wie. Kunun darf nicht das Geringste ahnen, verstehst du? Ich weiß nicht, wie lange ich brauche, um herauszufinden, wie man die Pforte nach Magyria öffnet und schließt. Bestimmt werde ich öfter hinuntergehen müssen.«

»Wenn dein Bruder nichts merken soll … Er hat doch sicher einen Schlüssel? Um die Metalltür zu öffnen, wenn irgendetwas nicht stimmt?«

»Du schlägst vor, dass wir Kununs Sachen durchsuchen?«, fragte Mattim und klang ehrlich erstaunt.

»Es muss doch eine Möglichkeit geben, an den Fahrstuhl heranzukommen, wenn er kaputt oder stecken geblieben ist! Irgendwie müssten wir diese untere Fahrstuhltür öffnen und mit einer Leiter in den Keller steigen können!«

Die Idee gefiel ihr, Mattim dagegen schüttelte den Kopf. »Was, wenn jemand die Leiter sieht? Wir sind nicht allein in diesem Haus. Es geht nicht, wir müssen …«

»… ihn dazu bringen, uns den Code zu verraten!«

Hanna fühlte, wie die Begeisterung sie in Schüben durchströmte. »Irgendwie müssen wir ihn hereinlegen!«

»Das ist kein Spiel«, sagte Mattim leise. »Kunun ist gefährlich. Glaubst du, er lässt sich einfach so hereinlegen?«

»Er muss doch irgendeine Schwachstelle haben!«

»Kunun hat keine Schwachstelle«, widersprach Mattim, als wäre der bloße Gedanke daran Blasphemie. »Sobald er merkt, worauf wir aus sind, ist er noch zu ganz anderen Dingen fähig. Wenn er wüsste, dass ich hinter dieser Pforte her bin … wenn er so etwas auch nur ahnte …«

»Er hat keine Lieblingszahl, die er als Code gebrauchen könnte, oder? Ein spezielles Datum oder was weiß ich? Lass uns seinen Geburtstag ausprobieren oder … Okay, vergiss es. Dann fällt mir noch ein, wir könnten vielleicht eine Kamera im Aufzug installieren. Wie wäre das?« Die Ideen sprudelten nur so aus ihr heraus. »Genau, eine Kamera, die ihn dabei aufnimmt, wie er den Code eingibt!«

Sie merkte, dass Mattim nicht ganz verstand, was sie meinte, und versuchte es ihm zu erklären. »Sie müsste natürlich so klein sein, dass er sie nicht bemerkt. Und dann …«

»Er wird es merken«, sagte Mattim leise. »Wenn wir ihm wenigstens einen Schlüssel stehlen könnten! Aber er wird uns nicht in seinen Kopf hineinsehen lassen. Wenn er dieses Ding bemerkt, dann ist es aus.«

Ihre Gedanken arbeiteten fieberhaft. »Oder … Mattim, ich hab's! Das ist immerhin ein gläserner Fahrstuhl, warum sollten wir das nicht ausnutzen? Schließlich wohnst du hier. Du könntest dich da hinten am Geländer herumtreiben, so oft, dass es für alle hier normal ist. Nimm dir ein Buch und setz dich draußen hin oder mach dort deine Aufgaben oder was auch immer. Du brauchst eine Stelle, von der aus du optimal in den Fahrstuhl hineinsehen kannst, von wo du den besten Blick auf die Knöpfe hast. Irgendwann wird Kunun den Fahrstuhl betreten und den Code eingeben, und …«

»Ich soll das von da hinten erkennen?«, fragte Mattim zweifelnd. »Ich habe durch die Verwandlung keine Adleraugen bekommen! Außerdem stand ich schon einmal mit meinem Bruder im Fahrstuhl, und er hat mir einfach den Blick verstellt.«

Hanna überlegte. »Das wird er nicht tun, wenn er nicht weiß, dass er beobachtet wird. Ein Fernglas, ein Teleskop-Fernrohr … Oder eine kleine Kamera, mit der du die Szene aufzeichnen kannst, damit wir sie uns mehrere Male anschauen könnten, bis wir alles haben. Du könntest die Fahrstuhlwand näher heranzoomen. Das müsste eigentlich klappen. Warte, wir machen es so: Du gehst nach draußen und suchst den besten Platz, wo man es gut sieht. Ich fahre mit dem Fahrstuhl hoch und runter, und du probierst aus, in welchem Stockwerk der Winkel am besten passt. Oder wo wird Kunun sein, wenn er den Code eingibt? Im Erdgeschoss?«

»Wahrscheinlich«, gab Mattim zögernd zu.

»Dann müsstest du deinen Beobachtungsplatz im Hof einnehmen. Das wäre vielleicht sogar noch besser! Wenn du dir dort einen gemütlichen Platz einrichtest und den anderen sagst, du lernst gerne an der frischen Luft. Wollen wir?«

Mattim wirkte nicht ganz überzeugt, aber er nickte. »Fahr los«, sagte er, »ich nehme die Treppe.«

Ihr Körper wollte sich weigern, in diesen Fahrstuhl zu steigen. Sie ließ sich nichts anmerken und winkte Mattim zu, während sie mit einem flauen Gefühl im Magen ins Erdgeschoss fuhr. Es war, als wäre sie darauf geprägt, dass in diesem Fahrstuhl immer etwas Bedrohliches passierte. Ein Schauer lief ihr den Rücken hinunter, während der Lift nach unten schwebte.

»Es ist alles gut«, murmelte sie, »alles gut. Er wird nicht stecken bleiben, warum sollte er …«

Ohne zu stocken glitt der Fahrstuhl hinunter. Sie sah die dunkelblauen Gitter an sich vorüberziehen, sah den Hof mit dem Brunnenbecken und den steinernen Löwen. Mattim war noch nicht da. Bestimmt hatte er ihr zeigen wollen, dass er schneller war als der Lift! Als die Tür im Erdgeschoss aufglitt, stand sie Kunun gegenüber. Kunun, den sie nun zum zweiten Mal nach der Begegnung auf dem Schulhof überrascht erlebte. Dann lächelte er, zog leicht die Brauen hoch und trat in die Kabine. Seine Hand ging zu den Tasten, doch anstatt einen Knopf zu drücken, berührte er nur die Stopp-Taste. Sie fuhren nicht an. Die Tür schloss sich.

Durch die Glaswand konnte sie Mattim erkennen, der im Hof stand und fassungslos zu ihnen herüberstarrte. Hanna schluckte. Sie brauchte ihre ganze Kraft, um nicht vor Kunun zurückzuweichen, um sich nicht bis in die hinterste Ecke zu retten und dort heulend auf den Boden zu rutschen. In diesem winzigen Raum gab es keine Fluchtmöglichkeit. Nur sie und Kunun. Seine Gegenwart füllte alles aus. Er musste nur dastehen, vor ihr, und schon wurde sie klein. Klein und hilflos. Seine dunkle Schönheit bewirkte, dass sie sich armselig und hässlich fühlte.

»Hanna«, sagte er schließlich. »Hatte ich dir nicht gesagt, du solltest dich von diesem Haus fernhalten? Ich dachte, ich hätte es deutlich genug gemacht.«

Sie öffnete den Mund und brachte keinen Ton heraus.

»Sollte Mattim dich nicht beißen?«, fragte er weiter. »Er war doch nicht etwa ungehorsam?«

Seine Frage nach Mattim brachte Hanna wieder einigermaßen zur Besinnung. »Und ob«, sagte sie. »Das hat er – glaube ich.«

»Tatsächlich?« Kunun trat einen Schritt auf sie zu, sodass er nun direkt vor ihr stand. Er streckte die Hand aus und zog langsam, geradezu zärtlich, an ihrem neuen Schal. Er ließ ihn zu Boden fallen und schob mit beiden Händen ihr Haar zurück, damit ihr Hals frei war. Seine Bewegungen, so sanft und behutsam wie die eines aufmerksamen Liebhabers, ließen ihre Beine zittern. Kühl und glatt, als trüge er Seidenhandschuhe, tastete er mit den Fingern über ihren Hals.

»Diese Wunden sind nicht neu«, sagte Kunun leise, so nah an ihrem Ohr, dass sie fühlen konnte, er atmete nicht. »Was habt ihr getan, meine Liebe, in meinem Haus?«

Im Hof war Mattim wild am Gestikulieren.

»Ich habe ihn gesucht«, flüsterte sie, »ich kann ihn immer finden. Ich habe keine Ahnung, was wir getan haben. Erst war ich bei ihm, und auf einmal war ich hier im Fahrstuhl. Gerade wollte ich nach Hause fahren. Ich muss mich beeilen, sonst machen meine Gasteltern sich Sorgen und suchen nach mir.« Sie schob ihren Ärmel herunter. »Ist das eine neue Wunde? Was bedeutet es?«

Mit festem Griff packte Kunun ihr Handgelenk und betrachtete die Stelle, an der Mattim sie gebissen hatte. Als er ihren Arm an seine Lippen hob, zuckte sie instinktiv zurück, aber er hauchte nur einen Kuss auf ihre weiße Haut.

»Du frierst«, stellte er fest.

»Kunun!« Sie hörten Mattims Schreie von draußen. »Lass sie gehen! Kunun! Hanna! Hanna!«

»Ja«, sagte sie, »ja, bitte, ich muss jetzt nach Hause, ich werde auch nicht wiederkommen, sondern …«

»Hast du Angst vor mir?«, fragte der Vampir. Er ignorierte Mattims Wüten. Wieder war sein Gesicht so nah vor ihr, und sie blickte ihm direkt in die schwarzen Augen.

»Nein«, flüsterte sie. Ihr Körper sagte etwas anderes. Er zitterte und bebte und wollte entkommen, wollte sich herumwerfen und losrennen, nur rennen, so schnell, als gelte es das Leben. Doch sie war mehr als dieses Zittern und Beben, und sie trat nicht einmal den halben Schritt zurück, der sie noch von der Glaswand trennte. Sie tat ihm nicht den Gefallen, auch nur einen Zentimeter zurückzuweichen.

»Das ist gut«, sagte Kunun. »Denn ich werde dich jetzt beißen. Ich werde dich vergessen lassen, dass du heute in diesem Haus warst. Ich werde dich vergessen lassen, dass du mich hier gesehen hast, und alles, was Mattim dir gesagt hat.«

Hanna blickte ihm in die Augen, die wie die spiegelnden Scheiben eines dunklen Hauses waren. *Ich werde nicht betteln,* dachte sie. *Ganz bestimmt nicht. Ich bin keine Beute und auch kein Opfer.* Mattim hatte es gesagt, und in jenem Augenblick hatte sie nicht wirklich begriffen, was es bedeutete. Jetzt erst verstand sie es. *Ich bin kein Opfer.*

»Beiß mich ruhig«, sagte sie. »Seit du es damals an der

Schule fast getan hättest, warte ich darauf, dass du es endlich tust. Nicht Mattim. Du. Und dann werde ich dich finden, wenn ich durch Budapest streife. Nicht Mattim, sondern dich.«

Der Vampir versuchte, in ihren Augen die Lüge zu entdecken. Aber Hanna wandte den Blick nicht ab. Es fiel ihr nicht einmal schwer. Nun, da sie die Furcht abgestreift hatte, schien alles möglich. Sie dachte nicht mehr an Mattim, der verzweifelt auf der anderen Seite der Glaswand schrie. Kunun beugte sich zu ihr, und in diesem Moment waren sie einander ebenbürtig. Sie war nicht mehr klein und unscheinbar und hilflos, sondern schön und stolz und aufrecht. Vielleicht gehörte auch das zu Kununs Zauber. Einem Mädchen das Gefühl zu geben, eine Frau zu sein, unwiderstehlich und königlich, doch falls das so war, dann war er selbst schuld.

»Zeig mir Magyria«, flüsterte sie. »Zeig mir das Land, dessen König du bist.«

»Mattim hat dir gesagt, ich sei der König von Magyria?«

Kunun hatte eine Schwachstelle! Sie hatte es gewusst, seit sie ihn an jenem Tag am Ufer der Donau gesehen hatte, einen hübschen Kerl mit machohaftem Getue. Er war nicht anders als jeder andere dieser schönen jungen Männer, die sich allzu viel auf ihre wundersame Anziehungskraft einbildeten. Wahrscheinlich merkte er es nicht einmal, wenn sie so übertrieb, dass man, wenn sie Pinocchio gewesen wäre, ihre Nase zum Stabhochsprung hätte benutzen können.

»Zeig mir dein Reich«, hauchte sie.

Er schaute sie an mit einem Blick, der dunkle Fäden um ihre Seele spann. Forschend. Auf eine Weise interessiert, die ihr fast die Beine wegriss, sodass sie sich unwillkürlich an seinem Mantel festhalten wollte. Sie wagte es nicht. Es war, als würde die geringste Bewegung sie in die Arme eines Mannes treiben, den sie verabscheute und fürchtete. Nie, niemals könnte sie Kunun begehrenswert finden, niemals würde sie verstehen, was Réka an ihm fand, niemals würde sie auch nur auf die Idee kommen, seinetwegen den blonden Jungen zu vergessen, der irgendwo da draußen jammerte …

Kunun drehte sich um und drückte die Tasten. Sie beobachtete ihn dabei, und ihr Herz, das fast stehengeblieben wäre, als er so dicht vor ihr stand, schlug wieder schneller. Jetzt! Wenn es ihr gelang, jetzt zu entkommen! Doch sie hatte das hier angefangen, nun musste sie es auch bis zum Ende durchziehen.

Der Fahrstuhl ruckte kurz und glitt dann hinunter in die Dunkelheit. Hinter der Scheibe erkannte man die graue Wand, von Kabeln durchzogen. Kunun öffnete die Tür und führte sie in einen Kellerraum mit niedriger Decke. Falls sie hier etwas Besonderes erwartet hatte, wurde sie enttäuscht. Wie jeder gewöhnliche Keller war auch dieser kühl und ungemütlich, wozu das trübe Deckenlicht zusätzlich beitrug. Hohe, mit unzähligen Flaschen bestückte Weinregale bedeckten die Wände.

»Du trinkst Wein?«, fragte sie.

»Meine Fähigkeit zu schmecken, ist ausgeprägter, als du dir vorstellen kannst«, erklärte Kunun. »Und jetzt nimm meine Hand.«

Sie tat es. Diesmal erlaubte sie sich nicht, Angst zu haben, als er ihre Finger mit festem Griff umschloss. *Wie ein Vater, der sein Kind führt*, dachte sie, wollte sie denken, nur fühlte es sich ganz und gar nicht so an. Es war eine Geste der Vertrautheit, wie zwischen Liebenden, als sie Hand in Hand durch den Mauerdurchbruch schritten, in den nächsten Raum, in dem sie niemals ankamen. Stattdessen war das Licht plötzlich verschwunden. Die beiden standen im Dunkeln, in einer Finsternis, in die sie hineinfielen wie in ein Loch, wie ins Nichts. Hanna schrie kurz auf. Der Griff um ihre Hand wurde stärker.

»Ich bin da«, hörte sie Kununs Stimme.

»Wo sind wir?« Sie standen nicht mehr im Keller. Die Luft roch anders, nicht mehr feucht und abgestanden. Von irgendwoher kam ein Luftzug. Irgendwo dort begann das Dunkel sich ganz wenig in Grau zu verwandeln, während ihre Augen sich an die Lichtlosigkeit gewöhnten. Sie mussten in der Höhle sein, von der Mattim gesprochen hatte, aber es fiel ihr in diesem Moment schwer, an eine Höhle zu glauben oder an Magyria oder an irgendetwas. Hanna fühlte sich, als wäre sie mit Kunun in die Dunkelheit gesprungen, in eine sternlose Nacht, in der alles andere aufgehört hatte zu existieren.

»Das ist Magyria«, sagte seine Stimme, eine Stimme, weich und samtiger als die übrige Finsternis, als wäre sie dort, wo er stand, noch dichter und voller als überall sonst. »Mein Magyria.«

Sein Atem war nicht zu spüren. Nur seine Lippen, die über ihren Hals glitten.

»Meine liebe Hanna. Glaubst du, ich wüsste nicht, warum du all das tust? Glaubst du wirklich, du könntest Macht über mich ausüben?«

Er wusste es. Wie dumm war sie gewesen, zu glauben, sie könnte ihn täuschen?

»Dachtest du wirklich, ich würde auf deine lächerlichen Versuche hereinfallen, mich zu bezirzen? Du hättest es besser wissen sollen. Was denkst du, wird der König der Schatten tun, wenn man versucht ihn hereinzulegen?«

Sie wollte ihre Hand wegziehen, aber Kunun hielt sie unerbittlich fest. »Oh, Hanna, das hättest du nicht tun sollen. Und es nützt dir gar nichts, meine Liebe. Du kannst das Band zwischen mir und Réka nicht durchtrennen, indem du dich dazwischendrängst. Sie gehört mir, und heute Nachmittag werde ich zu ihr gehen und ihre Fähigkeit erneuern, mich zu finden. Was willst du ihr erzählen? Nichts wird sie dazu bringen, dir zu glauben.«

Mit einem Ruck riss er Hanna an sich. Sie wollte lachen,

über ihn, über sich, ein verzweifeltes Lachen voller Hohn, doch wieder spürte sie seine Lippen an ihrem Hals und die Andeutung von etwas Spitzem, das ihr die Haut ritzte.

»Du wirst es vergessen«, sagte Kunun. »Alles. Auch unser kleines Gespräch hier. Aber tief in deinem Inneren wirst du vielleicht eine Ahnung davon behalten, was es bedeutet, mich herauszufordern.«

Es tat weh, trotzdem schrie sie nicht, und sie weinte auch nicht. Sie hing in seinem festen Griff, ohne sich zu wehren, nichts als Nacht und Finsternis um sich.

DREIUNDZWANZIG

BUDAPEST, UNGARN

»Was hast du mit ihr gemacht?«, schrie Mattim. »Wo wart ihr? Was hast du gemacht?«

Kunun schob ihm eine blasse Hanna in die Arme, die aussah wie eine Schlafwandlerin. Ihre Augen und ihr Haar schienen dunkler geworden zu sein, und ihre Haut war blass, als hätte sie lange in der Finsternis gelebt, fern vom Licht der Sonne.

Kunun schubste sie über die Fahrstuhlschwelle zu ihm hin.

Hanna starrte Mattim an, als würde sie träumen.

»Was hast du getan!«, rief er wieder und wieder. »Das durftest du nicht! Ich hasse dich!«

»Das hier ist mein Haus«, erinnerte Kunun mit gefährlich leiser Stimme, »und ich darf hier alles. Wenn du dich um deine kleine Freundin sorgst, dann mach ihr endlich klar, dass sie hier nichts zu suchen hat. Weder dich noch sonst was. Das habe ich dir schon einmal gesagt, und wenn du es nicht fertigbringst, hast du dir die Konsequenzen selbst zuzuschreiben.«

Hasserfüllt starrte Mattim auf seinen Bruder, der sich mit einem leisen, zufriedenen Lächeln abwandte. Die Fahrstuhltür schloss sich zwischen ihnen.

Mattim legte den Arm um Hanna und führte sie zum Ausgang. Draußen blieb sie stehen und betrachtete lange den Löwenkopf.

»Du wirst dich nicht daran erinnern«, sagte Mattim. »An nichts, was heute geschehen ist. An gar nichts.«

Der kostbare Moment in seinem Zimmer. Ihr Kuss, süß und innig. All das, was er ihr erzählt hatte, von Akink und seiner Aufgabe. Ihre Begeisterung darüber, dass sie ihm vielleicht sogar helfen konnte. Alles verloren.

Er konnte sich nicht vorstellen, Kunun jemals so gehasst zu haben.

Der junge Mann strich Hanna übers Haar und lehnte sein Gesicht an ihre Wange. Er hasste nicht nur Kunun, er hasste sich selbst. Warum hatte er sie nicht beschützen können? Er, der goldene Prinz mit dem Schwert? Was war er wert, wenn er nicht einmal sein Mädchen beschützen konnte?

Sie flüsterte etwas, kaum hörbar.

»Was sagst du?«

»Attila.« Sie hob den Kopf, unendlich müde. »Attila.«

Mattim konnte gar nicht sagen, wie sehr er sie in diesem Moment liebte. Gerade der Lebensgefahr entronnen, dachte sie als Erstes an das Kind, für das sie verantwortlich war. »Ich muss den Jungen abholen.«

»Du wirst zu spät kommen«, sagte er leise. »Aber vielleicht schaffen wir es sogar noch. Wir fahren mit der Metró. Komm.«

Sie saßen nebeneinander, Hanna lehnte sich an seine Schulter. Schweigend. Er kämpfte unterdessen die Tränen nieder, kämpfte gegen das Gefühl grenzenlosen Verlusts, gegen den Drang, aufzuspringen, zum Baross tér zurückzukehren und Kunun irgendeine nutzlose Waffe in den Bauch zu rammen.

»Woran kannst du dich als Letztes erinnern?«, fragte Mattim schließlich, den Arm immer noch um sie gelegt, die Lippen an ihrer Stirn. Sie hatte die Augen geschlossen, er dachte schon, sie schliefe. Doch sie antwortete ihm.

»Dunkelheit«, sagte sie. »Ich fiel ins Dunkle … Wenn ich die Augen schließe, sehe ich nur Schwarz, und wenn ich sie öffne, ist es immer noch dunkel. Es ist, als wäre ich blind geworden. Ich kann immer noch sehen«, bei diesen Worten richtete sie sich auf und blickte ihn an, in seine wolkenverhangenen Augen, »ich sehe alle diese Leute hier und auch dich … Aber gleich dahinter ist die Dunkelheit.«

»Was hat er dir angetan?«, fragte Mattim untröstlich.

»Das ist seine Seele«, sagte Hanna. »Ich glaube, er hat mir seine Seele gezeigt.«

»Aber …« Da fiel ihm etwas anderes ein, und er sagte: »Du erinnerst dich, dass es Kunun war? Dass er es war und nicht ich? Wie kannst du das wissen? So, wie du aus dem Fahrstuhl gekommen bist, hat er dir wesentlich mehr weg genommen als eine Viertelstunde.«

Irritiert runzelte Hanna die Stirn. »Keine Ahnung … Ich spüre es.« Sie horchte in sich hinein. »Du hinterlässt irgendwie ein anderes Gefühl. Diesmal ist es wie ein fremder Geruch, wie die Spuren eines fremden Tieres im Schnee … Das hört sich unsinnig an, oder?«

»Wir müssen aussteigen.« Er bot ihr den Arm, und sie ging mit staksigen Schritten neben ihm her. Erst als ihnen oben der kalte Wind entgegenschlug, ließ sie ihn los, hielt ihr Gesicht unter das Grau des Himmels und atmete tief ein. »Fühlst du dich sehr schwach?«, erkundigte er sich besorgt.

»Es geht. Wir müssen noch ein Stück mit dem Bus fahren. Attila wird sich wundern, dass ich nicht mit dem Auto komme. Ich habe das Gefühl, er wird mich umwerfen, wenn er auf mich zugelaufen kommt.« Sie lächelte, ganz ihr altes Lächeln, als wäre sie nicht von einer Dunkelheit berührt worden, von deren Existenz sie nichts geahnt hatte.

»Ich werde mich hinter dich stellen. Dann kann er dich nicht umrennen.«

Er rechnete halb damit, dass sie versuchen würde, ihn nach Hause zu schicken und vorgeben würde, stark genug zu sein für ihre Pflichten. Aber sie sagte nicht, dass sie nun alleine klarkommen würde. Zusammen erwarteten sie den Jungen vor der Schule, zusammen fuhren sie zu den Szigethys nach Hause, und obwohl Mattim nicht die geringste Ahnung vom Kochen hatte, konnte er zumindest Hannas Anweisungen durchführen, den Kochtopf mit Wasser füllen, Herdplatten einschalten und Teller auf den Tisch stellen.

Attila brauchte nicht viel, um glücklich zu sein. Er fand die Unterbrechung in der normalen Routine aufregend, stopfte die Nudeln in sich hinein, ohne auch nur eine Sekunde mit dem Reden aufzuhören, und beobachtete fasziniert, wie Mattim zum ersten Mal in seinem Leben Spaghetti aß und mit dem Besteck kämpfte.

»Er kann das nicht«, urteilte der Junge so gnadenlos wie zufrieden. »Er hält die Gabel total falsch.«

Mattim genoss den ungewohnten Geschmack auf der Zunge. Kunun wollte ihn dazu bringen, mit dem Essen aufzuhören; genau deswegen war es so großartig, es zu tun. Zu kauen und zu schlucken, als könnte man verhungern, als könnte man sterben, wenn man nicht täglich irgendetwas zu sich nahm. Als könnte dieses Essen die Leere füllen, die er in seiner Brust verspürte, den kalten, unbeweglichen Stein, der hinter seinen Rippen wohnte.

Nach dem Essen legte Hanna sich hin, und Mattim konnte Attila dazu bewegen, ihm zu zeigen, wie man das Geschirr abwusch. Auch die Hausaufgaben machten viel mehr Spaß, wenn ein Großer dabei war, der ständig dumme Fragen stellte und dieselben Aufgaben auf ein Blatt Papier kritzelte.

Irgendwann kam Réka und zog die Brauen hoch, als sie Mattim im Wohnzimmer auf dem Teppich liegen sah, Attila auf dem Rücken.

»Was macht der denn hier?« Sie musterte den Prinzen aus zusammengekniffenen Augen, so kritisch, als müsste er gleich eine Prüfung ablegen. »Du bist der Junge auf dem Foto! Du bist – Hannas Freund?«

Hanna tauchte im Türrahmen auf. Sie sah wieder etwas erholter aus. »Szia. Auch wieder da?«

»Mama kommt gleich«, sagte Réka. »Vielleicht sollte der da lieber gehen.«

Mattim wechselte einen Blick mit seiner Freundin und sprang trotz Attilas Protesten auf. »Natürlich. Ich will nicht, dass du Ärger bekommst.«

Es hörte sich so einfach an, aber es war ihm nahezu unmöglich, zur Tür zu gehen und sich zu verabschieden, es erforderte eine übermenschliche Kraft, Hanna zum Abschied nicht zu küssen. Réka stand daneben und starrte die beiden unentwegt an. Es war, als würde sie ihn mit ihren Augen hinauswischen wie ein Flöckchen Staub.

»Hast du heute Abend frei?«, fragte er.

Hanna nickte. »Ich werde dich finden.«

»Nein, das wirst du nicht.« Es fiel ihm schwer, das zu sagen und sie daran zu erinnern, was passiert war.

Sie machte einen Schritt auf ihn zu, sodass sie ganz nah vor ihm stand. »Jeden Abend stehe ich oben an der Burg und blicke auf den Fluss und die Stadt hinunter … Schon vergessen? Wenn man jemanden gut genug kennt, wird man ihn immer finden.«

Mattim nickte. »Dann bis später. Oben an der Burg.«

Bevor die Tür hinter ihm zufiel, hörte er noch Rékas ätzende Stimme: »Ich glaube nicht, dass Mama es schätzt, wenn du deine Freunde mit ins Haus bringst.« So laut, dass er es ja nicht überhören konnte.

Die Stadt zu ihren Füßen, ein funkelndes Lichtermeer, das sich bis zum Horizont erstreckte. Mattim stand an der Mauer und blickte hinunter auf den breiten Fluss, in dem sich die Lichter spiegelten. Es war kalt, und er wunderte sich, dass es diesem merkwürdigen Körper möglich war, zu frösteln. Ein Zittern durchfuhr ihn, und er steckte die Hände in die Jackentaschen. Erkälten würde er sich nicht. Vampire kannten weder Schnupfen noch Lungenentzündung. Aber so, wie er Schmerz empfand, wie er den Geschmack von

Nudeln mit Butter und Salz auf der Zunge spüren konnte, nahm sein Körper auch die Kälte wahr und teilte ihm mit, was er wusste. Seine Nackenhaare stellten sich auf, jemand näherte sich …

Er drehte sich um. »Hanna.«

Sie lächelte, doch in ihren Augen lag ein feierlicher Ernst.

»Du hast mir von Akink erzählt. Von diesem anderen Fluss, der so ähnlich heißt wie die Donau. Und davon, wie du das erste Mal durch die Pforte in unsere Welt gelangt bist.« Ihr Lächeln wurde breiter, strahlender. »Dann …« Sie streckte die Hände aus, fasste in sein Haar und zog ihn näher zu sich heran. Ihre Lippen berührten sich, ihr warmer Atem strich über sein Gesicht. Süß schmeckte sie. Süßer als der Frühling, der noch auf sich warten ließ, süßer als alle seine Träume.

Ihm war, als müsste sein Herz wieder beginnen zu schlagen, hoch aufjauchzend vor Glück.

»Du erinnerst dich!«

Sie lächelte nicht mehr, sie grinste. »Ich habe die Erinnerung zurückgerufen, und sie ist gekommen.«

»Du bist erstaunlich«, sagte er. »Ich glaube, das ist eine besondere Gabe, die sonst keiner hat.«

Sie schüttelte lächelnd den Kopf. »Das glaube ich weniger. Du bist es, Mattim. Niemand kann mir die Zeit mit dir rauben. Niemand. Nicht einmal Kunun.«

Der Name seines Bruders fuhr wie ein Keil zwischen sie.

»Was ist passiert, dort im Fahrstuhl? Erinnerst du dich auch daran?«

»Stell dir vor, ich habe den Code.« Sie lachte leise. »Ich habe ihn ausgetrickst. Ich weiß jetzt, wie man in den Keller kommt. Ich sagte, zeig mir Magyria, und er ist mit mir hinuntergefahren, und …«

Mattim war einen Moment sprachlos. »Du hast …? Hanna, bist du verrückt? Du hast ihn gebeten, dich nach unten zu bringen? Allein? Warum hätte er das tun sollen?« Sein Gesicht verfinsterte sich. »Ich habe euch gesehen, durchs Glas, solange ihr noch im Erdgeschoss wart. Wie du mit ihm gesprochen hast. So – vertraut. Als würdet ihr euch schon lange kennen. Du hast dich überhaupt nicht gewehrt, du hast ihn angeschaut und ihn so angelächelt, wie du mich immer anlächelst.« Er merkte, dass er sie verletzt hatte, dass ihr Lächeln erstarb, trotzdem konnte er einfach nicht aufhören. »Und dann fährst du mit ihm nach unten. Was glaubst du, wie ich mich dabei gefühlt habe? Ich dachte, er bringt dich um! Ich dachte, er tötet dich und lässt deine Leiche in Magyria, damit niemand sie jemals findet. Und ich konnte euch nicht folgen, ich konnte nichts tun.«

»Er hätte mich nicht umgebracht«, sagte Hanna. »Nicht, wenn ich bei Tageslicht sein Haus betreten habe und jemand sich daran erinnern könnte.«

»Du hast es dir also genau überlegt, was er alles tun würde? Allmählich verstehe ich gar nichts mehr. Du weißt, wer Kunun ist. Wenn du dich an alles erinnerst, was ich dir erzählt habe … Und dann machst du Kunun schöne Augen, damit er mit dir in den Keller fährt?«

Bis jetzt, solange er um sie besorgt gewesen war, hatte Mattim verdrängt, was er empfunden hatte, während sie mit Kunun im Fahrstuhl gewesen war. Er hatte beobachtet, wie sie zu ihm aufgeblickt hatte, die schönste Frau der Welt mit ihrem geheimnisvollen Lächeln. Nie, niemals hätte sie Kunun so ansehen dürfen!

»Du wolltest es, nicht wahr?«, fragte er. »Du wolltest, dass er dich beißt.«

»Es war für dich!«, rief Hanna. »Weil du den Code brauchst. Weil ich dir helfen wollte. Weil …«

»Ich will den Code nicht!«, schrie Mattim. »Nicht, wenn ich ihn damit bezahlen muss, dass du dich Kunun an den Hals wirfst!«

Hannas Unterlippe bebte. »Du tust ja, als wenn ich mit

ihm geschlafen hätte. Er hat mich gebissen, Mattim. Nur gebissen. Es hat richtig wehgetan. Und ja, ich habe versucht, mir nicht anmerken zu lassen, dass ich Angst habe. Ich habe versucht, ihn dazu zu bringen, mir den Keller zu zeigen. Kunun hätte mich sowieso gebissen. Er wollte es schon oben tun, im Erdgeschoss. Ich dachte nur, wenn ich ihn vorher dazu bringen kann, mir etwas Entscheidendes zu verraten, wenn er den Code eingibt und du siehst das vielleicht durch die Scheibe. Ich war mir nicht sicher, ob ich mich erinnern würde. Aber ich dachte, wenn du es vielleicht siehst …«

»Glaubst du allen Ernstes, ich denke noch einen Augenblick lang an diesen verfluchten Code, wenn du mit Kunun in einen Fahrstuhl eingesperrt bist!«

Ihre Stimme wurde immer leiser. »Ich wollte den Zeitpunkt bestimmen. Es war mir nicht klar, dass es dir lieber ist, wenn ich weine und schreie und ihm das Gesicht zerkratze.«

Hass hatte er empfunden, auf seinen Bruder, und eine Angst, die ihn schier zerreißen wollte. Um Hanna. Er hatte nicht gewusst, dass Hass und Angst zusammen den Namen Eifersucht trugen. Er wollte sie um Verzeihung bitten, er wollte ihr sagen, dass es ihm leidtat, dass sie keine Schuld traf, dass er stolz darauf war, wie tapfer und besonnen sie reagiert hatte, als Kunun so unverhofft nach Hause gekommen war. Aber er konnte das Bild nicht auslöschen, konnte es nicht aus seinen Augen reißen, wie sie beide im Fahrstuhl standen, seine Hanna und der Prinz der Schatten, dicht an dicht und einander so zugewandt, dass sie wie Liebende wirkten. Hanna, seine wunderbare, liebliche Hanna. Und Kunun, groß, dunkel und makellos schön, der Prinz, dem die Herzen zuflogen … Er selbst, ausgeschlossen, stand draußen, ein hilfloser Beobachter, unfähig, irgendetwas zu tun.

»Sag es mir«, forderte er, statt sich zu entschuldigen, statt sie in den Arm zu nehmen, »dass es keinen Augenblick gab, nicht den winzigsten Moment, in dem du dir gewünscht hast, er würde dich beißen, ganz egal, was es dich kostet.«

Wenn sie es ausgesprochen hätte, wenn sie ihm versichert hätte, dass sie nie auch nur den Gedanken gehabt hatte, ihn zu verraten – dann wäre alles gut gewesen. Dass sie auf eine Weise mit Kunun gespielt hatte, die er weder verstehen noch billigen konnte, würde er irgendwie annehmen können. Aber Hanna schwieg. Sie wandte den Blick von ihm ab, auf die Stadt, auf den Nachthimmel, aus dem heraus der kalte, stürmisch aufbrausende Wind ihr die Tränen in die Augen trieb.

Also doch.

Hatte er es nicht gewusst? Er war nichts als Kununs kleiner Bruder, eine Hand im Nacken, die ihm das Gesicht in ein Kissen drückte.

Es gab nichts mehr zu sagen.

Mattim drehte sich um und ging.

Es war so unfair. So verdammt unfair.

Wie konnte Mattim ihr vorwerfen, dass sie sich von Kunun hatte beißen lassen? Sie hatte beim besten Willen nicht die Möglichkeit gehabt, ihm zu entkommen!

Trotzdem war da dieser Moment, dieser Augenblick, der ihr schwer wie ein Stein auf der Seele lag, als sie sich gewünscht hatte, Kunun würde in ihr etwas Kostbares erkennen, nicht nur ein Opfer, nicht nur ein junges Ding, das ihm lästig war, weil es das Geheimnis um sein Haus bedrohte, sondern eine Frau, die ihm gefiel, die begehrenswert war und um die er Mattim beneidete. Einen Augenblick, in dem sie sich gewünscht hatte, er würde sagen: Ich will nicht Réka und auch keine andere, sondern nur dich …

War das denn so verwerflich? Dass sie sich wünschte, von ihm ernst genommen zu werden? Kunun am Fluss, das Foto aus Rékas Schublade … Die Bilder wirbelten durch ihren Geist wie ein Schwarm gieriger Fledermäuse. Es war unmöglich, sie abzuschütteln, vor ihnen zu fliehen. Immer wieder sah sie vor sich, wie Kunun sich zu ihr beugte. Und dann die Dunkelheit. Undurchdringliche Finsternis. Es spielte keine Rolle, dass sie sich sagte: *Das ist die Höhle. Das ist nur eine Höhle, und sie gehört Mattim genauso wie Kunun. Magyria gehört Mattim, nicht Kunun, es gehört dem Licht …*

Nichts spielte eine Rolle. Wie eine Betrunkene wankte Hanna nach Hause. Der Wind zerzauste ihr Haar. Als sie am frühen Abend aufgebrochen war, war ihr warm gewesen bei der Vorfreude auf das Wiedersehen mit Mattim. Jetzt war ihr nur kalt, so kalt, dass sie immer wieder rannte. Stehen blieb, keuchend, und dann wieder losrannte. Sie wollte sich in keine Straßenbahn, in kein Auto setzen. Nur laufen und laufen und laufen … Automatisch fiel sie in den gleichmäßigen Trab, den sie sich beim Joggen angewöhnt hatte. Der Regen perlte durch ihr Haar, Schneematsch häufte sich in den Rinnsteinen, es spritzte bei jedem ihrer Schritte. Langsam wich die Verzweiflung einer dumpfen Schwere. Die Gedanken hörten auf zu kreisen. Irgendwann spürte sie nur noch ihre Beine, die schmerzenden Lungen, hörte ihren eigenen keuchenden Atem, aber sie weigerte sich anzuhalten. Den Hügel herunter. Über die Straße. Sie lief auf dem Fußweg parallel zum Fluss weiter, zwischen den beiden Uferstraßen, wich Joggern und Spaziergängern mit ihren Hunden aus. Auf einmal sah sie zwei Gestalten vor sich und wusste sofort, um wen es sich handelte.

Die beiden standen auf der Betonkante, direkt am Fluss, einer Bootsanlegestelle für die Ausflugs- und Restaurantboote, die hier zahlreich vor Anker lagen. Die tiefer gelegene Straße trennte sie von dem Fußweg. Hanna konnte nur stehen bleiben und auf die andere Seite starren.

Réka und Kunun. Am Ufer der Donau. Statt nach Hause war sie, ohne es zu merken, direkt hierhergelaufen. Zu Kunun. Natürlich, er trug ihr Blut in sich, das, was er ihr geraubt hatte, und sie war seiner Anziehungskraft gefolgt wie ein kleiner Eisenspan, der sich blindlings und mit untrüglicher Sicherheit, auf einen Magneten ausrichtete.

Hanna blieb stehen und wartete, bis sie wieder ruhig atmen konnte, sie hielt sich die Seite. So schnell sie nur konnte, war sie zu ihm gelaufen, zu ihm, dessen Gesicht vor ihren Augen tanzte, bloß um hier auf ihn zu stoßen – mit Réka.

Sollte das Mädchen um die Uhrzeit nicht zu Hause sein? Was tat sie überhaupt hier? Was tat sie mit Kunun?

Er gehört mir!, wollte Hanna rufen. Mir, nur mir!

Doch sie tat es nicht. Sie starrte auf das Paar, ohne sich zu rühren.

Kununs Hand lag auf Rékas Haar, während er leise auf sie einredete. Réka machte eine Bewegung, als wolle sie von ihm fort, aber sein Arm fing sie wieder ein.

»Ich muss jetzt wirklich nach Hause«, sagte das Mädchen laut, durch das Rauschen des Verkehrs gedämpft. Oder wünschte Hanna sich nur, dass sie das sagte? »Lass mich, ich muss los …«

Küsste er sie, um ihren Widerstand zu brechen? Biss er zu? Hanna konnte es von ihrem Standpunkt aus nicht erkennen. Sie wollte vorspringen, hin- und hergerissen zwischen dem Wunsch, Réka von ihm wegzuzerren, um ihn für sich alleine zu haben, und etwas anderem, einem Ruf, der aus ihrem wahren Selbst aufstieg: *Rette sie! Zieh sie von ihm weg! Sein Einfluss auf sie lässt nach, wenn er jemand anders beißt. Lass es nicht zu, dass er sie zurückbekommt. Es ist Réka, deine Réka! Spinnst du, hier noch herumzustehen und dabei zuzusehen?*

Beide Wünsche vereint hätten sie dazu bringen müssen, zu den beiden zu laufen und das Mädchen vor Kunun zu retten, aus welchen Gründen auch immer, aber ihre Füße bohrten sich in den Asphalt, als wollten sie Hanna dazu zwingen, Wurzeln zu schlagen, damit sie sich wie ein Baum fühlen konnte, stark und ruhig und gefasst.

Lass ihn. Es ist nicht der richtige Zeitpunkt, um sie zu retten. Er hat Réka gewählt, nicht dich.

Durch ihre Wut und ihren Schmerz darüber stieg ein anderes Bild auf: *Mattim. Mattim. Du liebst nur ihn.*

Niemand durfte eine solche Anziehungskraft auf sie ausüben wie Kunun, niemand durfte mit einem Blick aus seinen schwarzen Augen alles auslöschen, was ihr etwas bedeutete. Niemand durfte sie mit seinem Biss zu einer willenlosen Sklavin machen. Auch nicht Kunun. Schon gar nicht Kunun.

Das Paar stand ganz ruhig da, eng umschlungen. Kunun trank von Rékas Blut. Hanna wusste es. Wusste es, ballte die Fäuste und spürte die Tränen aus ihren Augen perlen und über die Wangen rinnen. In der Wolle ihres Schals versickerten sie wie schmelzender Schnee. Sie griff nicht ein, sie tat gar nichts. Stattdessen ließ sie zu, dass Kunun das Band, das er zwischen ihnen geknüpft hatte, wieder durchtrennte. Dass er erneut Réka, die sich noch viel weniger wehren konnte, an sich fesselte. Langsam ging Hanna weiter in Richtung Batthyány tér, den Kopf gesenkt.

VIERUNDZWANZIG

BUDAPEST, UNGARN

Mattim wollte nicht zurück. Er wollte nie wieder zurück, nie mehr Kununs arrogantes Lächeln auf sich spüren. *Na, kleiner Bruder? Hast du Schmerzen? Du solltest keine Schmerzen mehr verspüren, du bist ein Schatten. Dein Körper lügt. Du müsstest diesen Schmerz nicht fühlen, wie sich deine Brust zusammenzieht, wie es sich einem ätzenden Gift gleich durch deine Eingeweide brennt, sodass du dich krümmen willst, sodass du brechen willst, in der Hoffnung, damit alles loszuwerden, was in dir wütet. Alles nur Einbildung. Ein Schatten steht über diesen Dingen.*

»Vergiss es«, flüsterte Mattim. »Ich brauche keine Ratschläge von dir. Gar nichts brauche ich von dir.« Zu Fuß schritt er über die Kettenbrücke, über das dunkle, eilig dahinfließende Wasser der Donau, auf dem die Eisbrocken schwammen. Zurück nach Pest, auch wenn er sich vornahm, nie wieder die hohe Fassade des Ostbahnhofs zu betrachten und sich dann umzuwenden, um ein schmales graues Haus zu betreten, das ihn mit dem trügerischen Versprechen von Sicherheit, Geborgenheit und Familie empfing. Immer wieder starrte er hinunter ins Wasser. Die Eisschollen schoben sich knirschend an den Brückenpfeilern vorbei. Ein Fluss, durchdrungen von Licht … Nein, seine trübe Zwillingsschwester, ein Fluss, der niemals unter dem Licht des Königs hell geworden war, immer heller und tödlicher … Konnte die Donau ihn töten? Würde sie ihn auflösen, wie ihn der Donua umbringen würde, würde der Fluss seinen Schmerz in sich aufnehmen und auslöschen, wie zwei Finger die Flamme einer brennenden Kerze auslöschen konnten?

Er sah hinunter in das Wasser und erinnerte sich an die eisige Kälte des Flusses, den er durchschwommen hatte. Ihm war nicht nach noch mehr Kälte, nach noch mehr Dunkelheit und Leere. Vielmehr sehnte er sich nach Wärme, nach zwei Armen, die ihn umfingen und an sich drückten. Nach Hanna … Aber er kehrte nicht um. Er zwang sich, nicht umzukehren. Er schlenderte an den Häusern auf der Pester Seite entlang. Manch eine hohe, verzierte Fassade erinnerte ihn an Akink. An eine Stadt, die er nie wieder betreten würde, die er für immer verloren hatte. Eine Stadt, die Kunun sich untertan machen würde, so wie er alles unterwarf, was Mattim liebte.

Ziellos wanderte er durch die Straßen. Nein, Budapest hatte nichts, aber auch gar nichts mit Akink gemeinsam. Statt über das Kopfsteinpflaster zwischen schlafenden Häuserzeilen zu gehen, das Gelächter der Karten spielenden Brückenwächter noch in den Ohren, marschierte er über dunkle Bürgersteige, den nicht enden wollenden Strom der Autos neben sich. Blendende Scheinwerfer. Es roch nach Nässe und Fäulnis. Obdachlose durchwühlten die Mülltonnen. Aus den Restaurants drang der verlockende Geruch von warmem Essen und menschlicher Gemeinschaft. Ein Leben, das ohne ihn stattfand. Eine Welt, an der er keinen Anteil hatte.

Mattim stand da und starrte auf die grelle Leuchtreklame.

Hanna.

Du Idiot. Wie konntest du das tun? Wie konntest du sie anklagen, deine Hanna, die dein Licht ist, dein Leben und dein Herz?

Aber, Kunun, sagte der Schmerz. *Kunun hat sie mir weggenommen. Kunun, der über mich lacht …*

Auf einmal war es, als hörte er seine eigene Stimme, aus einer Zeit, die Jahrhunderte her schien und vielleicht auch erst gestern gewesen war: *Wie könnte ein Biss aus meinem Herzen voller Licht etwas Dunkles machen – wie, wenn ich es nicht will?*

Hanna war stark. So stark, dass sie ihre Erinnerungen mit Gewalt zwang, zu ihr zurückzukehren, obwohl es eigentlich unmöglich war. So stark, dass selbst Schmerz und Schrecken sie nicht davon abhalten konnten, immer wieder zu ihm zu kommen. Wie hatte er nur glauben können, dass sie ihn wegen Kunun verriet?

Der junge Prinz machte auf dem Absatz kehrt und rannte den Weg wieder zurück, rannte, bis ihm fast schwarz vor Augen wurde, bis er sich daran erinnerte, dass sein Körper weder Luft zum Atmen noch Ruhepausen zur Erholung benötigte. Auf keinen einzigen Augenblick wollte er verzichten, den er schneller bei ihr war, um jede Minute, jede Sekunde, die er später kam, tat es ihm leid. Er lief wieder über die Brücke, lief den Hügel hinauf und wieder hinab, in die immer ruhiger werdenden Straßen, im gleichmäßigen, unermüdlichen Trab eines Langstreckenläufers, eines Wolfs, das Ziel schon vor Augen. Lief, bis ihm plötzlich ein Gedanke durch den Kopf schoss, grausam wie ein brennender Pfeil: Was, wenn sie dachte, dass er nur zurückkam, um sie nach dem Code zu fragen? Wenn jede seiner gestammelten Entschuldigungen einen schalen Beigeschmack hatte, weil sie womöglich annahm, dass es ihm bloß um den Weg in den Keller ging?

Er hielt inne, zutiefst erschrocken. Wartete darauf, das Blut in seinen Ohren rauschen zu hören, den Schmerz in den Beinen, in der Brust zu spüren. Aber sein Körper hielt still, ohne sich zu rühren, ohne zu keuchen, zu schwitzen. Abwartend.

Wie konnte er gehen und Hanna um Verzeihung bitten, wenn er ohnehin schon wusste, dass sie ihm nicht verzeihen konnte? Immer, egal, wie lange es dauerte, würde es aussehen, als hätte er Hintergedanken.

Die Angst, Hanna zu verlieren, war ein Feind, von dem er nicht wusste, wie er zu packen war. Eines hatte er allerdings gelernt im Laufe seiner Erziehung zum Prinzen von Akink: dem Gegner entgegenzutreten, statt sich zu verkriechen. Jede Faser in ihm schrie danach, sich zu verstecken, sich in irgendeinem Winkel zu verbergen und dort einfach zu warten, bis der Schmerz vorüberging. Doch dann hätte er sich noch mehr schämen müssen, als er es sowieso schon tat.

Mattim nahm all seinen Mut zusammen und bog in die Straße ein, in der die Szigethys wohnten.

Licht hinter den Fenstern, warm und einladend. Jedoch nur im Erdgeschoss, nicht in der oberen Etage. Wie spät mochte es sein? Er hatte keine Ahnung. Er stand da, die Hand schon am Tor, und zögerte, denn er erinnerte sich an Rékas Reaktion, als sie ihn heute gesehen hatte. Wenn Hannas Gasteltern ihn hinauswarfen, bevor er mit ihr sprechen konnte, oder wenn sie seinetwegen Ärger bekam ... Attila würde sich freuen. Aber der Junge lag wahrscheinlich längst im Bett und schlief.

Er konnte jetzt nicht umkehren. Nicht, wenn Hanna weinte oder grollte und ihn auf den Mond wünschte.

Die orangefarbene Straßenlaterne warf seinen eigenen Schatten auf das Tor. Auf den Zaun und die undurchdringliche Hecke dahinter.

Mattim hatte es bisher nicht bewusst versucht, auch wenn er hin und wieder daran gedacht hatte, dass die Schatten in Magyria durch Wände gehen konnten. Ob es hier genauso funktionierte, in dieser Welt, in der alles anders war? Nichts hatten sie ihm erklärt, Kunun und Atschorek, und immer, wenn er etwas wissen wollte, lachten sie ihn nur aus, vertrösteten ihn auf später. Aber vielleicht ... Schon in der alten Geschichte, die seine Mutter ihm erzählt hatte, waren die Wölfe aus Magyria in die Häuser der Menschen eingedrungen.

Er legte die Hand um die Eisenstäbe. Fest und real fühlten sie sich an, so hart und kalt wie Eis. Man konnte sich fast vorstellen, dass dieses Eis schmolz unter seiner flammenden Berührung, dass seine Sehnsucht, zu Hanna zu gelangen, es in flüchtigen Nebel verwandelte, sodass er hindurchsteigen konnte wie durch einen Vorhang aus fließenden Seidenfäden.

Der junge Prinz war durch den Schatten gegangen wie in einem Traum und stand nun auf der Auffahrt, vor der breiten Garage. Es hatte funktioniert, ebenso leicht, wie er damals aus dem Käfig herausgestiegen war, ohne es zu bemerken. Noch einmal drehte er sich um und legte die Hände an die Gitterstäbe. Frostüberzogen, unzerbrechlich … Er schüttelte den Kopf über sich selbst und wandte sich nach rechts, in den dunklen Garten. Eine feine Schneeschicht bedeckte den Rasen. Seine Spuren würden am nächsten Tag zu sehen sein; nun, das machte nichts. Sollten sie sich ruhig wundern, falls es ihnen überhaupt auffiel. Durch das große Wohnzimmerfenster sah er Hannas Gasteltern vor dem Fernseher sitzen. Mónikas Kopf war zur Seite gesunken, sie schlief. Ferenc saß so weit von ihr entfernt, als hätte er nichts mit ihr zu tun, als wohnte sie nur zufällig im selben Haus wie er. Mit ausdruckslosem Gesicht starrte er geradeaus, das wechselnde Bild der Mattscheibe warf ein flackerndes bläuliches Licht auf seine maskenhaften Züge.

Mattim duckte sich und huschte weiter. Im Wintergarten war niemand, dunkel standen dort die Palmen zwischen den Korbsesseln, nicht einladend und sommerlich, sondern fremdartig wie ein verwunschener Garten. Oben in Hannas Zimmer war Licht, das ein gelbes Viereck auf den weißen Rasen malte.

Die Hauswand lag im Dunkeln. Da war kein Licht hinter ihm, das seinen Schatten auf die Wand geworfen hätte. Dennoch, diese Dunkelheit, weich und samtig, wirkte einladend, sanft, eine Dunkelheit, mit der man verschmelzen konnte. Schatten zu Schatten. Beim zweiten Mal war es noch leichter. Mattim fühlte nicht einmal mehr sein Inneres zurückzucken, als er durch die Wand trat.

Nun befand er sich im Esszimmer. Der lange Tisch mit den hohen Stühlen, verwaist. Hanna und Attila aßen immer in der Küche. Von hier aus ging es in den Flur und an der Wohnzimmertür vorbei zur Treppe. Auf dem Teppich zog er sich die Schuhe aus und tappte auf Strümpfen die Stufen hoch. Der obere Flur, still, alle Türen geschlossen. Nur durch eine Tür drang Licht. Es flutete durch die schmale Ritze hinaus, ein Strom aus Licht in Bodennähe. Ihm war, als stünde er mit den Füßen im Wasser. Er dachte nicht einmal im Traum daran, unter diesen Umständen auf Schattenart durch die Tür zu gehen. Stattdessen hob er die Hand, um anzuklopfen – ließ sie dann aber wieder sinken. Was, wenn jemand ihn hörte, wenn er jemanden weckte? Leise, unendlich leise und vorsichtig drückte er die Klinke hinunter und schob die Tür auf.

Hanna lag nicht weinend im Bett, wo sie sich vielleicht besonders gut hätte trösten lassen. Sie saß am Schreibtisch und wandte ihm den Rücken zu. Gerade steckte sie etwas in einen Briefumschlag, klebte ihn zu und stand eilig auf. Jetzt erst sah er, dass sie nur ein kurzes Nachthemd trug, das nicht einmal ihre Knie bedeckte. Sie schrie nicht, als sie Mattim so unverhofft in ihrem Zimmer stehen sah, nur ihre Augen weiteten sich. Einen Moment stand sie reglos da, den Brief noch in der Hand, dann war sie auch schon bei ihm und schlang die Arme um seinen Hals, und er spürte ihre warmen Lippen auf seinen.

»Verzeih mir, Mattim!«, flüsterte sie. »Ich habe mich überschätzt, ich dachte, ich wäre immun …«

»Nein, mir tut es leid«, sagte er. »Ich hätte das alles nie zu dir sagen dürfen. Sei mir nicht böse, Hanna, bitte!«

Er wollte noch viel mehr sagen, aber er schwieg, sie beide schwiegen. Es genügte ihnen, einander zu halten, als wären sie nicht zwei, sondern nur noch eine Person, so eng miteinander verbunden, dass nichts sie trennen konnte. Er atmete den Duft ihres Haars ein, ihrer Haut. Durch den dünnen Stoff ihres Nachthemds spürte er die Wärme ihres Körpers. Es stimmte nicht, dass er nicht zu atmen brauchte; das hier war zum Überleben nötig, zu einem Leben, das mehr war als ein bloßes Existieren im Dunkeln.

»Beiß mich.«

»Nein.« Er küsste ihre Stirn, ihre Augenlider, ihre Schläfen. Sein Mund berührte die verlockende Rundung ihrer Ohren. Er wollte seine Zähne nicht in diese weiche Haut schlagen, dieser Vollkommenheit Wunden zufügen, nie wieder … Er wollte nicht sein wie Kunun.

»Ich werde in der Nacht leben«, sagte er. »Es wird schon gehen. Ich fühle mich schon fast heimisch in der Nacht. Wenn ich das Tageslicht meide, brauche ich kein Blut.« Da war es wieder, das Unglück. Es kam zu ihm, während er den Arm um Hanna gelegt hatte und der Duft ihrer Haare und ihrer Haut ihm bewusst machte, wie lebendig sie war. *Ich bin ein Schatten. Es gibt keinen Weg zurück.* »Ich wäre damit zufrieden, in der Nacht zu leben.«

»Unsinn«, widersprach sie. »Die Szigethys würden sich wundern, wenn ich jede Nacht verschwinde. Ich kann nicht tagsüber schlafen, wenn ich mich um Attila kümmern muss. Außerdem möchte ich dir so gerne meine Welt zeigen, bei Tageslicht. Wir beide zusammen machen die Stadt unsicher! Wie soll ich dir Budapest zeigen, wenn alles geschlossen ist? Meine Lieblingsmuseen haben nachts bestimmt nicht auf. Willst du etwa durch Wände gehen?« Sie lachte.

»Du glaubst wohl nicht, dass ich das kann.«

»Doch, sicher.« Das belustigte Funkeln in ihren Augen verriet, wie sehr sie es bezweifelte.

»Ich will dich nicht beißen«, sagte er noch einmal. Er sprach gegen das Verlangen an, das in ihm aufgeflammt war, sobald er sie in den Armen hielt, sobald ihre Lebendigkeit ihn überflutete und überwältigte.

»Du musst«, sagte Hanna. »Ich will dich finden können.«
»Wir können auch so tun, als wären wir moderne Menschen, und ein Telefon benutzen, um uns zu verabreden«, schlug Mattim vor. »Ich habe dich schon einmal angerufen. Ich weiß jetzt, wie es funktioniert«, fügte er stolz hinzu.
Hanna schüttelte den Kopf. »Mattim«, sagte sie leise, »ich werde nicht zulassen, dass du in der Nacht lebst. Dass du dich dort wohler fühlst als im Tageslicht. Ich weiß, wer du bist. Du gehörst in die Sonne. Du darfst das Licht nicht aufgeben. Ich will nicht, dass du ...« Sie stockte. »Ich habe die Dunkelheit gesehen, Mattim«, sagte sie. »Kununs Dunkelheit. Ich weiß, es war die Höhle, aber es war nicht nur das. Es war so finster ... und er gehörte zu dieser Finsternis, die um uns war. So schwarz und dunkel und ohne einen Lichtblick ... Du sollst nicht so enden, du darfst es nicht, ich werde es nicht zulassen! Ich will nicht, dass du dich an die Nacht gewöhnst und sie sich an dich, und irgendwann seid ihr nicht mehr voneinander zu unterscheiden. Noch ein dunkler Prinz ...«
Nachdenklich betrachtete er ihr Gesicht, ihre Augen, schimmernd wie dunkler Honig ... Wie konnte er ihr zustimmen, um den Preis, sie schon wieder zu verletzen? Wieder und wieder und wieder, bis sie so schwach und blass aussah wie Réka?
»Um im Licht zu leben, soll ich Böses tun?«, fragte er ernst. »Das kann nicht richtig sein. Ist das nicht dunkler als alles?«
»Mein Leben reicht für uns beide«, sagte Hanna. »Ich kann nicht glücklich sein, wenn du es nicht bist. Ich kann nicht im Licht leben, wenn du nicht bei mir bist. Daran ist nichts Böses. Wenn du es mir rauben wolltest, wenn ich spüren würde, dass du mich manipulierst und benutzt ... Aber ich muss dich ja fast dazu zwingen. Das ist jetzt schon das dritte Mal. Immerzu muss ich dich überreden.«
Ihr Haar war so weich unter seinen Fingern. So weich

und glatt … so lebendig war alles an ihr, so wunderschön. Er konnte das Angebot nicht annehmen. Aber er hatte es bisher jedes Mal angenommen. Und er würde es wieder tun, das wusste er jetzt schon. Selbst wenn er sich dagegen auflehnte, wenn er sich wehrte gegen das, was er war und was er brauchte, er konnte nur wählen zwischen dem Leben am Tag und dem Leben in der Nacht.

Wenn ich dich früher getroffen hätte, bevor ich zu den Schatten gegangen wäre, dann hätte ich besser auf mich aufgepasst. Dort wärst du längst meine Lichtprinzessin und würdest mit mir in der Burg leben.

Wenn er kein Schatten geworden wäre, dann wäre er allerdings nie durch die Pforte gegangen. Und hätte ihr gar nicht begegnen können. Es hatte alles genau so kommen müssen. »Seelengefährtin«, flüsterte er, zugleich froh und ernst, und das Unglück verwandelte sich zurück in eine trunkenmachende Seligkeit. *Herzgefährtin*, dachte er, doch er sprach es nicht aus, denn er hatte kein Herz. *Leibesgefährtin*, wünschte er sich, aber auch das konnte er nicht aussprechen, ihre Lippen so innig auf seinen.

»Prinz des Lichts«, flüsterte Hanna.

»Ja«, stimmte er ihr zu. Dass sie an seiner Seite für das Licht kämpfte, war ein Geschenk, das er weder annehmen noch ablehnen konnte.

»Es ist meine Entscheidung. Ich gehe jetzt ins Bett. Dann sollst du mich beißen. Ich werde einfach einschlafen … Um meine Erinnerungen mach dir keine Sorgen, die hole ich mir schon zurück. Ich bin inzwischen ganz gut in der Übung.«

Er wandte den Blick schnell ab, als sie sich ins Bett legte und das kurze Nachthemd dabei hochrutschte, und entdeckte dabei den Brief, der achtlos auf dem Fußboden lag. Mattim bückte sich und hob den Umschlag auf. Zugeklebt. Nicht beschriftet. Es fühlte sich an, als wäre mehr darin als nur ein Blatt Papier.

Was hatte sie geschrieben, noch dazu so spät? Eine Nachricht an Kunun? Einen Abschiedsbrief für ihn?

»Das ist …?«

»Für dich. Nimm es mit, wenn du gehst. Ich habe eine Kleinigkeit für dich gebastelt.« Als hätte sie nie daran gezweifelt, dass er zurückkommen würde.

»Muss ich denn gehen?«, fragte er sehnsüchtig, als sie die Bettdecke über sich zog.

»Ja«, sagte sie. »Du musst. Wenn dich jemand hier findet, schicken sie mich zurück nach Deutschland. Du solltest übrigens nach Hause gehen. Zu Kunun. Das meine ich ernst, Mattim. Ich glaube, er hat tatsächlich eine Schwäche, und die sollten wir für uns ausnutzen.«

»Welche wäre das?« Mattim hatte keine Lust, jetzt über Kunun zu reden. Er setzte sich auf die Bettkante und strich mit der Hand ganz leicht über die Decke.

»Dein Bruder glaubt, er wird immer siegen. Also lassen wir ihn in dem Glauben, was meinst du?«

»Was immer du willst.« Er beugte sich vor und küsste sie. Der Kuss geriet nicht so sanft und unschuldig wie sonst. Stürmisch wie ein Märzgewitter überkam es sie, es war, als würden Blitze am Himmel auflodern und Regengüsse auf sie niedergehen. Es war, als wären sie die Herrscher des Sturms und würden sich gleichzeitig vor ihm verkriechen, immer näher aneinanderrücken unter der schützenden, kuscheligen Decke. Mattims Lippen glitten über ihre Wange, bis zu ihrem Hals. Hanna stöhnte leise, als er zubiss und der kurze Schmerz sie durchfuhr. Ihre Finger krallten sich in seinen Rücken, hielten ihn fest. Irgendwann lockerte sich ihr Griff, und ihre Arme fielen herab. Ihr Atem ging gleichmäßig und ruhig.

»Schlaf gut, meine Lichtprinzessin«, flüsterte Mattim.

Er küsste sie noch einmal ganz sanft, bevor er aufstand, den Brief vom Tisch nahm und ging.

FÜNFUNDZWANZIG

BUDAPEST, UNGARN

Mattim war so beschwingt, dass er ohne zu klingeln und darauf zu warten, ob ihm ein Vampir öffnete, einfach durch die geschlossene Tür hindurchging, wo er in der Eingangshalle gleich als Erstes auf Kunun traf.

»Ich habe auf dich gewartet«, fuhr ihn sein Bruder an. »Wo treibst du dich herum?«

»Müssen kleine Schatten etwa schon um acht im Bett sein?«, konterte Mattim ein wenig zu gut gelaunt.

Kunun hob die Hand. Mattim duckte sich unwillkürlich, doch der Ältere schlug nicht zu. Er musterte sein Gegenüber mit seinen schwarzen Augen, mit denen er jeden in die Knie zwang. Mattim musste schlucken.

»Du bist eben durch die Tür gegangen? Wer hat dir das beigebracht?«

»Niemand, ich habe es einfach ausprobiert.«

War das die falsche Antwort? Kunun runzelte die Stirn. »Es ist ganz leicht«, sagte Mattim schnell. »Das ist es doch, was wir Schatten tun.«

»Leicht?«, fragte Kunun. »Mattim, es ist alles andere als leicht. Die meisten Schatten müssen monatelang üben. Andere kriegen es nie hin. Sie sind noch viel zu sehr ihrem alten Leben verhaftet, als dass sie so vollständig und mühelos mit der Dunkelheit verschmelzen könnten. Wie lange übst du das schon?«

Drohend ragte Kunun vor ihm auf, streng wie ein Feldherr über einem Deserteur. Mattim lief ein Schauder über den Rücken, nicht, weil er sich vor seinem Bruder fürchtete, sondern weil ihn dessen Worte mehr trafen, als es ein Schlag hätte tun können.

»Mit der Dunkelheit verschmelzen? Ich hab doch nur ... Es ist wirklich ganz leicht. Warum sollte es schwer sein? Was heißt das?« Es konnte unmöglich bedeuten, dass er dunkler war als die anderen Schatten, so finster und lichtlos wie Kunun. Hanna hatte versprochen, das nicht zuzulassen, ihn davor zu bewahren. An sie hatte er gedacht, als er das Tor und die Wand durchschritten hatte, nur an sie!

»Wenn es so leicht wäre«, meinte Kunun, »dann wäre es für unsereins unmöglich, geradeaus über eine Straße zu gehen, ohne ständig im Asphalt oder in einer Hauswand zu versinken und zu verschwinden. Stell dir das mal vor!« Er lächelte, was selten vorkam, zumal ohne den Versuch, jemanden damit zu beeindrucken. Ein fröhliches Grinsen, das ihn heiter und jung aussehen ließ. »Du würdest durch kein Zimmer mehr kommen. Sobald jemand hinter dir eine Lampe anknipst, fällst du in deinen eigenen Schatten und bist weg!«

Mattim musste lachen.

»Wenn es dunkel ist, wäre man sowieso weg.«

»Ganz recht«, sagte Kunun, nun wieder ernst. »Wie ein Schatten, geworfen vom Licht, Spielball jeder Bewegung des Lichts. Vom Licht beherrscht und von der Dunkelheit eingenommen ... Es bedarf extrem großer Konzentration und Willenskraft, um ins Dunkel abzutauchen, ohne sich darin zu verlieren. Um ein wahrer Schatten zu sein, mächtiger als das Licht. Das ist sehr gefährlich, wenn man es nicht vollkommen beherrscht. Es ist nichts, womit man spielen darf. Es ist nichts, was du hier in Budapest tun solltest.«

»Aber ...«

»Was, wenn dich jemand gesehen hätte? Wenn jemand beobachtet hätte, wie du in dieses Haus verschwunden bist? Willst du, dass sie mit dem Finger auf diese Tür zeigen? Willst du, dass irgendeiner von den dummen Tölpeln da draußen mitbekommt, wer wir sind und was wir vermögen? Willst du, dass sie uns jagen, so, wie sie alles jagen, was sie nicht verstehen? Ich bin der Jäger, und ich habe nicht vor, zum Gejagten zu werden. Ah, ich sehe das Aber auf deinen Lippen, immer noch, ein großes, verräterisches Aber. Wenn niemand dich sieht? Wenn du dir sicher bist, dass es keiner merkt? Du hast keine Ahnung, wie viele Kameras es in dieser Stadt gibt. Die Dinger hängen überall. Selbst wenn keine da sind, solltest du nicht auf eigene Faust etwas derart Gefährliches tun. Du weißt nie, was auf der anderen Seite lauert, wenn du durch eine Wand gehst. Also halte dich daran. Verdammt, tu einfach das, was ich dir sage!«

»Du sagst mir viel zu wenig!«, protestierte Mattim. »Ich hatte ja keine Ahnung … Nie erklärst du mir irgendetwas, was mir hilft, mich als Schatten zurechtzufinden und keine Fehler zu machen.« Ihm wurde heiß und kalt bei dem Gedanken an die Kamera, die bei den Szigethys in der Einfahrt angebracht war. Wie dumm er gewesen war!

»Ich glaube, es reicht, was ich dir sage. Wenn du nur endlich einmal damit anfangen könntest, mir zu gehorchen!«

»Tu ich doch«, knurrte Mattim und zwang sich, bei diesen Worten möglichst ergeben dreinzuschauen.

»Dabei ist eine solche Wut in dir, dass du mich am liebsten anfallen würdest«, sagte Kunun und lachte ihn leise aus. »Mattim, das hier ist kein Spiel. Wir befinden uns im Krieg. Und ich werde nicht zulassen, dass irgendeiner meiner Schatten aus der Reihe tanzt. Wenn wir den Angriff auf Akink starten, wirst du entweder mein loyaler Gefolgsmann sein, oder ich werde mir etwas für dich ausdenken, was dir ganz und gar nicht gefallen wird.«

Den Angriff starten? Das Entsetzen schlug in ihn ein wie ein Blitz. Mattim stand da wie gelähmt, doch sein Körper reagierte ohne sein Zutun auf die Bedrohung. Er zog die Oberlippe hoch und knurrte.

Kunun schlug ihm kameradschaftlich auf die Schulter und lachte. »Der Wolf in dir ist stark«, sagte er. »Er ist schon ganz nah … Ich kann geradezu spüren, wie er mir aus deinen Augen entgegenspringt. Der Schattenwolf. Wie wird er wohl aussehen, was meinst du? Golden wie dein Haar? Ein Wolf, glänzend und tödlich wie ein Blitzstrahl? Er ist da, auch wenn du es noch nicht weißt. Oh, Mattim, ich bin sicher, wir werden Seite an Seite miteinander kämpfen!«

Der Jüngere hörte gebannt zu und wollte gegen jedes Wort protestieren, gegen die Bilder, die ungerufen zu ihm kamen. Der Wald von Magyria. Die mächtigen Bäume, die ihre Wipfel in den Himmel streckten, als wollten sie mit ihren knorrigen Händen den Mond erreichen. Das intensive, dunkle Blau über ihnen, tiefer und reiner als jedes Wasser. Dazu eine Süße in der Luft, eine Fülle an Gerüchen. Wald. Wald und Beute …

Und Akink. Sein herrliches Akink hinter dem Fluss, lichtdurchpulst, alt, eine Stätte der Geborgenheit. Niemand durfte Akink angreifen. Er musste die Menschen warnen! Irgendwie musste er den König benachrichtigen.

»Lass mich durch die Pforte im Keller gehen«, flüsterte er. »Lass mich nach Magyria.«

»Schlag dir das aus dem Kopf«, sagte Kunun schroff. »Dachtest du, du könntest mich auf der Jagd auch nur einen Augenblick täuschen? Schande über dich, dass du es überhaupt versucht hast!«

»Ich wollte, dass du mich auch einmal lobst«, erwiderte Mattim kläglich und wunderte sich zugleich über die dreiste Lüge und wie überzeugend er sie vorbrachte und nicht zuletzt darüber, dass er es schon wieder tat, genau dasselbe, was Kunun ihm gerade vorwarf.

»Du bist noch nicht so weit.«

Mattim widersprach nicht. Was für ein seltsamer Kampf

war dies, den Gegner zu besiegen, indem man das Schwert vor ihm niederlegte.

Oben in seinem Zimmer warf Mattim sich aufs Bett. Sein Körper war nicht müde, aber sein Geist wollte träumen. Wenn er die Augen schloss, kehrte er in den Wald zurück, wo die Wölfe auf ihn warteten. Jenseits des Flusses erhob sich Akink, über den still daliegenden Türmen und Kuppeln ein Strahlen wie der Hof des Mondes. Licht glitzerte auf den Wellen des Donua.

Aber süßer und verlockender als dieser Traum war der Gedanke an Hanna. Nichts konnte schöner sein als das. Sich an jedes einzelne Wort zu erinnern, an jede ihrer Gesten, an ihre Blicke, ihre Küsse, ihre Berührungen …

Wenn wir den Angriff auf Akink starten.

Mattim wollte nicht darüber nachdenken. Träumen wollte er, von einer Zeit mit Hanna, von einem Leben mit ihr, während ihn alles andere nichts mehr anging.

Doch Kunun hatte von einem Angriff gesprochen, und es war immer noch Mattims Pflicht, Akink zu retten. Wenn er nur gewusst hätte, wie! Wenn er nur gewusst hätte, was Kunun plante. *Dein Bruder glaubt, er wird immer siegen*, hatte Hanna gesagt. Was brachte Kunun dazu, jetzt an einen Angriff zu denken? Ausgerechnet jetzt, obwohl er seit hundert Jahren damit zufrieden gewesen war, sein Unwesen in Magyria zu treiben? Hatte er inzwischen genug Schatten um sich geschart, um einen Angriff auf die Stadt des Lichtkönigs zu wagen? Nur wie wollte er über die Brücke gelangen?

Mattim seufzte. So kam er nicht weiter.

Langsam zog er den Brief aus der Tasche und betrachtete das nichtssagende Weiß. Hell und leer, und obwohl Hanna gesagt hatte, sie hätte bloß etwas für ihn gebastelt, fürchtete er sich, denn das hier hatte sie gemacht, bevor er gekommen und sich entschuldigt hatte.

Das Papier knisterte leise, während er den Umschlag befühlte. *Du belügst Kunun und traust dich nicht, einen Brief von Hanna zu öffnen, von deiner Hanna?*

Mattim riss den Umschlag auf. Sehr laut kam ihm das Geräusch in seiner stillen Wohnung vor, scharf, wie etwas, das Hundertschaften auf den Plan rufen konnte. Und noch viel mehr verdiente das, was er herauszog, das Eingreifen der anderen Schatten, Kunun mit einem Schwert wild schreiend an der Spitze …

Es war ein Band, geflochten aus einer weißen Schnur, in der er nach kurzem Nachdenken seinen verschwundenen Schnürsenkel erkannte, und einer Strähne von Hannas langem, schimmerndem Haar. Daran war, wie ein Anhänger, ein herzförmiges Stück dickes goldenes Papier befestigt, auf dem nichts als eine Zahl stand.

1502.

Der Code.

Erst als Mattim aus dem Fahrstuhl stieg, wurde ihm bewusst, dass es jemandem auffallen konnte, wenn er ganz nach unten fuhr. Deshalb drückte er schnell noch auf einen der oberen Knöpfe, um den Fahrstuhl wieder nach oben zu schicken, und wandte sich dann dem Durchgang zwischen den beiden Kellerräumen zu. Er machte kein Licht. Der kleine Rest Helligkeit, der durch den Schacht bis nach hier unten fiel, zeigte ihm schemenhaft die Gestelle an den Wänden. Wie im Gewölbe in Akink, alles bereit für ein Gelage … Doch es war ihm unmöglich, sich Kunun betrunken und singend vorzustellen.

Mattims Sinne waren bis aufs Äußerste gespannt und bereit, selbst auf das kleinste Geräusch, auf den leisesten Windhauch zu reagieren. Ihm war, als müsste er spüren, dass Magyria so nah war, nur wenige Schritte von ihm entfernt, aber da war nur der Geruch von Staub und feuchtem Stein.

Er ging unter dem Türbogen hindurch und befand sich im nächsten Kellerraum. Er musste es nicht sehen, um es zu wissen. Dort standen mehrere große Öllampen – und der Käfig, den Atschorek den Flusshütern gestohlen hatte, die Falle, in der sie ihn gefangen hatte. Ein Schauder lief ihm über den Rücken, er mochte nicht in einem Raum damit sein. Schnell wandte Mattim sich wieder um. Was hatte Kunun über das Eintauchen in den Schatten gesagt? Es darf nicht leicht sein. Willensstärke braucht man und Konzentration …

Es musste möglich sein, diese Öffnung zu durchschreiten, ohne nach Magyria zu gelangen. Sonst hätte Kunun niemals an seine Vorräte auf der anderen Seite herankommen können. Nein, irgendein bewusster Willensakt war nötig.

Konzentriert richtete Mattim den Blick auf die Leere zwischen den Mauern und stellte sich vor, dass dahinter die Höhle war. Viel dunkler als der im Dämmerlicht halb sichtbare Keller. Eine Dunkelheit, greifbar, fühlbar, schwärzer als ein Schatten. *Magyria. Denk an Magyria, an Akink, an den Wald, an alles, wonach du dich sehnst … Du musst sie warnen, du musst …*

Diesmal reichte ein Schritt. Ein Schritt, und die Dunkelheit schlug über ihm zusammen, als wäre er in den Fluss gesprungen. Eine Nacht, so tief und dicht, als könnte man sie fühlen und greifen und schmecken. Nach Stein roch sie, nach uraltem Gestein … und immer noch lag ein Hauch des strengen Raubtiergeruchs in der Luft, des Wolfes, der hier gewesen war, um ihn zu beißen. Wilder, schön und rot wie ein Fuchs und doch genauso erbarmungslos wie Atschorek.

Er wandte sich erneut um. Dort lag die Schwelle zu der anderen Welt, ein einziger Schritt, und er würde wieder dort sein. Mit der Hand berührte er den Fels, die rauen Vorsprünge, suchte nach einem Zeichen, das er sich merken konnte, um die Stelle wiederzufinden. Eigentlich hatte er, als er mit Hanna über die Pforte gesprochen hatte, nicht vorgehabt, die Höhle zu verlassen. Bloß herauszufinden, wie er hierhergelangen konnte, darum war es ihm gegangen, und er hatte auf eine Eingebung gehofft, wie sich eine Pforte, die weder Klinke noch Riegel oder Schloss besaß, für immer schließen ließ.

Nun ging es allerdings um viel mehr. Er musste irgendjemandem Bescheid geben, einen Flusshüter finden, der die Nachricht überbrachte. Für einen kurzen Moment musste er den Schutz der Höhle verlassen. Nur ganz kurz, damit er zurück war, bevor Kunun merkte, was er getan hatte. Lediglich die Warnung weitergeben. Einen Augenblick lang das Gefühl genießen, zu Hause zu sein, sich nur einmal daran erinnern, wofür er kämpfte und wofür er ständig stark sein musste.

Mattim tastete sich aus der Höhle heraus. Ein merkwürdiges Licht wies ihm den Ausgang, er wunderte sich, doch da stand er auch schon draußen im Schnee. Über den kahlen Bäumen hing ein dunkler, wolkenschwerer Himmel, gegen den das Weiß auf dem Boden tapfer anleuchtete, eine unberührte Schicht, weich und verlockend wie die Decke über einer schönen Frau. Vorsichtig setzte er die Füße hinein. In Budapest war der Schnee nass und schmutzig, nichts als graue Haufen am Straßenrand, hier dagegen war der Winter auf eine Weise feierlich, die ihn zutiefst berührte. Er hatte noch nie so viel Schnee auf einmal gesehen. Die Winter, die er bisher erlebt hatte, waren alle mild gewesen, warm und glänzend wie der Herbst davor und der Frühling danach.

Im Herbst fielen die bunten Blätter, Schauer in Rot, Gelb und Grün regneten überall im Wald herab. Im Winter glitzerte das Licht durch die kahlen Äste. Nachts brannte ein Feuerwerk von Sternen am Himmel, sodass es nie völlig dunkel war. Manchmal fiel sanfter Regen, selten fegte ein Sturm über Akink hinweg. Hin und wieder schneite es sogar, und winzige Schneeflöckchen wirbelten durch den Himmel und überzuckerten die Welt. Diese Unmengen an Schnee waren Mattim fremd, und er bedauerte es sehr, dass er gerade jetzt in Budapest leben musste. Es knirschte unter seinen Schuhen, während er ging. Er spürte, wie seine Füße kalt und nass wurden und sehnte sich nach seinen robusten Stiefeln, die irgendwo in seinem Zimmer in Akink standen. Sofern seine Eltern, fiel ihm siedendheiß ein, nicht alle seine Sachen vernichtet hatten. Wenn er ihnen doch nur hätte sagen können, dass er kein blutrünstiges Ungeheuer war, dass er lange nicht so war wie Kunun, dass er immer noch bereit war, alles für Akink zu geben!

Ein merkwürdiges Geräusch ließ ihn innehalten, ein Laut, der die Stille zerriss, ein Schlagen und Krachen und etwas, das wie ein Wimmern klang. Der Wind trug ihm die Witterung zu. Ein Wolf! Der Prinz hastete vorwärts, ohne jede Vorsicht zu vergessen. Das konnte nur eins bedeuten, und er durfte nicht zu spät kommen, durfte nicht zulassen, dass die Flusshüter ihn fanden …

Der Käfig. Dort stand er, unter einem Gebüsch, das den Schnee auf den Zweigen trug wie eine überbordende Blütenpracht im Frühling. Sie mussten einen der anderen Käfige in die Nähe der Höhlen gebracht haben. Ein kleiner grauer, struppiger Wolf war darin gefangen. Immer wieder warf er sich gegen die Gitterstäbe. Wie ein menschliches Schluchzen klangen die Laute, die er dabei von sich gab. Als er Mattim sah, hob er hoffnungsvoll den Kopf und winselte herzzerreißend. Seine goldgelben Augen waren wie zwei Monde auf den Jungen gerichtet.

»Palig?« Mattim versuchte mit beiden Händen, die Klappe hochzuschieben. »Was machst du denn hier? Gerade du hättest es besser wissen müssen!«

Der Wolf funkelte ihn an. Noch nie, schien es Mattim,

hatte er ein so wildes, lebendiges Wesen gesehen, erfüllt von so viel Atem, Wärme und Herrlichkeit. Auf den ersten Blick war es ein zerzaustes, schmutziges Bündel, auf den zweiten geballte Willenskraft.

»Kein Jagdglück gehabt? Du dachtest wohl, du könntest dir die Beute holen und den Mechanismus austricksen, wie? Was war es? Ein Kaninchen? Eine Ente?«

Erwartungsvoll und zugleich beschämt starrte der Wolf ihn an.

»Das muss irgendwie eingefroren sein … Es lässt sich nicht bewegen, verdammt!«

Der Prinz kniete sich neben den Käfig und streckte eine Hand durch die Stäbe. »Mein Freund, wir müssen uns etwas einfallen lassen. Ich habe leider keine übermenschlichen Kräfte. Wenn wir das Eis hier wegtauen könnten … Ich bräuchte eine Fackel. Könnte ich der Patrouille doch bloß eine rauben … Aber wenn sie kommt, sieht es böse für uns aus, für uns beide. Still!« Er horchte.

Im winterlichen Wald trug jeder Laut weit. Die Flusshüter waren schon unterwegs, um die Fallen zu überprüfen. Er hatte nicht die Zeit, um zur Höhle zu laufen, nach Budapest zurückzukehren und mit irgendeinem praktischen Zaubergerät wiederzukommen.

Aber er konnte seinen ehemaligen Kameraden nicht im Stich lassen. Wut stieg in ihm auf, dass Palig so dumm gewesen war, sich fangen zu lassen, jedoch auch auf sich selbst, dass er jetzt hier war und nichts tun konnte, obwohl er etwas tun musste. Die Nachtwächter kamen heran, in einer großen Gruppe, und welche Wahl hatte er, als sich ihnen zu stellen, als ihnen zu erklären, wer dieser Wolf war und warum sie ihn freilassen mussten? Er würde ihnen befehlen, Palig nicht zu töten und ihn ebenfalls zu verschonen, und sie gleichzeitig vor Kununs Angriff warnen. Vermutlich würden sie Palig trotzdem töten. Und ihre Pfeile auf ihn selbst abschießen. Ihm nicht zuhören. Mit allen Flusshütern auf einmal zu reden, würde gar nichts bringen, sie würden nur umso erbitterter auf ihn losgehen.

»Du dummer Junge«, flüsterte Mattim. »Du bist ein solcher Idiot.« In diesem Moment wusste er nicht, ob er den Wolf oder sich selbst meinte. Die Flusshüter würden ihn jagen, ihn daran hindern, in die Höhle zurückzukehren. So würde es ihm nie gelingen, Kununs Vertrauen zu gewinnen. Der Kampf um Akink wäre verloren – und das alles wegen eines Wolfs, der geglaubt hatte, er könnte in den Käfig hineinfliegen, sich seine Mahlzeit schnappen und wieder herausfliegen, ohne die Falle auszulösen.

Alles in ihm krampfte sich zusammen und dennoch konnte er nicht fliehen. *Das Licht ist für die Unschuldigen da* … Was wog mehr – die Warnung weiterzugeben oder einen strohdummen Wolf zu retten? Dort hinten kamen sie schon, die Lichter ihrer Fackeln tanzten durch die Nacht, ihre leisen Stimmen trugen den Klang von unterdrücktem Gelächter mit sich. So düster die Aussichten auch waren, die Nachtwache würde sich immer scherzend in den Kampf stürzen. Der Schmerz, dass er nicht mehr zu ihnen gehörte, packte Mattim und drückte ihn hinunter, dicht neben den Käfig, als könnte er der Qual entkommen, indem er sich dort verkroch, zwischen den Gitterstäben, sich hindurchdrängte, mit dem Schatten verschmolz …

Es gab hier keinen Schatten außer ihm. Die Dunkelheit des Waldes hätte vielleicht genügt, um verschwinden zu können, aber der Schnee schimmerte zu hell. Unmöglich, in den Käfig zu gelangen. Es sei denn …

Die Patrouille. Mit ihren Fackeln. Er musste nur warten, bis sie dicht herangekommen waren und das Licht der Fackeln einen schwarzen Schatten auf den Käfig warf. Falls sie sich von der Seite näherten, würde der Busch für den nötigen Schatten sorgen, falls sie jedoch von vorne kamen …

»Hab keine Angst, Palig«, flüsterte er. »Bleib ruhig. Ich hol dich da raus.«

Natürlich kamen sie von vorne. Mattim blieb neben dem Käfig unter dem Gebüsch sitzen und wartete halb bang und halb sehnsüchtig auf die Fackelträger.

»Da ist einer! Ein Wolf! Wir haben einen!«

Er erkannte die Stimme sofort.

»Na endlich! Es wurde aber auch Zeit. – Passt auf, da sind Spuren im Schnee, hier ist …«

Der Schein der vordersten Fackel fiel auf den Käfig. Geduckt sprang Mattim nach vorne, ließ sich in seinen eigenen Schatten durchs Gitter fallen, packte Palig mit beiden Armen und stürzte durch den Schatten am hinteren Ende des Käfigs wieder hinaus. Dort ließ er den Wolf los, der wie ein grauer Blitz davonschoss.

Der Prinz rappelte sich auf, sah durch die doppelte Wand der Stäbe noch ein paar Gesichter und lief ebenfalls los, so schnell er konnte. Er rannte nicht weit, sondern blieb hinter einem dicken Baumstamm stehen. Das Gesicht an die raue Rinde gelehnt, horchte er auf die Rufe der Flusshüter.

»Was war das? Habt ihr das gesehen? Das darf doch nicht wahr sein!«

»Das war Mattim. Ich bin mir ganz sicher, Mattim war's.«

»Den Namen gibt es nicht mehr, schon vergessen? Ein Schatten, ein elender Schatten! Wo mag er hin sein?«

»Wir müssen bloß den Spuren folgen.«

»Das ist nicht dein Ernst. Du willst einem Schatten folgen, der dich jederzeit aus dem Gebüsch anfallen kann?«

»Seid doch mal still!« Miritas Stimme, scharf und ungeduldig. »Die Falle ist leer. Lasst uns die Runde beenden.«

Wer war hier der Anführer, dass er sich das gefallen ließ? Jedenfalls setzten die Hüter ihren Marsch durch den Wald fort, ohne die Verfolgung aufzunehmen. Mattim war froh darüber, auch wenn er es immer leichter fand, in den Schatten hinein zu verschwinden, und sich wenig Sorgen darüber machte, dass sie ihn erwischten. Einen Moment lang hatte er gedacht, er würde einfach laut rufen. So laut er konnte: Kunun plant einen Angriff! Rüstet die Stadt! Macht euch bereit!

Aber sie würden ihm nicht glauben. Was noch schlimmer war: Falls Kunun und die Schattenwölfe in nächster Zeit irgendeinen der Wächter erwischten, würde er Mattim verraten. Dann hatte er zwar die Warnung weitergegeben, sich selbst jedoch jeder Möglichkeit beraubt, den Angriff zu verhindern.

Nein, er musste mit einem Flusshüter allein reden, mit einem, der ihm zuhören würde. Mirita. Bei dem Gedanken an sie krampfte sich alles in ihm zusammen. Zweimal hatte sie ihn verraten, einmal an seine Eltern, einmal an die Flusshüter auf Schattenjagd. Es sprach alles dafür, dass sie ihn auch zum dritten Mal verraten würde und er diese Nacht damit verbringen musste, durch den Wald zu fliehen. Und dennoch … Das bittere Gefühl, von seiner besten Freundin verraten worden zu sein, machte es ihm fast unmöglich, sich die Frage zu stellen, warum sie es getan hatte.

Für Akink.

Wenn er ihr klarmachen konnte, dass er wichtige Informationen mitgebracht hatte, würde sie ihm vielleicht sogar zuhören – falls er es schaffte, sie zu überzeugen, bevor sie sich dazu entschloss, die anderen Hüter auf ihn zu hetzen. Außerdem würde sie noch am ehesten Gehör bei seinen Eltern finden.

In sicherer Entfernung folgte Mattim den Fackeln und den Stimmen, holte aber nach und nach auf. Er huschte von Baum zu Baum. Das flackernde Licht warf genug Schatten, in dem er sich verbergen konnte. Immer näher arbeitete er sich an die Truppe heran. Ja, da ging Mirita. Ganz hinten. Ständig blickte sie sich um. Fürchtete sie etwa, er könnte sie anspringen, beißen und in einen Wolf verwandeln?

Er musste sie dazu bringen, noch weiter zurückzubleiben, auf ihn zu warten … Das vereinbarte Zeichen, natürlich! Der Ruf eines Turuls. Sie hätten besser einen Ruf für die Nacht verabreden sollen, den Schrei einer Eule, allerdings würde es nichts bringen, verschiedene Tierstimmen erklingen zu lassen, wenn Mirita sie nicht als Zeichen erkannte.

Der Turul krächzte. Unzufrieden klang es, als hätte ihn jemand beim Schlafen gestört.

»Habt ihr das gehört?«, fragte einer der Wächter. »Wie unheimlich!«

Mirita drehte sich nicht einmal um. Vielleicht hatte es zu echt geklungen, womöglich glaubte sie wirklich, sie hätten mit ihren Fackeln einen Turul aufgeschreckt?

Mattim folgte dem Trupp weiter, zunehmend verzweifelt. Gerade als er sich überlegte, ob er noch einmal rufen sollte, kniete Mirita sich nieder, um sich die Stiefel fester zu schnüren. Sie hätte die anderen bitten müssen, auf sie zu warten, aber sie blickte der Patrouille hinterher, ohne etwas zu unternehmen. Sie starrte noch immer auf den flackernden Lichterschein, als er aus der Deckung trat.

»Mirita«, flüsterte er.

»Was willst du?« Langsam stand sie auf.

Nun, hätte er am liebsten gefragt, kein Pfeil diesmal? Und wann fängst du an, vor Angst und Entsetzen zu kreischen? Oder überlegst du gerade, wie du mich am besten in die Falle lockst?

Mattim schluckte seine Wut hinunter, es gelang ihm, ruhig und gefasst dazustehen, reglos wie der Schatten eines Baumes. »Hatten wir es nicht so abgemacht?«, fragte er zurück. »Dass ich komme und dir sage, was ich herausgefunden habe?«

»Und? Was hast du zu berichten?« Er hörte die Abwehr aus ihrer Stimme heraus. Mirita hob die Hand, als er einen Schritt auf sie zukam. »Hat es sich – gelohnt?«

»Kunun wird Akink angreifen«, sagte der Prinz und fühlte sich unendlich erleichtert, als er es endlich ausgesprochen hatte.

»Wann?«

»Keine Ahnung. Leider weiß ich nicht, wann, und ich weiß auch nicht, mit wie vielen Schatten er kommen wird. Ich kann dir nicht einmal sagen, wie er den Fluss überwinden will.«

»Das ist recht wenig.«

Gleich wird sie die anderen rufen. Gleich wird das Geschrei losgehen. »Ich weiß. Ich tue, was ich kann, aber Kunun gibt so wenig preis. Es wird deutlich länger dauern, als ich dachte, sein Vertrauen zu gewinnen. – Bitte, Mirita, sag es dem König. Ihr müsst die Brückenwache verstärken. Ihr müsst alle Vorsichtsmaßnahmen ergreifen. Sobald ich den Zeitpunkt erfahre, werde ich ihn euch mitteilen.«

Sie stand steif da, eine einsame Gestalt im dunklen Wald, und sagte nichts. Bedankte sich nicht für die Warnung, lobte ihn nicht, sie entschuldigte sich nicht mal dafür, dass sie beim letzten Mal die Wächter auf ihn gehetzt hatte. Hatte er wirklich gehofft, sie würde ihn um Verzeihung bitten und versuchen, ihr Handeln zu erklären? Dieses Mädchen hier war längst nicht mehr seine Freundin, war eine Fremde, die zufällig dasselbe Ziel verfolgte wie er: alles für Akink.

»Bitte«, drängte er. »Bitte, Mirita. Lass es nicht umsonst gewesen sein.«

»Jeden Morgen, wenn wir nach Akink zurückkehren und ich mich zu Bett lege, weine ich mich in den Schlaf«, sagte sie schließlich, leise, als spräche sie nicht zu ihm, sondern in die Stille der Nacht. »Jeden Abend, wenn wir losmarschieren, in die Dunkelheit, zieht sich mein Herz zusammen, als wollte es aufhören zu schlagen. Diese Dunkelheit ist meine Dunkelheit geworden. Es hört niemals auf. Abend und Morgen und wieder Abend und Morgen … Immerzu ist es dunkel um mich. Das Licht kommt nicht mehr. Die Sonne wird nie wieder so aufgehen, wie sie früher aufging, hell und strahlend. Und nie wieder werde ich das Licht in deinen Augen sehen, nie wieder …«

»Aber jetzt bin ich da«, sagte Mattim. So fremd kam sie ihm vor, wie sie von der Dunkelheit sprach. Mirita war kein Schatten geworden. Wie konnte sie irgendetwas über die Nacht wissen?

»Bist du es?«, fragte sie. »Wirklich? Oder verwandelst du dich in etwas Schreckliches, wenn ich dich berühre?« Sie legte die Arme um ihn und weinte lautlos.

Er spürte nur, wie das Schluchzen sie schüttelte, hilflos erwiderte er ihre Umarmung und hielt sie fest.

»Mirita!« Die Flusshüter hatten ihr Verschwinden bemerkt, ihre Rufe hallten durch den Wald. »Mirita!«

Die Bogenschützin rührte sich nicht. Sie drückte ihn nur noch fester an sich. »Küss mich«, flüsterte sie. »Küss mich, Mattim, mein Liebster, bitte, küss mich. Küss mich, damit ich dir glauben kann, dass du immer noch derselbe bist.«

Sie reckte ihm das Gesicht entgegen. Hinter ihr sah er schon die Fackeln zwischen den Bäumen.

»Mirita!« Verzweifelt klangen die Rufer, als erwarteten sie, die Hüterin nicht lebendig wiederzufinden.

Mattim hatte keine Zeit, ihr klarzumachen, dass er sie nicht küssen wollte, dass es überhaupt keinen Grund dafür gab. Wenn sie feststellen wollte, ob er auf das Blut der Flusshüter aus war, hätte es ihr reichen müssen, dass er mit ihr sprach, ohne sie zu beißen. Aber wenn er nun auch das noch tun musste, um sie zu überzeugen, bitteschön! Wieder wallte der Zorn in ihm auf, als er sich vorbeugte und ihr einen kurzen Kuss auf den Mund drückte. Ihre Lippen waren kalt wie der Schnee. Doch Mirita griff ihm mit beiden Händen ins Haar, zog sein Gesicht noch näher zu sich heran und begann ihn so wild und leidenschaftlich zu küssen, dass er es, verdutzt und überrumpelt, geschehen ließ. Dann ließ sie ihn plötzlich los, lachte und lief den Flusshütern entgegen, ohne sich noch einmal umzudrehen.

»Ich bin hier! Mir ist nichts geschehen. Hier bin ich!«

Lautlos wich Mattim zurück zwischen die Bäume.

Die Nachricht war überbracht. Merkwürdigerweise konnte er jedoch keine Freude darüber empfinden.

Was um Himmels willen sollte er Hanna sagen?

SECHSUNDZWANZIG

BUDAPEST, UNGARN

Rékas Zimmertür ging leise auf. Hanna hatte es wahrscheinlich nur deswegen gehört, weil sie schon die ganze Zeit mit einem Ohr nach oben gehorcht hatte, weil sie auf die Schritte im Treppenhaus wartete, leichtfüßig, leise, heimlich. Bevor das Mädchen sich in den Flur stehlen konnte, stand Hanna vor ihm. Sie konnte nicht verhindern, dass ihr Blick vorwurfsvoll wirkte, dass ihre Stimme fast so klang wie Mónikas.

»Wo willst du hin?«

»Bin ich hier eingesperrt, oder was?«, schnappte Réka.

Sie hatte ihr schwarzes Haar mit Spangen festgesteckt und trug lange, baumelnde Ohrhänger, die wie Kristalle aussahen. Verletzlich und ungeschützt war ihr Hals, und das Seidentuch verbarg kaum die Einstiche in der glatten Haut.

»Ich dachte, wir verbringen heute Abend mal etwas Zeit miteinander«, schlug Hanna vor. Dass es ständig ein neuer Kampf sein musste! Was immer sie an Freundschaft und Vertrautheit mit Réka aufbaute, hielt nie länger als einen Tag. Am nächsten war sie wieder eine Fremde, die man geduldig und liebevoll erobern musste. Ob es für Kunun wohl auch so schwer war? Nein, bestimmt nicht. Er musste bloß mit den Fingern schnippen, und schon kam sie angerannt.

Réka blickte skeptisch. »Du wartest doch nur darauf, dass ich abhaue, damit du deinen Freund anrufen und herbitten kannst.«

Mattim hatte sich den ganzen Tag nicht blicken lassen.

Hanna machte sich schon Sorgen, aber darüber konnte sie mit niemandem reden. Mónika und Ferenc hatten sie gebeten, an diesem Abend bei den Kindern zu bleiben. Daher konnte sie nicht fort und Mattim suchen. Sie konnte ihn auch nicht anrufen, schließlich besaß er kein eigenes Telefon. Letztendlich hatte sie darauf gehofft, dass er irgendwann vor der Tür stand. Nur damit sie wusste, dass es ihm gutging, dass er in Sicherheit war. Dass es kein Fehler gewesen war, ihm den Code für den Aufzug zu geben. Wenn er in Magyria geblieben war … oder wenn Kunun ihn erwischt hatte …

»Was ist?«, fragte Réka und wirkte für einen Moment wie der freundliche Mensch, der sie als Kind wahrscheinlich gewesen war und in den sie sich hoffentlich irgendwann wieder verwandeln würde. »Alles in Ordnung?«

»Ja, natürlich.« Es war eine Lüge, und es hörte sich an wie eine. »Réka, deine Eltern erwarten, dass du hierbleibst, das weißt du. Wollen wir uns nicht zusammen ins Wohnzimmer setzen?«

»Was ist mit deinem Freund?«, fragte das Mädchen. Die Aussicht, mehr zu erfahren, machte sie immerhin so friedlich, dass sie sich dazu herabließ, auf einem Sessel Platz zu nehmen und ihre Aufmerksamkeit auf Hanna zu richten. »Habt ihr euch gestritten?« Leiser fügte sie hinzu: »Kunun und ich streiten uns nie. Aber so etwas ist sehr selten. Das weiß ich. Wenn man so zusammengehört wie wir … das ist etwas wirklich Außergewöhnliches.«

Réka war also in der Stimmung, über Kunun zu reden. Hanna nutzte die Gelegenheit, um von Mattim abzulenken.

»Was, wenn du vergisst, dass ihr euch gestritten habt?« Sie dachte an die Szene am Fluss, an Rékas aufflackernde Widerspenstigkeit. »Das könnte durchaus sein. Dass er Dinge von dir verlangt, die du nicht willst. Dass er dich zu irgendetwas zwingen will. Dass …«

»Kunun liebt mich«, unterbrach Réka sie empört. »Er würde mich nie zu etwas zwingen. Auf die Idee würde er gar nicht kommen. Er ist nicht so. Du kennst ihn nicht. Was wir haben … es ist vollkommen.« Mit den Füßen malte sie Kringel und Herzchen in die Luft. Hanna sah ihr dabei zu und fühlte sich unerträglich erwachsen.

Kunun hatte Réka gewählt … Sie gehört mir, hatte er gesagt. Warum gerade Réka? Was wollte er mit ihr? Sie war recht hübsch, und sie konnte sogar charmant sein, wenn sie wollte, aber warum sie? Warum nicht das nächstbeste junge Mädchen, frisch und voller Leben?

»Wie habt ihr euch eigentlich kennengelernt?«, fragte Hanna.

»Ich dachte, Mária hat dir davon erzählt. Sie hat allen davon erzählt, was Kunun angeblich getan hat. So ein Schwachsinn.«

»Was war davor?«, hakte Hanna nach. »Hast du ihn zufällig in der Disco getroffen? Mir ist, als hätte Mária gesagt, du wolltest wegen eines Jungen dorthin. War das Kunun? Dann musst du ihn schon vorher gekannt haben. Wie willst du sonst gewusst haben, dass er dort sein würde?« Sie bemühte sich, ihre Aufregung nicht zu zeigen, während sie merkte, dass sie auf einen Punkt zusteuerte, der ihr von Anfang an suspekt vorgekommen war. »Du warst vorher schon in ihn verliebt, vor eurem ersten Tanz.«

Réka lächelte in sich hinein. Ihre Zehen schrieben »Kunun«, immer wieder »Kunun«, während sie die Beine über die Armlehne hängen ließ.

»Wir waren füreinander bestimmt«, flüsterte sie. »Ich dachte, er würde mich nie beachten … Aber irgendwie habe ich es gewusst. Irgendwie wusste ich, dass er es ist, er und kein anderer.«

»Wo ist er dir aufgefallen?«

»Überall«, sagte Réka leise, und in ihrer Stimme lag Erstaunen, »ich hab ihn gesehen, wie er an der Schule vorbeigefahren ist in seiner Wahnsinnskarre … und ich bin ihm in der Stadt begegnet. Manchmal hielt er an einer roten Ampel, vor der ich gewartet habe. Er ist mir sofort ins Auge gesprungen. Oder beim Einkaufen, da hab ich ihn auch gesehen. Einmal hatte er ein paar Freunde dabei, und sie haben ihn gerufen, seitdem wusste ich, wie er hieß.«

»Wahrscheinlich haben sie sich auch laut darüber unterhalten, wo sie abends hingehen würden?«

Réka drehte sich auf ihrem Sessel, bis sie Hanna anschauen konnte. »Ich habe es gehört, und da wusste ich, dass ich dort hinmusste. Es gab gar keine andere Möglichkeit. Ich wollte ebenfalls dort sein und ihn sehen, den ganzen Abend. Das ist Schicksal.«

Kunun hatte Réka also tatsächlich ausgewählt. Gezielt, wie es schien. Viel zu lange hatte Hanna sich mit der Erklärung zufriedengegeben, dass Rékas Alter das Mädchen für den König der Schatten attraktiv machte. Er hatte es darauf angelegt, gerade diese Vierzehnjährige zu sich zu locken – warum bloß, um alles in der Welt?

»Ich habe ihn gefunden«, murmelte Réka. »Bevor er mich geliebt hat, konnte ich ihn schon finden. Wir wurden zueinander geführt, weil wir füreinander bestimmt sind.«

Hanna fand es auf Dauer ermüdend, ihr zuzuhören. Am liebsten hätte sie Réka von einem anderen Kunun erzählt. Einem Kunun, der im Dunkeln die Arme um sie gelegt hatte, von einem Kunun, den es nach Blut dürstete …

Die Türglocke ließ sie aus den Überlegungen hochfahren, ob sie es wagen sollte, etwas gegen Kunun vorzubringen. Réka war vor ihr an der Tür, und von oben hörten sie Attilas Ruf: »Wer ist da? Mama? Ist Mama da?«

Réka starrte auf den kleinen Bildschirm, bevor sie den Toröffner betätigte. »Für dich, Hanna.«

Ihr Herz machte einen Sprung, als sie den Prinzen den Gartenweg heraufkommen sah. Mattim, die Hände in den Jackentaschen vergraben, den Kopf gesenkt gegen den wirbelnden Schnee. Weiße Flocken senkten sich auf sein blondes Haar. Durch ein paar lange Haarsträhnen hindurch blickte er nach oben, während er sich dem Haus näherte.

»Attila wird es Mama und Papa sagen«, warnte Réka. »Dass er herkommt, sobald sie ausgehen.«

»Kannst du deinen Bruder in sein Zimmer zurückbringen? Und ihm sagen, dass ich gleich komme, um ihm vorzulesen, wenn er ganz brav ins Bett geht?«

Réka grinste verschwörerisch. Wie froh und hilfsbereit sie werden konnte, wenn sie nur lange genug über ihren unvergleichlichen Kunun gesprochen hatte!

Hanna öffnete die Tür und sah Mattim entgegen. Etwas war passiert. Sie merkte es ihm an, an der Art, wie er ihrem Blick auswich, wie er ging, zögernd, als wäre er der Überbringer einer schlimmen Botschaft.

Auf der Schwelle blieb er stehen und schaute sie an, mit so viel Liebe und so viel Hunger in den Augen, dass sie schon glaubte, sich getäuscht zu haben. Aber als sie ihn umarmte, spürte sie wieder, dass irgendetwas nicht stimmte.

»Komm in die Küche«, sagte sie. »Réka ist bei Attila, ich möchte nicht, dass er dich sieht. Lass uns leise sein.«

»Du kannst nicht weg?« Sogar das Sprechen schien ihm schwerzufallen.

Auf einmal wusste sie, was er ihr sagen wollte. Er war in Magyria gewesen. Er konnte nach Hause gehen, wann immer er Lust dazu hatte. Zu ihr war er nur noch gekommen, um sich zu verabschieden.

Ihre Hände zitterten, als sie Wasser aufstellte.

»Ich mach uns einen Tee. Was Heißes gegen den Winter da draußen.«

Als wenn er das gebraucht hätte! Aber ihr tat es gut. Die heiße Tasse in den Händen zu halten. Ihn anzusehen, wie er da am Tisch saß, wie er unruhig die Finger verdrehte und sich darin vertiefte, als wäre er bloß hergekommen, um hier zu sitzen und seine Fingernägel zu betrachten. Sie beobachtete, wie er über seine Abschürfungen strich, vorsichtig, als würde es immer noch wehtun. Wartete, dass er sprach.

»Du hast die Zahl gefunden?«, fragte sie schließlich. »Es wirkt wie eine Jahreszahl. Sagt dir das was?«

Er schüttelte den Kopf. »Vielleicht … er ist vor ungefähr hundert Jahren nach Budapest gekommen.«

»1902? Natürlich. In einem sechsstöckigen Gebäude gibt es keine 9 im Fahrstuhl.« Sie taten beide, als gäbe es kein größeres Rätsel als die vier Ziffern. Irgendwann hielt Hanna es nicht länger aus. »Bist du durch die Pforte gegangen?«, fragte sie bang.

»Ja.« Mattim nickte, dann riss er den Blick von seinen Händen los und wandte sich ihr zu. Wie grau seine Augen waren, grau wie der wolkenverhangene Himmel über der Stadt, der viel näher als sonst wirkte, fast so nah, als könnte man ihn anfassen. »Ja, das bin ich. Es war ganz leicht. Ich bin einfach durch die Pforte gegangen. Ich war in der Höhle. Danach war ich noch im Wald. Auch drüben liegt Schnee. Viel mehr Schnee als hier. Mehr, als ich jemals gesehen habe.« Gleich würde er es sagen. Jetzt –

»Hanna, Kunun hat gesagt, dass er Akink angreifen wird. Ich denke, es wird bald geschehen.«

»Bist du sicher?« Noch erlaubte sie sich nicht, erleichtert zu sein, über etwas, das ihm unendlich großen Kummer bereiten musste.

»Ich habe meinen Eltern eine Warnung zukommen lassen.«

»Du hast mit jemandem gesprochen? Drüben, auf der anderen Seite? Haben sie denn nicht versucht, dich anzugreifen?«

»Mirita war da.« Er zwang den Namen mit Gewalt über seine Lippen. »Wir waren früher zusammen in der Wache.«

»Sie hat dir geglaubt?«

Hanna versuchte, sich diese Mirita vorzustellen. Vielleicht eine alte, grauhaarige Soldatin mit einem strengen, wachsamen Gesicht. Oder eine schwarzhaarige Kriegerin mit Pferdeschwanz, in einer schimmernden Rüstung, die Befehle bellte. Vielleicht …

»Sie hat mich geküsst.« Sobald er es ausgesprochen hatte, wurde Mattim etwas lebendiger. Er beugte sich über den Tisch und legte seine Hände um ihre, sodass sie nun gemeinsam die Tasse hielten. Eindringlich redete er weiter. »Es hat nichts zu bedeuten. Wir hatten damals abgesprochen, ich würde ihr durch den Ruf eines Turuls Bescheid geben. So habe ich sie dazu gebracht, auf mich zu warten. Damals hatte ich ihr gesagt, wenn sie das Gefühl hat, dass ich auf die andere Seite übergewechselt bin, soll sie mich töten, und sie musste ja überprüfen, wer ich bin, und …« Seine Stimme erstarb. Bittend, geradezu flehend, schaute er Hanna an, wartete auf ihre Reaktion.

Die Gedanken fuhren Karussell in ihrem Kopf. »Dann habt ihr euch früher also ständig geküsst«, sagte sie. »Mirita wollte daran erkennen, ob du noch der Gleiche bist?«

»Nein«, beteuerte Mattim, »wir haben uns nie … Nur als ich damals aus der Höhle kam, vielleicht dachte sie deshalb … Nein. Wir sind bloß Freunde gewesen. Ich habe sie jedenfalls für meine Freundin gehalten, bevor ich wusste, dass sie alles, was ich sage, meinen Eltern zuträgt.«

Hanna musste schlucken. Sie entzog ihm ihre Hände, als könnte sie so sich selbst und ihre Gefühle in Sicherheit bringen.

»Hanna«, sagte Mattim, »ich liebe nur dich. Bitte, glaub mir. Meinst du, ich würde es dir sonst überhaupt erzählen?«

Warum hast du's dann überhaupt getan!, wollte sie rufen. Sie wollte ihn anschreien, irgendetwas zerbrechen, aber selbst jetzt dachte sie daran, dass diese Tasse den Szigethys gehörte und sie in deren Küche nicht einfach willentlich etwas kaputtmachen durfte.

»Hanna? Attila wartet auf dich.« Réka streckte den Kopf durch die Tür und blinzelte.

»Ich komme.«

Hanna stand auf. Wenig später hörte man ihre Schritte auf der Treppe. Sie hatte nicht gesagt, ob sie damit rechnete, Mattim noch in der Küche vorzufinden, wenn sie zurückkam.

»Hm«, sagte Réka zur Begrüßung.

»Wie geht's?«

Das Mädchen setzte sich auf Hannas Platz, spähte in die Tasse und lächelte.

»Ihr streitet euch gerade, stimmt's?«

»Wie kommst du darauf?« Mattim war nicht gewillt, vor dieser Göre seine Gefühle auszubreiten.

»Hier herrscht dicke Luft. Glaub mir, ich merke so was. Meine Eltern streiten sich auch immer leise. Kaum kommt man ins Zimmer, tun sie so, als hätten sie sich bloß unterhalten. Man merkt es trotzdem.« Réka beobachtete den jungen Prinzen interessiert. »Hast du was ausgefressen? Dann musst du dich entschuldigen. Hanna ist der großzügigste Mensch auf dieser Erde.«

»Ich war gerade dabei«, gab Mattim zu. Schon wieder. Er hätte nicht gedacht, dass er bald jeden Tag damit beschäftigt sein würde, sich wegen irgendetwas, was Hanna betraf, schuldig zu fühlen. Wie oft würde sie noch großzügig sein müssen? Wenn das, was sie momentan fühlte, nur ungefähr dem entsprach, was er empfunden hatte, als sie mit Kunun zusammen gewesen war … Er senkte den Blick. Und beschloss das Thema zu wechseln.

»Ist deinen Eltern gestern Nacht eigentlich etwas aufgefallen – was eure Kamera aufgenommen hat?«

Verwirrt starrte Réka ihn an. »Wieso? Ist jemand hier eingebrochen?«

Anscheinend hatten sie nichts gemerkt. Wenigstens etwas. »Nein, ich war nur am Tor ... Es wäre mir unangenehm, wenn sie mich beobachtet hätten.«

Réka zuckte die Achseln. »Solange nichts passiert, sehen sie sich das Band auch nicht an. Wir haben echt Besseres zu tun. Das nächste Mal achte halt darauf, wenn du vor unserem Haus herumlungerst. Nachts lässt Hanna dich sowieso nicht rein.«

»Und dein Freund?«, fragte er schließlich. »Warum sitzt er nicht hier mit uns am Tisch?«

Vielleicht würde sie vor Kunun jedes seiner Worte wiederholen. Alles, was er hier mit ihr sprach. Vielleicht sogar ... Siedend heiß fiel ihm ein, dass er nicht wusste, wie viel Réka von seinem Gespräch mit Hanna mitbekommen hatte. Hatte sie gelauscht, bevor sie in die Küche gekommen war? Hatte sie etwa gehört, wie er davon sprach, dass er seine Eltern vor einem Angriff gewarnt hatte? Er zwang sich, nicht aufzuspringen und aus dem Haus zu stürzen.

»Es würde nicht zu ihm passen, auf einer Küchenbank zu sitzen«, erklärte Réka stolz.

Mattim wunderte sich ein wenig darüber, wie Recht sie hatte. Kunun in dieser Küche, Tee trinkend wie ein ganz normaler Mensch, wie ein Freund, ein gewöhnlicher Sterblicher? Sein Bruder brauchte stets das Besondere. Kein Haus wie dieses hier, auch wenn es noch so schön eingerichtet war, sondern mindestens ein Schloss. *Kunun hasst das Haus am Baross tér*, dachte Mattim auf einmal und wunderte sich über diese plötzliche Erkenntnis, *er hasst es mehr, als er irgendjemandem gegenüber zugeben würde.*

»Wer braucht ein Schloss, wenn er eine Küche wie diese haben kann?«, fragte Mattim.

Auf einmal stand Hanna im Türrahmen. Sie lächelte über seine Worte, über diesen Satz, den Kunun niemals hätte aussprechen können. In ihren Augen spiegelte sich ihre Freude darüber, dass er nicht gegangen war.

»Du würdest sie nicht eintauschen gegen ein Schloss?«

Hinter dem Satz steckte eine andere, eine ernste Frage: Was würdest du tun für Akink? Mirita küssen, wieder und wieder, wann immer sie es will?

»Niemals«, antwortete Mattim.

Er schob seinen Stuhl zurück und streckte die Arme nach Hanna aus. Sie setzte sich auf seine Oberschenkel und lehnte sich an ihn.

»Verzeih mir«, flüsterte er ihr ins Ohr.

»Ja«, flüsterte sie zurück.

»Ach nee«, brummte Réka und stand auf. »Das wird mir jetzt zu viel. Ich geh nach oben. Nacht, Hanna.«

»Gute Nacht, Réka.«

Als sie allein waren, sagte Hanna: »Tu das nie wieder. Auch wenn du sagst, dass du gar nichts gemacht hast. Nie wieder.«

»Nein«, sagte Mattim leise. Er hatte nicht vor, jemals wieder so etwas zuzulassen.

»Wie sieht sie aus?«

Er machte eine wegwerfende Handbewegung. »Geht so.«

»Du lügst mich doch nicht an, oder?«

»Hanna.« Er küsste sie sanft. »Mirita war immer nur meine Kameradin. Mit ihr habe ich meine Pläne besprochen. Mehr war da wirklich nicht.«

»Auch für sie?«

Er zuckte die Achseln. »Darüber habe ich nie nachgedacht. Wir waren zusammen in der Nachtwache. Die gesamte Truppe war befreundet. Goran zum Beispiel gehörte auch dazu. Jetzt ist sie ein Schatten und wohnt in Kununs Haus. Hübsch ist sie außerdem. Wenn ich jemanden anders wollte, wäre es mit ihr viel einfacher. Aber ich will niemanden anders, Hanna. Ich will nur dich.«

Immer wieder hätte er diesen Satz aussprechen wollen. Doch Hanna kam ihm zuvor. »Du musst es ihr sagen, Mattim. Wenn du sie das nächste Mal triffst. Dass sie sich irrt. Dass du nur zu ihr gekommen bist wegen der Nachricht. Das stimmt doch, nicht wahr? Du wolltest ihr bloß die Nachricht überbringen?«

Er schrak hoch. »Pst. Bist du sicher, dass Réka nicht zuhört?«

Lautlos glitt Hanna von seinem Schoß und schlich zur Tür. Sie schüttelte den Kopf. »Du leidest schon unter Verfolgungswahn. Réka ist in ihrem Zimmer.« Sie seufzte leise. »Mattim, das nächste Mal musst du dieser Mirita irgendwie klarmachen, dass sie für dich nur eine Freundin ist. Am besten, bevor sie dich wieder küsst.«

Er nickte. »Versprochen.« Noch einmal würde Mirita ihn bestimmt nicht überrumpeln.

»Bist du denn irgendwie weitergekommen? Hast du schon eine Idee, wie du die Pforte schließen kannst?«

Mattim musste zugeben, dass sein Besuch in Magyria nicht viel gebracht hatte. »Eine Idee? Außer der, dass man das Haus zum Einsturz bringen müsste, um den Durchgang unpassierbar zu machen? Selbst das würde vermutlich nicht viel bringen. Wenn man durch Wände gehen kann, dann sicherlich auch durch Schutt und Geröll. Ich muss wissen, wie Kunun diese Pforte überhaupt aufgemacht hat.«

»Was, wenn er sie zufällig gefunden hat?«, fragte Hanna. »Wenn sie immer schon da war?«

Mattim dachte an die dunkle Höhle. Wie verzweifelt er damals, als er noch der Prinz von Akink gewesen war, versucht hatte, herauszufinden, was sich darin verbarg.

»Man stolpert nicht einfach über eine unsichtbare Schwelle und ist drüben! Man muss bewusst hinübergehen, und das ist nur möglich, wenn man weiß, wo sich der Übergang befindet. Ich kann mir nicht vorstellen, dass Kunun einfach in die Höhle gegangen ist, um sich zu verstecken, und dann – hoppla, wo bin ich denn hier? So funktioniert das nicht.«

»Kannst du ihn denn nicht fragen?«, schlug Hanna vor. »So verpackt, dass er nicht merkt, worum es geht?«

»Kunun lässt sich nicht so leicht belügen.« Kununs dunkle, forschende Blicke, vor denen man in die Knie gehen wollte … Und ständig zu denken, dass er einen durchschaute, dass er alles wusste, dass er das Spiel nur mitspielte, damit er später umso härter zuschlagen konnte. Auch auf der Jagd hatte sein Bruder sich nicht täuschen lassen, obwohl Mattim hätte schwören mögen, dass Kunun ihm glaubte. »Man weiß nie, was er wirklich denkt. Ich müsste mir jedenfalls eine verdammt gute Lüge ausdenken. Könnten wir nicht …«

Hanna schüttelte heftig den Kopf. »Nein, vergiss es. Niemals. Das ist viel zu gefährlich.« Sie wirkte, als wollte sie gleich auf ihn losgehen.

»Du weißt doch gar nicht, was ich sagen wollte!«, protestierte Mattim.

»Das ist nicht schwer. Du willst jemand anders für dich lügen lassen«, sagte Hanna leise. »Es muss jemand sein, dem Kunun vertraut. Es gibt nur eine, die infrage kommt.«

»Atschorek«, sagte Mattim. Konnte sie allen Ernstes seine Gedanken lesen? Es war unglaublich.

Aber Hanna sagte: »Ich dachte an Réka. Du meinst gar nicht Réka? Ich hatte schon Angst, du würdest wollen, dass wir sie dazu bringen, Kunun seine Geheimnisse zu entlocken.«

Mattim fühlte sich von dieser neuen Idee geradezu berauscht. »Das ist es! Vermutlich kann Réka alles aus ihm herausholen, was sie will. Er wird davon ausgehen, dass sie es sowieso vergisst.«

»Was auch geschehen wird«, sagte Hanna trocken.

»Nein.« Mattim war so aufgeregt, dass er aufstand und durch die Küche marschierte. So war er durch sein Zimmer gewandert, während Mirita auf dem Sofa saß und mit den Troddeln spielte. Diesmal saß Hanna am Tisch und sah ihm zu. Es war so ähnlich und dennoch ganz anders. Keine Freunde, die Pläne schmiedeten. Nicht einer, der in blindem Vertrauen über alles redete, und eine, die sich als Spitzelin seiner Eltern entpuppte. Sondern zwei, die so zusammengehörten wie nichts sonst, zwei, die sogar siegen konnten, zwei, die alles erreichen würden, was sie sich vornahmen. Er verspürte eine solche Kraft und Hoffnung in sich, dass er Hanna vom Stuhl hochriss und sie stürmisch küsste. Viel leidenschaftlicher, als Mirita ihn geküsst hatte.

»Mattim, das ist …«

»Sie wird es nicht vergessen. Wir werden die beiden beobachten. Und bevor Kunun sie beißen kann, werden wir dazwischengehen. Ich werde eingreifen und dafür sorgen, dass er es nicht tun kann. Und dann …«

»Mattim!« Hanna schlängelte sich aus seiner Umarmung. »Nein, hör mir zu. Wenn Kunun das merkt … Du weißt nicht, was er dann tun wird. Wenn er das Gefühl hat, dass sie ihn ausspioniert. Hinderst du ihn obendrein daran, sie zu beißen und ihr die Erinnerung zu nehmen, wird er ihr auflauern und es später tun – und ihr noch viel mehr nehmen, vielleicht sogar mehrere Stunden. Réka sieht schon elend genug aus.«

Erneut wirkte Hanna, als wollte sie gleich auf ihn losstürmen, um – ja, um was? Ihn zu schlagen?

»Ich habe nicht vor, deiner Réka irgendetwas zu tun«, sagte er beschwichtigend. »Du benimmst dich ja, als wollte ich sie umbringen!«

»Umbringen«, sagte Hanna. »Oder verletzen. Ihr wehtun. Nicht du. Aber Kunun könnte es tun. Versprich mir, Mattim, dass wir Réka außen vor lassen.«

Wir. Sie hatte wir gesagt. Eben noch war sie sauer gewesen, aber da war es wieder, dieses wundervolle Wir.

»Ich werde zu Atschorek gehen«, sagte er. »Wenn irgendjemand weiß, wie es mit der Pforte anfing, dann sie.«

»Ich komme mit.«

Hanna spülte ihre Tasse aus und trocknete sich die Hände ab.

»Musst du nicht hierbleiben? Wegen der Kinder?«

Er konnte sehen, wie sie mit sich rang. »Eigentlich ja. Aber wenn die Eltern nach Hause kommen, vielleicht dann?«

»Du willst mit mir zu einer bösen Vampirfrau, die mir die Haut abziehen wird, sobald sie merkt, worauf ich aus bin, und dafür deinen Schlaf opfern?«

Hanna grinste nur. »Wenn du sie nach der Pforte fragst, könnte sie das tatsächlich falsch auffassen. Wenn jedoch ich, ein armer, kleiner Mensch, sich danach erkundigt, wie die Vampire eigentlich hier nach Budapest gekommen sind, antwortet sie mir vielleicht sogar.«

Ihre Augen leuchteten. Sie war so süß, so unwiderstehlich. Mattim wollte die Hände ausstrecken und sie berühren. Er wollte sie an sich ziehen und mit sich nehmen, egal, wohin. Doch dann hörte er das Motorengeräusch des großen Wagens, den die Szigethys fuhren, auf der Auffahrt.

»Da sind sie schon. So früh!«

»Bestimmt haben sie sich gestritten«, sagte Mattim, der daran dachte, was Réka ihm erzählt hatte. »Das tun Liebende manchmal.«

»Was mache ich denn jetzt mit dir? Du musst dich verstecken! Nur wo? Sie kommen schon zur Haustür hoch!«

»Kein Problem«, sagte Mattim.

Als Mónika mit einem freundlichen »Na, bist du noch wach?« in die Küche kam, saß nur Hanna am Küchentisch. Der Prinz warf noch einen kurzen Blick durch die Fensterscheibe. Nein, verängstigt wirkte Hanna nicht, obwohl sie eben mit angesehen hatte, wie er durch die Wand verschwunden war. Ein wenig überrascht wirkte sie, und das Lächeln, mit dem sie Mónika begrüßte, war zum Dahinschmelzen, zugleich heiter und geheimnisvoll.

SIEBENUNDZWANZIG

BUDAPEST, UNGARN

Hanna horchte an der Tür. Aus dem Wohnzimmer drangen immer noch Stimmen. Gingen ihre Gasteltern denn nie schlafen? Bestimmt wartete Mattim schon auf sie. Sie schaute ins Treppenhaus hinunter und setzte schon den Fuß auf die oberste Stufe, als Ferenc unten auftauchte. Hastig zog sie sich wieder zurück, sie wollte ihm nicht gerade jetzt in die Arme laufen. Durch einen Türspalt beobachtete sie, wie er im Badezimmer und kurze Zeit danach im Schlafzimmer verschwand. Wo blieb nur Mónika? Die Zeit lief. Sie hatte eigentlich nicht vor, sich die ganze Nacht um die Ohren zu schlagen.

Schließlich hielt sie es nicht länger aus und schlich auf Zehenspitzen die Treppe hinunter. Im Wohnzimmer war noch Licht. So leise wie möglich nahm sie ihren Mantel vom Bügel und schlüpfte in ihre Schuhe.

Sie spähte zum Wohnzimmer hinüber und hoffte inständig, dass Mónika nicht gerade jetzt auftauchte. Bestimmt schlief sie noch nicht. So langsam, wie es nur ging, drückte Hanna die Türklinke hinunter und trat vors Haus.

Die feuchte, kalte Luft schlug ihr entgegen und ließ sie frösteln. Aber da stand auch schon Mattim vor ihr.

»Komm.« Er nahm sie bei der Hand, aber als sie nach dem Schlüssel für das Tor greifen wollte, schüttelte er den Kopf und zog sie vom Weg herunter, zur Hecke hin.

»Mattim«, flüsterte sie, »was hast du vor?«

Er lachte leise. Dann legte er den Arm um sie und stieg mit ihr in den Schatten.

Sie zuckte zurück, in der Erwartung, dass ihr die Zweige ins Gesicht schlagen würden, doch da standen sie längst auf der Straße.

»Du bist ja verrückt!«, keuchte sie. »Das glaubt mir kein Mensch!«

»Ich wusste, dass es möglich ist, jemanden mitzunehmen«, sagte Mattim. »Auch wenn derjenige selbst kein Schatten ist. Sonst hätte Kunun dich nicht in die Höhle mitnehmen können.«

»Dein Bruder verrät dir mehr, als er will. Das wird ihm nicht gefallen.«

Selbst im matten Pfirsichlicht der Straßenlaternen hatte sein Lächeln etwas Strahlendes. »Nein, ganz und gar nicht. Komm, wir wollen Atschorek noch zu Hause antreffen.«

»Sie ist da? Ich hätte mir eher vorgestellt, dass sie die Nächte in irgendwelchen Bars verbringt und zu den Leuten sagt: Danke, ich hab schon getrunken.«

Mattim seufzte. »Das könnte hinkommen. Normalerweise bricht sie später auf, selten vor Mitternacht. Jetzt haben wir halb zwölf.«

»Schaffen wir das überhaupt?« Hanna hastete neben ihm her. Die Verbindung zwischen dem zweiten und dem zwölften Bezirk war denkbar schlecht. Wer mit dem Bus fuhr, musste mehrmals umsteigen.

»Ich hab uns ein Taxi gerufen.« Er grinste. »Ohne Hilfe. Du merkst, ich finde mich hier langsam zurecht. Siehst du, da ist es.«

»Sparen musst du nicht, wie?«

Die Villa, vor der der Fahrer sie aussteigen ließ, lag ein gutes Stück abseits der Straße. Man konnte nur die Umrisse eines hohen Gebäudes erahnen, das von einem parkähnlichen Grundstück umgeben war.

»Kein Licht«, flüsterte Hanna. »Vielleicht ist sie gar nicht da.«

»Das werden wir gleich herausfinden. Wollen wir?«

Sie nickte. Mattim legte wieder den Arm um sie, als er ins Dunkel vor dem verwitterten Tor tauchte.

»So kommen also die Schatten zu Besuch. Ohne Schlüssel und ohne Klingel.« Scherze halfen nicht wirklich. Die schwarzen Fenster starrten in den verwilderten Garten. Durch die Gerippe der Bäume fuhr ein scharfer Wind und ließ die überfrorenen Zweige rascheln. Hanna fröstelte. Selbst hier, an Mattims Seite, überlief sie ein Schauer. »Sehr einladend ist das Ganze nicht.«

»Möchtest du lieber nach Hause?«

Ja, dachte Hanna. *Ja, ja!* Aber sie schüttelte den Kopf. »Dann wollen wir mal sehen, ob deine Schwester daheim ist.«

Mattim führte sie die glatten Steinstufen hoch zu einem von zwei Säulen getragenen Vordach. Die breite Haustür darunter war nicht mehr zu erkennen. Wie ein schwarzer Schacht kam ihr die Stelle vor, an der Mattim klopfte.

»Es ist gar nicht so schlimm«, meinte er, »du solltest einmal bei Tage herkommen.«

»Ja«, krächzte Hanna und wünschte sich mehr als alles, dass Atschorek nicht zu Hause war. Dass Mattim sie zurückbringen würde und sie nicht durch diese dunkle Tür gehen musste.

Doch da hörte sie schon Atschoreks sanfte Stimme, ohne dass sie gemerkt hätte, dass jemand geöffnet hatte.

»Sieh an. Unverhoffter Besuch. Das sind die besten Gäste. Du hast deine Freundin mitgebracht, kleiner Bruder?«

»Du kennst Hanna ja schon.«

Atschoreks kühle Hand griff nach ihrer und drückte sie. »Willkommen, Hanna. Bitte schön, mein Haus gehört euch.«

Immer noch konnte Hanna nichts sehen. Sie fühlte sich von der fremden Frauenhand mitgezogen und merkte, dass es etwas wärmer wurde, wenngleich nicht sehr viel.

Atschoreks Stimme flüsterte: »Wartet, ich mache Licht.«

Hanna klammerte sich an Mattim. »Lebt sie hier im Finstern?«, wisperte sie.

Einige Meter von ihnen entfernt flammte ein Licht auf, und nun konnte sie Atschorek erkennen, die eine altmodische Öllampe in der Hand hielt. Sie war atemberaubend schön, in einem bodenlangen schwarzen Kleid, als hätte sie sich gerade für ein besonderes Fest zurechtgemacht. Ihr dunkles rotes Haar fiel so glatt und glänzend an ihren Wangen herab, als trüge sie eine Perücke aus Kupfer.

»Setzt euch, meine Lieben. Ich zünde nur noch das Feuer im Kamin an, damit Hanna nicht frieren muss.«

Die Lampe beleuchtete einen großen Raum mit hoher Decke. Weiter oben entdeckte Hanna ein hölzernes Geländer, hinter dem sich ein weiterer Raum befand und vielleicht auch Türen; das war von hier aus nicht zu erkennen. Der schwarze Marmorboden schimmerte matt. Ein langer, wuchtiger Holztisch nahm eine Seite des Raumes ein, ein Dutzend hohe, schwere Eichenstühle umstanden ihn, und Hanna stellte sich vor, wie die Vampire dort tafelten und sich mit blutgefüllten Pokalen zuprosteten.

Atschorek hatte ihren Blick bemerkt, obwohl sie damit beschäftigt war, die Glut in dem massigen Kamin an der Wand zu entfachen. »Ein Haus, in dem man gut feiern und tanzen kann«, erklärte sie und lächelte, und man konnte ihr gerne glauben, dass es für sie nichts Schöneres gab als Feste, als Lachen und Ausgelassenheit in diesen düsteren Räumen. Auf einmal, obwohl sie sich eben noch vor ihr gefürchtet hatte, empfand Hanna Mitleid mit dieser schönen, jungen Frau, die zu einem Leben in der Nacht verurteilt war.

Vor dem Kamin lud eine Sitzgruppe aus schwarzem Leder zum Aufwärmen ein. Mattim zog seine Freundin zu einem breiten Sessel, in dem sie beide zusammen Platz fanden, Hanna näher am Feuer. Jetzt, da sie die Wärme spürte und das flackernde Licht das Zimmer erhellte, kam es ihr gar nicht mehr so unheimlich vor.

Atschorek setzte sich ihnen gegenüber und starrte nachdenklich in die Flammen. »Manchmal«, sagte sie leise, »sitze ich hier stundenlang und erinnere mich.«

»An Magyria?«, fragte Mattim.

»An eine andere Zeit.« Die rothaarige Vampirin hob den Blick und ließ ihn auf Mattim und Hanna ruhen. »Ich hatte das Tor nicht offen gelassen«, sagte sie. »Trotzdem seid ihr hier. In der Höhle damals hattest du es gar nicht gemerkt, aber diesmal bist du doch bestimmt bewusst und mit Absicht durch den Schatten gegangen? Mir scheint, du hast ein paar Dinge gelernt, über die Kunun nicht erfreut sein wird.«

»Er weiß es schon und war tatsächlich nicht erfreut.«

Atschorek lachte vergnügt. »Der gute alte Kunun. Es käme ihm nie in den Sinn, irgendetwas zu tun, nur weil es Spaß macht. Und das tut es, nicht wahr?«

»Er meinte, es sei gefährlich.« Mattim verzog das Gesicht.

»Natürlich. Alle Dinge, die Spaß machen, sind gefährlich. Das sind aber die einzigen Dinge, die es wert sind, getan zu werden.«

Hanna wusste nicht so recht, was sie von dieser Philosophie halten sollte. Die Vernunft gebot ihr, zuzustimmen und sich wie ein Gast im Haus eines Vampirs zu verhalten, doch es war so falsch, so grundlegend falsch, dass sie nicht anders konnte.

»Es gibt tausend Dinge, die ungefährlich sind und trotzdem Spaß machen. Mit Kindern spielen. Oder Musik. Freundschaften. Und ... Liebe.«

Atschorek nickte und lächelte. »All das, was du da aufzählst, ist gefährlich, liebe Hanna. Das Kind, das du liebst, könnte sterben. Die Musik, die dich in ihren Bann zieht, kann dein Leben verändern. Zum Guten wie auch zum

Schlechten. Du kannst am Klavier sitzen und spielen und dabei alles andere vergessen, deine Kinder oder deine Ehe.«

Wie konnte die Vampirin das über Mónika wissen? Beobachtete sie etwa das Haus der Szigethys? War sie da, hinter den Schatten, irgendwo im Dunkeln, und sah zu? Wieder lief es Hanna kalt den Rücken hinunter, aber Atschorek sprach weiter. »Freundschaft … oh, eines der gefährlichsten Spiele. Ein Band zu knüpfen, das niemals Bestand haben kann gegen die Bande des Blutes. Und Liebe? Ha! Liebe. Der Kuss des Todes im Frühling. Ist das nicht das Schönste daran – so ahnungslos zu sein wie ein Vogel im Baum, der singt und nicht weiß, dass der Pfeil bereits abgeschossen wurde, der ihn mitten ins Herz treffen wird?«

Mattim räusperte sich. »Atschorek, bitte! Hat Kunun … ich meine, wird er es zulassen?«

»Was? Dass ihr beide zusammen seid? Du und dein dunkelhaariges Kindermädchen?« Sie blickte Hanna an. »Ich weiß, wie dein Leben schmeckt. Ich habe davon gekostet, von diesem Aroma, das du in dir trägst. Ein Lied, stark und gewaltig und voller Hoffnung, ein Lied wie ein Sommertag, hell, sehr hell … Ich weiß, Mattim, was du da hast und warum du es nicht loslassen willst. Wieso fragst du mich, was Kunun davon hält, obwohl es dir völlig egal ist?«

»Wenn er Hanna verletzt, um uns auseinanderzubringen, ist es mir nicht egal«, gab Mattim zurück.

Hanna drückte seine Hand. Sie konnte spüren, wie sehr er sich ärgerte, dass er sich am liebsten auf Atschorek gestürzt hätte.

Bleib ruhig, dachte sie, beschwor sie ihn. *Wir haben noch nicht das, weswegen wir hergekommen sind. Bleib um Himmels willen ruhig!*

Wenn es noch allzu lange dauerte, würde das Gespräch im Streit enden, dann konnten sie künftig nicht mehr einfach so mal vorbeischneien. Zeit, sich zu der entscheidenden Frage vorzuarbeiten.

»Dieses Haus ist wunderschön«, sagte sie. »Jedenfalls das, was ich davon sehen konnte. Wie lange wohnst du schon hier, Atschorek?«

Die Vampirin lächelte geschmeichelt. »Bei Tageslicht würdest du das wohl kaum sagen. Dass es dir gefällt. Die Jahrzehnte hinterlassen ihre Spuren. An allem.«

»Außer an dir.« Hanna legte so viel Bewunderung in ihren Blick, wie sie nur konnte. »Wie machst du es bloß, dass den Nachbarn nicht auffällt, wie jung du bleibst?«

Atschorek lachte. »Wo kommst du her, vom Land? Hier fällt keinem irgendetwas auf. Ein Haus, in dem eine alleinstehende Frau lebt. Ist sie dieselbe wie damals? Oder eine andere, vielleicht ihre Enkelin, ihre Nichte? Solange man den Menschen keinen Anlass gibt, darüber nachzudenken, interessieren sie sich nicht dafür.«

»Niemand ahnt also das Geringste.« Hanna blickte Atschorek neugierig an. »Ich frage mich, wie es wohl war, am Anfang. Als ihr ganz neu hergekommen seid.«

»Willst du meine Lebensgeschichte hören?« Atschorek beugte sich vor und legte einen Scheit in die knisternden Flammen. »Frag Mattim. Er kann dir am besten erzählen, wie es ist, aus Magyria nach Budapest zu kommen.«

»Durch eine Pforte, die Kunun durch Zauberkraft geöffnet hat. Was ist? Hat er das nicht? Ich dachte, er ist so etwas wie ein Zauberer. Man muss ihn doch nur ansehen und …« Hanna hatte Atschoreks Gesicht aufmerksam beobachtet. Ihr war das Schmunzeln nicht entgangen, mit dem die Schattenfrau sich abwandte. »Ihr seid ewig jung, ihr könnt durch Wände gehen, ihr braucht keine Heizung im Winter«, zählte Hanna auf. »Kunun mit seinem schwarzen Mantel – ich soll glauben, dass er keine Zauberkräfte hat? Dass er nicht mit seinem Zauberstab eine Pforte geöffnet hat und in unsere Welt herübergestiegen ist, um sich hier mit den anderen Schatten vor den Wächtern aus Akink zu verstecken?«

Atschorek lachte leise. »Oh, Hanna, du bist köstlich. Kunun würde sich königlich amüsieren. Was fehlt ihm noch, ein großer schwarzer Zylinder?«

»Wenn er diese Pforte nicht geschaffen hat, wer dann? War sie schon immer da?« Mit großen Augen starrte sie Atschorek an. *Hanna, das kleine Menschenmädchen. Glaub es. Verachte sie ruhig. Wie alt ist sie, achtzehn? Sie tut gerade, als wäre sie zehn. Glaub daran, dass sie klein und naiv ist. Na los, Atschorek, antworte.*

»Deswegen«, flüsterte Hanna, »gab es schon immer Gerüchte über Vampire. Seit Jahrhunderten. Sind sie immer durch diese Pforte gekommen, schon damals? Durch diese uralte Pforte? Es ist unheimlich.«

»Wie wäre es, meine Liebe, wenn du dich mit Dingen beschäftigst, die dich etwas angehen?«, fragte Atschorek mit seidenweicher Stimme, liebevoll und streng zugleich.

Hanna fröstelte, trotz des Kaminfeuers, trotz der Wärme, die sich durch den hohen Raum mühte und doch niemals in den hinteren Ecken ankommen würde. Etwas an diesem Haus würde immer kalt und abweisend bleiben, Schlupfwinkel einer Frau, die nicht atmete.

»Ich bin müde«, sagte Hanna leise. »Bring mich nach Hause, Mattim, bitte.«

Er nickte. »Danke für den Platz an deinem Feuer«, sagte er zu Atschorek. »Und viel … Spaß, wo auch immer du hingehst.«

»Den werde ich haben, bestimmt.« Als sie in die Winterkälte hinaustraten, nickte die Rothaarige Hanna noch einmal zu. »Das nächste Mal komm am Tag«, sagte sie. »Dann zeige ich dir das Haus. Ich bin sicher, wir werden uns blendend verstehen. Und was deine Frage angeht, Mattim … Unser Bruder hätte längst ganz anders eingegriffen, wenn er dagegen wäre. Glaub mir, ganz anders. Auch Kunun ist hin und wieder einem kleinen Spiel nicht abgeneigt. Wenn er Ernst machen wollte, dann wärt ihr beide heute nicht hier – jedenfalls nicht zusammen.«

Mattim hielt Hannas Hand, während sie die glatten Stufen hinuntergingen. Das Licht aus dem Kaminzimmer warf ihre langen Schatten voraus auf den Gartenweg.

Die beiden gingen eng umschlungen, und Hanna sehnte sich danach, dass Mattim stehen blieb und sie küsste.

Aber er war mit seinen Gedanken ganz woanders. »Eine Pforte, die es schon immer gegeben hat«, murmelte er. »Dann ist Akink verloren. Ich hätte mir gewünscht, er wäre ein Zauberer und es würde einen Weg geben, seine Zaubereien rückgängig zu machen.«

»Nein«, widersprach Hanna. Die Hoffnungslosigkeit, die den Prinzen umgab, war unerträglich. »Nein. Nein, Mattim. Sie hat nicht behauptet, dass durch die Pforte seit Jahrhunderten immer wieder Vampire in diese Welt kommen. Ich habe es gesagt, aber sie hat es nicht bestätigt und sie hat auch nicht widersprochen. Findest du es nicht sehr bezeichnend, dass sie nicht widersprochen hat?«

»Aber wenn Kunun sie nicht geöffnet hat …«

»Das hat Atschorek auch nicht gesagt. Ich habe genau zugehört. Wir hätten ein Aufnahmegerät mitnehmen sollen, dann könnten wir das Band noch mal abspielen. Sie hat nur darüber gelacht, dass ich ihn einen Zauberer genannt habe. Aber nicht einmal das sagt etwas darüber aus, ob er nun magische Kräfte besitzt oder nicht.« Hanna blieb stehen. »Mattim! Vielleicht gab es immer wieder solche Türen, im Laufe der Zeit. Durch die kamen die Vampire, von dort stammen die alten Mythen. Türen in Rumänien, in Bulgarien, in Ungarn, was weiß ich, wo überall. Türen aus Magyria. So kamen die Schatten in unsere Welt. So kam vielleicht sogar das Wort Magie in unsere Sprache, vor vielen tausend Jahren, als die Menschen erkannten, dass eine andere Welt hinter dieser liegt, zu der es für Eingeweihte einen Zugang gibt. Die Türen öffneten sich für eine Weile und wurden wieder verschlossen. Vielleicht sind nur manche Schatten dazu in der Lage, eine Pforte zu erschaffen. Oder sie wissen von irgendwoher, wie es geht. Kunun kannte sich jedenfalls aus. Deshalb weiß er bestimmt auch, wie man sie wieder zumachen kann.«

»Selbst wenn es so wäre«, meinte Mattim düster, »was würde ihn daran hindern, eine neue Pforte zu schaffen, wenn wir diese schließen würden?«

Hanna schwieg; daran hatte sie noch gar nicht gedacht.

»Andererseits«, sinnierte der junge Prinz weiter, »kann es nicht so einfach sein, Türen zwischen den Welten aufzureißen. Wenn es so wäre, warum gibt es dann in Atschoreks Haus keine?«

»Vielleicht hat sie ja eine und verrät es dir bloß nicht.«

»Nein.« Mattim schüttelte den Kopf. »Überleg doch mal, Hanna. Wenn es in Atschoreks Haus eine Pforte gäbe, dann könnten die Schatten von hier aus direkt nach Akink. Sie würden mitten in der Stadt herauskommen, nicht im Wald. Sie wären auf der richtigen Seite des Flusses. Nein, Kunun hat nur diese eine Pforte. Was auch immer er getan hat, um sie zu erschaffen, er vermag es nicht noch einmal. Wenn er dazu in der Lage wäre, hätte er es längst getan. Diese eine Pforte, Hanna. Nur diese eine Pforte müssen wir schließen. Und Akink könnte den Kampf gegen die Schatten gewinnen.«

DRITTER TEIL

STADT IM WINTER

ACHTUNDZWANZIG

BUDAPEST, UNGARN

»Du musst es anders herauskriegen«, sagte Hanna. »Nicht Réka. Es muss eine andere Möglichkeit geben.«

Sie hatten sich im Café Miró getroffen, wo sie Mattims Geschmacksnerven für Süßes testen wollte. Attila und Réka waren in der Schule, und Hanna wollte nicht, dass Magdolna, die heute zum Putzen kam, den Prinzen im Haus antraf.

»Ich werde noch stärker versuchen, Réka von Kunun fernzuhalten. Ganz bestimmt schicke ich sie nicht zu ihm! Irgendwie muss sie doch endlich begreifen, wer er ist.«

Mattim starrte auf den Bissen Dobostorte, bevor er ihn langsam zum Mund führte. »Sieht ansprechend aus. Der Duft ist durchaus verlockend. An den Geschmack kann man sich gewöhnen.«

Ihr fiel auf, dass er es vermied, durch die Fensterscheibe zu der Reiterstatue draußen hinzusehen. Ein Mann auf einem stolzen Pferd. Das Standbild schien die Blicke des Jungen anzuziehen, aber gewaltsam wandte er das Gesicht ab und betrachtete stattdessen die Schwarz-Weiß-Fotografien an den leuchtend orangefarbenen Wänden. Er grinste, während er kaute, als würde er ein zähes Steak zermalmen.

»Du kannst nicht verlernt haben, wie man isst.« Sie brachte es nicht fertig, ihn auf den Reiter anzusprechen, darauf, was dieses Standbild ihm bedeuten musste. *Das ist es, was du bist … Das ist es, was du wieder sein musst …*

»Habe ich auch nicht.« Er genehmigte sich einen zweiten Bissen. »Ich könnte jeden Tag mit dir hier sitzen und zusehen, wie du Schokoladenkuchen isst. Und probieren, um herauszufinden, wie das schmeckt, was du magst. Ich möchte alles kennen, was dir etwas bedeutet.«

»Ein Wurstbrot hätte es auch getan. Was mich angeht. Mattim, ich wollte, dass *du* es schmeckst! Deine ehrliche Meinung. Zu süß? Zu schwer?«

Es fühlte sich nicht viel anders an, als miteinander in der Küche der Szigethys zu sitzen. Vertraut, scherzend. Wenn es ihr nur gelang, den Schmerz auszuschalten, den Reiter und das, was er aussagte. *Das müsste Mattim sein. Das! Ein unnahbarer Krieger auf einem Streitross.* Es machte die Tatsache, dass er hier neben ihr saß, noch kostbarer. Das schöne Café mit den türkisfarbenen Metallstühlen war jetzt am Vormittag nicht ganz voll, trotzdem waren noch genug Menschen da, die sie bemerken konnten: *Mit diesem Jungen bin ich hier. Seht genau hin! Mit ihm! Mit ihm!*

»Ich muss Kununs Wohnung durchsuchen«, sagte Mattim. »Vielleicht gibt es irgendwelche Hinweise, die wir nutzen können. Das Problem ist nur, dass ich gar nicht weiß, wo er wohnt.«

Hanna hob die Brauen. »Ich dachte, er wohnt bei dir im Haus? Es ist doch seins.«

»Ja, zumindest sein Hauptquartier und der Zugang zur Pforte. Allerdings weiß ich bis heute nicht, hinter welcher der Wohnungstüren Kunun leben könnte. Das ist mir erst jetzt so richtig aufgefallen, als ich darüber nachgedacht habe, bei ihm einzubrechen. Alle Schatten, die ich kenne, haben dort mindestens ein Zimmer, Kunun dagegen kommt eigentlich nur ins Haus, um etwas zu erledigen, mit den Schatten zu sprechen oder um mir eine Lektion zu erteilen. Es ist ja nicht so, dass er ein Bett zum Schlafen bräuchte, aber irgendwo muss er seine Sachen haben. Wenn ich bloß wüsste, wo. Auch dieses besondere Auto, das er angeblich fährt – wo steht es? Am Baross tér jedenfalls nicht.«

»Hat er vielleicht ebenfalls eine Villa, so wie Atschorek? Mattim, wenn Kunun schon seit hundert Jahren hier ist, kann er auch zwanzig Häuser besitzen.«

»Réka wird ihn finden«, sagte Mattim leise. »Ich folge ihr einfach, und dann bleibe ich an den beiden dran, bis er sie gehen lässt. Danach werde ich ja sehen, wo er hingeht und ob er tatsächlich noch mehr Häuser besitzt.«

»Das gefällt mir nicht.« Auf einmal schmeckte der Kuchen nach nichts. Nach etwas Klebrigem, Süßem, das einem den Mund verstopfte. Wie können wir darauf warten, dass sie zu ihm geht?, wollte Hanna ausrufen. Das ist nicht richtig. »Ich werde versuchen, Réka aufzuhalten«, sagte sie. »Wenn ich das schaffe, wirst du niemanden haben, den du verfolgen kannst.«

Sie sah ihn an, sie wartete darauf, dass er sie bat, es nicht zu tun. Auf einmal fühlte es sich an, als wären sie auf unterschiedlichen Seiten. Erhoffte er sich wirklich, dass sie Réka zu Kunun schickte, damit er den Schlupfwinkel seines Bruders finden konnte?

»Réka oder Akink?«, fragte Mattim leise, tauchte die Gabel in die Schokoladencreme und zog sie wieder heraus. »Darum geht es doch gar nicht. Wir kämpfen beide gegen Kunun, Hanna. Die Frage ist vielmehr, wie wir ihn am besten treffen. An welcher Stelle wir zuerst zuschlagen. Wo wir aus taktischen Gründen besser ein wenig warten. Wenn du ihn jetzt verärgerst, kann es sein, dass er sich noch etwas ganz anderes einfallen lässt – und ich kann dir nicht versprechen, dass ich dich schützen kann.« Er senkte den Blick. Mit der kleinen Gabel spießte er den Kuchen auf, als hätte er einen Feind erledigt. »Wenn ich dagegen die Pforte schließen kann, wenn ich ihn von der menschlichen Lebenskraft abschneiden kann, dann ist er für Akink nicht mehr so gefährlich. Und Réka ist ihn ein für alle Mal los.«

Er wartete auf ihre Zustimmung.

»Aber ich wünsche mir, dass es anders geschieht«, sagte Hanna. »Ich wünsche mir, dass Réka nicht einfach so von ihm befreit wird, sondern dass sie sich willentlich von ihm lossagt. Dass sie begreift, was er mit ihr tut, dass er sie aufs Schändlichste ausnutzt. Dass er ihre Liebe nicht verdient. Ich fände es schrecklich, wenn sie ihm auch noch nachtrauert. Wenn sie von einer Liebe träumt, die es nie gegeben hat.«

»Das Mädchen ist vierzehn«, erinnerte Mattim. »Sie wird es irgendwann verstehen. Vielleicht kann sie es zurzeit gar nicht. Du bringst sie nur gegen dich auf. Und Kunun auch. Beides können wir im Moment wirklich nicht gebrauchen.«

Er hatte Recht. Aber sie wollte nicht, dass er Recht hatte!

»Bitte, Hanna«, bat Mattim, »mach es nicht noch schlimmer. Kunun muss glauben, dass wir ihn anerkennen, sonst haben wir nie die Chance, ihn zu besiegen.«

»Anerkennen? Als was?«

»Als unseren König.« Er lächelte, als er ihren empörten Gesichtsausdruck bemerkte. »Als unseren Anführer, wenn dir das lieber ist. Vor dem wir die Knie beugen müssen, bis wir die Macht in den Händen halten, ihn zu besiegen.«

»Das geht mir extrem gegen den Strich«, gab Hanna zu.

»Und mir erst«, sagte Mattim. »Und mir erst.«

Der Kuchen war besiegt. Sie küsste ihm eine Schokoladenspur von den Lippen.

Mattim verbarg sich in den Schatten. Réka hatte sich bei Kunun eingehakt und erzählte irgendetwas, mit einer Stimme, die bis zu ihm trug, etwas zu laut, etwas zu nervös. Die beiden gingen auf der Pester Seite am Donauufer entlang, was es schwierig machte, ihnen zu folgen, von einer Deckung zur nächsten. Hanna war bei Attila; sie hatte sich nicht freinehmen können. Mónika war kaum noch zu Hause. Aber auch wenn Hanna nicht neben ihm stand, konnte er sich genau vorstellen, was sie denken, was sie sagen würde. Wie sie sich darüber aufregen würde, dass Kunun mit einem Kind durch die Stadt zog, einem Kind, das tat, als wäre es eine junge Frau, lachend, alles ein bisschen aufgesetzt, übertrieben erwachsen. Auf hohen Schuhen stolperte Réka dahin und war von einer Frau wie Atschorek dennoch so weit entfernt, wie man es nur sein konnte.

Ein kleiner, gebückter alter Mann tauchte vor Mattim auf, streckte die Hand aus und murmelte etwas.

»Tut mir leid«, sagte Mattim, peinlich berührt, »ich hab nichts.«

Die paar Geldscheine in seiner Tasche musste er aufbewahren, für den Fall, dass Kunun später in ein Taxi stieg.

Der Bettler wandte sich ab. Nicht mal einen dicken Mantel trug er bei dieser unangenehm feuchten Kälte, nur eine zerschlissene Jacke, und auf einmal überfiel Mattim solches Mitleid, dass er den Alten zurückrief.

»Warte. Vielleicht ist da doch noch etwas, hier …«

Er wollte keine Dankesworte hören, sondern eilte weiter. Wo waren Réka und Kunun? Hatte er sie etwa in dem Moment verloren, als er mit dem Alten sprach? War dieser vielleicht sogar von Kunun geschickt worden, um ihn abzulenken? Aber nein, da waren die beiden. Es geschah gerade. So eng umschlungen, wie sie dastanden, Kunun über das deutlich kleinere Mädchen gebeugt … Zorn und Hass wallten in Mattim auf, er wollte losstürzen, seinem Bruder die Faust ins Gesicht schmettern. Da hörte er schon Rékas leises Lachen, verwirrt und dennoch glücklich. Kununs Antwort war nicht zu verstehen. Anscheinend schickte er sie nach Hause. Réka blieb wie angewurzelt stehen und sah Kunun nach, und so, wie Mattim eben noch dem Impuls widerstanden hatte, seinen Bruder zu schlagen, so unterdrückte er nun das Mitgefühl, das ihn dazu bringen wollte,

Réka den Arm um die Schulter zu legen und sie nach Hause zu begleiten. Stattdessen folgte er Kunun.

Mit raschen Schritten ging der Schattenprinz am Ufer entlang. Er drehte sich kein einziges Mal um. Anscheinend war es ihm völlig egal, ob Réka den Weg zur Haltestelle und nach Hause bewältigen konnte oder ob sie zusammenbrach. Stattdessen … Nein, jetzt blieb er stehen. Allerdings nicht, um zurückzublicken. Er stand nur da und starrte auf den Fluss hinunter. Noch war es hell genug, aber die ersten Lichter blitzten bereits am anderen Ufer auf. Unbeweglich wie eine Statue beobachtete Kunun, wie die Dämmerung herabfiel. Er würde doch nicht den ganzen Abend hier herumstehen? Oder – dieser Gedanke kam Mattim nicht zum ersten Mal – ahnte er, dass er beobachtet wurde, und testete die Geduld seines Verfolgers? Der junge Prinz verbannte jedes Gefühl von Kälte aus seinem Körper. Seine Beine schmerzten nicht. Nichts juckte. Er musste sich nicht kratzen, nicht von einem Bein aufs andere treten, sich nicht über den Nasenrücken streichen. Still wie ein Schatten wartete er, ohne sich zu rühren, ohne zu atmen, den Blick auf den Feind gerichtet. Der vollkommene Brückenwächter.

Endlich ging Kunun ein Stück weiter, dorthin, wo die Stufen hinunter zum Wasser führten, und verschwand aus Mattims Sichtfeld.

Kunun ging ans Wasser? War er verrückt? Mattim trat so nahe es ging an die zum Fluss hin steil abfallende Kante der Ufermauer. Ja, dort unten auf dem Absatz stand sein Bruder. Wenn er jetzt hochblickte, würde er Mattim unweigerlich sehen. Vielleicht war das der Sinn dieser Aktion … Aber Kunun starrte nur gebannt auf das Wasser, das mit leisem Rauschen gegen die Stufen plätscherte. Er streckte eine Hand aus, dicht über die kleinen Wellen, ohne sie einzutauchen.

Nein!, wollte Mattim rufen. Tu es nicht! Gleichzeitig

sah er sich die Treppen hinunterspringen und Kunun einen Stoß versetzen, der all seine Probleme ein für alle Mal erledigte. Nein!

Aber Mattim tat weder das eine noch das andere. Er rief nicht. Und er versuchte auch nicht, Kunun umzubringen, indem er ihn in das tödliche Wasser des Flusses stieß. Gebannt wartete er darauf, was geschah, doch Kunun zog die Hand zurück. Als er aufstand und die Stufen wieder nach oben schritt, war Mattim schon nicht mehr da.

Der Junge folgte seinem Bruder durch die Stadt. Kunun machte den Eindruck eines Mannes, der auf der Suche war und selbst nicht recht zu wissen schien, wonach. Ihr Zickzackkurs durch die Straßen des immer dunkler werdenden Budapest kam Mattim wirr und sinnlos vor. Hin und wieder begegnete Kunun anderen Vampiren, die ihn grüßten, manche ehrerbietig, manche mit einem kurzen Nicken, wieder andere nur mit einem Blick. Mattim beobachtete, wie Kunun sich mit einem Mann unterhielt, der mit ihm am Baross tér wohnte, ein grauhaariger Vampir, der nie viel von sich reden machte. Der Prinz wusste nur von ihm, dass er Wondir hieß. Aus seinem Versteck in einem Eingang beobachtete der Junge, wie Kunun den Arm um die Schultern des Schattens legte, wie sie miteinander redeten, der ältere Vampir – der älter aussehende Vampir, verbesserte Mattim sich selbst – nickte, schien etwas zu fragen, nickte wieder.

Dann gingen die beiden gemeinsam weiter, nahmen jedoch nicht denselben Weg zurück. Diesmal hatte Kunun offensichtlich ein Ziel, denn ohne zu zögern oder Umwege in Kauf zu nehmen, führte er Wondir zur Donau.

Mattim spürte beinahe, wie das Herz, das leblos in seiner Brust ruhte, aufgeregt und erschrocken zu schlagen begann, als er mit ansah, wie sein Bruder den Schatten hinunter ans Wasser führte.

»Nein!« Diesmal kam der Schrei tatsächlich aus seinem Mund, diesmal konnte er sich nicht zurückhalten. »Pass auf, Wondir! Beim Licht, nein! Nein!«

Er lief ihnen nach, sah aber nur noch, wie Kunun mit dem Graubärtigen rang, wie er Wondir, das Handgelenk fest umklammert, nach unten zwang, ihm mit einem heftigen Tritt den Boden unter den Füßen wegriss und dann zurücksprang.

»Nein, nein, Kunun, das darfst du nicht, nein!«

Wondir fiel nach vorne; die Schreie konnten ihn nicht auffangen oder zurückreißen.

Es platschte einmal. Dann nichts. Kein aufschäumendes Wasser, kein Spritzen, kein Kampf. Nichts.

Mit hartem Griff packte Kunun Mattims Handgelenk und drückte ihn gegen die Wand, mit der anderen Hand hielt er ihm den Mund zu.

»Still«, zischte er. »Willst du die Touristen herlocken? Gleich haben wir die Polizei hier! Ich lasse dich jetzt los. Wir gehen ganz ruhig zusammen die Stufen hoch. Du sagst kein einziges Wort. Hast du das verstanden?«

Mattim hätte Kunun am liebsten in die Hand gebissen. Er knurrte, er spürte die Tränen in seinen Augenwinkeln, trotzdem nickte er. Nebeneinander stiegen sie nach oben, wo ihnen bereits zwei füllige Frauen in bunten Regenjacken entgegeneilten, die offenbar Mattims Schreie gehört hatten.

Kunun lächelte ihnen entgegen, mit einem Charme, der jedes Eis zum Tauen gebracht hätte. »Er hat immer solche Angst, dass jemand ins Wasser fallen könnte. Nun ja, er ist nicht ganz …«

Die beiden schienen Touristinnen zu sein, die kein Wort seiner Erklärung verstanden, aber den kreisenden Finger an der Stirn und das Nicken zu Mattim hin begriffen sie wohl. Sie schenkten dem Jungen ein mitleidiges und Kunun ein wohlwollendes Lächeln.

Rasch zog der Schattenprinz ihn weiter. »Manchmal kommt es mir vor, als wärst du tatsächlich verrückt, kleiner Bruder.«

»Ich?«, fragte Mattim wütend zurück. »Ich soll verrückt sein? Du hast ihn umgebracht!«

»Sein Tod war nicht weniger ehrenvoll, als wenn er sein Leben in der Schlacht um Akink gelassen hätte«, sagte Kunun. »Während ich bei dir recht wenig von Ehre erkennen kann. Spionierst du mir etwa nach?«

»Ein ehrenhafter Tod?«, höhnte Mattim, ohne auf die Frage zu antworten. »Das meinst du ernst? Das war kaltblütiger Mord!«

»Sprich nicht von Dingen, von denen du nichts verstehst. Ich musste etwas herausfinden, etwas sehr Wichtiges.«

»Was denn? Dass das Wasser der Donau genauso tödlich für unsereins ist wie der Donua? Du lebst seit einem Jahrhundert hier und musst es gerade jetzt ausprobieren?«

»Was glaubst du denn, wie man Details über das Dasein als Schatten herausfindet? Wie habe ich erkannt, dass das Blut der Menschen uns vor dem Tageslicht schützt? Glaubst du, das wusste ich von Anfang an? Ich habe hier gelebt, jahrzehntelang, in der Nacht. Glaubst du, man wagt sich einfach hinaus in die Sonne, wenn man damit rechnet, dass man zu Asche verbrennt?«

»Hast du es damals genauso gemacht?«, fragte Mattim bitter. »Hast du da auch jemanden vorgeschickt?«

Kunun lachte leise über die hilflose Wut des Jungen. »Nein«, antwortete er. »Im Grunde war es Zufall, wenn man so will. Ein sehr überraschender Zufall … Aber niemand stürzt zufällig in den Fluss. Ich musste es wissen.«

»Was?«, fragte Mattim wieder. »Dass er uns tötet? Oder dass menschliches Blut uns in diesem Fall nicht schützt? Wolltest du so nach Akink, über den Fluss?«

»Dumm bist du nicht, auch wenn du es wieder nicht ganz getroffen hast«, sagte Kunun. »Wäre die Zeit nicht so knapp, könnte man dich sogar zum Truppenführer ausbilden. – Komm mit. Ich will dir etwas zeigen.«

Er hielt ein Taxi an, indem er nur kurz am Straßenrand winkte. Es war, als ob alle ihm gehorchten, dem finsteren König mit dem schönen Gesicht, und Mattim wunderte sich nicht darüber, dass die Fahrerin verklärt dreinblickte, als sie nach dem Fahrtziel fragte.

»Zum Hilton. Oben an der Burg.« Kunun lehnte sich zurück. Er wirkte nicht wie jemand, der gerade eben einen seiner Untergebenen ermordet hatte.

»Du wohnst in einem Hotel?«, fragte Mattim. »Seit so vielen Jahren bist du hier und lebst in einem – Gasthaus?«

Der Schattenprinz antwortete nicht. Anscheinend war er nicht gewillt, vor einer Zeugin irgendetwas zu verraten.

Die Taxifahrerin errötete, als Kunun ihr das Geld in die Hand legte und dabei ihre Finger streifte. Sie warf ihm noch einen schmachtenden Blick durch die Scheibe zu, bevor sie weiterfuhr.

Mattim betrachtete die weiße, von blassen apricotfarbenen Streifen durchsetzte Fassade des Hotels, vor dem ein in einen dunklen Mantel gehüllter Bediensteter mit Pelzmütze sich die Hacken abfror. »Willkommen zu Hause, Herr Magyar«, grüßte der Mann höflich.

Kunun schubste Mattim unsanft in die Drehtür; auf der anderen Seite kamen sie in einem großen Foyer hinaus. Mehrere Angestellte nickten freundlich, doch der Dauergast beachtete sie gar nicht und eilte zu den Aufzügen. Geräuschlos schwebte der geräumige Fahrstuhl nach oben.

»Passt irgendwie besser zu dir als das Haus am Baross tér«, sagte Mattim schließlich. »Du musst dich hier wie in einem Schloss fühlen, wo man dich umsorgt wie einen Prinzen. Wo man dir jeden Wunsch von den Augen abliest. Ich hätte mir denken können, dass du dir die kostspieligste Bleibe in der ganzen Stadt aussuchst.«

»Es gibt teurere Hotels.« Kunun öffnete die Tür zu einer Suite, deren Fenster den Blick auf die Donau und das Parlament freigab. Die ganze Stadt schien ihnen zu Füßen zu liegen.

»Als wären wir hoch oben in unserer Burg«, sagte der Ältere leise. »Und unter uns der Fluss.«

»Darum geht es dir? Auf dieser Seite zu wohnen? Prinz von Akink zu spielen?« Mattim sah sich um. Sein Bruder musste sich oft hier aufhalten, denn die Suite wirkte, so sauber und aufgeräumt sie auch war, ohne Zweifel bewohnt. Nicht nur auf dem Schreibtisch türmten sich Bücher, teilweise aufgeschlagen, auch auf dem Sofa und den Sesseln. Auf dem Couchtisch lag ein großer Bildband mit Fotos, die die ganze Doppelseite einnahmen. Was war darauf zu sehen, Wolken? Er warf einen Blick ins Schlafzimmer. Sogar auf dem Bett stapelten sich dicke Wälzer, schmale Bändchen, ausgebreitete Karten. Mattim wunderte sich. Für einen begeisterten Leser hätte er Kunun nicht gehalten, und wie ein Gelehrter sah er auch nicht gerade aus.

»Ich glaube, deine Erinnerung täuscht dich. Unsere Burg zu Hause in Akink ist nicht halb so ausgestattet wie das hier. Dagegen wirkt sie kahl und leer.« Weil sie von Licht erfüllt war, kam es einem so vor, als würden einem überall Schätze entgegenstrahlen. Allein das Licht bewirkte den Zauber, den Akink besaß.

Kunun legte den Arm um Mattims Schulter und führte ihn zum Fenster. Der Jüngere fühlte sich unbehaglich dabei. So hatte sein Bruder auch Wondir umarmt, bevor er ihn mitnahm, um ihn zu opfern, so legte er auch den Arm um Réka, besitzergreifend. Vielleicht wollte er aber auch nur nicht, dass Mattim sich die Bücher näher ansah.

»So werden wir eines Tages in unserer Burg in Akink stehen«, sagte der Schattenprinz. »Seite an Seite. Und aus dem Fenster auf unsere Stadt blicken. Du wunderst dich, dass ich in einem Hotel wohne? Ich brauche keine Villa. In dieser Welt will ich kein Schloss und auch kein Haus, in dieser

Welt will ich gar nichts. Ich bin hier nur auf der Durchreise. Ein Gast, ein Pilger, wenn du so willst. Es steht alles bereit. Zu Hause. Alles, was mein ist. Bald, kleiner Bruder, werden wir wieder dort wohnen, wo wir hingehören.«

»Wie bald?«, fragte Mattim heiser.

Kunun lachte. »Sehr, sehr bald. Freu dich auf dein Zuhause. Niemand wird uns aus Akink hinausprügeln, niemand wird mit brennenden Pfeilen auf uns schießen. Sie werden zu uns aufsehen. Du, der jüngste Prinz, ich, der König.«

»Und das Licht?« Endlich hatte er Kunun dort, wo er ihn immer hatte haben wollen. In gelöster, vertraulicher Stimmung, in einer Stimmung, in der er vielleicht alles Wichtige von ihm erfahren konnte. Warum musste er nach dem Licht fragen? Kaum hatte er die Frage ausgesprochen, bereute er es auch schon, aber nun konnte er es nicht mehr zurücknehmen.

»Das Licht«, wiederholte Kunun leise. »Nichts als die Qual, die in unseren Augen brennt. Vergiss das Licht, kleiner Bruder.«

»Ich hasse es, wenn du mich so nennst!«

Kunun lachte spöttisch. »Kleiner Bruder bringt den Sieg.« Ein triumphierendes Lächeln überzog sein schönes Gesicht, so dass es fast hell wirkte, strahlender als Mattim, der mit seiner Wut, seiner Hilflosigkeit und all den widerstreitenden Gefühlen in sich kämpfte.

»Drüben war es, in Pest. Irgendwo in einer schmutzigen Straße. Eine Bettlerin. So ein altes, verkrüppeltes Mütterchen. Zwei Sätze nur.« Er schloss halb die Augen, während er sich erinnerte. »Zuerst konnte ich absolut keinen Sinn darin erkennen. Das Gebrabbel einer Alten ohne Verstand. Die Jahre sind vergangen, und immer wieder kamen mir diese Sätze in den Sinn. Unsinn? Oder eine Prophezeiung? Wie sollte ich herausfinden, was es war? Doch dann bin ich auf Réka gestoßen. Und du bist zu mir gekommen. Deshalb weiß ich, dass ich siegen werde. Du, Mattim, bist der Grund, warum Akink fallen wird. Mit meiner Stimme habe ich dich gerufen, und hier bist du … Gemeinsam werden wir über Magyria herrschen.«

Mattim machte einen Schritt von ihm fort und schüttelte den Kopf. Ja, musste er sagen, ja, gemeinsam besiegen wir das Licht, und übrigens, wie schließt man die Pforte? Aber er bekam kein Wort heraus.

Kunun lachte wieder. »Du Ärmster. Wie du an deinem Zorn und deinem Hass fast erstickst! Glaubst du, du musstest mir vorspielen, dass du mein loyaler Mitstreiter bist? Spar dir die Mühe. Du kannst dich nicht verstellen. Selbst jetzt glaubst du noch, du müsstest für das Licht kämpfen, für einen König, der dich mit Öl übergießen und anzünden würde, für eine Königin, die dein Bild längst von der Wand genommen und deinen Namen vergessen hat. Es war mir sehr wichtig, dass du freiwillig herkommst, Mattim. Nichts ist stärker als eine freiwillige Kapitulation. Nichts ist finsterer als ein Licht, das sich freiwillig aufgibt.«

»Nein«, ächzte der junge Prinz, »nein, ich habe nicht … Ich wollte nicht …«

»Du bist gar nicht über den Fluss geschwommen, zu mir? Oh, doch, du hast es getan. Du hattest die Wahl und hast dich entschieden. Letztlich kannst du der Prophezeiung nicht entkommen. Du bringst mir den Sieg, Mattim. Ob du willst oder nicht.«

Der Jüngere wich zurück. »Nein!«, rief er aus. »Nein, das tue ich nicht! Ich werde nicht aufhören, gegen dich zu kämpfen! Ich werde verhindern, dass Akink fällt! Ich werde alle deine Pläne zunichtemachen! Ich werde dir nicht den Sieg bringen, niemals!«

»Oh, du verstehst mich falsch«, sagte Kunun, der lächelnde König der Dunkelheit. »Es ist nichts, was du noch tun wirst. Du hast es längst getan. Danke, vielen Dank, kleiner Bruder.«

Mattim fand die Tür, riss sie auf und rannte den Gang hinunter wie von einem Rudel Wölfe gehetzt.

»Mattim«, flüsterte Hanna, »mein Liebster. Es ist nicht wahr. Er lügt. Du weißt, dass er lügt.«

Sie streichelte sein Haar, das glänzende blonde, fuhr ihm mit den Fingerspitzen über die Wangenknochen, die Nase, malte die Rundung der Ohrmuschel nach. Sie saß auf dem Sofa, während Mattim sich lang ausgestreckt hatte, den Kopf auf ihrem Schoß. Während sie versuchte, ihren Freund zu trösten, genoss sie es, ihn zu berühren. Er hatte die Augen geschlossen, und sie konnte ihn betrachten, das Glück, welches das Schicksal ihr geschenkt hatte, ein überirdisches Glück aus einer anderen Welt.

»Wir müssen in seine Suite.«

»Das ist nicht dein Ernst! Du willst ins Hilton einbrechen?«

»Du musst mitkommen«, sagte Mattim. Er öffnete die Augen, und sein Blick traf sie wie beim ersten Mal und ließ ihr Herz schneller schlagen, ein Blick wie das Strahlen eines Sterns. »Ich bringe dich ungern in Gefahr, aber ich kann nicht gut genug lesen. Ich muss wissen, was Kunun da für Bücher hat. Wonach er darin gesucht und was er gefunden hat. Er ist sich so unglaublich sicher, Hanna, dass er siegen wird. Du hast ihn nicht gesehen, als er es gesagt hat. Er hat sich bei mir bedankt, und er meinte es vollkommen ernst.«

»Das hat er nur getan, um dich zu verletzen.«

»Nein, nicht nur. Mein Bruder glaubt daran. Er hat mir diese Sicherheit vorgeführt, um mich zu entmutigen. Natürlich hat er es genossen, aber er hat nicht gelogen.«

»Du lässt dich jedoch nicht entmutigen«, sagte sie und fühlte, wie ein Schauer über ihre Haut lief, wie Aufregung, Glück und Anspannung in ihr kribbelten. Nein, Mattim war nicht ins Haus gekommen, um sich auszuheulen, um Trost zu finden. Er war hier, um einen neuen Plan mit ihr zu besprechen.

»Ich habe nicht viel Zeit, bevor ich Attila aus der Schule abholen muss. Und dann …« Hanna schlug sich gegen die Stirn. »Morgen ist doch wohl nicht schon der Fünfzehnte, oder? Ich hab noch gar nicht alles fertig für seinen Geburtstag! Ich dachte, ich gehe mit den Kindern Schlittschuhlaufen, trotzdem muss ich hier schmücken und ein paar Dinge vorbereiten. Wenn du heute noch in Kununs Sachen stöbern willst, müssen wir sofort los.«

»Vormittags gibt es zu wenig Schatten, durch den ich steigen könnte«, sagte Mattim. »Heute Nacht.«

Nachts also. Ein Besuch jetzt gleich am Tag wäre ihr lieber gewesen.

»Na gut. Dann heute Nacht.« Sie unterdrückte ein Gähnen. »Geht klar.«

Mattim setzte sich auf. »Du bist erstaunlich, Hanna. Hast du denn gar keine Angst?«

Nicht, wenn du bei mir bist. Sie sprach es nicht aus, es hätte vielleicht übertrieben geklungen, und doch war es so. »Immerhin kannst du durch Wände gehen, nicht? Ich schätze, unsere Chancen, nicht erwischt zu werden, sind recht hoch.«

»Ich meine nicht die Hotelangestellten«, sagte Mattim, »sondern Kunun. Ich habe gesehen, wozu er fähig ist.« Er konnte die Sorge in seinen steingrauen Augen nicht verbergen.

»Dein Bruder ist heute nicht schlimmer als gestern«, sagte Hanna betont munter. »Die ganze Zeit wollten wir wissen, wo er sich verkriecht. Jetzt, da wir es endlich wissen, können wir nicht kneifen.« Sie wäre am liebsten sofort losgezogen, um das Abenteuer hinter sich zu bringen. »Dann muss ich mir jetzt noch schnell was für die Dekoration überlegen.«

Mattim betrachtete sie verwundert. Hanna fühlte selbst,

wie merkwürdig es war, sich über eine Kinderparty Gedanken zu machen, während sie im Hinterkopf wusste, dass sie am Abend in Kununs Privatsachen wühlen würde. Aber es wäre unerträglich gewesen, sich die ganze Zeit über vorzustellen, wie und wo sie durch die Wände steigen würden. Was passieren würde, wenn Kunun Verdacht schöpfte. Und, noch schlimmer, wie sie sich fühlen würden, wenn sie gar nichts herausfanden, wenn sie bedrückt wieder hinausschleichen würden, Kununs spöttisches Lächeln wie einen bösen Fluch über sich …

»Gehen wir eine Taschenlampe kaufen«, sagte sie. »Falls wir einen schönen Schatten benötigen. Und wenn wir schon dabei sind, ich brauche Luftballons. So viele wie möglich. Und Konfetti.«

»Was soll das sein?«, erkundigte Mattim sich neugierig.

Sie beugte sich vor und küsste ihn. Vielleicht schmeckten Küsse dann am besten, wenn man wusste, wie schnell alles vorbei sein konnte, wie unerbittlich die andere Seite zuschlagen konnte, wenn man Teil einer geheimen Zwei-Personen-Verschwörung war.

»Wofür war das denn?« Mattim grinste zufrieden. Nichts konnte ihr Herz so dahinschmelzen lassen wie das Glück in seinen Augen, die wie der Himmel waren, hell und hoch und weit und zugleich tief und geheimnisvoll.

»Weil du das nicht nur so gefragt hast«, erklärte Hanna. »Weil du es wirklich wissen willst. Weil dich all das interessiert, obwohl du in diesem Kampf gegen Kunun gefangen bist. Weil du mitkommst, um Luftballons zu kaufen, und weil du eine Nacht lang mit dem Aufzug rauf und runter gefahren bist und weil du lesen lernst und krakelige Buchstaben schreibst und weil …«

Diesmal küsste er sie.

Weil du bist, wie du bist. Nicht wie Kunun. Nicht wie irgendjemand sonst, den ich kenne. Prinz des Lichts.

Von der Fischerbastei aus hatte man einen grandiosen Blick auf das Parlament am anderen Donauufer. Wenn man sich umdrehte, schaute man direkt auf die Rückseite des Hotels, auf hellen Beton und dunkles Glas. Von der Bastei aus waren es nur wenige Schritte in den Kreuzgang, der von dem alten Dominikanerkloster aus dem dreizehnten Jahrhundert übrig geblieben war. Das schmiedeeiserne Tor stand offen. Das ehemalige Kloster dominierte auf dieser Seite über den modernen Anbau des Hotels. Die Mischung aus Altem und Neuem war überwältigend.

Jeder konnte den Hof betreten, sich am Flair der Mauerreste und angestrahlten Säulen erfreuen. Allerdings suchte nicht jeder nach einem dunklen Schatten, in dem man ungesehen verschwinden konnte. Natürlich gab es auch hier eine Kamera. Und wer alles aus den Fenstern sah, konnte man nicht wissen. Nur im tiefsten Schatten, schon halb unter dem Gebäude, fühlte Hanna sich einigermaßen sicher.

»Wir hätten auch einfach in die Eingangshalle marschieren können«, flüsterte sie. »Warum tun wir uns das bloß an?«

»Davon würde Kunun sofort erfahren. Die Angestellten haben mich mit ihm zusammen gesehen. So viel können wir gar nicht bezahlen, dass sie es ihm nicht verraten.«

Hanna war so aufgeregt, dass sie unkontrolliert zu kichern begann. Mattim musste sie mit einem langen Kuss ruhigstellen.

Hanna atmete tief durch. »Okay. Weiter geht's.«

Er zog sie durch die Wand. Ruhig war es hier unten. Ein dunkler Flur, auf dem Sessel herumstanden und auf ihren Einsatz warteten. Ein Konferenzraum. Verstohlen arbeiteten sie sich vor. Vor den Fahrstühlen zuckte Hanna zurück, denn auch hier waren Kameras installiert. Lautlos schlichen die beiden zurück. Das Mädchen legte die Hand auf die Klinke einer unscheinbaren Tür.

»Die Nottreppe. Das sollte uns weiterhelfen.«

Im grauen, schmucklosen Treppenhaus stiegen sie nach oben. Mattim schüttelte den Kopf, als seine Begleiterin versuchte, die Tür zu öffnen.

»Nein, wir gehen hier durch ins nächste Zimmer. Niemand darf uns sehen.« Der Prinz blieb unerbittlich.

Vielleicht machte es ihm auch einfach zu viel Spaß, durch Wände zu gehen. Hanna hatte sich immer noch nicht an das Gefühl gewöhnt. Jedes Mal rechnete sie damit, gegen eine Mauer zu prallen, und dennoch glitt sie immer mit ihrem Freund zusammen hindurch, als gäbe es gar keine feste Materie, nur die Illusion davon. In seiner Nähe war es, als würde sich die gewöhnliche Welt in ein Zauberreich verwandeln, in dem alles möglich war. Aus dem Hilton wurde ein märchenhafter Palast, durch den sie wie Geister schwebten, auf der Suche nach den Geheimnissen des bösen Königs. Zugleich hatte es etwas erschreckend Reales, vor Schritten in dunkle Nischen auszuweichen und sich in fremden Räumen wiederzufinden. Mattim lachte leise, als sie auf diese Weise wieder einem Hotelangestellten entkommen waren. Was war, wenn sie in ein Zimmer platzten, in dem sich jemand aufhielt? Jemand, der sie sah, der schrie, der sich nicht beruhigen ließ und dafür sorgen würde, dass jeder in dem Hotel von dem Vorfall erfuhr?

In den Augen des Jungen glomm etwas auf, und er musste nicht aussprechen, woran er dachte.

»Das würdest du nicht tun«, flüsterte sie.

»Kunun darf nicht einmal auf die Idee kommen, dass wir hier waren«, gab Mattim zurück.

Hanna schluckte. Es war schwer, sich vorzustellen, dass ihr Liebster einen Menschen beißen konnte, um ihn zum Vergessen zu zwingen. Es war schwer, sich daran zu erinnern, dass er mehr war als ein freundlicher Siebzehnjähriger mit jeder Menge Wissenslücken über diese Welt. Dass er ein Krieger war, der für seine Stadt kämpfte.

»Hier ist die Tür. Ist der Gang frei? Dann gehen wir jetzt hindurch.«

Er klopfte nicht an, und sie machte sich bereit, aufzuschreien, wenn sie im Zimmer Kunun antrafen, wenn er sie anblickte und die Augenbrauen hochzog …

Die beiden standen im Dunkeln. Es machte keinen Sinn, auf Atemzüge zu horchen. Mattim drückte den Lichtschalter.

»Meine Güte. Er lebt hier nicht schlecht, wie?«

»Die Bücher«, erinnerte der Prinz. »Komm, hier auf dem Tisch. Und jene da. Dort lag eins, in dem Wolken zu sehen waren. Worum geht es da?«

Hanna ging die Stapel rasch durch. »Ungarn. Budapest. Klimawandel. Wetterphänomene. Geschichte. Ungarn, natürlich. Sehr viele Interessen hat dein Bruder nicht, wie? Auch das hier. Mittelalter, Budapest.«

»Was hat er herausgefunden?«, fragte Mattim und blätterte sich durch einen gewaltigen Bildband über die Donau. »Was nützt ihm das für seinen Angriff gegen Akink?«

»Ich hätte gedacht, dass er vielleicht Vampirbücher liest«, meinte Hanna. »Oder Zauberbücher. Magie. Alchemie. Irgendwie so was. Vielleicht Ratschläge für Feldherren?« Dass Kunun sich für die ungarische Geschichte begeisterte, war so gewöhnlich, so ganz und gar belanglos. Ihr Mut sank, und sie bezweifelte, dass sie etwas von Nutzen finden würden.

»Wetter?«, fragte Mattim. »Was kümmert einen Schatten das Wetter?«

Hanna überflog die Klappentexte, schlug die Seiten um, hastig, fast schon verzweifelt. »Macht er sich denn keine Notizen? Nichts unterstrichen, keine Zettel. Kann er nicht aufschreiben, was er plant, so wie es jeder vernünftige Mensch tun würde? – Ich weiß schon. Er ist weder ein Mensch noch vernünftig. Er ist ein irrer Vampir, und wir müssen uns schleunigst etwas einfallen lassen.«

Mattim schüttelte den Kopf. »Irre? Nein, das ist er ganz bestimmt nicht. Er hatte sehr viel Zeit, sich etwas auszudenken. Keine Ahnung, wie lange Kunun schon über dieser Prophezeiung grübelt. Nur wie spiele ich da mit hinein? Was habe ich seiner Ansicht nach getan?«

»Ich glaube, ich hab hier was.«

Sie atmete scharf ein, als eine Karte aus einem Buch fiel, das sie gerade vom Tisch gehoben hatte. Es war eine nichtssagende Ansichtskarte, die, wenig überraschend, die Kettenbrücke zeigte. »Kunun hatte sie als Lesezeichen, es muss irgendwo hier gewesen sein … irgendwo auf diesen Seiten.«

»Willst du das alles durchlesen? Mein Gefühl sagt mir, wir sollten allmählich verschwinden.«

Hastig überflog Hanna die Seiten. Ungarische Geschichte.

»Um das Jahr tausend nach Christus gründete König Stephan das Land Ungarn … Papst Sylvester der Zweite schickte ihm eine Krone … im dreizehnten Jahrhundert die Invasion der Mongolen … bei Muhi vernichteten sie die magyarische Armee … in drei Tagen zerstörten sie die Befestigungsanlagen in Pest …« Hanna hob den Blick. »Hör mir zu, Mattim, ich glaube, ich habe es gefunden.«

Er trat neben sie, spähte über ihre Schultern auf das Buch, versuchte die Buchstaben zu entziffern.

»Die Überlebenden sind damals über die Donau nach Buda geflüchtet. Doch die Mongolen konnten ihnen über den gefrorenen Fluss folgen und Buda zerstören, bevor sie weiterzogen.«

»Über den gefrorenen Fluss? Aber …«

Mattim fuhr herum, als ein Geräusch an der Tür erklang. Er griff nach Hanna und ließ sich mit ihr durch den Schatten hinter einer hohen Kommode fallen. Doch sie hatten kein Glück; kaum waren sie im Nebenzimmer gelandet, hörten sie ein leichtes Schaben an der Tür, und ein Paar wankte herein. Die beiden waren leicht angetrunken, die Frau lachte schrill. Schnell zog der Prinz seine Freundin hinter einen blauen Sessel.

Sie hockten da wie zwei Einbrecher. Hanna wagte nicht zu atmen, sondern dachte nur: *Bitte, bitte, bitte …*

Mattim strich ihr mit den Fingern übers Gesicht, lächelte sie aufmunternd an. Die Bewohner des Zimmers waren Ausländer, weshalb sie nichts von dem Gespräch verstand, nur das gurrende Lachen der Frau deutete an, worum es wahrscheinlich ging. Bald flog ein Schuh über den Teppich.

Das fehlte noch, dachte Hanna. *Das darf doch alles nicht wahr sein. Sie werden doch jetzt nicht …* Aber das Schlimmste blieb ihr erspart. Erleichtert nickte sie Mattim zu, als sie das Brausen der Dusche hörte.

Der Junge lugte vorsichtig über den Sesselrand. Dann näherte sich sein Mund ihrem Ohr. »Die Frau ist im Badezimmer«, flüsterte er. »Der Mann liegt auf dem Bett. Wir müssen zurück durch die Wand, dort.«

Hanna nickte. Es war nicht weit, trotzdem kam es ihr vor wie ein ganzer Kilometer. Der Mann lag auf dem Rücken, die Augen geschlossen, aber bestimmt schlief er nicht, sondern wartete auf die Frau. Nur die Schuhe hatte er ausgezogen.

Auf Zehenspitzen schlichen sie zu der Stelle, wo eine kleinere Lampe auf einem Tischchen einen hellen Schein auf die Wand warf, hell genug, um ihre eigenen Schatten klar und scharf umrissen zu zeichnen.

Mattim trat als Erster hindurch, ohne ihre Hand loszulassen, und mit klopfendem Herzen folgte sie ihm durch die Tapete. Sie dachte nicht einmal daran, dass sie sich an der Wand stoßen könnte.

In Kununs Suite brannte noch immer Licht. Hanna schnappte nach Luft, hin- und hergerissen zwischen einem Lachkrampf und absoluter Panik.

»Er hat uns nicht gesehen, oder? Nur gut, dass wir da weg sind.«

Mattim hob das Buch auf, das sie fallen gelassen hatte, und legte es behutsam zurück auf den Schreibtisch. »Komm. Wir haben unser Glück heute überstrapaziert.« Er löschte das Licht.

Hanna schaltete die Taschenlampe an und folgte ihm durch den schwarzen Umriss seiner Gestalt nach draußen.

NEUNUNDZWANZIG

BUDAPEST, UNGARN

»Er kann den Donua nicht einfrieren«, sagte Mattim.

In der Nacht hatte er sie nach Hause gebracht, ohne ein Wort zu sagen. Hanna hatte sich nicht einmal getraut, ihn daran zu erinnern, dass sie am Nachmittag mit Attila und seinen Geburtstagsgästen an der Burg Vajdahunyad Schlittschuhlaufen würde. Aber nun stand er vor ihr. Und statt Bitterkeit behauptete sich ein stolzes Lächeln in seinem Gesicht, als er ein Paar schwarzer Schlittschuhe vor ihren Augen schwenkte.

»Mattim!« Attilas Augen strahlten. »Du bist da! Das ist mein Freund!« Er steckte die anderen Jungen mit seiner Begeisterung an, so dass sie alle um den Prinzen herumtobten. »Mein allerbester Freund!«

»Wo hast du die nur her?«, fragte Hanna, während sie zusah, wie er sich die Schlittschuhe anzog.

»Gekauft, was sonst?«

»Du bist einfach losgezogen und hast dir Schlittschuhe gekauft?«

»Heute ist Attilas Geburtstag«, sagte Mattim. »Da muss ich doch dabei sein.«

Mit wackeligen Schritten stakste er los. Hanna konnte den Blick nicht von ihm abwenden. Sie konnte kaum lange genug wegsehen, um sich ihre eigenen Schlittschuhe anzuziehen. Es war, als würde jede unachtsame Bewegung den Zauber zerstören, wie ein Stein das Spiegelbild in einem Teich zerfließen ließ. Mattim war schwarz gekleidet, wie Kunun, wie viele andere im Winter, aber sein goldenes

Haar leuchtete, und hinter ihm erhob sich die märchenhafte Burg. Eine Burg, in der nie jemand gewohnt hatte, die nichts war als eine Zurschaustellung der unterschiedlichsten Stilrichtungen. Die Szenerie hatte etwas Unwirkliches, Malerisches. Mattim, der mit immer größerer Sicherheit über das Eis glitt, hinter sich die Horde Kinder, die versuchten, ihn einzufangen. Woher nahm er bloß die Selbstverständlichkeit, real zu sein in diesem Bild, die Leichtigkeit, die Kinder zu verzaubern, so dass ihre Herzen ihm ebenso zuflogen wie Hannas? Sie beobachtete ihn und wünschte sich, dass dieser Augenblick nie endete. Das Lachen der kleinen Jungen, ihre erhitzten Gesichter … Es sollte nie aufhören. Sie wünschte sich mehr als alles andere, dass er wirklich hier war, bei ihr, bei den Kindern, hier, hier in dieser Welt … Und wusste dennoch beinahe, was der Prinz sagen würde, als er in einer eleganten Schleife vor sie hinglitt, ihre Hände ergriff und sie mit sich auf den Teich hinaus zog.

»Kunun kann den Donua nicht einfrieren. Wie sollte er das tun? Solche Kräfte hat niemand. Einen Fluss voller Licht, den er nicht einmal berühren kann, will er verzaubern? Das glaube ich niemals.«

Hanna schluckte. Sie hatte eine andere Antwort für ihn, aber sie brachte es nicht über sich, es ihm zu sagen.

»Er kann den Fluss nicht einfrieren«, beharrte Mattim. Er blickte an ihr vorbei auf die Jungen.

Attila war hingefallen; mit wenigen raschen Gleitschritten war der junge Mann bei ihm und half ihm hoch, dann kam er wieder zurück zu Hanna, als wäre nichts gewesen. Er ruderte mit den Armen, um die Balance zu halten, und lachte, aber dann war er sofort wieder ernst. Vielleicht dachte er an Akink. Vielleicht dachte er immer an Akink.

Sie streckte die Hand aus und berührte sein Gesicht. »Mattim, wir werden Akink retten. Du wirst es schaffen. Kunun wird nicht siegen.«

»Selbst wenn – wie will er seine Schatten auf die andere

Seite bringen? Sie werden das Eis nicht betreten können. Wir können nicht einmal in Booten auf die andere Seite!«

»Eine Armee über den gefrorenen Fluss zu führen ist aber etwas anderes, als in Booten überzusetzen. Boote kann man zum Kentern bringen.«

Winkend fuhr Attila vorbei. »Mattim, komm! Schau! Schau nur, was ich kann!«

Der junge Prinz nickte ihm lächelnd zu, aber als er sich wieder Hanna zuwandte, war sein Gesicht von einem Schmerz verzerrt, den sie nicht von ihm nehmen konnte.

»Der Donua war noch nie gefroren«, sagte Mattim. »Noch nie, nicht in Tausenden von Jahren. Nicht einmal eine Eisschicht hat je darauf gelegen. Die Winter in Akink sind mild wie immerwährender Frühling. Nur die Sterne scheinen im Winter heller als sonst, sie glitzern über dem Wald …« Er brach ab.

»Was ist?«, fragte Hanna besorgt.

»Der Schnee«, flüsterte Mattim. »Als ich drüben war, war alles voller Schnee … So hoch wie noch nie. Es war deutlich kälter als hier in Budapest. Ein Winter, wie wir ihn noch nie hatten. Wie kann das sein? Hat Kunun etwa einen Zauber über das ganze Land gelegt, damit der Fluss einfriert? Ist er deshalb so sicher, dass er siegen wird?«

»Die Bücher«, sagte Hanna leise, »über Wolken und das Wetter … Du hast mir erzählt, dass es dunkel geworden ist in Magyria. Mit deinem Weggang.«

»Dunkel«, bestätigte er. »Dunkel, aber nicht kalt.«

»Die Kälte musste kommen«, erwiderte sie, und während sie es endlich aussprach, kam ein solches Mitleid über sie, dass sie es kaum ertragen konnte. Sie legte beide Arme um ihn und hielt ihn fest, als wäre er ein Kranker, der stürzen könnte. Der Boden schien unter ihren Füßen wegzurutschen, trotzdem blieben sie stehen, wie zwei Liebende, die nicht aufhören konnten, miteinander zu tanzen. »Mattim, das Licht deiner Familie ist die Sonne von Magyria. Deswegen war das Wetter immer so mild. Wenn sich die Sonne verdunkelt, wird es kalt. Es muss kalt werden, so ist es in dieser Welt auch. Kunun betreibt keine Zauberei. Es ist viel einfacher. Dein Bruder wusste, was geschehen würde, wenn du ein Schatten wirst. Über Akink sollte nicht nur Dunkelheit, sondern Eis und Schnee kommen. Der Fluss wird zufrieren.«

Mattim hielt in ihrer Umarmung still. Lange Zeit, ohne sich zu rühren, ohne zu sprechen.

»Dann bin ich also tatsächlich schuld«, flüsterte er schließlich. »In jener Nacht, als ich über den Donua schwamm, habe ich den Weg für die Schatten gebahnt.«

»Wir werden es verhindern!«, rief Hanna. »Wir lassen es nicht zu! Ich lasse es nicht zu!« Sein Schmerz griff auf sie über, als wäre es ihr eigener. Wenn Akink fiel, das wusste sie, dann würde es sein, als ob ihre eigene Welt in tausend Stücke zerbräche.

Der junge Prinz presste sein Gesicht in ihr Haar. Er weinte nicht. Sie konnte fühlen, wie er sich zusammenriss, wie er sich straffte und aufrichtete.

»Akink ist noch lange nicht verloren. Ich werde herausfinden, wie er das Eis überwinden will. Und ich werde diese verdammte Pforte schließen.«

Die Geburtstagsgäste johlten, als er sie küsste. Trotz der entschlossenen Worte war es nicht der Kuss eines rücksichtslosen Kämpfers, sondern ein Kuss voller Sehnsucht, so verlockend und süß, dass Hanna sich wünschte, er möge nie aufhören.

Bei Tageslicht wirkte Atschoreks Villa überhaupt nicht unheimlich. Es war ein großes rötlich-graues Gebäude mit vielen Winkeln, Kanten und Erkern und sogar einem kleinen Turm; die Miniaturausgabe eines baufälligen Schlosses. Der Garten, der Hanna in jener Nacht wild und verwachsen vorgekommen war, beherbergte eine ganze Reihe meist blattloser Bäume und Sträucher, aber wahrscheinlich würde es im Frühling hier ganz anders aussehen, wenn alles grünte und blühte.

Das Tor erwies sich diesmal als unverschlossen. Offenbar fürchtete Atschorek sich nicht vor Einbrechern oder begrüßte sogar jede Art von Beute, die hier ungefragt hereinspazierte.

An der Haustür zögerte Hanna kurz. Sie wusste, Mattim würde es ganz und gar nicht gutheißen, dass sie seine Schwester besuchte. Allein. Sich ungeschützt in die Höhle des Löwen zu begeben. Doch sie wollte so gerne mehr herausfinden, irgendetwas, was ihnen wirklich weiterhelfen konnte. Deshalb stand sie nun hier. Deshalb erwiderte sie Atschoreks Lächeln, die ihr öffnete, bevor sie überhaupt geklingelt hatte.

»Hanna, guten Morgen. Wie schön, dass du mich besuchst!«

»Du sagtest, du wolltest mir das Haus zeigen.« Das musste eigentlich jedem als Erklärung für einen Besuch reichen. Wer wäre nicht neugierig gewesen? »Ich habe gerade Attila zur Schule gebracht und war sowieso in der Nähe. Ich hoffe, es passt …?«

»Sicher.« Atschoreks Lächeln wirkte so echt, so ganz ohne Hintergedanken. »Für die Freundin meines Bruders, immer. Das ist fast, als wären wir verwandt.«

Hanna fühlte sich unbehaglich bei dem Gedanken, mit Atschorek verwandt oder verschwägert zu sein, trotzdem nickte sie. Das Kaminzimmer, durch das die Schattenfrau sie führte, war jetzt nur noch ein großer Partysaal. Sich vorzustellen, dass hier Vampire tanzten – lächerlich. Auch das nächste Zimmer, ein elegantes Wohnzimmer ganz in Weiß, war eher der Rahmen für eine reiche Dame mit erlesenem Geschmack, als der Schauplatz brutaler Verbrechen.

»Setz dich«, forderte Atschorek sie freundlich auf. »Ich hole uns etwas zu trinken.« Selbst das klang, sofern es ohne Hintergedanken ausgesprochen war, alles andere als schrecklich.

Hanna nahm auf dem kühlen, glatten Leder Platz und merkte erst jetzt, wie kalt es hier drinnen war. Das erinnerte sie daran, dass dies eben doch kein normales Haus war, in dem gewöhnliche Menschen lebten. Sie sah sich um. Filigrane schwarze Ornamente zierten die Wände. Fotos, die eigentlich in jeder Wohnung an die Familie oder die Freunde erinnerten, fehlten allerdings. Es gab nicht einmal Porträts von Atschorek selbst, vielleicht in verschiedenen Roben, dabei hätten sie gut hier reingepasst. Aber die Rothaarige hatte es nicht nötig, ihre Jugend einzufangen. Wie alt mochte sie sein, achtzig? Fünfzig? Es machte keinen Unterschied.

»Hanna? Was tust du denn hier?« Wer mit einem kleinen Tablett hereinkam, war nicht Atschorek, sondern Mattim. Mattim, der sie einen Moment entgeistert anstarrte, bevor ein Leuchten über sein Gesicht zog. »Hanna!« Er stellte das Tablett auf dem Tischchen ab und schloss sie in die Arme. »Wieso bist du hier?«

»Das frage ich mich gerade auch. Ich dachte, es wäre eine gute Idee, mal vorbeizukommen.«

Er lachte leise. »Deine Fähigkeit, überall dort aufzutauchen, wo ich bin, sollte mich eigentlich nicht mehr überraschen. Bitte. Ich sollte den Gast bewirten.« Er öffnete die Flasche Mineralwasser und goss ihr ein. »Atschorek hat mich gebeten, herzukommen, sie wollte etwas mit mir besprechen.«

»Na, was das wohl sein mag.« Hanna senkte die Stimme. »Sie ahnt doch nichts, oder?«

»Ich wüsste nicht, wie. An mir habe ich jedenfalls noch keine hellseherischen Fähigkeiten bemerkt.«

Er drehte das zweite Glas in den Händen, ohne zu trinken. Durch das Fenster schienen die Strahlen der Morgensonne und brachen sich in der Scheibe. Es war, als wollte er mit dem Wasserglas die Sonnenfunken einfangen, um davon zu trinken.

Atschorek streckte den Kopf durch die Tür. »Tut mir leid, ich muss kurz weg. Lauft nicht fort, ja? Nur eine halbe Stunde, dann bin ich wieder da.«

»Ist ihr das Mehl ausgegangen?« Hanna konnte gut auf die Gegenwart der Schattenfrau verzichten, auch wenn sie hergekommen war, um mit ihr zu reden. »Ich wollte deine Schwester noch mal befragen«, erklärte sie auf Mattims fragenden Blick hin. »Dachte, ich finde vielleicht etwas heraus. Aber anscheinend hast du mich hergelockt. Mein Verstand überlegt sich dann immer eine passende Erklärung, warum ich unbedingt irgendwo hingehen sollte.«

Der Prinz blickte hinaus in den Garten, ohne etwas zu erwidern. Die nassen Tropfen an den Zweigen funkelten im Sonnenlicht wie Kristalle.

»Wir könnten das Haus besichtigen, während sie weg ist«, schlug Hanna vor. »Das ist zwar nicht gerade höflich, aber vielleicht finden wir etwas Nützliches.«

»Hanna«, flüsterte er nur.

Sie wusste sofort, was los war. Warum fiel es ihm nur so schwer, es auszusprechen, immer noch?

»Ist es das Licht?«, fragte sie. »Du brauchst wieder Blut? Woran merkst du es?«

»Es tut weh«, sagte Mattim. »In den Augen. Irgendwann fängt es an zu brennen, am ganzen Körper. Ganz langsam nur, am Anfang ist es kaum zu spüren. Dann wird es allmählich stärker. Ich schätze, wenn du nicht gekommen wärst, hätte ich Atschorek fragen müssen, ob sie einen Keller hat.«

»Oder du hättest mich angerufen. Mattim, ich habe gar nicht daran gedacht in den letzten Tagen! Komm. Komm her.« Sie stellte ihr Glas ab und zog ihn näher zu sich heran. Eigentlich hatten sie sich schon viel zu lange nicht mehr geküsst. Mehrere Stunden ohne ihn waren entschieden zu viel. Als er ihren Hals berührte, schob sie ihn sanft von sich. »Nicht da …« Sie wollte ihm nicht sagen, dass die Wunden dort schmerzten, und zum Glück fragte er auch nicht nach.

»Wo denn?«

»Such dir eine schöne Stelle aus.«

Mattim grinste. Er ließ sich so viel Zeit dabei, dass Hanna schon fürchtete, er würde in ihren Armen in Flammen aufgehen. Mühelos gelang es ihm, auch ihre Haut zum Brennen zu bringen. Seine Lippen entfachten ein Feuer, überall … Als er schließlich zubiss, in ihre Seite, in die zarte, empfindliche Haut, kam der Schmerz wie eine Erlösung über sie. Das Mädchen lachte leise.

Ein anderes Lachen antwortete ihr, ein höhnisches Lachen, wild und böse.

Dort, an der Tür, stand Kunun.

Hanna setzte sich rasch auf und rückte ihren Pullover zurecht. Mattim flüsterte: »Wir hätten das Haus doch durchsuchen sollen.« Laut sagte er: »Was willst du?«

Der Schattenprinz kam durch das weiße Zimmer auf die beiden zu. »Wie immer hast du schon getan, was ich will. Und jetzt kommst du mit mir. Sofort und ohne Fragen zu stellen.«

»Wohin? Was hast du vor?«

»Ich sagte, stell keine Fragen. Komm einfach.«

Durch die Tür glitt Atschorek herein. Sie setzte sich neben Hanna, die immer noch etwas benommen dreinblickte, und legte den Arm um ihre Schulter. »Geh, Mattim. Ich passe so lange auf deine Freundin auf.«

Der junge Prinz sah verwirrt von einem zum anderen. »Was ist hier eigentlich los? Ich lasse Hanna bestimmt nicht allein hier zurück!«

»Geh und gehorche«, sagte Atschorek. Mit ihren langen, schlanken Fingern strich sie über Hannas dunkles Haar.

Mattim blickte von einem zum anderen. Was würden sie

tun, wenn er die Hand des Mädchens ergriff und einfach zur Tür hinausspazierte?

»Ich habe zehn Schatten im Haus«, sagte Kunun. »Fünf werden hierbleiben, fünf kommen mit uns. Ich kann sie gerne hereinbitten, aber ich möchte ungern deinem Ansehen schaden, kleiner Bruder. Es ist für alle Beteiligten besser, wenn du mich einfach begleitest.«

Mattim schluckte. Er wollte kämpfen, aber er war nicht darauf vorbereitet. Womit sollte er auf Kunun losgehen, mit bloßen Händen? Und was würde Atschorek dann tun, die Hand zärtlich an Hannas Wange? Sie brauchten keine zehn Vampire, um ihn zu bezwingen. Er hatte ihnen nichts entgegenzusetzen. Trotzdem bohrte er die Füße in den Marmorboden und blickte Kunun trotzig an.

»Nicht ohne Hanna. Sie bleibt nicht alleine hier. Ich will sehen, wie ihr sie zu Hause absetzt. Dann komme ich mit dir.«

Kunun wechselte mit seiner Schwester einen Blick.

»Vielleicht wäre es gar nicht so verkehrt, sie dabeizuhaben«, sagte die Vampirin und lächelte, als sei ihr gerade ein wundervoller Einfall gekommen.

Kunun nickte. »Das Mädchen fährt mit dir, Atschorek. Ebenso ihr drei.« Er wählte die Schatten aus, die sie begleiten sollten. »Du bleibst bei mir, Mattim.«

Kunun legte die Hand auf den Nacken des jungen Prinzen und schob ihn zur Tür.

Auf der Zufahrt, hinter Atschoreks schwarzem BMW, wartete der R8. Sie hätten halb um das Haus herumgehen müssen, um ihn zu sehen. Weder Mattim noch Hanna waren vorsichtig genug gewesen, um das zu tun.

Der Junge blieb an der Beifahrertür stehen. »Ich möchte mit Hanna in einem Auto sitzen.«

Kunun lächelte nur kühl. »Du musst mit dem zufrieden sein, was wir dir geben. Setz dich.«

Mattim gehorchte, als er beobachtete, wie Atschorek Hanna aus dem Haus führte. Hinter ihnen kamen die Schatten, die Kunun angekündigt hatte; bis jetzt hatte Mattim noch darauf hoffen können, dass er nur bluffte. *Lauf, Hanna,* wollte er rufen, *lauf!* Auch wenn er wusste, dass sie keine Chance hatte. Ihre Blicke trafen sich, und er versuchte, alle Zuversicht in den seinen zu legen. *Es wird nichts Schlimmes passieren. Wir bleiben zusammen.*

Sie nickte leicht, und ein zaghaftes Lächeln glitt über ihr Gesicht.

Kunun fuhr auf die Straße, ohne auf den anderen Wagen zu warten, aber wenig später sah Mattim, dass das große dunkle Auto ihnen folgte.

»Warum dieser ganze Aufwand?«, fragte er. »Wenn du etwas von mir willst, wieso fragst du mich nicht einfach? Es gibt Familien, in denen wird das so gehandhabt.«

»Manchmal bin ich dein Bruder«, sagte Kunun, »und manchmal bin ich einfach nur dein König.« Konzentriert blickte er nach vorne.

»Wohin bringst du mich? Aus der Stadt heraus?« Mattim erwartete keine Antwort und erhielt auch keine. Der Ältere fuhr schnell und rücksichtslos, mehr als einmal entging er einem Krach nur um Haaresbreite. Der Junge verspürte keine Angst. Merkwürdigerweise fühlte er gar nichts, nichts außer Zorn. »Wenn ihr Hanna irgendetwas antut, werde ich dich töten«, sagte er. »Ich finde einen Weg, glaub mir.«

Der Schattenprinz lächelte in sich hinein. Am liebsten hätte Mattim ihn gefragt, ob er ihr Eindringen in die Hotelsuite bemerkt hatte und ob er sich jetzt auf irgendeine perfide Weise rächen wollte, aber vielleicht hatte das eine gar nichts mit dem anderen zu tun, deshalb schwieg er lieber.

Sie fuhren kreuz und quer durch die Stadt. Dann wartete Kunun an einer Ampel auf Grün, vor einer schmalen, von einem hohen Stahlgeflecht flankierten Brücke. Sie führte nicht über die gesamte Breite der Donau, es war nur ein kurzer, einspuriger Übergang.

»Was soll das sein?«, fragte Mattim, als sie der mit Schienen durchzogenen Straße folgten, an winterlich kahlen Bäumen vorbei, und Kunun schließlich ein Verbotsschild ignorierte und auf einen breiten Sandweg einbog. »Eine einsame Insel?« Durch die Bäume erblickte er die Donau, stahlgrau. Lichtfunken tanzten über die Wasseroberfläche und schienen von Welle zu Welle zu springen.

Neben ihnen hielt der BMW. Zwei Spaziergängerinnen mit großen braunen Hunden schlenderten vorbei, die Hände in den Taschen vergraben, das Gesicht gegen den schneidenden Wind gesenkt. Eine einsame Insel. Nur ein paar Menschen, die ihre Hunde ausführten. Keine Touristen. Niemand, der sich für das, was sie taten, interessieren würde.

»Du willst mich umbringen?«, fragte Mattim und wunderte sich gleichzeitig, wie ruhig er blieb.

»Steig aus«, befahl Kunun.

Fast erwartete der junge Prinz, sein Bruder würde ihm den Arm um die Schultern legen und ihn zum Wasser geleiten, so wie er den anderen Vampir zur Hinrichtung geführt hatte.

Aber Kunun fasste ihn nicht an. Er ging neben ihm her, auf einem weichen Waldweg, vom Wasser nur durch einen schmalen Streifen struppiger Bäume getrennt. Mattim drehte sich um und stellte fest, dass auch die anderen ausgestiegen waren. Hanna stand neben Atschorek und wirkte klein und verloren auf dem großen, leeren Gelände. Fern und blass erhob sich über ihnen die Silhouette der Hügel von Buda.

»Ich oder sie?«, fragte Mattim leise. »Könntest du das wirklich tun?«

»Dieser Fluss und jener Fluss«, sagte Kunun, als hätte er ihn nicht gehört. »Manchmal frage ich mich, wie sie miteinander verbunden sind. Ist es das Licht aus Akink, das bis in die Donau hinein leuchtet? Ist sie deshalb genauso gefährlich wie der Donua? Als wären sie beide eins. Als wären die beiden Städte eins. Aber das sind sie nicht. Du und ich kennen den Unterschied. In Budapest zu leben, das ist niemals dasselbe, wie in Akink zu herrschen. Komm, hier entlang.« Sie gingen die Stufen zu einem Anlegesteg hinunter. Ein Bretterweg führte auf eine kleine Plattform. Das Geländer schützte nur die Seiten; vor ihnen lag offen der Fluss.

Eine Plattform auf dem Wasser. Sie konnten nicht dort hingehen, es war unmöglich. Mattim warf Kunun einen Blick zu, doch das verschlossene Gesicht seines Bruders verriet nichts. Der Prinz wartete darauf, dass das Brennen begann, dass er den Tod spürte, unter seinen Füßen. Wider Erwarten fühlte er nichts, als er neben Kunun an die äußerste Kante des Bootsanlegers trat.

»Mattim!«, schrie Hanna irgendwo hinter ihm. »Mattim!«

Er drehte sich um; ein letztes, ein allerletztes Mal wollte er sie sehen. Atschorek und die drei Schatten waren nötig, um das Mädchen dort oben am Waldweg festzuhalten, während es verzweifelt versuchte, sie abzuschütteln.

»Mattim, nein!«

Der Junge sah ins Wasser hinunter. Die Sonne füllte es mit Licht, gleißend, glitzernd, verlockend. Sie spielte in den tanzenden Eisschollen. Ein Fluss, trunken von Licht. Auf der anderen Seite nichts als eine Reihe großer grauer Wohnblocks. Der großen Árpádbrücke, die von hier zu sehen war, fehlte die Ausstrahlung der Kettenbrücke mit den steinernen Löwen. Sehnsucht stieg in ihm auf, nach Akink, nach dem König, über dessen Haupt das Leuchten begann, jeden Morgen neu. Nach der Königin, die sich über ihn beugte. Mein Sohn, wach auf, dein Dienst … Er sehnte sich nach dem Fluss, dem anderen Fluss, von dessen Grund ein

Leuchten hochstieg, der das Licht der Stadt spiegelte und in sich aufnahm und aufbewahrte, Jahr um Jahr …

Er wollte nicht sterben. Wenigstens einmal wollte er nach Akink zurück, wenigstens einmal wollte er die Burg sehen, die sich über die Mauer erhob, und den Ruf des Nachtwächters in den Straßen hören, und verfolgen, wie die Brückenwache ihre Runde drehte, so langsam, dass man fast dabei einschlief, und mit den Kameraden von der Nachtwache Patrouille gehen, und dabei die Wölfe heulen hören, nah, so nah …

»Ich will nicht«, brachte er heraus.

»Das Blut der Menschen«, sagte Kunun leise, »schützt uns vor dem Licht. Wir können in der Sonne leben, ohne Furcht. Doch das Licht, das der Fluss in sich trägt, ist stärker als alles. Du hast gesehen, wie Wondir verging. Unmittelbar vorher hatte er getrunken, und ich dachte, vielleicht schützt es ihn. Aber es hat ihn nicht geschützt. Wir brauchen etwas Stärkeres. Etwas, das selbst der geballten Macht des Lichtes standhalten kann. Ich glaube, ich weiß, was es sein muss. Blut, das etwas vom Licht selbst in sich trägt.«

Obwohl er damit gerechnet hatte, kam der Stoß überraschend. Mattim ruderte mit den Armen, schwankte und versuchte sich aufzufangen, sich an Kunun festzuhalten, doch es war zu spät. Er stürzte nach vorne, dem dunklen Wasser entgegen. Die Kälte war ein Schock. Er tauchte ein, in die Nacht, die über ihm zusammenschlug. Entsetzt kämpfte er gegen das Wasser, das ihn weiter nach unten zog, gegen den Schmerz, gegen die Eiseskälte, die ihn lähmen wollte, er rang nach Luft, Wasser füllte seine Lungen …

Wie in einem Lichtstrahl hatte er Hannas Gesicht vor sich. Ihre Augen, die ihn ansahen, wie ihn nie irgendjemand angesehen hatte, bis auf den Grund seiner Seele. *Gib nicht auf, Mattim. Du musst kämpfen. Mattim …*

Träumte er es? Oder rief sie dort oben tatsächlich nach ihm, unermüdlich, immer wieder seinen Namen?

Er hörte auf, um sich zu schlagen. Er hörte auf zu atmen. Kälte konnte diesem Leib nichts mehr anhaben.

Still war es hier, wenn man nur zuhörte.

Ich bin immer noch da, stellte er verwundert fest, als er spürte, dass er immer noch lebte. Ein paar kräftige Schwimmstöße trugen ihn wieder hinauf, dem Licht entgegen. Dort stand Kunun, immer noch auf dem Anleger, mit einem wilden, gierigen Ausdruck in den schwarzen Augen.

»Du Hund!«, schrie Mattim, als er auftauchte. »Du bist verrückt! Du bist vollkommen verrückt! Ich hasse dich!« Nur wenige Meter trennten ihn vom steinigen Ufer. Tropfend kletterte er aus dem Wasser. Die anderen waren jetzt ebenfalls die Stufen hinuntergestiegen. Ehrfürchtig starrten die Schatten zu ihm herüber.

Es kümmerte ihn nicht. Seine Augen suchten Hanna, fanden ihr tränenüberströmtes Gesicht, dann ging er auf Kunun los. Mit beiden Fäusten stieß er den Schattenprinz vor die Brust. »Du wahnsinniger Schweinehund!«

Der Ältere schien überhaupt nichts zu spüren, weder die Schläge noch das Donauwasser, das Mattim bei jeder Bewegung verspritzte. Fasziniert starrte er seinen Bruder an.

»Ich hatte Recht«, sagte er endlich. »Es ist genau so, wie ich dachte. Blut, das freiwillig gegeben wurde. Es gibt nichts Stärkeres als das. Selbst die Menschen wissen das. Blut, freiwillig geopfert, überwindet sogar den Tod. – Ich danke dir, kleiner Bruder. Wieder einmal hast du mir sehr geholfen.«

»Ich hätte sterben können!«, schrie Mattim. »Warum suchst du dir nicht jemand anders für deine Experimente! Nimm deine Schatten da! Mach es selbst! Du elender Feigling!«

Hanna fiel ihm in den Arm, sie klammerte sich an ihn, hielt ihn fest und zog ihn von Kunun fort.

»Lass ihn, er ist es nicht wert. Mattim, sieh mich an. Nicht ihn. Sieh mich an.«

Er zitterte und merkte, während er seine Liebste hielt, dass auch sie am ganzen Leib bebte. Sie weinte immer noch, dann stahl sich ein kleines Lächeln durch ihre Tränen. Er küsste sie ihr von den Wangen. Schaute in ihre geröteten Augen, küsste sie auf die Lider, aufs Haar.

Irgendwo in der Nähe sprach Kunun mit Atschorek. »Es hat tatsächlich geklappt. Er lebt. War er nicht tapfer? Braver, als ich erwartet hatte. Es war eine gute Idee, das Mädchen mitzunehmen.«

Dann Atschoreks Stimme: »Wenn du dich genug künstlich aufgeregt hast, Mattim, kann ich euch nach Hause bringen.«

Der Prinz ignorierte alle Stimmen, alle Geräusche. Allein Hanna in seinen Armen zählte, nur die Tatsache, dass sie beide lebten. Er blendete die Schatten komplett aus, ihre Fragen, ihr aufgeregtes Lachen. Er sah nicht zu, wie sie den Anleger verließen, ignorierte das Aufheulen der Motoren. Schließlich Stille. Und sie standen immer noch da, am steinigen Ufer der Donau, Hannas wild schlagendes Herz zwischen sich wie ein wärmendes Feuer.

DREISSIG

BUDAPEST, UNGARN

»Shoppen?« Rékas Augen leuchteten auf. »Echt?«

Hanna nickte. Sie verriet nicht, dass sie ihr letztes Taschengeld zusammengekratzt hatte, damit es reichte. Das Diktiergerät war teurer gewesen als gedacht, und sie hatte Mattim nicht um Geld bitten wollen. Viel würde sie Réka nicht kaufen können. Aber selbst wenn sie dem Mädchen körbeweise Klamotten geschenkt hätte, hätte es ihr schlechtes Gewissen nicht beruhigt.

»Hast du Lust? Jetzt gleich? Oder musst du noch Hausaufgaben machen?«

»Hab eh nicht viel auf.« Réka stürzte vor den Spiegel im Badezimmer und fuhr sich mit den Fingern durch die Haare. »Und Attila?«, rief sie. »Der kommt doch nicht etwa mit, oder?«

»Nein, keine Sorge.« Bei dem, was sie vorhatte, konnte Hanna den Jungen am wenigsten gebrauchen. »Der spielt heute Nachmittag bei einem Freund.«

Sie hatte alles bestens vorbereitet. Das Aufnahmegerät war bereit, sie musste es nur noch einschalten.

»Wie«, hatte Mattim gefragt, »soll Réka es mitnehmen? In der Jackentasche? Da wird sie es finden. Und dann wird Kunun es sehen. Sie hat nicht so ein Dings – eine Handtasche?«

Hanna hatte den Kopf geschüttelt. »Eine Handtasche? Nein. Wenn man sie dazu bringen will, etwas in der Hand zu tragen, müsste es eine Einkaufstüte sein.«

Er hatte sie angesehen, nachdenklich, und sie wartete

darauf, ihn sagen zu hören: Wir müssen das nicht tun. Wir finden einen anderen Weg.

Aber er hatte es nicht gesagt. Es gab keinen anderen Weg.

Réka redete munter drauflos, während sie nach Pest fuhren. Es sprudelte nur so aus ihr heraus, von der Schule, von der Musik, die sie gerade hörte, von irgendwelchen Kinofilmen. Hanna hatte Mühe, in Gedanken nicht abzuschweifen, so sehr war sie auf das konzentriert, was sie sagen wollte. Wie sie es sagen würde, am geschicktesten, und ob es ihr gelingen würde, die Neugierde des Mädchens zu wecken.

»Also, ich würde kein Star sein wollen«, sagte Réka gerade, »mit den ganzen Paparazzi hinter einem her, und man kann kein Wort sagen, ohne dass irgendwer es aufschreibt, und nachher lesen es alle in der Zeitung.«

Hanna dachte an das Aufnahmegerät. Natürlich fühlte sie sich jetzt schon schuldig. Doch das musste sie nun mal aushalten. *Es ist nicht nur für Mattim. Es ist auch für Réka. Es ist der einzige Weg, sie von ihm zu trennen. Du musst sie belügen, zu ihrem eigenen Besten.*

»Man braucht ein paar Geheimnisse«, sagte Hanna.

»Genau!« Die Vierzehnjährige nickte heftig. »Jetzt würde ich dich nicht mehr bitten, uns zu fotografieren. Ich glaube, ein Geheimnis ist viel mehr wert als ein Foto.«

»Aber zwischen Liebenden«, sagte Hanna, »gibt es keine Geheimnisse mehr. Wenn man so zusammengehört, dass niemand etwas zu verbergen hat. Wenn man alles miteinander teilt. Wenn man den anderen bis auf den Grund seiner Seele blicken lässt.«

Réka lehnte den Kopf an ihre Schulter. »Das klingt schön.«

Hanna musste sich zusammenreißen, um nicht noch mehr zu sagen. *Frag Kunun, frag ihn …* Noch war es zu früh, zu offensichtlich. Sie musste alles vermeiden, was danach klang, als würde sie die Beziehung des Mädchens zu dem Schattenprinzen infrage stellen.

Als sie über den Vörösmarty-Platz gingen und der eisige Wind ihnen ins Gesicht schlug, dachte Hanna einen Augenblick lang, sie hätte Kunun gesehen, eine Gestalt in Schwarz. Wenn Réka ihn jetzt schon traf, bevor sie überhaupt einkaufen gewesen waren, dann war alles vergebens. Doch dann hasteten die anderen Passanten vorbei, und sie erkannte Mattim. Schwarze Jeans, schwarze Lederjacke, das Haar unter einer dunklen Kappe versteckt. Zum ersten Mal bemerkte sie die Ähnlichkeit der beiden Brüder, zum allerersten Mal. Es war Kununs Jacke, dieselbe, die er damals am Donauufer getragen hatte, als er Réka angesprochen hatte, als würde er sie nicht kennen. Hanna hatte es nicht gemerkt, nicht einmal bei jener schicksalhaften Begegnung im Fahrstuhl. Unter dieser Jacke hatte sie Schutz und Wärme gesucht. Sie gehörte Kunun.

Mattim war nur wenig kleiner als sein älterer Bruder. Und selbst die Art, wie er ihr über die Schulter einen kurzen Blick zuwarf und dann um eine Ecke verschwand, erinnerte sie an den Schattenprinzen.

»Was ist?«, fragte Réka. »Hanna?«

»Nichts. Gar nichts. Ich dachte, ich hätte jemanden gesehen …«

»Vielleicht Kunun?« Réka blickte sich in froher Erwartung um. »Ich werde ihn heute treffen, das spüre ich.«

»Komm«, sagte Hanna. »Gehen wir was kaufen. Wie wär's mit einem schönen Rollkragenpullover?«

»Na ja …«

Wie konnte sie sich darüber wundern, dass die Brüder sich ähnelten? So verschieden waren ihre Gesichter, so unverwechselbar … und dennoch, so ähnlich der geschmeidige Gang, und selbst die Art, wie er ihr kaum merklich zugenickt hatte.

Wie Kunun. Wir, Mattim und ich, sind beide wie Kunun.

Wir locken Réka in die Falle … Nein. Nein! Sie schüttelte die düsteren Gedanken ab, hakte sich bei dem Mädchen unter und ließ sich von ihm zum ersten verheißungsvollen Laden ziehen.

»Oh, das hier ist schön, ob mir das steht? Nein, das! Das ist viel zu teuer, oder? Aber es ist toll. Oder nein, das da!«

Während Réka in den Stapeln wühlte, Kleiderbügel herauszog und Hanna mit ihrer Begeisterung fast ansteckte, sah diese sich heimlich nach Mattim um. Er war ganz in der Nähe, das wusste sie. Er hatte ihr versprochen, dass er immer in der Nähe sein würde. Doch erst nachdem Réka in der Umkleidekabine verschwunden war, spürte sie auf einmal seine Gegenwart dicht neben sich. Sie drehte sich zu ihm um und seufzte.

»Hanna.« Mattim legte beide Arme um sie und drückte sie einmal ganz fest. In seinem Gesicht war nichts von Kunun.

»Was darf das Licht tun, um die Finsternis zu besiegen?«, fragte sie leise. »Lügen? Betrügen? Ein Mädchen in Gefahr bringen, das nichts ahnt?«

Mattim schüttelte den Kopf. »Sie ist schon in Gefahr«, sagte er. »In größerer Gefahr als jeder andere Mensch in Budapest. Außer dir vielleicht.«

Hanna lehnte sich an ihn. »Geh lieber«, sagte sie dann. »Réka könnte bockig werden, wenn wir zu dritt sind. Dann läuft sie vielleicht gleich zu ihm.«

Er nickte. »Wir werden auf sie aufpassen, so gut wir können.« Er beugte sich vor und küsste sie, schnell und flüchtig, und doch lag in dieser kurzen Berührung so viel, dass ihr Herz vor Glück erschauerte. Sie wandte sich um, gerade, als Réka aus der Kabine kam.

»Steht mir das, was meinst du?« Die junge Ungarin zog die Stirn kraus, selbstkritisch und gleichzeitig euphorisch. Die schwarze Bluse mit Spitzenbesatz am Ausschnitt wirkte ebenso edel wie verspielt, aber auch ein wenig altmodisch. Eigentlich war es kein Kleidungsstück für ein Mädchen in diesem Alter. Atschorek hätte so etwas tragen können; aus irgendeinem Grund erinnerte das Muster Hanna an die Vampirin. Verschlungen und geheimnisvoll unterstrich es Rékas dunklen Typ, aber Hanna hätte sich gewünscht, sie hätte nicht immer nur nach schwarzen Sachen gegriffen. Außerdem lag der Hals frei und offen. Etwas Flauschiges mit Rollkragen wäre ihr lieber gewesen.

»Wunderschön«, sagte sie. »Du bist so hübsch, Réka.«

»Wirklich?« Die Augen der Vierzehnjährigen leuchteten. »Aber es ist echt teuer … Immerhin hab ich bald Geburtstag, vielleicht …?«

Sie brauchte eine Einkaufstasche, die Réka festhalten würde, als gelte es ihr Leben.

»Ich hab versprochen, ich kauf dir heute was. Wenn es das Teil hier sein soll? Dann kriegst du eben zum Geburtstag nur eine Kleinigkeit.«

»Super! Dann kann ich es an meinem Geburtstag schon anziehen.« Glücklich verschwand Réka wieder hinter dem Vorhang.

Hanna blickte sich unwillkürlich nach Mattim um. Er stand in einem anderen Winkel des Geschäfts und unterhielt sich mit einer Verkäuferin. Die Kappe hatte er abgenommen, sein blondes Haar glänzte. Selbst von hier aus konnte sie erkennen, wie sein Lächeln strahlte und wie die blutjunge Verkäuferin es erwiderte. Fast war es, als ginge ein Glanz von ihm aus, eine Aura aus Licht … Hanna biss sich auf die Lippen. Es war ihre Sehnsucht, die ihm das Licht andichtete, das er verloren hatte. So sehr wünschte sie sich, er möge alles zurückgewinnen, alles, was er vermisste, was man ihm genommen hatte. Sie konnte sich regelrecht vorstellen, wie er dort stehen und alles überstrahlen würde, so dass jeder zu ihm hinblickte … War es so, das Licht? Oder würde es immer nur dieses Lächeln sein, das ihm niemand nehmen konnte, außer vielleicht Kunun mit einem unumkehrbaren Sieg?

»Ich bin fertig. Willst du mir die Bluse echt kaufen?« Réka trat neben sie, und Hanna riss sich von Mattim los, was ihr schwer genug fiel.

»Ja, klar, habe ich doch gesagt.«

Sie musste sich beeilen. Das nächste Ziel, das Réka vorschlagen würde, führte sie vielleicht schon zu Kunun. Bestimmt war er irgendwo hier, und ihre Instinkte würden Réka zu ihm leiten. Dann hätte sie bald genug von Hannas Freundschaft.

»Wo kommt Kunun eigentlich her?«, fragte Hanna, während sie an der Kasse anstanden.

»Wie, wo kommt er her?«

»Ich meine, wo ist er geboren? In welchem Land? Bist du da gar nicht neugierig?«

Rékas Miene verdüsterte sich. »Bestimmt hat er mir das schon erzählt.«

Sag es ihr. Das Diktiergerät. Wenn sie neugierig genug ist, wird sie es selbst einschalten und später abhören. Sie muss nur alles wissen wollen, und du kannst sie dazu bringen ... Wenn sie es freiwillig tut, ist es etwas ganz anderes.

Nein. Hanna zwang sich, etwas ganz anderes zu sagen.

»Ich würde es wissen wollen«, meinte sie und versuchte, es beiläufig klingen zu lassen, nur so dahingesagt. »Vielleicht kehrt er ja irgendwann zurück.«

»Aber Kunun ist kein Ausländer!«, protestierte Réka. »Er lebt hier schon immer. Er ist kein Asylant. Er ist reich!«

»Deswegen kann er sich trotzdem nach der Heimat seiner Eltern sehnen, wo immer das auch sein mag. Und irgendwann dorthin zurückgehen.«

Rékas Kopfschütteln und die Art, wie sie dabei lächelte, sprach Bände. *Wie kannst du nur so ahnungslos sein.*

»Nicht ohne mich.«

»Wohin würde er dich denn dann mitnehmen?« Hanna zahlte und nahm die Tragetasche in Empfang. »Aber mach dir jetzt keine Sorgen, nur weil ich das gesagt habe. Vielleicht kann er ja auch gar nicht zurück. Manchmal verschließen sich die Türen, ohne dass man etwas dazu kann. Viele Menschen, die aus dem Ausland kommen, gehen nie wieder zurück, weil sie etwa verfolgt werden. Weil sie Angst haben. Oder wegen der Umstände ... Die Türen schließen sich öfter, als man glaubt.«

»Willst du in Ungarn bleiben?«, fragte Réka plötzlich. »Geht es darum? Du willst hierbleiben?«

Hanna hatte nicht erwartet, dass das Gespräch diese Wendung nehmen könnte, doch sie ergriff die Gelegenheit.

»Meine Eltern würden sich bestimmt wundern ... Nein, sie erwarten mich natürlich zurück. Bis sich diese Türen schließen, müsste noch einiges vorfallen.«

»Da!«, rief Réka plötzlich, gerade als sie auf die Straße traten. »Da ist er!«

Sie rannte los, der dunklen Gestalt hinterher. Hanna lief ihr nach.

»Warte, deine Bluse! Deine Tasche! So warte doch!«

Hastig holte sie im Rennen das Diktiergerät aus ihrer eigenen Tasche, schaltete es ein und legte es auf das neue Oberteil. »He!«

Réka drehte sich noch einmal um. »Da vorne ist er. Kannst du das nicht für mich nach Hause bringen, Hanna?«

»Ich muss noch woanders hin. Hier, nimm. Bis später, und sei brav, ja?«

»Immer.« Das Mädchen grinste.

Hanna blickte ihr nach, wie sie über das Pflaster rannte.

»Was wird sie ihn fragen?« Mattim war hinter ihr aufgetaucht, lautlos wie ein Geist. Hanna ergriff seine Hand. »Komm, schnell, wir müssen ihr nach!«

»Ich weiß, wo die beiden hingehen«, sagte der Prinz. »An den Fluss. Zurzeit geht er immer an den Fluss.«

Es war ein Wort, das sie nicht hören wollte, das sie nicht einmal denken wollte. Zu lebendig war die Erinnerung. Sie musste nur die Augen schließen und sah die beiden vor sich, Kunun und Mattim, an der Kante …

»Er ist besessen davon«, erklärte Mattim. »Sie werden auch heute da sein. Wir müssen ihnen einen Vorsprung lassen, damit sie nichts merken.«

Hanna schluckte. »Ja, aber wenn Kunun das Gerät findet … Wenn sie ihn in die Tasche schauen lässt, wenn sie ihm vielleicht zeigen will, was sie bekommen hat …«

»Er wird sie nicht gleich in den Fluss werfen«, versuchte Mattim sie zu beruhigen. Sein Arm um ihre Schultern fühlte sich fest und stark an. Doch konnte er auch Réka schützen? »Ihr wird nichts geschehen. Vertrau mir.« Er küsste seine Freundin auf die Wange. Sie wollte fort, Réka nach, aber er hielt sie fest, und schließlich ergab sie sich in seine Umarmung. »Vertrau mir«, flüsterte er ihr ins Ohr. »Ich werde nicht zulassen, dass dem Mädchen etwas geschieht. Jetzt nicht und später auch nicht. Ich werde Wache halten. Ich werde sie schützen, mit meinem Leben, das verspreche ich dir.«

Sie wollte nicht daran glauben, dass er vielleicht zu viel versprach. Mehr, als irgendjemand versprechen konnte.

»Schau mir in die Augen«, bat Mattim. »Das meine ich ernst. Ich hätte dieser Sache nie zugestimmt, wenn ich nicht dazu bereit wäre.«

Dieser Ernst in seinen Augen. Auf einmal kam er ihr viel älter vor als siebzehn. Es war der Blick eines Mannes, der bereit gewesen war zu sterben, damit ihr nichts geschah. Der bereit gewesen war, ins schwarze Wasser zu springen. Ein Mann, der zu den Schatten gegangen war, um seine Familie und seine Stadt zu retten, und der kein Schatten war, obwohl es den Anschein machte, der das Licht immer noch in sich trug, verborgen … Genau so würde er auch für Réka kämpfen. Irgendetwas in seinem Gesicht, vielleicht seine Entschlossenheit, ließ sie daran glauben, dass er zu allem fähig war, sogar zu einem Sieg über Kunun. Irgendwo darin war das Licht, fähig, die Dunkelheit in die letzten Winkel zu jagen und sämtliche Schatten zu verbrennen. Da war es, so dicht hinter dem Steingrau seiner Augen, als würde es gleich herauskommen und sie blenden, als würde irgendwo in ihm eine Sonne strahlen, unauslöschlich. *Selbst die Nacht,* dachte Hanna, *kann die Sonne nicht töten. Der Morgen wird kommen, immer …*

»Jetzt«, sagte Mattim, »gehen wir ihnen nach, ohne dass sie uns sehen.«

Réka hatte sich bei Kunun eingehakt und schwenkte die Tüte beim Gehen hin und her. Von weitem wirkte sie fröhlich und gelöst. Die beiden gingen die Váci utca hinunter und bogen in die Régi posta utca ein, am Mariott Hotel vorbei. Unter den Bäumen setzten sie sich auf eine der Bänke, die das verschnörkelte Aussehen von Gartenstühlen besaßen und von denen aus man gemütlich stundenlang die Donau und das Budaer Ufer hätte betrachten können, wenn es nicht so eisig kalt gewesen wäre.

Sie fragt ihn tatsächlich, dachte Hanna aufgeregt, *sie tut es!* »Hoffentlich wählt sie die Worte geschickt«, flüsterte sie atemlos.

»Kunun hat das Bedürfnis, darüber zu reden«, sagte Mattim. »Sie muss ihm nur den Anstoß dazu geben.«

»Meinst du wirklich? Mir scheint, er ist mit seinen ganzen Geheimnissen sehr zufrieden.«

»Das täuscht«, erklärte er, so wie er es schon einmal getan hatte, als sie ihren Plan besprochen hatten. »Mein Bruder muss es irgendjemandem sagen. Er lebt davon, dass man zu ihm aufblickt.«

»Deshalb wird er ihr verraten, wie man ihn schlagen könnte?«

Mattim strich Hanna das Haar aus der Stirn und küsste sie auf die Augen.

»Lass doch, ich muss beobachten, was sie tun!«

Sie sah gerade noch, wie Réka aufsprang. Wie Kunun sie an den Schultern packte. Irgendetwas stimmte da nicht.

Mattim stürzte los, Hanna ihm nach.

Die Meter, die sie von den beiden trennten, schienen ihr endlos lang. Mattim erreichte das Paar als Erster und fiel Kunun in den Arm.

»Lass sie los! Lass sie!«

Der Ältere stieß ihn so heftig zurück, dass der Prinz mehrere Schritte rückwärts taumelte. Réka schrie ängstlich auf, doch da war Hanna auch schon bei ihr und legte den Arm um sie.

»Komm, ich bringe dich nach Hause.«

»Was soll das?« Réka starrte mit zitternden Lippen auf Kunun.

»Ihr bleibt hier«, befahl der Vampir scharf. Er wandte sich an Mattim, der vorsichtig in Angriffsstellung näher kam. »Das hab ich mir gleich gedacht, dass diese ganzen Fragen von dir stammen. Was hast du jetzt vor? Willst du verhindern, dass ich sie beiße?« Er griff nach Rékas Hand und zog sie wieder näher zu sich heran. »Hast du wirklich gedacht, das lasse ich mir bieten?«

»Beißen?«, fragte Réka verwirrt.

Hanna ließ ihren Arm nicht los. »Komm nach Hause, bitte, komm!«

»Ich dachte, du hättest etwas gelernt«, sagte Kunun zu seinem Bruder, heiser vor Wut. »Kann jemand wirklich so dumm sein?«

»Lass Réka gehen«, forderte Mattim und hielt Kununs vernichtendem schwarzem Blick stand.

»Meine liebe Réka«, fuhr der Vampir fort und schenkte dem Mädchen ein warmes Lächeln, bei dem Réka sich wieder entspannte. Sie schüttelte Hannas Hand ab. »Lass dich nie wieder zum Werkzeug machen. Frag mich nicht aus. Hast du das verstanden?«

Réka nickte, ihre Augen hingen an ihm, gebannt. Kunun legte die Arme um ihre Schultern und presste sie eng an sich.

»Strafe muss natürlich sein«, redete er weiter. »Wessen Idee war das?« Er sah von Mattim zu Hanna und wieder zurück.

»Meine«, sagte der junge Prinz und senkte den Kopf.

»Natürlich war es deine Idee.« Kunun ließ Réka so plötzlich los, dass sie zur Seite taumelte, und packte Mattim am Kragen. »Was soll ich mit dir tun, kleiner Bruder?«

»Lass mich gehen«, ächzte der Jüngere.

»Erst soll ich Réka gehen lassen und jetzt dich? Könntest du dich bitte mal entscheiden?«

Er wandte sich zu Hanna um, die gerade Rékas Hand ergriffen hatte. »Weg da! Auch du fürchtest dich noch viel zu wenig. Hast du nicht schon genug gesehen? Muss ich noch deutlicher werden?«

»Komm, Réka«, flehte Hanna. »Hast du nicht gehört? Er will dich beißen, und er meint es ernst. Bitte komm!«

»Was?« Das Mädchen schaute verwirrt von einem zum anderen.

»Heute Abend, Mattim«, sagte Kunun. »Am Baross tér. Dort wirst du deine Strafe empfangen.«

»Er wird nicht kommen!«, rief Hanna. »Was glaubst du, wer du bist? Lass ihn endlich in Ruhe!«

»Oh, er wird«, widersprach der Schattenprinz. »Und du auch. Ich will, dass du dabei bist.« Damit packte er Réka am Arm und ging mit ihr weiter; sie musste fast laufen, um mit ihm Schritt zu halten.

Die Tasche hatte das Mädchen auf der Bank liegen lassen. Hanna hob sie auf, krallte die Hände hinein. Ein Schatz.

»Womit haben wir das bezahlt?«, fragte sie düster.

Mattim trat neben sie. »Ich hoffe nur, es hat sich gelohnt.

Lass uns schnell zu dir nach Hause fahren, ich will alles hören. Irgendetwas Wichtiges muss einfach dabei sein!« Er lachte leise. »Die Sache ist genau so verlaufen, wie wir es uns gedacht hatten. Genau so! Kunun hat geglaubt, dass wir an die Informationen kommen wollen, indem wir ihn daran hindern, Réka zu beißen. Er ist gar nicht auf die Idee gekommen, dass wir so ein Dingens benutzt haben.«

Hanna blickte Réka nach, eine kleine Gestalt neben einer großen, dunklen.

»Ich kann es kaum ertragen, wie brav sie mit ihm mit geht ... Aber er war auf uns böse, nicht auf sie. Ich bin so froh darüber!« Ihre Freude über den guten Ausgang ihres Plans hatte allerdings einen schweren Dämpfer bekommen. »Mattim, du darfst heute Abend nicht dorthin gehen! Kunun wird seine ganze Wut an dir auslassen!«

»Das hoffe ich doch«, sagte der Prinz. »Es macht mir bloß Sorgen, dass du mich begleiten sollst.«

»Was hat er vor?«, fragte Hanna bang.

»Wie er mich bestrafen will? Einen Schatten? Ich hab da so eine Ahnung ... Nein, darüber möchte ich nicht reden. Lass uns jetzt dieses komische Gerät abhören, ich bin so was von gespannt. Vielleicht«, er lächelte der Tragetasche zu, »steckt darin die Lösung für alle unsere Probleme.«

Das Schlagen und Knattern der Tasche hörte sich an wie eine vom Wind gebeutelte Fahne. Undeutlich die Stimmen. Die beiden mussten sich unheimlich konzentrieren, um dem Gespräch zu folgen.

Rékas helle Stimme, aufgeregt sprudelnd. Dazwischen Kununs Stimme. Letztlich war es wie bei seinem Foto, dem undeutlichen Farbausdruck – auch hier, von Nebengeräuschen überlagert, war jedes seiner Worte doch wie ein Zaubergesang, wie ein Fenster in eine sternenklare Nacht, die einen verlocken wollte, hinaus in den Garten zu gehen und ihm zu folgen. Der Vampir war viel besser zu verstehen als das Mädchen, wie Glanzlichter strahlten seine Worte aus dem Rauschen heraus. Jetzt wurde seine Stimme etwas lauter.

»Warum fragst du mich das? Réka, was soll das, wie kommst du darauf? Warum interessiert es dich auf einmal, wo ich herkomme?«

Réka, kleinlaut: »Ich dachte nur …«

»Was willst du hören? Geschichten aus anderen Ländern? Geschichten vom Licht und von der Dunkelheit?«

»Ich dachte … keine Geheimnisse …«

»Mattim steckt dahinter, habe ich Recht? Versucht er es auf diesem Weg, mich auszuhorchen, der kleine Hund … Was will er wissen? Was sollst du mich fragen?«

»Au, du tust mir weh!«

»Verzeih mir, meine Süße, mein Täubchen … Aber du wirst mir sagen, worauf mein Bruder aus ist, was er wissen will. Was sollst du mich fragen?«

Réka, weinerlich, wiederholte grob das, was Hanna ihr gesagt hatte. »Jetzt hab ich Angst, du könntest vielleicht irgendwann weggehen, ganz weit weg …«

»In der Tat, das werde ich«, sagte Kunun. »Und zwar schon bald. In ein Land, in das ich jederzeit zurückkehren kann, wann immer ich es will. Mattim macht sich also Sorgen, die Pforte könnte mir eines Tages verschlossen sein? Ein Riss in der Welt, geöffnet von der Klaue der Dunkelheit? Er sollte sich über ganz andere Dinge Sorgen machen.«

»Warum schaust du mich so an, Kunun? Du machst mir Angst! Ich will …«

»Lass sie los!« Mattims Stimme.

»Dann bist du gekommen.« Hanna schaltete das Gerät aus. Sie sah ihn an und wollte nicht weinen. Der Prinz saß auf ihrem Bett, das Kinn auf die Hände gestützt, und wirkte müde. Das Haar fiel ihm in die Augen, matt und glanzlos. In diesem Moment war nichts Strahlendes an ihm. So erschöpft und resigniert hatte sie ihn noch nie gesehen. Schon fast, als wäre er geschlagen.

»Er hat ihr überhaupt nichts gesagt. Oh, Mattim, es tut mir so leid!« Sie legte ihm eine Hand auf den Arm und barg den Kopf an seiner Schulter. Er rührte sich nicht, sondern saß nur da, wie erstarrt. Er hatte nicht einmal die Kraft, den Arm um sie zu legen, Trost zu suchen. Mit aller Macht versuchte sie die Tränen zurückzuhalten, aber es gelang ihr nicht. Schluchzer schüttelten sie, und vielleicht löste ihr Weinen letztlich seine Erstarrung, ihre Tränen, die etwas in ihm zum Schmelzen brachten. Endlich umschlang er sie, drückte sie an sich und küsste ihre nassen Wangen.

»Warum weinst du?«, fragte er leise, immer noch wie jemand, der aus einer tiefen Betäubung erwacht und nicht begreift, dass der Schmerz, den er fühlt, sein eigener ist.

»Um Akink«, flüsterte sie. »Und um dich. Nun bist du ganz umsonst ein Schatten geworden. Für nichts!«

Hanna spürte seinen Mund auf ihrem Haar, auf ihren Augen, auf ihren Lippen. Eine Weile hielt er sie nur fest, doch schließlich sagte er: »Wir müssen gehen. Jetzt.«

»Und wenn du nicht gehst?« Sie klammerte sich an ihn, ließ ihn nicht aufstehen. »Wenn du einfach nicht hingehst. Wir könnten fliehen, irgendwohin. Wo Kunun uns nicht finden wird. Bitte, geh nicht, Mattim, bitte!«

»Ich muss«, sagte der Prinz. »Wir wussten beide, irgendjemand wird für diese Fragen bezahlen müssen. Es ist gut, dass es nicht Réka ist. Ich glaube auch nicht, ich hoffe nicht, dass es um dich geht. Es wäre nur leichter, wenn man wüsste, dass man für den Preis etwas bekommen hat, das sich gelohnt hat.«

»Für nichts«, flüsterte Hanna, »für nichts und wieder nichts willst du hingehen und dir antun lassen, was immer er dir antun will?« Sie mochte es nicht aussprechen, aber es lag ihr nun schon so lange auf der Zunge, dass sie nicht anders konnte. »Dein Bruder kann dich töten, Mattim. Sag mir jetzt nicht, dass du sicher bist, weil du ein Schatten bist. Kunun kennt einen Weg, ganz bestimmt. Wenn er es wollte …«

»Ich weiß«, sagte Mattim. »Aber wenn er mich umbringen will, kann er das jederzeit. Dazu müsste er mich nicht zu sich bestellen. Was immer er auch vorhat, er kann es tun, wann er will. Ich kann mich nicht vor ihm verstecken. Er könnte jederzeit hier aus der Wand heraustreten und auf mich losgehen.«

»Geh nicht zu ihm!«, flehte Hanna. Trotzdem. Auch wenn alles stimmte, was Mattim sagte, änderte es nichts daran, dass sie es nicht ertrug, wenn er freiwillig in die Arme seines Henkers marschierte.

Mattim lächelte. »Es ist eine Chance«, sagte er. »Die einzige Chance, die ich noch habe, um meinem Bruder zu beweisen, dass ich ihm gehorche. Die einzige Chance, um in seinem Haus wohnen bleiben zu dürfen. Die einzige Chance, in der Nähe des Kellers und der Pforte zu bleiben. Wenn ich jetzt fliehen würde, gäbe ich alles auf, wofür ich bisher gekämpft habe. Es wäre, als würde ich Akink aufgeben und im Stich lassen.«

»Dann hast du Akink also noch nicht aufgegeben?«

Seine Augen. Flussgrau, steingrau, himmelsgrau. Vielleicht waren sie auch akinkgrau, vielleicht lag in ihnen die Widerstandsfähigkeit einer uralten Burg und einer ummauerten Stadt, heimgesucht und dennoch immer bereit zum Kampf.

»Nein«, sagte er leise. »Und das werde ich auch nie.«

Leere Worte. Nichts als leere Worte. Er klammerte sich an einen Traum, der längst zerplatzt war, und tat immer noch so, als könnte alles gut ausgehen. Obwohl sie nichts mehr hatten. Keinen Plan, keine neuen Ideen. Wie Bettler, mit leeren Händen und frierenden Füßen. So fühlte Hanna sich: frei fliegend im Nichts, als hätte jemand bei einem

Weltraumspaziergang das Seil zum Raumschiff durchtrennt.

Sie seufzte.

»Komm«, sagte er. Es war nicht Kununs sanft lockende Stimme. Und doch war sie bereit, dieser Stimme bis in die tiefsten Abgründe der Finsternis hinein zu folgen.

EINUNDDREISSIG

BUDAPEST, UNGARN

Als sie mit Mattim durch die Hecke schlüpfte und auf der Straße anlangte, sah Hanna Réka vor dem Tor stehen. Das Mädchen machte keinerlei Anstalten zu klingeln oder aufzuschließen. Sie stand nur da, wie eine Fremde, die sich fragte, ob es hinter den erleuchteten Fenstern des Hauses vielleicht Liebe und Wärme gab.

»Réka?«

Wie viel hatte Kunun ihr genommen? Blass wie ein Gespenst sah sie aus, und doch lag ein Lächeln auf ihrem Gesicht, als hätte sie einen wunderschönen Traum gehabt.

»Du hast die Tüte vergessen«, bemerkte Hanna, um irgendetwas zu sagen, etwas Alltägliches, um nicht laut zu schreien. »Ich habe sie mitgenommen, nur damit du es weißt.«

»Was für eine Tüte?«

Réka wusste nicht mehr, dass sie einkaufen gewesen waren. Nicht einmal das. Sie wirkte auch nicht, als wüsste sie, wie sie hierhergekommen war.

»Wir müssen los«, sagte Mattim leise.

Hanna drückte für Réka auf die Klingel. »Geh nach Hause«, sagte sie nur. »Deine Mutter ist schon da. Ich bleibe nicht lange weg, sie soll sich keine Sorgen machen.«

»Ja«, sagte Réka.

Mattim zog Hanna weiter. Die beiden sprachen nicht darüber, dass es wehtat. Auch nicht darüber, dass sie nicht mehr wussten, wie Kunun aufgehalten werden konnte. Die gesamte Fahrt über sagte keiner von ihnen ein Wort. In der

Metró lehnte Hanna den Kopf an seine Schulter. Am Baross tér küsste er sie auf der Treppe nach oben. Er blieb einfach stehen, mitten im Gedränge der nach oben strebenden Menschen, und hielt sie noch einmal fest. Dann standen sie vor dem grauen Haus, über dessen Eingang der Löwe wachte.

Mattim klopfte.

Goran öffnete ihnen. Sie warf Hanna einen interessierten Blick zu und nickte. »Du hast dein Mädchen mitgebracht.«

»Kunun wollte es so«, erklärte Mattim.

»Dann kommt.« Die junge Schattenfrau hielt die Tür auf, und sie konnten durch den Flur hindurch in den erleuchteten Hof blicken. »Dort entlang, Prinz Mattim.«

Im Hof warfen die Lampen von allen Seiten ihr Licht auf den steinernen Brunnen und die sitzenden Löwen. Über ihnen, an den umlaufenden Balkongittern, standen die Vampire, abwartend darübergebeugt. Hanna hätte nie gedacht, dass es so viele waren. Auf allen Stockwerken standen sie, ohne eine einzige Lücke frei zu lassen. Stumm blickten sie in den Hof hinunter. In der ersten Etage, direkt vor ihm, hatte Kunun Platz genommen, wie ein König in einer Loge. Mattim blieb stehen und sah zu ihm hoch. Er hielt Hannas Hand so fest, dass es wehtat, blieb äußerlich jedoch ganz ruhig.

»Ich bin gekommen«, sagte er. »Wie es aussieht, bin ich nicht der Einzige, den du heute eingeladen hast.«

Hanna hatte nichts gehört. Als Mattim plötzlich zur Seite sprang und sie mitriss, war sie so überrascht, dass sie kurz aufschrie, dann erst erblickte auch sie die rothaarige Gestalt vor sich. Atschorek, ein langes Schwert in der Hand, ihr Gesicht schön und hell wie aus Stein gemeißelt, die Augen funkelnd, unsterblich schöne Todesbringerin.

»Lauf!«, schrie Mattim und versetzte seiner Freundin einen Stoß, zum Brunnen hin. Schnell brachte Hanna das große Becken zwischen sich und die Angreiferin, doch dann sah sie, dass Mattim einfach stehen geblieben war, direkt vor Atschorek. Er bot ihr die Stirn.

»Mattim!«, rief Hanna. »Mattim!«

Der Prinz rührte sich nicht von der Stelle. »Wo ist meine Waffe, Kunun?«, fragte er, ohne den Blick nach oben zum Balkon zu wenden.

Sie hörten das leise Lachen des Vampirs.

Atschorek machte einen Schritt auf Mattim zu. Er ließ sich ohne zu zögern nach hinten fallen, rollte zur Seite und sprang einige Meter weiter wieder auf neben einem der steinernen Löwen. Hanna beobachtete, wie er mit beiden Händen das mähnenumwallte Haupt der Steinfigur packte, aber der Löwe war zu schwer, um ihn hochzuheben.

Ohne ein Wort kam Atschorek wieder auf ihn zu.

Hannas Hände krallten sich in den Marmorrand des Beckens. Sie blickte sich nach einer Waffe um, nach irgendetwas, womit sie Mattim helfen konnte. Wie sollte er mit bloßen Händen gegen Atschoreks Schwert bestehen? Doch der Hof enthielt nichts, was man zweckentfremden konnte. Keine Spaten oder … Da hinten an der Wand, nahe dem Eingang, lehnte ein Besen. Hatte Kunun den Platz vorher etwa noch ausfegen lassen, um seinen Schatten ein würdiges Schauspiel zu liefern? Um an den Besen zu kommen, musste sie ihre Deckung aufgeben. Atschorek versuchte ihren Bruder in eine Ecke zu drängen und schien nicht auf Hanna zu achten. Sie sah schnell zu den Zuschauern hoch, die immer noch stumm dem ungleichen Kampf beiwohnten. Wahrscheinlich würden sie Atschorek warnen, aber wenn sie schnell genug war … Hanna lief los. Die wenigen Meter bis zum breiten Flur kamen ihr vor wie ein Gewaltmarsch. Kein Vampir wachte in der Eingangshalle. Sie konnte aus dem Haus laufen, und niemand würde sie aufhalten. Sofern die Tür draußen nicht abgeschlossen war … Der Gedanke an Flucht streifte sie nur kurz, dann umklammerte sie mit einer Hand schon den Besenstiel. Damit stürmte Hanna auf Atschorek los, ohne darüber nachzudenken, wie wenig sie mit dieser lächerlichen Waffe ausrichten konnte. Als sie ausholte, drehte die Vampirin sich um und fing den Hieb mit dem Schwert auf.

Der Besen zersplitterte und wurde ihr aus der Hand geschlagen, und im selben Moment sprang Mattim Atschorek in den Rücken und verhinderte den zweiten Schlag. Die beiden Geschwister taumelten zur Seite.

»Lauf, Hanna!«

Dort lockte der Ausgang, unbewacht … Hanna hastete wieder zurück, hinter den Brunnen. Und da, im Eis, das jemand in viele kleine Stücke gebrochen hatte, sah sie etwas Dunkles liegen … ein Schwert. Ein zweites Schwert! Sie tauchte die Hand durch die scharfkantigen Eisbrocken und holte es heraus. Es war schwerer als erwartet. Merkwürdigerweise konnte sie sich nicht freuen. Hier lag es. Die Schatten warteten nur darauf, dass sie es fanden, dass Mattim es benutzte. Sie wollten einen Kampf sehen, ein Duell … Ihr Mut sank.

Sie wollen seinen Tod. Sie werden ihn nicht gehen lassen. Atschorek wird ihn töten. Jetzt. Vor meinen Augen. Ich bin hier, um es mit anzusehen.

Hanna konnte nichts empfinden, nicht einmal Angst. Das Einzige, was sie fühlte, war das Schweigen der Schatten über ihnen, ein Schweigen voll gespannter Erwartung. Eine Dunkelheit, die von allen Seiten auf sie zukroch, und so wenig, wie jemand die Nacht aufhalten konnte, vermochte sie diese Dunkelheit zu stoppen.

Kunun hatte Mattims Tod beschlossen.

Oder etwa nicht? Konnte ein Schatten überhaupt mit einem Schwert getötet werden?

»Mattim, hier! Für dich!«

Atschorek, immer noch ohne Worte und ohne Lachen – nicht einmal Hohn hatte sie für ihn übrig –, versuchte ihren Bruder daran zu hindern, zum Brunnen und damit zu seiner eigenen Waffe zu gelangen. Sie trieb ihn zur Mauer, wo drohend ihr übergroßer Schatten auf ihn fiel – und auf einmal war Mattim verschwunden. Ein leises Raunen ging durch die Reihen der Vampire.

Wieder lachte Kunun leise.

»Gib her.« Mattim tauchte aus der Mauer hinter Hanna auf, und sie reichte ihm mit zitternden Händen das Schwert.

Die beiden hatten keine Zeit für einen Abschiedskuss, für ein paar Worte zur Ermutigung. Sobald Mattim das Schwert in den Händen hielt, griff Atschorek richtig an. Jetzt erst merkte man, dass sie bislang nur mit ihm gespielt hatte. Mit einer erschreckenden Schnelligkeit ging sie auf ihren Bruder los, der kaum dazu kam, die heftigen Hiebe zu parieren. Schlag für Schlag trieb sie ihn vor sich her, um den Brunnen herum und durch den Hof. Hanna schrie auf, als Atschorek Mattim am Oberarm traf. Er wankte, und ein paar Vampire flüsterten, als ginge der Wind durch die dürren Blätter eines Herbstwaldes, durch die Wipfel hoch über ihnen. Mattim biss sich auf die Lippen, ließ das Schwert jedoch nicht fallen. Ein grimmiges Lächeln erschien auf Atschoreks Gesicht.

Mattim kämpfte weiter. Er krallte die Hände um das Schwert, auf dem das Licht der Lampen zu flackern schien, und setzte sich weiterhin zur Wehr. Seine Bewegungen wurden schneller, forscher; Hanna atmete auf, als sie sah, dass er noch lange nicht aufgegeben hatte. Diesmal musste die Vampirin zurückweichen. Mattims Schwert tanzte in seiner Hand, auf und ab wie in einer sorgfältig einstudierten Choreographie. Man konnte vergessen, wie ernst die Lage war, dass dies kein Spiel war. Ebenso wie die Tatsache, dass jede Wunde in seiner Haut, in seinem Fleisch bleiben würde, für immer … Seltsam, dass dies derselbe Mattim war, der mit ihr Attilas Kindergeburtstag gefeiert und Luftballons aufgeblasen hatte. Ein Krieger mit dem Schwert …

Das Tuscheln der Vampire über Hanna wurde lauter. Sie flüsterten Mattims Namen, ein Raunen, ein Rauschen über ihnen. »Mattim. Mattim …«

Atschorek duckte sich unter dem Schwert des Angreifers hindurch und traf ihn am anderen Arm. Auch dieser Ärmel färbte sich rasch dunkel von seinem Blut.

Mattim lachte auf. »Wie lange soll das noch so gehen?«, fragte er. »Glaubst du, du könntest mich in Stücke hacken?«

Er tauchte unter ihrem Angriff hindurch und fiel durch seinen eigenen Schatten in die Wand hinein. Atschorek drehte sich langsam um sich selbst, das Schwert vor sich, Wachsamkeit in ihrem reglosen Gesicht.

Ihr Bruder blieb verschwunden. Die Vampire wurden allmählich unruhig, lehnten sich über das Balkongeländer und spähten in den Hof. Hanna fühlte ihr Herz heftig schlagen, als Atschorek in ihrer Drehung innehielt und sie anschaute. Ihre Blicke trafen sich.

Ich sehe dich.

Das schienen Atschoreks dunkle Augen zu sagen. *Ich sehe dich. Ich habe dich gefunden. Da bist du.*

Als wüsste sie nicht, dass ich hier stehe. Als hätte sie mich vergessen, solange sie sich auf Mattim konzentrierte. Nun wird sie kommen … Und ich bin sterblich. Und ich bin sterblich …

Es war zu unglaublich, um sich davor zu fürchten, vor dem Tod, der in dieser Gestalt auf einen zukam. Niemals hatte Hanna sich den Tod so vorgestellt, mit dem Gesicht einer wunderhübschen Frau. Als eine Prinzessin, ein Schwert in der Hand, als wäre es eine Verlängerung ihres Arms. Wie in einem Streiflicht erinnerte sie sich an das, was Mattim ihr einmal erzählt hatte. *Atschoreks Kutsche wurde auf der Brücke angehalten, und sie kämpfte sich den Weg frei auf die andere Seite.* Hanna konnte es vor sich sehen. Dieselbe Atschorek, dieses Gesicht, das sich seitdem nicht verändert hatte. Eine Tochter, die heimkehrte, eine Braut, eine Prinzessin ... und schlug sich den Weg frei, als wäre sie selbst eine tödliche Stahlspitze, die sich durch atmendes Fleisch grub.

Hannas Herz schlug wie wild, dennoch blieb sie stehen. Ihre Beine ließen sich nicht bewegen, mutig sah es aus, und dabei war sie nur wie gelähmt, eingefroren in ihrem Entsetzen. *Nein, das ist nicht Angst. Es ist gar nichts. Mattim.* Wie ein Zauberspruch, die einzige Waffe, die ihr zur Verfügung stand. *Mattim ...*

Sie sah die Bewegung aus ihren Augenwinkeln. Er sprang von oben über das Balkongeländer, direkt auf seine Schwester, und begrub sie bei ihrem gemeinsamen Sturz unter sich. Atschorek knurrte wie eine Wölfin, als die beiden über das Pflaster rollten, und über ihnen frohlockte laut die Stimme der blonden Frau, die sie hereingelassen hatte: »Mattim, ja! Ja!«

Atschoreks Schwert schepperte über den Boden. Mattim saß über ihr, Atschoreks Hände legten sich über seine, die das Schwert hielten. Sie rangen um die verbliebene Waffe, die Rothaarige ließ nicht los, schließlich warf sie ihren Gegner mit einem heftigen Stoß von sich herunter und griff nach ihrem eigenen Schwert, bevor Mattim sich erneut auf sie stürzen konnte. Die Klingen prallten aufeinander, der Schlag klang lauter als alle vorherigen. Und wieder tanzten sie umeinander her. Und wieder traf sie ihn, ohne dass er sich dafür revanchierte.

Atemlos schaute Hanna zu; sie verwünschte sich, dass sie nicht schnell genug gewesen war, um Atschoreks Schwert an sich zu reißen. Mattim, voll und ganz auf seine Gegnerin konzentriert, schien alles um sich herum vergessen zu haben. Er hörte nicht das Gemurmel der Schatten, seine Bewegungen wurden nicht langsamer ... Wie lange würden die beiden wohl noch kämpfen? Die ganze Nacht und noch einen Tag und wieder eine Nacht? Was für ein Ende würde es geben, wenn keiner von ihnen je müde wurde? Mitten in einer Parade, einer kunstvollen Figur, spürte sie Mattims Blick auf sich. Sie erschrak, denn darin lag keine Hoffnung. Er wusste, dass es ein Ende geben würde und wie es aussah … Ein Blick zum Abschied. Ein kleiner Moment der Unaufmerksamkeit. Diesmal traf Atschorek ihn in der Seite.

Hanna wischte sich übers Gesicht. Sie hatte nicht gemerkt, dass sie weinte. Nein, ihr Freund würde nicht sterben, er konnte es gar nicht. Nicht so. Warum taten sie das, Kunun und Atschorek? Warum quälten sie ihren Bruder so und gaben ihm ein Schwert, um sich zu wehren, wenn sein Tod ohnehin beschlossene Sache war?

Er glaubt daran, dass er sterben wird, dachte Hanna und versuchte, selbst daran zu glauben, es zu begreifen, doch es ging nicht. *Er kämpft wie ein Held aus einem uralten Königreich und glaubt an seinen Tod* … Nein, sie verstand es nicht. Aber außer ihr schienen es alle zu verstehen. Die anderen Schatten waren wieder leise geworden. Sie beobachteten den Kampf mit Sorge, so schien es ihr. Und Kunun? Sie wandte sich um und sah ihn an. Der Vampir lächelte nicht mehr. Er schüttelte den Kopf, und sie verstand wenigstens das eine: dass es nicht so lief, wie er gehofft hatte.

Die Geschwister kämpften immer noch, und durch die Nacht, die sich über den Hof senkte, schnitt das Krachen der Schwerter wie ein Donnerschlag und noch einer … es hörte nicht auf. Wurde nicht weniger und nicht leiser. Als würden sie immer dort kämpfen, Mattim und Atschorek, von jetzt an bis ans Ende der Zeit.

Schließlich stand Kunun auf und trat an das Gitter.

»Hör auf, Mattim«, sagte er. »Wen willst du damit beeindrucken? Der Morgen wird dein Feind sein. Begreif es doch endlich. Du kannst sie nicht schützen. Gib auf und überlass es mir und meiner Entscheidung.«

»Nein!« Mattim wandte den Blick nicht von seiner Schwester, sah nicht nach oben zu Kunun. »Nein.« Seine Stimme war von wilder Entschlossenheit erfüllt, ein Gegensatz zu dem Blick, mit dem er Hanna mitgeteilt hatte, dass er gleich sterben würde.

»Das Licht«, sagte Kunun leise – und doch war er mühelos zu verstehen –, »ist ein zweischneidiges Schwert. Es vertreibt die Schatten, es löst sie auf, es verbrennt die Dunkelheit zu Asche. Die Nacht ist der heilsame Mantel, der uns schützt und uns in sich birgt. Und doch, das ist nicht alles. Dunkelheit zerreißt, Licht schließt die Wunden. Allein das Licht kann die Verletzungen heilen, welche die Finsternis geschlagen hat.« Seine Stimme klang sanft und ohne Hall durch den Hof, wie ein goldener Vogel, der seine Schwingen ausbreitete und von Geländer zu Geländer schwebte. »Dort in Akink wartet es auf uns. Die Rettung, die wir uns erobern müssen, denn sie wird niemals freiwillig zu uns kommen. Ich biete es dir immer noch an. Zieh an meiner Seite gegen Akink. Im Licht, wenn Tag und Nacht sich vereinen, wird alles heilen.«

Mattim öffnete den Mund.

Nie, würde er sagen, das wusste Hanna. Niemals ziehe ich mit dir gegen meine Stadt, lieber sterbe ich!

Aber Mattim starrte auf Kunun. Sein Arm sank herab. Über ihm hing, bereit, Atschoreks Schwert.

»Dort wird es heilen?«, fragte er. »In Akink? Alles?«

»Allein aus diesem Grund führe ich die Schatten gegen die Stadt des Lichts«, sagte der Vampir. »Ich bin nicht so böse, wie du vielleicht denkst. Jede deiner Wunden wird heilen, im Licht. Du gehörst an meine Seite, Mattim.«

Atschoreks Schwert senkte sich über ihn.

Da beugte er den Kopf. Und er beugte die Knie.

»Das wusste ich nicht«, sagte Mattim leise. »Ich glaubte … Dann bin ich an deiner Seite, Bruder.« Er hob den Blick und sah Kunun an, mit einem Gesicht, in dem etwas Neues glänzte, eine Freude, über die Hanna erschrak. Da schien etwas von innen zu erstrahlen, als würde das Licht gleich aus ihm herauskommen und alle Schatten hinwegfegen. Ein

Lächeln glitt über die Züge des Prinzen, in dem Triumph aufleuchtete, und ein fast schon wölfisches Zähnefletschen, als wollte er zugleich angreifen und sich beugen.

In seinem Blick lag nichts mehr von dem geschlagenen Helden, der bereit war zu sterben. Keine Verzweiflung mehr. Nur dieses wilde Lächeln, vor dem sie sich auf einmal fürchtete.

»Nach Akink?«, fragte Atschorek misstrauisch.

Mattim erwiderte ihren Blick.

»Nach Akink«, bestätigte er. Und legte das Schwert auf den Boden.

»Dann stört dich wohl auch das nicht«, sagte sie, ergriff seine Hand und schnitt mit der rasiermesserscharfen Klinge hinein.

Hanna schluchzte auf. »Mattim!« Sie wollte zu ihm eilen und ihn umarmen, froh sein, dass er lebte, aber all das konnte sie nicht tun. Wie hatte er sein Schwert vor Kunun niederlegen können, der dort oben stand, triumphierend wie ein siegreicher Gott? Mattim, mit diesem merkwürdig glücklichen Lächeln, plötzlich ein Fremder …

»Auch das«, meinte Atschorek und hob das Schwert gegen das Gesicht ihres Bruders, »wird dich nicht kümmern, wenn wir doch bald in Akink einziehen.«

»Genug«, befahl Kunun mit scharfer Stimme, bevor die Klinge Mattims Haut ritzte.

Atschorek ließ sofort das Schwert sinken. Aber im nächsten Augenblick erhob sie es wieder, trat auf Hanna zu und legte ihr die schwere Klinge auf die Schulter, als wolle sie das Mädchen zum Ritter schlagen. So dicht an ihrem Hals lag die Schneide, nur einen Hauch von ihrer Haut entfernt, Hanna spürte das kalte Metall, als würde es dort atmen. Ein Schreckenslaut entfuhr ihr, ein Wimmern, doch Mattim, nur wenige Schritte von ihr entfernt, stand reglos da und machte keinerlei Anstalten, sein Schwert aufzuheben und zu kämpfen.

Er sah sie nur stumm an. Die Lichter malten ihm ein Muster aus Schatten auf die Wangen. Irgendwo über ihnen begann ein neuer Morgen, fahl und fremd, nur der Hauch eines Beginns. Mattims Blick, von einer Tiefe erfüllt, die Hanna nicht erahnt hatte. Er bewegte nicht die Lippen, um ihr eine Botschaft zuzuflüstern. Es war nur da, in seinen Augen, ein Versprechen.

Ich liebe dich. Vertrau mir.

Dann, als hätte es diese kurze Zwiesprache nie gegeben, wandte er sich an Kunun. »Was immer du beschließt«, sagte er, »mein Bruder und mein König.«

Der Schattenprinz lächelte. »Du wirst uns den Sieg bringen, kleiner Bruder. Das weiß ich. Das habe ich immer gewusst.«

»Und?«, fragte Atschorek.

Hanna wagte nicht, sich zu rühren. Eingefroren, statuenstill verharrte sie, doch dann begann ein Zittern in ihren Beinen und breitete sich von dort aus, kaum zu bändigen. Trotz allem blickte sie nicht zu Kunun hin, um ihn das Urteil verkündigen zu hören. Auch nicht zu Atschorek, die so dicht vor ihr stand, als wollte sie mit ihr tanzen. Mattim wirkte so fremd, so unheimlich fremd …

Vertrau mir.

»Sie gehört dir, Bruder«, sagte Kunun. »So wie Magyria und Akink dir gehören.«

Atschorek trat zur Seite. Mattim nahm Hannas Hand und führte seine Freundin durch den Hof zum Eingangsgewölbe. Noch bevor die beiden es erreicht hatten, brandete hinter ihnen ungewohnter Lärm auf. Hanna brauchte einen Moment, um zu begreifen, dass die Schatten klatschten und stampften, und jemand begann zu rufen: »Mattim, Mattim!«

Es war der Name, der ihre Welt bedeutete, es war der Name, in dessen Rhythmus ihr Herz schlug.

Vertrau mir …

Im Gewölbe schwankte er, wie eine Marionette, deren Fäden jemand durchgeschnitten hatte. Er fiel schwer gegen sie, und sie fing ihn auf, so gut sie konnte. Beide stützten sich an der Wand ab. Hanna schlang die Arme um ihn und hielt ihn fest.

Als das Licht des neuen Tages in den Hof fiel, als es ihn berührte mit einem Hauch von Frühling, trank er an ihrem Hals, von ihrem Blut, als wäre sie der Drache, dessen Blut allein vor der Vernichtung schützen konnte.

Ein Morgen, frostig und doch schon durchdrungen von neuen Ahnungen. Februar. Er strich ihr übers Haar, wartete auf das Erkennen in ihren Augen, die ihm heller vorkamen als sonst, nicht braun, sondern fast golden. Zart und zerbrechlich wirkte Hanna, als sie über den Platz, über die gegenüberliegenden Häuserfronten blickte. Eine Weile starrte sie auf die Uhrzeit, die in grellroten Ziffern über das Werbeband eilte, und ein Beben durchlief sie, das auf ihn übergriff.

»Verzeih mir«, flüsterte er in ihr Haar. Er hätte sie verlieren können. Ja, fast hätte er sie auch verloren. Es war unverzeihlich. Wenn sie es erfuhr, würde sie gehen. Er konnte es ihr nicht verübeln.

»Was? Was soll ich dir verzeihen?«, fragte Hanna. Sie räusperte sich, als müsste sie sich erst an ihre Stimme gewöhnen, als wäre auch die neu an diesem Tag. So, als wären sie beide neugeboren in dieser Nacht. »Dass du gesagt hast, du stündest auf Kununs Seite? Dass du dein Schwert vor ihm niedergelegt hast?« Sie drehte den Kopf und schaute ihn an. Ihre Augen wie Gold, wie Bronze und Honig. Und waren doch gerötet, als hätte das Mädchen die ganze Nacht geweint.

»Du erinnerst dich schnell«, sagte er leise. Er zog sie weiter, fort von Kununs Haus.

»Ja«, flüsterte sie. »Warum sollte ich dir verzeihen, dass

du dein Leben gerettet hast? Nur, um deinen Stolz zu wahren, hättest du sterben sollen? Um deinen Stolz zu wahren, hättest du mir das Herz brechen sollen? Nein, Mattim. Es gibt nichts, was ich dir verzeihen müsste.«

Er führte sie an den Schaufenstern vorbei. Hier hatten sie gestanden, vor jenem Geschäft, dort hatten sie sich geküsst … Lange schien das her zu sein, sehr lange.

»Ich war die ganze Zeit auf dem Sprung«, sagte der Prinz. »Wenn Atschorek auch nur eine Bewegung gemacht hätte, wäre ich bei dir gewesen. Aber vielleicht hätte ich es nicht geschafft, dich zu retten. Ich habe auf Risiko gesetzt, und du warst mein Einsatz. Wenn ich nur daran denke, was ich da gewagt habe, wird mir ganz schlecht. Die Klinge an deinem Hals … Es tut mir so leid, Hanna.«

Sie blieb stehen und sah ihn an. Ihr dunkles Haar fiel wie ein Schleier über ihre Wangen. Wie müde musste sie sein!

»Ich wusste, mir wird nichts geschehen«, sagte sie. »Ich habe es in deinen Augen gelesen. Und du hattest Recht.«

»Aber ich konnte es nicht wirklich wissen. Ich musste das Spiel mitspielen, und ich musste besser sein als Kunun. Ich musste ihm alles geben, was er wollte, und meine eigenen Karten vor ihm verbergen … und meinen Schatz sicher nach Hause bringen.« Er schaute sie an und spürte, wie ihn zugleich Schmerz und Freude überwältigten. Er konnte nicht vergessen, wie bleich sie gewirkt hatte im gelben Licht der Lampen im Hof, und Atschoreks mordbereites Schwert … und doch loderte die Freude in ihm auf, heller und heißer und strahlender als alles.

»Erklärst du es mir?«, fragte Hanna.

Mattim wollte nicht vom Tod sprechen. Nicht davon, wie nah sie beide ihm gewesen waren. Zuerst er und danach sie, dass er beinahe sein Sterben gegen ihres eingetauscht hätte, sie blind im Vertrauen auf ihn, er wie im Rausch, in seinem wilden Triumph …

Als sie in den Hof gekommen waren, als er Kunun dort

gesehen hatte, königlich unter der Schar seiner Schatten, da hatte er gewusst, dass es alles galt. Sein Bruder verlangte eine Entscheidung von ihm. Kniefall oder trotzige Auflehnung. Leben oder Tod. Da er nun mal nicht aufgeben wollte, nicht aufgeben konnte, kämpfte er gegen Atschorek im vollen Bewusstsein, dass er sterben würde. Nicht in dieser Nacht. Diese eine Nacht war ihm noch geschenkt. Eine Nacht, in der er den ihnen zusehenden Vampiren zeigen konnte, wer er war, Sohn seines Vaters, bis zum Schluss Krieger des Lichts. Er hatte schon zwei Tage kein Blut getrunken. Wie hatten seine Geschwister das wissen können? Dass er, sobald die Sonne aufging, zu Staub zerfallen würde vor Kununs Füßen? So hätte sein Bruder ihn letztendlich doch dazu zwingen können, in die Knie zu gehen. Hier, vor aller Augen, besiegt vom Licht, dem er diente. Welch bittere Ironie.

Mattim hatte es wie immer so lange wie möglich hinausgeschoben, Hanna zu beißen. Er war stolz gewesen auf seine Widerstandskraft, auf seinen Verzicht, war für eine kleine Weile wieder der gewesen, der er sein wollte, der Kämpfer für das Licht ... Alles, was du sein willst, heiße es willkommen, damit es dich vernichtet! Das Schlimmste an der Sache war, dass Hanna anwesend war. Sie war da, und ihr Blut hätte ihn retten können, aber um zu trinken, hätte er das Schwert zur Seite legen müssen und hätte damit Atschorek ein Ziel geboten. Sich – aber seine Unversehrtheit war ihm egal – und Hanna, die er in diesem Moment der Verwundbarkeit nicht hätte schützen können. Kurz hatte er erwogen, sie in den Schatten zu ziehen, durch die Mauer, doch wenn er das getan hätte, wäre seine Schwester ihnen gefolgt. Sie hätte ihm nie genug Zeit lassen, um seine Freundin zu beißen, sofort wäre sie da gewesen. Kunun hätte niemals zugelassen, dass er den Kampf auf diese Weise gewann. Der Schattenprinz wollte ihn gebeugt sehen – oder tot.

Es gab nichts, was Mattim noch für Akink tun konnte. Ungebeugt zu sterben war das Einzige, was ihm übrig blieb. Bis zum Schluss er selbst zu sein, im Herzen immer noch der Prinz des Lichts. Der zu stolz gewesen war, um zuzugeben, dass er ein Schatten war, dass er regelmäßig Blut brauchte. Der gebeten werden wollte! Für rechtschaffen und edel hatte er sich gehalten und sich doch nur selbst eine Falle gestellt. Hanna hatte dagestanden, ihrem Kampf zugesehen und nichts davon gewusst. So aufgeregt hatte sie ihm zugesehen, als wäre es tatsächlich möglich, dass er siegte, dass er, indem er Atschorek traf und verletzte, mit dem Leben davonkam! Es war nahezu unmöglich, einer solchen Gegnerin standzuhalten. Über sich hörte er das Gemurmel der Schatten. Ihr Beifall erfüllte ihn mit bitterem Stolz. An Atschoreks jahrzehntelange Erfahrung kam er nicht heran, aber er leistete ihr mehr Widerstand, als sie wohl erwartet hatten. Ihre Bewegungen, ihre Streiche, fließend und anmutig und doch von mitleidsloser Präzision, trieben ihn durch den Hof. Er musste nur darauf achten, dass sie Hanna nicht zu nahe kam. Mehr musste er gar nicht tun. Was scherte ihn eine Wunde am Arm? Der Schmerz verging rasch. Was kümmerten ihn unauslöschliche Narben, wenn er am Morgen sterben würde, einem zweiten, umfassenden Tod erliegen würde?

Leichte Unsicherheit zuckte über Atschoreks Gesicht. Sie hatte nicht damit gerechnet, dass er ihre Aufforderung zum Tanz annahm. Sie hatte ganz sicher auch nicht damit gerechnet, dass er jede Möglichkeit ausschlug, sie zu treffen. Fast bot sie es ihm sogar an. Hier, ich vernachlässige die Deckung, komm, komm schon! Mattim ließ sich nicht provozieren. Was immer seine Schwester tat, wenn sie sich nicht gar zu dumm anstellte, würde er sie nicht verwunden. Er lächelte grimmig, als er den Zorn in ihren Augen sah. Sie wusste genau, warum er sie verschonte, jetzt, obwohl er die Oberhand gewann, sie zurückdrängte, obwohl er zu seiner alten Form zurückfand, vereint mit der Unermüdlichkeit des Schattens, obwohl er jede Erinnerung an Schmerz und Erschöpfung aus seinem Körper ausschloss. Er wusste, wie eitel sie war. Für jeden Schmiss, jede Schramme würde sie Hanna bezahlen lassen. Für jeden kleinen Sieg würde sie sich an seiner Liebsten rächen, sobald er fort war, für immer. Kunun würde das Mädchen sicher gehen lassen. Aber Atschorek … Nein, Schwesterherz, richte deine Wut ruhig auf mich. Lass Hanna aus dem Spiel.

Ihre Blicke trafen sich. Oh, sie wusste genau, was er dachte. Das war das Letzte, was sie wollte, von ihm verschont zu werden! Die Schatten bemerkten es, jeder, der in der Wache gewesen war, würde es wissen, dass er sie verschont hatte, seine finstere Schwester. Ha!

Es bereitete ihm eine wilde Genugtuung, dass sein Tod sie ärgern würde. Und dass seine Gnade ihn als einen von der anderen Seite auswies. Bis zum Schluss, bis zum bitteren Ende …

Kunun bot ihm einen Platz an seiner Seite an. Als hätte Mattim nicht gewusst, worauf das hier hinauslaufen sollte. Aber es gab keine Entscheidung zu treffen. Er war aufgebrochen zu den Schatten, um Akink zu retten. Er hatte versagt. Doch wenn er starb, dann aufrecht, immer noch er selbst. *Tut mir leid, Hanna. Ich wollte dir nie Schmerzen bereiten. Trotzdem kann ich nicht bereuen, dass ich dir begegnet bin. Ich habe Akink dem Feind in die Hände gespielt, der Fluss wird zufrieren, und der Kampf wird verloren sein … und ich vermag nichts mehr daran zu ändern.* Glaubte Kunun wirklich, er könnte ihn in Versuchung führen? Ihn mit dem Versprechen auf Heilung verlocken? Schon einmal hatte der Schattenprinz behauptet, dass in Akink die unheilbaren Wunden der Schatten heilten. Um die paar Schrammen an seinen Armen zu tilgen, sollte er die Stadt des Lichts fallen sehen?

»Dunkelheit zerreißt, Licht schließt die Wunden. Allein

das Licht kann die Verletzungen heilen, welche die Finsternis geschlagen hat.«

Er wollte Kunun seine Verachtung entgegenschleudern, seinen unbeugsamen Willen … und in diesem Moment begriff er. In diesem Augenblick, der alles verwandelte, hielt er den Schlüssel in der Hand. Er hätte lachen mögen. Kunun servierte ihm die Lösung des Rätsels auf einem silbernen Tablett.

Dunkelheit zerreißt, Licht schließt die Wunden.

Er, Mattim, konnte Akink retten. Immer noch. Was zählte es, wenn er dabei seinen Stolz opferte? Wenn er seine Ehre hingab auf dem Schlachtfeld der Nacht?

Die Knie zu beugen. Die Geste fiel ihm nicht so schwer wie gedacht. Zu groß war die Freude, um irgendetwas anderes zu fühlen. Das Schwert von sich zu werfen.

Er will dein König sein, dabei ist er dein Bruder. Sieh ihn an, furchtlos. Verbirg nichts. Zeig ihm deine Freude. Soll er sie ruhig bemerken, soll er glauben, er hätte dich gewonnen. Sollen sie dich alle für einen Verräter halten. Egal. Es gibt nichts in dir, was wichtiger ist als Akink.

Trotzdem war es schwer. Trotzdem brauchte es einen Akt fast übermenschlicher Anstrengung, nicht zu Hanna zu laufen, sie an sich zu reißen und aus dem Gefahrenbereich zu ziehen. Ihr Schicksal in Kununs Hände zu legen. Das war es, was der Schattenprinz von ihm verlangte: Vertrau mir. Als deinem König, als deinem Bruder.

Er musste an seinen Bruder glauben. Nicht an den Feind. *Du musst an ihn glauben, als würdest du auf seiner Seite stehen. Als gehörtet ihr von nun an zusammen. Verbündete. Brüder. Er wird Hanna nichts tun. Du musst nur daran glauben.*

Vertrauen. Vertrauen in Kunun?

Es war schwer. So unglaublich schwer, dass seine Hand zu seinem Schwert zucken wollte, dass alle seine Muskeln sich spannten, bereit zum Sprung. Bereit, Atschorek anzufallen und zu zerreißen. Sobald er nur ein einziges Tröpfchen Blut an Hannas Hals sehen würde, musste er losspringen. Wenn sie sich bloß nicht bewegte. Wenn sie nur nicht schrie oder in Ohnmacht fiel …

In diesem Moment hasste er sich selbst. Und er war nahe daran, seinen Hass hinauszuschreien. Bist du wahnsinnig, Kunun? Du Ungeheuer, Atschorek, Ausgeburt der Finsternis!

Aber er hielt stand. Noch einen Augenblick länger – vielleicht hätte er es nicht geschafft. Seine Schwester dürstete nach Blut. Es zu vergießen, nicht, es zu trinken. Wenn sie es gewagt hätte, Kunun zu trotzen? Wie lange er wartete, wie lange er Mattims Gehorsam prüfte! Stehen wir wirklich auf derselben Seite? Glaubst du das? Bruder. Glaubst du das?

Mattim bückte sich nicht nach seinem Schwert. Und Kunun gab sie frei. Mattim lächelte leichthin, als hätte er nie daran gezweifelt. Und da kam auch schon der Morgen hinter den Häusern emporgekrochen und streckte seine Fühler aus. Das Licht. Tödliches, gefährliches, immer noch über alles geliebtes Licht.

»Erklär es mir«, bat Hanna.

Mattim konnte es nicht. Er brachte es nicht über sich, den Mund zu öffnen und über seinen Tanz mit dem Tod zu sprechen. Stattdessen legte er den Arm um sie und presste sie an sich. Sanft lehnte er seine Stirn gegen ihre und atmete tief ein. Hatte er nicht die ganze Nacht über vergessen zu atmen? Ihr warmer Geruch. Ihr Herz schlug gegen seins. Nie wieder würde er so lange warten. Nie wieder würde er zulassen, dass sein Stolz sie beide derart in Gefahr brachte.

Ich liebe dich. Vertrau mir.

»Ich weiß, wie man die Pforte schließen kann«, flüsterte er. »Ich werde Akink retten.«

ZWEIUNDDREISSIG

BUDAPEST, UNGARN

»Ach«, sagte Mónika kühl. »Auch schon wieder da?«

Sie war gerade dabei, Attila in die Jacke zu helfen.

»Hanna!« Der Junge strahlte übers ganze Gesicht. »Ich hab ohne dich gefrühstückt! Ich muss jetzt los, sonst komme ich zu spät.«

»Hallo, Attila! – Ich kann ihn in die Schule bringen, ich …«

»Ich fahre jetzt.« Mónika musterte das Au-pair-Mädchen kurz von oben bis unten. »Wir sprechen uns später.«

Hanna seufzte, als ihre Gastmutter mit Nachdruck die Tür zuschlug. Sie spähte aus dem Fenster und beobachtete, wie Mónika den Golf rückwärts aus der Auffahrt setzte. Etwas Kleines, Helles bewegte sich hinter der Autoscheibe; Attila winkte ihr zu.

Sie wartete noch einen Moment, dann öffnete sie das Tor und ließ Mattim herein.

Auch er strahlte. Hatten alle glücklichen Jungen so ein Lächeln? Ausgelassen fasste er sie um die Taille und tanzte mit ihr durch den Flur bis ins Wohnzimmer. Er sah tatsächlich aus wie Attila, genauso jung, als wäre er sieben oder acht, in einem Alter, in dem das Glück des Augenblicks sich noch nicht von Sorgen stören ließ. Hanna sagte ihm nicht, dass die Szigethys sie jetzt wahrscheinlich nach Hause schicken würden.

»Kommt heute die Putzfrau?«, fragte er.

Sie konnte sich nicht daran erinnern, welcher Wochentag war. »Ist heute Dienstag? Nein, Donnerstag, oder?« Hanna fuhr sich mit der Hand übers Gesicht. Es fühlte sich so fremd an wie dieses Zimmer, wie dieses Haus. Vielleicht wohnte sie hier schon gar nicht mehr, so abweisend wie Mónika sich verhalten hatte.

»Ich muss duschen. Du weißt nicht zufällig, wie man Kaffee kocht?«

»Ich könnte dir beim Duschen helfen.« Er grinste verwegen und streckte die Hand aus, um ihr Haar zu berühren, wie er es so gerne tat. Die rechte Hand.

Die dunkel war von getrocknetem Blut.

»Das sieht fürchterlich aus. Tut es denn gar nicht weh?«

Sie merkte, dass Mattim den Blick nur ungern von ihr zu seiner Verletzung hin zwang. Der Schnitt, den Atschorek ihm beigebracht hatte, war tief. Hanna schalt sich, dass sie gar nicht mehr daran gedacht hatte, wie oft die Rothaarige ihren Bruder mit ihrem fürchterlichen Schwert getroffen hatte.

»Das musst du waschen. Deine Klamotten haben auch etwas abbekommen … Und deine Arme! Was ist mit denen? Zeig mal, wie schlimm …«

»Nein, Hanna, lass nur«, unterbrach er sie. Er trat ein paar Schritte von ihr fort. »Ich will nicht, dass du das siehst.«

»Aber«, begann sie, »ich kann dir helfen, ich …«

»Nein«, widersprach er. »Nicht du. Ich muss zu ihnen gehen.«

»So darfst du unmöglich durch die ganze Stadt fahren! Wenn das jemandem auffällt, ruft er den Krankenwagen, oder die Polizei. Du kannst doch hier bei mir warten. Ich besorge dir etwas anders zum Anziehen. Es gibt bestimmt irgendwo einen Verbandskasten.«

Mattim schüttelte den Kopf. »Ich geh rüber zu Atschorek. Aber das hat Zeit. Ich kann nicht verbluten, und es tut auch nicht weh. Geh du nur duschen, ich werde schon nicht verschwinden.«

Er fragte nicht noch einmal, ob er mitkommen durfte.

Wunden, die nicht heilen würden … Hanna schauderte, und doch wünschte sie sich mehr als alles, dass er sie auch daran teilhaben ließ.

Das heiße Wasser vertrieb die Müdigkeit aus ihrem Körper. Hier, unter der Dusche, beim Genuss der Annehmlichkeiten der Zivilisation, war es kaum zu glauben, dass die Ereignisse der Nacht wirklich stattgefunden hatten. Kaum zu glauben, dass …

Hanna schrie unwillkürlich auf, als sie ein Gesicht durch die beschlagene Scheibe der Duschkabine spähen sah.

»Mattim! Hast du mich erschreckt!«

»Nun ja … Tut mir leid. Mehr oder weniger.«

»Ich hatte abgeschlossen!«

»Tja, und ich kann durch Wände gehen.«

Schuldbewusst wirkte er nicht gerade. Dafür reichte er ihr ein Handtuch. Seine Hände waren wieder sauber, doch ihr fiel auf, dass er die Linke benutzte. Und er ließ sich hinausscheuchen, damit sie sich in Ruhe abtrocknen und umziehen konnte.

Als Hanna wenig später in die Küche kam, fand sie Mattim beim Kampf mit der Kaffeemaschine vor. »Hier kommt das Wasser rein, das habe ich doch richtig gemacht? Und dort das Pulver. Ich dachte, ich überrasche dich mit einer fertigen Tasse Kaffee, aber irgendetwas stimmt hier nicht.«

»Der Stecker ist nicht drin, den zieht Attila immer raus. Ach, und du hast die Filtertüte vergessen.« Sie blickte an ihm vorbei, während sie das Kaffeepulver mit einem Löffel wieder herausschabte.

»Ich wollte nur nachsehen, warum es so lange dauert. Wenn du dabei gewesen wärst, in der Badewanne zu ertrinken, hätte ich dich retten können.«

»Du hättest auch klopfen und fragen können, ob alles in Ordnung ist!«

»Hab ich, aber du hast mich nicht gehört.« Er grinste an ihr vorbei, zur Wand hin. »Bist du sehr böse?«

Sie kämpfte die Röte nieder, die ihr ins Gesicht steigen wollten. Die Kaffeemaschine röchelte erschrocken, als sie eingeschaltet wurde, was in dieser Situation wenig hilfreich war. »Gleiches Recht für alle.«

Das Lächeln verschwand von seinen Lippen. »Das willst du nicht.«

»Doch«, widersprach sie. »Zeig es mir, Mattim.«

Sie dachte, er würde wieder protestieren. Doch er sah sie nur an, mit ruhigen grauen Augen, und wieder kam er ihr viel älter vor, alt wie das Licht selbst.

Langsam schälte der Junge sich aus seinem Hemd.

Hanna schlug die Hand vor den Mund. »Oh Gott.«

Mattims Lächeln wirkte gequält. »Ich bin sicher, Atschorek hätte gerne weitergemacht.«

Die Schnitte in seinen Oberarmen waren wie tiefe Kerben im Fleisch. Seine Schwester hatte ihn öfter getroffen, als Hanna überhaupt mitbekommen hatte. Und die Wunde in seiner Seite wäre vielleicht sogar tödlich gewesen, ein klaffendes Loch auf der Höhe des Nabels.

»Ist es nicht merkwürdig«, sagte Mattim leise. »Das zu sehen und sich daran zu erinnern, wer ich bin … Manchmal vergesse ich es fast selbst. Vielleicht wollte ich dir die Wunden nicht zeigen, weil ich hoffe, dass du es auch vergisst. Wenigstens hin und wieder, zwischendurch … Aber das bin ich, Hanna. Und es wird nicht heilen. Ein toter Körper voll blutiger Wunden.«

Sie legte die Hände auf seine Schultern und streichelte sanft über seine Haut. Ihre Finger malten Muster um die Schnitte und Stiche herum, als wollte sie schwarze Ornamente auf eine weiße Wand zeichnen. Mattim schauderte unter den Berührungen, aber er hielt still. Langsam ging sie um ihn herum. Dort hatte die Wölfin die Spuren ihrer Krallen hinterlassen, blasse Streifen auf seinem Rücken. Sie küsste beide Schulterblätter. Doch nur die Kaffeemaschine stöhnte auf.

»Tu das nicht«, flüsterte er. »Du hast keine Ahnung, wie intensiv ich das empfinde.«

»Musst du los, um Akink zu retten? Jetzt?«

»Heute Abend. Ich will die Nachtpatrouille treffen.«

Während sie sich leise unterhielten, hörten ihre Hände nicht auf. Jede Stelle, jeden Quadratzentimeter Haut wollte sie anfassen, wollte sie küssen. Jede Wunde, jede Narbe, als könnte sie diese damit heilen und schließen.

»Du bist nicht tot«, sagte Hanna. »Was immer sie dir auch gesagt haben, was mit dir geschehen ist, tot bist du nicht … nur verwandelt. Du musst dich an merkwürdige Regeln halten, um gegen das Licht zu bestehen, aber nenn dich nie wieder tot. Du bist genauso lebendig wie ich.«

»Dann hast du also gar keine Angst?«

»Vor dir?« Sie lachte leise. »Wo hat der Wolf dich gebissen? Ich habe nichts gefunden.«

»Tiefer.«

»Ungefähr da?«

Die Kaffeemaschine hatte aufgehört zu gurgeln. Der Duft erfüllte die Küche.

Später würde er auch noch heiß sein, der Kaffee.

»Du hast mir immer noch nicht gesagt, wie du Akink retten willst.«

Die beiden lagen auf dem Sofa, eng aneinandergeschmiegt. Auf dem Tisch stapelten sich Tassen und vollgekrümelte Teller. Das Ticken der Standuhr fiel Mattim auf einmal auf, das unerbittliche Fortschreiten der Zeit.

»Licht heilt die Wunden«, sagte er.

»Das ist alles? Licht heilt die Wunden?«

»Das hat er mir schon damals gesagt. Als ich ihn angegriffen habe, nach der Situation im Fahrstuhl … In Akink wird es heilen. Daran glaubt er.«

»Glaubst du es denn auch?« Hanna stützte sich auf einen Ellbogen und sah ihm ins Gesicht, forschend.

»Ich weiß es nicht. Vielleicht kann das Licht eine Wunde schließen, vielleicht würde es noch tiefere Wunden in mich brennen ... ich habe mitbekommen, was mit den Schatten in meiner Nähe geschah.« Er sah Morrit vor sich. Ein Bild, das sich nicht auslöschen ließ. Morrit, der auf ihn zugekrochen kam, um durch sein Licht zu sterben ...

»Können wir uns noch einmal anhören, was Kunun zu Réka gesagt hat?«

Hanna blinzelte schläfrig, trotzdem rappelte sie sich auf. Mattim folgte ihr die Treppe hinauf in ihr Zimmer.

»Soll ich dir die Worte aufschreiben?«, fragte sie. »Wenn du mir genau sagst, welche Stelle wichtig ist?«

»Nur die letzten Sätze«, sagte er. »Und nein, schreib es nicht auf. Jemand könnte es finden ... Da, das ist es.«

Zum zweiten Mal hörten sie Kunun sagen: »Er macht sich also Sorgen, die Pforte könnte mir eines Tages verschlossen sein? Ein Riss in der Welt, geöffnet von der Klaue der Dunkelheit? Der Kleine sollte sich über ganz andere Dinge Sorgen machen.«

»Die Pforte«, sagte Mattim. »Ein Riss, von der Dunkelheit geöffnet. Eine Wunde in der Wirklichkeit. Dunkelheit zerreißt, Licht heilt die Wunden. Als mein Bruder das sagte, heute Nacht, da habe ich es endlich begriffen. Das Licht wird die losen Enden wieder zusammenfügen. Die Wunde heilen oder verschmelzen – in diesem Fall ist es dasselbe. Allein das Licht vermag die Pforte zu schließen, nichts sonst. Kunun hat es nicht nur Réka gesagt, sondern auch mir. Ich hatte Recht, er muss darüber reden, und er tut es ständig. Ich hätte besser zuhören sollen.«

»Das Licht«, sagte Hanna nachdenklich. »Nur – wie?«

»Wenn ich es bloß könnte«, murmelte Mattim, und wieder wog es so schwer, was er nicht mehr war, vielleicht schwerer als jemals zuvor. »Wenn mein Vater Morrit zu den Schatten geschickt hätte, dann hätte ich nicht gehen müssen. Morrit hätte mir gesagt, was nötig ist. Daraufhin wäre ich losgegangen und hätte es getan. Aber manchmal geht das Schicksal andere Wege, verschlungener und gefährlicher … Einer von ihnen muss kommen, Hanna. Mein Vater oder meine Mutter, in die Höhle, bis zu Kununs Pforte. Wenn die Schatten auf ihren nächsten Jagdausflug gehen, wird keiner von ihnen zurückkehren. Denn das Licht wird den Zugang zusammenschweißen, so dass niemand mehr hindurchgelangen kann.«

»So einfach«, sagte Hanna verwundert.

Er lachte unfroh. »Einfach? Den König des Lichts dazu zu bringen, Akink zu verlassen und mir in eine dunkle Höhle zu folgen? Du kennst meinen Vater nicht. Das wird er niemals tun. Aber vielleicht kann ich meine Mutter dazu bewegen. Nun, ich werde sehen, was sich machen lässt.«

»Was, wenn sie dir nicht glauben …«

»Ich weiß«, sagte er und dachte wieder an Morrit. An das Feuer, das vor seinen Augen tanzte, wild und verzehrend.

»Du hast eine gefährliche Familie«, sagte Hanna ernst.

»Nun ja«, erwiderte er leichthin, »wer hat die nicht?«

»Halt still.« Atschoreks Hände auf seiner Haut. »Du hättest gleich kommen sollen. Wo treibst du dich nur so lange herum? Bei deiner Kleinen? Und, hat es sich wenigstens gelohnt?«

»Au!«

»Es muss nicht wehtun, wenn du es nicht zulässt. Stell dich nicht so an.«

Seine Schwester jagte ihm die Nadel durch die Haut. Seine Hand hatte sie schon genäht, mit feinen Stichen, ohne mit der Wimper zu zucken. Kaum war er zur Tür herein, hatte sie ihn ins Badezimmer geschleift, ihm das Hemd ausgezogen und sich den Schaden angesehen, den sie angerichtet hatte.

Mattim konnte sich eine bissige Bemerkung nicht

verkneifen.«Du hättest gerne weitergemacht, stimmt's? Wenn Kunun dich gelassen hätte.«

»Und du hättest mich nicht schonen dürfen.« Eine steile Falte zwischen Atschoreks Augenbrauen verriet ihren Zorn. »Alle haben es gemerkt.«

»Ist das denn so schlimm? Du wusstest, dass ich ganz gut bin. Sonst wäre ich nicht in der Nachtwache.«

»Du bist nicht mehr in der Nachtwache.« Grimmig bohrte sie die Nadel in seine Schulter.

Er lachte, ein Lachen so leicht wie eine schwebende Feder. So leicht, wie er sich fühlte. Nicht einmal mit ihrer spitzen Nadel und ihrer noch spitzeren Zunge konnte Atschorek ihn von seinem Höhenflug herunterholen. »Du bist allerdings auch nicht schlecht. Zusammen könnten wir die Brücke erobern und Akink im Sturm einnehmen.«

»Redet man immer noch davon?« Atschorek runzelte die Stirn, doch er merkte, dass sie geschmeichelt war, wenn auch gegen ihren Willen.

»Wie du über die Brücke gestürmt bist?« Nur ein alter Mann, wispernd vor den Bildern, den verbotenen, erinnerte sich noch an die alten Geschichten. Aber er wollte sie nicht kränken. »Ich habe mich gefragt, wie du wohl bist«, sagte er. »Ein Mädchen, das so etwas fertigbringt … Hast du Kunun nicht gehasst dafür, dass er dir die Wölfe auf den Hals gehetzt hat?«

»Kunun hassen? Er ist mein Bruder.« Atschoreks Blick, unergründlich. »Er glaubt, du wärst jetzt auf seiner Seite. Er sieht dich schon neben sich auf dem Thron. Lass dir eines gesagt sein, Mattim, ich traue dir nicht. Da kannst du noch so oft auf die Knie fallen.«

Der junge Prinz schüttelte lächelnd den Kopf. »Ich muss dir nichts beweisen«, sagte er. »Wenn es Kunun genügt, was ich ihm anbiete, muss es auch dir genügen.«

»Wenn du mir einen Becher bringst, randvoll gefüllt mit Hannas Blut, dann glaube ich dir«, sagte Atschorek. »Und zwar nur dann.« Sie legte das Nähzeug zur Seite und betrachtete ihn.

Mattim lächelte nicht mehr. »Niemals!«

»Dann«, Atschorek beugte sich vor, »ist deine angebliche Kapitulation nichts wert. Gar nichts. Denn genau das brauchen wir.«

»Hannas Blut?« Mattim stand auf. Um Atschorek nicht anzugreifen, sie weder anzuschreien noch ihr in das kühl lächelnde Gesicht zu schlagen, griff er betont langsam nach seinem Hemd. Unter ihrem verächtlichen Blick knöpfte er es sorgsam zu.

»Vielleicht ist es dir tatsächlich unmöglich, Kunun zu hassen«, sagte er, »immerhin ist er dein Bruder. Aber vergiss nicht, ich bin auch dein Bruder.« Er stand schon an der Tür, die Hand an der Klinke, als er sich noch einmal umwandte.

Seine Schwester saß immer noch auf dem weißen Ledersofa, und vielleicht zum ersten Mal kam sie ihm nicht wie eine selbstbewusste Schönheit vor, sondern wie ein verlorenes Mädchen, ein schwacher Abglanz der Prinzessin des Lichts, die sie einmal gewesen war.

»Zu mir hat er gesagt, dass ich an seiner Seite herrschen werde«, sagte Mattim. »Zu mir hat er gesagt, dass ich ihm den Sieg bringen werde. Kann es sein, dass du schlicht und ergreifend eifersüchtig bist?«

Damit wandte der Prinz sich wieder der Tür zu, auf welche die Lampe seinen Schatten malte, und trat durchs Dunkel.

Zu Hause in seinem Zimmer zog Mattim sich um. Er war versucht, sich vorsichtig zu bewegen. Die Wunden waren bereit zu schmerzen und sich jedes Mal, wenn Stoff über die Naht rieb, in einem Feuerwerk zu entladen. Die alte Gewohnheit eines atmenden, schwitzenden, leidenden Körpers wollte ihn dazu bringen, sich zu schonen, sich selbst so behutsam zu behandeln, als wäre sein Leib ein Kind, das man pflegen und verhätscheln musste.

Hannas Blut in einem Becher, randvoll …

Warum hatte Atschorek das verlangt? Er hatte Hanna Kununs Willkür überstellt, für einen fürchterlichen Moment, in dem er fürchten musste, einen schrecklichen Fehler begangen zu haben. Was wollten seine Geschwister denn noch?

Vor dem Spiegel überzeugte Mattim sich davon, dass er wieder respektabel aussah. So konnte er sich in Magyria zeigen. Niemand würde schreiend wegrennen. Er kämmte sich mit den Fingern durchs Haar und beugte sich vor, bis seine Nasenspitze fast das Glas berührte. Dieses Gesicht, so vertraut und doch so fremd … Das Gesicht eines Schattens. Prinz des Lichts.

Ein Klopfen an der Tür ließ ihn zusammenschrecken, sodass er beinahe mit der Nase gegen den Spiegel stieß. Als er aufmachte, erwartete er, Kunun vor sich zu sehen, einen wütenden Kunun, der genau wusste, was er noch heute tun würde. Aber es war nicht sein Bruder, sondern Goran.

»Ja?«, fragte er vorsichtig.

Sie warf die blonde Lockenpracht zurück und grinste. »Deine Kleine geht draußen vorm Haus auf und ab. Sollen wir sie reinlassen?«

Hanna war da? Das Glück wallte in Mattim auf, und mit dem Glück kam die Sorge, sie könnte vorbeigekommen sein, um ihm etwas mitzuteilen. Etwas, das es vielleicht unmöglich machte, jetzt nach Magyria zu gehen. Noch eine andere Angst gesellte sich dazu: Wie konnte er seine Liebste überhaupt in die Nähe der anderen Vampire lassen, nach allem, was Atschorek gesagt hatte?

»Ich komme mit nach unten«, sagte er.

»Ich kann sie auch zu dir hochschicken«, schlug Goran freundlich vor. »Du bist kein Türöffner hier, Prinz Mattim.«

Was wird Kunun dazu sagen? Er unterdrückte die Frage,

die ihm auf der Zunge lag. Bis jetzt hatte er nicht darüber nachgedacht, was Kunun in dieser Nacht getan hatte: Er hatte ihm Macht gegeben. In diesem Haus. Über die Schatten. Keiner würde ihn schief ansehen, wenn er Hanna mit in seine Wohnung nahm. Jetzt nach draußen zu stürmen, würde vielleicht genau das falsche Bild abgeben, nicht das eines souveränen Prinzen, der seinen Platz gefunden hatte.

»Ja«, sagte er. »Bring sie zu mir.«

Goran nickte. Wenig später kam sie mit Hanna im Fahrstuhl herauf. »Dein Besuch, Prinz Mattim.«

Hanna lachte. »Wie in einem Schloss geht das hier zu.«

Er nickte Goran dankend zu. Doch sobald er die Tür hinter ihnen geschlossen hatte, wurde er ernst. »Was tust du hier? Es wäre mir lieber, wenn du nicht hierherkommen würdest.«

Ein Becher mit Hannas Blut …

»Ich weiß, dass du heute rüberwillst«, sagte sie. »Aber du brauchst jemanden auf dieser Seite. Jemanden, der dafür sorgt, dass du Kunun nicht geradewegs in die Arme läufst, wenn du zurückkehrst. Mattim, ich hab dir ein Handy besorgt. Lass es unten im Keller, verstecke es dort irgendwo. Sobald du durch die Pforte zurückkommst, rufst du mich hier oben an. Ich werde dir sagen, ob die Luft rein ist, und den Fahrstuhl zu dir nach unten schicken.«

Er schaute in ihr Gesicht. Es war ein Anblick, von dem man trinken konnte, der ihm Kraft gab, immer wieder.

»Ich weiß genau, worum es geht«, sagte Hanna leise. »Geh nur. Bereite alles vor. Sprich mit deinen Eltern. Wenn du wiederkommst, werde ich hier sein.«

»Kunun hat die Eigenschaft, stets in den unpassendsten Momenten aufzutauchen«, meinte er.

»Eben.« Sie nickte ihm zu. »Lass die Schatten glauben, wir wären zusammen hier. Sie werden es ihm sagen, und er wird keinen Verdacht schöpfen.«

»Aber ich kann dich unmöglich hier lassen.« Es rührte

ihn zutiefst, dass sie sich so viele Gedanken gemacht hatte, dass sie hergekommen war, um ihm zu helfen. »Wie könnte ich dich in diesem Haus allein lassen?«

»Prinz Mattim«, flüsterte sie. »Gerade eben hatte ich den Eindruck, das zählt hier etwas. Ich wurde zu dir geführt, als wäre das hier dein Palast. Nicht nur Kununs, sondern auch deiner. Niemand wird mir etwas antun. Nicht, solange sie glauben, dass du auf der Seite deines Bruders stehst. Also lass mich dir dabei helfen, sie in diesem Glauben zu lassen.«

Der Junge verzog gequält das Gesicht. Er wollte das nicht. Das konnte er nicht zulassen. In diesem Haus wäre sie immer in Gefahr … Aber Hanna hatte Recht. Er durfte nicht riskieren, Kunun in die Arme zu laufen und dessen Wut zu entfesseln. Außerdem sah Hanna ganz und gar nicht danach aus, als würde sie von ihrem Plan abzubringen sein.

»Na gut.«

Das Mädchen strahlte und verschränkte die Hände hinter seinem Nacken. Auf einmal kam es ihm sehr schwierig vor, überhaupt irgendwohin zu gehen. So verlockend war die Möglichkeit, einfach hierzubleiben. Nur noch ein Kuss … nur noch ein bisschen mehr …

Schließlich löste sich Hanna aus seiner Umarmung.

»Geh«, sagte sie. »Am besten jetzt gleich.« Sie lachte leise. Aber ihren Augen sah er an, dass sie genauso gut hätte weinen können. Sie bemühte sich, es nicht zu zeigen, und auf einmal fürchtete er sich vor dem, was er sich vorgenommen hatte. Sie beide wussten, es war gut möglich, dass Hanna hier umsonst wachte. Dass das Telefon nicht läutete, um ihr seine Rückkehr anzukündigen.

Noch einmal berührte er ganz sacht ihre Lippen. »Bis bald. Versprochen.«

Im Flur war keiner der anderen Schatten zu sehen. Der Prinz blickte über den Hof hinweg zu den anderen Stockwerken. Der Fahrstuhl wartete immer noch auf ihn. So viel Glas. Man wusste nie, von wem man beobachtet wurde. Nie konnte man sicher sein, wie viele Augen aus verborgenen Winkeln spähten. Die Luft schien rein; absolute Sicherheit gab es nicht.

Eins Fünf Null Zwei.

Die dunkelblauen Gitter glitten an ihm vorbei, als der Lift hinunter in die Tiefe sank.

DREIUNDDREISSIG

IM WALD, MAGYRIA

Schnee. Diesmal war es keine Überraschung. Die dicke weiße Schicht unter den Bäumen war noch angewachsen; mit großen Schritten stapfte Mattim hindurch. Im fahlen Dämmerlicht wirkten die Stämme schwarz und griffen mit weiß überzuckerten Zweigen in den Abend hinaus.

Ein Becher voller Blut …

Er zwang den Gedanken zurück, auch wenn ihn die Sorge am liebsten sofort wieder in die Höhle getrieben hätte. Nein, sie würden es nicht wagen, Hanna etwas anzutun. Nicht einmal Atschorek. Sie hatte das Schwert niedergelegt, als Kunun es befohlen hatte. Und er hatte seinem Bruder keinen Anlass gegeben, etwas anderes anzuordnen.

Die süße Luft Magyrias füllte seine Lungen. Er atmete tief ein, um den Duft zu genießen. Nach Schnee und Nacht und Zuhause. Ihm war, als könnte er selbst das Licht riechen, dort hinten in Akink. Die Stadt, eingehüllt in eine Wolke aus Licht …

Von der Nachtpatrouille war nichts zu sehen. Er fand den Käfig, leer. Keine Spuren. Sie waren wohl schon länger nicht mehr hier gewesen, die Wächter und die Wölfe. Vielleicht bereitete Akink sich bereits auf den Angriff vor? Allerdings würde der König die Patrouille nicht in der Stadt zurückhalten, wenn es hier auf dieser Seite noch kleine Kämpfe auszufechten und zu gewinnen gab.

Mattim horchte. Kein Laut. Nicht einmal ein Vogel wisperte in den Zweigen. Da, in der Ferne, der Ruf der Wölfe, ein Geheul, das ihm einen Freudenschauer über den Rücken jagte. Selbst jetzt konnte er das Glück nicht bezähmen oder sich selbst verbieten, das er bei dem Gedanken an die Wölfe empfand. Die Narben der Wolfskrallen juckten und kribbelten.

Aber immer noch kein Zeichen von der Patrouille. Er ging weiter, alle Sinne angespannt. Doch der Wald war riesig, das wusste er. Noch einmal würde er sie nicht zufällig antreffen. Es sei denn …

Er legte den Kopf in den Nacken und rief. Die Stimme des Wolfs drang ihm ganz natürlich aus der Kehle. Er musste sich nicht verstellen. Wie selbstverständlich antwortete er dem Ruf, so als wäre es sein eigener. Mattim lächelte. Alles, was in ihm über sich selbst erschrak, verstummte angesichts der überwältigenden Freude, die ihn erfüllte.

Hier bin ich. Ich bin hier. Ich.

Der Prinz wartete. Er rief nicht noch einmal. Kurz darauf kamen sie. Leise, einer nach dem anderen, wie Perlen auf eine Schnur gereiht. Massig und dunkel. Der vorderste Wolf war schwarz, ein riesiges Tier, größer noch als die Schattenwölfin, die er getötet hatte, größer als Wilder, der ihn gebissen hatte. Mattim sah ihn herantraben, breitete die Arme aus und lachte, als der Wolf ihn ansprang und rücklings in den Schnee warf. Das Gewicht des Tieres drückte ihn zu Boden. Eine nasse Zunge fuhr ihm übers Gesicht.

»Ich weiß, wer du bist«, sagte Mattim. »Bela, mein Bruder.«

Der schwarze Wolf war noch nicht gewillt, von ihm abzulassen. Die beiden rollten durch den Schnee. Aus den Augenwinkeln sah er die anderen Wölfe zuschauen, wachsam, noch etwas verhalten.

Deswegen bin ich hier. Etwas in ihm wusste es, wollte daran glauben, wollte sich diesem Spiel im Schnee hingeben. Es genügte, das Gesicht in diesem dichten Fell zu vergraben und zu warten. Auf etwas, das geschah, das geschehen musste …

Aber nicht aus diesem Grund war er hier.

»Die Flusshüter«, sagte Mattim. »Wo sind sie?«

Der schwarze Wolf bebte unter seinen streichelnden Händen.

Komm mit uns. Komm in den Wald. Komm …

Schon einmal hatte er dem Ruf eines Bruders widerstanden.

»Nein«, widersprach er. »Nein, noch nicht.« Als wäre dies ein Versprechen, das ihm freistand. Als läge es in seiner Hand, ob er eines Tages mit ihnen durch die Wälder zog, die Pfoten im Schnee … »Die Patrouille.« *Menschengedanken. Menschenpläne.* Er fing die wirbelnden Gedanken ein, die sich lautlos davonstehlen wollten, auf einem schmalen Pfad unter den tief hängenden Zweigen. »Die Nachtpatrouille. Es ist wichtig. Bela, bitte bring mich zu ihnen. Ich muss mit dem blonden Mädchen sprechen. Sie darf euch nicht sehen. Sie darf eure Gegenwart nicht einmal ahnen.«

Bela schob die Schnauze in seine Hand. Dann verschwanden er und die anderen Wölfe in der Dunkelheit. Mit raschen Schritten ging Mattim ihnen nach, seine Bewegungen so fließend und lautlos wie die ihren. Er zweifelte nicht daran, dass sie ihn zu den Flusshütern führten. Das Verstehen zwischen ihm und Bela war vollkommen. Es hatte keinen Augenblick des Zögerns gegeben, keine Fragen. Keinen Gedanken daran, was Kunun sagen würde. Mattim hätte nicht erklären können, warum er sich so sicher war, dass die Wölfe ihn nicht verrieten, egal, was er hier tat. Selbst wenn sie seine Gespräche belauschten. Es gab keinen Anlass, seine Pläne vor ihnen zu verbergen.

Als der junge Prinz schließlich die Lichter der Patrouille durch die Nacht tanzen sah, wunderte er sich nicht darüber, wie mühelos und leichtfüßig er der Spur der Wölfe gefolgt war.

Mirita ging ganz hinten, neben einem jungen Mann, den

Mattim nicht kannte. Der Unbekannte hielt die Laterne hoch und spähte nach rechts und links, aber auf dem Gesicht der Bogenschützin lag ein geheimnisvolles Lächeln, so als wüsste sie, dass Mattim in der Nähe war.

Seine Hand lag auf Belas massigem Schädel, während er hinter einem Baum darauf wartete, dass sie vorüberzogen.

Der Schrei des Turuls, schon wieder? Zu riskant, es würde den anderen sicher auffallen, dass Mirita erneut kurz danach verschwand. Stattdessen musste er auf eine Gelegenheit warten, sie unter vier Augen zu sprechen. Langsam folgte er der Patrouille und huschte im Schutz des Waldes von Baum zu Baum, jenseits der Reichweite des Lichtscheins. Der Wolf blieb bei ihm, ihn schien die ganze Angelegenheit zu amüsieren. Er blickte Mattim mit seinen dunklen Augen an, Augen wie der Nachthimmel, schwarz und lodernd.

Was wirst du tun, Schattenjunge?

»Wart's nur ab, mein Lieber«, murmelte der Prinz.

Die Nacht war jung. Die Flusshüter waren noch nicht lange unterwegs. Er hatte Zeit genug, um ihnen ohne Eile zu folgen, um abzuwarten, eine günstige Gelegenheit zu erkennen und dann erst zu handeln. *Denk nicht an Hanna. Allein in Kununs Haus. Ein Becher voll Blut …*

Er sah Bela an. Der Wolf war hier, voll und ganz, kämpfte noch nicht in Schlachten, die in weiter Ferne lagen. Hier war er mit seiner ganzen Gegenwart.

Mattim atmete tief ein. Wolf, ja. Der vertraute Geruch des Rudels. Wald und Schnee. Magyria. *Sei hier. Denk nicht an Hanna, an Budapest, an ein anderes Leben. Sei hier.*

Mattim folgte weiter den Flusshütern. Stunde um Stunde blieb er hinter ihnen, ein Schatten, lautlos lauernd. Dann das Gelächter bekannter Stimmen. Der kühle Wind trug die Scherze zu ihm herüber, die gelöste Stimmung, die Wachsamkeit, die Kameradschaft, das gemeinschaftliche Schweigen. Von allem etwas. Er wartete im Dunkeln, und ihm war, als wäre es möglich, so zu leben, immer nur ein paar

Meter von ihnen entfernt, Nutznießer ihrer Freundschaft und ihres Einsatzes für Akink, als könnte der Lichtschein ihrer Fackeln und Lampen ihn mit dem Licht nähren, das er vermisste.

Irgendwann rastete die Truppe. Sie setzten sich auf ein paar umgestürzte Baumstämme, von denen sie den Schnee heruntergewischt hatten, und der junge Mann, der neu war bei den Flusshütern, teilte etwas aus. Mattims feine Nase verriet ihm, dass es sich um Früchtebrot handelte, süß und würzig, aber seine Augen betrachteten das Schwert am Gürtel des Wächters, lang und scharf. Mirita warf hin und wieder einen Blick über die Schulter in den dunklen Wald. Nicht alle hatten sich zum Essen hingesetzt; zwei oder drei blieben stehen, unaufhörlich wachsam, bereit zu schreien.

Soll ich sie für dich holen?, bot Bela an seiner Seite lachend an. *Du musst es nur sagen.*

Wenn es doch bloß so einfach gewesen wäre! Aber Mirita von einem Schattenwolf aus der Mitte ihrer Kameraden herauszureißen, kam seiner Vorstellung von Heimlichkeit nicht wirklich nahe. In seiner Brust und seiner Kehle lauerte der Ruf des Wolfs, trotzdem öffnete er den Mund und ließ den Turul frei.

Bela warf ihm einen verwunderten Blick zu. *Was du alles kannst, Bruderherz.*

Die Wächter zuckten zusammen. Unruhig wanderten die Posten auf und ab.

»Das klingt wie die Ankündigung von Unheil«, sagte einer. »Wie das Zeichen zum Angriff.«

»Ach, Unsinn«, widersprach Mirita. Sie war aufgestanden und rieb sich die klammen Hände. »Ein Turul, sonst nichts. Vielleicht lässt er sich füttern.« Sie trat von den anderen fort, die Hand mit dem letzten Stück Brot vorgestreckt.

»Mirita! Bist du verrückt! Nicht alleine, Mirita!«, brüllte der junge Mann und wollte ihr nach.

Der Anführer packte ihn am Ärmel und hielt ihn fest. »Lass sie«, zischte er.

Mattim zeigte sich der Bogenschützin, kurz nachdem sie den Lichtkreis verlassen hatte, als sie mit unsicherer werdenden Schritten zwischen den Bäumen hindurch irrte.

»Alles in Ordnung«, rief sie nach hinten. »Hier sitzt er, auf dem Baum.« Dann hastete sie auf Mattim zu, umschlang ihn mit beiden Armen und flüsterte dicht an seinem Ohr: »Du bist da. Ich wusste es. Ich wusste, dass du kommst.« Ihr Mund suchte seinen. Nur mit Mühe machte er sich frei.

»Nicht jetzt. Nicht, Mirita. Es ist wichtig.«

»Dein Vater war sehr wütend«, sagte sie leise und berührte sein Gesicht, mit den Fingern fuhr sie ihm durchs Haar. Ihm war, als hörte er den Wolf irgendwo hinter sich im Gebüsch lachen. Alles blieb still, und dennoch wusste er, dass Bela die Szene unglaublich komisch fand. »Er wollte nichts hören, ich durfte nicht einmal deinen Namen aussprechen. Deine Mutter dagegen hat mir zugehört. Sie hat durchgesetzt, dass die Brückenwache und die Männer an der Mauer Verstärkung bekommen haben. Wir sind gerüstet. Wann werden sie kommen? Wir sind bereit, sofern das überhaupt geht.«

Er löste ihre Hände von seinem Kopf. Was das nur immer sollte! Es ärgerte ihn, aber er hatte das deutliche Gefühl, dass ihre Stimmung sehr schnell umschlagen könnte, wenn er sie allzu schroff abwies. »Ich weiß nur, dass wir sehr wenig Zeit haben. Du musst zur Königin gehen und sie dazu bringen, mich zu treffen. Noch besteht Hoffnung, ein klein wenig … wenn sie auf mich hört.«

Mirita starrte ihn entsetzt an und schüttelte den Kopf. »Mattim, wie stellst du dir das vor? Deine Mutter soll herkommen, in den Wald, noch dazu auf diese Seite?«

»Wartet sie denn nicht auf Nachrichten von mir?«, fragte er zurück. »Du durftest herkommen und mit mir reden. Euer Anführer weiß Bescheid, habe ich Recht? Hat meine

Mutter ihm aufgetragen, dich allein gehen zu lassen? Wenn sie das riskiert – dich ohne Begleitung in den Wald zu schicken! –, dann glaubt sie wirklich daran, dass ich dir nichts tue. Dass ich euch helfen kann. Dann wird sie auch selbst mit mir reden.«

Die Bogenschützin schüttelte den Kopf. »Mattim, ich kann ihr Botschaften bringen, aber sie selbst herzuholen, das ist purer Wahnsinn! Weißt du, was du da verlangst? Ich soll die Königin hierherbringen – auf diese Seite des Flusses? Was, wenn wir sie verlieren?«

»Ich dachte, du traust mir«, sagte er. Dieses Vertrauen war alles, was er hatte, das, was letztlich zwischen Akink und der Vernichtung stand. Ausgerechnet Mirita.

»Ja«, sagte sie. »Ja! Allerdings bist du nicht der einzige Schatten. Was, wenn es eine Falle ist? Ich sage nicht, dass du sie uns gestellt hast! Was, wenn die Königin jemand anders in die Hände fällt? Das können wir nicht riskieren. Mattim, das darfst du nicht verlangen. Das ist genau das, was die dunkle Seite vorschlagen würde!«

»Wir haben keine Wahl«, sagte der Junge. »Dafür bin ich ein Schatten geworden. Und dafür bist du in der Nachtwache. Ich weiß, worum ich dich hier bitte. Ich weiß, welcher Gefahr ich meine Mutter aussetze. Glaub mir, niemandem ist das bewusster als mir. Ich kenne die Schatten … Trotzdem ist das der einzige Weg.«

Er griff nach ihrer Hand. »Bitte, Mirita. Du musst mir vertrauen.« Was würde sie tun? Immer noch war alles denkbar. Dass sie blind tat, was er wollte, aber genauso, dass sie die anderen Hüter rief und ihn zusammen mit ihnen auf den Fluss zutrieb, bis es für ihn kein Entkommen mehr gab.

Ihre Hand lag in seiner, klein und kalt. Ein Stück Früchtebrot in ihrer Faust, zerdrückt und klebrig, immer noch hielt sie es fest. »Na gut«, sagte sie. »Ich gehe zur Königin und spreche mit ihr. Gleich morgen früh.«

»Jetzt!« Er musste an sich halten, um nicht zu schreien.

»Jetzt, Mirita, sofort. Ich kann nicht so oft herkommen, jedes Mal riskiere ich, dass ich auffliege. Es geht um eine Sache von äußerster Wichtigkeit, und jeder Tag ist ein verlorener Tag. Geh jetzt, bitte. Ich werde auf euch warten, genau hier. Wie weit reichen die Anweisungen der Königin? Wird die Brückenwache dich durchlassen?«

Mirita atmete hastig, und er konnte spüren, dass sie zitterte.

»Ich nehme den Weg über den Fluss«, sagte sie.

»Du tust was?« Die Nachricht traf ihn wie ein Schlag. »Der Donua ist schon gefroren? Das ist unmöglich! Doch nicht jetzt schon!«

»Komm«, forderte sie ihn auf. »Sieh es dir an.«

Die beiden mussten nicht weit laufen, und dort war der sanfte Schimmer, der über der Burg leuchtete, schon zu schwach, um die Nacht zu erhellen. Der Fluss lag totenstill vor ihm, eine glatte Fläche in makellosem Weiß, unberührt wie ein weites Feld im Schnee.

»Nein«, murmelte er, »nein, nein … Dann kann es jederzeit geschehen. Verstehst du? Jederzeit. Schon morgen … Wir haben keine Zeit mehr. Es geht nicht um Tage, sondern um Stunden … Wir müssen die Pforte schließen. Ich hatte gedacht …« Er schlug die Hände vors Gesicht.

»Was denn? Was ist los? Wofür ist keine Zeit mehr?«

»Ich kann keine langen Erklärungen abgeben«, sagte er. »Geh und hol die Königin.«

»Die Schatten gelangen nicht über den Fluss«, erwiderte Mirita. »Das stimmt doch? Egal, ob er gefroren ist oder nicht? Mattim?«

Er näherte sich dem Ufer. Vorsichtig, langsam. Der starren Kühle des vertrauten Flusses, des Donua, wie einem Freund mit einem neuen Gesicht. So mochte Mirita empfinden, wenn sie auf ihn zulief, auf den Prinzen, der ein Schatten geworden war. Der Schnee knirschte unter seinen Füßen. Die eisüberfrorenen Binsen klirrten leise, als er sie streifte. Da war das Wasser, dort … Er zögerte, streckte den Fuß aus, zog ihn wieder zurück. Neulich in Budapest, als die Wellen über ihm zusammenschlugen, als das dunkle Wasser der Donau ihn verschluckte, hatte er etwas gefühlt, hatte er etwas Entscheidendes gewusst. Ein anderes Gefühl, eine Kenntnis, so wie man bei einem Kuss mit geschlossenen Augen schmecken konnte, wen man küsste. Hanna oder Mirita.

Mattim blickte sich nicht zu der Bogenschützin um, doch er wusste, dass sie angstvoll zusah bei dem, was er tat. Der falsche Geschmack, der falsche Geruch. Donau. Donua. Ein Fluss, getränkt von Licht … Ein Bett aus Licht, das aus dem tiefsten Grund nach oben perlte. *Spring, kleiner Bruder, und fürchte dich nicht* … Nein, er wagte es nicht. Rasch ging er wieder die Böschung hinauf, in seinem Herzen dumpfe Ratlosigkeit.

»Ich weiß es nicht«, sagte er. »Ich wage es nicht … Vielleicht wird der Donua die Schatten verschlingen. Er ist stark, viel stärker, als Kunun glaubt. Es ist ein anderer Fluss. Die Donau ist wie ein Bild in einem Spiegel, wie ein Traum, ein lachendes Mädchen … aber dies hier ist der König des Lichts.« Er hob den Blick. »Ich habe keine Ahnung, was geschehen wird. Dennoch müssen wir bereit sein zu handeln. Bitte bring meine Mutter her.«

Mirita stellte sich auf die Zehenspitzen und gab ihm einen Kuss. Klein und hauchzart, wie die sanfte Berührung einer Vogelfeder. Dann eilte sie zum Ufer hinunter, und er sah ihre kleine dunkle Gestalt über das Weiß marschieren, schnell und zielstrebig. Er blickte ihr nach, solange er konnte, dann kehrte er in den Schutz der Bäume zurück. Hinter sich hörte er die Flusshüter rufen. Dann die besänftigende Stimme des Anführers: »Macht euch keine Sorgen. Entweder haben wir sie verloren oder auch nicht.«

VIERUNDDREISSIG

BUDAPEST, UNGARN

Hanna streckte die Beine aus, bis ihre Zehen die Sofalehne berührten. Sie gähnte, aber nichts in der Welt hätte sie dazu bringen können, jetzt einzuschlafen. Ein paar Mal hatte sie vorsichtig die Tür geöffnet und in den Hof hinausgeblickt, über die dunkelblauen Gitter hinweg in die unteren Stockwerke, auf die vielen weißen Türen. Was auch immer die Schatten nachts in Budapest trieben, es sich zu Hause vor dem Fernseher gemütlich zu machen, gehörte offensichtlich nicht dazu. Die meisten waren, soweit sie es einschätzen konnte, nicht im Haus. Niemandem war es aufgefallen, dass Mattim nicht da war, und wenn er zurückkam, würde auch keiner merken, dass er den Fahrstuhl benutzt hatte. Doch sie wartete vergeblich auf das Klingeln ihres Handys. Ihr Freund ließ sich Zeit. Wenn sie nur gewusst hätte, was er in Magyria tat, ob seine Mutter ihm zuhörte oder ob sie ihn als einen gefährlichen Schatten jagten!

Hanna rückte das Sofakissen unter ihrem Kopf zurecht und schloss die Augen. Ihr ganzer Körper war vor Anspannung verkrampft, und es bedurfte einer solchen Anstrengung, sich Mattim nicht in den Händen Fackeln schwingender Soldaten vorzustellen, dass sie zitterte. An Mónika durfte sie auch nicht denken.

»Wir sind wirklich enttäuscht von dir«, hatte ihre Gastmutter gesagt. »Es wird das Beste sein, wenn du deine Sachen packst und gehst. Morgen ist Rékas Geburtstag, da soll es keine Abschiedstränen geben, aber danach will ich dich hier nicht mehr sehen.«

Bevor Hanna hergekommen war, hatte sie eingekauft und den Wintergarten mit Luftschlangen und Lampions geschmückt. Während das Mädchen mit einem Dutzend Freundinnen feierte, würde sie ihre Koffer packen. Sie wollte nicht daran denken, wie es sich wohl anfühlte, sich von Attila und Réka zu verabschieden. Und daran, was sie dann tun würde. Zurück nach Deutschland gehen? Oder bei Mattim bleiben, hier, im Haus der Vampire? Der Prinz des Lichts würde sicher, wenn die Schlacht geschlagen war, nach Akink zurückgehen. Er hatte es zwar nie ausgesprochen, nicht einmal angedeutet, aber was wollte er hier, wenn die anderen Schatten alle fort waren, in einer fremden Welt, in der er nicht leben und nicht sterben konnte?

Sie schrak hoch. Ein Geräusch. Einen Moment lang saß sie aufrecht auf dem Sofa und versuchte, sich zu orientieren. Anscheinend war sie doch eingenickt. Die Tür. Hatte jemand geklopft? Mattim! Er war zurück, er hatte es einfach gewagt, mit dem Fahrstuhl nach oben zu fahren, ohne sie anzurufen! Oder hatte er es versucht, und sie hatte nichts gehört, weil sie geschlafen hatte?

Schlaftrunken öffnete sie. Da erst fiel ihr ein, dass die Tür gar nicht abgeschlossen werden konnte, dass Mattim gar keinen Schlüssel besaß, den er hätte vergessen können. Dass in einem Haus voller Schatten, die durch Wände gehen konnten, Schlösser so sinnlos waren wie jeder andere Versuch, sich zu verstecken.

Niemand konnte sich vor Kunun verbergen. Da stand der Vampir, ohne zu lächeln, ohne zu grüßen. Beim Eintreten schob er sie einfach zur Seite. Mit raschen Schritten ging er durch die Zimmer, kehrte dann zu ihr zurück und baute sich vor ihr auf.

»Wo ist Mattim?«

»Ich – ich weiß es nicht«, stammelte sie. »Ich bin eingeschlafen … Ich glaube, er wollte mir etwas zu essen holen.«

Sie versuchte zu lächeln, zaghaft, doch es geriet zu einer kläglichen Grimasse. »Der Kühlschrank ist ja nicht gerade voll.«

Kunun lächelte auch jetzt nicht. *Er weiß es*, musste sie denken, *er weiß es* … Aber sie hatte keine Wahl und musste weiterhin so tun, als wäre alles in Ordnung, denn vielleicht war es nur die Angst, die ihr Kunun als allwissenden Zauberer vor Augen malte. Der Schattenprinz, der sich für unbesiegbar hielt und den sie und Mattim eines Besseren belehren würden.

Er stand vor ihr, groß und unnahbar, streckte die Hand aus, beinahe zärtlich, und strich ihr eine Haarsträhne aus dem Gesicht. Die Geste erinnerte sie so sehr an Mattim, dass es kaum zu ertragen war, als wären die beiden Brüder Zwillinge, ein heller und ein dunkler, zwei Seiten ein und derselben Medaille.

»Es ist nicht klug von Mattim, dich allein zu lassen.«

»Warum nicht?« Hanna zwang sich weiterzusprechen. Ihre Beine hörten schon fast auf zu zittern, während sie in sich nach der Kraft suchte, Kunun standzuhalten, was auch immer er vorhatte. »Keiner der Schatten hier wird mir etwas antun.«

Mit den Händen berührte er immer noch ihr Haar, griff nach der nächsten Strähne, legte ihr auch diese über die Schulter. *Gleich wird er mich beißen*, dachte sie verzweifelt. *Nein, nein!* Trotzdem wich sie auch jetzt nicht vor ihm zurück.

»Blut, freiwillig geopfert«, sagte Kunun. »Du hast gesehen, was es bewirken kann. Es gibt uns die Macht, dem Licht zu widerstehen. Es gibt uns die Macht, nach Akink zurückzukehren. Was würdest du tun, mein Kind, damit Mattim nach Hause gehen und geheilt werden kann? Würdest du ihm dein Blut geben? Wie viel würdest du bezahlen, für jede seiner Wunden?«

Hanna wusste im ersten Moment gar nicht, was sie erwidern sollte. Worauf wollte der Vampir hinaus? »Was?«, stammelte sie. »Was soll ich bezahlen?«

»Ich dachte, ihr hättet darüber gesprochen«, sagte Kunun. »Was Blut für einen Schatten bedeuten und welche Heilung das Licht bringen kann, wenn man gegen seine tödlichen Auswirkungen gewappnet ist. Mit deinem Blut wird Mattim zurück nach Akink gehen und seine Verletzungen heilen lassen können. Ist es dir das wert? Würdest du das tun, dich aufgeben – für ihn?«

Vielleicht war es die Müdigkeit, die ihr das Hirn vernebelte, aber sie konnte nicht begreifen, wovon er sprach. Sie gab Mattim doch schon ihr Blut. Das wusste Kunun. Was sollte sie denn noch tun?

»Du weißt, dass ich ihn liebe«, sagte sie. »Was willst du eigentlich von mir?«

»Was glaubst du, wie ich ein paar hundert Vampire über den Fluss bringen werde? Sag es mir, mein Mädchen. Wie könnte das gehen?«

»Blut«, flüsterte Hanna. »Freiwillig geopfert.«

Ihr dunkles Haar glitt wie Seide durch seine Finger.

»Wessen Blut könnte das sein?« Er flüsterte es so nah an ihrem Ohr, dass seine Lippen ihre Wange streiften.

Mattim wartete, Bela immer noch an seiner Seite. Der Wolf hatte den Kopf auf die Vorderläufe gelegt und starrte über den Fluss hinüber nach Akink. Der Prinz saß neben ihm, die Hand in dem dichten Pelz, und übte sich in der Tugend eines Brückenwächters. Die Nacht verstrich, sanft und langsam wie ein Blatt, das sich vom Zweig löst. Endlich hob der Wolf den Kopf, noch bevor Mattim erkennen konnte, wer sich näherte. Mirita? Da, eine dunkle Gestalt, die über das Eis lief. Daneben eine zweite, größere, in ein hellgraues Gewand gehüllt, die Kapuze über dem hüftlangen Haar.

Bela erhob sich und war sofort wieder ein Untier, riesig

und drohend, und Mattim erinnerte sich mit Schaudern, wozu der Wolf in der Lage war. Ein Schattenwolf. Wenn sie beide wirklich auf Kununs Seite gestanden hätten, wäre es unendlich einfach gewesen, noch mehr Dunkelheit auf Akink herabzuziehen, die Nacht zu vertiefen, so dass sie nie endete. Eine Schattenfrau zu erschaffen, wie es keine zweite gab. Wenn Bela sich dazu entschlossen hätte, dann hätte es keinen Weg gegeben, ihn daran zu hindern. Doch der Wolf rührte sich nicht. Er schaute nur auf die graue Gestalt, und Mattim war es fast, als könnte er seine Gedanken mitdenken und seine Gefühle mitfühlen. Es war so lange her, dass Bela der Sohn dieser Frau gewesen war, einer der Prinzen des Lichts, und die Patrouille durch den Wald geführt hatte …

»Bist du da?« Mirita rief leise durch die Nacht. Sie kämpfte sich die Böschung hinauf, während die Königin auf dem Eis stehen blieb, die Arme vor dem Leib verschränkt, als fröre sie. »Mattim?«

Er trat zwischen den Bäumen hervor.

Die Bogenschützin stapfte durch den Schnee auf ihn zu. »Ich hatte schon Angst …«

»Wovor?«, fragte er. »Dass ich gegangen sein könnte? Oder dass ich meine Armee geholt habe?«

Er fand es unerwartet schwer, die wenigen Meter zum Ufer zurückzulegen. Nicht auf sie zuzulaufen, die Arme ausgebreitet, und zu rufen: Mutter, ich bin wieder da!

Die Königin kam keinen einzigen Schritt näher.

»Nun?«, fragte sie mit bebender, brüchiger Stimme, »was kann so wichtig sein?« Dann schlug sie die Kapuze zurück, und obwohl es immer noch zu dunkel war, um ihr Gesicht klar zu erkennen, rührte ihn diese Geste. Es war ein wenig, als hätte sie die Hände nach ihm ausgestreckt.

»Es gibt eine Pforte in diesem Wald«, sagte er. »Sie führt in eine andere Welt, aus der die Schatten sich ihre Kraft holen. So können sie dem Tageslicht standhalten. Außerdem hat Kunun einen Weg gefunden, um den Fluss zu überlisten. Er wird mit seiner Armee über das Eis kommen.« Elira reagierte nicht auf diese Schreckensnachricht. Sie hörte ihren Sohn an, den Kopf leicht gesenkt. Wenn er es nur wirklich hätte wagen können, das Eis zu betreten … »Wir müssen unbedingt die Pforte schließen«, sagte er. »Nur dann ist es für Kunun unmöglich, wieder dorthin zurückzukehren und sich Nachschub zu holen. Ich hatte es anders geplant. Anfangs dachte ich, bei seinem nächsten Jagdausflug könnten wir die Pforte hinter ihm einfach zumachen und ihn aussperren … Aber wenn der Fluss bereits gefroren ist, glaube ich nicht, dass es noch viele Jagdausflüge geben wird. Kunun wird mit seinen Schatten kommen, gerüstet. Und dann …« Mattim hatte gesprochen, so schnell er nur konnte, solange sie ihm bloß zuhörte. Vielleicht hatte Elira nicht verstanden, worum es ging. Er öffnete den Mund, suchte nach Worten, nach anderen Worten, neuen, besseren, aber die Königin hob die Hand.

»Wie lässt sich diese Pforte schließen?«, fragte sie.

»Das musst du tun«, sagte er. »Allein das Licht ist dazu in der Lage. Ich glaube, wenn du auf die Schwelle trittst, wird der Riss in der Wirklichkeit heilen, werden die Ränder des Durchgangs miteinander verschmelzen und niemand wird je wieder hindurchgehen können.«

Seine Mutter nickte. »Ja«, erwiderte sie. »Es passt … Es würde vieles erklären. Bring mich zu dieser Pforte.«

»Mattim!«, rief Mirita. »Du hast mir nicht gesagt, dass die Königin alleine in den Wald gehen muss. Das ist ungeheuerlich. Das kannst du nicht im Ernst verlangen.«

»Sei still«, fuhr Elira sie an. »Wenn es getan werden muss, dann werde ich es tun.« An Mattim gewandt sagte sie: »Geh voraus.«

Sie hatte seinen Namen nicht ausgesprochen. Es schmerzte ihn heftiger, als er gedacht hatte. Obwohl sie sogar zu mehr bereit war, als er überhaupt erwartet hatte, tat es weh, dass sie kein einziges Mal seinen Namen in den Mund nahm.

»Noch nicht«, sagte er. »Kunun ist noch nicht unterwegs. Wir müssen den richtigen Zeitpunkt abpassen.«

Zum ersten Mal sah die Königin ihren Sohn an. Ihre Stimme hatte geklungen, als würde sie weinen, aber ihr Gesicht, von der aufkommenden Morgendämmerung erhellt, war kühl und entschlossen.

»Jetzt«, bestimmte sie. »Warum sollen wir warten, bis der Jäger vor unseren Toren steht? Warum warten, bis er mit seinen Schatten über den Fluss kommt? Wenn ich dich richtig verstanden habe, ist er gerade dabei, sie auszurüsten. Drüben, wo immer das ist. Wenn wir jetzt die Pforte schließen, wird er gar nicht erst nach Magyria kommen. Nie mehr. Wenn wir sofort handeln, wird ihm die Fähigkeit, über den Fluss zu gehen, nichts nützen. Wir werden ein für alle Mal frei sein von der Bedrohung durch die Schatten.«

»Wenn wir die Pforte jetzt schließen, sind die Schatten für immer dort – in einer Welt, in die sie nicht gehören. Mutter, dies ist unser Problem und unser Kampf. Das Licht muss ihn ausfechten. Nicht die Menschen da drüben. Sondern wir.«

Die Königin kam ein paar Schritte näher, und jede einzelne Bewegung verriet ihre Wut.

»Du willst die Schatten auf Akink hetzen, ausgerüstet mit der Macht, über den Fluss zu gelangen? Du willst zulassen, dass sie herkommen und alles zerstören, was du jemals geliebt hast? Du nimmst in Kauf, dass Akink unterliegt und das Licht ein für alle Mal ausgelöscht wird?«

Sie hatte Recht. Jetzt war der richtige Zeitpunkt. Jetzt konnten sie alles beenden, die Schlacht gewinnen, ohne Blut zu vergießen, jetzt!

»Nein. Wir können nicht ...« Seine eigene Stimme klang selbst in seinen Ohren kläglich und unsicher. *Sie hat Recht* ... Nein, das hatte sie nicht! »Es ist unser Kampf! Ich habe nie auch nur daran gedacht, dass wir die Pforte schließen, während die Schatten alle drüben in Budapest sind. Sie gehören zu uns, nicht zu den Menschen. Es ist des Lichts nicht würdig, sie auf Unschuldige zu hetzen und sich selbst in Sicherheit zu bringen.«

»Jetzt!«, rief Mirita. »Wie können wir die beste Gelegenheit verstreichen lassen, die wir jemals bekommen werden? Es ist an der Zeit, Akink zu retten! Deine Stunde ist gekommen, Mattim!«

Während Kunun nichts ahnte. Während er vielleicht dabei war, die Schatten mit Blut zu versorgen, damit sie …

Als hätte jemand ein Kristallglas auf einem Marmorboden zerschmettert, sprang Mattim ein Bild entgegen, klirrend und schneidend. Ein Becher, gefüllt mit Blut.

Hannas Blut.

Blut, freiwillig geopfert … Hatte Atschorek nicht genau das von ihm gefordert? Dass er seine Freundin opferte? Dass er Kunun zum Sieg verhalf – so und nicht anders? Sie mussten alle trinken. Jeder einzelne Vampir, freiwillig geopfertes Blut. Wie viele Menschen gab es in Budapest, von denen sie das bekommen konnten?

Er stolperte rückwärts vom Fluss fort. Und er hatte sie allein gelassen. *Idiot! Du verdammter Idiot!*, schrie es in ihm.

»Mattim!«, befahl die Königin. »Bleib hier!«

Sein Name erfüllte ihn nicht mit Freude. »Ich muss zurück!«, rief er. »Ich muss sofort zurück!«

»Warte! Bring mich an die Pforte. Sofort!«

»Mattim«, rief nun auch Mirita. Sie schlang beide Arme um ihn und versuchte ihn festzuhalten. »Mattim, bitte! Wir sind am Ziel. Zeig uns den Übergang, bring uns hin, und wir werden Akink retten. Das wolltest du doch immer. Dafür bist du ein Schatten geworden. Mattim!«

Er riss ihre Hände von seiner Jacke und stieß sie rücklings in den Schnee. »Versteht ihr denn nicht? Ich muss zurück! Ich muss es verhindern. Ich muss …«

»Nur eines musst du tun.« Die Stimme der Königin, klar und scharf. »Du wirst mich zur Pforte führen. Jetzt.«

»Nein! Es tut mir leid, ich kann nicht. Ich kann es nicht!« In seinem Kopf drehte sich alles, die Angst, die in ihm aufgeflammt war, setzte sein Herz in Brand.

»Ich hasse dich!«, schrie Mirita. »Schatten! Schatten!«

»Wenn du jetzt gehst«, rief ihm Elira nach, »dann sollst du für immer verdammt sein. Elender Schatten! Du bist hier, um Akink zu retten! Bleib! Du bist hier, um das Licht …«

Ihre Stimme gellte ihm in den Ohren, während er rannte. Zwischen den schwarzen Stämmen der Bäume hindurch, über den Schnee, schnell. Er sprang über Dornen und Gestrüpp, strauchelte, stolperte, fort war die Anmut des Wolfs, er, Mattim, getrieben von einer Angst, die ihm im Nacken saß wie ein Blutsauger mit langen, spitzen Krallen.

FÜNFUNDDREISSIG

BUDAPEST, UNGARN

»Keine Sorge«, sagte Kunun und richtete sich wieder auf. »Jeder Tropfen Blut, den man dir stehlen muss, wäre verschwendet.«

»Du bekommst nichts!«, rief Hanna. »Niemals! Glaubst du, ich mache freiwillig mit und helfe dir dabei, diesen Krieg zu führen?«

Der Vampir blickte auf sie hinunter, mit einem Lächeln um die Mundwinkel, das sie nicht deuten konnte.

»Mich wundert«, meinte er, »dass Mattim nie nach dem anderen Teil der Prophezeiung gefragt hat. Die Alte hat mir damals zwei Sätze gesagt. Kleiner Bruder bringt den Sieg … Möchtest du nicht gerne hören, was sie mir noch gesagt hat?«

»Ja«, flüsterte Hanna.

»Szigethy vér a városért. A gyözelmet a kis testvér hozza.«

Szigethy. Der Name löschte alles aus, was danach kam. Kununs Rede zog an ihr vorbei und verwandelte sich in eine wirre Abfolge von Lauten. Wie ein Zauberspruch klang es in ihren Ohren, den er für sie deklamierte, der schwarze Zauberer, mit funkelnden Augen, das Lächeln des Siegers schon auf den Lippen.

Als wären alle ihre Ungarischkenntnisse auf Nimmerwiedersehen verschwunden. Sie verstand nichts. Gar nichts. *Mattim. Mattim, wo bist du …* Die Silben perlten an ihr herunter wie Regentropfen an einer Fensterscheibe. *Szigethy vér … Ich will nach Hause, ich will nur noch nach Hause! Szigethy …*

Aber ein anderer Teil von ihr, unberührt von Kälte und Angst, arbeitete weiter, entschlüsselte die Botschaft, klopfte an die Tür ihres Bewusstseins, rüttelte daran.

Szigethy vér. Das Blut der Szigethys! Rékas Blut!

Nein!, wollte sie schreien. *Nein, nein, nein!*

Doch der Schrei blieb ihr in der Kehle stecken.

»Du hast es verstanden«, sagte Kunun leise. »Genauso wie ich es damals verstanden habe, als ich alle Szigethys in dieser Stadt gesucht habe und schließlich Réka fand. Ihr Blut wird mich nach Akink bringen. Ihr Leben. Denn es gibt noch etwas, liebe Hanna, das ich dir sagen muss. Der Donua ist ein mächtiger Fluss, viel mächtiger als diese schmutzige braune Brühe, die sich durch Budapest windet. Blut, freiwillig geopfert, wird es den Schatten erlauben, über das Eis zu gehen. Eine Weile wenigstens wird es uns schützen. Aber ob es reicht? Den ganzen Weg bis ans andere Ufer? Eine ganze Schlacht hindurch, die Stunden dauern mag? Erst wenn ein Leben geopfert wird, entfaltet das Blut eine Kraft, die allem standhalten kann.«

»Nein«, wisperte Hanna. Ihre Gedanken rasten durch ihren Schädel, wie auf der Suche nach einem Ausgang. »Nicht Réka. Bitte nicht Réka!«

Kunun legte ihr beide Hände auf die Schultern, nicht fest, aber bestimmt. »Heute ist der Tag«, sagte er. »Heute gehen wir nach Akink. Fragst du dich, warum ich dir das erzähle? Du wirst Réka nicht warnen. Du bleibst hier. Und du wirst hoffen, dass die Kleine mir alles gibt, worum ich sie bitte. Nie wirst du dir etwas so sehr gewünscht haben. Denn sollte sie zögern, sollte ich auch nur den geringsten Zweifel haben an ihrer Bereitschaft, ihr Leben für mich aufzugeben, werde ich dich nehmen. Und du wirst dich nicht wehren. Du wirst mir geben, wonach ich verlange. Denn wenn du es nicht tust, werde ich Mattim töten.«

Seine Augen waren schwarz. Nichts als seine Dunkelheit konnte sie darin lesen. Keine Freude, kein Bedauern, nicht einmal Triumph. Er teilte ihr einfach nur das mit, was er entschieden hatte.

»Einer von euch dreien wird heute sterben. Mattims Tod nützt mir nicht das Geringste; daher kann ich nur hoffen, dass du vernünftig sein wirst, schöne Maid. In wenigen Stunden werden wir sehen, wessen Liebe am stärksten ist.«

Liebe. Aus ihrem Gedächtnis tauchten Atschoreks Worte auf und gewannen eine neue Bedeutung. Nur das Gefährliche lohnte sich. Nur deshalb lohnte die Liebe, weil sie so angreifbar war. Nur deshalb ... *Liebe, der Kuss des Todes im Frühling. Ist das nicht das Schönste daran – so ahnungslos zu sein wie ein Vogel im Baum, der singt und nicht weiß, dass der Pfeil bereits abgeschossen wurde, der ihn mitten ins Herz treffen wird?*

Niemals hätte sie zulassen dürfen, dass irgendjemand ahnte, wie viel ihr Mattim bedeutete. Niemals hätte sie Kunun diese Waffe in die Hand geben dürfen.

»Mattim hat sich für dich entschieden«, sagte sie und bemühte sich, ihrer Stimme einen festen, kühlen Klang zu geben. »Du kannst nicht deinen besten Gefolgsmann opfern. Den Bruder, der dir den Sieg bringen wird.«

»Vielleicht wird er mir den Sieg auf genau diese Weise zuschanzen.« Kunun musterte sie mit leisem Spott. »Aber glaub mir, ich weiß, wie ich am besten herausfinde, was sein Treueeid wert ist.«

Er drehte sich zur Wohnungstür um. »Kommt rein. – Freiwilligkeit«, meinte er zu Hanna, und Spott funkelte in seinen Augen, »ist etwas Gewaltiges und Besonderes. Doch manches geht genauso gut ohne.«

Hanna wich zurück, als sie vier Schatten auf sich zukommen sah: zwei junge Männer, einen älteren und eine Frau. »Fesselt sie. Steckt ihr einen Knebel in den Mund; ich will nicht, dass man das Geschrei auf der Straße hört. Übrigens«, der Vampir beugte sich vor und fasste in ihre Jackentasche, »das brauchst du jetzt nicht mehr.«

Er reichte das Handy einem der Vampire. Die anderen drei waren schon an ihrer Seite. Hanna wehrte sich verzweifelt, doch es gelang ihr nur, einem ihrer Bezwinger die Hand zu zerkratzen, bevor er ihr die Arme auf den Rücken drehte.

»Das ist nicht nötig!«, rief sie. »Tu das nicht! Ich werde hier warten. Ich mache alles, was du verlangst!«

Kunun schüttelte nur den Kopf und zauberte aus seiner Manteltasche eine Kordel, die er kurz vor ihren Augen baumeln ließ, bevor er sie der Vampirfrau reichte.

»Das wird halten, glaub mir. Du brauchst dich nicht zu fürchten – nicht allzu sehr jedenfalls. Wenn mit Réka alles glatt läuft, bist du bald wieder frei. Wenn nicht ... nun, sofern Mattim akzeptiert, was ich mit dir tue, werde ich ihm kein Härchen krümmen. Wenn er einsieht, dass dein Blut für Akink vergossen werden muss, so ist er würdig, neben mir auf dem Thron zu sitzen. – Bringt sie in den Hof«, befahl er den Schatten. »Bindet sie an einen der Löwen. Wenn Mattim eintrifft, werden wir sehen, wer er ist. Und er wird herkommen, früher oder später.«

Hanna konnte nicht verhindern, dass ihr die Tränen in die Augen schossen, vor Zorn und Angst und Schmerz. Das dünne Seil schnürte ihr die Handgelenke ein, und der Griff ihrer Wärter war allzu fest. Dennoch hätte sie alles dafür gegeben, wenn Kunun ihre Tränen nicht gesehen hätte.

»Mattim dient mir«, sagte er. »Er ist sich noch unsicher – glaubst du, das wüsste ich nicht? Aber ich habe ihn gerufen, und er ist zu mir gekommen, und was immer er tut, er wird es für mich tun. Er wird mir den Sieg bringen, Hanna, ob er will oder nicht, und du steckst mit in der Sache drin, ob du nun willst oder nicht.« Er machte eine Pause und beobachtete, wie die Vampire ihr einen Knebel in den Mund schoben, ein Stück Stoff, das ihre wütende Antwort erstickte.

»Kleiner Bruder bringt den Sieg ... Es ist sein Schicksal. Keiner von uns kann dem entkommen, was ihm auferlegt ist. Auch Mattim vermag das nicht, egal, wie sehr er sich wehrt. Stück für Stück wird er in die Knie gehen, und was an Auflehnung übrig ist, wird dahinschmelzen wie Schnee in der Sonne. Er hat deine Sicherheit in meine Hände gelegt, Hanna. Von nun an entscheide ich, was mit dir geschieht. Du weißt das, ich weiß das und er auch. Der Sieg wird durch ihn zu mir kommen. Er hat keine Wahl, mein kleiner Bruder.«

Kunun nickte den Schatten zu. Sie führten Hanna aus der Wohnung heraus zum Fahrstuhl. Es nützte ihr nichts, die Füße in den Boden zu stemmen. Die vier schienen nicht einmal zu merken, dass sie sich wehrte. Hinter der Glasscheibe die dunkelblauen Gitter, die weißen Türen … Der Hof schien ihnen entgegenzuschweben, dort stand der Brunnen, die steinernen Löwen. Ihr war, als läge das Aufeinanderkrachen der Schwerter immer noch in der Luft, der Bitterduft des Kampfes.

Die Vampire zwangen das Mädchen, sich auf den Boden zu setzen, gegen einen der Löwen gelehnt. Vom Untergrund her stieg die eisige Kälte sofort hoch.

Kunun kam erst in den Hof, als sie fertig waren und Hanna so fest an den Löwen gebunden war, dass sie sich nicht rühren konnte.

»Bewacht sie«, sagte er zu den Schatten. »Sobald Mattim kommt, ruft mich sofort an. Diskutiert nicht mit ihm. Er soll mit mir sprechen, mit niemandem sonst. – Und nun werde ich losfahren und einen Krug besorgen, der Rékas Blut fassen kann.«

Dann ein Lächeln, ein letztes Lächeln, für Hanna, während er über ihr stand wie ein strafender Gott, herrlich und gnadenlos.

Irgendwo hinter ihr flüsterten die Schatten. Kunun war bereits in dem hohen Durchgang verschwunden.

Szigethy-Blut für die Stadt.
Kleiner Bruder bringt den Sieg.

Mattim sprang gegen den Fels, tauchte hindurch und stand im Keller. Automatisch atmete er tief ein und aus, um sich zu beruhigen, um einen klaren Gedanken zu fassen. Es war fast völlig dunkel; der Fahrstuhl musste sich direkt über ihm im Erdgeschoss befinden. Das Handy hatte er im Weinregal versteckt, doch als er schon die Hand danach ausstreckte, zögerte er. Der Prinz hielt den Atem an und horchte. Erst nach oben, dann zu allen Seiten hin. Im Haus war es vollkommen still. Keine Schritte im hallenden Flur, im Treppenhaus, keine Stimmen.

Ruf nicht an, dachte Hanna. *Bitte, bitte, ruf nicht an! Und komm, schnell!* Sie versuchte ihn mit ihren Gedanken herzulotsen wie einen magischen Bann: *Komm, Mattim, bitte, komm … Ruf nicht an … Komm … Rette mich! Nein, rette mich nicht! Rette mich nicht!*

Die Schatten wanderten durch den Hof. Die Frau beugte sich über den Rand des Brunnens und streckte eine Hand hinein. Mit den Fingernägeln kratzte sie über das gefrorene Wasser. Sie lachte leise.

»Noch sind wir nicht in Akink«, sagte der ältere Mann düster.

»Noch nicht«, flüsterte sie, »noch nicht.«

Hanna fühlte die Blicke der beiden auf sich. Die zwei jüngeren Vampire standen gelangweilt in der Nähe des Eingangs und scharrten mit den Schuhen über ein paar trockene Blätter, die es in den Hof geweht hatte. Es sah aus, als wollten sie damit Fußball spielen.

Hanna fror so sehr, dass sie mit den Zähnen klapperte. Ihre Beine zitterten, und auch die an den kalten Stein gefesselten Hände waren taub.

War es nicht schon immer mein Schicksal, in diesem Haus zu sterben? Sie blies ihren Atem in feinen Wölkchen in die frostige Luft. *War das nicht von Anfang an mein Schicksal?*

Szigethy-Blut für die Stadt … Aber über sie sagte die Prophezeiung nichts. *Rékas Blut oder meins. Mein Blut oder Rékas.* Vielleicht hatte sie als Einzige jemals die Wahl gehabt. Nur wie hätte sie etwas anderes wählen können, als in Mattims Nähe zu sein und immer wieder herzukommen, trotz der Gefahr?

Der junge Prinz starrte nach oben auf den von Kabeln durchzogenen Boden des Aufzugs. Dunkel. Ja, dunkel genug. Alles hier unten war ausreichend finster. Er brauchte den Fahrstuhl nicht.

Mattim kehrte um und trat schnell durch den Durchgang in den zweiten Kellerraum, in dem die Lampen und der Käfig aufbewahrt wurden. Zwar konnte er sie nicht sehen, dafür aber ertasten. Er kletterte hinauf und richtete sich vorsichtig auf, die Hände nach oben gestreckt, bis er die Decke anfassen konnte. So niedrig, dass er, wenn er auf dem Käfig stand, den Rücken krümmen musste. Mattim ging in die Knie, spannte die Muskeln an und sprang.

Er knallte nicht mit dem Kopf gegen die Decke. Als würde er aus dem Wasser auftauchen, fuhr er durch die dunkle Schicht hindurch, stützte sich mit den Armen ab und zog sich ganz aus dem Fußboden der Eingangshalle heraus.

Mit einem Satz war er in der Nische zwischen den Briefkästen und einer vorspringenden Säule und blickte sich um.

Auch in Budapest hatte der Morgen schon begonnen. Im Hof leise Stimmen. Rasch spähte er um die Ecke und fuhr sofort wieder zurück. Mit einem Blick hatte er die Lage erfasst: Hanna gefesselt am Boden, vier Wächter daneben. Kunun war nicht da, Atschorek auch nicht. Das war gut; gegen seine beiden Geschwister zusammen hatte er keine Chance. Doch die vier Schatten waren mit Sicherheit keine hilflosen Dörfler irgendwo aus der magyrianischen Provinz. Auch wenn er sie nur vom Sehen kannte und nie mit ihnen geredet hatte, musste er davon ausgehen, dass sie – vor seiner Zeit – in der Wache von Akink gewesen waren. Krieger. Kunun hätte Hanna niemals Leuten überlassen, die unfähig waren.

Hastig ging Mattim seine Möglichkeiten durch. Sich zeigen und sagen: He, was macht ihr da mit meiner Freundin, und dafür bringe ich euch jetzt kurz um?

Aber sie waren Schatten. Auch mit einem Schwert hätte er sie nicht überwältigen können, weder schnell noch langsam. Sie würden das Gesicht vor Schmerz und Wut verziehen, wieder aufstehen und ihn schlussendlich ergreifen. Ganz zu schweigen davon, dass sie Hanna in ihrer Gewalt hatten.

Letztlich gab es nur eines, worin er ihnen mit Sicherheit voraus war: das Spiel mit dem Schatten. Nicht dumm von ihnen, dass sie Hanna an den Löwen gefesselt hatten. Der Hof war nicht unterkellert. Selbst wenn Mattim schnell genug bei ihr war, würde es zu lange dauern, die Fesseln zu lösen und mit ihr zu verschwinden. Es gab nicht viele Möglichkeiten, eigentlich nur eine. Ins Freie zu treten und zu sagen: Hier bin ich, was erwartet Kunun von mir?

Er hob den zerbrochenen Besen auf, der an der Wand lehnte, und schlüpfte durch den Fußboden zurück in den Keller. In dem kleinen Raum, in dem Atschorek die Lampen aufbewahrte, zog er die Schuhe aus, streifte die Socken ab und tauchte sie ins Öl.

Hanna bewegte die Füße hin und her, malte kleine Kreise und Buchstaben, nur um in Bewegung zu bleiben. *Ich gebe nicht auf, noch lange nicht …* Mitleidslos kroch die Kälte durch ihren Körper. Was wollte Kunun, gefrorenes Blut? Sie saß vielleicht eine Viertelstunde hier, aber es kam ihr bereits vor, als wären es Stunden. Wenn der Vampir nicht an den Knebel gedacht hätte, hätte sie die ganze Nachbarschaft zusammengeschrien … Ein schwacher Laut entschlüpfte ihrer

Kehle, als sie auf einmal Mattim im Eingang zum Hof stehen sah. In jeder Hand trug er eine der Besenstielhälften, die vom Schwertkampf mit Atschorek übrig geblieben waren. Um die Spitzen hatte er irgendetwas gewickelt, was lichterloh brannte.

»Mattim! Mach keine Dummheiten!« Der älteste Schatten ging ein paar Schritte auf ihn zu. Indem er die behelfsmäßigen Fackeln vor sich herschwenkte, kam der Prinz in den Hof. Nicht langsam und vorsichtig, sondern wie der Blitz schnellte er vorwärts, trieb die Vampire von sich fort und stand schon neben Hanna. Er warf ihr nur einen kurzen Blick zu, die Augen wild und dunkel in seinem hellen Gesicht. Rette mich nicht!, wollte sie rufen. Nein, rette mich nicht!

Die Vampire wichen vor ihm zurück und sahen sich an, ratlos. Der Angreifer beschrieb mit dem brennenden Stock einen großen Bogen um sich.

»Mattim! Hör auf! Prinz Mattim!«

Der Junge trieb sie mit den Fackeln vor sich her. »Raus hier!«, befahl er. »Macht, dass ihr hier rauskommt!«

»Das ist ein Fehler, du solltest nur mit Kunun reden …«

Einer der Vampire versuchte, hinter ihn zu gelangen, aber Mattim war zu schnell. Er schwang herum, und die Flamme streifte das Haar des Mannes, das sofort zu brennen begann. Der Getroffene schrie auf, taumelte durch den Hof und presste den Kopf auf das gefrorene Wasser des Brunnens.

»Noch jemand?«, fragte der Prinz kühl. »Raus hier, habe ich gesagt.«

Die Männer sahen sich an und nickten und verschwanden.

Die Frau zog beim Gehen ein Handy hervor.

»Warte!«, schrie Mattim und sprang mit der Fackel vor, als wäre sie ein Schwert. »Wähl die Nummer und gib es mir. Und bleib hier stehen.« Er drängte die Vampirin mit der Flamme an die Wand. Sie presste die Wange gegen den Stein, während sie die Tasten drückte. Der Junge riss ihr das Telefon aus den Händen.

»Mattim.« Als hätte Kunun keinen Moment daran gezweifelt, dass sein Bruder ihn anrufen würde. »Du bist also da.«

»Ja, ich bin da«, sagte Mattim. »Sicher wird es dich nicht überraschen, zu erfahren, dass ich alles andere als erfreut bin, mein Mädchen hier angebunden vorzufinden. Was hast du dir bloß dabei gedacht?«

»Bist du etwa nicht losgestürmt wie ein wild gewordener Tiger, um sie zu befreien? Du hörst dir tatsächlich erst an, was ich zu sagen habe?«

»Natürlich«, sagte Mattim. »Du bist der Anführer. Also, was hast du dir dabei gedacht?«

Kunun lachte leise. »Gib mir einen der Schatten.«

Mattim hielt der Vampirin das Handy an die Lippen, sein Gesicht so nah an ihrem, als wollte er sie küssen. Sie machte eine Bewegung, aber die Fackel loderte vor ihrem Gesicht, und die Flamme erfasste beinahe ihr Haar.

»Die Kleine ist immer noch gefesselt?«, erkundigte Kunun sich.

»Ja«, knurrte die Frau.

»Sieh an. Nicht schlecht. Wieder eine Prüfung bestanden. Ich kann gar nicht sagen, wie sehr mich das freut. Dann darf er sie jetzt losbinden.«

Die Bedrängte öffnete den Mund, um noch etwas hinzuzufügen, aber Mattim zog das Handy rasch zurück und schaltete es ab.

»Eine Prüfung also«, sagte er.

»Bei der du jämmerlich versagt hast!«, rief die Schattenfrau, stieß ihn vor die Brust und rannte zum Ausgang.

Mattim machte sich nicht die Mühe, ihr zu folgen. Er eilte zu Hanna, legte die Fackeln auf den Boden, löste den Knebel, strich mit den Fingern leicht über die Wange der

Gefangenen und machte sich daran, das Seil um den Steinlöwen aufzuknoten.

»Réka.« Sie krächzte, ihre Zunge wollte ihr nicht gehorchen. »Réka. Wir müssen ... Réka.«

»Zuerst müssen wir fort von hier. Sie werden Kunun Bescheid geben, so viel ist klar. Ich werde dich in Sicherheit bringen, bevor ich mich mit ihm auseinandersetze.«

»Nein. Réka ...«

Er half ihr hoch. Einen Moment drückte er sie mit dem freien Arm fest an sich und sah ihr dabei in die Augen. Wieder war er da, dieser dunkle Blick, als wäre ein Schatten über den grauen Himmel gefallen und als wären die Steine im Gebirge sich des Gewichts bewusst, das auf ihnen lastete, ein Gewicht, das sie bis in die Tiefen der Erde hinunterdrückte.

»Ich hab's vermasselt, in Magyria«, flüsterte der Prinz, und in diesem einen dahingeworfenen Satz entdeckte Hanna das ganze Ausmaß seiner Verzweiflung. »Aber du lebst.«

»Mattim, er wird sich Réka holen. Sie sind noch nicht lange weg, höchstens eine halbe Stunde. Wir müssen es verhindern!«

»Réka?«, fragte Mattim. Er führte sie schon zum Ausgang, leuchtete mit der Fackel in die Ecken und legte dann vorsichtig die Hand auf den Türknauf. »Sie werden uns nicht einfach so entkommen lassen. Das sind Kununs Leute, sie wissen, was er tun wird, wenn sie versagen ... Komm, wir gehen lieber hier entlang.«

Im Tageslicht waren alle Schatten diffus und verschwommen, doch er hielt die Fackel einfach vor sich hin und warf sich rücklings durch die Wand ins nächste Haus. Hanna japste vor Schreck auf, als sie sich in einem fremden Flur wiederfanden.

Mattim legte die Fackeln zur Seite und umfasste mit beiden Händen ihr Gesicht. »Was ist mit Réka?«, fragte er sehr ernst.

»Es ist der zweite Teil der Prophezeiung. *Szigethy-Blut für die Stadt.* Kunun wird ihr Blut benutzen, um die Schatten auszurüsten. Und er wird sie umbringen, damit es besser wirkt. Mattim, verstehst du? Dein Bruder weiß, dass der Donua mächtiger ist als die Donau. Er wird auf Nummer sicher gehen und sie töten!« Es gab keinen Zeitpunkt, zu dem sie eine Wahl getroffen hätte, zu dem sie sich gesagt hatte: Rékas Leben ist mir wichtiger als meins. Denn es gab keinen einzigen Moment, in dem sie auch nur erwogen hatte, es nicht wenigstens zu versuchen, ihren Schützling zu retten.

Freundschaft, ein Band, das nie gegen die Kraft des gemeinsamen Blutes bestehen kann … Was war Réka für sie? Ihre Freundin? Oder ihre kleine Schwester? Atschorek irrte sich. Liebe fragte nicht nach Verwandtschaft.

Mattim schaute sie an, und obwohl sie ihm nicht gesagt hatte, was Kunun tun würde, wenn Réka gerettet wurde, war die Intensität seines Blicks nahezu unerträglich.

»Er wird dich nicht bekommen«, versprach er leise. »Weder dich noch sie.«

»Dann wird er dich töten«, flüsterte sie. »Du hättest mich nicht losbinden dürfen.«

Einen Augenblick lang schwiegen sie beide. Aber die Eile brannte in ihr, und sie drängte zur Tür. Mattim hielt sie am Arm fest. »Warte. Sie beobachten die Straße, so viel ist sicher. Wir müssen einen anderen Ausweg suchen, damit sie nicht wissen, wo wir sind. Hier, dein Telefon. Ruf Réka an. Stell fest, ob sie noch frei ist.«

»Wenn dein Bruder eine halbe Stunde Vorsprung hat, werden wir sie nie und nimmer vor ihm erreichen. Dann ist er längst da. Man braucht von hier vielleicht zwanzig Minuten zur Schule. Allerdings wollte er noch einen Krug auftreiben.« Mit bebenden Fingern wählte Hanna die Nummer. »Geh ran, bitte, geh ran …« Sie unterdrückte ein Schluchzen, als sie Rékas Stimme an ihrem Ohr hörte.

»Ja, was ist denn?«

»Réka! Réka, wo bist du?«

»Auf dem Schulhof, der Unterricht fängt gleich an. Hanna, ist etwas passiert? Du klingst so komisch. Und Mama hat gesagt, du wirst zurück nach Deutschland gehen. Sie hat heute Morgen die ganze Zeit mit uns geschimpft, sie war völlig daneben. Obwohl es mein Geburtstag ist! Und …«

»Réka«, unterbrach Hanna, »hör mir zu, du musst …«

»Du, ich mach jetzt Schluss. Bis später!«

Hanna starrte Mattim an.

»Wir werden nicht rechtzeitig dort sein. Wir werden es nicht …«

»Beruhige dich.« Er fasste sie bei den Schultern, bis sie ruhig dastand und ihn ansah. Sein Gesicht, so ernst. Alles andere als jungenhaft. Es war, als würde er die beiden Fackeln immer noch in den Händen halten, ein zorniger Racheengel.

»Versprich mir, dass alles gut wird«, flüsterte sie. »Versprich es mir.«

»Mein Bruder wird Réka nicht bekommen«, sagte Mattim. »Gib nicht auf, Hanna. Noch ist er nicht da. Sie ist in der Schule. Denk nach. Kennst du jemanden, der in der Nähe der Schule wohnt?«

»Außer Atschorek? Nein, aber – Mónika! Die Musikschule ist auch im zwölften Bezirk. Sie könnte in zehn Minuten an der Schule sein. Beten wir, dass Kunun immer noch nach einem Krug sucht.« Hastig rief sie die Nummer an und wartete, dass ihre Gastmutter sich meldete.

»Mónika, hier ist Hanna. Du musst unbedingt Réka von der Schule abholen, sofort, sie ist in Gefahr, sie soll …«

Sanft nahm Mattim ihr das Telefon aus der Hand.

»Frau Szigethy, mein Bruder wird heute mit Réka durchbrennen«, sagte er. Seine Stimme klang ruhig und gefasst und sehr erwachsen. »Wenn Sie Ihre Tochter bitte sofort aus dem Unterricht abholen könnten. Sie werden sie vielleicht sonst nie wiedersehen. Ja, unter einem Vorwand, die Lehrerin muss ja nicht unbedingt … Ja, Frau Szigethy, es ist ernst, glauben Sie mir. Bringen Sie Réka – nein, nicht nach Hause, das ist gar keine gute Idee, dort wird er als Nächstes hinkommen. Fahren Sie mit ihr …« Er suchte Hannas Blick.

»Zu Mária«, sagte sie. Das Erste, was ihr einfiel.

»Zu Mária«, wiederholte Mattim, »Sie wissen doch sicher, wo sie wohnt? Wir treffen uns dann dort. Ja, bis gleich. Und bitte – erwähnen Sie Réka gegenüber nicht, dass Sie ihren Plan kennen, bleiben Sie ganz ruhig, sagen Sie am besten gar nichts. Ja, die Geschichte von dem Notfall, ja, das ist eine gute Idee.«

»Ich wusste gar nicht, dass du so gut lügen kannst«, sagte Hanna.

Merkwürdig, wie sehr das kleine Lächeln, das um seine Mundwinkel zuckte, sie an Kunun erinnerte.

»Daran war nichts gelogen«, sagte er. »Kunun wird der Frau die Tochter stehlen, wenn sie nichts tut. Hoffen wir nur, dass Mónika gut genug lügen kann, damit Réka keinen Verdacht schöpft und ihr entwischt.«

»Dann auf zu Mária«, sagte Hanna, während sie schon loslief. »Wir müssen vor ihnen da sein. Komm. Wir haben nur wenig Zeit.«

SECHSUNDDREISSIG

BUDAPEST, UNGARN

Der Porsche Cayenne passte nicht zu den kleinen, verbeulten Blechkisten, die hier in den grauen Straßen parkten, wo sich an beiden Seiten Mietskasernen und kleinere Hochhäuser erhoben. Mónika stieg sofort aus, und schon an ihrem Gesicht war abzulesen, wie aufgebracht sie war.

»Was ist hier eigentlich los!« Sie schrie fast, sobald sie Mattim und Hanna um die Hausecke kommen sah, wo sie auf die Szigethys gewartet hatten. »Réka sagt, es stimmt überhaupt nicht! Wofür habe ich das Kind jetzt aus dem Unterricht geholt? Kann mir das vielleicht jemand mal verraten?«

Réka sah klein und blass aus und hatte ihr allertrotzigstes Gesicht aufgesetzt.

»Seit du hier bist, gehen merkwürdige Dinge vor sich!«, schnauzte Mónika Hanna an. »Es wird wirklich Zeit, dass du gehst. Dann kehrt hoffentlich bald wieder Ruhe ein!«

»Was machen wir hier?«, fragte Réka. »Ich will zurück zur Schule! Mann, ist das peinlich, und ausgerechnet heute an meinem Geburtstag!«

»Hanna hat damit nichts zu tun«, sagte Mattim. »Mein Bruder hat tatsächlich vor, Ihre Tochter zu entführen. Wenn wir sie nur lang genug von ihm fernhalten können, bis ich ihm das ausgeredet habe, ist die ganze Aufregung vorbei, und alle können wieder nach Hause.«

»Seit wann bist du denn Kununs Bruder?« Réka musterte Mattim mit gerunzelter Stirn. »Du spinnst doch. Du siehst ihm überhaupt nicht ähnlich. Das ist völliger Blödsinn.«

»Würden Sie das Mädchen aus der Stadt bringen?«,

schlug Hanna an Mónika gewandt vor. Sie versuchte, die gleiche Ruhe auszustrahlen wie Mattim. »Irgendwohin aufs Land?«

»Ich will nicht aufs Land!«, zeterte Réka. »Ihr habt sie doch nicht alle!«

Verwirrt blickte Mónika von einem zum anderen und versuchte anscheinend abzuschätzen, wie ernst sie die ganze Angelegenheit nehmen sollte. Sie stand da in ihrem dünnen Kostüm – nicht einmal einen Mantel hatte sie mitgenommen – und fror.

»Dein Freund«, sagte sie schließlich zu Réka, »den hast du uns nie vorgestellt. Vielleicht solltest du das einmal nachholen.«

»Können wir jetzt wieder fahren?« Réka wippte nervös von einem Fuß auf den anderen.

»Ein Tag«, sagte Mattim. »Nur ein Tag, Frau Szigethy. Wenn Sie Ihre Tochter jetzt in die Schule zurückbringen, wird er sie spätestens in der Pause holen. Der Unterricht hat sowieso schon angefangen. Geben Sie mir einen Tag, bis ich mit meinem Bruder geredet habe.«

Mónika seufzte. »Aber ihr fahrt nirgends mit ihr hin. Heute ist schließlich die Geburtstagsparty. Und Ferenc und ich sind heute Abend nicht da. Du musst dich darum kümmern, Hanna.«

»Wir gehen hoch zu Mária«, schlug Hanna vor. »Sie ist da, ich hab vorhin schon bei ihr geklingelt.«

»Nein! Mama, bitte lass mich nicht hier. Ich will nicht zu Mária! Wir wollten nicht durchbrennen, wirklich nicht!«

Ihre Mutter hob hilflos die Hände. »Ich muss zurück ins Institut. Aber gleich morgen will ich eine Erklärung. Für alles. Und zwar von allen. Außerdem will ich deinen Freund sehen, und er soll mir ins Gesicht sagen, was er vorhatte. Er soll mir dabei in die Augen blicken – ich hoffe, er kann es. So, und jetzt …« Sie war schon halb wieder zurück beim Auto.

»Mama!«, rief Réka gequält. »Und meine Party?«

»Pass auf sie auf, Hanna!«, befahl Mónika. Dann schlug die Wagentür zu, vierhundertfünfzig PS erwachten dröhnend zum Leben, und der eine oder andere Bewohner oben in den Wohnblocks spähte neugierig aus dem Fenster.

»Lasst uns lieber hochgehen.« Sie fürchtete, Réka könnte sich einfach umdrehen und davonrennen, aber das Mädchen blieb bei ihnen. Ihr missmutiges Gesicht verriet, dass dieser Geburtstag zu den allerblödesten in ihrem Leben gehörte, aber ihre Stimme klang auch ein wenig neugierig, als sie fragte: »Kunun will mit mir durchbrennen? Echt?«

»Ich erkläre es dir, sobald wir oben sind. Komm.«

Mária wohnte im dritten Stock. Sie öffnete ihnen kopfschüttelnd und zur Abwechslung einmal nicht wütend, sondern eher ratlos. »Bitte schön. Ich freu mich immer über Besuch.« Ihr vages Lächeln verschwand jedoch sofort, als Réka von Mattim wissen wollte, wie er dazu komme, zu behaupten, er sei Kununs Bruder?

Sofort stierte sie ihn an, als wäre es möglich, in seinem Gesicht etwas zu entdecken, ein Kainsmal, irgendein Zeichen, das ihn verriet. »Du bist auch ein Vampir?«

Mattim öffnete den Mund, um es abzustreiten, aber allein die Tatsache, dass er nicht überrascht war, genügte Mária. Fassungslos wandte sie sich an Hanna. »Du bringst einen Vampir mit in meine Wohnung? Ins Wohnzimmer meiner Oma? Auf meine Couch? Mir versprichst du, dass du Réka von Kunun wegbringst, und gleichzeitig führst du einen von denen hier herein?«

»Äh, ihr sprecht hier über Vampire«, bemerkte Réka.

»Kunun wird sie töten«, sagte Hanna. »Er ist auf der Suche nach ihr. Wir brauchten ein Versteck, einen Ort, an dem er sie nicht vermutet. Hierher wird er nicht kommen – jedenfalls nicht so schnell, hoffe ich.«

»Weißt du, warum du mir Angst machst, Hanna?«, fragte Réka. »Ich glaube, du bist verrückt.«

»Sie ist nicht verrückt«, widersprach Mária langsam. »Wenn sie es sagt, wird es so sein. Ich muss also damit rechnen, dass hier demnächst ein mordlustiger Vampir auftaucht?«

»Er war nie hier, oder? Réka, das ist jetzt sehr wichtig. Hast du, als deine Mutter dich abgeholt hat, ein schwarzes Auto vor der Schule gesehen? Einen BMW oder einen Sportwagen? Ist euch vielleicht jemand gefolgt?«

Réka blickte in ihre ernsten Gesichter. »Du machst mir Angst«, sagte sie noch einmal. »Hör endlich auf. Du machst mir wirklich Angst.«

»Die solltest du auch haben«, sagte Hanna. Sie spähte durch die weißen Gardinen nach draußen auf die Straße; ihr war, als ob Kunun jeden Moment vorfahren könnte.

»Und er hier?«, erkundigte Mária sich und zeigte auf Mattim, als wäre er zu dumm, um sie zu verstehen. »Dem traust du?«

»Ja«, sagte Hanna und wandte sich zurück ins Zimmer. »Ihm traue ich. Er ist der Einzige, der zwischen uns und Kunun steht.«

»Kunun will mich nicht töten!«, protestierte Réka und versuchte zu lachen. »Seht mich gefälligst nicht alle so an! Das ist doch verrückt. Er liebt mich. Er ist kein Vampir – also wirklich! Erst redet ihr meiner Mutter ein, er will mit mir durchbrennen, und jetzt will er mich sogar umbringen? Ich gehe! Hier bleibe ich keinen Moment länger!«

Mattim stellte sich breitbeinig vor die Wohnungstür.

Réka sah aus, als wollte sie ihn jeden Moment angreifen, doch dann biss sie sich zornig auf die Lippe. »Wie lange wollt ihr mich hier festhalten?«

Mattim beobachtete, wie Réka Márias Wohnung begutachtete. Sie lief hin und her, unruhig, wie ein kleines Tier in einem Käfig, dem er durch die Gitterstäbe zusah. Wie eines der Tiere, die sie in der Tagpatrouille als Köder benutzt hatten. Aber dies hier war keine Falle für Kunun. Er durfte nicht herkommen. Er durfte sie nicht zu fassen bekommen. Solange er Rékas Blut nicht hatte, würde er hierbleiben, in Budapest, und seine Armee nicht über den Fluss führen können. Wenn sie ihn nur dauerhaft von Réka fernhalten konnten, oder wenn sie Réka davon überzeugen konnten, dass sie ihm nie freiwillig nachgeben durfte, war Akink vorerst außer Gefahr.

Es würde dauern, bis er ein neues Opfer so weit hatte, dass es ihm freiwillig so viel Blut geben würde, wie er benötigte. Die meisten Mädchen hatten einen gesunden Überlebensinstinkt. In der Zwischenzeit gelang es Mattim vielleicht, noch einmal mit seiner Mutter zu reden. Sie irgendwie davon zu überzeugen, dass er Recht hatte und man die Pforte nicht jetzt schon schließen durfte. Aber sein Mut sank, wenn er an die Königin dachte, und seine Hoffnung war wie ein Schatten, der vor dem Licht verging. *Verdammt sollst du sein, Mattim, Schatten. Schatten!*

Réka baute sich vor ihm auf und musterte ihn, als hoffte sie, in ihm etwas zu entdecken, das sie an Kunun erinnerte. »Du bist also wirklich sein Bruder?« Mattim hatte keine Ahnung, woran sie das festmachte. Er selbst fand überhaupt nicht, dass er Kunun ähnelte. »Warum habt ihr mir das nie gesagt? Wir hätten doch zusammen ausgehen können, zu viert! – Oder tun Vampire das nicht?« Sie starrte ihn grimmig an. »Wenn Kunun herausfindet, wo ich bin, wird er herkommen, das wisst ihr genau. Dann wird er die Tür aufbrechen und mich einfach mitnehmen. War das wirklich eure beste Idee, hier auf ihn zu warten? Glaubt ihr allen Ernstes, irgendjemand wird die Polizei rufen, in einer Gegend wie dieser hier?«

»Sie hat Recht«, sagte Mária. »Vielleicht solltet ihr euch ein besseres Versteck suchen.«

»Kein Versteck«, meinte Réka. »Ich würde mich lieber an einem Ort aufhalten, an dem viele Menschen sind. Wo es von Kameras wimmelt. Wo am besten ganz viele Touristen sind, jeder mit einem Fotoapparat. Wenn man mich später vermissen sollte, wird es so viele Zeugen geben, wie man sich nur wünschen kann.«

Ihre Stimme klang viel zu abgeklärt, um ihr zu glauben, dass sie vor Angst schlotterte. Für sie war das alles bloß ein Spiel, in dem sie die Hauptrolle spielen durfte. Dennoch war der Vorschlag nicht dumm. Wenn Kunun dieses Haus betrat, gab es keinen Ausweg, keine Fluchtmöglichkeit, und nichts, womit man ihn aufhalten konnte.

»Wir sollten ins Museum gehen«, schlug Réka vor. »Dort wird er mir nicht nachlaufen können, wenn ich schreiend davonrenne.« Sie blickte Mattim ins Gesicht. Ihm, nicht Hanna. Ihn sah sie an mit ihren dunklen Augen in dem hübschen Mädchengesicht.

Es berührte ihn seltsam, dass sie ihn so intensiv anstarrte, und er hätte ihr gerne widersprochen, nur um zu beweisen, dass sie ihn nicht manipulieren konnte, aber Tatsache war, dass sie nicht hier in Márias Wohnung bleiben konnten.

Er suchte Hannas Blick.

»Es gibt hier unzählige Museen«, sagte sie. »Ich weiß nicht, wo um diese Zeit am meisten los ist.«

»Die Kunsthalle«, schlug Réka vor. »Oder die bildenden Künste.«

»Das sind die beiden Häuser am Heldenplatz.« Hanna machte ein unschlüssiges Gesicht.

Réka baute sich vor der Tür auf und versuchte Mattim durch Anstarren dazu zu bewegen, zur Seite zu treten. Aber er konnte sich immer noch nicht so recht entschließen. Auch ein Ortswechsel brachte keine Sicherheit. Nur Rékas Weigerung, Kunun ihr Blut zu geben, konnte das Mädchen und Akink retten. Er war noch nicht davon überzeugt, dass sie begriffen hatte, wie groß die Gefahr tatsächlich war, doch um ihr das klarzumachen, brauchten sie vor allem eines: Zeit.

»Na gut.« Vielleicht der erste Schritt zu einer Verständigung. »Aber du bleibst immer dicht bei uns.«

»Klar.« Réka bemühte sich, betont ernst zu nicken.

Dem Prinzen war nicht wohl dabei. Die Tür zu öffnen, ins Treppenhaus hinauszutreten, sich aus der Sicherheit des Hauses ins Freie zu wagen – als wenn Häuser und Wände und verschlossene Türen tatsächlich so etwas wie Sicherheit gebracht hätten! Als wenn er nicht am besten gewusst hätte, was ein Schatten vermochte. Trotzdem kam ihm Réka erschreckend verletzlich vor, während sie zwischen ihm und Hanna zur Haltestelle ging. Auch in der Metró konnte er sich nicht entspannen und hielt überall nach dem Feind Ausschau. Als sie schließlich am Heldenplatz ausstiegen und Hanna fragte, in welches Museum sie denn nun gehen wollten, blieb Réka stehen und starrte zum Millenniumsdenkmal hinauf, zu der hoch über der Stadt wachenden Figur des Erzengels Gabriel.

»Ich habe Angst«, sagte das Mädchen leise.

Hanna legte den Arm um ihre Schulter. »Komm, mein Schatz. Es ist genau so, wie du gesagt hast. Hier sind so viele Leute, er wird es nicht wagen, dich hier herauszuholen.«

»Ich frage mich, was es bedeutet«, sagte Réka. »Helden. Eine Heldin zu sein. Jemandem, den man liebt, das zu geben, was er braucht. Ganz gleich, was es einen kostet. Ist es nicht so?« Sie machte sich los und trat ein paar Schritte nach hinten, von Hanna fort. »Kunun soll ein Vampir sein? Das ist mir egal. Das ist mir so was von egal!«

»Réka!« Hanna dämpfte ihre Stimme. »Das darf dir nicht egal sein, er ist gefährlich. Réka!«

»Weißt du was, Hanna? Das Schlimmste ist, dass es dir auch egal ist! Du darfst einen Vampir haben und ich nicht? Du vertraust deinem Mattim – und ich vertraue Kunun. Ja, ihr habt mir Angst eingejagt, aber er wird mir alles erklären. Er liebt mich, und ich liebe ihn.«

»Réka!« Hanna versuchte das Mädchen festzuhalten, aber es schlüpfte durch eine Gruppe japanischer Touristen. Fast im selben Moment schoss ein dunkler Wagen hinter einem Bus hervor und blieb gerade lange genug stehen, dass Réka hineinspringen konnte. Mit quietschenden Reifen fuhr er wieder an, bog auf die Hauptstraße und war verschwunden. Hanna und Mattim standen da, mit leeren Händen, und dem Prinzen war, als würde die Welt sich um ihn drehen. Dort oben wachte der Engel … und alles drehte sich und hörte nicht auf damit. Ein wirbelnder Tanz, wie ein Kreisel, der jeden Moment zur Seite kippen konnte.

»Das kleine Biest hat uns reingelegt«, hörte er Hanna neben sich sagen. »Sie wusste, dass Kunun hier sein würde. Warum habe ich nicht daran gedacht? Sie kann ihn immer und überall finden. Er musste sich nur irgendeinen Platz aussuchen und auf sie warten. Dein Bruder hatte es gar nicht nötig, Réka zu suchen. Ich wette, er hätte Márias Wohnung nie im Leben gefunden, und wenn wir dort geblieben wären …«

Mattim hörte ihre Stimme wie aus weiter Ferne. Es war von vornherein vergebens gewesen, Kunun und Réka auseinanderbringen zu wollen. Er hatte nie eine Chance gehabt. Réka würde ihr Blut für die Stadt opfern, und er hatte sie Kunun gebracht, sie ihm sozusagen auf einem silbernen Tablett serviert …

Er spürte kaum, wie Hanna ihn umarmte, wie sie ihn küsste, wie sie immer wieder flüsterte: »Ich hab versprochen, sie zu beschützen. Ich hab versprochen, ich pass auf sie auf. Was tun wir denn jetzt, was sollen wir bloß tun?«

Die Welt drehte sich immer noch … Mattim war, als würde der Engel gleich auf sie herabstürzen wie ein Adler auf seine Beute.

SIEBENUNDDREISSIG

BUDAPEST, UNGARN

»Nun«, sagte der junge Prinz, »bleibt mir nur noch, eins zu tun. Ich werde nach Magyria gehen und mich ihnen entgegenstellen.«

Hanna schüttelte den Kopf. »Nein, nein! Nein, Mattim. Wir müssen Réka suchen. Wir müssen es verhindern. Wir rufen die Polizei oder irgendjemanden, der uns helfen kann. Gib nicht auf!«

»Wer sagt denn, dass ich aufgebe?« Ein bitteres Lächeln umspielte seine Mundwinkel. »Sie werden über mich hinwegtrampeln müssen, wenn sie zum Fluss marschieren. Solange ich noch in der Lage bin, aufrecht zu stehen … Aber Kunun wird Réka opfern. Die Schatten werden auf die andere Seite gehen und über den Fluss. Akink wird fallen. Sie werden beide verloren sein, um die wir gekämpft haben – Réka und Akink.«

Hanna schaute ihn an und sagte: »Mattim. Du musst die Pforte schließen. Lass die Schatten nicht mit Rékas Blut in den Adern über den Fluss gehen.«

»Die Königin wird nicht kommen«, sagte er. »Niemand wird die Pforte schließen. Es gibt keinen Weg, um die Schatten aufzuhalten. Nur den einen, nämlich Réka zu retten, bevor Kunun ihr Blut hat.«

»Wenn wir es nicht schaffen, sie zu finden, musst du es noch einmal versuchen. Du wirst deine Mutter dazu bringen, und wenn nicht sie, dann deinen Vater. Wir müssen bloß schnell sein, schneller als sie. Versprich mir, dass du es versuchen wirst!«

Er nickte, langsam, mit einem Ernst, der ihr verriet, wie wenig Hoffnung bestand und wie groß seine Entschlossenheit war, es trotzdem zu tun. Bis zum Ende wollte er kämpfen – aber dies durfte noch nicht das Ende sein! Noch nicht!

»Wo wird dein Bruder sie hinbringen?«, fragte Hanna. »Mattim, du musst doch irgendeine Ahnung haben! Wo? Wird er sie in Magyria beißen und die Vampire dort ihr Blut trinken lassen? Am Fluss? Oder hier? In seinem Haus am Baross tér? In einem anderen Haus? Bei Atschorek? Irgendwo draußen? Dort, wo er dich ins Wasser gestoßen hat, wo er ungestört ist?« Sie fasste ihn an den Schultern und zwang ihn, seine Aufmerksamkeit ihr zuzuwenden. »Mattim, wohin?«

Der Prinz erwiderte ihren Blick. Er sagte nicht, dass es zwecklos war. Er sagte auch nicht: Es spielt keine Rolle, ob wir ihn finden. Wenn wir ankommen, wird er längst mit ihr fertig sein. Vielmehr dachte er nach.

»Nicht in Magyria«, sagte er schließlich. »Die Gefahr ist zu groß, dass mein Bruder von den Flusshütern gestört wird. Außerdem ist Réka vielleicht zu verwirrt, wenn sie in die andere Welt gelangt, und könnte sich in ihrer Angst weigern, ihm ihr Blut zu geben. Er wird mit ihr irgendwohin fahren, wo er völlig ungestört ist. Zu einem Haus. Oder sie bleiben im Auto, an einem Ort, wo es einsam ist.« Er drückte ihre Hände, fest. »Dann fahren wir zu jeder dieser Stellen, wo sie sein könnten. Zu Atschoreks Haus und zum Baross tér. Auf die Insel. Wir werden die beiden finden, Hanna.« So schnell verwandelte Mattim sich von jemandem, der am Boden zerstört war, in jemanden, der ihr Halt gab. »Hab keine Angst, wir finden sie.«

»Wir müssen gleich zur richtigen Stelle fahren«, sagte Hanna. »Oder wir kommen zu spät. Wir kommen ganz bestimmt zu spät …«

Der Junge forschte in ihrem Gesicht, in ihren Augen.

»Sag du es mir«, forderte er sie auf. »Wo ist Kunun? Wenn irgendjemand es wissen kann, dann du. Er hat dich gebissen …«

»Aber danach wieder sie! Immer wieder sie! Ich kann ihn nicht finden!«

»Du musst«, sagte Mattim. »Mein Bruder hat sich dein Leben einverleibt … irgendetwas davon muss noch da sein. Wie konntest du ihn damals finden, als er dich in die Falle gelockt hat? Nur weil Atschorek bei ihm war. Dass sie dich ein einziges Mal gebissen hatte, reichte aus. Das wird es diesmal auch. Und wenn es nur der tausendste Teil eines Tropfens ist … Konzentrier dich. Denk an ihn. Wo würdest du ihn suchen? Wo zieht es dich hin?«

Nichts zog sie zu Kunun. Nur zu Mattim. Zu ihrem Mattim, den sie verlieren würde. Er würde sich den Schatten in den Weg stellen und sich opfern, für nichts, und sie würde ihn verlieren. Heute.

»Wo ist er?«, fragte der Prinz und ließ ihre Hände los.

Es konnte nicht funktionieren. Kunun hatte das Band längst wieder durchtrennt. Sie versuchte, sich vorzustellen, wie er auf der großen Wiese auf der Òbuda-Insel parkte und sich an Réka wandte. Ich hab dir etwas zum Geburtstag mitgebracht … Oder wie er sie durch das Gittertor von Atschoreks Garten führte. Ich muss dir etwas zeigen … Oder in sein Haus … Es gab so unendlich viele Orte, an denen er sie hingebracht haben konnte, weitaus mehr als diese drei. Wo zog es Hanna hin? Wo würde sie zuerst suchen?

Ihr Schädel fühlte sich an wie ein schwerer Stein, dumpf vor Angst und Schmerz.

»Ich weiß nicht. Ich weiß es nicht …«

»Dann fahren wir zum Baross«, sagte Mattim. »Komm.«

Nach ein paar Schritten krallte sie sich in seinen Arm. »Nein! Nein, das ist die falsche Richtung!«

Ein schwerer Holztisch. Dort würden die Vampire sitzen und aus blutgefüllten Bechern trinken …

»Zu Atschorek«, sagte sie. »Lass uns zu ihrem Haus fahren.«

»Bist du sicher?« Mattim sah seine Freundin an.

Sie wusste genau, was ihre Antwort für ihn bedeutete. Wenn Réka nicht in Kununs Haus war, konnte er es vielleicht doch noch schaffen, durch die Pforte nach Magyria zu gelangen. Seine Mutter zu rufen. Den Durchgang zu schließen, bevor die Schatten bereit waren, hindurchzugehen.

»Wir trennen uns«, sagte sie. »Du machst dich auf den Weg nach Akink. Ich suche Réka.« Noch während sie das vorschlug, fühlte sie, wie die Verzweiflung über ihr zusammenschlug. Sie hatte keine Chance, das Mädchen zu befreien, wenn Mattim nicht bei ihr war. Er wusste das. So wie er auch wusste, was sie dachte. Er sah sie an, schüttelte den Kopf und lachte leise und traurig.

»Réka oder Akink«, sagte er. »Wird das immer die Wahl sein, vor der wir stehen? Ohne sie wird mein Bruder nicht über den Fluss kommen. Hanna, glaubst du wirklich, ich gehe nach Magyria und lasse euch im Stich? Glaubst du, es wäre ein Sieg für mich, die Pforte schließen zu lassen, während die Schatten alle hier sind und Réka stirbt? Ich habe nur den Hauch einer Chance, dass es mir gelingt, noch einmal mit der Königin zu sprechen. Und wir haben nur eine winzige Chance, Réka rechtzeitig zu finden. Weißt du denn immer noch nicht, was mir am allerwichtigsten ist?«

»Das Licht«, flüsterte sie.

»Ja«, sagte Mattim. »Und das Licht ist dafür da, für die Unschuldigen zu kämpfen. Wir fahren zu Atschoreks Haus. Komm. Jede Sekunde, die wir hier vertrödeln, wird uns später leidtun.«

Sie riefen ein Taxi. Während der Fahrt lehnte Hanna die Stirn gegen die kühle Scheibe. Die Straßen zogen an ihr vorbei. Eine Stadt wie aus einem Traum. Réka. Réka …

Sie stiegen ein bisschen früher aus. Hanna bezahlte den Fahrer und fragte sich, ob man es ihr ansah. Ob ihr anzumerken war, dass ihr Gesicht nur eine Maske war und dahinter nichts als Angst …

Mattim führte sie rasch die Straße hinauf, an den Nachbargrundstücken vorbei. Es war zu hell, um durch das Tor oder die Hecke zu steigen, erbarmungslos machte das Tageslicht jede Möglichkeit zunichte, heimlich einzudringen. Alles war still, das Haus, der Garten, alles, was man von hier aus erkennen konnte.

Der Prinz legte die Hand ans Tor. »Es ist nicht abgeschlossen.«

»Ist das gut oder schlecht?«

Sie gingen den Gartenweg hoch zum Haus. Es war zu still, fand Hanna. Viel zu still. Hätten nicht alle Schatten hier versammelt sein müssen, wenn sie darauf warteten, dass sie das geopferte Blut zu trinken bekamen? Es war das falsche Haus. Das falsche …

»Lass uns umkehren«, sagte sie spontan. Sie sagte es und ging trotzdem weiter, direkt auf das Haus zu, und zögerte vor den Stufen hinauf zum Eingang. Vielleicht konnte man durch die Fenster etwas sehen?

»Ungebetene Gäste sind stets die besten«, sagte Atschorek. Sie stand an der Haustür und lächelte ihnen entgegen.

Mattims Stimme klang kühl und unbeteiligt. »Ist Kunun hier?«

»Unser Bruder ist auf einer Geburtstagsfeier«, gab Atschorek zurück. Sie streckte die Hand aus und griff nach Hannas Arm. Mit einer einzigen fließenden Bewegung zog sie Hanna zu sich heran, trat ins Innere des Hauses und schloss die Tür hinter sich.

»Lass mich los!«, fauchte das Mädchen, und im selben Moment hörte sie draußen Mattim etwas rufen. Und Stimmen, die ihm antworteten.

Die Vampirin hielt ihr mit ihrer kleinen, harten Hand den Mund zu. »Du bist still«, sagte sie. »Mattim hat da draußen jetzt genug zu tun. Du bist doch nur aus einem einzigen Grund hier – wegen Réka. Willst du sie sehen? Sie ist hier. Ich kann dir gerne zeigen, was geschieht. Allerdings kein Laut. Kein einziger Laut. Klar?«

Hanna nickte. Sie hing in Atschoreks Umklammerung, und ihr Herz klopfte heftig, doch sie versuchte nicht einmal, zu schreien. Réka. Bring mich zu ihr, wollte Hanna sagen, aber sie nickte nur. Daraufhin öffnete Atschorek leise, ganz leise, eine Tür und führte sie eine Treppe hinauf, direkt vor ein Geländer aus gedrechselten Holzstäben, durch die man in den dunkel vertäfelten Raum hinabsehen konnte, auf die schwarzen Marmorfliesen und ein flackerndes Kaminfeuer. Auf einen sorgsam abgedunkelten Raum, in dem nicht der kleinste Sonnenstrahl ankam. Bevor Hanna rufen konnte, war wieder Atschoreks Hand auf ihrem Mund.

Die Vampirin drückte sie hinunter und kauerte mit ihr hinter dem Geländer. »Sieh genau hin«, wisperte sie Hanna ins Ohr. »Das werde ich auch mit dir machen. Schau hin.«

Dort unten war Kunun. Mit Réka. Mit einer wunderschönen Réka, unversehrt und lebendig. Zusammen saßen sie auf dem flauschigen Teppich vor dem Kamin. Das Mädchen hatte anscheinend gerade ein Geschenk ausgepackt, denn neben ihr auf den dunklen Fliesen lagen bunte Seidenbänder und Papier. Sie hielt etwas Glänzendes hoch, und Hanna erkannte, dass sie die schwarze Bluse trug. Sie hatte dem Mädchen das Kleidungsstück am Abend in Geschenkpapier eingewickelt vor die Zimmertür gelegt.

»Es ist so schön. So wunderschön.« In Rékas Stimme lagen Jubel und Jauchzen und eine Freude, die bis zu Hanna emporstieg. »Das ist so lieb von dir, Kunun. Ich kann es gar nicht fassen.«

»Mein Herz«, sagte er und strich über ihr schwarzes

Haar. »Du bedeutest mir unendlich viel. Ich muss dir etwas sagen, Réka. Etwas, das deine Gefühle für mich vielleicht für immer verändern wird. Fast habe ich Angst davor, es auszusprechen, aber es muss sein.«

Réka sah zu ihm auf, ihre Augen glänzten. »Hab keine Angst. Ich habe auch keine.«

Kunun knöpfte sein Hemd auf. Das flackernde Feuer warf seinen Schein auf seine muskulöse Brust. »Horch«, sagte er. Dann hielt er Réka eng an sich, ihr Ohr über seinem Herzen. »Hörst du etwas? Hörst du, wie mein Herz schlägt?«

»Da ist nichts«, flüsterte sie.

»Ich bin ein Vampir«, sagte Kunun.

»Ich weiß.« Réka verblieb in seiner Umarmung, ohne sich zu rühren. »Hanna hat es mir gesagt. Aber es ist mir egal.«

»Réka.« Kunun fuhr mit den Fingern über ihre Wange. »Ich brauche dich. Wenn du wüsstest, wie sehr ich dich brauche … bei mir. Ganz nah bei mir. Für immer.«

Seine Stimme war wie ein Zaubergesang. Die beiden saßen vor dem Feuer, in einem Raum, aus dem sie die Welt ausgeschlossen hatten. »Komm zu mir«, sagte er. »Für immer.«

»Ich soll eine Vampirin werden?«, fragte das Mädchen und richtete sich auf. Sie musterte ihren Freund, mit ihrem Kindergesicht, voller Vertrauen, voller Liebe. Hanna wollte an den Stäben rütteln und rufen, sie auf sich aufmerksam machen, irgendetwas tun, um den Zauber zu brechen, um Réka zu warnen, aber unerbittlich drückte Atschorek sie auf den Boden, die Hand über ihrem Mund. Hanna konnte sich nicht bewegen, wie gelähmt, wie in einem Albtraum, musste sie mit ansehen, wie Kunun sich vorbeugte und Réka sanft auf die Lippen küsste.

»Du musst sterben«, sagte er. »Dann bist du bei mir. Für immer bei mir. Bist du dazu bereit?«

Nicht einmal ein Wimmern drang aus Hannas Kehle.

Schreien und heulen wollte sie, aber sie konnte nichts davon tun.

»Ja«, antwortete Réka. »Ja, ich bin bereit.«

Kunun hielt sie im Arm und küsste sie, auf den Mund, die Wangen, den Hals.

»Es wird ein bisschen wehtun«, sagte er.

»Ich habe keine Angst, wenn du nur bei mir bist«, flüsterte Réka.

Jetzt biss er sie in den Hals. Hanna sah nur den Schopf seiner schwarzen Haare, über Réka gebeugt, und dann, wie das Mädchen in seinen Armen erschlaffte. Kunun öffnete ihre Bluse. Dann hielt er auf einmal etwas in der Hand, was Hanna nicht richtig erkennen konnte – etwas Dünnes, Glänzendes. Eine Nadel, ein Röhrchen? Sie krümmte sich unter Atschoreks Gewicht zusammen, als sie beobachtete, wie Kunun Réka die Nadel ins Herz stieß.

Sie wimmerte kurz, aber der Vampir küsste sie wieder und flüsterte ihr etwas ins Ohr. Schließlich hielt er einen großen Krug unter den kleinen silbernen Stab, aus dem dunkel das Blut rann.

»Es dauert nicht lange«, sagte Kunun. »Bald bist du wie ich. Bald … Meine Liebe. Bald …«

»Ich liebe dich«, flüsterte sie. »Kunun.«

Es kam viel Blut. Und immer noch mehr. Es floss und floss, immer weiter. Réka seufzte. Ihr Blut rann in den Krug, unaufhörlich, ihr Herzblut …

Dann kam nichts mehr. Kunun legte sie auf den Teppich vor das Feuer. Eine kleine Gestalt mit dunklem Haar, die sich nicht mehr bewegte.

ACHTUNDDREISSIG

BUDAPEST, UNGARN

Kunun beugte sich über Réka und küsste sie auf die Augenlider.

»Wird es reichen?«, fragte Atschorek und stand auf. Hanna blieb oben auf der Empore liegen und weinte. Sie versuchte nicht zu fliehen. Es gab auch keinen Grund dazu. Die Schatten brauchten sie nicht mehr, denn Réka hatte ihnen alles gegeben, was sie wollten. Hanna lag nur dort und dachte: *Sie ist tot. Réka ist tot. Nun ist es zu Ende.*

Kunun blickte auf. »Ich habe dir nicht erlaubt zuzusehen«, sagte er. Seine Stimme klang dunkel und samtig. Seine Hände glänzten von Rékas Blut. Aber eine steile Falte auf seiner Stirn zeigte seinen Zorn.

»Tut es dir leid?«, fragte Atschorek und ging am Geländer entlang. »Hattest du sie am Ende lieber, als du gedacht hast? Ich war hier, um einzugreifen, falls es dir doch schwergefallen wäre, die Sache durchzuziehen. Blut allein genügt nicht. Leben, freiwillig geopfert, wird uns wie auf Flügeln bis nach Akink tragen. – Allerdings fragte ich mich, ob es genug für uns alle ist. Wird es reichen? Oder brauchen wir Hanna?«

Kunun blickte in den Krug, in dem die Flüssigkeit schimmerte. »Szigethy-Blut für die Stadt«, sagte er, langsam, als könnte er es selbst nicht glauben. »Es wird reichen, denke ich. Obwohl es weniger ist, als ich erwartet habe. Ein Liter, vielleicht anderthalb … Ein sehr kleiner Schluck für jeden von ihnen.« Erneut spähte er in den Krug, bauchig und schwer in seinen Händen.

»Was für ein Glück für dich, Hanna«, sagte Atschorek, aber sie klang nicht, als wäre sie glücklich über den Verlauf der Dinge. »Du kannst aufstehen, mein Schatz.«

Die Vampirin bückte sich und zog sie hoch. Hanna, die der Schmerz auf den Boden drückte, die kaum Kraft fand, sich zu erheben, Kununs Blick auf sich zu spüren und sein Gesicht auszuhalten, so schön, immer noch so schön … Ihr war, als müsste das, was er getan hatte, aus seinem edlen Antlitz eine fürchterliche Fratze machen, doch nach wie vor sah er aus wie ein Gott, wie der unwiderstehliche Prinz des Lichts, der hoch zu Ross durch die Straßen ritt und dem alle zuwinkten. Vor dem alle auf die Knie fielen. Und er wandte sich ab und schlug den Mantel um sich, den langen Mantel aus sternloser Nacht …

Dann ein Klirren und Krachen. Die Dunkelheit zerbarst, Licht strömte herein, und in einem Schauer aus splitterndem Glas stürzte Mattim ins Zimmer, zwischen den sich im Luftzug bauschenden Vorhängen, rollte über den Boden und sprang auf. Er blickte sich wild um, sah Réka vor dem Kamin, sah Kunun dastehen, den Becher in der Hand.

»Nein!« Mattim schrie all das hinaus, was Hanna nicht hatte schreien können, all das, was sie selbst fühlte, ein Entsetzen, das sich niemals würde besänftigen lassen. Laut und gellend, ein Schrei wie ein zu Tode Getroffener. Er stürzte sich auf Kunun, riss ihm den Krug aus den Händen und hob ihn hoch über sich, um ihn am Boden zu zerschmettern. Ein Schwall des kostbaren Blutes schwappte über den Rand und färbte seine Kleidung dunkel.

»Hanna ist hier«, sagte Atschorek ruhig, fast unnatürlich ruhig, bevor Kunun irgendetwas erwidern konnte. »Gib den Krug zurück.«

Mattim blickte hoch zu ihr, sein Gesicht fast weiß, die Lippen zu einem schmalen Strich zusammengepresst. Er blickte Hanna an und hielt das Gefäß, Akinks Vernichtung, das, wofür Réka gestorben war, hielt es noch einen Augenblick fest. Schließlich begannen seine Hände zu zittern, und er reichte seinem Bruder den Krug. Danach fiel er auf die Knie, neben Réka, und bedeckte sein Gesicht mit den Händen.

Kunun machte ein paar Schritte rückwärts, zum Tisch hin, wo er einen runden Deckel aufhob und das Gefäß damit sorgfältig verschloss.

»Tja, Mattim«, sagte Atschorek und klang nicht einmal schadenfroh dabei, »nun wird es doch nicht reichen. Nicht für alle. Du weißt, was das heißt.«

Der Prinz hob den Blick und sah Hanna an, nur ein kurzer, flüchtiger Blitzstrahl, bevor er sich wieder abwandte. *Verzeih mir … Verzeih mir …*

Darin lag zweierlei, unendliches Bedauern, aber immer noch ein Funke Hoffnung, eine Kraft, von der sie selbst nichts wusste. Sie konnte rein gar nichts fühlen. Er hatte das Blut verschüttet. Nicht alles. Für sie hatte er darauf verzichtet, alles, bis auf den letzten Tropfen, auf den Boden zu gießen. Kunun würde über den Fluss gehen, und niemand konnte ihn mehr aufhalten. Und wen kümmerte das jetzt noch.

»Was«, fragte Kunun mit gefährlich leiser Stimme, »soll ich jetzt mit dir machen, kleiner Bruder?«

»Ich beuge mich vor dir«, sagte Mattim. »Und bitte dich, mich anzuhören. Allein.«

»Seine Kniefälle sind nichts als gymnastische Übungen«, höhnte Atschorek. »Wir nehmen sie beide mit, gefesselt.«

Der Prinz des Lichts sah Hanna nicht an. Sie ihn dagegen schon. Wie er dort neben Réka kniete und zu Kunun aufblickte, geduckt wie ein wildes Tier, bereit zum Sprung, Blutspuren im goldenen Haar. Halb erwartete sie, dass er jeden Moment hochfuhr, Kunun an die Kehle. Aber Mattim rührte sich nicht, und als Atschorek Hanna die Treppe hinunterführte, wusste das Mädchen nicht mehr, was geschah und was geschehen würde. Sie fühlte nur die Hände der Vampirin an ihrem Hals. Was war das da, ein Messer? Merkwürdig, dass sie dabei weder Angst noch Schmerz empfinden konnte, dass sie nichts mitnehmen konnte in die Dunkelheit, in die Atschorek sie geleitete, außer Mattims letztem Blick. Nur diesen Blick, das Einzige, was zu ihr durchdrang. *Verzeih mir. Ich liebe dich, bitte, verzeih mir ...*

Hanna konnte nicht einmal weinen. Auch hatte sie keine Angst. Sie stand nur da und spürte ihren Körper wie etwas Seltsames, das nicht in diesen Traum hineingehörte, zitternd, mit pochendem Herzen. Er fühlte sich an wie etwas, das sich bleischwer um ihre Seele gelegt hatte und sie daran hinderte, dorthin zurückzukehren, wo sie sein wollte. Irgendwo an einem anderen Tag, fern von allem. Nur sie und Mattim. Nicht Kunun. Nicht Atschorek. Und nie, niemals Rékas kleine, weggeworfene Gestalt auf dem Teppich.

»Du hast dein Leben verwirkt«, sagte Kunun zu seinem Bruder. »Ebenso deinen Platz an meiner Seite. Und Hannas Leben. Hat sie dir nicht gesagt, was ich tun werde, wenn Réka nicht genügt?«

Mattim hielt den Blick aus, den Blick eines Lichtkönigs, fähig, alles zu verbrennen, was seinen Ansprüchen nicht gerecht wurde. »Réka konnte nicht genügen«, gab der Junge zurück. »Sie ist viel zu klein, sie konnte dir niemals genug Blut geben. Wir sind zu viele Schatten. Du brauchtest Hanna auf jeden Fall. Glaubst du, das wüsste ich nicht? Es war mir schon lange klar. Seit jenem Tag, als ich aus der Donau aufgetaucht bin. Dass sie beide sterben müssen, Hanna und Réka. Trotzdem habe ich nichts unternommen, um sie zu retten.« Wie bitter schmeckte die Wahrheit dieser Worte auf seiner Zunge. Selbst jetzt konnte er nicht lügen. Selbst jetzt war die Wahrheit wie ein tödlicher Trank, den er hinunterschlucken musste. Er hatte nicht versucht, Hanna aus der Stadt zu schicken. Er hätte Réka entführen und verschleppen können, gegen ihren Willen, um ihr Leben zu retten, und hatte es nicht getan. Alle seine Gedanken hatten sich um Akink gedreht, viel zu lange, um zu begreifen, was er längst hätte begreifen müssen. »Als du Hanna hast fesseln lassen, um mich zu prüfen – war dir da nicht klar, dass ich keine andere Wahl hatte, als sie zu befreien? Als sie frei war, wusstest du da nicht, dass ich ihr helfen musste, Réka zu retten? Als wir hier ankamen, war es da nicht meine Aufgabe, hier hereinzuplatzen und ein klein wenig zu spät zu kommen? Wenn Hanna nicht fest an meine Liebe glaubt, wird die ihre nicht stark genug sein können, um sich zu opfern. Was nützt uns ihr Blut, wenn sie zweifelt?«

Kunun starrte mit grimmiger Miene auf ihn herab. Doch Mattim hatte kein Herz, das heftig pochen konnte. Keine verräterische Röte stieg ihm ins Gesicht. Kein Zittern durchlief ihn. Er hielt stand. Und er sprach die Wahrheit aus, eine Wahrheit, so stark und unerschütterlich, dass sie sich wie ein Schutzmantel um die Lügen legte: »Ich will Akink. Ich muss zurück. Dieselbe Sehnsucht, die in dir brennt, ist auch in mir. Ich kann das nicht aufgeben, selbst wenn ich wollte.«

Plötzlich lächelte Kunun. »Mein Bruder«, sagte er. »Steh endlich auf. Du wirst mir also Hanna geben? Und alles andere auch?«

»Natürlich«, sagte Mattim und fühlte, wie der Blick der schwarzen Augen sich in seinen bohrte, ähnlich einer sengenden Flamme, die alles Unechte verbrannte. Er zögerte noch einen winzigen Moment, fast zu lange, dann sprach er es endlich aus. »Réka lebt.«

»Das hast du also bemerkt.« Kunun nickte. »Und du hast deine Entscheidung getroffen. Ich habe darauf gewartet, dass du versuchst, mir einen unverfänglichen Vorschlag zu machen. Etwa sie vor ihrem Elternhaus abzulegen. Oder irgendwo, wo man sie mit Sicherheit schnell findet. Aber das hast du nicht getan.«

»Nein«, sagte Mattim. »Das habe ich nicht.« Er atmete

nicht. Fast wurde ihm schwindlig dabei. Denn genau das hatte er ursprünglich vorgehabt, seit er sich neben das Mädchen gekniet und dabei gemerkt hatte, dass es noch lebte. Wenn Kunun es nicht wusste! Wenn es ihm nur irgendwie gelang, sie zu retten! Selbst als er sein Wissen aussprach, war er nicht sicher gewesen, ob es nicht doch irgendwie möglich gewesen wäre, seinen Bruder zu einer Tat zu verleiten, die Rékas Leben retten konnte.

»Weil du wusstest, dass ich es wusste?«

»Sie muss sterben«, sagte Mattim leise, »allerdings nicht hier. Sondern in Magyria, am Fluss. Erst in dem Moment wird das Blut seine volle Wirkung entfalten.« Diesmal konnte er den Schattenprinzen nicht ansehen. Er drehte sich um und starrte auf das blasse, wie leblos daliegende Mädchen vor dem Kamin. Alles in ihm krampfte sich zusammen, und nur mit Mühe hielt er es aus, nichts zu tun. Sich nicht auf Kunun zu stürzen, schreiend, so laut, dass man ihn bis auf die Straße hören konnte. Die Gegenwart seines Bruders war eine Folter, der er nicht entkommen konnte. Er hielt still und wartete.

»Nimm sie hoch«, sagte Kunun. »Dann fahren wir jetzt zu meiner Pforte. Sag Hanna nichts. Lass sie ruhig in dem Glauben, dass alles verloren ist. Es stirbt sich leichter, wenn andere einem vorausgehen.«

Mattim bückte sich und hob Réka auf. Wie ein schlafendes Kind hing sie in seinen Armen, federleicht. Ihr Haar fiel zurück und entblößte ihr Gesicht, klein und hell wie ein erfrorener Engel.

Im Garten konnte man sehen, womit Mattim sich so lange aufgehalten hatte. Atschoreks Büsche waren zerdrückt, der Rasen zertrampelt. Die Schatten, die ihnen entgegenblickten, waren dermaßen zugerichtet, dass man Mitleid mit ihnen haben konnte. Kunun hob leicht die Brauen, sagte jedoch nichts.

»Du hättest auch einfach warten können«, meinte Atschorek säuerlich, als die beiden Brüder aufrecht und nebeneinander aus dem Haus kamen. Sie fragte nicht, womit Mattim Kunun von seiner Treue überzeugt hatte. »Sie wollten dir nur mitteilen, dass Kunun nicht gestört werden sollte. Musstest du denn unbedingt auf diese Weise durchs Fenster? Die schöne Jacke kannst du wegwerfen. Außerdem hast du einen Splitter am Hinterkopf. Du musst ja nicht unbedingt wie ein Toter durch die Gegend rennen!« Sie streckte die Hand aus und entfernte ein großes Stück Glas aus seinem Nacken.

»Dann fahren wir jetzt«, bestimmte der Ältere. »Kommt. Atschorek, hast du den anderen Schatten Bescheid gegeben?«

»Sie warten schon«, sagte die Vampirin. Sie warf einen Blick auf Rékas zerbrechliche Gestalt und verzog das Gesicht. »Du willst sie doch nicht etwa mitschleppen? Bis nach Magyria?«

»Natürlich«, erwiderte Kunun scharf. »Ich will mir die Möglichkeit offenlassen, jederzeit nach Budapest zurückzukehren, wann immer mir danach ist, ohne dass ich polizeilich gesucht werde.«

Atschorek nickte. Sie legte ihre Hand auf Hannas Schulter. »Dann komm. Komm, meine Liebe. Willst du es nicht sehen, das Land unter der ewigen Dämmerung, das Land, aus dem die Traumwölfe stammen?«

Kunun parkte direkt vor seinem Haus. Mattim war es egal, dass einige Passanten zu ihnen herüberstarrten. Wie ein krankes Kind, so trug er Réka. Ein schlafendes Kind, krank, als würde er sie nach Hause bringen. Unter den starrenden Löwen hindurch.

»Ist es dir egal, wann sie stirbt?«, fragte er. »Ansonsten würde ich ihr schnell eine Decke aus meiner Wohnung holen.«

Kunun runzelte die Stirn, dann nickte er. »Beeil dich«, sagte er knapp.

Wenig später erschien Mattim wieder; er hatte Réka in eine dicke Decke gehüllt und trug einen Rucksack. Neben seinem Bruder trat er in den Fahrstuhl.

In der kleinen, gläsernen Kabine war es eng. Kunun gab mit der linken Hand den Code ein. In der Rechten hielt er den Krug. Einen bemalten Tonkrug, den sich Touristen kaufen würden, um ihn stolz zu Hause als typisch ungarisch zu präsentieren. Dabei enthielt er die Vernichtung Akinks.

Die Höhle war erleuchtet. Jemand hatte die Öllampen angezündet und verteilt. So sahen sie beim Eintreten die große Menge der Schatten, die sich hier bereits versammelt hatten.

»Sie alle kannten den Code?«, fragte Mattim und bemühte sich, jegliche Bitterkeit aus seiner Stimme zu verdrängen.

»Jeder, dem ich trauen kann«, gab Kunun zurück. Er hob den Krug hoch, so dass alle ihn sehen konnten. »Szigethy-Blut für die Stadt«, sagte er. »Hier ist es.« Niemand jubelte oder schrie. Nur ein leises Raunen ging durch die Reihen. Fast war es wie ein Aufleuchten, ein Aufstrahlen in den Gesichtern. Akink! Wir gehen nach Akink!

Atschorek und Hanna kamen hinzu. Hanna sah immer noch aus wie eine Schlafwandlerin, und als sie Mattim mit Réka erblickte, starrte sie ihn an, als würde sie ihn gar nicht kennen.

»Leg sie endlich ab«, forderte Atschorek. »Das ist ja nicht auszuhalten.«

»Nein«, sagte Kunun sofort. »Wir nehmen sie mit an den Fluss. Du bleibst bei mir, Mattim. Und jetzt kommt.«

Der junge Prinz blickte sich nicht nach Hanna um. Wie musste es für sie sein, das erste Mal aus der Höhle herauszutreten und den Schnee zu sehen! Den Wald, dessen Wipfel sich in der Dämmerung verloren … und die Stille hier unten am Boden, eine abwartende, geheimnisvolle Stille, so wie Réka in seinen Armen still war … Mattim konnte nicht widerstehen. Einmal erhaschte er einen Blick auf Hannas Gesicht. Stumm schritt sie neben Atschorek einher. Ihre Augen waren groß und dunkel, und sie war so schön, dass er weinen wollte.

Wie die Patrouille marschierten sie durch den Wald, ein finsteres Heer. Die Gedanken wirbelten dem Jungen durch den Geist wie die Schneeflocken, die der eiskalte Wind ihnen ins Gesicht blies.

Kunun ging neben ihm, hochgewachsen, in seinem schwarzen Mantel, der über den Schnee schleifte. Sie liefen schweigend nebeneinander. Der Schnee knirschte unter ihren Füßen. Zwischen den dunklen Baumstämmen schimmerte es weiß, nur weiß, endlos weiß. Doch dann begann vor ihnen ein schwaches Leuchten, der Glanz einer Stadt unter dem Nachthimmel, und sie traten aus dem Wald und hatten die Umrisse Akinks vor sich.

Da bückte Mattim sich, als ginge er dieses Mal vor der Stadt des Lichts in die Knie, und legte Réka behutsam in den Schnee. Er breitete seine Lederjacke aus und bettete sie darauf.

»Akink«, sagte Kunun. »Bald wird es uns gehören. Heute noch. Das ist meine Stadt!« Er wandte sich zu den Schatten um, lachend. »Meine Stadt! Trinkt, Freunde, trinkt! Trinkt vom Verderben unserer Feinde!«

Er reichte den Krug an die Schatten. Persönlich ging er von einem zum anderen und ließ einen jeden trinken, während die anderen schweigend dabeistanden. Dicke Flocken legten sich auf Réka; sanft wischte Mattim sie ihr aus dem Gesicht. Er wollte nicht mit ansehen, wie die Schatten ihr Blut tranken, und er blickte erst auf, als Kunun neben ihm stand.

»Es reicht nicht für alle. Nun wird sich zeigen, wer du bist«, sagte der Schattenprinz.

»Du weißt, wer ich bin«, gab Mattim zurück. »Bruder.« Er nahm den Krug entgegen und nickte seiner Freundin zu.

»Komm zu mir, Hanna«, sagte er. Aus den Augenwinkeln bemerkte er, wie Kunun Atschorek zunickte. Daraufhin versetzte seine Schwester Hanna einen kleinen Stoß, der sie vorwärtsstolpern ließ, direkt auf ihn zu. Er streckte die Hände aus, griff nach ihr und legte die Arme um sie. Er spürte ihr Zittern, als seine Lippen ihre Stirn berührten.

»Komm«, sagte er. Dann lauter, an Kunun gewandt: »Dort vorne. Nur ein paar Schritte. Gib uns eine Weile. Wir müssen ungestört sein. Wir müssen allein sein.«

»Aber …«, begann Atschorek.

Kunun nickte seinem Bruder jedoch zu, und der führte Hanna am Ufer entlang durch den immer dichter fallenden Schnee.

Hannas Hand war kalt. Klein und kalt. Sie sagte nichts. Sie sah ihn nicht an. Bereitwillig ging sie neben ihm her, aber ihre Augen schwammen vor Tränen, die ersten Tropfen rannen ihr über die Wangen.

»Weine nicht«, sagte er leise. »Tu ihnen nicht den Gefallen. Es ist noch nicht vorüber.«

»Es ist nicht vorüber? Mattim, Réka ist tot!«

»Nein. Nein, Hanna, das ist sie nicht. Réka lebt«, sagte er und hielt ihre heftige Bewegung mit seinem festen Griff im Zaum. »Zeig ihnen nicht, worüber wir sprechen. Lass sie denken, dass ich gerade dabei bin, dich zu überreden. Mich von dir zu verabschieden. Réka lebt. Sie ist nur bewusstlos geworden, als sie auf einen Schlag so viel Blut verloren hat. Wir haben nicht viel Zeit. Das Mädchen kann jederzeit sterben. Sie kann sich allerdings immer noch erholen – wenn wir verhindern, dass Kunun sie tötet.«

Sie schaute ihn an, und in ihren Augen sah er die Hoffnung aufflammen, stark und mächtig, eine Hoffnung, die dazu fähig war, selbst den Tod zu besiegen.

»Liebste«, sagte er leise in ihr Ohr. »Kunun glaubt, dass ich auf seiner Seite stehe. Wenn er das lange genug annimmt, haben wir eine Chance. Dann und nur dann. Wir können ihn besiegen, wenn er bis zum Schluss glaubt, dass der Sieg ihm gehört. Aber dafür brauche ich dein Blut. Ich brauche dich und deinen ganzen Mut. Bist du bereit?«

In der Hand drehte er das kleine silberne Röhrchen. Jetzt erst merkte sie, dass es eine Kanüle war. Ihre Augen weiteten sich, doch sie nickte. »Ja«, flüsterte sie, »ja, Mattim, ich bin bereit.«

Der Prinz setzte sich in den Schnee und zog Hanna zu sich herunter. Er hielt sie im Arm, so wie Kunun Réka festgehalten hatte, eng und innig, dann küsste er sie auf die kalten Lippen.

»Du darfst nicht sterben«, flüsterte er. »Und Réka auch nicht. Ich sage dir nicht, rette dein Leben und lass Réka zurück. Ich wünschte, ich könnte es dir sagen, aber dazu kenne ich dich zu gut, du würdest es ohnehin nicht tun. Solange Hoffnung besteht ... Heute sterben wir alle drei oder keiner von uns.«

Hanna starrte ihn an, immer noch ungläubig, als würde er eine fremde Sprache sprechen, die Sprache der Hoffnung. »Was hast du vor, Mattim?«

Er küsste sie sanft auf die Wange. »Ich werde nach Akink gehen. Dafür brauche ich dein Blut, vielleicht mehr, als ich jemals gebraucht habe. Ich benötige es, damit Kunun mir vertraut. Sollte ich mich irren und sollte das, was ich vorhabe, nicht gelingen, so gebe ich ihm damit den Schlüssel zu Akink in die Hände. Wenn der Fluss ihn hinüberlässt ...«

Er nahm den Krug und füllte Schnee hinein. Erst eine Handvoll , dann eine zweite, dann noch eine und drückte die Masse fest.

»Ich gehe zu meinem Vater«, sagte Mattim. »Er ist der König des Lichts, es liegt in seinen Händen. Dies ist sein

Krieg, und wenn die Sache gelingen soll, muss es sein Sieg werden. Ich muss sie beide überlisten, Kunun und meinen Vater. Ein Spiel, Hanna … Ich wüsste nicht, wann der Einsatz jemals so hoch gewesen wäre. Und nun muss ich dich setzen.«

Hanna starrte auf das spitze Ding in seiner Hand, scharf und furchteinflößend. »Das wirst du mir doch nicht ins Herz stoßen?«

»Wir müssen nur so tun als ob. Durch das Schneetreiben können sie uns nicht gut erkennen.« Er küsste sie auf die Stirn. »Gib mir deinen Arm. Ich werde diese Ader hier nehmen, die man gut sehen kann … Der Krug muss voll wirken. Ich habe schon ein wenig Schnee hineingetan, aber er muss randvoll sein. Tut es weh?«

»Ich habe gar nichts gemerkt.« Sie schaute nur Mattim an. Sie wollte nicht beobachten, wie ihr Blut in den Krug floss. »Soll ich tun, als wäre ich tot? Ich weiß nicht, wie lange ich es aushalten kann, im Schnee zu liegen.«

»Nur eine kleine Weile. Danach läufst du mit Réka zurück zur Höhle. Denk daran, zurück zur Höhle.«

Sie nickte. »Ja.«

»Bist du bereit?«

Er küsste sie. *Vielleicht ist dies das Ende*, dachte er. *Vielleicht geschieht jetzt alles zum letzten Mal. Der letzte Kuss. Das letzte Mal, dass ich Hanna in den Armen halte. Dass ich sie in den Schnee lege, hier am Ufer des Donua. Dass ich zurück zu Kunun und Atschorek gehe, den gefüllten Krug in den Händen, und vor ihren Augen daraus trinke.*

Kunun tauchte den Finger in die dunkel schimmernde Flüssigkeit.

»Ja«, bestätigte er, »das ist Hannas Blut. Würzig und sommerlich, Licht und Leben, das uns hinübertragen wird.«

»Ach, Mattim«, sagte Atschorek und legte ihm die Hand auf die Schulter, »wie leid mir das tut.«

»Bring sie her«, befahl Kunun. »Leg sie dort neben Réka. Wir werden sie beide zusammen töten.«

Mattim seufzte. Dann ging er zurück zu seiner Freundin, die reglos im Schnee lag, und hob sie auf, so wie er zuvor Réka getragen hatte, und brachte sie zurück zu ihren Feinden, durch die wirbelnden Schneeflocken.

»Ich fühle mich so schwach«, flüsterte Hanna, den Kopf an seine Brust gelehnt.

»Ich muss jetzt gehen. Sofort. Ich lege dich gleich neben Réka. Sie werden bald merken, dass der Krug nicht voll ist. Bevor es so weit ist, musst du Réka nehmen und loslaufen. Sie ist ganz leicht. Du musst fliehen, so schnell du kannst. Versprich mir das. Lass nicht zu, dass sie dich fassen. Der Schnee wird deine Spuren zudecken. Wirst du das schaffen?«

»Geh«, flüsterte sie. »Geh nur, Mattim, ich liebe dich.«

Wie eine Tote sah sie aus, als er sie neben Réka in den Schnee bettete. Sie hielt die Augen geschlossen, und Schneeflocken legten sich auf ihre Wimpern. Es war unmöglich, es zu tun. Die beiden Mädchen hierzulassen, bei den Schatten, einfach zu gehen, und darauf zu vertrauen, dass Hanna die nahezu unmögliche Flucht gelang … Aber er hatte keine andere Wahl, als sich loszureißen und zwischen den Schatten zu verschwinden, hinweg aus Kununs Sicht, und dann rückwärts, einen Schritt nach dem anderen, von der Menge fort …

Erst als er weit genug entfernt war, wandte er sich dem Fluss zu. Am Ufer streifte er seine Schuhe ab und spuckte das Blut, das er noch im Mund behalten hatte, auf seine Hände. Damit rieb er sich die Fußsohlen ein. Vorsichtshalber; vielleicht hielt der Schutz so ein klein wenig länger. Dann öffnete er den Rucksack und holte die Schlittschuhe heraus. Rasch zog er sie an.

Der erste Schritt aufs Eis. Erschauernd. Instinktiv erwartete Mattim, dass das Licht seine glühenden Hände nach ihm ausstreckte. Aber der Fluss duldete ihn, das Eis trug. Er horchte auf die leisen Stimmen der Schatten weiter unten am Ufer. Noch hatten sie den Betrug nicht entdeckt. Noch war Hanna nicht geflohen. Noch hatte die Suche nach ihr nicht begonnen. Er atmete tief ein und begann zu laufen.

NEUNUNDDREISSIG

AKINK, MAGYRIA

Leichtfüßig glitt Mattim über das Eis. Er flog nur so dahin. Jeder Augenblick zählte, jeder Atemzug. Er musste so schnell sein wie nie zuvor. Keine fünfhundert Schritte waren es für die Schatten, wenn sie losmarschierten, und bis dahin musste er seine Aufgabe erfüllt haben.

Vor ihm lag die Stadt. Wie eine Glocke wölbte sich das Licht über ihr, schimmernd, verheißungsvoll, tödlich, ja, auch das, wie hätte er es vergessen können? Unter ihm, unter der dicken Schicht des Eises, fand es seinen Widerhall, ein Glimmen, fast nicht wahrnehmbar, aber er war sich dessen bewusst, dass es jederzeit hervorbrechen konnte. Wo waren die Wachen, die ihn kommen sahen, die Alarm ausriefen? Falls sie ihn bemerkten, warteten sie geduldig auf ihn. Falls nicht, würden auch Kunun und seine Schatten unbemerkt auf die andere Seite gelangen. Vielleicht. Der Prinz erreichte die Kaimauer, tastete sich an der dunklen Wand entlang zu einer Stelle, wo Sprossen eingelassen waren. Hastig zog er die Schlittschuhe wieder aus und kletterte rasch hoch, mit bloßen, immer noch blutverschmierten Füßen auf den eiskalten Stäben.

Er war in Akink. Kurz verharrte er; Jubel brannte in ihm auf, Glück, kurz und blendend wie ein Blitzstrahl, dann trieb ihn seine Aufgabe weiter, und er verschmolz mit der Dämmerung zwischen den Häuserzeilen.

Auf dem Weg hinauf zur Burg dachte Mattim nicht darüber nach, was er tat. Er huschte von Schatten zu Schatten. Glitt durch Häuserwände, wenn Menschen ihm entgegenkamen, und verschwand in dunklen Nischen, so als hätte er sein Leben lang nichts anderes getan, als sich unsichtbar durch diese Stadt zu bewegen. Ein heimlicher Gast, wie ein Dieb in der Nacht.

In einer dunklen Ecke, die jeden Schatten einlud, schlüpfte der Prinz durch die Burgmauer und ließ sich, als er die Schritte der Wächter genau vor sich hörte, einfach in den Boden fallen, wo er in einem spärlich beleuchteten Kellergang aufkam, auf allen vieren, geduckt. Die Luft war rein. Er huschte Treppen und Gänge hoch, mit den lautlosen Schritten des Wolfs, wich Patrouillen und Bediensteten aus, horchte, um Hinweise auf den Aufenthaltsort des Königs zu erlangen, und ging schließlich durch eine Tür in ein karg eingerichtetes Zimmer. Dort saß König Farank vor dem Fenster an einem schlichten Holztisch, auf dem nichts als eine kleine Öllampe stand.

»Vater«, flüsterte er.

Der Lichtkönig fuhr herum. »Mattim!« Der Monarch sprang auf und warf seinen Stuhl dabei um, dann schien er sich daran zu erinnern, dass es diesen Namen nicht mehr gab, diesen Sohn nicht mehr gab. Er stand da, die Hände vor sich ausgestreckt, als wüsste er nicht, ob er ihn abwehren oder umarmen sollte. Hektisch blickte er zur Tür, wollte rufen und rief doch nicht, dann schaute er zu der kleinen Lampe auf dem Tisch.

»Ich gehöre dem Licht«, sagte Mattim. Er konnte nicht lügen. Er hatte es nie vermocht. Ein jeder konnte in seinem Gesicht lesen wie in einem Buch, offen und frei, seinen Kummer und seine Sehnsüchte. Er wusste das. »Ich bin immer noch der Prinz des Lichts.« Er log, und doch war es keine Lüge. Denn er war beides, Schatten und Lichtprinz, hatte nie ganz aufgehört, das zu sein, was er war. So hatte er auch Kunun nur die eine Wahrheit gesagt und die andere verschwiegen. In seinen Worten lagen seine Sehnsucht und seine Trauer und sein Schicksal: Akink. Es war die Seite, für die er kämpfte. Immer noch für das Licht. »Sieh her.« Der Junge zog sein Hemd aus, das blutbefleckte. »Ich habe gegen die Schatten gekämpft. Die Wunden sind noch ganz frisch. Keine Bissspuren. Sieh genau hin.«

Er drehte sich einmal herum, bevor er sich das Hemd wieder überstreifte, um die Stiche, Schnitte und genähten Wunden zu verbergen. »Hör mich an, Vater. Hör mir zu. Wirf nicht die Lampe nach mir, brennendes Öl bekommt niemandem gut.« Er lachte leise.

Der König starrte ihn immer noch an, wachsam.

Die Augen seines Vaters ließen Mattim alles vergessen, was er hatte sagen wollen, denn in ihnen lag eine Stummheit, die er noch nie darin gesehen hatte. Das Schweigen zwischen ihnen, wenn sie auf den Wald hinausgeblickt hatten, war friedlich und liebevoll gewesen wie ein lauer Sommerabend, wie der Duft alter, von der Sonne aufgeheizter Steine. Dieses Schweigen dagegen war wie ein Schlag in die Magengrube, wenn man sich krümmte und nicht zu dem Schrei durchdringen konnte, den man ausstoßen wollte. Miritas Worte fielen ihm ein: *Jeden Abend zieht sich mein Herz zusammen, als wollte es aufhören zu schlagen. Diese Dunkelheit ist meine Dunkelheit geworden. Es hört niemals auf. Abend und Morgen und wieder Abend und Morgen … Immerzu ist es dunkel um mich. Das Licht kommt nicht mehr. Die Sonne wird nie wieder so aufgehen, wie sie früher aufging, hell und strahlend. Und nie wieder werde ich das Licht in deinen Augen sehen.*

Mattim wollte sich abwenden, bevor dieser Schmerz auf ihn übergriff, aber er wusste, wenn er das tat, war alles verloren. Wie einen Anker warf er seinen Blick aus, um seinen Vater aus der Tiefe seines Schweigens und seiner Dunkelheit heraufzuholen.

Mühsam fand er zu den Worten zurück. »Ich trete vor dich hin, ohne zu vergehen.« Hannas Blut schützte ihn. Er hatte den Geschmack ihres Lebens immer noch auf der

Zunge. Die Zeit drängte, drängte so sehr! Trotzdem zwang er sich zur Ruhe. »Ich bin über den Fluss gekommen, über das Eis.«

Vorsichtig öffnete Hanna die Augen. Ihr war schwindlig und leicht übel. Aufspringen, Réka hochreißen, draufloslaufen, bis zur Höhle – wie stellte Mattim sich das vor? Sie hörte die Stimmen der Schatten durch den tanzenden Schnee. Ganz nah waren sie. Gleich würden sie entdecken, dass Mattim ihnen zu wenig Blut gebracht hatte. Sie hatte nur noch ein paar Augenblicke.

Hanna tastete nach Rékas Hand. So kalt. Lebte sie denn wirklich noch? Man konnte doch einen Stich ins Herz nicht überleben? Vielleicht irrte Mattim sich. Vielleicht hatte Réka längst ihren letzten Atemzug getan, irgendwo auf dem langen Weg an den Fluss oder hier im Schnee, in der Kälte, und es gab nichts mehr zu hoffen. Hannas Finger legten sich über Rékas Handgelenk. Und da war, ganz schwach, kaum fühlbar, der Puls.

Hanna richtete sich ganz langsam auf, erst auf die Knie, und wartete, dass der Schwindel nachließ.

»Schnee! Verdammt, wieso ist da Schnee in dem Krug?«

Kununs Wutschrei zerriss die gespannte Stille. Just in dem Moment packte Hanna Réka, zog sie hoch und stolperte die Uferböschung hinunter. Mattim hatte gesagt, dass sie zurück zur Höhle fliehen sollte, aber zwischen ihr und dem Wald lagerte das Heer der Schatten, und falls sie je die Chance gehabt hatte, unbemerkt und vom Schnee geschützt dort hinzugelangen, so hatte sie diese verpasst.

»Dort! Dort ist sie!«

Mattim hatte auch behauptet, Réka wäre nicht schwer, Hanna hatte allerdings einen ganz anderen Eindruck. Sie hastete vorwärts, doch das Gewicht des Mädchens lähmte jeden ihrer Schritte. Sie kam nicht vorwärts, keuchend stapfte sie durch den hohen Schnee, ihre kostbare Last im

Arm, und wie in einem Alptraum wollten ihre Füße sich nicht vom Boden lösen. Hinter ihr näherten sich bereits die Schatten.

»Ach, Hanna, was wird das?« Atschoreks Stimme, ihre kalte Freundlichkeit, trieb Hanna die Tränen in die Augen. »Glaubst du, du kannst uns entkommen?«

Noch ein Schritt. Und noch einer. Schmerz und Schwindel zwangen sie zu Boden. Als sie fiel, dachte sie nur daran, dass Réka sich dabei nicht verletzen durfte, dann lag sie wieder neben dem Mädchen im Schnee, und über ihr tauchte die rothaarige Vampirin auf, flankiert von einer Reihe dunkler Schatten.

»Du kannst mich töten«, keuchte Hanna. »Aber es nützt dir nichts. Rein gar nichts.«

»Ach, Hanna. Du langweilst mich allmählich. Réka hat Kunun ihr Leben gegeben, es ist ganz gleich, wann wir es uns nehmen. Und du – willst du wirklich mit ansehen, was wir mit Mattim tun, wenn du nicht brav bist?« Sie wandte sich an die anderen. »Wo ist er? Bringt ihn her. Wir töten ihn jetzt, vor ihren Augen.«

»Mattim ist nicht da.«

»Dann sucht ihn, verdammt noch mal!« Sie wies ein paar Schatten an, die Mädchen zu bewachen, und ging wütend über den aufbrausenden Protest hinweg. »Hier auf dem Eis. Warum nicht hier auf dem Eis? Ihr habt aus dem Krug getrunken, nicht wahr? Und es wirkt, wie ihr seht. Also stellt euch nicht so an!« Im nächsten Moment verschwand sie im wirbelnden Schneefall.

Hanna lag neben Réka und legte einen Arm um sie.

»Wach auf«, flüsterte sie ihr ins Ohr. »Réka, bitte, du musst aufwachen. Wenn wir beide schnell genug sind, entkommen wir ihnen vielleicht. Bitte, Réka, stirb nicht. Du musst leben. Kunun hat dich betrogen. Du wirst nicht sein wie er. Bitte, Réka, du musst leben!«

Was hatte die Königin ihrem Gatten erzählt? Und Mirita? Waren sie zu Farank gekommen und hatten darüber geklagt, dass Mattim sich geweigert hatte, sie zur Pforte zu führen, dass er Hals über Kopf davongerannt war? Er bezweifelte es. Elira würde den Schmerz ihres Geliebten nicht mehren, indem sie ihm davon erzählte. Farank hatte nie erfahren, dass sie Mattim bereits begegnet war. Wie hätte sie auch davon berichten sollen, ohne den Namen ihres Sohnes auszusprechen?

»Drei Lichter waren es. Das hellste ist fort, und der Winter ist über uns hereingebrochen«, sagte der König langsam. Aus seiner Stimme sprach sein ganzer Schmerz. Brüchig klang sie, lichtlos.

Mattim hatte gewusst, dass sein Vater das vorbringen würde. Es war ein Beweis, der nicht leicht zu entkräften war.

»Ich bin über den Fluss geschwommen«, sagte der Junge leise, »und zu ihm gegangen. Ich fiel vor ihm auf die Knie, vor Kunun … und in diesem Moment verdunkelte sich die Welt. Licht, das sich freiwillig aufgibt, reißt alles hinab in die Finsternis. Es tut mir so leid, Vater. Trotzdem musste ich es tun. Ich bringe dir den Sieg. Nicht meinem Bruder, sondern dir. Du musst bloß zugreifen. Allerdings haben wir wenig Zeit.«

Der König hatte keinen Grund, ihm zu glauben, Mattim wusste das. Keinen Grund außer dem, dass er seinem Sohn glauben wollte. Langsam ging der König auf ihn zu. Jeder seiner Schritte durch den kleinen Raum schien eine Flutwelle von Licht vor sich her zu tragen, ein ganzes Meer, das um ihn herum flutete, eine Fackel, die brannte und brannte, unaufhörlich. Trotz der Dunkelheit seiner Augen und seiner Stimme war das Licht noch immer da, weder Angst noch Schmerz, noch Traurigkeit konnte es vertreiben.

»Mattim«, flüsterte Farank.

Alle Worte, die der Prinz hätte sagen können, waren bereits gesagt. Jetzt war nur noch diese Stille zwischen ihnen, eine fragende, behutsame Stille, deren Duft vertraut war. So hatten sie früher nebeneinander auf der Mauer gestanden, wortlos einig, zwischen sich ein Vertrauen, das keiner Beweise bedurfte. Doch nun blickten sie einander in die Augen, nun standen sie sich gegenüber, und Mattim war auf einmal klar, dass sie nie wieder dasselbe sehen würden.

Der König streckte beide Hände nach seinem Sohn aus.

Und Mattim verging nicht. Er spürte das Licht wie eine Quelle der Wärme und des Lebens; nie hatte er deutlicher gefühlt, was das Licht bedeutete. Als er es selbst noch in sich trug, war es ihm selbstverständlich vorgekommen, aber jetzt erst begriff er, was es war, das sich dort nach ihm ausstreckte, lebensspendend und tödlich wie die Sonne, fast unerträglich und trotzdem unverzichtbar.

Der Lichtkönig drückte ihn einmal kurz an die Brust. Nur kurz, und doch war es Mattim, als würde das Feuer durch ihn hindurchbrennen, schmerzhaft und wohltuend zugleich.

»Komm mit, Vater«, sagte der Prinz. »Bitte. Wir können es entscheiden. Jetzt. Die Schatten stehen unten am Fluss.«

»Sie werden nie hinüberkommen. Beruhige dich. Wir haben nichts von ihnen zu befürchten.« Schon war er wieder der Alte, der Erfahrene, der Schutz und Schild ausbreitete über all jene, die er liebte.

Es bereitete Mattim keine Genugtuung, dass er mehr wusste als sein Vater. »Sie werden über das Eis gehen«, sagte er. »Vielleicht haben sie es sogar schon getan. Vielleicht erklimmen sie in diesem Augenblick die Mauer.«

Der König starrte ihn einen Moment lang an. Was sah er in Mattims Augen? Kunun, der mit wehendem Mantel über den Fluss schritt, die Mundwinkel voller Blut? Hanna und

Réka in der Gewalt der Feinde und einen Becher, der die Vernichtung Akinks enthielt? Oder reichte die drängende Eile, die sich in dem Gesicht seines Sohnes offenbarte? Die Zeit verrann unerbittlich. Von den vielen Fragen, die Farank haben musste, stellte er keine einzige. »Komm!«, rief er, schon an der Tür, und zog Mattim auf den Gang hinaus.

Die beiden liefen an erstaunten Wachposten vorbei, an Wächtern, die hastig grüßten, und während sie noch rannten, hörten sie das Horn rufen.

Gefahr! Feinde! Schatten!

Zu spät! Die beiden Worte hämmerten in Mattims Gedanken ihren unheilvollen Rhythmus, während sie durch Flure liefen, Treppen hinuntereilten, er immer dem König nach, der atemlos voranhastete.

Der Ruf der Hörner gellte durch die Burg, über die Stadt hinweg, laut, klagend, warnend: *Feinde! Schatten! Gefahr!*

Der Fluss, breit und weiß wie eine Straße. Und dort drüben die Stadt, über der ein Lichtschimmer hing. Inzwischen schneite es so stark, dass sie kaum noch zu sehen war, nur zu erahnen, etwas Warmes, Leuchtendes jenseits der Dunkelheit. Unter ihnen, unter dem Eis, der Fluss. Wenn sie nur Réka etwas Wasser hätte geben können! Hannas Hände tauchten durch den Schnee, bis sie das kalte Eis berührte, die dicke Schicht, die sie trug. So taub waren ihre Finger, dass sie die Kälte kaum noch spürte. Sie hob eine Handvoll Schnee auf und berührte damit ihre eigenen Lippen.

Schnee, der auf dem Eis gelegen hatte, über dem Fluss des Lichts ... Hanna dachte an die Worte, die Mattim immer wieder gesagt hatte, wie einen magischen Spruch, wie ein Versprechen, das kurz vor der Erfüllung stand: *Das Licht wird die Wunden heilen, welche die Finsternis geschla-*

gen hat … Eine andere Szene trat vor ihr geistiges Auge. Atschorek im Deryné, eine noch fremde, unendlich schöne Atschorek, die versonnen sagte: *In Magyria tranken wir am Abend einen Trunk aus geschmolzenem Licht. Es war wie ein Sternenschauer, der durch unsere Glieder rann.*

»Trinkbares Licht«, flüsterte Hanna. Entschlossen schob sie sich den Schnee in den Mund und zwang sich, möglichst viel davon hinunterzuschlucken. Ihr wurde davon noch kälter, so kalt, dass sie sich kaum rühren konnte. Vielleicht war nicht genug Licht darin. Nur Schnee, nichts weiter als Schnee …

»Hier, Réka. Ich habe nichts als das. Noch mehr Kälte, bloß noch mehr. Aber wir haben nichts zu verlieren.«

Der Schnee schmolz nicht in ihren kalten Händen. Sie konnte lediglich etwas davon auf Rékas leicht geöffneten Mund legen. Gefrorenes Licht … Nein, nicht einmal das. Nur der Schnee, der auf dem gefrorenen Licht lag, nichts weiter als kalter, eiskalter Schnee.

»Réka, bitte …«

Erstaunlicherweise fühlte sie sich selbst bereits etwas besser. Wenn sie jetzt aufsprangen und losrannten, könnten sie den Schatten vielleicht tatsächlich entkommen.

Das Mädchen seufzte leise. Ermutigt grub Hanna nach noch mehr Schnee, von der untersten Schicht, direkt über dem Eis, sie kratzte mit den Fingernägeln daran so gut sie konnte. »Hier. Hier, Réka, das ist mehr als Schnee. Oh, bitte. Bitte, bitte, bitte.«

Wieder seufzte Réka. Ihre Lippen formten einen Namen, noch ohne Laut. »Kunun.«

Die Schatten bemerkten nicht, was vor sich ging. Sahen nicht, wie Hanna Schnee aß und Réka damit fütterte und wie das gefrorene Licht sie stärkte, so sehr, dass Réka schließlich die Augen aufschlug und fragte: »Wo sind wir?«

»Leise«, flüsterte Hanna. »Wir sind in Gefahr. Kannst du laufen?«

»Warum sollte ich nicht laufen können?«, gab Réka zurück. »Was ist hier eigentlich los?«

»Der Schnee wird uns retten«, flüsterte Hanna. »Sie können uns kaum erkennen. Gib mir deine Hand. Auf mein Zeichen hin springen wir auf und rennen. Lass meine Hand nicht los.«

»Das ist ein Traum, oder?«, fragte Réka.

»Ja«, antwortete Hanna. »Nur ein Traum. Hab keine Angst. – Jetzt!«

Sie sprangen zwischen den überraschten Schatten hindurch und liefen durch den hohen Schnee. Réka war nicht anzumerken, dass sie eben noch bewusstlos und halbtot dahingedämmert hatte. Mit kraftvollen, ausgreifenden Schritten hasteten die beiden Mädchen über den Fluss, und der Wind verwirbelte die Rufe ihrer Verfolger zu unkenntlichen Lauten.

»Weiter!«, rief Hanna. »Weiter!«

Sie liefen, bis sie nicht mehr konnten, bis sie nach Luft japsend stehen blieben und sich umsahen. Hanna spähte angestrengt zwischen den Schneeflocken hindurch, aber keine dunklen Gestalten brachen daraus hervor.

»Wohin jetzt?«, fragte Réka ausgelassen. »Dorthin?« Sie wies auf das schwache Glimmen, das links von ihnen durch die Dunkelheit waberte.

»Nein. In den Wald. Wir müssen zur Höhle, bevor die Pforte geschlossen wird. Komm.« Hanna zog ihren Schützling die Uferböschung hinauf, durch das knisternde Schilf bis unter die hohen Stämme. Hier fiel der Schnee nicht ganz so dicht. Die Dunkelheit schien aus den Bäumen zu kriechen und aus dem Himmel zu stürzen.

»Du kennst dich hier aus, ja?«, fragte Réka.

»Natürlich«, sagte die Ältere. »Es ist unser gemeinsamer Traum, oder nicht?«

»Es fühlt sich nicht an wie ein Traum.« Réka lehnte sich gegen einen Baum mit rissiger Rinde, der mit silbernem

Raureif überzogen war. »Es fühlt sich so echt an wie sonst nichts. Wo ist Kunun?«

»Kunun ist am Fluss. Er wartet darauf, dass ich das Zeichen zum Aufbruch gebe. Das Zeichen, dass das Blut seine volle Wirkung entfaltet.«

Hanna musste sich nicht umdrehen, um zu wissen, dass Atschorek sich hinter ihnen aufgebaut hatte. Die Vampirin stand da, die Arme vor der Brust verschränkt, und starrte die Freundin ihres Bruders hasserfüllt an. Nie zuvor hatte Hanna so viel Gefühl in dem kühlen Antlitz gesehen.

»Oh, nein«, flüsterte sie.

»Jetzt ist die Stunde da«, sagte Atschorek. »Wenn Réka stirbt, wird sich die Kraft eines jeden Schluckes vervielfachen. Leben, freiwillig geopfert … Dann wird es doch noch ausreichen. Dann reicht selbst der winzigste Tropfen, den die Schatten aus dem Pokal getupft haben. Réka für Kunun. Und du für Mattim. Denn wir haben ihn, und er wird mit Kunun über den Fluss gehen. Dein Freund wird als Erster sterben, wenn die Kraft des Blutes nicht genügt.«

»Du lügst«, sagte Hanna. »Ihr habt ihn nicht.«

»Nein? Und was ist das?« Atschorek hob die Hand und zeigte den Mädchen einen Schuh – einen weißen Turnschuh ohne Schnürsenkel. »Wir haben ihn«, sagte Atschorek sanft, so als täte es ihr unendlich leid. »Und für euch zwei gibt es kein Entkommen mehr.«

»Da wäre ich mir an deiner Stelle nicht so sicher«, stieß Hanna hervor. »Komm, Réka. Lauf, lauf!«

Atschorek lachte hinter ihnen auf.

Hanna bemerkte die Wölfe nicht sofort, so sehr verschmolzen sie mit der Dunkelheit. Sie fuhr zusammen, als sie die Tiere plötzlich auf sich zuschleichen sah, mit langsamen, bedächtigen Bewegungen, anmutig und gewaltig zugleich.

Der eine war fast so groß wie ein Bär, ein riesiges schwarzes Untier mit einem Silberschimmer auf dem Rücken, der andere war kleiner und schlanker und erinnerte an einen Fuchs. Er richtete seine runden Augen auf das jüngere Mädchen, und ein merkwürdiges Japsen kam aus seiner Kehle.

Réka wimmerte. »Was ist das? Hanna, was ist das?«

»Beißt sie nicht«, sagte Atschorek, »ich will nicht, dass sie Schatten werden. Treibt sie zu mir. Wir brauchen ihr Blut und ihr Leben.«

Hannas Herz hörte fast auf zu schlagen. Die Angst schien in ihr zu explodieren – und war auf einmal fort. Zurück blieb die Wut.

»Es reicht!«, rief sie. »Ich habe jetzt wirklich genug! Ich habe genug davon, dass alle mein Blut wollen oder mein Leben und dass es ständig darum geht, ob ich gebissen werde oder nicht!« Ohne dass sie es wollte, wurde ihre Stimme lauter. »Es reicht! Ein für alle Mal!«

Der rote Wolf blickte von Réka zu ihr, und die Überraschung war in seinem Tiergesicht zu lesen, in seinen intelligenten Augen.

»Du bist Wilder«, sagte Hanna, »der Spieler. Hab ich Recht?« Ein frecher Wolf. Er machte keinerlei Anstalten, sie zu bedrohen. »Wessen Spiel spielst du? Atschoreks? Kununs? Oder dein eigenes? Was hältst du davon, lieber zu spielen, statt ihre Befehle zu befolgen?«

Der schwarze Wolf schob sich näher heran. Dort hinten zwischen den Bäumen wartete die Schattenfrau.

»Bist du jetzt völlig übergeschnappt?«, fragte Atschorek lachend. »Versuch gar nicht erst wegzurennen. Du hast keine Chance, ihnen zu entkommen.«

»Ich laufe nicht vor euch weg«, sagte Hanna zu den Wölfen. »Ich bin Mattims Freundin. Ich habe gar nicht die Absicht wegzulaufen, während der Prinz kämpft.« Sie kniete sich hin, vor den schwarzen Wolf, denn sie erinnerte sich daran, dass Mattim ihr erzählt hatte, Bela sei schon früh ein Anführer gewesen.

»Hilf mir, Bela«, sagte sie leise. »Du kennst Mattim. Dein Fell ist schwarz, aber dein Herz ist nicht finster. Es gibt keinen Grund, Kunun und Atschorek zu gehorchen. Kunun hat seinen eigenen Bruder in den Fluss gestoßen, obwohl er nicht wusste, ob Mattim dabei sterben würde oder nicht. Atschorek hat ihn mit dem Schwert verletzt, und es hat ihr Spaß gemacht. Aber ein Wolf würde sein Rudel niemals verraten.« Sie wusste nicht viel von Wölfen. Von echten Wölfen, die nicht mehr waren als Tiere, und noch weniger wusste sie, was einen Schattenwolf ausmachte. Aber ihr Gefühl sagte ihr, dass sie nicht böse waren, keine hungrigen Tiere auf der Jagd. Nur Brüder in anderer Gestalt, einen Schritt näher beim Licht als die Schatten, einen Herzschlag näher am Leben als die Vampire.

»Wir haben keine Zeit«, sagte Atschorek ungeduldig. In der Hand hielt sie einen Dolch. Wilder knurrte leise. Nicht Hanna, sondern seine Schwester knurrte er an.

»Scht«, flüsterte Hanna. »Zeig ihr nie, was du fühlst. Lass sie nie wissen, wer du bist. Tu, als wolltest du Réka beißen. Dann ist sie wertlos für die Schatten.«

Wilder knurrte lauter. Bela starrte sie an, unergründlich. Dann sprangen die beiden Wölfe los, gleichzeitig. Im nächsten Moment lag Hanna auf dem Rücken und spürte Belas heißen Atem im Gesicht. »Nicht!«, rief Atschorek in heller Panik. »Lass das! Ich hab gesagt, lass das! Wilder, nein! Bela, zurück!«

Der Wolf über ihr öffnete das Maul. Die Zähne wie ein Heer aus Elfenbein, funkelnd und tödlich. Dann fuhr der Kopf herab, und er umfasste Hannas Schulter.

Sie schrie auf. Neben ihr hörte sie Réka kreischen. Das Mädchen schrie vor Angst, laut und panisch, und Hanna schrie mit, so laut und gellend, wie sie nur konnte. Obwohl sie die Spitzen des gewaltigen Gebisses nur ganz leicht durch den Stoff spürte, brüllte sie, als würde sie unter fürchterlichen Schmerzen leiden. Ihre Hände krallten sich in das dichte Fell, als wollte sie ihn von sich stoßen oder umarmen.

Atschorek fluchte laut und sehr undamenhaft, doch gleich darauf lachte sie wieder. »Na gut«, sagte sie. »Schatten. Glaubst du, damit hast du mich hereingelegt, Hanna? Indem du die Wölfe überredet hast, euch zu verwandeln? Ihr habt euer Leben an die Dunkelheit verloren. Ihr habt euch geopfert. Nun werden wir über den Fluss gehen, bis nach Akink, und uns den Sieg holen.« Sie riss die Arme in die Höhe und stieß einen gellenden Triumphschrei aus. Im Wald antwortete ihr das Geheul der Wölfe, ein wilder Chor.

»Das Zeichen zum Angriff«, flüsterte Hanna.

»Ja«, sagte Atschorek, »meine liebe Schwester. Nun geht es nach Hause.«

Die Schatten kamen über den Fluss, hatten das diesseitige Ufer allerdings noch nicht erreicht. Die Bogenschützen waren bereits dabei, ihre brennenden Pfeile hinauszuschicken, aber die Flammen verloschen, sobald sie in den Schnee fielen. Dort hinten kamen sie, näher und näher, Kununs unheilvolle Horde …

Mit schreckensbleichem Gesicht wandte König Farank sich an Mattim. »Wie viele sind es?«

»Mindestens zweihundert«, sagte der Junge. »Ungefähr für so viele müsste das Blut gereicht haben. Die anderen werden drüben am Ufer warten.«

»Sollen sie vor meinem Licht zu Asche zerfallen«, sagte der König grimmig.

Die Bogenschützen machten ihnen Platz. Mattim achtete nicht auf die Blicke, die sie ihm zuwarfen. Farank kletterte die Sprossen in der Kaimauer hinunter. Sein Sohn zögerte einen Moment, dann folgte er ihm. Unter seinen Füßen, unter dem getrockneten Blut, brannte das kaum wahrnehmbare Licht des Flusses.

Der Lichtkönig schritt den Schatten entgegen, die in einer langen Reihe auf die Stadt zumarschierten. Mattim ging neben ihm und spürte, wie die Wirkung von Hannas Blut allmählich nachließ. Seine Augen schmerzten und tränten, als würde er direkt in die Sonne blicken. Unter seinen Fußsohlen glühte das Licht, stärker, immer stärker …

Im Dämmerdunkel verschwammen die Gesichter der Schatten. Mattim erkannte Kunun an seinem Gang. Groß und schlank, der lange, schwarze Mantel flatterte im Wind hinter ihm her. Kalt und scharf wehte der Wind über die glatte Eisfläche und fuhr wie ein Messer durch die darauf liegende Schneeschicht.

»Halt!«, rief Farank. »Keinen Schritt weiter!«

Aus der Dunkelheit ertönte Kununs Antwort: »Wir kommen nach Hause.«

»Sie vergehen nicht vor mir«, flüsterte der König fassungslos. »Wie kann das sein? Ist mein Licht zu schwach?«

Über ihnen flogen die glühenden Pfeile, ohne auch nur einen Schatten zu treffen. Zischend versanken sie im Schnee.

»Es ist nicht zu schwach«, sagte Mattim und ergriff die Hand seines Vaters. »Es wird niemals zu schwach sein. Das Licht wird siegen. Alles, was die Finsternis je angerichtet hat, kann es heilen und wiedergutmachen.«

»Aber wie soll es denn siegen? Wie können wir sie aufhalten? Beim Licht, wie?« Farank packte Mattims Schultern, schüttelte ihn. »Was soll ich tun?«, rief er verzweifelt.

»Du musst das Eis schmelzen«, sagte Mattim. »Es gibt keine andere Möglichkeit.«

Der König starrte seinen Sohn an. »Das ist unmöglich. Niemand kann so viel Eis zum Schmelzen bringen.«

»Das Licht kann es«, widersprach der Prinz. »Komm, Vater, bitte!«

Sie sahen einander an. Mattims Augen, grau wie der Fluss, den er schon immer geliebt hatte … dunkel schien

Faranks Blick dagegen, dunkel, von Gram und Verzweiflung erfüllt.

»Bring das Eis zum Schmelzen. Ich wollte, ich könnte es. Tu es für mich, Vater. Bitte.«

Der König blickte an ihm vorbei auf das Heer, das auf sie zukam.

Kunun führte die Schatten an. Schnee lag auf seinen Schultern und färbte den schwarzen Mantel weiß. Schnee lag auf seinem dunklen Haar wie ein Diadem aus Eis.

»Nun hat es sich gezeigt, wer du bist, Mattim«, sagte er. »Ein Verräter vom Anfang bis zum Ende.«

»Wann wirst du je lernen, mir zu vertrauen, Kunun?«, fragte der Prinz. »Wusstest du nicht, dass irgendwann der Tag kommen würde, an dem das Licht vor dir und deinem Schattenheer in die Knie geht? Hast du nicht schon immer gewusst, dass ich dir den Sieg bringen würde? Ich bringe dir den König des Lichts, damit du mit ihm tun kannst, was du willst.«

Er drückte die Hand seines Vaters. *Vertrau mir, bitte. Vertrau mir einfach.*

»Mein Herr und König«, flüsterte er. »Knie nieder. Nur dieses einzige Mal.«

Fragend blickte Farank seinen jüngsten Sohn an. So viel Verwirrung und Verzweiflung, so viel Angst … und Mattim empfand seine eigene Ruhe wie etwas Fremdes, empfand seine Kraft wie etwas, das in ihm wohnte und schon immer dort gewohnt hatte, ohne dass er davon wusste. Alle Zuversicht und Hoffnung legte er in seinen Blick und schenkte sie seinem Vater. Das Band zwischen ihnen war noch da. Zwischen ihnen, nicht nur wie ein Lichtstrahl zwischen zwei Spiegeln, sondern als würde dieser Strahl tausendfach vervielfältigt, bis er stärker war als ein Seil, stärker als eine eiserne Kette.

Mattim führte die Hand des Königs nach unten. Farank leistete keinen Widerstand. Er ging in die Knie und legte die Hände in den Schnee, wischte ihn zur Seite, bis er das Eis berührte, das glatte, dunkle Eis über dem Fluss, dick und hart und fest.

»Der Fluss gehört dem Licht«, sagte Mattim leise. »Seit unzähligen Generationen. Er ist bereit, wenn du es bist.«

Der König kniete immer noch, die Hände auf dem Eis.

»Du kapitulierst?«, fragte Kunun, seine Stimme scharf und kalt wie der Wind über dem Fluss. »Du kniest nieder? Vor mir?«

Farank hielt den Kopf gesenkt. Er starrte auf seine Hände, auf das dunkle Eis, auf seine Finger, auf die sich weiße Flocken legten, kalt, immer neue, immer mehr. Kälte, die sich vom Himmel auf den Fluss stürzte.

»Sind wir verloren?«, fragte der Monarch leise. »Bin ich verloren? Ist das Licht verloren? Wer bist du, Mattim?«

»Ich bin derjenige, der den Sieg bringt«, sagte der Prinz und legte seine Hand über die Hand seines Vaters. »Für Akink.«

Das Eis knackte. Unter den Händen des Königs entstand ein Riss, schmal nur, aber so tief, als hätte sich die Erde gespalten. Wasser lief über seine Finger. Farank beugte sich über den Spalt, und Mattim sah, dass das Gesicht des Königs im Lichtschein glänzte. Wie ein Blitz fuhr das Licht durch das Eis, eine Linie aus Feuer, von einem Krachen begleitet, laut wie Donnerschläge. Im Zickzack spaltete es die Eisschicht, und mit dem Licht, das aus der Tiefe emporstrahlte, kam das Wasser.

Einer der Schatten schrie auf, laut und gellend.

»Wir können es schaffen!«, brüllte Kunun. »Weiter! Los, kommt! Das Blut schützt uns! Fürchtet euch nicht, geht weiter! Die Mädchen haben sich geopfert! Geht schon weiter!«

Aber die Schatten wichen zurück, fort von dem Wasser, das ihre Füße umspülte, das rasch höher stieg. Sie kreischten, als würden sie verbrannt.

Mattim wich ebenfalls aus, als das Wasser ihn erreichte. Er spürte die Hand des Königs an seinem Arm.

»Wir müssen zurück, schnell, bevor hier alles auseinanderbricht!«

»Nein!« Der Junge umklammerte seinen Vater. »Nein, bitte, hör mir zu. Du musst auf die andere Seite, Vater. Du musst die Höhle erreichen, bevor die Schatten es tun. Dort musst du die Pforte schließen. Vertrau mir ein letztes Mal, bitte! Und jetzt komm!« Er zog den König einige Meter nach hinten, um besser Anlauf nehmen zu können. »Jetzt!«

Sie ließen einander los. Einen Moment lang hatte Mattim Angst, sein Vater könnte sich entscheiden, in die Sicherheit der Stadt zurückzukehren. Aber Farank folgte ihm auch diesmal. Seite an Seite hielten sie auf den Spalt zu und sprangen. Der Junge ging in die Knie, als er aufkam. Das Wasser loderte strahlend um ihn herum auf. Er hatte gewusst, was es bedeutete, mit dem König zusammen aufs Eis zu gehen. Er hatte gewusst, wozu das Licht in der Lage war. Nun streckte es seine nassen Finger nach ihm aus, und kalte Flammen leckten an seinen Beinen.

»Lauf, Vater!«, rief er dem König zu. »Zur Höhle! Ich habe die Stelle markiert, du wirst einen dunklen Händeabdruck auf dem Felsen finden. Dein Licht sollte ausreichen, um es zu erkennen. Leg beide Hände auf das Gestein. Dann wird der Durchgang sich schließen, so wie sich hier das Eis geöffnet hat. Warte nicht auf mich, ich komme nach, so schnell ich kann. Lauf! Bevor sich die Schatten in die andere Welt zurückretten können! Bitte, Vater, beeil dich!«

Der König zögerte nur kurz. Das Wasser reichte ihnen bereits bis zu den Knien. Dann nickte er und verschwand in der Dunkelheit.

Mattim kämpfte sich vorwärts. Im Licht, das immer strahlender unter dem Eis hervorbrach, sah er die Schatten zurück ans jenseitige Ufer laufen. Einige waren bereits vom Wasser eingeholt worden und schrien erneut, als stünden sie in Flammen. Der König rannte mit wehendem Mantel, und Mattim dachte nur: *Dreh dich nicht um. Du darfst nicht sehen, was mit mir geschieht. Dreh dich bitte nicht um …*

Wieder krachte es, und ganze Eisschollen brachen auseinander. Das warme Leuchten des Wassers erhellte die Dämmerung. Der Prinz fühlte den Boden unter seinen Füßen schwanken, dann merkte er nur noch, wie er nach hinten rutschte.

Réka rührte sich nicht von der Stelle.

Hanna packte das Mädchen bei den Schultern und schüttelte es. »Komm zu dir! Komm endlich zu dir! Wir müssen zurück zum Fluss. Sie haben Mattim, und wenn die Kraft des Blutes nicht genügt, dann wird sie ihm auch nicht genügen … Réka!«

»Dies ist ein Traum«, flüsterte die junge Ungarin und starrte auf die beiden Wölfe, die nach wie vor bei ihnen waren. Auf Wilder, der immer wieder versuchte, sich an ihre Beine zu schmiegen. »Nur ein Traum.«

»Hör auf!« Hanna versetzte Réka eine schallende Ohrfeige, um sie zu sich zu bringen. »Für so etwas haben wir keine Zeit. Ich werde dich nicht alleine hier im Wald lassen. Komm endlich!«

»Was ist das?«, fragte das Mädchen.

Hanna hatte noch nie die Hörner von Akink gehört, den klagenden, alarmierenden, aufwühlenden Ruf, der weithin über das Land schallte, aber sie fühlte, wie ihr Herz noch schneller schlug. *Gefahr, Gefahr!* Es war unmöglich, diesen Ton nicht zu verstehen, ihm nicht zu folgen.

Bela warf ihr einen wilden Blick zu und verschwand dann mit langen Sprüngen in der Dunkelheit. Wilder dagegen blieb an ihrer Seite. Mit kreideweißem Gesicht wich Réka vor ihm zurück.

»Das ist nicht gerade hilfreich!«, fauchte Hanna ihn an. »Verschwinde endlich!«

Dort war schon der Fluss. Es hatte aufgehört zu schneien, und sie blickte über ein weißes Band hinweg, welches das diesseitige Ufer von der Stadt auf der anderen Seite trennte. Glitzernde Lichtpünktchen tanzten auf der Mauer; sie brauchte eine Weile, um zu erkennen, dass es brennende Pfeile waren. Da bemerkte Hanna die dunklen Gestalten auf dem Eis. Sie hörte das Bersten und Krachen und das hervorbrechende Licht, und jeder Schlag fuhr ihr wie ein Dolchstoß durchs Herz. Irgendwo dort unten war Mattim. Und ihr Blut würde ihn nicht lange schützen, wenn das Wasser über ihn kam.

Der Prinz tauchte in die brennenden Fluten. Verzweifelt griff er nach dem Eis und versuchte, sich an der brechenden Kante wieder hochzuziehen. Seine Hände krallten sich in die zerberstenden Splitter, er fiel zurück, versuchte es erneut, während der Fluss ihn festzuhalten suchte, an ihm riss, ihn mit übermenschlicher Kraft in die Tiefe zog. Er spürte die Hände an seinem Arm, an seinem Bein ... nicht der Donua. Sondern Kunun. Kunun, der hinter ihm im Wasser ruderte, wild um sich schlagend, der sich an ihm festhielt, ihn zurückzog, ihn hinunterriss, als kämpften sie beide am Rand eines brodelnden Vulkans.

»Lass – mich – los!«

Der Schattenprinz lachte wie ein Irrer. »Bring mir den Sieg, kleiner Bruder!«

»Lass endlich los! Wir werden beide untergehen!«

Kunun zog ihn mit sich, und das Wasser schlug über ihnen zusammen. Mattim wehrte sich verzweifelt. Überall war Wasser, über ihnen die brechende, splitternde Decke aus Eis, die ihn hier unten festhielt. Das Licht umgab ihn von allen Seiten, blendendes, gleißendes, verzehrendes Licht, das zur Tiefe hin immer heller wurde. Vor ihm schwebte

Kunun im Wasser, als flöge er mitten im Feuer, sein Haar schien in Flammen zu stehen, hinter ihm flatterte der brennende Mantel. Mattim breitete die Arme aus und versuchte nach oben zu schwimmen, wie er es schon einmal getan hatte, aber sein Bruder umklammerte ihn in seiner tödlichen Umarmung, und sie sanken beide tiefer und tiefer.

Hanna schrie, als sie ihren Freund versinken sah. Dort im Licht, das aus dem Eis strahlte, blendender als ein Stern. Sie verfolgte, wie die beiden Männer kämpften, untergingen und wieder hochkamen. »Mattim! Mattim!«

Sie wollte zu ihm, und ihre Füße berührten schon das Eis, als Réka sie zurückriss. »Spinnst du? Du wirst einbrechen!« Im nächsten Moment erkannte sie den Vampir. »Kunun!«, kreischte sie. »Da ist Kunun!« Nun wollte sie losstürzen, um den Mann, den sie liebte, aus dem Wasser zu ziehen.

Der Schrei brachte Hanna zur Besinnung. Sie wandte sich um und fasste das Mädchen am Arm. »Réka, hör mir zu.« Sie zwang sich zur Ruhe, zwang sich, langsamer und gefasster zu sprechen. Wenn die Brüder kämpften, bis die Wirkung des Blutes nachließ, waren sie beide verloren. Es gab nur einen Weg, um Mattim zu retten, um dafür zu sorgen, dass er länger durchhielt als Kunun.

»Réka, dies ist dein Traum. Dies ist der Blick in dein Herz. Was fühlst du? Willst du sterben? Willst du im Wasser untergehen oder willst du leben?«

»Leben«, schluchzte Réka. »Er soll nicht untergehen, er soll leben!«

»Dies ist dein Traum«, wiederholte Hanna eindringlich. »Was ist in deinem Herzen? Willst du gemeinsam mit Kunun untergehen? Willst du, dass ihr beide in der Nacht und der Finsternis versinkt? Willst du ihm dein Leben opfern? An deinem Geburtstag? Willst du ihm deine Zukunft opfern? Alles, was du bist und jemals sein könntest?«

»Ja!«, schrie Réka. Sie riss sich los und machte einen Schritt vom Ufer fort. Sofort versank ihr Fuß im eiskalten Wasser, während um sie her das Eis krachend zerbarst. Mit einem Aufschrei sprang die Fünfzehnjährige nach hinten. »Nein«, schluchzte sie. »Nein, ich will leben.«

»Nimm dein Opfer zurück. Halt dein Leben fest. Du darfst Kunun nicht ins Eis folgen. Willst du leben?«

»Ich will leben.« Tränen rannen über Rékas Wangen. »Ich will leben!«

»Ist das dein innerster Wunsch?«, flüsterte Hanna. »Du willst nicht sterben?«

»Ich will, dass dieser Traum endet«, sagte Réka. »Ich will zurück dorthin, wo es hell ist. Ins Licht. In die Wärme. In die Sonne. Ich will nicht sterben. Ich will leben!« Als wären sie wirklich dort, in Rékas Herzen, brach das Eis völlig auseinander, und das Licht aus der Tiefe des Flusses erleuchtete Ufer und Stadt. Es war taghell.

Die Brüder kämpften noch immer miteinander, in den Fluten, umgeben von Licht und Brand, und sanken tiefer und tiefer. Auf einmal ging ein Ruck durch Kununs dunkle Gestalt, und er öffnete die Hände. Sein Gesicht verzerrte sich, lautlos schrie er seine Qual hinaus. Seine Augen, die noch dunkler zu werden schienen, kündeten von einem Schmerz, der unvorstellbar war. Von allen Seiten griff das Licht nach ihm mit züngelnden Flammen, Schlingpflanzen aus der Tiefe streckten sich glühend nach ihm aus. Mattim beobachtete, wie sein Bruder von ihm fort sank, dem Grund zu, die Arme haltsuchend ausgestreckt, und verstand nur das eine: Rékas Blut schützte Kunun nicht mehr.

Demnach würde auch sein Schutz in wenigen Augenblicken aufgebraucht sein, und das Licht würde ihn verzehren und verschlingen, so wie der Schein einer Lampe, angezündet in einem finsteren Zimmer, die Dunkelheit verschlang. Nur noch wenige Augenblicke … und dennoch konnte er nicht nach oben schwimmen, obwohl er eben noch um nichts anderes gekämpft hatte. Mit raschen Schwimmstößen setzte er Kunun nach, tiefer hinab ins hellere Licht, bekam die Hand seines Bruders zu packen und zog ihn mit nach oben.

VIERZIG

FLUSS DONUA, MAGYRIA

Mattim zerteilte die Fluten mit einigen kräftigen Bewegungen, bis er durch die Oberfläche brach. Überall um ihn her schwammen Eisbrocken. Er packte Kunun am Kragen und hielt aufs Ufer zu, an dem zwei Gestalten riefen und winkten. Unendlich weit weg schienen sie ihm. Auf einmal war Bela an seiner Seite, und der Prinz krallte sich in das dichte, nasse Fell.

»Schneller«, flüsterte er, »ich schaffe es nicht mehr rechtzeitig.«

Der große Wolf hielt zielstrebig auf das rettende Ufer zu und zog sie beide durch das eisige Wasser. Mattim wankte vorwärts, als seine Füße endlich Halt fanden, seine Hand unablösbar in Kununs Mantel gekrallt. Schließlich fiel er in den Schnee und blickte hoch in Hannas Gesicht wie zu einem Stern, der am Himmel über ihm strahlte.

»Mattim«, sagte sie, »Mattim. Mattim!« Dann küsste sie ihn auf die weiße Stirn. Er sah in ihren Augen, was sie fühlte, was sie nicht aussprechen konnte.

»Kunun!«, schrie Réka. »Was ist mit ihm?« Sie beugte sich über den Vampir, der reglos dalag wie ein ertrunkener Gott, und auf einmal legte er die Arme um sie und zog sie eng an sich heran.

»Lass sie!«, rief Hanna. »Oh Gott, nicht schon wieder! Lass sie!«

Mattim richtete sich mühsam auf und fasste sie am Arm. »Warte. Gib ihm einen Moment, nur einen Moment … nur noch dieses eine Mal, um sein Leben zu retten. Das

Licht kann ihn immer noch töten … Jetzt reicht es. Komm, Réka.« Der Prinz zog das Mädchen hoch und lächelte, erstaunt und erfreut. »Es ist wie ein Wunder, dich hier stehen zu sehen.« Doch dann schob sich eine finstere Wolke über sein Gesicht.

»Was tut ihr hier, Hanna? Ihr solltet längst in der Höhle sein! Beim Licht, mein Vater ist dort und schließt die Pforte! Ihr könnt nie mehr zurück!«

»Vielleicht hat er es noch nicht geschafft?«, fragte Hanna.

»Schnell! Kommt!« Mattim ergriff ihre Hand. »Réka, los jetzt!«

Mit Gewalt musste er sie von Kunun wegreißen, aber sobald sie in einen gleichmäßigen Schritt gefunden hatten, sah sie verträumt nach vorne und folgte ihnen wie eine Schlafwandlerin. Die drei hasteten durch den Wald.

Still war es hier, merkwürdig still. Keine Wölfe heulten. Nur ihre Schritte und der keuchende Atem der Mädchen. Keiner sprach. Nicht einmal Réka fragte, wo sie waren und warum sie laufen mussten, gehorsam hielt sie mit ihren Begleitern mit. Schließlich erreichten sie die Höhle, wo ihnen König Farank entgegenkam.

»Beim Licht«, sagte er nach einem Blick auf die zerrissenen, steif gefrorenen Kleider seines Sohnes, auf die mit weißen Eiskristallen überzogenen Haare. »Mattim, du wirst erfrieren!« Der Monarch nahm seinen Mantel ab und legte ihn dem Jungen um.

»Hast du die Pforte geschlossen?«, fragte Mattim bang.

»Ich konnte es nicht«, antwortete der König. Er klang erschöpft und traurig. »Mir ist, als hätte ich all meine Kraft am Fluss gelassen.«

Hanna hob den Kopf. »Habt ihr das gehört? Stimmen. Die Schatten kommen schon! Wir müssen die Pforte schließen! Oder sind vor uns schon andere Schatten hier eingetroffen? Sind wir etwa zu spät?«

»Eine Frau ist hindurchgegangen«, sagte der König leise. »Eine Frau mit rotem Haar. Sie hat mich nicht bemerkt. Nur diese eine Frau.«

»Atschorek«, flüsterte Mattim.

»Ich habe auf dich gewartet«, sagte Farank. »Wir müssen die Pforte gemeinsam schließen, Mattim. Gemeinsam wird unser Licht stark genug sein.«

»Nein, Vater.« Mattim schüttelte den Kopf. »Ahnst du es nicht längst? Ich habe kein Licht mehr. Ich bin ein Schatten.«

»Das kann ich nicht glauben«, sagte der König leise, »denn das Licht in dir ist stärker als alles andere. Nicht ich allein habe den Fluss geweckt. Wir beide waren es. Das Eis ist erst gebrochen, als du deine Hand auf meine gelegt hast.« Er musterte seinen Sohn mit Liebe und Stolz. »Du kannst kein Schatten sein. Selbst deine Dunkelheit ist heller als mein Licht. Komm, Mattim. Lass uns die Pforte schließen.«

Der Junge wandte sich zu Hanna. Mit dem königlichen Mantel um die Schultern und dem Eis im Haar wirkte er fremd und unwirklich. Ein Prinz aus einer anderen Welt. Aber als er seine Hand ausstreckte und ihre Wange berührte, war er nur Mattim. Ihr Mattim.

»Geht«, flüsterte er. »Bring sie zurück, Hanna.«

Sie wollte nicht. Sie wollte ihre Arme um ihn schlingen, ihn an sich drücken und weinen und betteln – aber die Stimmen im Wald wurden lauter. Es blieb keine Zeit mehr. Also nahm sie Réka bei der Hand. Mattim legte die Arme um die Schultern der Mädchen, und zu dritt gingen sie durch den Fels und befanden sich im nächsten Moment in einem düsteren Keller in einer anderen Stadt in einer anderen Welt. Die Hand auf ihrer Schulter löste sich, sie spürte nur noch einen flüchtigen Kuss auf ihrem Haar, dann war Mattim fort.

»Warum sind wir eigentlich so gerannt?«, fragte Réka.

»Damit du rechtzeitig zu deiner Geburtstagsparty kommst.«

»Ach so.« Das Mädchen blinzelte verwirrt. »Dann muss ich mich aber noch umziehen.«

Hanna blickte sich um. Hinter ihr war nur der Durchgang in den anderen Kellerraum, in dem ein großer Käfig stand. Eine Falle für einen Wolf.

»Komm«, sagte sie und zog Réka zum Fahrstuhl.

Wenn Hanna die Wände berührte, spürte sie das Dröhnen der Bässe. Die Party war in vollem Gange. Bunte Lichter flackerten über Palmen und Korbstühle und verwandelten den Wintergarten in eine Tanzhölle. Von ihrem Fenster aus konnte sie die tanzenden Mädchen sehen. Es war nicht viel nötig gewesen, um die Gäste, von denen die ersten bei ihrer Rückkehr bereits gewartet hatten, zufriedenzustellen. Sie hatte Rékas Musikanlage nach unten geschleppt, Teller und Gläser in der Küche bereitgestellt, die Getränkekisten aus dem Keller geholt und die Knabbersachen in Schüsseln arrangiert. Danach hatte sie Pizza bestellt und alles an Kerzen und Lampen hervorgeholt, was sich im Haus befand. Solange sie beschäftigt gewesen war, hatte sie nicht nachdenken müssen, war es ihr fast gelungen, nichts zu fühlen. Konzentriert auf ihre Aufgabe, innerhalb von einer Viertelstunde Partystimmung aufkommen zu lassen, hatte sie alles beiseitegeschoben und so getan, als wäre dies ihr Leben. Dies und nichts anderes.

»Du bist traurig«, stellte Attila mit Kennermiene fest.

»Geh tanzen«, sagte sie. »Geh ruhig, mein Schatz. Ich komme später, versprochen.« Sie blinzelte die Tränen fort.

»Ich muss nicht ins Bett?« Die Augen des Jungen leuchteten auf.

»Bei dem Lärm kann sowieso keiner schlafen. Geh ruhig runter. Lass dich nicht wegschicken, ja?«

»Au ja!«

Hanna versuchte zu lächeln. Sie versuchte ihr Lächeln festzuhalten, als sie den kleinen Jungen die Treppe hinunterhüpfen sah, den Lichtern entgegen. Doch sobald sie ihre Zimmertür geschlossen hatte, entglitt es ihr. Kam der Name wie ein Blitz zu ihr zurück.

Mattim.

Sie setzte sich aufs Bett und umschlang mit beiden Armen ihre Knie, sie hielt sich an sich selbst fest und konnte sich dennoch keinen Trost geben.

»Mattim.« Sie wollte nicht weinen. Sie wollte sich für ihn freuen, für all das, was er erreicht hatte. Die Pforte war geschlossen. Sein Vater akzeptierte ihn. Es gab keinen Grund, so traurig zu sein. Freuen wollte sie sich für ihren Liebsten, lächelnd wollte sie an ihn denken, an ihn und sein Glück … und trotzdem stiegen solche ungestümen Schluchzer in ihr hoch, dass sie sich herumwarf, das Gesicht ins Kissen presste und heiße Tränen weinte.

»Mattim!« Wie ein Urschrei brach es aus ihr heraus, und nur der lauten Musik war es zu verdanken, dass nicht alle in ihr Zimmer stürzten.

Eine Berührung an ihrem Rücken, wie von einer streichelnden Hand. So sehr sehnte sie ihn herbei, dass sie ihn schon körperlich spüren konnte.

»Warum brüllst du in dein Kissen?«

Hanna hob den Kopf. Da saß er, an ihrem Bett, dieses unvergleichliche Grinsen auf seinem Gesicht, das ihr Herz schmelzen ließ. Sie schlang die Arme um ihn, sie lachte, sie hörte nicht auf zu weinen, sie lachte und weinte und küsste ihn, alles gleichzeitig.

»Warum bist du hier? Träume ich?«

Mattim lachte leise. Er trug noch immer den Mantel des Königs. Aber sein Haar war wieder blond und weich.

»Dachtest du, ich bleibe auf der anderen Seite? Dachtest du das wirklich? Ich habe nur gesagt, geh voraus.«

»Das stimmt nicht. Du hast gesagt: geh.«

»Na gut, das war vielleicht etwas missverständlich.« Er küsste sie auf eine Weise, die alles andere als missverständlich war. »Der König stand auf der anderen Seite«, erzählte er, »und ich auf dieser, und dann haben wir die Hände ausgestreckt und uns berührt. Es war, als würde alles in Flammen aufgehen … Du hast wirklich geglaubt, du bist mich los? Was soll ich denn in Magyria ohne dich? Meine Seelengefährtin. Meine Herzgefährtin. Meine Leibesgefährtin. Ich bin dein Schatten, oder etwa nicht?«

Sie löste den Gürtel seines Mantels. Unter der königlichen Pracht trug er die Fetzen seines zerrissenen, blutigen Hemdes, kalt und nass. Staunend berührte sie seine Brust. Seine Schultern. Seine Arme.

»Deine Wunden«, flüsterte sie ungläubig. »Sie sind weg. Es ist alles verschwunden, alles. Wie ist das geschehen?«

Mattim lächelte nur.

Es fiel Hanna schwer, sich auch nur für einen kurzen Moment von ihm zu lösen, aber sie wollte prüfen, ob die Tür auch wirklich abgeschlossen war.

»Ich bin durch die Wand gekommen«, sagte er. Der flackernde Lichtschein von unten tanzte über sein Gesicht.

»Ja«, sagte sie, »aber du wirst nicht wieder durch die Wand verschwinden. Weder durch die Wand noch durch die Tür. Nicht heute Nacht.« Und sie drehte den Schlüssel zweimal herum.

Und so geht es weiter:

EINS

BUDAPEST, UNGARN

»Woher hast du das?«

Hanna, das deutsche Au-pair-Mädchen der Familie Szigethy, wurde bleich, als Réka etwas Aufblitzendes, Goldenes in ihrer Schreibtischschublade versenkte. »Réka, woher …?« Mit ein paar raschen Schritten war sie am Fenster und riss die Lade wieder auf.

»He!«, empörte Réka sich. »Wie kannst du es wagen!«

Mit spitzen Fingern hob Hanna die Kette aus ihrem Versteck, als wäre es eine giftige Schlange. In diesem Moment zählte nicht, dass sie nur deshalb noch hier war, weil Réka sich für sie eingesetzt hatte. Die gerade Fünfzehnjährige hatte ihre Mutter einige Stunden lang angebettelt, Hanna nicht zurück nach Deutschland zu schicken, obwohl diese sich nach der Meinung von Mónika Szigethy als unzuverlässig und verantwortungslos erwiesen hatte. Bestimmt war es keine gute Idee, sich mit Réka anzulegen, aber das hier war einfach zu wichtig.

»War Atschorek bei dir?«, fragte sie alarmiert.

Atschorek. Zwei in Aufregung und Angst verbrachte Wochen lang hatte Hanna damit gerechnet, der Schattenfrau plötzlich wieder gegenüberzustehen. Denn Atschorek war nicht nur eine der schönsten, reichsten und unnahbarsten Frauen von ganz Budapest, sondern ein mörderisch gefährlicher Vampir.

»Sie sagte, ich hätte die Kette bei ihr vergessen.« Réka musterte Hanna, als wollte sie die Wahrheit, an die sie sich selbst nicht mehr erinnern konnte, aus ihr herausbrennen.

»Sie hat behauptet, es ist ein Geschenk von Kunun.« Sie wartete auf Hannas Reaktion und fuhr fort: »Du hast mir erzählt, er wäre fort. Er wäre in sein Land zurückgekehrt. Seit zwei Wochen heule ich mir die Seele aus dem Leib. Was ist hier eigentlich los, Hanna? Wer ist Atschorek? Kommt er ihretwegen nicht mehr zu mir zurück?«

Es gab niemanden, über den Hanna so ungern redete wie über Atschorek und Kunun. Mit diesen beiden Namen kamen Bilder in ihr hoch, die zu schmerzlich waren, um sie auszuhalten. Réka, bleich und reglos vor dem Kaminfeuer, getötet von dem Mann, dem sie vertraute …

»Bleib weg von ihr«, sagte sie schroff. »Atschorek ist nicht das, was sie zu sein scheint.«

In Rékas Augen sammelten sich Tränen. »Kunun liebt sie, oder? Sie ist einfach wunderschön … Und das, was ist das? Mein Abschiedsgeschenk?«

Sie hielt Hanna das goldene Herz vor die Nase. »*Réka und Kunun* – zum Abschied?« In ihrer Stimme zitterte die Wut. »Lüg mich nicht an, Hanna, wag es ja nicht. Was ist passiert an meinem Geburtstag? Sag es mir. Er hat mir das gegeben und dann? Haben wir uns gestritten?«

Er hat dich gebissen. Er hat dir eine Nadel ins Herz gejagt und dein Blut in einen Krug fließen lassen, um seinen Vampirsoldaten davon zu trinken zu geben. Er hat dich mit in die Welt geschleppt, aus der er stammt, um dich dort am Ufer eines Flusses zu töten. Dein Opfer sollte ihm die Kraft verleihen, das Wasser zu überqueren und die Stadt einzunehmen, in der er herrschen will.

Wie hätte sie irgendetwas davon aussprechen können? Der von heilendem Licht erfüllte Schnee hatte Rékas Leben gerettet. Der König des Lichts hatte die Pforte geschlossen, durch die Kunun und seine Schatten nach Budapest gelangen konnten, um sich hier aus dem Blut der Menschen ihre Kraft zu holen, den einzigen Schutz vor dem Licht.

Nur Atschorek war noch hier. Atschorek, wütend und

rachsüchtig. Jeden Tag hatte Hanna damit gerechnet, dass die Vampirin auftauchte und irgendetwas Schreckliches tat. Dass sie sich nun bei Réka gemeldet hatte, war nicht gut. Gar nicht gut. Eisige Furcht griff nach dem Herzen des Mädchens. Sie schluckte und bemühte sich, ihrer Stimme einen heiteren, normalen Tonfall zu geben.

»Kunun wollte, dass du mitkommst«, sagte sie. »Dass du alles aufgibst und mit ihm gehst. Du hast dich dagegen entschieden. Nun ist er weg. Mehr gibt es nicht zu sagen.«

»Du lügst«, zischte Réka und senkte die Stirn, als wollte sie gleich zum Angriff übergehen. »Ich würde überall mit ihm hingehen. Ich liebe Kunun mehr, als du dir überhaupt vorstellen kannst.«

»Mein Gott, Réka, du bist fünfzehn und das auch erst seit zwei Wochen. Du gehörst hierher, zu deiner Familie.« Sie seufzte. Mehr konnte sie dem Mädchen einfach nicht sagen. »Halte dich fern von Atschorek, ja? Bitte, vertrau mir.«

»Sie hat uns eingeladen!«, trumpfte Réka auf. »Mich und meine Freundinnen. Und ich werde hingehen. Du kannst mich nicht davon abhalten. Versuch es erst gar nicht. Und all das, was du mir nicht verrätst, das wird sie mir sagen!«

»Das befürchte ich«, murmelte Hanna.

Sie hatte keine Ahnung, wie sie das verhindern sollte.

Ihr Zimmer war leer. Im ersten Moment erschrak Hanna. War Atschorek schon hier gewesen, bei ihnen im Haus? Hatte sie etwa …? Ihr wurde noch kälter. Wenn ihre Feindin erfuhr, was Hanna hier versteckte - nicht was, sondern wen …

Aus Attilas Zimmer ertönte ausgelassenes Gelächter. Vorsichtig drückte Hanna die Tür auf.

Dort waren sie. Beide. Attila, ihr achtjähriger Schützling, der seinen ganzen Fuhrpark auf dem Teppich aufgebaut hatte, und neben ihm, völlig ins Spiel versunken, der Junge, bei dessen Anblick ihr Herz schneller schlug.

Mattim. Er hob den Kopf und sah sie an, der Blick seiner grauen Augen wolkenweich. Er las in ihrem Gesicht wie in einem Buch. Sofort sprang er auf und fasste sie bei den Schultern.

»Hanna? Alles in Ordnung?«

»Atschorek«, brachte sie nur heraus.

»Wo? Hier im Haus?«

»Nein«, beruhigte sie ihn schnell. »Sie hat sich Réka und ihren Freundinnen gezeigt, in der Stadt. Und ihr das goldene Herz gegeben.«

Über sein Gesicht glitt ein Schatten. »Sie ist also da … Nun denn, das wussten wir.«

»Mattim.« Hanna hielt ihn fest, als könnte er im nächsten Moment verschwinden. »Bitte, tu nichts Unüberlegtes. Vielleicht lässt sie uns tatsächlich in Ruhe, vielleicht …«

»Spielst du jetzt weiter?«, fragte Attila laut dazwischen.

Mattim wandte sich lächelnd dem Jungen zu. »Gleich. Versprochen. Ich muss hier nur kurz etwas klären. – Sie hat Réka nicht bedroht?«

»Sie hat sie eingeladen.«

Er nickte, um seine Lippen trat ein harter Zug. »Damit hat sie *uns* bedroht. Wie sie sehr wohl weiß. Ich werde zu ihr gehen und die Sache klären.«

»Klären? Um Gottes willen, was willst du denn da klären?« Sie konnte nicht deutlicher werden, nicht wenn Attila zuhörte, auch wenn er tat, als würde er sich nur für seine Autos interessieren.

»Ich kann mich nicht ewig verstecken, Hanna. Das weißt du.«

Aber wenn er so dicht vor ihr stand, sein Gesicht so nah vor ihrem, dass sie seine Wärme spüren konnte, so nah, dass sein Atem ihre Haut streifte, wollte sie genau das tun. Ihn verstecken. Ihn in ihrem Zimmer einschließen und Zäune und Mauern errichten, damit seine grausame Schwester nicht hereinkam und ihn verletzte, so wie sie es schon einmal getan hatte. Als wenn irgendetwas Atschorek aufhalten könnte, die wie alle Schatten die Fähigkeit besaß, durch Wände zu gehen.

»Geh nicht hin, bitte. Lass uns abwarten. Sie hat Réka nur das Herz wiedergegeben, sonst nichts. Vielleicht weiß sie nicht, dass du hier bist, vielleicht denkt sie, du wärst in Magyria geblieben.«

»Soll sie das wirklich glauben – dass du und Réka schutzlos seid?« Er küsste Hanna zärtlich auf den Mund, nur eine ganz leichte Berührung, die eine Hitzewelle durch ihren Körper jagte. »Sie soll ruhig wissen, dass ich hier bin und euch verteidigen werde.« Er lächelte, aber seine Augen lächelten nicht mit. »Glaubst du nicht, dass ich es mit ihr aufnehmen kann?«

Nie würde Hanna den unvergleichlichen Schwertkampf vergessen, der im Hof eines nur von Vampiren bewohnten Hauses am Ostbahnhof stattgefunden hatte. Dort hatten Mattim und Atschorek die Klingen gekreuzt, und die Kriegerin hatte ihn bluten lassen. Mit Absicht hatte er ihrer makellosen Schönheit keinen Schaden zugefügt, aber Tatsache war, dass Hanna nicht wusste, wer von beiden gewonnen hätte, wenn sie diesen Kampf weitergekämpft hätten. Wenn Mattim nicht vorzeitig aufgegeben und die Knie vor Kunun gebeugt hätte. Doch selbst wenn er die tödliche Schwertkämpferin besiegt hätte – vernichten hätte er sie nicht können. Nicht auf diese Weise. Einem Schatten vermochte außer Sonnenlicht nur sehr wenig etwas anzuhaben.

»Brmmmm …. iiii …« Lautstark imitierte Attila Motorengeräusche und Bremsen. »Mattim, jetzt ist gleich!«

Mattim wandte sich wieder dem Jungen zu. »Na gut, noch ein bisschen. Aber dann muss ich los.«

»Wohnst du dann nicht mehr bei uns?«

Nur Attila wusste, dass Mattim die vergangenen zwei Wochen in Hannas Zimmer verbracht hatte. Zu Hannas Erstaunen hatte der Kleine es geschafft, diese aufregende Tatsache vor dem Rest der Familie geheim zu halten. Er hatte Mattim nicht einmal in Andeutungen verraten. In diesem Fall hätte Hanna ihre Au-pair-Stelle verlieren können – und dann hätte auch Attilas Lieblings-Spielkamerad nicht mehr zur Verfügung gestanden. Fast fand sie es beunruhigend, wie dieser lebhafte kleine Junge, der sonst alles und jedes hinausposaunen musste, ein solches Geheimnis zu bewahren verstand.

»Nein, Attila«, sagte Mattim, »es wird Zeit, dass ich in meine eigene Wohnung zurückkehre.«

Hanna biss sich auf die Lippen. Es war nicht der richtige Zeitpunkt, um ihn zu fragen, ob er vorhatte, im Haus am Baross tér zu wohnen, in Kununs verlassenem Hauptquartier. Jedenfalls nahm sie an, dass es leer stand. Vielleicht waren dort mittlerweile Bettler und Obdachlose eingezogen. Mattim hatte die Haustür nicht abgeschlossen und seitdem einen großen Bogen um die Gegend am Bahnhof gemacht. Es bereitete Hanna großes Unbehagen, auch nur daran zu denken, so als wäre dieses Haus ein schwarzes Loch, das ihre Gedanken und Gefühle einsog, sie mitriss und in die Dunkelheit hinabzog.

Das kannst du nicht wollen!, dachte sie. *Wie kannst du nur daran denken, dorthin zurückzukehren!*

»Hanna?« Réka öffnete die Tür. Bevor sie auch nur den Kopf hereinstecken konnte, hatte Mattim sich unters Bett gerollt. Attila gluckste vor unterdrücktem Lachen.

»Hanna, ich werde das Herz tragen, nur dass du es weißt. Von jetzt an. Und es ist mir egal, wer es sieht. Alle sollen es sehen. Alle.«

Réka stand auf der Schwelle, Kununs Geburtstagsgeschenk, seine Abschiedsgabe um den Hals. In ihren Augen funkelte der Trotz. »*Réka und Kunun*. Da steht es. Und daran glaube ich. Und jetzt fahre ich zu Atschorek.«

»Du weißt ja gar nicht, wo sie wohnt«, sagte Hanna müde.

»Oh doch, das weiß ich«, trumpfte Réka auf. »Ich hab's

rausgefunden, ob du's glaubst oder nicht.« Sie knallte die Tür wieder zu.

Im nächsten Moment schnellte Mattim unter dem Bett hervor.

»Kunun und Réka?«, fragte er mit gerunzelter Stirn. »Wo soll das stehen?«

»Auf dem Herz«, sagte Hanna, die Hand schon an der Türklinke, um Réka nachzulaufen. »Die Gravur.«

»Da war keine Gravur«, hielt Mattim dagegen. »Ich hab es liegen sehen, an jenem Tag, vor dem Kamin ... Golden. Diamantenbesetzt. Eine Gravur hätte ich bemerkt.«

»Darauf hast du geachtet?« Hanna schüttelte ungeduldig den Kopf. »Das kannst du gar nicht gesehen haben.«

»Da war nichts eingraviert«, beharrte Mattim.

»Vielleicht lag es auf der falschen Seite.«

»Nein. Ich hatte es in der Hand. Ich hab sogar überlegt, ob ich es für sie mitnehmen soll.«

Seine grauen Augen, mehr als besorgt. Alarmiert.

»Warum hätte Atschorek das eingravieren lassen sollen?«, fragte Hanna beunruhigt.

»Brmmmm«, machte Attila mit tiefer Stimme und schleuderte seine kleinen Spielzeugautos über den Teppich. »Brmmmmm.«

»Was für ein Wagen soll das sein?«, fragte Mattim, sehr leise, sehr freundlich, aber Hanna hörte das Beben in seiner Stimme.

»So ein schwarzer«, sagte Attila hingerissen. »Der ist so cool. Der jagt um die Ecke - und brmmmmm!«

»Hat er so ausgesehen?« Mattim zog aus den Haufen und Stapeln auf Attilas Schreibtisch ein unbenutztes Blatt Papier hervor und zeichnete mit raschen Strichen die Umrisse eines Sportwagens.

»Jau!« Attila nickte begeistert. »Und hier, an den Türen, hatte er so was. So was«, schloss er und schaute Mattim erwartungsvoll an.

»Ein R8«, sagte Hanna leise. »Mattim, das hat nichts zu bedeuten.«

»Glaubst du an solche Zufälle?«

Wie eine kalte Faust legte sich die Angst um ihr Herz. »Atschorek hat ihn geerbt«, sagte sie, trotz der bangen Ahnung, die in ihr aufstieg. »Atschorek fährt ihn jetzt. Oder sie hat ihn verkauft. Mattim, es ist nur ein Auto. Jeder kann es fahren. Kunun ist nicht hier. Die Pforte ist geschlossen. Er kann nicht in unsere Welt. Es ist völlig unmöglich.«

»Und wenn nicht?«, fragte er. »Was, wenn wir uns geirrt haben?« Er strich Attila über das glänzende schwarze Haar. »Tut mir leid, Sportsfreund. Das hier ist wichtig. Unser Spiel holen wir nach, versprochen.«

Hanna wollte sich ihm in den Weg stellen. Sie wollte ihn festhalten, mit übermenschlicher Kraft, stattdessen musste sie es dulden, dass er sie sanft zur Seite schob.

»Mattim …«

»Wenn er zurück ist, muss ich es wissen.« Die Freude über ihren gemeinsamen Sieg strahlte nicht mehr aus seinen Augen, sondern hatte einer Wachsamkeit Platz gemacht, die sie daran erinnerte, dass er mehr war als ein hübscher blonder Junge, den sie in ihrem Zimmer verstecken konnte. Prinz Mattim, Wächter von Akink. Kununs und Atschoreks jüngster Bruder, der einem Kampf nie auswich, ein Vampir, der von Hannas Blut lebte, ein Schatten, der durch Wände gehen konnte, genauso gefährlich und tödlich wie seine mörderischen Geschwister.

»Oh, wow!« Die drei Mädchen vor dem schmiedeeisernen Gitter bestaunten den weiß überkrusteten, wie mit Kristallzucker bestreuten Garten und die verwitterte Jugendstilvilla. Dorina bebte vor Entzücken. »Ich sage doch, sie ist eine russische Gräfin!«

»Ich frag sie«, beteuerte Valentina, »im Ernst. Aber ihr dürft nicht lachen.«

Réka blickte grimmig durch die Stäbe hindurch. Ihr brannte eine ganz andere Frage auf der Zunge, und sie wusste noch nicht, ob sie es über sich bringen würde, sie zu stellen.

»Gibt es hier irgendwas zum Klingeln?«

»Da steht kein Name. Bist du sicher, dass sie hier wohnt?«

Réka nickte. Sie legte die Hand an das Gitter, und das Tor schwang mit einem leisen Quietschen auf.

»Vielleicht ist sie gar nicht da.«

»Unsinn. Sie erwartet uns. Sie hat mich angerufen und mir alles genau beschrieben.« Réka war sich nicht sicher, ob sie sich ohne ihre Freundinnen hierher gewagt hätte. Dorinas nervöses Kichern ging ihr auf die Nerven, aber zusammen mit den anderen ließ sich Hannas Warnung besser als Spinnerei abtun.

Trotzdem spürte sie, wie ihre inneren Alarmsirenen losschrillten, als sie über den verschlungenen Gartenpfad zwischen den im Eis erstarrten Büschen auf das Haus zuging. Ihre Hand krallte sich um das goldene Herz, das sie um den Hals trug, wie um einen Talisman. Vielleicht hatte Hanna ja doch recht. Vielleicht war Atschorek wirklich gefährlich. Vielleicht betrachtete die rothaarige Schönheit sie als ernstzunehmende Konkurrentin um Kununs Liebe und schreckte nicht davor zurück, ihr etwas anzutun. Aber warum hatte die Frau ihr dann das Herz gebracht? Und nicht nur sie, sondern auch die anderen Mädchen eingeladen? Wenn Réka sich nicht traute, an diese Tür zu klopfen, verdiente sie es nicht, die Wahrheit zu erfahren. Über das, was an ihrem Geburtstag passiert war. Und warum Kunun so plötzlich und unverhofft aus ihrem Leben verschwunden war.

»Jetzt mach schon«, kicherte Dorina und stieß ihre Freundin an.

Réka hob die Hand und klopfte sacht gegen die abblätternde Farbe der mit feinen Intarsien verzierten Holztür.

»Wie schön, dass ihr da seid.«

Atschorek, ganz Lächeln. So herzlich, dass alle unguten

Gefühle sofort verschwanden. Alle drei Mädchen begannen heiter zu schwatzen, als sie ins Innere der Villa geführt wurden, in den hohen, dunklen Raum, in dem ein flackerndes Kaminfeuer Licht und Wärme verbreitete.

Hier ist es gewesen …

Die Gewissheit streifte Réka, ihr wurde heiß und kalt zugleich. *Hier, vor dem Kamin …*

»Setzt euch doch, Mädels.« Atschorek wies auf die schwarzen Ledersessel, in denen man fast verschwand. Auf einem niedrigen Tischchen stand ein Tablett voller duftender, mit Puderzucker bestäubter Nusshörnchen. »Die sind gekauft. Leider kann ich nicht backen, aber ich hab euch Tee gekocht.«

»Sind Sie eine Gräfin?«, platzte Valentina heraus.

Dorina stieß sie mit dem Ellbogen an. »Sei still. Du bist unmöglich!«

»Eine Gräfin?« Atschorek verzog ihr hübsches Gesicht zu einem noch breiteren Lächeln, ehrlich amüsiert. »Nun, beinahe. Wenn du mich mit dem Titel ansprechen möchtest, der mir von Geburt an zusteht, kannst du mich Prinzessin nennen.«

Valentina machte große Augen, und Dorina bekam plötzlich Schluckauf. Sie hustete verlegen. »Das ist jetzt kein Scherz, oder?«

Réka beobachtete ihre Gastgeberin genau. Trotz ihres Lächelns lag in ihrem Gesicht ein flammender Ernst. So, als würde sie ihnen gleich verkünden, dass der Tee vergiftet war, dass sie die Hörnchen mit Arsen bestäubt hatte … Haltsuchend griff das Mädchen wieder an das goldene Herz, eine Geste, die Atschorek nicht entging. Ihre Blicke begegneten sich. Eine Woge der Erleichterung durchflutete Réka, denn die dunklen Augen der Prinzessin bedachten sie nicht mit Hass, sondern mit einer nachdenklichen Freundlichkeit, einer ruhigen Güte. Jetzt erst glaubte sie daran, dass sie hier nichts zu befürchten hatte.

»Woher kennen Sie Kunun?«, fragte sie mutig.

»Als seine Schwester sollte ich ihn wohl kennen«, sagte Atschorek und leckte sich den Puderzucker von den Lippen. Mit einem leisen Lachen wischte sie ein paar Krümel vom Sofa.

»Wenn Sie wirklich eine Prinzessin sind«, sagte Valentina aufgeregt, »dann wäre Kunun ja ein Prinz! Stell dir vor, Réka, ein echter Prinz! Dein Freund ist ein Prinz!«

Atschorek hob den Blick und erstarrte. Als die Mädchen sich rasch zum Fenster umdrehten, stand dort ein blonder junger Mann, der mit finsterer Miene durch die Scheibe spähte.

Die Gastgeberin seufzte ärgerlich. »Entschuldigt mich einen Moment.«

»Das ist Hannas Freund«, sagte Réka verwundert. »Was macht der denn hier?«

ZWEI

AKINK, MAGYRIA

Über dem Fluss hing ein schwaches goldenes Leuchten. Die Brücke, die sich über das glitzernde Wasser spannte, verlor sich in der Dunkelheit der anderen Seite.

»Das solltest du besser nicht tun«, sagte Elira. Ihr Gesicht war grau von Sorge und Müdigkeit. In ihren Augen war ihr wahres Alter zu erkennen, die vielen Jahre, die ihrem Körper so wenig hatten anhaben können. Schon seit Jahrzehnten sah sie aus wie eine Frau von vierzig, fünfzig Jahren, doch zum ersten Mal hatte Farank den Eindruck, dass die lange Lebensdauer der Familie des Lichts eine zu große Last sein könnte für seine Seelengefährtin.

»Hab keine Angst.« Der König streichelte ihr sanft über die Wange. »Ich werde zurückkehren. Die Schatten können mir nichts mehr anhaben.«

Zweifel umwölkte ihre uralten Augen. »Und wenn alles Lüge war? Eine Falle? Oder ein Irrtum? Es gibt so viele Vielleichts, Farank. Zu viele, um deine Sicherheit auf vage Vermutungen hin zu riskieren.«

Farank berührte erst seine Lippen mit den Fingerspitzen, dann ihre. In seiner Stimme schwang so viel Liebe mit, dass Elira erschauerte, als er sagte: »Für das Licht. Vertrau mir.«

»Die Schatten sind immer noch da«, erinnerte Elira. »Hat er dir denn verraten, wie man sie vernichten kann?«

»Wir haben die Pforte geschlossen«, sagte Farank. »Nun werden sie dem Licht nicht mehr widerstehen können. Sie sind immer noch gefährlich, das weiß ich. Aber wenn ich mit meinen Soldaten zusammen in die Wälder gehe, werden wir sie bekämpfen. Winselnd werden sie vor dem Licht in die Knie sinken … Ich sehe sie vor mir, wie sie vergehen. Und wie sie erkennen müssen, dass sie dem Licht nichts mehr entgegenzusetzen haben. Das ist Mattims Geschenk an uns. Ich nehme es an.«

Farank nickte dem Hauptmann des Trupps zu. Die zweihundert Brückenwächter salutierten, als der König mit seinen Leuten zwischen ihnen hindurchritt, und obwohl sie es gewöhnt waren, keine Gefühle zu zeigen, verrutschte doch dem einen oder anderen sein unbewegliches Gesicht. Es war dem König des Lichts gelungen, viele mit seinem Optimismus anzustecken, und diese erlebten das erhabene Triumphgefühl mit, als die Kampftruppe - jeder Fünfte mit einer brennenden Fackel in der Hand – aufbrach, um die Feinde aus den Wäldern zu vertreiben. Andere hingegen beobachteten den Auszug mit Sorge. Zu lang und zu intensiv hatte die Furcht in ihnen gelebt, als dass sie diese plötzliche Zuversicht hätten teilen können. Furcht lag in ihren Augen, und auch wenn niemand so alt war wie die Königin, so waren die Jahre, die diese Menschen erlebt hatten, doch lang und schwer genug gewesen, und die Bitterkeit wohnte in ihnen wie ein dunkler Feind, der durch Wände gehen konnte.

Im Wald war es still. Das Leuchten des Flusses verschwand hinter den schwarzen Stämmen. Immer noch kämpfte der Frühling gegen die Kälte und die fortwährende Dämmerung. Nur zögernd öffneten sich die Knospen der Blätter, und die gelben Frühlingsblumen wirkten im Zwielicht merkwürdig blass. Die Luft war so von Dunkelheit getränkt, dass sie zu schwer zum Atmen schien. Die Fackeln verkümmerten zu winzigen Lichtpünktchen, die nicht zu strahlen vermochten. Jede Bewegung bereitete Mühe, und selbst die Pferde wurden immer langsamer und blieben schließlich stehen.

»Der Wald gehört den Schatten«, flüsterte jemand, aber in der Stille trug seine Stimme weit.

Farank wandte den Kopf. »Wer hat das gesagt?«

Einer der Soldaten senkte den Kopf, ertappt. »Ich, Herr. Verzeiht, Majestät.«

»Wir holen uns diesen Wald zurück«, sagte der König des Lichts. In seiner Stimme vibrierte die Helligkeit seiner Freude. *Mattim. Mattim hat mir diesen Sieg geschenkt.* »Magyria gehört dem Licht. Unsere Feinde werden vor uns zurückweichen, sie werden zurückkriechen in ihre Löcher und Höhlen und sich nie mehr hervorwagen. Sie werden sich auflösen in den finsteren Ritzen ihrer Verstecke. Hier reitet das Licht!«

Dies war ein Auszug aus

Magyria – Die Seele des Schattens

dem zweiten Band von Lena Klassens
romantischer Vampir-Saga.
Dieser Roman ist bereits im Penhaligon Verlag erschienen
(ISBN 978-3-7645-3079-2).